LE PAYS SANS LUNE

Du même auteur
dans la même collection

Cantique pour les étoiles

SIMON JIMENEZ

LE PAYS SANS LUNE

roman

Traduit de l'anglais (États-Unis)
par Patrick Dechesne

Nouveaux Millénaires

Collection Nouveaux Millénaires
dirigée par Thibaud Eliroff

Retrouvez-nous sur nos réseaux sociaux :

@jailu_editions

@jailu.collection.imaginaire

@jailu.editions

Titre original :
THE SPEAR CUTS THROUGH WATER

Celui-ci est pour moi

AVANT

Avant que tu arrives,

Tu te souviens de ta *lola*, en train de fumer. Tu te souviens de l'odeur de son tabac séché, qui ressemblait au foin après l'orage. Le doux froissement du papier à rouler. Le frottement de l'allumette, qu'elle grattait parfois contre la peau de lézard de sa jambe, pour t'impressionner. Tu te souviens de ce rituel. Sa bouche était trop sèche pour lécher le papier, alors elle te demandait de le faire, les morceaux de tabac collaient à ta langue comme des pattes d'insecte lorsque tu mouillais les bords. Elle t'a dit que c'était un échange. Ta salive contre ses histoires. Des histoires du Vieux Pays, de royaumes en ruine, de trahisons tragiques et d'arbres antiques qui buvaient le sang des renards assez fous pour se coucher au milieu de leurs racines acérées, toutes les histoires qui pouvaient être racontées en l'espace d'une cigarette qui se consumait rapidement. « Tout était si différent à l'époque », commençait-elle, et tu regardais le papier s'enrouler puis brûler entre ses doigts tandis qu'elle décrivait les cent loups qui chassaient le soleil en fuite, et la puissante épée Jidero, si fine qu'elle pouvait couper l'espace entre deux secondes. Ses mots se sont mariés pour toujours au musc de sa cigarette et à son rire perçant ; à tel point que chaque fois que tu penses à cet endroit, cet endroit lointain dans l'espace et dans le temps, tu ne peux pas t'empêcher de penser à la fumée et à la mort.

Quand t'a-t-elle parlé du Théâtre inversé pour la première fois ?

Tu avais quelque chose comme treize ans ; à cet âge, elle semblait souvent effrayée par toi, offensée même, les lèvres retroussées dès que tu entrais dans la pièce, comme si un importun venait de la croiser dans la rue. Tu pensais que son dégoût était dû à ton odeur corporelle, à ta peau grasse, à ta timidité, mais en vérité, elle était juste surprise par la rapidité avec laquelle le temps avait passé. Ta jeunesse la blessait. Ça lui donnait envie à la fois de te protéger et de te mettre à la porte.

« Assieds-toi, disait-elle, quand elle te voyait passer dans la cuisine. Écoute. J'ai une histoire à raconter. »

La nuit chaude, balayée par la brise, entrait par la fenêtre ouverte, jouant avec les rideaux et la fumée des doigts de ta *lola*, tandis qu'elle te parlait du théâtre qui se trouvait entre les mondes.

« Autrefois, la Lune et l'Eau étaient amoureuses. » Elle s'est attardée sur ce mot, amoureuses, tout comme la fumée s'est attardée dans l'air. « Tu peux facilement imaginer que ce n'était pas la plus commode des liaisons. La première était piégée dans les cieux, la seconde sur la terre. La première était la tranquillité même, la seconde n'était faite que de vagues et de tempêtes. Mais elles furent heureuses pendant un temps. La Lune baignait l'Eau dans son rayonnement, et l'Eau dansait, dans ses flux et ses reflux, à la suggestion de la Lune. Et bien qu'elles occupent des sphères différentes, elles étaient capables de se rendre visite par des moyens moins directs, car il n'y a aucune barrière dans cette vie que l'amour ne puisse surmonter. L'Eau envoyait vers le ciel des nuages d'orage dodus, gonflés de son essence, de sa brume fraîche et de son souffle salé, qui embrassaient la surface sèche et craquelée de la Lune. Et la Lune, lorsqu'elle souhaitait rendre visite à l'Eau, projetait son reflet à sa surface, et dans le Monde inversé qui se trouve suspendu sous le nôtre, dans le verre et l'eau tranquille, elles se rencontraient, dansaient et faisaient l'amour. » Ta *lola* a fait une pause et t'a regardé fixement entre les volutes de fumée, en étudiant ton expression. Il fut un temps où tu étais dégoûté par la moindre allusion à l'intimité dans ses histoires, mais pas cette fois-ci ; cette fois-ci tu es resté assis, attentif – un signe de maturité qui l'a autant encouragée que déprimée. « Quoi qu'il en soit, a-t-elle repris après une inspiration rauque. C'est dans ce monde de reflets qu'on a construit le théâtre qui est au centre de notre histoire.

« La Lune et l'Eau, divinités patronnesses des artistes et des danseurs, aimaient toutes deux la scène, et c'est pourquoi elles ont créé la leur : une pagode si haute qu'elle traverse les anneaux célestes, à l'intérieur de laquelle se déroulaient les spectacles des siècles. Le récit d'histoires au-delà de mon savoir. » Elle a toussé. « Même après que la Lune et l'Eau se sont séparées, le théâtre est resté, dirigé par leur enfant chérie, un être d'une immense beauté qui invitait même les mortels comme nous à venir visiter leur arène. » Tu lui as demandé comment les mortels pouvaient atteindre un tel endroit.

« Par les rêves, a-t-elle répondu, le mégot de cigarette dans sa main. Un sommeil profond, dans des eaux plus profondes que celles dans lesquelles ton esprit rêveur a jamais nagé auparavant. C'est tout. Des rêves, et de la chance. Et quand tu arrives, on te narre un conte du Vieux Pays ; le bon conte au bon moment. Et quand tu repars – quand ton corps sort de ce profond sommeil –, tu te sens satisfait, entier, bien que tu ne te souviennes pas pourquoi, le souvenir de ta visite est oublié, il a glissé de ton esprit comme de l'eau savonneuse, comme tout bon rêve le fait quand on essaie de s'en souvenir. Tu essaieras de t'en souvenir. Tu feras beaucoup d'efforts. »

Elle a souri, mélancolique. « Mais tu n'y arriveras pas. » Ta *lola* a commencé à rouler une autre cigarette.

« Peut-être qu'avant la fin, a-t-elle ajouté, je me souviendrai enfin de mon propre passage là-bas. »

Il y a eu des rires dans l'autre pièce. Pendant que ta *lola* s'occupait de sa cigarette, tu t'es penché en arrière sur ta chaise, pour mieux voir tes frères, qui écoutaient la radio dans le salon. Tous les neuf, entassés autour du poste comme des chats errants dans une boucherie, une jambe sur le bras du canapé, une tête sur le côté de la causeuse, un menton appuyé sur les poings, accoudés à la table basse, tandis que le feuilleton hebdomadaire approchait de son point culminant – *les hommes de l'inquisiteur pointant leurs fusils sur les fenêtres de l'église, prêts à tuer le capitaine Domingo, se demandant, tandis qu'ils visaient leur cible, pourquoi ce chacal osait sourire à l'heure de sa mort – la raison devenant claire au moment où le bon capitaine révèle le détonateur caché dans sa main gantée tout en leur lançant une œillade* –, et, en regardant tes frères, tu te sentais à la fois jaloux de ne pas être assis avec eux et heureux d'être séparé d'eux. Tu les voyais tous depuis ta chaise dans la cuisine. Tu pouvais les tenir dans tes yeux et les y garder.

« Nous pouvons être tentés d'y retourner, a dit ta *lola*, ses grands yeux humides tournés vers la fenêtre, mais nous n'avons droit qu'à une seule représentation. Une unique invitation. Alors ne la gaspille pas. Si tu ne dois retenir qu'une chose, c'est celle-là. »

L'air de la nuit entrait par la petite fenêtre de la cuisine. Le klaxon d'une vieille voiture retentit dans la rue. Ton père allait bientôt rentrer à la maison, une lourde journée sur ses épaules. *Personne ne m'a laissé de temps.* La table devait encore être dressée. Mais ta *lola* ne se souciait pas du temps. Ses gestes étaient graves et paisibles. « Tu ne sauras pas que le Théâtre inversé t'a appelé avant d'y être déjà, disait-elle en laissant la cigarette brûler et les années brûler avec elle. C'est un endroit que tu ne peux pas prévoir. » Les volets ont tremblé sous la brise côtière. « Et quand tu arrives en plein rêve et à l'improviste dans cet amphithéâtre, la meilleure chose que tu puisses faire est de t'asseoir, de regarder et d'écouter, car tu n'es pas là par hasard. »

Elle a tiré sur le tube de papier, son extrémité était maintenant une rose orangée. La cigarette était presque terminée. Tes frères se sont éparpillés quand la porte d'entrée s'est ouverte et que ton père et le monde extérieur ont déboulé – ta *lola* a saisi ton poignet, avant que tu puisses aller à leur rencontre.

« Cette histoire est pour toi », a-t-elle dit.

Le tabac brûlait dans ses poumons.

« Alors, laisse faire le corps qui rêve. »

Elle a expiré.

Et la fumée, soufflée depuis l'obscurité, t'enveloppe, jusqu'à ce que tu ne puisses plus voir que les volutes de substance grise tourbillonnant autour de toi, l'épais brouillard qui semble te soulever, te bercer, te porter doucement vers le bas jusqu'à ce que tu atterrisses sur une surface lisse et dure, et la fumée se dissipe, le souvenir de ta *lola* dans la cuisine s'effaçant comme le jour face au crépuscule, et tu te retrouves à l'endroit même dont elle t'avait parlé tant d'années auparavant.

Bienvenue au Théâtre inversé.

Tu émerges de la fumée et tu la vois : l'imposante pagode, sur un lac tranquille, la nuit, son reflet dans l'eau est parfait, ses multiples étages s'élèvent au-dessus de toi et, dans le reflet des eaux, retombent inlassablement en cascades. Des lanternes pendent de ses avant-toits courbés comme des boucles d'oreilles, éclairant sa façade ornementée dans l'obscurité du ciel tapissé de noir. La structure se dresse devant toi, un empilement infini de balcons, chacun peint d'une couleur différente. Du haut d'un balcon violet, un héraut se penche et annonce que le spectacle va bientôt commencer, qu'il faut maintenant entrer et prendre place.

Un chemin de pierres t'invite à traverser les eaux sombres. Tu ne marches pas seul. Tu marches au cœur d'une rivière d'autres ombres qui rêvent. Leurs pensées vont et viennent comme des signaux radio. Elles pensent à leur travail. À leurs amours perdues. Aux heures gaspillées dans des pièces sombrement éclairées par des bougies de suif en train de s'éteindre. *Je tenais les comptes d'un fou. Je savais que j'avais besoin d'un nouveau travail, mais je ne pouvais pas me permettre de période d'inactivité – qui peut se permettre une période d'inactivité ?* Tu en comprends certaines, d'autres te dépassent. Elles parlent dans des langues que tu ne connais pas, ou en des termes qui, hors contexte, ne veulent rien dire. *Je descendais le fil des étoiles, j'étais au milieu de ma troisième trame, qui s'agitait rapidement dans mon gant de dormeur, lorsque mon moi rêveur a été amené ici, sur la rive de ce lac sombre.* Des ombres de gens de tous les mondes et de tous les temps. Sans visage, flous, bruyants. Et tandis que tu traverses ce lac, leur vacarme t'atteint d'un seul coup et te submerge, résonnant comme rien de moins que le rugissement d'un vaste océan – un bourdonnement collectif, expiré par la bouche de milliers de personnes, indistinct et infini. Un infini au sein duquel tu es désormais assis.

Huitième rang, plein centre.

Tu clignes des yeux et tu es là, dans cet amphithéâtre aux multiples travées, aux rideaux luxueux et au plancher de bois noir. Le théâtre a été conçu dans le style d'une époque révolue et presque oubliée. Tu es assis sur un banc qui t'a été réservé. Tu savais que c'était ton siège avant même de poser les yeux sur lui. Tu y as été appelé. Certain de ta destination.

Tu es moins certain du reste. Alors que les autres trouvent leur siège et que les préposés courent dans les allées, des bougies allumées flottant derrière eux, la grande ombre assise à côté de toi se penche et te demande d'où tu viens.

Tu ne sais que répondre.

Le corps baigné de clair de lune vient à ton secours. D'un léger coup d'orteil, il déroule le parchemin de l'histoire de ton peuple, cet orteil longe les batailles et les traités, les exils et les retrouvailles, jusqu'à ce qu'il te trouve ici : au temps des trains et des bateaux à vapeur, au temps où les radios cathédrales crépitent depuis les fenêtres ouvertes de la ville portuaire où tu vivais.

Il y a une guerre, dis-tu à l'ombre.

L'ombre acquiesce sombrement.

Tu viens d'un temps d'affiches et de propagande. D'un temps où les nouvelles de l'effort de guerre flottent sur les murs peints des ruelles tortueuses. Les vues de l'océan baigné de soleil et de sel sont parasitées par les silhouettes des navires militaires dans le bleu du lointain. Les soldats blessés arrivent parfois en ville par bateau. La guerre est partout, mais si tu étais réveillé ce soir – cette nuit – maintenant – et que tu tournais le bouton de ta radio, tu n'entendrais pas la voix statique d'un homme rusé partageant les nouvelles du front, mais plutôt les douces mélopées de Dorrado « Chilo » Semina, dont la voix a capturé le cœur de la plupart des auditeurs en mal d'amour à travers le Continent unifié – hélas ! Demain matin, à ton réveil, tu devras mentir à tes compatriotes lorsqu'ils te demanderont si tu es resté debout pour écouter son nouveau tube, et tu devras faire semblant de chanter en même temps qu'eux leur refrain ravi, en prononçant des mots que tu n'as honteusement pas encore mémorisés, parce qu'ici et maintenant, alors que les habitants de ta ville se pâment devant le signal pop, ton corps dort profondément dans une chambre que toi et tes neuf frères partagiez autrefois.

C'est toi. L'enfant d'un marchand. Mais un parmi tant d'autres. L'âge que tu as en dehors de ce rêve n'a aucune importance ; dans ce théâtre, tu es tel que tu te sens – un jeune, au plus profond de son adolescence, et, comme tous les jeunes, solitaire à sa manière. Tu as peur de ton père et tu es harcelé par ta *lola*, qui ne se soucie pas des développements de ton corps ni de tes intérêts vagabonds, qui préfère inhaler la fumée d'une cigarette froissée et t'expliquer le pays d'où vient ta famille et les histoires qui ont voyagé avec elle. « On ne peut pas se préparer au Théâtre inversé, disait-elle. Il t'accueille quand il le décide. »

Tu dis tout cela à l'ombre, qui hoche la tête, satisfaite, avant de se détourner pour vaquer à d'autres occupations. Tu songes que tu devrais peut-être lui demander d'où elle vient, mais l'ombre semble en avoir fini avec toi, alors, à la place, tu regardes le Théâtre inversé avec une expression perdue, ta crainte de ce qui t'entoure mélangée à une profonde nostalgie et à une confusion sans issue, alors que tu essaies de deviner la raison pour laquelle tu as été convoqué ici.

« Il y a toujours une raison. »

Tu commences à soupçonner que cela pourrait avoir un rapport avec l'objet que tu réalises seulement maintenant tenir dans tes mains.

Cette lance.

Tu la connais bien : sa teinte rouge sang, son gland écarlate étouffant sa pointe étincelante et mortelle, ses étranges rainures et gravures parcourant toute la longueur de l'arme selon des motifs ésotériques. D'aussi loin que tu te souviennes, cette arme a été consciencieusement accrochée sur la cheminée du salon, ignorée par tous les habitants de la maison, faisant partie du décor, trop chère, trop ancienne et trop inutile pour qu'on s'en serve. Toi et tes frères, quand vous étiez très jeunes, avez un jour subi toutes les foudres de l'enfer pour avoir joué avec dans la cour. Une des gouvernantes en a informé ton père, et ton père, qui ne t'a jamais frappé, mais qui connaissait d'autres moyens de te faire sentir tout petit, vous a convoqué toi et tes frères, un par un, dans son bureau, et tu n'as plus jamais touché l'arme, ni même regardée, ce qui explique le frisson d'interdit que tu ressens en la tenant maintenant, qu'il s'agisse de la vraie arme ou simplement d'un rêve de cette arme.

« Elle a parcouru un long chemin avant d'arriver ici, aimait à dire ta *lola*, et elle doit encore aller plus loin. »

Tu remarques que les autres membres du public, les autres ombres, jettent des regards furtifs sur ton arme. *Nous nous demandons pourquoi cette ombre est armée.* Et elles se demandent pourquoi l'arme leur paraît si familière. Et pourquoi tu l'as apportée dans ce lieu sacré. Et si tu as l'intention de l'utiliser.

Mais ces questions devront attendre.

Car le spectacle commence.

La représentation à laquelle tu as été appelé à assister. Tu entends le battement d'un tambour. Une baguette de bois poli frappant une peau tendue et huilée. Un bruit sourd. Le tambour frappe dans cet espace sombre. *Boum.* Il te frappe, juste là, au milieu de la poitrine. Le tambour. *Cela nous a fait frissonner de l'entendre.* Tu écoutes les battements de cœur de ce bâtiment. *Boum.* Le souffle houleux et anticipé des gens autour de toi.

Boum. Et tu baisses la lance familiale, tu la laisses reposer en biais contre ton côté, oubliée pour l'instant, tandis que toi et les autres membres du public vous tournez tous vers la scène, sans relâcher votre souffle, vos yeux aveugles regardant les rideaux qui commencent à se soulever lentement et silencieusement dans les chevrons, révélant, telles des ailes qui se déploient, la scène.

Boum.

Le corps baigné de clair de lune se tient devant vous. Et bien que ce soit votre première rencontre, vous reconnaissez tous ce corps immédiatement. *Nous avons vu les portraits, les statues, les frises.* Les représentations d'une silhouette au dos large et aux hanches étroites, la peau de la couleur d'un ciel d'été bleu, les yeux brillants comme la lumière sur l'argent. Vous avez vu les rêves qu'ont faits les artistes de ce corps baigné de clair de lune, avec ses cheveux verts qui se balancent comme sous l'eau, et en voyant ce corps maintenant, s'inclinant à la tête de la scène, vous réalisez que tous les rêves de sa beauté étaient vrais. Quelque part dans ta mémoire, ta *lola* soupire, avec nostalgie, en regardant par la petite fenêtre de la cuisine le remous de la nuit remplie d'étoiles. « Et si un jour tu te retrouves assis dans ce théâtre, suffisamment chanceux pour voir ces rideaux se lever, c'est l'enfant de la Lune et de l'Eau qui t'accueillera. Cette créature née de la danse entre la lune décroissante et la marée descendante, jouant à présent son rôle d'interprète éternel de la mer endormie. À jamais imprégnée de la force et de la grâce du plus accompli des danseurs. »

Elle sourit.

« Un merveilleux corps baigné de clair de lune. »

Et tu regardes le corps baigné de clair de lune avec surprise, tandis qu'il inspire si profondément par le nez que son ventre se distend, enceint de vent. Les pieds de ce corps s'appuient sur les planches de la scène, avant de relâcher en une longue expiration tout ce qu'il a absorbé, le souffle de ses lèvres pincées éteignant tous les braseros de ce théâtre, transformant le feu en fumée jusqu'à ce que la salle se prononce pour l'obscurité et que tout ce qui reste visible à tes yeux soit le dernier des braseros allumés sur scène – tes pupilles se rétrécissent sur cette flamme ancienne et rageuse, tandis que le corps baigné de clair de lune se tient devant elle et, tel un magicien dans une fontaine impie, fait apparaître de son foyer crépitant les voix des anciens et des morts, *notre histoire bientôt racontée, l'histoire de cette semaine de sang, de cette semaine de chaos*, et la rumeur des chuchotements remplit le théâtre, car certaines histoires sont trop vastes pour être racontées par une seule voix.

*C'est l'histoire de ton pays
et de la lance qui l'a transpercé.*

Tu entends une charge de chevaux déferlant d'une colline lointaine tandis que les danseurs envahissent maintenant la scène, leurs pas telle une syncope chaotique. Les flammes bondissent, les murs s'embrasent d'ombres et de lumières, et dans ce théâtre qui rêve, tu jurerais que tu vois la scène telle qu'elle est, alors que les mouvements du corps baigné de clair de lune et ceux des danseurs sculptent dans l'air cette terre lointaine et ancienne – un lieu que tu ne connaissais autrefois que par les descriptions de ta *lola*, et qui surgit maintenant à la racine de ton toi, comme s'il avait toujours été là. Les vallées profondes et les vieilles forêts, les montagnes noires vertigineuses qui découpent les nuages, et les tapis de brume qui s'élèvent des ravins entre les falaises abruptes. *C'est le pays où nous vivions et où nous mourions.* Le Vieux Pays, comme l'appelait ta *lola*, mais il portait aussi d'autres noms. Des noms gravés dans des runes et tissés dans des langues depuis longtemps oubliées. Ce soir, c'est le Pays de la Nuit sans Lune. Ce soir, c'est le pays qui sue sous l'Été sans Fin – et alors que les feux du théâtre font rage, tu sens le soleil aveuglant sur ton dos. Tu sens l'herbe desséchée. Tu vois les ruisseaux morts et les doigts recroquevillés des cadavres au bord de la route, épais de mouches qui se dispersent à l'approche des cavaliers galopant impudemment devant ce paysage aride, portant la bannière de leur Empereur.

C'est ici que notre histoire commence, avec une bande de guerriers procédant à une inspection royale du pays, les pieds des danseurs martelant les planches de la scène comme le ferait une brigade de redoutables cavaliers sur un sol battu par la poussière, et tu vois clairement le cavalier à la tête de cette charge royale – un homme qui lève son visage rieur vers le ciel et respire profondément les odeurs du pays, son droit de naissance, tandis qu'il mène ses fils guerriers vers l'ouest.

« Écoute », dirait ta *lola* en allumant sa cigarette.

Écoute, dit le corps baigné de clair de lune, tandis que le soleil ensanglanté s'élève dans le ciel parcheminé au son du fracas des tambours.

Écoute la Brigade du Paon rouge.

Le son du tonnerre lointain, dans le jour clair et sans nuage. Le tonnerre entre la douleur des collines ondulant dans le lointain et l'éclat vert des forêts. Le tonnerre qui effraie les animaux dans leurs terriers. Les gens tournent leurs oreilles inquiètes vers le ciel. On les entend avant de les voir. La royale cavalcade du tonnerre.

Les villageois déposent leurs faux et retournent leurs auges quand les cailloux se mettent à danser et les avant-toits de terre cuite à trembler. Les enfants se serrent les coudes quand les chevaux, au nombre de vingt, atteignent le sommet de la colline voisine, leurs cavaliers vêtus de rouge, une plaie dans l'horizon du midi. Des guerriers vicieux, sans pitié, au visage tatoué de leur nom, aux joues acérées et aux yeux affamés, encadrés de becs et de plumes rouges ; un spectacle redouté par tout voyageur avisé, par quiconque entendait les histoires, car, de toutes les nombreuses brigades, bandes et équipages qui hantaient les vallées à cette époque, les Paons rouges étaient les plus mortels et ils étaient dirigés par l'un des princes du Trône, un homme qui avait bien mérité son titre de Première Terreur.

Dans tout le pays, le peuple se rassemblait en rangs serrés pour les accueillir. C'était la veille du Saint Pèlerinage de l'Empereur, et la brigade était chargée du devoir sacré de préparer le pays pour l'arrivée de Son Souriant Soleil.

Ils le faisaient avec grand plaisir.

« Bientôt, disait la Première Terreur aux tisserands et aux carriers, aux pêcheurs et aux agriculteurs, dans quelques jours seulement, Il arrivera et, dans Sa grande générosité, Il vous rendra visite à tous au cours des cinq jours de Son voyage vers la côte est. Vous Lui présenterez les plus belles offrandes de votre artisanat ou de votre récolte. Vos perles de riz, vos poissons frais salés. Vos tapisseries les plus riches. L'esprit de votre dur labeur. Il emportera ces offrandes avec Lui, et les chérira, quand Il débarquera pour visiter nos colonies à travers la Grande Mer Sans Fin. Sa visite, le plus grand honneur de votre vie. Plus tard, vous la rappellerez à vos enfants rassemblés à votre chevet. Gaspillez ce moment à vos risques et périls. » Pendant ces discours, les Paons claquaient les portes, fouillaient les armoires et défonçaient les lattes des planchers, à la recherche de preuves de dissidence. Les poulets étaient chassés des poulaillers. Des couteaux aiguisés déchiraient les sacs de grain et les draps. Les gens écoutaient le saccage de leurs maisons, *mais nous n'osions pas nous retourner pour regarder, car nous savions tous ce qu'il en coûtait de se détourner d'un prince.* « Lorsque Sa caravane passera par ici, vous entendrez un tambour annonçant Son arrivée. Vous vous alignerez, ainsi, à l'entrée de votre village, face à la route ; chaque homme, femme et enfant. Et vous vous inclinerez. Vous vous inclinerez bas, afin qu'Il ne puisse voir votre visage. Chaque tête qui ne s'inclinera pas devant notre Soleil Souriant sera ajoutée à notre collection », déclarait-il en désignant les sacs en tissu couverts de mouches qui pendaient aux selles des chevaux, un tissu noir de sang séché.

Dans un des villages, il y eut un grand remue-ménage, une fillette en pleurs traînée hors d'une petite maison.

« Ce rat se cachait sous le plancher, Père ! » cria le Paon.

Les villageois ont tous ensemble retenu leur souffle. *Et nous avons regardé les parents de la fillette, qui, en gâtant trop cette enfant, nous avaient tous condamnés.* Les pieds nus de la fillette ont labouré la terre chaude alors qu'elle était traînée devant le prince pour être jugée.

Un de ses parents s'est battu contre ceux qui la retenaient.

« Elle a eu peur ! a crié la mère. Pardonnez-nous ! Elle a eu peur ! »

Le père silencieux, la tête baissée.

Les doigts de la Première Terreur tambourinaient contre sa poitrine. Il releva la jeune fille tremblante, *puis la regarda dans les yeux, et nous sentîmes le vent se lever et nous fouetter, et nous étions certains que notre fin était venue, que le prince ne pardonnerait pas cette offense et que nous serions tous jetés dans la fosse de Joyrock. Que nous ayons été épargnés ce jour-là fut une chance ineffable.* Quel sentiment de grâce poussa la Terreur à renvoyer doucement la fillette dans la foule, dans les bras agités de convulsions de ses parents, cela resterait à jamais un mystère pour eux. Le vent surnaturel se calma. Un léger sourire sur ses lèvres. « Qu'il ne soit pas dit que le Trône est sans pitié, déclara-t-il. Mais le jour de l'arrivée de Sa caravane, si quelqu'un transgresse son rang, ne vous attendez pas à pareille clémence. »

Et ils partirent. Les chevaux s'étaient cabrés peu après que la Terreur eut terminé son discours et les gens se sont dispersés dans un silence stupéfait, quelques-uns toussant à cause de la poussière soulevée par la bousculade. La mère serrait sa fille contre sa poitrine tandis que le père les regardait, impuissant, lui qui avait considéré sa fille comme morte. *Jamais ma femme ne m'a laissé oublier la honte de ce jour. Et jamais plus je ne pus regarder ma fille dans les yeux.*

Et jamais nous n'avons compris pourquoi nous avons été épargnés.

La raison était simple. C'était la même raison pour laquelle la Première Terreur était de si bonne humeur au cours de ces semaines d'inspection, malgré l'ennui de ses tâches. C'était la raison pour laquelle il éperonnait son cheval à un rythme effréné, impatient de rentrer au Palais sans délai ni incident. Une raison qui lui était apparue clairement lorsqu'il avait regardé dans les yeux de cette petite fille et qu'il avait constaté qu'ils étaient de la même couleur que ceux de son fils bien-aimé.

Les yeux de Jun.

« Depuis six mois, je suis privé de sa compagnie. Il sert le Trône avec fierté, je le reconnais. Et je reconnais l'importance de sa mission. Mais je ne peux m'empêcher de souhaiter qu'il n'ait pas à accomplir son devoir. Qu'il soit à mes côtés aujourd'hui. C'est une vraie pénitence d'attendre qu'il nous soit rendu. »

Le commandant de la Porte du Blaireau, un petit homme doté d'une touffe de poils sur le menton, versa du thé pour la Terreur, comme le voulait le protocole, *faisant tout mon possible pour ne pas montrer le tremblement de mes mains ; tout mon possible pour ne pas me souiller.*

« Vous êtes un père attentionné, a-t-il dit avec un sourire de serviteur, en posant la tasse de thé récurée jusqu'au polissage devant le prince de sang royal. Puissent tous les fils de ce pays recevoir la bénédiction d'être élevés par un parent tel que vous. »

Des propos lénifiants, certes, mais vrais. La Première Terreur pleurait avec ses fils et riait avec eux, *et en retour, nous lui donnions notre dévotion indéfectible, chevauchant avec lui jusqu'aux confins du pays, tuant tous ceux qui devaient être tués.* Mais il avait un préféré. Et il n'hésitait pas à dire qui était ce préféré.

« À Jun, lança le commandant en levant sa coupe, espérant faire plaisir à son invité, une tactique sociale qui fonctionna à merveille, la Terreur trinquant avec des yeux humides.

— À Jun. »

À Jun Ossa, le vingt-cinquième Paon, qui gardait depuis six mois la légendaire Porte des Loups, sous les montagnes du Palais, unique protecteur de l'Impératrice.

Son père s'essuya les yeux, ému par cette scène imaginée : les six mois de garde de Jun, passés seul dans le froid et l'obscurité de cette profonde caverne de montagne, sans rien d'autre que son épée, ses pensées et une porte verrouillée pour le protéger et lui tenir compagnie. Cette image pesa sur lui le reste de la journée, jusqu'à ce que, plus tard, au camp, ses autres fils posent leurs mains sur lui pour le réconforter, *et nous lui avons dit que ce ne serait plus très long maintenant*, le prince souriant alors à ses garçons, empli de reconnaissance pour eux tous.

Les chevaux éperonnés, ils se dirigèrent vers l'ouest et achevèrent leur mission, sans ménagement pour ceux qu'ils croisaient, l'esprit de la Terreur partagé entre son devoir et sa famille. Tandis qu'il effectuait ses inspections, qu'il feuilletait des registres mal tenus et interrogeait un défilé sans fin de commandants en sueur, il pensait à son fils. À Jun, la Lame Excellente, qui avait tranché sa première gorge à l'âge de huit ans. À Jun, l'Ombre Rouge, qui, seul, après leur pillage des coffres sacrés de dame Panjet, avait débusqué dans les forêts sauvages les Dorogos, ce tristement célèbre clan de brigands. Aucun d'entre eux n'avait eu conscience d'être traqué cette nuit-là, pas même lorsqu'ils avaient été saignés à blanc dans l'obscurité, un par un, au cours de leurs célébrations prématurées. Jun, le Porteur de Torches, qui avait incendié des hectares de champs de céréales à la recherche de ces chiens de traîtres qui avaient tendu une embuscade aux patrouilles de la route des Cygnes. *De nos maisons, nous avons regardé nos récoltes brûler et les hommes que nous cachions brûler avec elles, tandis que ce petit démon lançait ses torches.* Jun aux Nombreux Titres, honneurs qui lui avaient été octroyés par son père.

« Je me souviens de la dernière fois que je suis passé par ici, dit-il à une foule silencieuse de sentinelles assemblées à la Porte de l'Aigle, il y a quelques saisons… Mon fils Jun avait constaté un niveau inacceptable d'indolence parmi vos sentinelles. Un réfectoire en désordre, une caserne mal tenue. Jun est très doué pour juger ce genre de choses. Il vous a reproché à juste titre votre manque de discipline, et, à l'époque, vous aviez promis de resserrer les fils lâches de votre commandement. Nous vous avions cru. » Tout en prononçant ces mots, son doigt courait le long du mur de la caserne, révélant aux créatures en sueur qui attendaient son jugement une traînée de crasse et de poussière. Il n'eut pas besoin de dire quoi que ce soit. Les sentinelles et même leur commandant tombèrent à genoux et polirent chaque centimètre carré de la caserne, et il sourit, car même si l'Empereur ne se souciait pas de poussière, et encore moins de la voir, il était bon de constater que le peuple était toujours sous contrôle, même si la Faction populaire ne cessait de se renforcer.

C'est ainsi qu'il a parcouru la dernière étape menant à la capitale, apportant à son père la nouvelle que le pays était entretenu et apprivoisé pour son voyage, et se réjouissant des retrouvailles tant attendues avec son fils chéri. Le soleil a surgi de derrière un nuage sombre. Les montagnes de l'Ouest, connues sous le nom de Mâchoires, s'élevaient toujours plus haut à sa rencontre. Et la Première Terreur hurla au ciel, et ses Paons hurlèrent avec lui, lorsque les portes de la ville s'ouvrirent à leur arrivée. Mais, quel que fût le retour triomphal auquel la Terreur s'attendait en parcourant les routes escarpées de la Cité-Palais, ses attentes ne furent pas satisfaites, l'ambiance était silencieuse et tendue. Les gardes postés le long de la route de montagne faisaient preuve d'une vigilance inhabituelle, préoccupés au point de ne même pas remarquer les sacs de têtes tranchées que les Paons avaient rapportés ce jour-là. *Nous étions moins inquiets de ceux qui montaient que de ceux qui descendaient : il y avait un traître parmi nous, qui préparait sa fuite.*

La Terreur renifla l'air glacé des sommets. Il y décela un effluve aigre, semblable à celui des citrons pourris, et sut que son père était de mauvaise humeur.

Lorsqu'ils eurent gravi la dernière pente, l'un des généraux de service chevaucha à leur rencontre, et c'est de lui que le prince apprit pourquoi l'humeur des Mâchoires était si sombre. Le général portait le masque peint d'un sanglier avec des défenses, car la coutume à la cour était de se couvrir entièrement le visage en présence de l'Empereur. Les yeux du sanglier étaient écarquillés et paniqués, tandis que, à bout de souffle, il leur expliquait quelle était la situation.

Voici l'histoire de la fin du Trône de la Lune. Et c'est ici qu'elle commence.

Avec le vol d'un oiseau.

C'est arrivé, dit le général, avant le lever du soleil, alors que même les gardes d'aube de la tour de guet n'avaient pas encore pris leur quart. Quelqu'un s'était introduit dans Ses appartements royaux – une impossibilité – et avait volé l'oiseau de compagnie de l'Empereur, directement dans sa cage en séquoia. Et l'Empereur ne prenait pas bien cette intrusion.

« Aucun de nous ne peut l'approcher, déclara le général de service. Il refuse de parler du pèlerinage de demain tant que l'oiseau n'aura pas été retrouvé et le coupable puni à sa juste mesure.

— A-t-il fait avancer les ponts ? demanda la Terreur.

— Il l'a fait, monseigneur. »

La Terreur se frotta les yeux.

Avec du fil rouge, ta lola a créé la figure du berceau du chat entre ses doigts.

« D'un sommet à l'autre, les pagodes du Palais se dressaient sur les hauteurs des montagnes de l'Ouest », a-t-elle dit. Ses doigts se sont refermés puis ouverts à nouveau, le motif du fil s'est modifié. « Une douzaine de ponts de pierre finement taillée enjambaient ces sommets, reliant ces pagodes en une toile merveilleuse. Des ponts qui tournaient sur des axes géants, comme les aiguilles d'une horloge. Par le caprice de l'Empereur, et le pouvoir de Ses dons divins, les ponts se déplaçaient, et la disposition du Palais changeait. » Ses doigts se refermaient et se rouvraient sans cesse, le motif du fil renaissant chaque fois, les connexions se déplaçant. Tu lui as demandé à quoi servaient les ponts mobiles au sommet des montagnes. « La défense, a-t-elle dit. Tant que dura la lignée royale, il y eut des tentatives d'assassinat et d'infiltration. En cas d'urgence, l'Empereur pouvait ordonner que ces ponts soient orientés comme Il le souhaitait. Il pouvait, en un instant, isoler Ses appartements royaux du monde entier, et piéger Ses ennemis sur les sommets déconnectés. »

Elle regardait de l'autre côté de la cour, en direction du couloir percé de fenêtres dans lequel ton père avançait.

« C'est le dernier des Empereurs qui a le plus tiré parti de ces ponts. On dit qu'Il a changé leur orientation plus souvent qu'aucun de Ses prédécesseurs. Et tu sais pourquoi ? » Quand tu as secoué la tête, elle a dit, dans un murmure presque joyeux : « Parce qu'Il avait peur. » Quelque part, tu as entendu une porte se fermer. Une voiture, vrombissant à la vie. Alors que ton père s'éloignait, le fil rouge s'est détaché des doigts flasques de ta *lola* pour atterrir dans ta paume, et elle a refermé tes doigts dessus. « Il avait peur de la mort. »

« Tous les ponts sont déconnectés, annonça le général. Les appartements royaux sont inaccessibles, et la moitié de nos ouvriers sont bloqués sur les autres pagodes, sans possibilité de retour.

— Ce n'est pas possible, dit aimablement la Terreur au général. Nous partons demain. Nous n'avons pas le temps de piquer une colère. » Il sourit. « J'espère donc que vous me présentez non seulement un problème mais également une solution. »

Après un moment d'hésitation, le général acquiesça. *Je sentais l'odeur des têtes pourries qui pendaient aux selles des montures de ses fils. Derrière mon masque, mes yeux pleuraient.* « Oui, mon prince. Il y a une solution. Et avec votre permission, nous allons la mettre en œuvre. »

La permission fut donnée. Il s'agissait d'assurer à l'Empereur que justice avait été rendue. Dans l'heure qui suivit, la Première Terreur présida un tribunal en compagnie d'autres puissants seigneurs, entourant un homme qu'ils avaient désigné coupable, avec l'espoir qu'une fois que quelqu'un, n'importe qui, serait puni, la colère de l'Empereur s'apaiserait et les ponts retrouveraient leur place.

Et c'est moi qu'ils avaient choisi. L'accusé se tenait au milieu de la pièce, sur la chaire surélevée du pétitionnaire, comme un homme sur un radeau prêt à être poussé vers la mer. C'était un homme âgé, au corps voûté. Il portait le masque d'un gecko souriant. *Pendant trente-trois ans, j'ai lustré les vases de porcelaine et arrosé les lys crépusculaires dans les jardins suspendus. Je travaillais en silence, je m'occupais de mes propres affaires et, contrairement à mes collègues assistants, je ne me livrais à nulle rumeur ou spéculation sur le comportement de l'Empereur au cours des derniers mois. Pendant trente-trois ans, je me suis réveillé avant le premier chant du coq et je me suis endormi bien après que la dernière bougie se fut éteinte à Sa royale fenêtre. J'ai donné mon corps et mon âme au nettoyage diligent des draperies et à l'étalage de mets délicats sur des plateaux finement sculptés. J'ai renoncé à mes aspirations à l'amour ou au profit parce que mes parents m'avaient appris que rien n'était plus important dans ce bas monde que la loyauté. Et puis… Et puis…* Les fausses accusations furent lues, dans un ordre froid et détaillé, par les cinq Sages assis à la longue table placée à l'autre bout de la pièce, tandis que, assise tout au fond, la Première Terreur ne leur prêtait guère attention, parlant tranquillement à un autre seigneur d'autres affaires d'État. L'homme était accusé de s'être impudemment faufilé dans le salon royal, d'avoir volé l'oiseau domestique de l'Empereur, et, par malice, d'avoir brisé le cou dudit oiseau domestique avant de le jeter par-dessus la balustrade dans le gouffre, empêchant ainsi quiconque de rendre le cadavre à son légitime propriétaire. Le premier des Sages théâtralisa ce moment. « Pendant trente-trois ans, tu as servi ce trône », cracha-t-il.

Et puis, un jour, j'ai été détruit. L'homme pleurait si fort que les seigneurs de la cour, mal à l'aise, se trémoussaient sur leur siège. *Et comment ne pas pleurer, alors que mes collègues assistants et les seigneurs que j'avais servis s'approchaient tour à tour des Sages pour leur fournir les preuves dont ils avaient besoin pour me condamner. Sur la tête de leurs* lolas, *ils jurèrent qu'ils ne m'avaient pas vu de la matinée. Que depuis trop longtemps je me plaignais de ma condition. Que j'avais un mobile.* Tout ce théâtre pour le seul bénéfice de la créature perchée sur la haute chaise.

Le regard de la tortue se posa sur la Première Terreur. « Le Soleil Souriant souhaite connaître vos pensées, ricana la créature démente. Au vu de toutes les preuves qui ont été présentées, de quel côté de la balance penche votre cœur ? »

La Terreur leva les yeux vers le substitut de son père, puis les baissa sur le chien mouillé d'un homme au centre de la pièce. *Trente-trois ans.* Et, sans plus de considération, il déclara : « Mon Soleil Souriant, cet homme est coupable. »

L'accusé s'effondra.

Pour quoi ? ai-je demandé.

Pour quoi ?

« Le Soleil Souriant souhaite vous faire savoir qu'Il se souvient de vous, dit la tortue à l'accusé. Pendant que Son propre père siégeait au tribunal, vous Lui donniez des bonbons en cachette de Sa nourrice. »

Le coupable en chaire dit que c'était vrai. *Je lui donnais des petits rouleaux de riz sucré, enveloppés dans une feuille de bananier huilée. C'était le fils de l'Empereur, mais c'était aussi un enfant qui s'ennuyait et se sentait seul.* « Je l'ai fait avec tant de plaisir, Mon Soleil Souriant ! cria-t-il.

— Ce qui rend encore plus méprisable le fait que ton cœur soit devenu si pervers. » La tortue se détourna. Elle laissa échapper un gloussement plaintif. « Puisses-tu trouver la paix dans la Mer dormante. »

Un garde dégaina sa lame. L'homme s'est levé – *j'aurais supplié, j'aurais offert n'importe quoi* –, ses mains se sont dressées pour enlever son masque, pour implorer la cour avec ses yeux pleins de larmes, mais son cri fut coupé net par sa soudaine et rapide décapitation.

Un filet de sang a balafré le sol de bois noir. La tête s'est arrêtée de rouler à quelques pas des rangs des seigneurs. Le masque vide de gecko souriait à un homme qui pressait un mouchoir sur son nez, au bord de l'évanouissement. Et quand la fontaine rouge se tarit, le corps retomba mollement, les dernières bribes de vie s'échappant par le tressaillement de son index droit.

« Nous en avons terminé », dit la tortue.

Les seigneurs de la cour embrassèrent le sol de leurs fronts.

Le Palais trembla.

Tandis que les ponts se remettaient en place en grondant, le mort fut traîné par les pieds jusqu'à la porte ouverte, *mon corps jeté par-dessus la balustrade du pont, dans le gouffre sans nom, sans emblème ni prière,* tandis que la Terreur franchissait la travée qui menait aux appartements royaux, sans même attendre que le pont termine en gémissant sa rotation. À mi-chemin, il ajusta sur sa tête un masque de paon finement ciselé, car même les princes n'étaient pas exemptés de l'édit de l'Empereur, et il franchit les portes murmurantes du salon royal, prenant un moment pour retrouver sa patience, avant d'annoncer sa présence, sans obtenir de réponse.

Il s'excusa à haute voix et entra. Il prit note des tables basses cirées, des rouleaux de parchemin bien rangés dans leurs casiers en forme de diamant, des extravagants rideaux Induun sans la moindre trace de poussière ou de pli, pensant qu'on aurait du mal à croire à un cambriolage, si ce n'était la cage à oiseaux vide qui pendait inutilement dans le coin de la pièce.

« On n'est plus en sécurité nulle part, semble-t-il, dit une voix rauque. Pas même dans sa propre demeure. »

Magaam Ossa, Huitième Empereur du Trône de la Lune et Père des Trois Terreurs, boudait dans le noir, assis dans Son fauteuil préféré.

« C'est bon de vous voir, Père », dit la Terreur. Il s'agenouilla et pressa le bec de son masque sur la main squelettique de son père.

« Vraiment ? » demanda l'Empereur.

Il regarda Son fils de ses petits yeux sans vie, le défiant de répondre. Sa main, toujours blottie dans celle du prince, était couverte de veines épaisses, semblables à des serpents morts sur une rivière tranquille. La Terreur voulait à la fois écraser cette main faible et la bercer.

« Je sais que cette journée a été éprouvante, dit-il, mais je viens vous apporter de bonnes nouvelles concernant votre voyage de demain. Le peuple… »

La main de son père se déroba. Il regarda le Huitième Empereur, vêtu de Sa robe la plus noire, s'approcher de la fenêtre du balcon telle une veuve en deuil.

« J'ai été désolé d'apprendre pour votre oiseau, se risqua à dire la Terreur. J'ai été absent trop longtemps, on dirait. Je ne savais pas que vous aviez un nouvel animal de compagnie.

— Comment toi et les autres seigneurs avez-vous déterminé qui devait être décapité ? » demanda l'Empereur.

La Terreur a hésité.

« En découvrant le coupable, monseigneur.

— Je ne suis pas une mandoline. N'essaie pas de me jouer ta petite chanson. »

Un gloussement se fit entendre de l'autre bout de la pièce. Le prince jeta un coup d'œil à la petite tortue frétillante assise sur un coussin surélevé près du bureau. La tortue le fixa d'un air de défi qui lui hérissa le poil. « Il a été choisi au hasard, admit la Terreur.

— De quelle manière ?

— Nous avons attribué un numéro aux préposés qui avaient visité votre appartement ces derniers jours. L'un des généraux a retourné un gobelet de dés. » Alors que l'Empereur gloussait sombrement à cette explication, le prince regarda son père en plissant imperceptiblement les yeux. « Vous saviez. Que l'homme était innocent. »

L'Empereur traversa le salon jusqu'à la cage à oiseaux vide. Il manipula le loquet, fermant et rouvrant la grille, et, tandis que la Terreur observait son père, qui paraissait beaucoup plus âgé qu'Il ne l'était il y a seulement quelques mois, il lui semblait tout à fait possible qu'il n'y ait jamais eu de vol, que le vieil homme avait simplement oublié de fermer la cage la nuit précédente et que Son oiseau se soit échappé tout seul, sans aide, par la fenêtre du balcon. *Que la seule raison pour laquelle j'ai été exécuté au tribunal était le fait qu'il fallait un sacrifice pour préserver Sa fierté.*

« Cela n'a aucune importance, en fait, dit l'Empereur en fermant la porte de la cage une bonne fois pour toutes. Maintenant. Parle-moi de mon pays. »

Ils prirent le thé ensemble. La Terreur le prépara. Il fit bouillir l'eau sur le feu pendant que son père restait maussade et renfermé, les profonds cernes sous Ses yeux témoignant du peu de sommeil qu'Il prenait. Espérant lui remonter le moral, le prince lui annonça que les points de contrôle de la route d'En-Haut étaient en bon état. Que les attaques de bandits étaient à leur niveau le plus bas depuis l'époque de son grand-père. Il ne mentionna pas que l'inverse était vrai pour la route d'En-Bas. *Un homme m'a arrêté alors que je me rendais au village de ma sœur. Il m'a dit qu'il avait besoin d'aide pour déplacer son chariot, qui était juste là, derrière les arbres. Oui, j'ai été stupide. Je n'avais que trois* copans *sur moi. Je ne sais pas à quoi il s'attendait. Mais il m'a quand même étripé pour ces pauvres pièces.* Oui, disait la Terreur, la terre est prospère. « Il y a quelques semaines, la construction de la flotte de la côte est a été achevée, chaque bateau est manœuvré par les meilleurs nautes que le pays a à offrir. » Il ne mentionna pas que la flotte avait coûté trois fois plus cher que ce qui avait été estimé au départ et que le Trône était maintenant lourdement endetté auprès des Cinq Familles, à qui les matières premières avaient été achetées. Il dit à son père que tout était prêt pour demain, et que les gens se bousculaient pour voir Sa caravane défiler sur leur route. Il ne lui dit pas que ces gens avaient faim, qu'à cause de l'Été sans Fin, leurs corps jonchaient le bord des routes, la gorge desséchée, brûlés par le soleil. *Que nos enfants buvaient l'eau des rizières et que leurs ventres se gonflaient de maladies.* Il raconta à son père tout ce qu'il avait besoin d'entendre. Mais les mots mielleux ne firent pas grand effet sur l'humeur de l'Empereur, dont devenue récemment encore plus intense et profonde.

L'Empereur posa Sa tasse de thé. Il frotta Ses yeux creusés. Il ne se souciait pas des postes de contrôle, des bandits ou des gens.

Il parla de la seule chose qui L'intéressait, ces derniers temps.

« J'ai fait un autre rêve la nuit dernière. Un rêve plus frappant que tous les autres. » Il a fermé les yeux pour S'en souvenir, alors que Son fils feignait l'intérêt. « Un tigre avec une branche de cerisier dans ses mâchoires émergeait des broussailles de mon jardin privé. Je l'ai suivi à travers les broussailles et les prairies et même à travers la mer. Il marchait sur les vagues comme si c'était de la terre ferme. » L'Empereur parlait du tigre avec une révérence feutrée. Tout le monde savait que le tigre et la branche de cerisier étaient le symbole d'une vie longue et prospère. Ta *lola* avait cousu un motif de branche de cerisier sur les vêtements de son père et c'était la seule réponse que tes frères et toi receviez pour expliquer que l'homme qui bavait dans son fauteuil à bascule était encore en vie – il devait y avoir une part de vérité dans ce qu'on dit des tigres et des branches de cerisier, puisque ton arrière-grand-père, ton *granjo* comme tu l'appelais, pour des raisons qui ne te sont toujours pas claires aujourd'hui, refusait de mourir, malgré de nombreuses maladies et blessures. « La plupart de ces histoires viennent de lui, disait affectueusement ta *lola* en lissant les plis de ses vêtements. Bien qu'il ne fût pas le plus doué pour les raconter. »

Une mort éconduite, une vie étirée au-delà de ses limites. Tels étaient les rêves intenses et dévorants, qui avaient récemment hanté l'Empereur avec leurs promesses d'un autre monde, inspirant Son prochain Saint Pèlerinage. Des images et des présages qui l'avaient poussé à voyager vers les nouvelles terres de l'autre côté de la mer afin de trouver la clé d'une porte qui était jusqu'alors restée fermée pour tous les hommes, même ceux qui étaient nés d'un dieu.

Le secret de la vie éternelle.

Il ne voyageait pas pour aller à la rencontre des gens de Son pays. Le pèlerinage n'était qu'un moyen de rassembler suffisamment de ressources pour le long voyage à travers la mer et au-delà – où qu'il puisse mener.

« Penses-tu que je vais le trouver ? demanda-t-il tranquillement à son fils. De l'autre côté de ce détroit, de cette mer ? »

La Première Terreur s'inquiétait d'entendre son père si hésitant à la veille du voyage. Après tout, une fois son père parti, il régnerait à sa place, et il avait de nombreux projets pour l'aménagement de ce salon royal. « Vous trouverez ce que vous cherchez de l'autre côté de l'océan, assura-t-il à l'homme recroquevillé. Dans les nouvelles terres, vous trouverez le secret de la vie éternelle. C'est ce que disent vos visions, et cela arrivera, car vous êtes le Soleil sous lequel disparaissent toutes les ombres incertaines. N'est-ce pas vrai ? » Il prit la main de son père. « Eh bien, Père ? N'est-ce pas vrai ? »

« C'est vrai, dit son père, en réprimant quelques bouffées d'émotion. Tu as raison, c'est vrai.

— Je suis heureux de l'entendre, dit le prince. Avez-vous fait vos adieux à Mère ? Nous n'aurons pas le temps demain. »

Pendant le plus bref des instants, une expression mystérieuse est apparue sur le visage de l'Empereur, une expression que Son fils n'a pas su lire. Puis elle a disparu. L'homme secoua la tête. « Plus tard, ce soir, après mon discours final, je lui rendrai visite.

— Bien. Et quand vous le ferez, si vous pouviez faire savoir à mon fils que je suis ici, et que j'attends avec impatience nos retrouvailles demain…

— Oui, oui, murmura le Soleil Souriant, tes mots seront relayés, si je m'en souviens.

— Comment va-t-il ? demanda le prince. La dernière fois que vous y êtes allé, était-il en pleine forme ?

— Pourquoi le saurais-je ? Sa santé ne m'intéresse pas.

— Avez-vous parlé avec lui ? C'est un passionné de conversation. Peut-être que demain, vous pourriez tous les deux…

— Tu es en train de mettre ma patience à rude épreuve, mon enfant. »

Le Paon s'inclina.

« Mes plus profondes excuses, Mon Soleil Souriant. »

L'Empereur s'enfonça dans Son siège. Il repoussa Sa tasse de thé. « Tu as le don d'empirer mon humeur. » Il soupira. « Viens. Dis-moi de quoi demain sera fait. Parle-moi de mon voyage. Dissipe toute surprise, toute inconnue. »

Le prince s'exécuta avec empressement, ne souhaitant pas s'attirer Ses foudres, pas si près de la fin. « Je vous raconterai tout ce qui se passera demain, et dans les jours à venir. Je vais vous raconter l'histoire de votre pèlerinage.

— Alors parle, mon enfant. » Le dernier souverain du Trône de la Lune ferma les yeux une fois de plus, Son corps insomniaque désormais chaud et lourd de thé. « Et que tes paroles soient aussi mielleuses que notre thé. »

« Voici l'histoire de demain, et de la semaine à venir. »

Demain, Père, vous commencerez le plus important voyage de votre vie. Dans le doux souffle du petit matin, vous partirez en caravane, vers l'est, jusqu'au rivage où la flotte attend votre arrivée, afin de vous amener sur la terre de vos rêves légendaires.

Vous êtes si proche de la divinité.

Le voyage pour atteindre la côte durera cinq jours. En descendant la pittoresque route d'En-Haut, vous traverserez les paysages les plus spectaculaires, et apprécierez les fruits des cinq provinces, alors que le peuple, qui croit encore qu'il s'agit d'un simple pèlerinage spirituel, se lèvera et vous accueillera avec ses plus belles offrandes.

Le Premier Jour, ils vous offriront leurs plus belles récoltes. Vous vous laisserez tenter par un festin des thés les plus aromatiques et des riz les plus doux, lors d'une célébration organisée par le seigneur Yinn et dame Panjet, dans la grande cour de la Porte du Singe.

De là, après une nuit de réjouissances, vous vous dirigerez vers l'est, vers le Bassin du Ciel. Sur ses eaux cristallines, vous passerez le Deuxième Jour à déguster les poissons les plus frais des Mille Fleuves, tout en profitant du confort luxueux du bateau de plaisance de mon frère. J'ai de nombreuses opinions sur la façon dont Luubu se conduit, comme vous le savez bien, mais ce qui n'a jamais faibli, c'est ma haute estime pour ses capacités à accueillir un invité d'honneur, et je suis certain qu'il vous organisera une fête si grandiose que même vous, vous pourriez reconsidérer la perspective de quitter ce pays.

Le Troisième Jour, vous demeurerez dans le Bassin, où vous visiterez la flotte textile du seigneur Induun, contemplant les tapisseries les plus extravagantes et les tapis les plus doux et les plus souples, qui ont tous été tissés pour ce jour précis. Leurs motifs racontent l'histoire de votre règne immuable. Ces tapis vous accompagneront lors de votre long voyage. Ils vous rappelleront votre foyer.

Le Quatrième Jour, votre route croisera les carrières du seigneur Waag. À travers les fissures de la terre, on vous montrera les éclats de roche de lune qui servent à fabriquer nos meilleures armes. Vous visiterez les forges, et elles vous offriront une lame plus tranchante que toutes celles qui ont jamais été créées. Que cette lame vous protège durant vos voyages à travers l'inconnu des terres mystiques et sauvages.

Et, finalement, le Cinquième Jour, le Dernier Jour. C'est à ce moment que vous atteindrez la Cité divine, au bord du monde. Cette vue exaltante sur les falaises de la Grande Mer. Là-bas, un spectacle inoubliable vous attend sur la grande esplanade, et vous pourrez admirer les plus belles danses du peuple, juste avant les dernières lueurs du jour. C'est à vous de décider si vous voulez visiter Joyrock. Personne ne vous le reprochera si vous ne le faites pas.

Quand le soleil aura lancé ses derniers rayons, vous et votre entourage embarquerez à bord de la flotte, chargée des fruits de la terre, approvisionnée pour les années à venir, et au déploiement des voiles, vous partirez pour votre grande aventure.

Vers une nouvelle terre.

Vous vous retournerez, Père, lorsque le bateau débarquera, et vous nous verrez tous debout au bord de la falaise, vous faisant nos adieux tandis que vous disparaissez dans ce coucher de soleil éternel. Des feux d'artifice exploseront dans le ciel rouge sombre du crépuscule. Et vous saurez dans votre cœur que même si vous êtes parti, vous ne serez jamais oublié – le jour où vous reviendrez, après avoir vaincu la mort, la terre vous embrassera comme elle l'a toujours fait : avec chaleur, amour et la plus sincère des fiertés.

Il n'y a rien à craindre, Mon Soleil Souriant. Les grâces de la bonne fortune resteront vos indéfectibles alliées. J'occuperai ce Palais, je veillerai à l'intendance de vos terres, il ne se passera pas un seul jour sans que je conduise le peuple dans une fervente prière pour la sécurité de vos voyages, et je continuerai à entretenir votre foyer, pour le jour où vous reviendrez le réclamer.

Un gloussement fusa depuis la pénombre.

« Vous avez un fils vraiment très aimant, Mon Soleil Souriant. »

Le père et le fils contemplèrent la tortue qui, dans un coin de l'autre côté du salon, reposait sur ses couvertures. Le prince détourna le regard avec dégoût, tandis que derrière les voiles de tissu Induun, la massive créature poussait des gloussements insensés qui remplissaient la pièce comme du gaz s'échappant d'un tuyau percé.

« Quelles étranges créatures que ces tortues. »

Ta *lola* tenait son téléphone collé contre son oreille, et dans l'autre pièce, la radio était allumée ; les deux objets permettent une bonne comparaison, a-t-elle dit. « Les tortues, comme les radios, étaient réglées sur une certaine fréquence. Elles avaient accès à un monde que nous ne pouvons pas voir. Elles pouvaient sentir les humeurs, savourer les intentions. Et elles pouvaient communiquer entre elles sur de grandes distances. » À la radio, un annonceur détaillait la plus récente victoire : des canons faisant exploser une côte, des avions abattus comme des canards, le bataillon ennemi anéanti. « Une grande puissance, ces créatures avaient, dit-elle. Et une forme de folie, à cause de ça. » Elle a soupiré lorsque le téléphone a sonné. « Faut-il s'étonner, dès lors, que le Trône ait eu tant besoin d'elles ? »

*L'Empereur hocha la tête
en direction de sa tortue.*

« Pourquoi nous interromps-tu ? », demanda-t-Il à la créature.

Le ricanement mourut. « La commandante de la Porte du Tigre aimerait confirmer que votre fils se joindra à elle demain pour le thé, Mon Soleil Souriant. »

L'Empereur se tourna vers le prince. « Je pensais que demain, tu allais rejoindre ma caravane. »

Le prince marqua un temps d'arrêt, le temps de réfléchir soigneusement à sa réponse. « J'ai pensé qu'il serait plus prudent de voyager d'abord avec la caravane des collectes sur la route d'En-Bas, afin de m'assurer qu'ils prennent un bon départ. Un petit sacrifice, je pense, que d'être privé de ma compagnie une journée, tandis que je m'assure que les ressources nécessaires à votre long voyage sont correctement acheminées. »

L'Empereur n'était pas content, mais comme toujours, Il n'arrivait pas à réfuter les arguments de Son fils. Il souleva Son masque de dragon pour pouvoir gratter une démangeaison. « Et c'est quoi cette histoire de thé ? »

Le prince a levé une épaule. « Un verre avec une amie, rien de plus. »

La tortue renifla profondément et retomba dans un fou rire en sentant dans l'aura du prince l'épice chatouilleuse du désir. « Une amie, rien de plus, se murmura-t-elle, profondément amusée. Une amie, rien de plus.

— Confirme l'invitation, tortue, dit l'Empereur.

— Oui, Mon Soleil Souriant. »

La créature a soudainement levé la tête, son cou s'est allongé et tendu.

L'appel fut lancé.

Tu penses à ta *lola* au téléphone, toute voûtée et impatiente que l'opératrice décroche.

Driiiiiiiiiing driiiiiiiiiiiing.

« Driiiiiiiiiing », chantait-elle parfois.

Elle appelait toujours la maison – pas ta maison, mais celle de l'autre côté de la mer, celle d'où venait ta famille – pour leur dire que tout le monde était sain et sauf, que vous aviez à peine remarqué la guerre. Quand le téléphone sonnait, elle essuyait la bave des lèvres de *granjo*. Elle chassait les chats de la pièce. Elle fredonnait et déplaçait des objets dans la cuisine. Elle attendait.

L'un de tes frères aînés, qui s'intéressait à ces choses, a essayé de t'expliquer comment tout cela fonctionnait. Il y avait une femme quelque part, devant un tableau de contrôle, qui branchait des prises et des fils.

« Comme ça », a-t-il dit en balançant ses bras en l'air d'une manière qui t'a fait rire. Et c'était la même chose avec les tortues : on passait un appel, la ligne était connectée, et l'appel était transféré. Un jeu d'enfant. Cependant, parfois, un garde ou un messager plus réfléchi pouvait observer les créatures et se demander qui faisait fonctionner le standard.

Clic.

Au sud-est, au sommet de la tour de guet, au-dessus du vacarme de la foule circulant dans la cour poussiéreuse, la tortue du poste de contrôle de la Porte du Tigre a levé la tête alors qu'elle recevait son message, son cou aussi long et tendu que celui de sa sœur du Palais. « Il est dit qu'est confirmée l'invitation à prendre le thé, demain, avec la commandante. »

Avec Araya l'Ivrogne.

Il était difficile de se défaire de ses surnoms à cette époque. Ils marquaient une personne aussi sûrement qu'un fer chaud sur leur flanc. Certains surnoms étaient cultivés. Ils offraient une sorte de protection, sociale ou autre, à ceux qui les portaient, qu'ils servent d'avertissement ou de camouflage. C'était le cas pour la commandante du poste de contrôle de la Porte du Tigre, Uhi Araya, qui était connue dans la plupart des cercles de la hiérarchie militaire comme Araya l'Ivrogne. *La dame à la flasque. La démone aux joues rouges. Notre demoiselle chancelante.* Une femme joviale, de petite taille, ronde, une créature aimant son confort, ayant obtenu ses succès malgré, ou, dans certains cas, à cause de sa dépendance à la boisson, devenant en peu de temps la responsable du premier poste de contrôle situé sur la tristement célèbre route d'En-Bas. Une position puissante qui lui avait procuré de nombreux avantages. *Nous nous sommes toujours demandé comment elle en était arrivée là, quelles relations elle avait fait jouer.* Sa réputation la précédait, celle d'une personne prompte à rire et à vous offrir une gorgée de quelque chose de délicieusement joyeux, même si elle recevait des pots-de-vin et majorait selon son bon vouloir l'octroi de tous ceux qui passaient par son poste de contrôle. *Elle a dit qu'elle n'aimait pas ma tête. Et puis elle nous a refoulés. Elle ne nous a même pas rendu nos papiers.* Telle était Araya. En tout cas, c'était la facette d'elle qu'elle présentait au monde. Bavarde et insolente. Charmeuse et parfois dure à cuire.

Mais il existait une autre Araya, que peu de gens connaissaient. Une Araya qui, depuis le début, avait travaillé pour réaliser quelque chose de pratiquement impossible. C'est cette Araya qui, dans son bureau, après la confirmation de la venue de la Terreur le lendemain, a ouvert la bourse contenant le poison. Elle s'est penchée en avant et a reniflé la poudre après l'avoir versée dans un bol en pierre, l'odeur semblable à un éclair sucré lui picotant le nez. « Oh », a-t-elle dit en se mouchant, les yeux larmoyants. Elle ne savait pas comment elle allait mettre cela dans le thé de la Première Terreur sans qu'il s'en aperçoive.

Elle a cherché dans ses étagères quelque chose pour masquer le goût. « Merde », s'est-elle exclamée quand elle a fait tomber une bouteille d'encre du comptoir.

Tout dépendait d'elle.

C'est ce que son contact, le savant sans langue des rivières grises, lui avait dit quelques semaines plus tôt, en signant sur sa paume tremblante le plan qu'il avait mis des mois à élaborer. *Avec mes formes dessinées sur sa peau humide, je lui ai dit que le moment était venu : que nous connaissions enfin le programme et l'itinéraire du Pèlerinage.*

Il était temps de dévorer la famille royale.

Quelqu'un frappa à la porte. « Commandante, dit une voix étouffée, un message par tortue est arrivé pour vous : dame Sova des domaines de Panjet voudrait discuter de vos disponibilités pour le bal des débutants de sa fille…

— Plus tard, Raami, grogna-t-elle en essuyant la tache d'encre sur le sol, chaque cercle aggravant la situation. Je suis un peu… je suis un peu occupée en ce moment.

— Oui, commandante. »

Ses pas se sont éloignés. Avec un soupir, elle jeta le tissu dégoulinant dans la poubelle et essuya le résidu qui maculait ses doigts sur un pli de sa robe, avant de retourner au mortier et à la petite bourse posée à côté.

Des feuilles cassantes en dépassaient, semblables à des couteaux.

Un poison ordinaire ne peut pas tuer un membre de la famille royale. La longue histoire des tentatives d'assassinat au cours des siècles de règne du Trône de la Lune nous a appris que leurs corps, nés comme s'ils l'étaient d'un dieu, étaient plus résistants que notre propre chair, plus mortelle. Nous devons nous souvenir de l'histoire du pauvre imbécile qui avait essayé de glisser une pincée de Baiser du Juge dans l'oreille inclinée du Troisième Empereur, sans résultat. L'Empereur s'était réveillé avec un léger mal de tête, avant de faire punir Son assassin potentiel : la peau des enfants de l'homme avait été cousue dans son dos, afin qu'il la porte jusqu'à la fin de ses jours, forcé de parcourir les routes du pays en vantant les mérites de son souverain.

Araya s'en souvenait. C'est pourquoi ses mains continuaient à trembler alors qu'elle travaillait le mélange sur la table, le broyant jusqu'à ce que la poudre devienne aussi fine que de la soie.

« Toute cette histoire va mal se terminer », dit-elle avec un sourire vide. À l'aide d'une paire de pinces, elle ajouta plus de feuilles.

On l'appelait *idlit*. C'était une plante, glanée sur la terre moussue des forêts profondes par les antiques tribus qui y pratiquaient encore la cueillette. *Avec nos mains gantées et nos couteaux d'opale, nous coupions les tiges suintantes avec des lames aussi tranchantes que l'esprit de Soma.* Les petits animaux qui avaient commis l'erreur de mâcher cette feuille huileuse se convulsaient sur le sol brumeux de la forêt, et ceux qui ne mouraient pas immédiatement gisaient paralysés sur le lit de mousse en attendant que les plus grosses créatures du Bassin, reniflant leur impuissance âcre dans l'air, émergent des broussailles. *Les poisons de la tête et du cœur n'ont aucun effet sur les princes ou les Empereurs. Mais les poisons de l'os et de la chair agissent.*

Sur sa paume, j'ai dit à la commandante que le jour de la visite de la Première Terreur à la Porte du Tigre, lorsqu'elle lui servirait le thé comme la bienséance l'exigeait, elle pimenterait sa boisson avec cette adorable petite mixture. J'ai pressé la pochette dans sa main et, d'un geste chaleureux, je lui ai dit de faire attention.

Trop de feuilles d'*idlit*, et les sens aiguisés de la Terreur ne manqueraient sans doute pas de détecter un ingrédient inhabituel, et il exterminerait chacun des gardes de cette Porte avant que la substance paralysante ait pénétré son système sanguin. Trop peu, et l'homme ne sentirait qu'un léger picotement dans ses extrémités. *Une érection turgescente peut-être, mais pas le résultat que nous espérons obtenir, surtout chez un homme connu pour sa virilité.*

*Les effets de l'*idlit *sont instantanés chez les petits animaux, mais chez les humains, lorsqu'il est ingéré avec du thé bouilli, la paralysie est retardée de la durée d'un repas d'après-midi. J'ai dit à Araya qu'elle devait s'assurer que la Terreur soit sur le chemin de la porte peu après l'ingestion. En termes clairs, la substance devait faire effet lorsqu'il se trouverait loin à l'est du poste de contrôle, suffisamment à distance de la ville frontalière pour que ni lui ni ses hommes ne puissent recevoir d'aide.*

Je lui ai dit que plus il y avait de Paons participant au thé, mieux c'était, mais que si une seule personne buvait le thé, il fallait que ce soit LUI – un thé de la meilleure qualité, pour s'assurer qu'il le boive entièrement. Sinon, l'embuscade qui attendait la caravane serait massacrée en un rien de temps.

Alors qu'elle pulvérisait les feuilles, elle se murmurait à elle-même : « Il est vivant », une prière qu'elle avait l'habitude de réciter lorsqu'elle se sentait anxieuse – *certains de ceux qui se trouvaient sous son commandement ont essayé de deviner qui était ce* Il – *des* copans *ont été jetés dans un pot – mon pari portait sur un ancien amant – le mien sur un enfant abandonné.* Le *Il* de ses prières était aussi vivant dans ses pensées qu'un rêve éveillé tandis qu'elle terminait sa recette fatidique. Elle prit une gorgée de sa gourde pour calmer ses nerfs. Ensuite, elle prépara un thé pour s'entraîner et servit son invité imaginaire. Elle se représenta son regard posé sur elle, semblable à celui d'un faucon sur un rongeur errant, scrutant les mouvements de ses poignets pendant qu'elle versait le thé. Elle pensait aux questions qu'elle lui poserait, aux compliments qu'elle lui ferait. Il était beau et aimait qu'on le lui rappelle. Elle sourirait, discrète, et lui dirait que ses fils étaient son portrait craché.

« Oui, lança-t-elle à la pièce vide en se versant une tasse à ras bord et en souriant gracieusement au mur. Je pense que vous avez raison. Ce sera une semaine merveilleuse pour Notre Soleil Souriant. Oui. J'espère aussi qu'il se souviendra de nous avec tendresse. »

Le thé s'est renversé, débordant de la tasse.

Elle a juré.

Avant qu'elle quitte notre rendez-vous clandestin, je lui ai pris la main, et je lui ai rappelé le prix de l'échec. La prisonnière de Joyrock, à la libération de laquelle elle avait travaillé si dur, resterait enchaînée dans ce labyrinthe infernal, et sa propre vie serait également détruite. Nous ne ferions aucun effort pour la sauver. Elle vivrait probablement le reste de ses jours écorchée, à servir d'ornement macabre aux appartements de l'Empereur. Araya a pris une profonde inspiration. *Et alors qu'elle sortait du temple, vers son destin, j'ai prié pour elle. Que cette enfant danse les pas du Rythme. Que sa performance soit jugée satisfaisante par les esprits et les sages de la Mer dormante. Que cette enfant vive pour voir notre pays rendu à son peuple.* Une prière qui dansait dans l'esprit d'Araya alors qu'elle tenait son visage entre ses mains, jusqu'à ce qu'un coup précipité à la porte de son bureau la ramène à la réalité. Elle ordonna de patienter un instant tandis qu'elle rangeait le mortier et le pilon, ramassant presque les feuilles séchées restantes à mains nues avant de se raviser et, à l'aide d'un chiffon de rechange, de ranger les ingrédients empoisonnés dans leur bourse. Elle ouvrit alors la porte.

« Que se passe-t-il ? demanda-t-elle à son second.

— Je m'excuse pour l'interruption, commandante, répondit le jeune Raami avec une courte révérence.

— Tu n'interromps rien du tout. Pourquoi es-tu venu ?

— Les Sugo, dit-il. Ils ont encore agressé l'estropié. »

Araya soupira – à quelle vitesse l'idée même de l'assassinat de demain s'éloignait de son esprit. Raami lui dit que si elle le souhaitait, il s'occuperait de la situation à l'extérieur, *car quand je la regardais, elle, la femme pour laquelle j'étais prêt à mourir, elle semblait fatiguée, vaincue, et j'avais l'impression de l'avoir abandonnée.* Mais elle a répondu que non, non, elle irait.

« C'est mon travail, après tout », a-t-elle ajouté avec amertume.

Tandis que, sous le rude soleil de midi, la commandante se précipite hors de son bureau pour s'occuper de la foule de sentinelles qui encombraient la file de voyageurs essayant de passer avant la tombée de la nuit, ce corps souhaite maintenant vous expliquer la nature du poste de contrôle que dirigeait Araya l'Ivrogne.

Les Portes, c'est ainsi qu'on les appelait.

Et il y en avait partout. Sur les routes principales. Dans les ravins. Sur les flancs des falaises. Sur des étendues désolées au milieu de nulle part. Partout où la terre se resserrait sur elle-même, impossible à franchir si ce n'est par la route étroite qui s'y frayait un chemin, on trouvait une porte massive en bois-de-fer et des poulies équipées de cordes flexibles pour percevoir le péage et inspecter vos papiers ; ces postes étaient surveillées par des tortues de garde, les yeux de l'Empereur, qui, dans la paranoïa de Ses dernières années, avait ordonné la construction d'un nombre croissant de ces édifices dans tout le pays.

Ces points de contrôle étaient similaires à ceux de ton époque. Tu te souviens parfaitement de la sensation d'étouffement dans tes poumons lorsque tu prenais le train avec ta famille pour la province du Nord afin de rendre visite à tes parents éloignés, et que ton train était arrêté à la gare frontalière pour une fouille aléatoire. Les soldats arrachaient les sacs des compartiments au-dessus des banquettes, comme des enfants indisciplinés les branches d'un arbre. Tu grimaces en te rappelant le bruit des tissus déchirés et des verrous cassés. Les bagages étaient fouillés avec des bâtons et des expressions froides. L'homme en uniforme bleu vif, aux joues gonflées, rougeâtres comme s'il venait de boire du vin, est gravé dans ta mémoire. Comment il a arraché les papiers de la main de ta *lola*. Sa poitrine se soulevait et s'abaissait en respirations profondes. Tu pensais qu'il y avait quelque chose qui n'allait pas, qu'elle était malade, mais tu étais encore jeune, tu ne l'avais jamais vue nerveuse auparavant.

Dans la voiture devant la tienne, quelqu'un a crié, un cri d'impuissance qui s'est estompé au fur et à mesure qu'on l'emmenait hors du train. Tu n'as jamais vu cette personne, pas même quand toi et tes frères avez collé votre visage à la fenêtre, mais pendant des années, bien après ce jour, tu l'as imaginée, toujours avec un visage différent, car en vérité, cela aurait pu être n'importe qui.

« Merci », a dit l'homme à l'uniforme bleu en laissant tomber les papiers sur les genoux de ta *lola* avant de se diriger vers le siège suivant. Elle s'est penchée pour ramasser ce qui était tombé. Tes frères et toi avez regardé l'homme marcher dans l'allée jusqu'à ce qu'elle vous ordonne de ne pas le fixer. Tu pensais qu'elle t'apprenait à ne pas être impoli, c'était le rôle de ta *lola*. Mais pas ce jour-là. Ce jour-là, elle vous apprenait à survivre.

C'était aussi le cas pour les gens de l'époque avant les trains et les radios. Ceux qui ont parcouru la route d'En-Bas l'ont fait en sachant que ce voyage pouvait être le dernier. *Nous avons voyagé avec le double de l'eau que nous estimions nécessaire. Nous n'avons jamais voyagé seuls. Et nous n'avons jamais voyagé de nuit.* Il y avait bien quelques désespérés qui essayaient de voyager seuls sur la route d'En-Bas. La plupart des cadavres brûlés par le soleil, cachés dans les broussailles et les rizières, appartenaient à ces hommes et à ces femmes, dont le corps était dépouillé de tout objet de valeur, même les dents, qui, si vous saviez à qui les vendre, possédaient une certaine valeur variant en fonction de leur éclat. Si les bandits ne vous ouvraient pas la gorge, les animaux de la forêt s'en chargeaient, et si ce n'étaient pas les animaux, c'était le soleil accablant et les longs trajets entre ici et nulle part, la dernière gourde vidée et la bouche flétrie, *me disant que je me reposerais juste un moment sous ce rocher, dans son ombre fraîche, juste un moment, et ce n'est qu'alors que j'ai appris qu'un moment pouvait durer toute une vie.* Et si, d'une manière ou d'une autre, vous parveniez à traverser tous ces dangers, alors peut-être que votre vie arriverait à son terme, alors que vous traînez votre cheval fatigué à travers les portes d'un poste de contrôle où vous étiez attendu par une sentinelle qui n'avait pas plus de quinze ans, qui était de mauvaise humeur, et qui accueillait votre épuisement comme un signe d'irrespect. *Cette putain de journée interminable. Et tous ces visages qui continuaient d'affluer, aucun d'entre eux ne semblant reconnaissant que vous fassiez votre devoir, que vous gardiez le pays en sécurité ! Et cette putain de chaleur. C'était difficile de ne pas s'en prendre à certains d'entre eux. Juste pour les voir dans l'embarras.* Un document déchiré, en lambeaux, dans votre main, alors qu'ils vous poussaient dans un wagon en route pour Joyrock.

Le poste de contrôle de la Porte du Tigre, le poste de contrôle d'Araya, était posé comme un cafard mort sur une route à flanc de falaise. Il comportait deux portes en bois lourd, chacune d'une taille telle qu'il fallait la force de cinq hommes pour les soulever à l'aide d'une roue tournante, et entre lesquelles s'étendait une longue cour où les gens se pressaient, timidement, les yeux détournés. *Laissez-nous passer, avons-nous supplié, laissez-nous passer.* C'est ici, dans la cour poussiéreuse de cette forteresse abandonnée, qu'Araya a rencontré les bagarreurs qui se moquaient de son commandement.

Tu remarques un changement dans la lumière.

Ton regard est attiré par l'angle de la lumière du feu et la configuration des nombreux danseurs. Tu te concentres sur le corps vers lequel toutes les lignes semblent converger. Tu te concentres sur ce corps baigné de clair de lune. Une main est repliée derrière le dos de ce corps. Tu penses qu'il s'agit là d'une curieuse affectation, jusqu'à ce que tu comprennes qu'il ne s'agit pas d'un simple mouvement, mais d'une caractéristique intrinsèque au personnage que joue ce corps : une vie, façonnée par un bras gauche manquant.

Ta lola a enfoncé son doigt dans ton épaule.

Tu te souviens qu'elle a suivi le tracé de ton articulation, là où ton bras rejoint ton torse. Elle n'était pas tendre. « C'était le gauche qu'ils coupaient, t'a-t-elle dit. Comme ça. » Sa main décrivait un mouvement de coupe sur ton épaule. « Le bras gauche représente ta fierté. Ton cœur de guerrier. Si tu déshonorais ta position – si tu abandonnais ton poste ou fuyais la bataille –, couper ce bras indiquait à tous ceux que tu rencontrais, d'un simple regard, que tu étais un lâche. »

Tu lui as demandé ce qui se passait si quelqu'un perdait son bras au combat. Comment quelqu'un pourrait-il faire la différence ?

« La coupure était spécifique, t'a-t-elle expliqué. En haut, la blessure était infligée de manière telle que la cicatrice se tordait d'une façon particulière. » Elle a haussé les épaules. « Ils avaient une vision différente des membres manquants à cette époque. Pas très gentille. Si on ne te prenait pas pour un lâche, on te prenait pour un lépreux, ou un combattant non qualifié – quelqu'un qui n'avait pas de chance, dans tous les cas… Un homme ou une femme de mauvaise fortune. La malchance se propage aussi rapidement que la maladie. Personne ne voulait que quiconque puisse penser cela de lui. »

Tu y as réfléchi.

Tu lui as demandé comment ils faisaient.

Elle a souri, ce qui était rare de sa part, exception faite ce jour-là parce qu'elle était amusée par ta curiosité sanguinaire et plus qu'heureuse de l'entretenir, vu que cela concernait le Vieux Pays.

« Si on t'aimait bien, on demandait au meilleur épéiste de le faire. Les plus doués d'entre eux étaient capables de t'enlever le bras d'un seul coup. Ils t'infligeaient une blessure aussi propre que possible. Oui, si on t'aimait bien, c'était presque une miséricorde. »

Son sourire devint plus froid, et elle ajouta : « Mais il était rare qu'on t'aime. »

Et personne n'aimait le jeune homme du Nord.

« Rompez, bande de chiens ! cria Raami en se frayant un chemin à travers la foule. La commandante est là ! Rompez ! Retournez à vos postes ! »

Araya secoua la tête tandis que les jeunes soldats de la Porte du Tigre, qui s'ennuyaient, retournaient à leur poste sans enthousiasme, faisant signe au voyageur suivant, anxieux, de reprendre la file. À quarante ans, elle avait plus de deux fois l'âge de ceux qui étaient sous son commandement, et elle ressentait vivement cette différence en s'avançant dans le nuage de poussière qui retombait et en examinant les enfants ensanglantés agenouillés en son centre.

Les Sugo la regardaient, impénitents : Mae et Vogo, deux démons frère et sœur, rejetons d'une famille lointainement apparentée au Trône, cousins de cousins, suffisamment de sang royal en eux pour les protéger de la plupart des sanctions disciplinaires d'Araya. Ils n'attendirent même pas qu'on leur donne la parole pour se lancer dans leur version de l'histoire. *Nous avons raconté notre version de l'histoire à l'Ivrogne. À savoir que le psychopathe manchot là-bas s'était approché de nous et nous avait attaqués. Il a même cassé le pouce de ma chère sœur.* La sœur Sugo, au visage de poignard, a présenté à Araya le doigt désarticulé en question, et son frère, crachant une dent déchaussée par la bagarre, a dit : « Une juste compensation doit être donnée », des mots qu'ils entendaient leur père dire chaque fois qu'il était gravement mécontent, ce qui arrivait souvent.

« C'est noté, fit Araya, en les dépassant tous les deux, les yeux rivés sur le troisième protagoniste de toute cette agitation. Et toi ? » demanda-t-elle.

« Quel est ton rôle dans tout ça, Keema de la tribu Daware ? »

Il faut l'imaginer tel qu'il était ce jour-là : agenouillé dans la terre, meurtri mais pas brisé, le corps semblable à celui d'une jeune panthère, léger mais puissant, avec des yeux qui réfléchissaient la lumière comme des couteaux polis. Son regard ne s'est dirigé qu'une seule fois vers celui d'Araya, avant qu'en signe de déférence il contemple à nouveau la terre, sa narine droite saignant abondamment, sans qu'il cherche à la soigner. Araya lui demanda à nouveau quel était son rôle dans cette bagarre. Mais il se contenta d'essuyer son visage avec le dos de son unique main.

« Réponds à ta commandante ! » hurla Raami, la main sur le fourreau de sa lame. Araya le fit taire d'un coup d'œil. Raami recula.

« Son silence trahit sa culpabilité, dit Mae. Pouvons-nous nous relever, maintenant ? »

Irritée par le sourire satisfait de la sœur, Araya décida de donner une nouvelle chance au jeune homme.

Elle lui demanda pourquoi il avait frappé ses camarades sentinelles, mais, encore une fois, il refusa de répondre, car il savait mieux que quiconque que lorsqu'il s'agissait de sa parole contre la leur, il n'était pas possible d'influencer le poids de la balance du jugement, qui était prédéterminé par le sang et l'influence.

« Eh bien, je suppose que des punitions doivent tomber », décréta Araya. Les yeux de Keema s'écarquillèrent de surprise lorsque son regard impérieux le balaya non seulement lui, mais aussi le frère et la sœur. « Vous serez tous les trois privés de repas du soir pour le tapage que vous avez causé dans ma cour. Les Sugo, vous êtes de corvée d'écurie ce soir. Chevaux et oroks nettoyés et nourris, et tous leurs déchets pelletés et jetés aux falaises. Les écuries brilleront autant que le cul de Son Soleil Souriant quand vous en aurez fini. » Le petit blasphème d'Araya les fit tous tressaillir, même le loyal Raami.

« Commandante, plaida Mae, furieuse, mon frère et moi avons nos permissions ce soir. Un chariot nous attend pour nous emmener aux plantations de thé.

— Je sais, répliqua Araya, un sourire joyeux aux lèvres. Je ferai informer le chariot qu'il peut partir sans vous. Maintenant, dégagez. Vous avez une journée chargée devant vous : je pense qu'une partie de la nourriture d'hier était avariée, les chevaux ont fait un véritable carnage dans le foin. Raami, assurez-vous qu'ils arrivent aux écuries à temps, s'il vous plaît. » Son second l'a saluée et a poussé les Sugo sur le chemin, tous deux gardant un silence troublant tandis qu'il les emmenait. Quand ils furent partis, Araya se tourna vers le jeune homme et dit : « Quant à toi, Keema de la tribu Daware – le Garçon qui a l'Habitude de Commencer des Combats que sa Commandante doit Terminer –, je suis désolée de dire que je dois te punir aussi. Mais je peux t'épargner le pire, si tu me révèles la cause de tous ces problèmes. »

Sa seule réponse fut de baisser à nouveau la tête. Il voulait juste en finir avec tout ça. « J'accepte la punition que vous me réservez. »

Elle a regardé l'arrière de sa tête, les cheveux noirs, courts, coupés à ras, la légère cicatrice sur son cou. Et elle a dit : « Très bien. Tu es de corvée de désengorgement pour le reste de l'après-midi. »

Il a grimacé.

« File », a-t-elle ajouté.

Il s'est relevé et, sans protester, s'est dirigé vers son ingrate tâche.

Keema de la tribu Daware.

C'était ainsi qu'il s'était présenté à Araya trois mois plus tôt, lorsqu'il était venu à elle, à moitié affamé, la suppliant de lui donner du travail. Keema de la tribu Daware. Il avait énoncé son titre de façon claire et directe, comme s'il allait de soi que non seulement tout le monde connaissait la tribu Daware, mais qu'en plus, il était évidemment fier d'appartenir à ce peuple. Et Araya, qui n'avait jamais entendu parler de cette tribu du Nord, qui ne figurait pas dans la longue liste de celles qui avaient été décimées par les hommes de l'Empereur durant les Marches, aimait bien le titre que ce gamin s'était attribué, appréciant sa cadence et la fougue avec laquelle il le proclamait, et c'est pourquoi elle récitait son nom complet chaque fois qu'elle en avait l'occasion. Elle le prononçait avec un demi-sourire affectueux et un peu de regret, même à ce moment, alors qu'elle le regardait partir.

Vers l'endroit où personne ne voulait aller.

Les latrines de la Porte du Tigre, la longue hutte qui longe le mur sud de la forteresse, le lieu où les sentinelles relâchaient leurs entrailles. À l'intérieur de cette hutte, des bancs en bois avaient été placés au-dessus d'une tranchée. Des trous étaient percés dans les sièges de ces bancs, *et nous étions tous assis, le plus souvent genou contre genou, pour nous soulager. Campés sur la pointe de nos orteils, en sueur et prétendant être seul dans cette saloperie de salle.* Les forces naturelles du monde entraînaient les déjections le long d'une pente dans un conduit de plus en plus raide qui se terminait par un trou sur le côté de la falaise ; elles se déversaient dans le gouffre entre les Flèches, au grand dam des animaux qui vivaient dans la vallée boisée en dessous de la forteresse.

Malheureusement pour les sentinelles de la Porte du Tigre, le conduit de translation, ainsi qu'on l'appelait, présentait une surface irrégulière et était très étroit par endroits, ce qui entraînait de fréquents bouchons. Il fallait alors envoyer quelqu'un dans la tranchée, muni d'une perche destinée à désobstruer ces congestions avant qu'elles s'aggravent. *C'était la pire affectation du roulement des corvées.* Il n'était pas rare d'utiliser le troc pour y échapper. *De l'argent, des faveurs, des objets « confisqués » à un voyageur – nous glissions quelques pièces dans la paume de l'autre et les échangions pour nous extraire du puits à merde.* De tous les officiers, les Sugo étaient les plus connus pour leurs talents de négociateurs. Ils n'étaient jamais descendus dans cette tranchée odorante, bien qu'ils aient servi à la Porte du Tigre pendant des années.

Mais avec l'arrivée du jeune homme de Daware quelques mois auparavant, ces considérations se sont rapidement évanouies de l'esprit des sentinelles. Il n'y avait plus de troc, plus de pari sur des dés. Pas pour cette corvée.

On l'a juste obligé à le faire.

Il était souvent en bas.

Sous les latrines, les deux pieds calés contre la roche et le dos courbé de manière à épouser le plafond bas, Keema enfonça une perche dans les bouchons calcifiés qui encombraient le puits. Le foulard poudré noué autour de sa bouche ne le protégeait guère des effluves qui étouffaient cette galerie sombre et humide, mais il travaillait malgré la puanteur, prenant aussi peu de pauses que son corps pouvait supporter, ne souhaitant pas faire durer la mission plus longtemps que nécessaire.

« Ils vont te tuer. »

La voix venait d'en haut. Lorsqu'il sortit la tête de la tranchée, il vit de nombreux petits pieds tachés de suie tournés dans sa direction. Les orphelins étaient en pause de leurs corvées et s'en prenaient à lui. Le plus bruyant d'entre eux, un garçon avec un bec-de-lièvre, dit : « Tu aimes te rouler dans la merde, petit cochon ? » Il était nouveau et essayait de gagner sa place parmi les autres enfants de la seule façon qu'il connaissait, mais la grossièreté de la phrase assénée par cette voix enfantine râpeuse et le zézaiement de la lèvre fendue formaient une combinaison si surprenante que Keema se sentit moins insulté qu'amusé ; il rit même.

« Tout à fait, répondit-il. Groin-groin. »

Les enfants éclatèrent de rire eux aussi.

« Vas-y, rigole, dit le garçon à la lèvre fendue, en luttant pour ne pas sourire. Continue comme ça. Si tu t'évanouis en bas, on ne viendra pas te sauver. Ils nous le demanderont, avec nos petits bras et tout, ils nous demanderont de plonger dans ce trou, mais nous dirons non et tu mourras là-dessous. Petit cochon. »

Une fille derrière lui a répété « cochon » avec un sourire timide.

Keema grimaça, comme s'il réfléchissait très fort à cette proposition. « Je vais essayer de ne pas m'évanouir alors », dit-il finalement. Puis, se tournant vers les autres : « L'un d'entre vous a dit que quelqu'un allait me tuer ?

— Les Sugo, précisa un garçon à l'arrière du groupe, celui à l'œil blessé. On les a entendus dans les écuries.

— Tu vas te faire étriper dans ton sommeil, déclara le garçon à la lèvre fendue.

— T'aurais pas dû intervenir, reprit le garçon blessé, presque en colère. Ils nous frappent tout le temps de toute façon. Et maintenant, ils vont te tuer.

— T'aurais pas dû intervenir », a répété la fille timide.

Keema prit note de tout cela.

« Merci à tous de me l'avoir dit », fit-il en inclinant la tête en signe de gratitude envers les orphelins, ce qui était une grâce que les enfants n'avaient pas l'habitude de recevoir et à laquelle ils ne s'attendaient pas. Lorsqu'il a relevé le foulard sur sa bouche et qu'il est redescendu dans la tranchée, les orphelins ne savaient plus que dire ni que faire, alors ils sont restés un moment devant l'entrée des latrines, à guetter les assaillants potentiels, jusqu'à ce qu'un surveillant les chasse et les renvoie à leurs tâches : astiquer les braseros et préparer les tables pour le repas du soir.

Sous terre, l'étroit tunnel se remplissait des grognements de Keema. La sueur s'accrochait à ses cils. La merde volait le long de la goulotte et de la falaise. Il avait espéré échapper aux représailles des Sugo en gardant le silence et en ne disant rien à Araya du fait qu'ils avaient battu l'un des enfants un peu plus tôt, mais il semblait bien qu'encore une fois, la chance n'était pas de son côté. Tout le reste de son séjour sous terre, il réfléchit à la manière dont il allait se protéger pendant la nuit, à l'endroit le plus sûr où dormir, et c'est ainsi qu'il fut un peu l'âme sœur d'Araya ce jour-là, car la mort était dans leurs esprits à tous les deux.

Raami avait vu l'humeur inscrite sur son visage.

Alors qu'ils faisaient ensemble le tour du poste de contrôle pour s'assurer que tout était en ordre pour l'arrivée de la Première Terreur le lendemain, ses yeux étaient sombres et elle marchait d'un pas hésitant, comme si elle essayait de faire durer les dernières heures de la journée. Ce n'était pas seulement ses expressions, ou le petit moment de blasphème de tout à l'heure – *je n'arrivais toujours pas à croire qu'elle avait si grossièrement fait référence au… derrière… de l'Empereur* – qui l'avaient mis sur la piste de son moi secret, mais aussi la façon dont elle avait bu ouvertement et sans honte à sa gourde cet après-midi-là, sans même faire une modeste tentative pour cacher ses vices. Et aussi, ses blagues étaient plus salaces et son sourire plus large quand elle le faisait rougir. *Mais elle ne pouvait me cacher sa détresse. Il y avait beaucoup de choses que je ne savais pas d'elle, en fin de compte. Des choses de son passé. Mais j'en savais assez pour l'aimer.*

Sur le mur sud, après leur entretien avec le capitaine des archers, il l'a arrêtée. Il a plissé les paupières pour se protéger de l'éblouissement du soleil et la regarder droit dans les yeux. « S'il y a quelque chose que je peux faire, commandante, lui a-t-il dit, quelque chose qui ne figure pas explicitement sur la liste de mes responsabilités, n'hésitez pas à m'en informer. »

Elle lui a souri d'un air absent.

« Tout ce que je peux faire pour alléger votre fardeau, quel qu'il soit », a-t-il insisté.

Le sourire de la commandante, qui s'était exercé au fil des années et avait été mis à l'épreuve dans diverses situations difficiles qui auraient pu signifier la fin de sa vie si elle n'avait pas été capable de les surmonter, s'effondra quelque peu. Un soutènement du cœur longtemps négligé, une fracture fine comme un cheveu dans ses armatures, menaça de céder sous le poids du soudain moment de générosité de son second. Une brève hésitation, qui a déchiré le cœur de Raami.

Et puis elle m'a regardé comme l'enfant désespéré que j'étais.

« Tu peux aider les sentinelles avec le reste de la file », a-t-elle répliqué avant de s'éloigner de lui.

La vie de la Porte continuait
alors que le jour déclinait vers le crépuscule.

Tandis que Keema débouchait le produit des entrailles de ses collègues, le soleil commençait à descendre derrière les Flèches – en ces heures tardives, les massives éruptions de terre ressemblaient beaucoup aux doigts tendus d'un géant mourant – et pourtant, malgré le ciel qui s'assombrissait, la chaleur ne diminuait pas ; l'influence de Son Été sans Fin était encore forte ; l'air était toujours un manteau lourd et étouffant qui pesait sur les épaules et maintenait les frustrations à un niveau élevé.

Le garde du poste de contrôle, une mule braillarde, se moqua d'une femme en lui disant que le sceau sur son manifeste était périmé, qu'on en utilisait un nouveau maintenant, et qu'elle devait revenir avec l'ornementation appropriée. Une bagarre faillit éclater entre deux hommes faisant la queue, apparemment à cause d'une bousculade, mais cela aurait pu être n'importe quoi – l'échange de coups ne fut empêché que lorsqu'un troisième voyageur se plaça entre eux et les fit taire. *Nous voulions tous passer. Pas besoin de se rendre la tâche plus difficile.* Un chœur de bébés hurlait dans l'air humide, tétant sèchement les seins de mères qui n'avaient plus grand-chose à donner. Les rations d'eau étaient partagées entre ceux qui en avaient assez et ceux dont la gourde était vide, tandis que les sentinelles feuilletaient des documents sans se presser. *Inutile de faire le fier, nous avions tous soif par cette chaleur.* La tortue, perchée dans la tour de guet comme un aigle monstrueux, les surveillait tous, reniflant l'air à la recherche de l'odeur aigre de la trahison, tandis que le soleil tombait sous les hauts murs et que la forteresse était plongée dans une ombre bienfaisante et fraîche.

Une heure à peine après la fermeture des portes, un grand cri stoppa net tout mouvement dans la forteresse.

« Rassemblez-vous ! s'écria la tortue. C'est l'heure de Son allocution vespérale ! »

Tout travail a été interrompu. Keema haletait dans la tranchée des latrines. Araya, qui fixait sa main droite engourdie alors qu'elle signait un reçu pour une cargaison de riz, quitta son bureau comme en état de fugue et rejoignit les autres dans la cour, tous à bout de souffle, tandis que le gazouillis aigu de la tortue laissait échapper les mots de son maître.

« Le soir tombe sur notre glorieux pays ! »

De Son balcon au-dessus du monde, l'Empereur gardait un œil sur le coucher de soleil tout en prononçant Sa dernière allocution vespérale à la tortue derrière Lui ; Sa voix fatiguée et morose était traduite en un cri jubilatoire par Son réseau de tortues. « La sortie du soleil nous apporte une nuit des plus réjouissantes. Je prédis un lac d'étoiles et de rêves tranquilles. Nous ne pouvions pas demander plus belle entrée dans la Semaine Sainte. »

Il marqua une pause, lança un regard à Son fils, qui se prélassait sur les coussins comme si cet endroit était déjà sien.

Son fils lui adressa un signe de tête confiant.

L'Empereur fronça les sourcils. « J'attends avec impatience de tenir dans mes paumes le grain de votre récolte. D'écouter vos histoires de truites turbulentes et de lignes cassées. De me perdre dans les motifs infinis des tapis que vous tissez et de manier de mes mains la plus tranchante des lames de vos forges. Déjà, dans mon esprit, je vois les danses que vous répétez depuis de longs mois et les pas cadencés de vos corps fougueux – toute la beauté que ce pays a produite et continuera de produire chaque jour, même en mon absence, sous le regard de ce Soleil Souriant. Dans la semaine à venir, puissions-nous nous honorer les uns les autres par nos présentations. »

En écoutant dans tout le pays le cri des tortues – en écoutant la chaleur ardente de Ses paroles –, nous avons pendant un instant oublié l'état de nos vies, et nous L'avons cru.

Nous avons cru qu'Il faisait tout cela pour nous.

« Mais d'abord, nous devons souffrir un dernier sommeil. D'abord, nous devons rêver aux jours parfaits à venir, en cette dernière nuit avant notre grande aventure. Ne soyez pas inquiets quand le soleil se cachera derrière les collines. La lumière reviendra demain. Mais nous devons permettre à la tapisserie de dérouler sa trame. Et de nous apporter la douce tristesse de la tombée du jour. »

Il contempla le point de lumière à l'horizon.

Cette unique bougie vacillante.

« Et les plaisirs de la plus vraie des nuits. »

La bougie s'est éteinte.

D'un geste de la main de ce corps, tous les braseros s'éteignent dans le Théâtre inversé. Le mouvement est soudain, tout comme la disparition de la lumière, l'obscurité dans laquelle tu es plongé est si profonde que tu la ressens comme une présence qui t'entoure, qui t'empêche même de voir ta main. Ce n'est pas tant une absence qu'un brouillard accablant. Tu le sens dans ta poitrine. Ta respiration, un souffle ténu. L'obscurité se referme sur toi.

Telle était la qualité de la nuit dans le Vieux Pays, ou ce qu'on appelait alors la Vraie Nuit, qui, lorsque le soleil tombait de son perchoir quotidien, était totale et inflexible.

Que pouvaient-ils espérer d'autre, sans lune dans le ciel ?

Ta lola a écrasé une cigarette sur le mur.

Quand elle a retiré la cigarette, il restait sur le mur couleur crème une petite trace noire.

« Ils l'appelaient la Brûlure », a-t-elle dit.

Le trou dans la tapisserie du ciel que la Lune appelait autrefois sa demeure. Du moins c'est ce que racontait l'une des histoires les moins vraisemblables de ta *lola* : comment, après qu'un des Premiers Hommes a détaché la Lune du ciel avec la pointe de sa lance, la libérant de sa place déterminée dans les cieux, elle lui a offert un souhait et ce souhait était un royaume.

La Brûlure, ce trou dans le ciel comme une cicatrice de cigarette, était la raison pour laquelle les postes de contrôle fermaient leurs portes à la tombée de la nuit, la raison pour laquelle les animaux se terraient profondément dans leurs nids et pour laquelle si peu de gens bravaient les routes après la fin du jour, car il existait des dangers bien plus redoutables que les brigands qui parcouraient les champs de cette terre dépouillée de son clair de lune.

Écoute le monde fermer ses portes.

C'est le son de mille serrures qui tournent en même temps, car à la chute du soleil, personne, dans chaque village et chaque cité, ne perdait de temps à verrouiller ses portes à double tour. Les grilles des postes de contrôle gémissaient dans la poussière. Les voyageurs qui avaient été refoulés après inspection dans la cour étaient renvoyés à l'extérieur, sans abri pour la nuit, et tous étaient obligés de courir vers les villes frontalières, frappant aux portes d'auberges dont les propriétaires profitaient de la tombée de la nuit pour doubler leurs tarifs. Et comme des souris prises dans un rai de lumière, les routes se vidaient, même les bandits ne se risquaient pas à affronter le monde obscur et ses nombreuses dents ; ceux qui n'avaient pas d'autre choix que de passer la nuit dehors se frictionnaient frénétiquement avec des parfums masquants, des concoctions de bouses et d'huiles qui confondaient leur humanité avec les arbres et les broussailles.

C'était le cas de l'équipe d'embuscade, à l'est de la Porte du Tigre, vingt hommes et femmes féroces qui, dans les bois au-dessus de la route à flanc de falaise, s'immobilisèrent comme une biche aux aguets en attendant la nuit, et écoutaient les hurlements qui déchiraient les collines embrumées. Ces assassins observaient le monde depuis leur sombre refuge, les dagues de lumière qui s'élevaient à travers tout le pays, les braseros, les bougies, les torches. Ces petites graines de feu ne faisaient pas grand-chose pour repousser l'épaisse couverture étouffante de la nuit, mais c'était quelque chose, une forme de sécurité, et les gens se blottissaient autour de ces sources sacrées, priant pour survivre jusqu'au matin.

« Je lève mon verre à la journée de demain »,
dit la Première Terreur à son père.

Il déposa sa coupe et s'apprêta à quitter l'appartement royal. L'Empereur l'arrêta d'un regard. « Tu pars bien vite.

— Allons, Père, je suis resté ici tout l'après-midi », Lui a gentiment rappelé Son fils.

Si l'Empereur entendit le ton chicanier dans la voix de Son fils, Il ne le montra pas. « Il y a une chambre à l'étage, prête pour toi. Tu dormiras ici ce soir.

— Avec gratitude, Père, je dois refuser. » Il esquissa une révérence à laquelle son père ne crut pas. « Je dois rejoindre mes propres fils. J'ai bien des choses à mettre au point avec eux, concernant les plans de la semaine. »

L'Empereur se tourna vers le balcon. « Qu'il en soit ainsi.

— Je reviendrai à l'aube. Vous ne saurez même pas que j'étais…

— Envoie quelqu'un ici en partant. »

Son fils se tenait là, se demandant s'il était préférable d'insister ou pas. La tortue sentit l'aura d'hésitation du prince. Elle gloussa doucement dans ses couvertures.

« Bonne nuit, Père », dit-il.

Lorsque la porte du salon se referma derrière lui, l'Empereur regarda Son appartement vide.

Il jeta un coup d'œil à la cage à oiseaux inoccupée et frissonna.

Ce maudit pays.

Il sortit et posa Ses deux mains âgées sur la balustrade du balcon, Son ongle allongé, celui qui lui servait à recueillir Son tabac à priser, cliquetait sur le bois laqué, agité. Ses yeux creusés observaient le paysage sombre parsemé de petites lumières, Son esprit en éveil se demandant combien de personnes voulaient Sa tête. Un craquement au-dessus de Lui le fit sursauter, jusqu'à ce qu'Il se rassure en se disant que ce n'était que le bois qui se tassait face aux vents violents des montagnes. Il expira, les épaules tendues, tandis qu'Il contemplait le pays qu'Il gouvernait, et jamais on ne voyait aussi clairement qu'en ces moments, lorsqu'Il était seul avec Lui-même, à quel point Il était désespéré de se débarrasser de tout cela.

« Il n'y a pas d'amour en ces lieux », murmura-t-Il en s'asseyant sur la chaise du balcon, fatigué, ayant grand besoin d'un exutoire.

Le moment ne pouvait être plus opportun : la porte s'est ouverte, et les pieds chaussés d'un serviteur royal sont entrés. Lorsque l'homme au visage doux est arrivé et a demandé à l'Empereur ce qu'il pouvait faire pour Son Soleil Souriant, Celui-ci n'a même pas pris la peine de répondre. Sans se retourner sur Sa chaise, Il a simplement levé un doigt, et le serviteur s'est raidi, *comme si ma colonne vertébrale s'était transformée en pierre, je ne pouvais pas cligner des yeux, des larmes chaudes coulaient sur mes joues gelées,* les doigts de l'Empereur dessinaient des formes dans l'air et le corps du serviteur se contorsionnait en fonction de ces formes, *mon cri était haletant et silencieux tandis que mon bras se tordait hors de son articulation et que ma jambe se dérobait, mon talon pressé entre mes omoplates,* Ses doigts tissaient des fils invisibles dans l'air, *et mon corps se repliait de plus en plus vers l'intérieur,* jusqu'à ce qu'il ne reste de l'homme qu'une boîte de chair tordue qui, d'une manière ou d'une autre, était encore animée d'un souffle, *mon souffle sur mes orteils, et mes yeux, expulsés de leurs orbites, regardant à travers cette cage de membres Mon Soleil Souriant*, qui examinait Sa création d'un air satisfait, se rappelant une fois de plus Son immense pouvoir. *Et quand, plus tard, on me découvrit, comme le jouet abandonné que j'étais, un garde compatissant m'amena à mon amant, qui, de ses mains tremblantes, me serra contre sa poitrine avant que je rende mon dernier soupir et que je retourne à la Mer dormante, libre et sans ailes.*

L'Empereur, rassasié, se rassit dans Son fauteuil alors que la boîte de chair gargouillait derrière Lui. Il s'enfonça dans les coussins comme un lion qui vient de se nourrir. Il ne se rappela pas s'être endormi. Le sommeil L'avait envahi soudainement, comme un vent de printemps dans une ruelle ; incisif, sans être profondément éprouvé, il a duré juste assez longtemps pour Lui permettre de rêver.

Et quel rêve ce fut !

Il flottait au-dessus de Son pays. Les nuages s'écartaient de Son chemin tandis qu'Il contemplait les provinces en contrebas et voyait les produits du peuple s'en échapper comme de l'écume : des rivières de thé tourbillonnant autour de grosses tiges de riz, le tout enveloppé de plis luxuriants de tapis et de tapisseries. À Ses côtés, les sept Empereurs qui L'avaient précédé s'inclinaient devant Lui et Lui disaient qu'Il poursuivait leur grand œuvre – même Son père, le Septième Empereur, qu'Il avait assassiné, Lui disait qu'il était fier de Lui. Tous les cieux célébraient Ses triomphes. Il ne Lui restait plus qu'à traverser la Grande Mer pour recevoir Sa récompense.

« Je le ferai ! a-t-Il juré à Ses ancêtres. J'irai chercher ma juste récompense ! » Et, sur un navire porté par une vague si haute que même les étoiles devaient s'écarter de son chemin, Il approcha la nouvelle terre, suivant la constellation du tigre et du cerisier, qui bondissait devant Lui dans une traînée d'argent et Lui désignait le cap à suivre, la lumière des étoiles si brillante que même l'ombre de la Mort n'osait aborder ce navire.

C'est un long voyage, lui dit le tigre. De ceux qu'il vaut mieux ne pas faire seul.

Et lorsque l'Empereur regarda autour de Lui, Ses yeux s'écarquillèrent, car Il vit la personne qui devait Le rejoindre dans Son périple divin, et Il se demanda pourquoi ce plan inspiré ne s'était pas plus tôt formé en Son esprit.

Il se réveilla en sursaut de ce rêve. Il savait ce qu'Il avait à faire.

Les pas de l'Empereur résonnent dans un escalier de pierre sombre.

Cet escalier s'enfonçait sous le Palais, creusant un chemin escarpé au cœur de la montagne. Il avait été construit il y a longtemps, bien des Empereurs auparavant ; chaque marche en était raide et vertigineuse, avec des ornements en spirale.

C'était un rêve du Troisième Empereur, né avec le don de perception accrue, et qui avait ordonné la création de ce havre loin de toute distraction terrestre. *Aucun de nous n'a vécu au-delà de la fin de ce grand projet. Ceux qui ne sont pas morts au cours de la construction et du percement des tunnels ont été tués pour protéger ce qui se trouvait là-dessous. Nos os sont devenus part de la structure de cette puissante prison. Notre peau s'est dissipée dans l'air. Notre sang dans l'eau qui ruisselait sous nos pas.* Les flammes des torches léchaient la pierre humide, elles gémissaient et tournoyaient dans le souffle du vent qui s'engouffrait dans l'étroit passage. Les soldats qui marchaient avec leur Empereur essayaient de rester courageux en descendant au plus bas ; ils essayaient de se convaincre que ces salles n'étaient pas hantées par ces défunts qui ne pouvaient trouver le repos. Ils furent tous soulagés lorsque l'escalier s'ouvrit enfin sur un magnifique dôme, si large qu'il pouvait contenir un manoir entier sous sa voûte. *Ce dôme était notre chef-d'œuvre.* Le plafond était constellé de cascades d'eaux limpides et les murs recouverts de riches mosaïques composées de carreaux bleus et noirs représentant, dans de tourbillonnantes impressions picturales, les vieux contes du temps passé : la chute de la Lune, Son salut aux mains de celui qui allait devenir le premier des Empereurs, l'accession au Trône, et bien d'autres encore. *Nous n'étions autorisés à dépeindre que les récits approuvés, ceux qui montraient le Trône comme un arbre puissant aux origines modestes qui n'avait cessé, et ne cesserait jamais de croître.* C'est à l'autre extrémité du dôme, là où toutes les lignes sculptées sur le mur semblaient converger, que se trouvait l'élément le plus important de la pièce.

Cent loups d'or massif grognaient et mordaient la poignée au centre de la porte, chaque animal plus vrai que nature dans ses mouvements, dans sa faim, comme s'il était vivant et avait simplement été figé en statue à l'apogée de la chasse.

Un unique garde se tenait devant la Porte des Loups. À côté de lui se trouvaient le lit de camp et le poêle qui avaient été ses seuls compagnons ces six derniers mois. Son visage était caché par le masque qu'il portait, celui d'un paon. Il s'inclina profondément à l'arrivée de l'Empereur et de Sa suite, tandis que des guerriers munis de piques formaient une avenue mortelle entre eux. « Mon Soleil Souriant, dit le fils du prince, sa voix résonnant dans ce dôme gorgé d'eau. Est-ce déjà l'heure de ma relève ? »

L'Empereur passa devant lui et retira la clé de Sa robe sans le moindre commentaire. C'était une clé en forme de pointe déchiquetée, munie d'une poignée d'argent, ses dents une attaque cardiaque d'aiguilles. Les yeux de cent loups dorés brillaient vers Lui, la fente demandant à être remplie. Il inséra la clé et la tourna – les cent loups d'or desserrèrent leurs mâchoires, puis les portes rouges gémirent vers l'intérieur, et un courant d'air s'engouffra dans leur entrée sombre. L'Empereur lissa Sa robe. Il était nerveux.

Avant d'entrer, Il regarda la personne près de Lui qui était censée être Son petit-fils. Le visage du jeune homme était caché par le masque de paon, donc s'il y avait une ressemblance entre eux deux, l'Empereur ne la vit pas, mais ce qu'Il vit, c'était le tribut que les six derniers mois passés sous terre avaient pris sur lui. Une énergie nerveuse se dégageait de ses épaules, ses mains ne cessaient de se contracter, comme si elles cherchaient à éliminer une tension dans les articulations qui ne voulait pas disparaître, et il semblait tourner légèrement la tête en réponse à des sons que lui seul pouvait entendre. *Des voix dans sa tête, les voix des morts. Nous avons chuchoté et nous avons aboyé et nous ne le quitterons jamais.* Le garçon n'était pas le premier à être la proie de la folie de la solitude, en particulier dans cette caverne, dans ce silence, mais l'Empereur était néanmoins déçu que quelqu'un de Son sang se soit montré si faible. C'était aussi bien qu'Il ait oublié le nom de cette créature. « Ton père t'envoie ses salutations », dit-Il. Les épaules du Paon cessèrent de trembler. « Si tu veux, à mon retour, nous pourrons monter le voir ensemble, mes gardes protégeront la Porte en ton absence.

— Une proposition des plus généreuses, Mon Soleil Souriant. » Le garçon Lui adressa une révérence maladroite, hésitante et rapide. « Mais si Vous le souhaitez, je resterai ici, et j'accomplirai mon devoir.

— Qu'il en soit ainsi », dit l'Empereur.

En franchissant la Porte des Loups, Il a regardé le capitaine de la garde royale à travers les fentes de Son masque de dragon, et, dans ce regard, a confirmé Son ordre au capitaine.

Tue-le.

Et quand les portes se sont refermées derrière Lui, la douzaine d'hommes de la garde royale s'est lentement déployée dans la pièce, bloquant la sortie. *Nous, les plus loyaux de tous les hommes de l'Empereur, faisions tout ce qu'Il demandait, même si nous ne comprenions pas la raison de Ses ordres.* Si le garçon a remarqué leur formation, il n'en a rien montré ; il s'est simplement dirigé vers son petit campement, de l'autre côté de la pièce, où il s'est accroupi sous la fresque de la Lune brisée, rejoignant les hommes dans leur silence tendu.

Le capitaine, qui portait le masque d'un démon aux joues rouges et rieuses, s'est avancé, la main posée sur la poignée de sa lame rengainée. « Vous êtes Jun Ossa, n'est-ce pas ? »

Le garçon au masque de paon n'a pas répondu avant un moment. « Oui, dit-il, calmement, sans fierté. Je suis Jun Ossa. »

Les hommes s'échangèrent des regards, car de tous les nombreux fils du prince qui chevauchaient sous la bannière du Paon rouge, c'était Jun qui inspirait le plus de crainte dans leur cœur.

« Cette mission a dû être plutôt ennuyeuse, comparée à ce à quoi vous êtes habitué, dit le capitaine en secouant la tête. Je n'imagine pas passer une année entière ici.

— C'est un grand honneur, répondit sans affectation le garçon nommé Jun.

— Pourquoi ne venez-vous pas nous en parler, monseigneur ? s'enquit l'autre, un sourire dans la voix. Dites-nous comment vous vous êtes débrouillé ces derniers mois, dans cet endroit. Dites-nous si les rumeurs selon lesquelles les peintures murales s'animent la nuit sont vraies. » Le capitaine avait commencé à marcher lentement dans la direction du garçon, sa main directrice un peu plus serrée sur la poignée de son arme. Ses hommes continuaient de pousser jusqu'aux bords de la pièce. « Dites-nous tout ce que vous voulez. »

Jun les regardait tous.

« Vous ne pouvez pas me tuer, déclara-t-il. Elle ne vous laissera pas faire.

— Nous voulons juste parler, insista le capitaine.

— Il est trop tard pour parler. »

Sa voix était empreinte d'une grande tristesse, qui fit réfléchir le capitaine. Mais le célèbre guerrier n'ajouta rien – il s'élança jusqu'au bout de la pièce, où il plongea dans une mare peu profonde, disparaissant dans une petite détonation. Les hommes se regardèrent, confus, car la mare dans laquelle le Paon avait sauté ne présentait aucune issue. L'un d'entre eux a même gloussé.

« Il a vraiment perdu la tête, pas vrai ? »

Derrière la Porte des Loups,

l'Empereur entra dans une pièce pas plus grande que les quartiers d'un domestique estimé. Au centre de celle-ci se trouvait une petite île de pierre, entourée d'un fossé d'eau cristalline qui illuminait l'obscurité. C'est sur cette île qu'Elle résidait. Même l'Empereur, l'homme le plus puissant du pays, détourna le regard en Sa présence, gardant les yeux fixés sur le sol tandis qu'Il Lui parlait, comme un enfant que l'on vient de gronder.

« Je sais que cela fait un certain temps que je ne t'ai pas rendu visite, Mère. Je sais que nous ne nous sommes pas quittés en bons termes. J'espère que ton séjour dans cette pièce t'a donné le temps de réfléchir à la pertinence de mes actions – pourquoi j'ai fait ce que j'ai fait pour te garder ici. Mais ce n'est pas pour cela que je suis venu. Je suis venu parce que j'ai fait des rêves, Mère. Des rêves on ne peut plus spectaculaires. J'ai vu le tigre et la branche de cerisier. J'ai vu la baie d'immortelle. Les Cieux multiples veulent que je fasse un voyage. Ils veulent faire de moi un dieu. Et ils veulent que tu viennes avec moi. » Sa voix était lourde d'émotion. Comme Elle ne Lui répondait pas, Il a continué. « Une nouvelle terre nous attend, Mère, et je pense que tu conviendras que cela nous ferait du bien à tous les deux de nous éloigner de ce pays pour un temps. J'ai accompli mes grandes œuvres ici, et toi, les tiennes. C'est la fin de notre captivité. De l'autre côté de la mer, c'est là que nous devons aller, vers une nouvelle terre où… nous trouverons… »

Ses paroles se sont éteintes quand Il a remarqué le petit rocher à Ses pieds. Il remarqua ensuite d'autres rochers ; certains dans les douves, d'autres éparpillés sur le sol. Une traînée de petites pierres déchiquetées et crayeuses menant à un filet aux mailles déchirées. Ce filet était autrefois suspendu au plafond, au-dessus de l'eau, mais quelqu'un avait coupé la corde avec un couteau.

Le piège mystique qui L'avait retenue pendant tant d'années était brisé.

Elle était libre.

Oh, pensa le Huitième Empereur.

« Mère », dit-Il. Il déglutit. Sa voix était plus proche de la supplication qu'elle ne l'avait été de toute sa vie. « Mère, attends. »

Elle n'attendit pas.

Les portes rouges se gonflèrent comme un ventre empli d'air – les yeux incrustés de bijoux des loups se détachèrent comme de simples boutons – avant d'exploser vers l'extérieur avec une telle force que les soldats dans la caverne n'eurent que le temps de cligner des yeux avant que leur sang se répande sur les peintures murales au-dessus de la mare dans laquelle le fils du prince se terrait toujours. Le gémissement aigu et paniqué de l'Empereur fut le dernier bruit qu'Il émit dans ce royaume terrestre avant de devenir un nuage d'os et de sang incrusté dans les parois de cette ancienne montagne, *où Il nous rejoignit, nous qui avions construit cet endroit, dans notre éternité sans repos.*

Cette explosion fut ressentie bien plus haut : les assiettes de la salle à manger royale tombèrent de la table en vibrant et les vases en porcelaine finement polie se brisèrent en de nombreux petits éclats sous l'effet des secousses surnaturelles. Et dans sa pagode, parmi le quatuor de servantes qui le servaient, le prince tomba à genoux, étreignant la douleur fulgurant derrière son œil droit. Ses Paons se jetèrent sur lui et lui demandèrent ce qui n'allait pas, mais sa voix était vide et sa gorge trop serrée pour parler – il vomit sur le tapis des filets d'eau de mer verte et fraîche.

Le pays trembla.

C'était comme si un doigt avait glissé le long de l'épine dorsale du pays de la nuit sans lune. Des montagnes de l'Ouest, ce frisson courait jusqu'à la côte est. *Pas un seul d'entre nous n'a échappé à ce frisson.* C'était un sentiment collectif, ressenti par tous, des fermiers des terres de la Terrasse de Yinn aux débardeurs de la Cité divine. *Lorsqu'il nous atteignit, nous nous sommes réveillés en sursaut, pensant que c'était la fin du monde ; que nos corps avaient terminé leur temps sur cette terre, et que ce frisson signalait la libération de notre esprit dans la Mer dormante.* Les pleurs des bébés réveillés ont ponctué cette nuit de changement. Les jeux de hasard dans les péniches de plaisance se sont interrompus, car les vieillards et les vieillardes qui jouaient aux dés se frottaient maintenant les bras, cherchant à réconforter les petits poils qui se hérissaient sous l'effet d'une peur inconnue. Les pêcheurs des Mille Fleuves ont risqué un coup d'œil par leurs fenêtres à planches afin d'apercevoir le responsable de cette prémonition charnelle, un esprit de cauchemar peut-être, venu les visiter depuis les eaux profondes et ne se rassasiant que des larmes fraîches et salées des jeunes gens. *Mais nous ne vîmes rien ni personne. Nous ne pouvions pas expliquer le tremblement de nos corps, qui n'a duré que le temps de nous glacer l'âme.* Même les prophètes des marchés de nuit de la ville, qui lisaient l'avenir des passants en buvant une eau versée dans leurs paumes jointes en coupe, moyennant une somme modique, un prix abordable, ils vous l'assurent, étaient incapables de comprendre le symptôme divin qu'ils ressentaient maintenant, qui n'était rien d'autre que la brise salée de la Mer dormante soufflant dans leurs ventres.

Le monde avait changé. Les singes qui séjournaient dans les forêts sombres au-delà de la lumière des torches de l'homme se tenaient serrés les uns contre les autres tandis que le frisson allait et venait ; leurs yeux brillaient dans l'obscurité alors qu'ils comprenaient ce présage : les jours de grands bouleversements qui les attendaient.

Sur le balcon de son navire privé, le chef de la production textile du pays, debout, fixait la nuit impitoyable.

« Quelque chose vient de changer », dit-il à la femme derrière lui.

Comme ils avaient raison ! La mort de l'Empereur avait redirigé les courants. Auparavant, toutes les routes menaient de l'autre côté de l'eau, mais, cette nuit-là, à l'insu de tous, elles menaient tout à fait ailleurs, directement, improbablement, aux portes du poste de contrôle de la Porte du Tigre, où le cours de la semaine à venir serait déterminé par le feu et le sang.

Il n'y eut pas de repos pour les sentinelles de la Porte cette nuit-là.

Ils étaient allongés dans leurs baraquements, sans dormir, la chaleur était si intense qu'ils se passaient de vêtements et de couvertures, le sol dur était tapissé de leurs corps nus qui inspiraient et expiraient au rythme de leurs cœurs pompant leur sang riche sans répit. *Le frisson était passé, mais ensuite nous nous sommes sentis étranges. Nous nous sommes sentis changés. Nous ne savions pas ce que c'était, mais nous savions qu'il n'y aurait pas de retour en arrière.* Certains des gardes sont restés éveillés, sans dormir, d'autres ont simplement écouté la nuit, comme s'ils l'entendaient pour la première fois, étonnés qu'elle puisse être si forte et si vivante. *C'était comme si nous entendions le monde à nouveau.* D'autres se tournaient et se tordaient dans leur agitation et se repliaient sur eux-mêmes comme des poings se serrant. *Comme si chaque partie de nos corps était stimulée.*

Keema était dans le coin le plus éloigné, à l'écart des autres. Il venait de s'assoupir lorsque le frisson l'avait réveillé, le corps droit contre le mur d'argile, où secrètement il touchait le petit couteau attaché à sa cuisse, s'assurant qu'il était toujours là, un œil sur la porte de la caserne pour tout Sugo qui viendrait le déranger. Mais lorsque le frisson le frappa, une humeur étrange s'empara de lui, une exaltation des sens. Il se mit à écouter le gros scarabée qui claquait des ailes sur la poutre du plafond. L'os de la hanche qui craquait lorsque la jambe d'un dormeur s'étirait. Un homme qui soupirait quelque part au milieu des corps qui se tordaient. Le bruissement d'une main se tendant sur le sol pour toucher une autre main. *Nous avions l'impression d'être en feu.* Les gardes ne connaissaient que l'été, mais cette nuit-là, il régnait comme une chaleur inconnue. La main de Keema massait l'entaille sur sa poitrine nue ; il respirait difficilement, puis frottait la sueur de sa paume sur la fine natte de paille sous lui, les yeux à moitié ouverts lorsque, venus de l'autre côté de la pièce, il entendit les gémissements révélateurs de ceux qui renonçaient au sommeil. *Nous sommes tombés les uns sur les autres dans ces baraquements, nous n'avions pas d'autre choix.* Il se leva en titubant, enjambant les autres corps agités de soubresauts, et sortit dans la cour à moitié habillé, un doigt effleurant sa cheville nue avant de partir.

Devant la caserne, il est resté debout, paralysé pendant un moment, à la recherche de quelque chose sans avoir la moindre idée de ce que c'était ou de l'endroit où le chercher. C'était comme si le frisson avait purgé son corps, comme s'il l'avait vidé. Comme si maintenant il avait besoin de quelque chose pour le remplir.

Il traversa la cour, se glissant à nouveau dans son plastron alors qu'il croisait l'équipe de nuit au travail. Les soldats décrochaient les armes et polissaient les lames et les pointes de lances avec du tissu huilé, faisant rebondir la lumière des étoiles sur le métal incurvé. *C'était comme si nous grattions une démangeaison. Nous avions juste besoin de faire quelque chose.* Du coin de l'œil, il vit des dés joués furtivement à la lueur d'une torche, secoués dans des coupes en bois derrière des dos et roulés dans des cavités creusées dans la terre. Deux rouges. Une promesse de paiement après le quart. *On perdait notre argent et ça nous faisait du bien.* Des blagues discrètes étaient murmurées en passant. De nouvelles flèches étaient taillées dans du bois de rechange, encochées et testées sur le mannequin qui se trouvait près du mur nord et avait fini par ressembler à une pelote d'épingles. Un garde qui s'ennuyait dessinait les courbes des hanches d'une femme dans la terre avec son gros orteil, tandis que, derrière lui, les pointes de flèches trouaient le visage du mannequin cible, laissant échapper des jets artériels de paille et de bourre. *Nous n'avions jamais été aussi éveillés.* Dans cette agitation vespérale, Keema fit le tour de l'allée principale de cette minuscule forteresse, et rejoignit la foule d'hommes et de femmes qui se tenaient autour d'une arène de fortune, où des couples s'affrontaient dans des duels de soumissions.

« Avant, on dansait. »

« Des danses d'étranges magies, disait ta *lola*. C'était la magie du peuple. Mais à mesure que l'emprise du Trône grandissait, que la maîtrise du pouvoir se précisait, la danse perdit peu à peu ses faveurs, reléguée dans les coins rassis de la tradition. Et c'est le duel qui est devenu le moyen de s'exprimer. » Elle sourit en regardant un groupe de jeunes de ton âge marcher dans la rue – tu leur cachais ton visage, jusqu'à ce qu'ils soient partis, ce qu'elle trouvait très amusant. « Même pour faire la cour, dit-elle en éteignant sa cigarette, le duel était roi. »

Une révérence, une invitation.

Les contours de l'arène étaient délimités par des torches en bambou, le centre du carré ainsi tracé était un nuage de poussière où deux gardes s'affrontaient. *Nous devions faire disparaître cette démangeaison.* Depuis leurs couvertures, près des braseros rugissants, les enfants qui ne dormaient pas encore observaient le combat avec une curiosité à demi éveillée. Keema regarda la puissante femme soulever son adversaire dans les airs aussi facilement qu'un tonneau vide et il trouva fugacement magnifique la façon dont cet homme était soulevé, tendu comme un arc sous le ciel nocturne, avant d'être écrasé au sol. Elle l'a aidé à se relever, tous deux meurtris et souriants alors qu'ils se saluaient l'un l'autre. *Nous avons tapé du pied, hurlé et applaudi sur les bords de l'arène.* Et quand ils ont quitté le champ de bataille, ils l'ont fait bras dessus, bras dessous, et Keema sentit germer au fond de lui une petite graine d'envie impossible à maîtriser.

Raami, dont le visage de jaguar était fendu par un sourire arrogant, s'avança seul dans l'arène, les mains tendues en signe de défi. Personne n'acceptait l'invitation à se battre. *Il était le meilleur combattant de nous tous. Personne ne voulait se faire casser le nez.* Son doigt moqueur tournait dans l'air autour de lui. Il promit même de mettre en jeu la prochaine rotation de corvée de leur choix, mais toujours personne n'accepta. Keema se tenait sur le côté, regardant tous ceux que Raami avait défiés rire et refuser la raclée. « Y a-t-il quelqu'un parmi vous qui ne soit pas un lâche ? » demanda le Second d'un ton enjoué, et Keema, dans un moment de bravoure, s'avança.

Il s'inclina profondément.

« Je me battrai contre vous », dit-il.

Raami s'est retourné, et son sourire s'est effondré. *Nous avons observé dans un silence inconfortable la façon dont Raami fixait l'homme estropié pendant ce qui nous a semblé être des heures. On pouvait le voir dans les yeux du Second. Il se demandait combien de respect il perdrait à nos yeux s'il acceptait cette demande inattendue. Il a même levé les yeux vers le mur ouest, là où se tenait la commandante Araya, comme si elle allait lui dire quoi faire.*

Il a fini par faire son choix. Il s'est retourné et a quitté l'arène. Il a dit qu'il avait besoin d'un peu d'eau, et il a laissé là le pauvre bâtard, ne saluant personne.

Même nous étions désolés pour lui.

Keema fixait le sol. Son visage était brûlant. Il ne voulait pas lever les yeux. Si affûté soit son corps, si entraînées et exercées soient ses articulations et sa souplesse, il y avait toujours en lui cet enfant pleurnichard, qui ne savait pas comment gérer un tel embarras. *Nous nous sommes tous éloignés après cela, vers d'autres secteurs du poste de contrôle, pour faire passer le temps de cette nuit agitée. Nous avons ri entre nous, fait la conversation à voix haute. Comme si, à force de volonté, nous pouvions oublier que tout cela était arrivé.* Un luxe que ne pouvait se permettre Keema, qui faisait de son mieux pour calmer les palpitations de son cœur.

Il prit une bouffée d'air et se redressa. Puis se mit au travail et rangea les torches. *Depuis nos patrouilles sur le haut des murs, depuis nos parties de dés secrètes, nous l'observions.* Ces yeux perçants, scrutateurs et compatissants, lui brûlaient l'arrière de la tête, le forçant à cacher sa douleur, à se calcifier, car il avait appris au fil des années passées dans ce pays que la fierté d'une personne est inextricablement liée à sa capacité à survivre. Et tandis qu'il apportait les dernières torches à l'entrepôt secondaire, à l'extrémité nord du complexe, chaque pas l'éloignait de ce moment de rejet, jusqu'à ce qu'avec suffisamment de distance il puisse lui aussi se moquer de son passé. C'était ridicule, il avait même essayé de se battre en duel avec Raami. Quel imbécile il était ! pensa-t-il en secouant la tête, avec un sourire en coin. Il se promit de ne pas faire deux fois la même erreur, se dit que de tels risques ne valaient pas leur récompense. Et peu à peu, l'humiliation, auparavant si vive, se détacha de lui par couches successives, tandis qu'il marchait de plus en plus droit et passait devant les orphelins qui ne croisaient pas son regard – le garçon à la lèvre fendue l'observa un moment, comme s'il considérait quelque point commun fondamental entre eux deux, avant de trouver plus d'intérêt à une fourmi rampant sur sa poitrine –, le jeune homme de Daware ignorant, alors qu'il rangeait les dernières torches, qu'il n'était pas aussi seul qu'il l'avait cru.

Un lourd couteau a été dégainé.

Les amis de Vogo ont regardé Mae avec une certaine circonspection. *Il y avait dans ses yeux une soif de sang que nous ne partagions pas.* C'était un regard qu'elle a accueilli avec une certaine douleur. « On ne va pas tuer ce salaud, a-t-elle dit. Nous allons simplement… lui rappeler sa place. Pas vrai, mon frère ? »

Son bœuf de frère hocha la tête. Il rappela aux autres que la cicatrice fraîche qu'ils allaient lui infliger n'était que le juste châtiment de sa transgression du sang royal ; un petit prix à payer pour ce qui était, par essence, un blasphème. Mae ajouta : « C'est un combattant compétent, manchot ou non, alors ne le laissez pas placer un mot, clouez-le au sol rapidement et je ferai le… »

Elle se tut subitement et cacha son couteau ; quelqu'un arrivait. Ils observèrent dans l'obscurité la commandante Araya rejoindre Keema à l'extérieur de l'entrepôt, et lui parler en privé. Trop loin pour entendre leurs voix basses, les Sugo et leurs acolytes ne pouvaient que distinguer les expressions de Keema, éclairées par une torche proche : sa surprise et son acceptation hésitante de l'invitation qui lui était faite. « Et maintenant ? » demanda l'un des hommes, tandis que leur proie s'éloignait.

Mae a rengainé sa lame.

« Nous l'aurons plus tard, dit-elle. Venez. Nous avons d'autres affaires à régler. » Ils s'éclipsèrent rapidement.

Keema hésita sur le seuil du bureau d'Araya.

Elle le regarda.

« Mes invitations ne sont pas données à la légère », lui dit-elle.

Il entra et fit glisser la porte derrière lui. Des pots suspendus remplis de poudre de *jerin* gardaient la pièce fraîche. Les murs et le sol étaient couverts de draperies tissées par la flotte textile, le tapis sous ses pieds chaussés de sandales était orné d'un motif complexe de vignes et de pierres précieuses. *Dans le roulis des vaisseaux qui abritaient les métiers à tisser, nous avons tissé ces chefs-d'œuvre pour notre seigneur Induun. Le tissu était taché de notre sueur salée et du sang de nos ongles cassés.* Les étagères étaient remplies de rouleaux de manuscrits, de rames de parchemin reliées, de bouteilles d'encre, de pinceaux, d'un tas de plumes de rechange et d'un service à thé, immaculé tant dans sa confection que dans son entretien, placé sur un plateau que la commandante souleva en l'invitant à s'asseoir.

Sur un petit feu, elle leur prépara à tous deux une tasse de thé de lewisia, cueillie dans l'une des réserves privées de dame Panjet. *Nous avons passé six jours par semaine sur les rangées d'arbustes, courbés comme des suppliants, à cueillir seulement les meilleures feuilles ; nos nuques étaient brûlées par le soleil impitoyable.* Keema s'est incliné, honoré qu'Araya utilise ses propres rations d'eau pour remplir la théière, et il l'a remerciée.

« De rien, Keema de la tribu Daware », dit-elle en gloussant.

Ils attendirent que le thé infuse.

« J'espère que cela ne te dérange pas, dit-elle, que je prenne un tel plaisir à prononcer ton nom.

— Ça ne me dérange pas, commandante.

— S'il te plaît, appelle-moi Araya. C'est une rencontre informelle. Tu peux dire ce que tu penses ici. » Keema se tortillait inconfortablement sur son siège, silencieux et timide, jusqu'à ce que sa commandante ait pitié de lui et change de sujet.

« Tu dois te demander pourquoi je t'ai invité à prendre le thé. Cela te pose-t-il un problème que j'essaie de deviner le fil de tes pensées ?

— Non, commandante. Aucun problème.

— Tu penses que j'ai pitié de toi après que Raami a rejeté ton offre de duel. » Elle l'a regardé. « Tu crois que j'ai toujours eu pitié de toi, même le premier jour où nous nous sommes rencontrés, quand tu es venu me supplier de t'embaucher ici. Tu crois que je t'ai invité ici pour le thé comme un maître inviterait son chien à poser sa tête sur ses genoux. » Elle inclina la théière ; un long jet ininterrompu de liquide rouge se déversa dans les tasses de porcelaine. *Dans les fours du seigneur Waag, nous avons cuit les céramiques, travaillant avec des gants effilochés et usés, jusqu'à ce que même l'extrémité de nos doigts soit brûlée.* « Ne te méprends pas. J'ai de la peine pour toi. J'éprouve une profonde compassion envers ta situation. Mais ce n'est pas pour cela que nous partageons le thé ce soir. » Elle a posé la théière et l'a regardé. « J'ai quelque chose à te demander. »

Elle prit sa tasse à deux mains et souffla doucement sur le liquide brûlant ; il prit la sienne à une main, son étiquette n'étant pas encore rodée, et absorba trop rapidement une gorgée, qui lui brûla les lèvres. Elle sourit tandis qu'il la regardait et l'imitait en soufflant sur la tasse comme elle le faisait. La vapeur s'est échappée en douces ondulations. Des notes florales ont dansé sous son nez. La pomme dans sa gorge a frémi intensément.

« Quand nous nous sommes rencontrés pour la première fois, reprit-elle, tu as fait le vœu de me servir. Je n'avais jamais entendu cela auparavant et la phrase m'est restée en tête depuis.

— Tous les guerriers de Daware jurent une fidélité sans faille. Notre parole est de pierre. Aucune promesse n'est prise à la légère. Aucun vœu n'est oublié. » Il parlait comme s'il récitait des écritures sacrées, avec révérence, avec fierté.

« Quelle est la conséquence de briser un tel vœu ?

— Nous ne brisons pas nos vœux.

— Peut-être pas intentionnellement, suggéra-t-elle. Mais rien n'est jamais définitivement acquis en ce bas monde. Nous ne faisons que danser en suivant le Rythme. Et si vous étiez chargé de protéger quelqu'un, ou quelque chose, et que vous échouiez ? Que feriez-vous alors ?

— Je mettrais fin à ma propre vie, plutôt que de vivre avec un tel déshonneur.

— Donc il n'y a rien de plus important pour toi que de mener à bien une telle tâche ?

— Rien au monde. »

Elle sourit, comme si elle espérait qu'il dise cela. Dehors, un cor sonna l'heure de minuit. « Le temps passe si vite ces jours-ci », murmura-t-elle. Quand elle se tourna vers lui, ses yeux étaient remplis de détermination. « La faveur que je voudrais te demander est simple. Il y a quelque chose que je voudrais faire livrer aux abords de la Cité divine. Un colis qui m'est très précieux, ainsi qu'à la personne à qui il sera livré. Une antiquité, transmise de génération en génération. Pourquoi fronces-tu ainsi les sourcils ? »

Il porta la main à son front, qui l'avait trahi. « Je me demande seulement pourquoi vous me confiez la livraison de quelque chose de si précieux. » Il l'a regardée. « Nous ne nous connaissons pas.

— Je pensais avoir plus de temps. » Ces mots, prononcés à haute voix, semblaient la faire souffrir, car elle s'est soudainement touché la poitrine. « Mes options sont limitées. Demain sera… demain est… Mon temps est limité, et de toutes les sentinelles qui travaillent dans cette forteresse, c'est en toi que j'ai le plus confiance, pour au moins essayer d'accomplir cette tâche… à part Raami, mais j'ai besoin de Raami ici. Je sais que tu as un passé de mercenaire accompli. Dans cette situation difficile, Keema de la tribu Daware, tu es ma meilleure option. » Elle haussa une épaule. « Tu seras payé, bien sûr. Cinquante *copans* d'avance. »

Un peu de thé dégoulina de ses lèvres. « Cinquante ?

— Cinquante, répéta-t-elle, amusée. Et je fais une affaire, vu la distance que tu auras à parcourir. Es-tu déjà allé sur la côte est ?

— Non, admit-il. Je n'ai jamais eu aucune raison d'y aller. Quelqu'un comme moi ne serait jamais autorisé à entrer dans la Cité divine. » La plupart des gens ne l'étaient pas, à moins d'être emmenés à Joyrock, couverts de chaînes.

« Une chance pour nous deux, alors, que la personne qui recevra le colis ne soit pas à l'intérieur de la ville.

— À qui dois-je livrer ce colis ?

— Sache pour l'instant que c'est une personne d'une importance considérable pour moi. Les détails, je les partagerai si tu prononces ton vœu. » Elle a croisé ses doigts. « C'est la faveur que je te demande. Un long voyage, une simple livraison. »

Ses sourcils se froncèrent de nouveau. « Aurai-je encore un travail ici si je reviens ?

— Non, dit-elle, puis, après réflexion, elle ajouta : En fait, je te suggère de ne pas revenir du tout dans l'Ouest. »

Les yeux de Keema s'écarquillèrent. « Et pourquoi pas ?

— Pour ton bien, répondit-elle, refusant de s'étendre davantage. Je n'attends pas de réponse ce soir. Réfléchis-y. Demain matin, avant l'arrivée du prince, viens me voir et donne-moi ta réponse. Mais pour l'instant, savourons ce thé. »

Bien qu'il n'eût aucune chance de profiter de ce thé maintenant que la pièce était chargée d'un tel mystère, il hocha la tête, et ils se dirent peu de choses tandis qu'ils finissaient de siroter leur boisson dans cette pièce bleue de *jerin*. Après avoir vidé leurs tasses, elle le remercia d'être venu et il lui souhaita bonne nuit, mais elle l'arrêta à la porte.

« Je n'ai jamais compris pourquoi tu voulais travailler ici. Je n'ai jamais compris pourquoi tu as supplié pour avoir un poste. Tu devais savoir que les autres ne t'apprécieraient pas. Que le travail serait difficile et dégradant. À l'époque, je pensais que tu avais juste besoin du gîte et du couvert. D'une paie, même dérisoire. Mais en te côtoyant ces derniers mois, j'en suis venue à penser que tu ne manquais pas de propositions de travail de mercenaire bien payé, malgré ta condition. Ce qui veut dire que tu avais une autre raison de travailler ici depuis le début. » Elle inclina la tête. « Je me trompe ? »

Il resta silencieux. Les yeux fixés sur la porte. Il répondit, presque à voix basse : « Un jour, un liseur d'eau a bu la sueur de ma main et m'a prédit mon avenir. Il m'a dit que je trouverais ce que je cherchais à la Porte du Tigre. »

Araya, surprise que cet homme accorde de la valeur à de tels oracles, demanda : « Et que cherches-tu ? »

Mais il ne voulait pas en dire plus. Il se contenta d'un sourire indéchiffrable, hormis son éclat embarrassé, ce qui provoqua un pincement de douleur dans la poitrine d'Araya, qui aurait aimé avoir plus d'occasions ces derniers mois de contempler de si belles expressions. « J'ai toujours dit la vérité, tu sais. J'aime ton nom. Il est vieux jeu dans son genre. Peu de gens sont "de" quelque chose de nos jours. On est commandant ceci, ou sentinelle cela. » *Nous sommes fermier ou pêcheur.* « Carrier Keema, ça s'entend partout, ou duelliste Keema. Ou soldat Keema. » *Bien trop d'entre nous étaient soldats.* « Mais Keema de la tribu Daware, j'ai toujours aimé ce nom.

— La plupart des gens ne l'aiment pas. » Les mots étaient sortis du plus profond de lui-même, comme un bouillonnement inattendu.

Elle a haussé les sourcils.

« Des imbéciles, tous autant qu'ils sont. »

Elle avait dit cela avec désinvolture, comme si c'était une évidence, mais il éprouva le besoin de masquer son sourire, qu'il imaginait très bête. Il sortit de son bureau, les yeux de la forteresse une fois de plus rivés sur lui. *Nous nous sommes tous demandé de quoi ils avaient parlé là-dedans.* Mais cette fois, il ne s'en souciait guère. Raami avait repris sa position devant la porte d'Araya ; la gêne qui s'était installée entre eux après qu'il avait rejeté son offre de duel semblait maintenant bien lointaine à Keema alors qu'il passait devant l'homme. Mais Raami, qui rabâchait toujours son sentiment de culpabilité, lui offrit un bref signe de reconnaissance.

« Va, homme de Daware, dit-il doucement. Va te reposer. »

Le temps était compté.

C'est une sensation d'effervescence, une sensation presque agréable – le sentiment d'arriver à une échéance abrupte et impénétrable. Elle te fait penser au minuteur, qui était le jouet préféré de ta *lola*. Elle utilisait cet engin ovoïde à manivelle pour faire infuser son thé. Elle l'utilisait quand elle cuisinait dans le four d'argile. Elle l'utilisait pour te réveiller après une sieste. Quand tu penses au minuteur, tu penses à de vieilles mains aux jointures blanchies qui remontent le ressort. Tu penses au fil de tension, maintenu en équilibre entre deux pôles opposés. Tu penses à ses entrailles qui font tic-tac, un son qui ne t'a jamais quitté, tout comme elle ne t'a jamais quitté ; tu l'entends maintenant, dans ce même théâtre, lointain mais indéniable ; le claquement de sa langue d'aluminium ; le tapotement du pied de ce corps baigné de clair de lune ; nous attendons.

Des chevaux se cabrèrent dans la nuit.

Un chariot traversait à toute allure la ville entre les montagnes. Le conducteur éperonnait les chevaux dans des ruelles tortueuses, tandis qu'au-dessus, des sifflets retentissaient sur la route du Palais. Le conducteur a attendu, tendu, que les gardes aux portes de la ville vérifient ses documents. Ils lui firent remarquer qu'il était plutôt tard pour voyager. Ils lui ont demandé s'il savait ce qui se passait au sommet de la montagne. Le conducteur a répondu par la négative. Il était pressé, a-t-il précisé. Lorsque les gardes ont vu le sceau royal sur ses papiers, ils lui ont conseillé de rester sur la route principale et lui ont souhaité bonne chance. Il a hoché la tête en signe de remerciement, avant de faire claquer ses rênes en franchissant la porte de pierre, qui s'est refermée derrière lui.

Dans l'obscurité de la nuit sans lune, le chariot s'est hâté à travers la vallée connue sous le nom de Berceau de l'Empereur, où les hurlements résonnaient au-dessus des collines ondulantes de la plantation de thé de Panjet, laissant la montagne imposante de la capitale royale derrière lui, jusqu'à ce que le conducteur arrive à une fourche sur la route principale.

Gauche ou droite.

Après un instant de réflexion, il fit avancer ses chevaux sur la route de la Porte du Tigre.

« C'est presque prêt », annonce ta *lola* en plongeant son regard dans la bouilloire.

Tic-tac, tic-tac, tic-tac.

Le minuteur tourne sur lui-même tandis que la fratrie Sugo se faufile dans l'ombre de la porte est. Vogo et ses amis ont distrait les gardes en faction avec un sac de poudre de *dopha*, dont ils se sont partagé quelques bouffées pendant que Mae rôdait dans le réseau de poulies et, avec la même désinvolture avec laquelle on attend un carrosse ou un appel téléphonique, empoignait le couteau qu'elle utilisait pour éventrer les sacs de marchandises de contrebande et commençait à scier la vieille corde qui enserrait la grande roue. *Nous savions que le prince venait nous rendre visite le lendemain, et nous pensions que ce serait une bonne blague, et une forme de justice, si, quand le Paon se présenterait, la porte de l'est ne s'ouvrait pas. Araya l'Ivrogne recevrait un nouveau surnom ce jour-là, et si le prince ne la foudroyait pas sur place, elle serait chassée du pays sous les quolibets.*

Oui, sur le moment, nous pensions que c'était une idée brillante.

La corde était aussi épaisse que le torse d'un homme. Mae n'a même pas pu scier la moitié du chanvre avant qu'une autre rotation de sentinelles arrive. Elle, Vogo et les autres ouvriers, drogués par leur poudre, se sont enfuis dans le coin le plus éloigné de la forteresse, le travail n'étant qu'à moitié terminé. *Nous espérions que cela suffirait.* Et dans l'ombre de la cabane des latrines, ils ont quand même fait la fête, inhalant à pleins poumons la *dopha*, éblouissant leurs sens. Vogo riait avec une hystérie haletante tandis que sa sœur imitait la marche du crabe pour l'amuser.

Les yeux larmoyants et l'esprit envolé, il essuya la poudre verte qui lui collait au nez, tandis qu'un de leurs acolytes, qui se prenait pour un érudit amateur, se chargeait de leur enseigner les origines de la *dopha*, leur expliquant le processus de raclage de la pierre de jaxite extraite au cœur des carrières de l'Est, jusqu'à ce que Vogo lui lance un « Ferme ta gueule », affalé dans la poussière, trop étourdi pour se tenir debout. « Ferme-la, putain. » Sa sœur, sa meilleure amie, s'est affaissée près de lui. Elle paraissait minuscule à côté de lui.

« Nous dépècerons l'estropié demain », dit Mae en s'assoupissant.

Vogo a soupiré.

« Ma tête est le soleil », lui a-t-il répondu.

Le temps s'écoule sous les piliers
de la tour de guet où niche la tortue.

Keema était appuyé contre l'un des piliers de la tour de guet et regardait les orphelins jouer à un jeu de bâtons. Le jeu était étonnamment compliqué, avec des règles qui lui échappaient encore, mais il restait quand même, pour se distraire de tout ce qui s'était passé ce jour-là.

« C'est simple », dit le garçon à la lèvre fendue, en brandissant l'un des bâtons comme la baguette d'un instructeur. Mais plus le garçon expliquait le jeu, moins Keema comprenait. Il était heureux d'écouter et assista à de nombreux tours de jeu, rapides, frénétiques et remplis de rires. Les enfants aimaient avoir un public.

« C'était bien joué ? » demanda Keema.

Le garçon grogna. Il expliqua pourquoi ce n'était pas une bonne stratégie. Keema écouta avec sérieux. Il resta plus longtemps qu'aucun des orphelins ne s'y attendait. Il tenta même de jouer un tour, mais perdit avant même que son bâton touche terre. Bien qu'il soit un jeune homme fier, cela ne le dérangea pas de perdre contre des enfants ce soir-là. Cela ne le dérangeait pas non plus que le garçon à la lèvre fendue lui parle comme à un gamin, en articulant lentement les éléments d'une bonne stratégie. La compagnie de cette nuit étrange et solitaire ne le dérangeait pas.

Une nuit qui semblait si longue, si brève.

En attendant dans ses quartiers les premières heures de la journée, Araya apaise les tremblements de sa main avec une gorgée de sa fidèle flasque, mais la brûlure dans sa gorge et le feu dans son ventre ne lui apportent que peu de réconfort, ses nerfs vibrant encore du frisson ressenti tantôt, un frisson qu'elle ne pouvait s'empêcher d'interpréter comme un avertissement divin concernant le crime qu'elle s'apprêtait à commettre contre la famille royale. Le prince. Un homme qui lui avait dit un jour à quel point il se sentait à l'aise en sa compagnie, chaque fois qu'ils prenaient le thé, et qu'elle, malgré elle et tout ce qu'elle avait entrepris depuis tant d'années, appréciait en retour.

Une pincée d'*idlit*, voilà ce qu'il lui fallait.

Elle se tourna vers le mur, où, sur le manteau d'une cheminée, reposait un objet légué par ses ancêtres. C'était toujours vers la famille qu'elle se tournait pour trouver du réconfort, et cette nuit ne faisait pas exception. Elle s'inclina devant la vieille lance éraflée, dont la lame brillait comme une feuille d'argent, et pria pour être assez courageuse le moment venu et pour tout ce qui viendrait après, que ce soit la vie ou le doux abandon de son esprit à l'étreinte de la Mer dormante. Et, alors qu'elle priait, tu regardes le totem dans tes mains.

Cette arme antique.

La lance fait presque la longueur de ton corps, même si tu dois bien admettre que tu n'as jamais été très grand. Tu touches la houppe ; elle est étonnamment douce au toucher, comme de fins cheveux roux. Les autres rêveurs t'observent avec étonnement lorsque tu brandis la lance, sa lame scintillant à la lumière des braseros qui bordent maintenant les allées de l'amphithéâtre, l'arme transmise de parent à enfant dans ta famille depuis de nombreuses générations, dont l'origine remonte avant même la traversée de la Grande Mer. Ta *lola* avait l'habitude de s'incliner devant la lance tous les matins, avant le petit-déjeuner, comme le faisait Araya à l'époque, et ta *lola* te demandait de t'incliner devant elle toi aussi, et tu pensais qu'il était injuste qu'elle ne l'impose qu'à toi, et non à aucun de tes neuf frères. Mais, objet d'ennui et de honte autrefois, la lance pèse désormais un poids différent entre tes mains, et tu te demandes si c'est la même que celle d'Araya. C'est le cas. Mais quant au pourquoi, et au comment…

Chut.

Tu as entendu ?

Le corps baigné de clair de lune se tient à l'avant de la scène. Son oreille est dressée vers le ciel.

Il arrive.

Les habitants de la ville frontalière à l'ouest de la forteresse ont été les premiers à l'entendre approcher, à travers leurs fenêtres entrouvertes, *mais nous savions qu'il valait mieux ne pas s'intéresser à ce conducteur fou qui fonçait sur la route.* Les guetteurs du mur de la porte ouest ont ensuite repéré le véhicule qui dévalait la route d'En-Bas. Il s'agissait d'un chariot de transport du Palais, dont les armoiries impériales brodées sur ses côtés s'estompaient dans les flaques de lumière des torches plantées aux bords de la route. Quatre grandes roues grinçaient sous le poids du corps du chariot qui roulait dans la poussière, ne ralentissant que pour s'arrêter juste avant l'imposante porte en bois qui bloquait toute circulation vers l'ouest. Le conducteur se tenait debout sur le siège du chariot et brandissait au-dessus de sa tête un document. Il a crié qu'il était venu pour une affaire royale. Il tenait son document à bout de bras. À l'aide d'une lorgnette, le guetteur sur le mur a repéré l'incomparable sceau rouge qui fermait le parchemin. Ils n'avaient pas d'autre choix que de le laisser entrer.

Trois courts coups de corne en provenance de la tour de guet ont réveillé les sentinelles. « Ouvrez la porte ! Affaires royales ! Ouvrez la porte ! » *Nous sommes sortis en titubant des baraquements et du réfectoire, de notre sommeil, de nos jeux.* Un quatuor d'hommes s'est rassemblé autour de la roue commandant la porte et, avec un lourd gémissement, le panneau en bois a commencé à s'élever – il était à peine décollé du sol lorsque le conducteur du chariot a éperonné ses chevaux, le toit de toile s'est déchiré sur les dents en bois de la porte alors qu'il se précipitait dans la cour proprement dite.

Araya est sortie en trombe de ses quartiers, tenant toujours la lance. Tout en courant, elle a foudroyé du regard la tour de guet, criant à la tortue : « Pourquoi ne nous as-tu pas informés d'une visite royale ? »

Mais la tortue n'a fait que bafouiller. « Pas de nouvelles ! Pas de nouvelles ! s'est-elle écriée. Ne blâmez pas cette enfant, le Palais est calme ! Cette enfant n'a aucune nouvelle… »

Les deux chevaux piétinaient et grognaient en traînant leur charge au centre de la cour. Les sentinelles affluèrent pour montrer leur respect à cette caravane royale inattendue, tandis que les orphelins furent éloignés, ainsi que Keema – *nous ne voulions pas que sa vue offense nos visiteurs royaux.* Lui et les enfants furent forcés d'observer tout ce qui suivit depuis les ombres lointaines, sans être vus. La porte ouest s'est refermée avec un bruit sourd et définitif. Les enfants s'enfoncèrent davantage dans l'ombre, sentant que la nuit était dangereuse, tandis que Keema, interpellé par la scène qui se déroulait devant lui, fit un pas en avant, les yeux rivés sur le conducteur nocturne qui descendait du chariot.

Le conducteur portait un masque de Palais sculpté à l'image d'un démon rieur, aux joues rouge vif et à la bouche garnie de dents acérées. Il tenait un parchemin dans sa main, au-dessus de sa tête, comme pour montrer à tous, y compris aux archers aux arcs encochés, qu'il n'était pas armé.

Araya arracha le parchemin de son poing et lut la note à la lumière de la torche que Raami lui apporta, ses lèvres bougeant au fur et à mesure de sa lecture.

Trop loin pour entendre ce qu'ils disaient, Keema se fia à l'expression dubitative d'Araya et aux gestes de supplication du conducteur pour reconstituer la scène dans son esprit, mais ce n'est qu'après qu'Araya elle-même fut entrée dans le chariot pour en ressortir quelques minutes plus tard, visiblement secouée, et qu'elle se fut retirée dans son bureau pour conférer en privé avec le messager, qu'il a entendu les autres parler de ce qui, par l'Abysse, se passait.

Un dignitaire en visite était mort.

C'est ce qu'on disait. Quelque importante femme du Sud, qui s'est effondrée lorsque son cœur s'était mystérieusement arrêté de battre. *C'est ce que m'a dit Yeera, qui l'a appris de Doga.* La femme a été ramenée chez elle. *Sa maison était loin.* On avait demandé au conducteur de faire le trajet le plus vite possible, pour que la famille du dignitaire puisse procéder aux Rites du Corps avant que les énergies de son esprit aient quitté son enveloppe terrestre. *C'était la raison pour laquelle ils se trouvaient à notre poste de contrôle à cette heure indue.*

Mais cela n'expliquait pas le sentiment d'effroi qui semblait émaner du chariot. Cela n'expliquait pas pourquoi, lorsque Keema a examiné le véhicule, il a pensé qu'il allait ouvrir grand ses mâchoires et l'avaler tout entier. Tous les yeux de la Porte du Tigre étaient tournés vers ce véhicule. Raami se tenait devant les chevaux qui s'ébrouaient, une goutte de sueur perlant sur son front tandis qu'il observait alternativement les quartiers d'Araya, porte fermée, puis le chariot, qu'elle lui avait ordonné d'inspecter. Le manifeste était dans ses mains. Il énumérait tous les effets personnels de la défunte. Il avait déjà passé en revue des listes de contrôle similaires, d'innombrables fois, mais, *cette nuit-là, il n'y avait rien que je préférais faire que de reculer devant cette chose. J'ai pourtant essayé de faire un pas dans sa direction, mais j'étais incapable de terminer le mouvement. Comme si j'étais arrêté par une sorte de laisse invisible sur le cœur. Je ne l'explique pas.*

J'ai cherché quelqu'un à qui ordonner d'accomplir cette tâche à ma place. Un homme loyal pourrait penser qu'il s'agissait d'une coïncidence, que le premier regard que j'aie croisé était celui de l'homme de Daware. Mais, en vérité, c'était une question pratique : je ne perdrais pas la confiance de mes subordonnés en désignant le plus humble des nôtres.

Et bien que le cœur de Keema batte aussi fort que celui de ses camarades, il saisit sans se plaindre le manifeste dans la main tendue de Raami, *et notre estime pour lui augmenta, ne serait-ce qu'un peu, devant sa bravoure.* Il passa devant les chevaux, fit le tour de la voiture et se dirigea vers l'arrière, où le rabat de l'entrée l'attendait, la toile repliée en arrière, formant un triangle d'une obscurité impressionnante. Il inspira et grimpa à l'intérieur, se demandant si ce maudit liseur d'eau était heureux de l'avoir floué du peu d'argent qu'il avait, en lui énonçant cette stupide fausse prophétie à propos de ce qu'il trouverait à ce poste de contrôle ; ce n'était pas du tout ce qu'il cherchait.

Dans son bureau, Araya souriait.

Ses mains tremblaient, non pas à cause du manque d'alcool, comme d'habitude, mais parce que le conducteur venait de partager avec elle un secret si vaste dans ses implications que son corps avait du mal à le contenir. Elle a tremblé, elle a souri et elle a dit : « Ce n'est pas possible que les choses aient tourné ainsi. »

Le conducteur lui avait révélé le visage caché derrière le masque démoniaque. Un visage qui l'avait choquée, le visage d'une des dernières personnes qu'elle s'attendait à voir, ce soir entre tous les soirs, et qui hocha la tête en signe de compréhension. « Néanmoins, c'est ainsi que vont les choses. Elle vous a accordé la connaissance de Sa présence. Si vous comprenez cela, alors vous comprenez aussi pourquoi vous devez me laisser passer, commandante, et le plus tôt sera le mieux.

— Ce frisson que j'ai ressenti… était-ce…

— Oui. C'était ça. »

Elle dut se maîtriser.

« Dieux tout-puissants !

— Commandante.

— J'ai besoin d'un moment. » Elle s'est penchée en avant sur son siège. Elle a cru qu'elle allait vomir. « Il est mort. Il est vraiment mort. » Son esprit, autrefois vide, s'est lentement rempli de possibilités. Quand elle a retrouvé son souffle, elle a levé les yeux vers le masque démoniaque du conducteur. « Où L'emmenez-vous ?

— Loin d'ici. Quelque part où Elle pourra se reposer, et où Elle pourra élaborer ses plans. »

En entendant cela, Araya décida de s'adapter aux circonstances.

« J'ai une alternative à vous proposer », dit-elle.

Dans le chariot, Keema a grimacé.

L'odeur inimitable de la mort imprégnait l'endroit ; un musc vicié qui rendait l'air lourd et étouffant. Il travailla rapidement, déroula le manifeste et contrôla la liste des objets présents dans le chariot. Il examina les grandes et pesantes marmites, les lourds sacs de céréales et les larges sacoches en tissu remplies de ce qu'il supposait être les robes et les vêtements de nuit de la dignitaire. Il toucha et fouilla les affaires de la défunte. Il donna un coup de pied dans un sac de vêtements, puis souleva le massif couvercle d'un des pots, une odeur de parfum s'échappant de l'ouverture et lui montant au nez. Il posa le couvercle et y fourra la main, et ses doigts s'enfoncèrent dans un agréable monticule de fleurs de sagou royales. Et il avança jusqu'au rideau noir qui séparait le chariot en deux parties, où, alors qu'il écartait l'étoffe, il fut surpris par la rapidité des battements de son cœur.

Elle était là.

Un corps âgé était, dans le Vieux Pays, quelque chose d'incompréhensible. La personne la plus vieille que Keema ait jamais connue était une des matrones de la péniche de plaisance à bord de laquelle il avait travaillé quelque temps en qualité de garde. Elle avait cinquante ans quand elle mourut – un âge remarquable, qu'elle aurait pu dépasser si elle n'avait pas été accablée par ses nombreuses dettes. Jusqu'à cette nuit, sa mémoire était sa référence : l'âge le plus élevé qu'un humain puisse avoir.

Le cadavre de la femme devant lui était si vieux qu'il pouvait à peine le comprendre. Sa peau avait la couleur d'un pruneau pourri, pincée jusqu'à l'os et pourtant profondément ridée. Sa tête était chauve, ses yeux enfoncés profondément dans son crâne comme deux cratères sombres. Son frêle corps, drapé dans une robe ample aux motifs complexes, avait été positionné en tailleur, ses mains squelettiques reposant sur ses genoux osseux, dans une posture de profonde méditation.

Cette personne était morte, indéniablement, mais il ne pouvait croire qu'elle n'était morte que ce jour-là – on aurait dit qu'elle était morte avant la naissance du monde.

Sous l'emprise d'une crainte morbide, il s'est approché d'elle, son pied droit franchissant la ligne de séparation du rideau. Ce fut sa première erreur cette nuit-là, car soudain, il ressentit une douleur – une douleur aussi aiguë qu'une aiguille enfoncée dans son œil et ressortant par l'arrière de sa tête – et il tomba sur le plancher du chariot.

Quelque temps plus tard, il se réveilla.

Le monde, qui s'était obscurci en un instant, est redevenu clair. Araya était accroupie au-dessus de lui. Il cligna encore des yeux, sa vision s'éclaircissant maintenant que la douleur, qui avait été si aveuglante, avait presque disparu. Il était allongé sur la terre de la cour. « Pourquoi suis-je ici ? demanda-t-il.

— Tu t'es évanoui, répondit Araya. Le conducteur t'a traîné dehors.

— Il y a quelqu'un là-dedans. » Il a pointé du doigt la caravane.

La commandante a hoché la tête. Il y avait dans ses yeux une lumière provenant des torches qui la faisait paraître comme touchée par une révélation. « Je l'ai vue aussi, dit-elle. C'est une vision qu'on n'oublie pas facilement. » Il a essayé de se lever, mais elle a posé un doigt sur sa poitrine et l'a repoussé bien trop facilement. « Reste couché. Je ne voudrais pas que tu t'évanouisses encore une fois.

— S'il vous plaît, commandante, a dit le conducteur masqué, debout derrière elle. Le temps nous est compté. »

Keema a posé un doigt sur sa tempe. « Je crois que je v… »

Mais son *je vais mieux* s'est étouffé quand, sous son dos, il sentit le sol trembler.

Nous les avons entendus avant de les voir.

Le lointain tonnerre des sabots résonnant dans la vallée. Les cailloux dansant sur le sol. Les habitants de la ville frontalière au-delà des portes savaient qui venait. *Nous connaissions ces chevaux. Nous connaissions ce cri de guerre.* Et alors que les silhouettes rouges déferlaient de l'obscurité, martelant le chemin de terre qui menait à la Porte du Tigre, les gens ont pressé leurs dos contre leurs portes et couvert leurs bouches avec leurs mains, tenant leurs enfants près d'eux, *car au son de ce tonnerre, nous n'avions d'autre choix que nous terrer.*

Ils voulaient tous se tapir dans un coin, même les sentinelles de la forteresse qui pourtant, ce matin-là, se sentaient heureuses et puissantes tandis qu'elles faisaient passer aux voyageurs leurs strictes et imprévisibles inspections, car il n'y avait pas une seule personne dans le pays de la nuit sans lune qui ne reconnaissait pas ce tremblement de la terre et la violence qu'il annonçait. Le mystérieux conducteur tituba en arrière, respirant rapidement, comme s'il était au bord d'une crise de panique.

« S'il vous plaît, a-t-il supplié. Vous ne pouvez pas le laisser entrer. Il va tous nous tuer.

— Qu'avez-vous amené à ma porte ? lui a demandé Araya.

— Des bannières, a crié le guetteur du mur ouest, la gorge serrée. Je les vois toutes. La Brigade du Paon rouge ! »

La forteresse inspira profondément. Certaines des sentinelles disparurent. *Mon corps m'emmena dans un des baraquements de stockage, où je me barricadai et priai pour voir le matin se lever.* D'autres restèrent figés sur place, toute initiative envolée, le corps perdu dans un état réflexe de paralysie. Vogo Sugo, toujours sous l'effet de la poudre de *dopha*, caressait le poil d'un des chevaux, tandis que sa sœur Mae tremblait de terreur. Quatre des sentinelles ayant encore le courage d'agir traversèrent la cour à toute allure afin d'ouvrir la porte ouest, mais lorsqu'elles atteignirent la roue, la voix d'Araya s'éleva : « ARRÊTEZ ! LA PORTE RESTE FERMÉE ! » Plus personne n'a prononcé le moindre mot après cela ; le seul son audible était celui du martèlement des sabots s'amplifiant inexorablement, telle une eau bouillonnante venant lécher le bord d'une marmite. *Nous la regardions tous comme si elle avait perdu la tête : ne pas ouvrir une Porte à un prince était un blasphème.* « Nous savons tous ce qui est arrivé à la Porte du Renard, cette nuit où ils ont reçu la visite de la brigade, leur dit-elle. On sentait l'odeur du bûcher de leurs corps dans tous les Mille, bien que l'on ait découvert plus tard qu'ils étaient innocents de toute accusation. Nous allons d'abord essayer de savoir pourquoi ils sont ici. C'est légal. C'est… c'est juste. »

Et, ainsi, personne n'agit. Ils attendirent simplement que remonte la route à flanc de falaise la bande de guerriers menée par le prince lui-même, *le glaive de la vallée occidentale, la griffe de l'Empereur.*

La Première Terreur.

« Puis-je m'entretenir avec votre commandante ? »

La voix étonnamment douce a traversé les hauts murs et atteint les oreilles de toutes les personnes présentes dans la cour. Les gardes sous le commandement d'Araya se sont tournés vers elle, les yeux écarquillés et les épaules tremblantes, et elle les voyait à présent comme les enfants qu'ils étaient. « Que voulez-vous que nous fassions ? » a demandé Raami, mais elle a mis un doigt sur ses lèvres et lui a dit : « Il vous entend. » Elle se mit alors à fredonner, comme si ce moment n'avait rien d'extraordinaire ou d'effrayant, et monta les marches de la muraille, ayant appris depuis longtemps que, pour être un bon chef, il suffisait de ne pas exprimer ce que l'on ressentait vraiment. *Ça a marché. Nous avons cru qu'elle allait nous sauver avec ce sourire calme.* Elle a posé les mains sur le bord du mur et froidement compté dans sa tête le nombre de guerriers aux yeux creux ici assemblés, leurs armures rouges transformant la route de l'Ouest en rivière de sang. Son regard a suivi la ligne de guerriers à cheval jusqu'à sa tête de file, juste en dessous d'elle, où, devant la porte en bois massif, la Première Terreur attendait debout, les pieds chaussés de sandales, à côté de son cheval qui haletait.

Il a souri.

« Bonjour, commandante Araya. Ravi de vous revoir. »

Là se tenait Saam Ossa, l'aîné des triplés de l'Empereur, la Première Terreur, le Fléau de la Vallée. Il était, comme toujours, rasé de près, beau d'une manière vague, avec rien de particulièrement frappant dans le visage, mais rien de rebutant non plus, les cheveux courts, légèrement ondulés. À la différence de ses fils guerriers, il ne portait pas d'armure, mais une robe rouge vif et une culotte noire fermée au mollet par une ficelle.

« Monseigneur, dit-elle en s'inclinant imperceptiblement. C'est un honneur.

— Merci de le dire, même si vous ne le pensez pas. » Cela la mettait à cran, de voir à quel point son sourire était charmant. « L'heure est tardive. Je le sais. Ma présence perturbe votre quiétude, et j'en suis sincèrement désolé.

— Absurde. Nous servons à la convenance du Trône.

— Encore une fois, merci de le dire, mais je dois admettre – et comprenez bien que je ne vous accuse de rien, je fais simplement état d'une observation curieuse – qu'il est remarquable que vous ne nous ayez pas encore ouvert vos portes, même si notre identité doit vous paraître très claire désormais.

— La nuit a été étrange. » Les archers auparavant à ses côtés n'étaient plus là : ils avaient maintenant reculé suffisamment pour être hors de vue de la brigade – l'un d'eux, un garçon qui n'avait pas plus de quinze ans, regarda sa commandante *et je me rendis compte que je me tenais à côté de la personne la plus courageuse que je connaîtrais jamais dans cette vie, et j'avais envie qu'elle me prenne dans ses bras.* « Les nouvelles du Palais restent incertaines, et les tensions sont vives. J'ai décidé que toute personne approchant à cette heure tardive serait interrogée avant de pouvoir passer.

— La prudence est la meilleure politique », a-t-il répondu avec humour après l'avoir écoutée attentivement. Son sourire ne s'est jamais effacé. Il l'a pointée du doigt. « C'est bon de vous voir, commandante Araya. Très bon. Ces dernières semaines, j'ai pu constater à quel point vous êtes spéciale, car j'ai visité de nombreux autres postes de contrôle que mon père avait construits et j'ai parlé avec leurs commandants. Au dernier poste que j'ai visité, le commandant avait trop peur pour sortir et me parler. Il a envoyé son lieutenant à la place. Un petit homme effrayé, dont les mains tremblaient, comme ceci, pendant qu'il lisait à haute voix les salutations officielles que son commandant avait griffonnées sur un rouleau de parchemin. Il s'est pissé dessus en s'inclinant devant moi. C'était un spectacle désolant. » Il a levé les mains en un geste d'impuissance « Votre bravoure m'a manqué. Vous n'avez jamais eu peur de m'affronter en personne. C'est toujours rafraîchissant de passer du temps avec quelqu'un qui vous voit pour ce que vous êtes ; un homme, tout simplement, qui a cueilli un titre de trop lors de son séjour sur cette écorce terrestre. »

Son sourire s'estompa quelque peu, juste assez pour qu'elle le remarque.

« Contrairement à mes frères, poursuivit-il, je n'ai jamais aimé être appelé une Terreur, bien que je ne puisse nier que le titre est pertinent, surtout une nuit comme celle-ci, où le temps est compté et où ma mission est urgente.

« Un chariot est passé par ici tout récemment. Je sais que vous l'avez vu franchir vos portes, les signes abondent. Je suis sûr que vous avez compris que nous le recherchons. Quant à savoir pourquoi, eh bien, le conducteur a volé quelque chose de précieux dans la capitale et a tué un de mes fils dans sa fuite. » *Dans cet abattoir, sous la montagne, nous avons trouvé le masque de paon de Jun Ossa, des lambeaux de ses vêtements et, plus accablant encore que tout le reste, le collier en os qui était sa possession la plus précieuse. Son père pleurait en tenant ce collier dans sa main.* « Pour cette raison, entre autres, je chasserai ce chariot jusqu'au bout du monde. Et je le ferai en rendant justice à mon titre de Terreur. » Il n'y avait plus de sourire sur son visage. « Si vous avez conduit une inspection diligente de ce chariot, ce dont je suis sûr, et si vous avez employé les promptes capacités de déduction et de raisonnement que je sais vôtres, alors vous saurez que le précieux objet que je recherche est le corps d'une vieille femme qui se trouve dans la cabine de ce chariot. Une femme extraordinairement âgée que j'aime beaucoup et que je souhaiterais ramener chez elle le plus tôt possible. C'est pourquoi je suis ici ce soir, commandante. Et j'irai de l'avant sans férir, avec ou sans votre aide.

— La Porte du Singe est à quelques kilomètres au nord d'ici, déclara Araya, sans parvenir à déglutir. Je pense que c'est la meilleure chance que vous ayez de les rattraper.

— Encore une fois, dit-il d'une voix douce, voici une tentative louable. »

Il a ensuite baissé les yeux et regardé directement à travers la porte. Sa voix froide et calme était parfaitement audible.

« Mère », a-t-il dit.

Je sais que tu es là.
Je sens ton odeur.
Sens-tu la mienne ?
Le sang de mon père sur mes vêtements ?
Mon fils ?
Peu importe.
Je suis venu te ramener à la maison.
Et, commandante.
Merci pour vos bons services.
Et votre compagnie.

Il a tendu la main vers la porte.

Mais maintenant, j'entre.

C'est alors que le minuteur sonna.

Bzzzzzzzzzzzzzzzzzzzzzzz...
« Oh ! » a soufflé ta *lola*, surprise.
L'eau bouillante montait sur le rebord de la casserole.
« C'est l'heure ! »

Quelque chose de gros heurta la porte ouest.

La construction en bois, autrefois inflexible, se déforma, comme si elle venait d'être frappée par une ventouse, et toute la forteresse vacilla sous l'impact, mais la porte resta debout. Tandis que les enfants se précipitaient dans leurs abris, la foule des sentinelles dans la cour regardait leurs camarades qui se tenaient au sommet du mur. *Nous avons crié, nous avons demandé ce qu'ils avaient vu, ce qui avait frappé la porte, mais ils n'ont pas répondu – ils ne nous ont même pas entendus.* Araya ne sentait plus ses pieds.

Puis le deuxième impact est arrivé.

Une fissure a zébré la surface de la porte ouest. La lumière des torches de la brigade était visible à travers l'ouverture. *Comment dire aux autres ce que nous venions de voir ? Comment leur expliquer le pouvoir de la Première Terreur ?*

« Pitié ! » Quelqu'un a couru sur les marches du parapet en criant ce mot. C'était la sœur Sugo. Araya la fixa d'un air abasourdi tandis qu'elle criait à la brigade : « J'ai du sang royal ! Mon frère et moi, nous sommes des vôtres ! S'il vous plaît, nous allons ouvrir cette porte ! Épargnez-nous ! Vogo ! » Elle a crié, mais quand elle s'est retournée, son frère n'était plus là. *C'était toujours à moi de nous sauver, depuis qu'on était enfants.* En grognant, elle a demandé l'aide de ses amis : « Vous tous, avec moi si vous voulez vivre ! » et elle et ses hommes se sont dirigés vers la roue ouvrant la porte.

« Non, Mae ! » cria Araya, sortant de son mutisme stupéfait, et tout en courant pour les arrêter, elle a crié à Raami : « Ouvre la porte est ! Les enfants d'abord ! Courez ! » Raami acquiesça et rassembla ses propres hommes afin d'accomplir cette tâche, tandis que Mae et ses amis commençaient à pousser la roue. Elle n'avait pas encore accompli un tour complet qu'Araya appuya la pointe de sa lance contre le dos de Mae. « Je t'ai dit d'arrêter. On ne peut pas ouvrir cette porte.

— Espèce de conne ! » a hurlé Mae. Les pupilles dilatées, elle a pivoté sur ses talons, écartant la lance du revers de la main avant de planter son couteau dans le flanc d'Araya.

De l'autre côté de la cour, Raami vit Araya trébucher en arrière.

À travers la foule de mes camarades qui couraient, terrorisés, je vis ma commandante, blessée, et en la voyant agripper la poignée du couteau fiché dans son flanc, je sentis la blessure comme si c'était moi qui venais de la recevoir. Mae était déjà revenue à la roue, tremblant en appuyant de tout son poids, incapable de la faire tourner, ses compagnons l'ayant abandonnée. « Épargnez… nous… » grogna-t-elle, avant de tressaillir et de cesser de respirer, alors que son corps s'affaissait sur le sol.

Avec une grimace, Araya arracha la lance du dos de Mae.

Un troisième coup.

La fissure s'élargit pour devenir une brèche. Keema avait rejoint les autres à la roue de l'Est, la porte qui menait aux terrassements s'animait lentement, les dents de bois sortant de leurs profonds sillons. Huit sentinelles en tout travaillaient sur la roue, le double de ce qui était nécessaire, et pourtant la résistance leur semblait plus grande que jamais. *La roue pesait incroyablement lourd, elle nous combattait comme jamais auparavant.* La corde sabotée à l'intérieur de la poulie trembla sous l'effet de la tension, les poils de chanvre se rompirent tandis que les orphelins étaient envoyés sous la porte dont l'ouverture s'élargissait lentement – le garçon à la lèvre fendue fila sur la route sombre de la falaise avec les autres enfants, ne sachant où courir sinon en avant. Certains hommes ont également essayé de se faufiler dans l'étroite échancrure ; deux d'entre eux ont réussi à passer avant que la corde de la poulie se déchire comme un tendon et que la dalle de bois s'écrase sur le sol. *Et nous avons regardé la porte brisée, sachant dans nos cœurs que nous ne la verrions plus jamais s'ouvrir.*

Un quatrième coup.

La moitié de la porte ouest a commencé à s'effondrer vers l'avant. À ce moment-là, Araya avait retrouvé son calme, même si elle saignait abondamment du flanc, et son courage était alimenté par la panique de ceux qui l'entouraient. *Nous ne comprenions pas pourquoi elle n'avait pas peur du tout, pourquoi elle souriait.* Les gardes sous son commandement, stupéfaits par sa sérénité, la suivaient sans poser de questions, leurs nerfs à vif calmés par sa détermination, tandis qu'ils s'armaient et se préparaient à l'attaque à venir. Raami se tenait près d'elle, accompagné d'une équipe de guerriers de confiance. *Nous étions des papillons de nuit à sa lumière. C'était la seule lumière que nous voyions.* Et Araya les regardait, ne comprenant pas pourquoi ils avaient rejoint son camp, quelle était la raison de leur loyauté, ou de leur bravoure. Elle voulait leur dire qu'elle était désolée. Que leur mort était sur sa conscience. Qu'elle ne désirait rien de plus que de s'asseoir et de boire. Mais au lieu de cela, elle leur a indiqué où placer les barils, où incliner les tables, et où se cacher s'ils ne voulaient pas se battre. Elle envoya un homme sur la tour de guet pour couper la tête de la tortue, afin qu'elle ne soit pas utilisée par leur ennemi. Et pendant qu'elle donnait ses instructions, Keema sortit une épée du râtelier et rejoignit la ligne de guerriers d'Araya devant la porte ouest qui se disloquait. « Où voulez-vous que j'aille ? » demanda-t-il. Mais elle lui sourit, et il sut qu'il allait être écarté d'un combat pour la deuxième fois cette nuit.

Cinquième coup.

Un nuage d'échardes vola dans la cour. Un diamant se découpait dans la porte, à travers laquelle ils voyaient les crinières des chevaux hargneux, et l'éclat des lames des Paons.

« Keema de la tribu Daware. Te voilà. » On aurait dit qu'il venait d'interrompre sa partie de dés, et qu'elle était agréablement surprise par sa visite. Elle lui a dit de lâcher l'épée qu'il tenait dans la main. Ensuite, elle lui a tendu sa lance. « Je voudrais que tu ailles à la périphérie de la Cité divine. Dans cinq jours, il y aura un campement militaire, dans les Champs de Soma. Une soldate nommée Shan y sera. Je voudrais que tu lui offres cette lance. »

Keema a hésité – cet ordre ne lui semblait pas raisonnable. Avec sa lance, il désigna la porte ouest, qui allait bientôt s'effondrer.

« Je me battrai », dit-il, impuissant.

Sixième coup.

« L'Empereur est mort, Keema », dit-elle. Ces mots étaient tellement improbables qu'ils ont ricoché sur ses oreilles sans être assimilés. Alors elle a appuyé ses paroles. « Il est mort. C'est la vérité, crois-moi. Nous n'avons pas de temps pour l'incrédulité. Le Soleil Souriant n'est plus. Il est aussi mort que n'importe qui l'a jamais été, et ce monde va bientôt s'effondrer glorieusement. Et ce chariot, là-bas, est le crochet qui assurera son anéantissement. » Elle l'a regardé. « Emmène ce chariot vers l'est. Rapporte cette lance chez elle. » Elle a souri bien que du sang coule de son flanc. « Et peut-être que ce que tu as demandé à ce liseur d'eau, tu le trouveras là-bas. »

Derrière elle, Raami a ordonné aux hommes de s'aligner le long du mur.

« C'est ce que vous voulez que je fasse ? Partir ?

— Oui. Sur ton serment de Daware, jure-moi que tu vas partir. »

Il l'a regardée droit dans les yeux.

« Je le jure.

— Jure que tu apporteras cette lance sur la côte. Jure que tu l'apporteras à la soldate nommée Shan.

— Je le jure. Que voulez-vous que je dise à cette Shan ? »

Il y avait des larmes dans les yeux d'Araya.

« Je ne sais pas, Keema de la tribu Daware. Que dirais-tu à quelqu'un à qui tu cherches à demander pardon ? Penses-y, et quand tu seras là-bas, dis-lui quelque chose de gentil. »

Elle a souri.

« File. Ton équipage est sur le point de partir. »

Il s'est retourné : le chariot était entraîné par les chevaux, dont les rênes étaient lâchées. Il se mit à courir.

Septième coup.

La fissure était maintenant assez large pour laisser passer un bras. Un coup de plus et la porte s'ouvrirait. Les soldats qui n'avaient pas pris parti se précipitèrent dans la caserne et le bâtiment des officiers et s'y barricadèrent. *Je n'étais pas un lâche ! Je n'allais pas mourir pour cette imbécile de commandante !* D'autres essayaient de s'échapper par les tranchées des latrines, ils se laissaient glisser du bord de la falaise et chutaient dans l'abîme brumeux. *En dernier lieu, j'ai prié pour retrouver ma dignité après la mort.* Un mur de sentinelles barrait la forteresse, avec Araya en son centre, les jambes repliées et le dos voûté, une longue lame sur les épaules – son anxiété ne se manifestait que par le tremblement de sa lèvre inférieure qu'elle mordait jusqu'au sang, dans l'espoir de l'immobiliser. Raami se tenait à côté d'elle. *J'ai fait ce que j'ai pu pour sa blessure, mais nous n'avions pas assez de temps pour la traiter correctement.* Et pendant qu'elle saignait, Keema courut jusqu'au chariot qui s'éloignait et jeta sa lance sous la bâche, avant de rejoindre en grimaçant le cadavre de la vieille femme, jambes croisées, parmi les autres reliques de la défunte.

Le chariot chargea la porte est, bien que celle-ci fût fermée. La Première Terreur, debout devant la porte ouest, se concentrait sur sa dernière attaque. Les sentinelles qui regardaient le chariot s'éloigner se demandaient comment le conducteur avait l'intention de franchir la porte. Mais c'est alors que quelque chose se produisit, comme une syncope, comme si cette nouvelle nuit étrange avait prévu ce moment et avait, avec art, intériorisé ce rythme synchrone, car lorsque la Première Terreur projeta ses mains en avant et, de son poing de vent, ouvrit la porte ouest assez largement pour permettre à ses soldats de passer, la porte est, au même instant, sur un simple mouvement du doigt de la vieille femme, s'ouvrit.

Comme un baril de poudre...

le son fit éclater les tympans de tous les guerriers du poste de contrôle de la Porte du Tigre, un hurlement d'acouphènes dans les oreilles de Keema pendant que, derrière le rabat de la toile, il regardait la porte qui s'était dressée pendant des décennies être enfoncée sans bruit par, semblait-il, rien, et avec une telle facilité que l'on aurait dit une poignée de brindilles balayées par le souffle d'un enfant au visage rubicond ; le chariot traversa cette cataracte fraîchement créée, tandis que dans un monde de silence et de pluie d'échardes, un homme à la large poitrine et au visage tatoué de rouge entrait en titubant dans la cour, touchant son casque à hauteur de ses oreilles, si étourdi par l'explosion venue de l'est qu'il oublia un instant où il était, ou pourquoi il avait voulu si désespérément entrer dans cette cour, la drogue du guerrier dans son estomac inversant les effets de l'adrénaline, le plongeant dans un état d'euphorie alors qu'il se frappait l'oreille et n'entendait rien, pas même lorsqu'il essayait de parler à voix haute – « Père », disait-il, le seul mot qui lui venait à l'esprit – et cela le terrifiait de ne pas pouvoir l'entendre ; sa terreur fut heureusement interrompue par l'approche d'Araya sortant de la fumée et le murmure de sa longue lame lorsqu'elle lui trancha le cou. Sa tête a rebondi contre la terre. Le sang a giclé dans la nuit sans étoiles. Araya était un démon trempé de sang, qui fredonnait une note sans air alors qu'elle tranchait à gauche et à droite. Elle abattit un bras, une jambe, une autre jambe, trois corps s'amoncelant derrière elle jusqu'à ce qu'elle se retourne juste à temps pour voir un cavalier lever sa massue, l'abattre sur son épaule et la faire tomber au sol, la réduisant au silence – sa bouche se remplit de terre alors que les autres chevaux se ruaient dans la cour et écrasaient sa tête sous leurs sabots, le barrage était rompu, et la brigade se déversait comme un torrent d'eau rouge dans le poste de contrôle. Les gardes de la Porte du Tigre furent piétinés et embrochés aux pointes brillantes de piques acérées. *Nous avons été découpés en morceaux. Ceux d'entre nous qui étaient barricadés dans le mess et les baraquements ont été brûlés vifs.* Raami a essayé d'arrêter le jet des torches, mais il a été rapidement submergé. Ils l'ont jeté dans le bûcher avec le bois d'allumage. Les Paons riaient tandis qu'il se tordait dans les flammes qui projetaient leur fumée noire dans le ciel sans lune.

Keema voyait les colonnes de fumée depuis le chariot.

Il se tenait là, à l'arrière du chariot, regardant la Porte du Tigre s'enflammer tandis que le chariot descendait la route à flanc de falaise. Tout cela était trop irréel pour qu'il puisse pleinement enregistrer ce qu'il voyait.

« Ils sont tous morts », marmonna Vogo.

Le frère Sugo était accroupi près des pots de riz qui cliquetaient, à moitié caché, le visage enfoui dans ses genoux. Il se balançait d'avant en arrière. Il y avait une limite aux choses qui pouvaient surprendre Keema cette nuit-là. Il s'est approché de Vogo, pour lui dire ou lui faire… quoi ? Il ne savait pas. Finalement, il n'a rien fait ; il est resté là, tandis que Vogo agrippait sa jambe et la serrait contre lui en pleurant. Tandis que l'homme trouvait du réconfort dans sa jambe, qui aurait probablement pu être celle de n'importe qui d'autre, Keema regarda à nouveau par l'arrière du chariot, inquiet que d'autres cavaliers les suivent, et ses yeux s'agrandirent lorsqu'il vit les orphelins courir après le chariot.

Le garçon à la lèvre fendue était devant tous les autres. Il tendait la main vers Keema.

Keema a couru jusqu'au bout du chariot et tendu son bras.

Un cri : les enfants s'écartaient sur les côtés de la route pour laisser la place au Paon qui arrivait, galopant à une allure réservée aux démons. Le garçon à la lèvre fendue n'était pas assez rapide, il ne pouvait pas suivre les chevaux qui tiraient le chariot. Keema lui cria de se mettre sur le côté de la route, et le garçon obéit, se collant à la paroi de la falaise, évitant de justesse d'être piétiné par l'étalon hargneux du guerrier.

Avec le ciel pourpre derrière lui, le guerrier semblait à Keema de dimensions presque mythiques, une œuvre d'art commandée par une tribu sauvage pour commémorer ses meilleurs tueurs, et il pensa qu'il était approprié, et même bon, que cet homme soit sa mort, ce moment d'appréciation macabre étant interrompu lorsque le guerrier mastodonte sauta de son cheval comme une grenouille d'un nénuphar et retomba à travers l'arrière du chariot, percutant Keema, qui laissa échapper un *oh* essoufflé – le choc de leur chute à tous deux étant si puissant, et si soudain, qu'il brisa l'essieu arrière du chariot en deux.

L'arrière du chariot s'est écrasé sur le chemin de terre.

Le frère Sugo a glapi.

Les chevaux hennirent lorsqu'ils furent obligés de tirer ce lent objet récalcitrant sur la route non entretenue. Les roues sautaient sur les ornières. D'autres Paons arrivaient dans le virage. *Nous avons encouragé notre frère à tuer ces salauds. Nous scandions son nom alors que nous filions à leur rencontre.* Le monde du chariot bascula quand le guerrier glissa le long de la vague que formaient désormais tous les objets contenus dans la soute ; les pots basculèrent par-dessus le rebord arrière du chariot et rebondirent sur la route avant de se pulvériser en grands nuages de riz parfumé tandis que les sacs de vêtements en toile se déchirèrent sous l'effet de la friction et envoyèrent les robes et les écharpes de la vieille femme sur le flanc de la falaise comme autant d'oiseaux de coton et de dentelle. La vieille femme Elle-même commença à glisser, son coussin entraîné dans la vague, avant que le conducteur, dans un moment de pur instinct, se retourne et La saisisse par le col, tout en tenant fermement de l'autre main les rênes des chevaux.

Le guerrier au tatouage de paon était au bas de la vague, cherchant une prise. Il a attrapé la jambe du frère Sugo. Le frère a simplement grogné tandis qu'il était traîné vers le bas. Keema, depuis le nœud de toile auquel il se maintenait d'une poigne fragile, regardait les deux hommes en dessous de lui se battre. Mais si Sugo était fort, le Paon l'était encore plus.

Le frère cria « À l'aide ! » alors que le Paon couvrait le visage de l'homme en pleurs de sa main massive. Keema se laissa un peu glisser et donna des coups de pied au guerrier mastodonte. Celui-ci n'était pas gêné par ces attaques. Le nez en sang et le sourire carnassier, il a enfoncé le visage du frère Sugo dans le plancher du chariot, les bras de Vogo s'écartant en croix sous la pression tandis que Keema continuait à donner des coups de pied au visage du guerrier hargneux. Le sang jaillit du nez du Paon. Une dent vola hors de sa bouche. Mais il n'a pas relâché le frère. « Je… je… » a crié le frère Sugo pendant que le guerrier lui écrasait le visage avec son gantelet, jusqu'à ce qu'il éclate dans un bruit à glacer le sang.

La mort fut instantanée.

L'os a plongé dans le cerveau et, dans le feu d'artifice roulant derrière ses yeux gelés, Vogo a été propulsé hors de son corps, comme si deux mains l'avaient poussé du bord du dernier précipice de ce monde, son esprit s'écrasant à travers les anneaux célestes, les bannières de couleur et de son qui reposent comme des sédiments entre les chœurs, jusqu'à choir dans les eaux agitées de la Mer dormante, sur la surface de laquelle il s'est éparpillé dans une détonation froide, comme une assiette de porcelaine qui se brise en mille morceaux. *Je pensais à ma mère qui avait sauté d'un toit quand j'étais petit, et je me demandais si c'était ce qu'elle avait vu quand elle avait mis fin aux choses, comme je mettais à mon tour fin aux choses.* Ce qui restait de Vogo partit loin, et en même temps pas loin du tout, alors que les vagues entrecroisées se refermaient sur ces morceaux de lui comme des draps pliés par une paire de mains aimantes.

Le guerrier Paon grogna.

Il y eut un bruit sourd lorsqu'il jeta par-dessus bord le cadavre qui se contorsionnait comme une poupée sur la terre battue. L'estomac de Keema se contracta, le vomi s'accumulait dans sa gorge, mais il n'eut pas le temps de se soulager, car le Paon lui attrapa la jambe et le traîna par terre.

Ils étaient face à face maintenant. Keema était submergé par le souffle aigre et furieux de l'homme. Il lutta contre la main puissante qui tenait sa gorge. Les yeux rouges, il regarda l'autre main de l'homme se lever, un poing qui se découpait sur le ciel violet meurtri, les jointures recourbées et prêtes à lui enfoncer la tête dans le plancher du chariot. Puis, la respiration sifflante, il vit les yeux du guerrier se dilater si soudainement qu'on aurait dit que ses pupilles venaient de tomber par surprise dans le vide.

L'homme s'est redressé. Il a saisi son propre visage à pleines mains. Il a crié comme s'il était terrassé par une douleur d'origine inconnue à la tête, semblable à une aiguille invisible plantée dans son œil. Quelle que fût la cause de cette douleur, le guerrier ne remarqua même pas que Keema lui donnait un coup de pied, pas avant de tomber en arrière et de s'écraser sur la route, où l'élan le fit rouler jusqu'au bord de la falaise, d'où, sans bruit, il tomba.

D'autres arrivaient.

Au moment où ils atteignaient le premier pont, la route derrière eux était noire de cavaliers. Les roues du chariot commençaient à cahoter sur les planches rugueuses de la Travée du Gouffre de Berum.

« Je lâche prise ! » a crié le conducteur.

Le col de la robe de la vieille femme s'échappait du bout de ses doigts enflammés. Quand Elle se dégagea, Keema La plaqua avec son corps contre le sol incliné. Le cadavre était si insubstantiel que le maintenir au sol était aussi simple que tenir entre ses doigts une brassée de vieux parchemins. Son odeur ressemblait à celle d'une chose déterrée sous un vieux rocher. Tandis qu'il La tenait, il entendait la brigade non loin derrière eux, leurs cris de chasseurs qui éperonnaient leurs chevaux. Ils étaient des douzaines. Ils traîneraient Keema hors du chariot et le déchireraient en lambeaux, il le savait. Il ferma les yeux en s'accrochant à Elle.

Il ne voulait pas mourir.

Ils avaient presque franchi le pont quand Keema entendit la voix du prince dans sa tête – cette voix calme, à la fois avenante et terrible, qui disait :

« Abandonne. »

Ce qu'il fit. Il abandonna sa prise physique sur ce cadavre qui n'en était pas un et, tandis que ses yeux s'ouvraient, il La laissa se relever, tant bien que mal, jusqu'à ce qu'Elle se retrouve assise et regarde le pont entre les falaises et le gouffre en dessous. Cinq Paons commençaient à traverser le pont au galop. *Notre père serait fier de nous ce soir-là. Nous ramènerions sa mère à la maison.* Et bien que Keema n'apprît Sa véritable identité que plus tard ce jour-là, à ce moment précis, en la regardant lever Son bras, la main recourbée vers le haut comme si Elle tenait un fruit extatique, une part profonde de son âme comprit qu'Elle n'appartenait pas au monde des mortels.

Le ciel passa du violet à une rougeur orange foncé tandis qu'Elle levait Sa main âgée et recourbait lentement les doigts, forçant les planches de bois du pont à craqueler et à se fendre, dans un grand tremblement qui parcourut toute sa structure. Et Keema tressaillit, quand Elle serra la main en un poing, et que le pont explosa.

Trois guerriers tombèrent dans les profondeurs creusées entre d'anciennes collines. *Nous sommes tombés avec le nom de notre père aux lèvres.* Les Paons dans leur chute libre disparurent avec les restes du pont dans la canopée, loin en dessous. La Première Terreur cabra son cheval au bord de la falaise et galopa furieusement vers le bord du gouffre en criant le nom de ses enfants.

Dans la charrette en lambeaux, Keema se tenait dos à la paroi.

Il a levé les yeux vers la vieille femme, qui arborait un sourire cruel.

« Détourne tes yeux, mortel, dit-Elle. Tu t'oublies devant ton Impératrice. »

Ce n'est que maintenant
que tu te rends compte
que tu as déjà entendu cette histoire.

Enfin, une variante de celle-ci. Tu ne sais pas ce qui a réveillé ce souvenir. Il te vient soudainement, alors que les danseurs et ce corps baigné de clair de lune quittent la scène : le jour où ton père t'a raconté l'histoire de la Lune volée, et de son périple pour réclamer Son pays. Tu ne te souviens pas pourquoi il t'a raconté cette histoire ; après tout, il semblait perpétuellement ennuyé par les efforts de ta *lola* pour partager avec toi tout ce qu'elle savait du Vieux Pays ; mais ce dont tu te souviens, c'est qu'il s'est donné beaucoup de mal pour décrire les batailles et les combats à l'épée, et comment il interrompait sans cesse son propre récit pour t'assurer qu'il ne s'agissait pas d'une histoire d'amour, mais de camaraderie et de révolution ; de choses importantes. Et toi, ça te semblait étrange qu'il parle de tout ça. Tu n'as jamais pensé que c'était une histoire d'amour, car dans son histoire, il n'y avait pas d'amour. Il n'y avait qu'une longue route semée de cadavres.

Tu ne te souviens plus de la fin de son histoire. Tu sais seulement qu'elle se déroule en l'espace de cinq jours, et que beaucoup de sang doit encore couler avant la fin.

Mais outre l'histoire, tu te souviens de ta *lola* qui secouait la tête et faisait des remarques depuis l'autre pièce, et quand ton père est parti pour sa promenade d'après-midi, elle s'est approchée de toi et t'a dit : « Ne prends pas son récit au pied de la lettre. » Elle t'a dit que ce n'était qu'une variante du récit, que ton père avait appris cette façon de faire avec ton *granjo*, qui avait ses propres sentiments sur la vie et sur ce qui méritait son attention. Puis elle s'est assise sur sa chaise préférée dans la cuisine et a roulé une cigarette, même si elle était très faible et pouvait à peine respirer. Tu voulais sortir et jouer, mais elle t'a dit d'attendre et d'écouter. Elle t'a dit que c'était important.

« Les vieux aimeraient bien te faire croire que tout s'est déroulé d'une certaine façon. Que la route n'était que gloire et douleur. Parfois, peut-être, la vie se réduit à ces essences. Parfois, on ne peut rien faire d'autre que s'asseoir et écouter. » Elle prit une longue bouffée et souffla la fumée grise vers le plafond, où elle vécut comme un nuage de formes et de textures opaques qui tourbillonnaient. « Mais écoute bien ce que je te dis : ton père et ton *granjo* ont tort. »

En quoi ont-ils tort ? as-tu demandé.

Elle a haussé les épaules.

« C'est une histoire d'amour, tranchante jusqu'à l'os. »

LE PREMIER JOUR

où nous offrons
nos plus belles récoltes

La lumière surgit...

Derrière le fond blanc parcheminé de la scène, une lumière se lève, diffuse mais brillante, et tu sais que c'est le soleil. À mesure que ce soleil de théâtre se lève, les danseurs sortent de l'obscurité, la lumière les faisant apparaître, eux et ce corps baigné de clair de lune, comme une silhouette éclatante, dans une posture haute et forte. Tu vois ces jambes enracinées dans le sol, comme des veines de roche creusées dans la terre, et ces bras, enroulés autour de la poitrine comme des vignes dures et inflexibles. Ces mentons levés haut, dorant dans la langueur du soleil levant. Quand tu vois ces corps, tu ne vois plus la scène, mais la roche imposante et les arbres soufflés par le vent. Tu vois le mur naturel qui séparait le berceau de l'Empereur du reste du pays à l'est.

Tu vois les Flèches à l'aube.

Tu connais cet endroit. Tu l'avais déjà vu, non pas en personne, mais sous la forme d'une peinture à l'huile, réalisée dans le style Vieux Méridian, dont la luxuriance du monde naturel était le point central. Même si tu ne t'y intéressais pas à l'époque, tu te souviens de l'intense beauté de l'image : la lumière tombant en grands faisceaux à travers les dramatiques trouées de nuages, drapant les puissantes étendues de terre. Les arbres surgissant de la pierre en d'épais coups de pinceau verdoyants, et les brumes dévalant ces collines telles des boucles de cheveux gris sur une épaule antique, rendant mystérieux et dangereux les chemins de terre qui serpentaient autour de ces tours de roche comme de fins nœuds de ficelle autour des doigts d'un dieu mort.

Cette peinture, si plaisante soit-elle à l'œil, est à jamais liée dans ton esprit à l'inconfort et à l'ennui, car tu l'as vue un de ces jours où tu étais chargé de promener ta *lola* sur les marchés des quais. C'était une corvée que tu redoutais, non seulement parce que les fauteuils roulants de ton époque étaient faits de bois et d'osier, et avaient tendance à s'accrocher à toutes les surfaces irrégulières, mais aussi à cause de son tempérament lors de ces promenades : c'est là qu'elle était la plus méchante et qu'elle se déchargeait sur toi des frustrations que provoquait son corps en décomposition. « Qu'est-ce qu'on fait au milieu de la rue ? disait-elle en claquant des doigts. Dépêche-toi, espèce de feignant. » Entre deux quintes de toux, elle te donnait des coups de canne comme si tu étais un âne mal dressé. Elle n'est restée dans ce fauteuil roulant que peu de temps avant de mourir ; ce furent les derniers jours que tu as dû passer avec elle, mais tu ne le savais pas à l'époque. Tout ce que tu savais, c'est que la chance t'a souri ce jour-là, lorsqu'elle a découvert le coin tranquille où s'assemblaient les artisans, ombragé par une bâche, et qu'elle t'a demandé de t'arrêter.

Là, dans un triangle de lumière au bout de la ruelle, elle a saisi ton poignet et a pointé l'image encadrée accrochée au mur d'argile.

« La maison », a-t-elle dit.

Ta *lola* est restée assise devant cette peinture pendant une bonne partie de l'après-midi. Elle a même essayé de l'acheter avant que le prix du commerçant fasse retomber son excitation, et elle s'est contentée de l'admirer de son regard affectueux, te désignant les subtiles taches de vert dans la roche des collines et en te racontant l'histoire des imprudents chercheurs de fortune qui escaladaient ces falaises avec rien d'autre qu'une corde effilochée et un ciseau rouillé pour extraire la précieuse jaxite qu'elles renfermaient. Le plus souvent, cette corde effilochée se cassait. Elle parlait avec enthousiasme, oubliant qu'elle était attachée à la chaise que tu conduisais. Le plus souvent, disait-elle, les gens tombaient de très haut. Tu te souviens du frisson que tu as ressenti lorsqu'elle s'est tournée vers toi et qu'elle t'a donné l'avertissement que tous les enfants du Vieux Pays recevaient : tomber des Flèches signifie une mort certaine. C'était une sagesse partagée par tous les habitants du Vieux Pays, quelle que soit leur position, même par la Première des Terreurs qui, alors que le dernier vestige du pont s'effondrait de ses supports anéantis et dévalait le flanc de la falaise, s'agenouillait au bord de celle-ci et pleurait les fils qui y étaient tombés. Il a crié. Il a gémi. Et avec des larmes dans les yeux, il a regardé de l'autre côté du gouffre, en direction du chariot presque détruit qui semblait s'envoler pour contourner la colline lointaine, et il a fait cette promesse à ses fils restants : « Ils n'iront pas loin. »

Ta *lola* a soupiré. Elle avait l'air toute petite, assise devant cette grande peinture d'un endroit où elle n'était jamais allée. Elle s'est ensuite tournée vers toi.

« J'en ai assez », a-t-elle dit d'un ton las.

Le corps baigné de clair de lune abandonne
sa vie de puissant rocher.

Et il devient devant tes yeux une créature au crépuscule de sa vie. Un être réduit à des grognements et des hennissements. Ses sabots s'enfoncent dans la terre tandis qu'il traîne un poids impossible à porter sur une pente raide, les yeux rougis, épuisé et étouffé par ses propres rênes abîmées, une flèche perdue plantée dans sa nuque.

La lumière derrière le mur de parchemin interrompt son ascension.

Le jour commence ici : au moment où cette créature trépasse.

AUBE

Le cheval tombe.

Il chuta sans cérémonie dans la dernière montée de la route de la falaise. Un épais nuage de terre et de poussière s'est élevé au-dessus de son corps renversé, s'accrochant à l'air chaud et immobile, tandis que le conducteur masqué, secoué par la toux, descendait de la voiture. Il a regardé la bête renversée, ses pattes frétillantes qui donnaient un faux signe de vie, et il a incliné la tête.

« Je te demande pardon. »

Et puis, comme par sympathie pour son frère couché au sol, le deuxième cheval s'est allongé lui aussi, et le conducteur a compris ce qui allait se passer quand il a vu l'écume grésiller de son museau et ses dents claquer comme s'il venait d'être surpris par l'arrivée de l'hiver ; son soupçon s'est confirmé quand il s'est effondré sur le côté. *Je lui ai dit qu'il n'aurait pas dû choisir ces créatures. Je lui ai dit qu'elles étaient trop faibles pour nos objectifs. Je lui ai dit qu'il aurait dû m'écouter.* Le chauffeur masqué s'est débarrassé de Son Chuchotement comme d'un moucheron de son épaule. Ils avaient quitté le Palais en toute hâte grâce à Elle, et le seul moyen de transport qu'il avait pu trouver était ce chariot de toile à deux chevaux qui n'était pas conçu pour la vitesse ou la distance qu'ils avaient l'intention de parcourir. Mais il avait beau essayer de rejeter la faute sur Elle, il ne pouvait pas – tout finissait par lui revenir.

« Je les ai poussés trop fort. »

Il s'accroupit à côté de l'animal et posa la main sur son ventre gonflé, sentant à travers la peau chaude le battement effréné de son cœur. Il n'en avait plus pour longtemps. Il enfouit sa main dans son épaisse crinière noire alors que le cheval sifflait et tremblait. Il ressentait tout : la terreur des derniers instants de l'animal, et il fut presque heureux lorsqu'il finit par faiblir, son dernier mouvement fut un étrange coup de pied que sa jambe arrière jeta par réflexe dans les airs, comme pour frapper le ciel avant de se reposer sur le sol pour la dernière fois. Le conducteur masqué pria pour les deux chevaux qui se trouvaient devant lui. Il pria pour leur passage en toute sécurité dans la Mer dormante. Jusqu'à récemment, il n'était pas du genre à prier. Mais, maintenant, il lui semblait que la prière, la prière au monde, aux esprits que le monde abritait et à la Mer dormante qui se trouvait sous toute chose, était tout ce qu'il avait pour ne pas perdre la tête. Mais ses prières pour les chevaux furent interrompues lorsqu'Elle l'appela, avec insistance, *car j'exigeais qu'il s'occupe de moi,* et sur l'ordre de Son Chuchotement, le conducteur masqué n'eut d'autre choix que de se lever. Il l'a fait à contrecœur. Il lui a dit qu'il arrivait. La hache attachée à sa ceinture rebondissait contre sa cuisse alors qu'il s'approchait du chariot.

C'est peut-être ce bruit qui a provoqué ce qui s'est passé ensuite ; le son d'une arme, tapant contre sa cuisse avec une menace désinvolte, accidentelle, qui a suffisamment crispé l'atmosphère pour qu'elle craque. Si le conducteur masqué s'était approché du chariot avec plus de précautions, il aurait peut-être évité ce qui allait arriver, mais dans son état d'émotion, avec le murmure cruel de la Première Terreur résonnant encore à ses tympans, il avait oublié que lui et l'Impératrice n'étaient pas seuls – que, dans le chaos de l'attaque de la Porte du Tigre, ils avaient embarqué un passager supplémentaire.

Aussi, lorsque le pli de la toile du chariot s'est ouvert et qu'un jeune homme en est sorti, il a sursauté, ses vieux instincts se sont réveillés. Il a frappé le menton de l'intrus avec son poing, et le jeune homme a trébuché contre le chariot, il s'est touché le menton et a froncé les sourcils en voyant le sang sur ses doigts.

Écoute les tambours emplir le théâtre.

Les flammes du brasero crachent et grondent, tandis que le jeune homme regarde son agresseur, qui a déjà levé les mains en signe d'excuse, et le charge en poussant un cri.

« C'était une frappe préventive »,
a dit ton père.

« En temps de péril, il faut attaquer le premier, ou être attaqué », a-t-il poursuivi, des mots que tu ne l'avais jamais entendu prononcer auparavant ; le marchand qui vendait des tapis et des textiles de luxe était devenu, on ne sait comment, un stratège militaire. « Si nous n'envahissons pas K_______, l'ennemi le fera. » Ces supposées paroles de sagesse provenaient de ses nouveaux amis du pub, où il allait pour pleurer ta *lola* après son décès soudain, et qui devint, par la suite, l'endroit où, tout simplement, il allait. Il organisait dans ta maison des soirées impromptues avec ces autres hommes ; leur ivresse et leurs fanfaronnades duraient toute la nuit, et tu voyais combien ton père désespérait de s'intégrer à leur groupe ; cet homme qui, dans sa vie, ne comptait que très peu de personnes qu'il pouvait appeler compatriotes ; comme les gens se comportent étrangement quand ils sont perdus.

Et ainsi les deux guerriers perdus
se sont battus dans la boue.

Leurs grognements et leurs coups de poing résonnaient dans toute la vallée de flèches rocheuses, tandis que, dans les arbres qui surplombaient la route, un vieux singe suspendu dans l'enchevêtrement des branches les observait d'un air déçu, tout en tirant un joint d'une sacoche en tissu. Un autre singe l'alluma pour lui, et tandis qu'il aspirait la fumée, le reste de sa troupe, une famille de becs verts forte de treize membres, se joignit à lui pour regarder les humains danser. *Les humains se sont battus et nous avons regardé avec ferveur leur rassemblement.* Certains des plus jeunes singes ont encouragé les guerriers en braillant – Keema a fait l'erreur de lever les yeux vers eux, avant que le poing du conducteur s'abatte sur sa tête – mais le combat s'est poursuivi comme si les singes n'étaient pas là, les jeunes hommes s'arrachant l'air du ventre à coups de coude, donnant des coups de pied dans les tibias, se griffant, n'importe quoi pour blesser l'autre, peu importe à quelle ruse il fallait recourir. Ils ne se sont pas déconcentrés, même si les singes crachaient des noyaux de fruits en l'air, exaltés par leur performance impitoyable.

Le vieux singe qui fumait n'a pas célébré les guerriers. Il est resté assis, apathique, sur une branche épaisse qui supportait tout juste son poids et a regardé la bagarre avec quelque chose de proche de la pitié, tout en tirant des bouffées de fumée qui s'échappaient de ses larges narines couvertes de cicatrices. *Au cours de cet Été sans Fin, j'ai posé les yeux sur trop de souffrances. Mon fils et ma fille, tués par des chasseurs, les dents arrachées de leurs bouches, je les vois toujours. Je les ai vus alors, dans les deux guerriers qui se battaient sur la route. Pas bon. Douleur dans ma poitrine. Passer à autre chose était le grand désir de ce corps, aucune envie d'être témoin de plus de douleur, mais j'ai quand même donné mes yeux à la bataille. J'ai fumé, et j'ai donné mes yeux à l'espoir, l'espoir que cette rencontre ne se termine pas par un souffle éteint.*

Les deux humains roulèrent l'un sur l'autre, chacun cherchant à plaquer l'autre au sol, à l'empêcher de bouger, à le dominer, la terre leur entrant dans les yeux tandis qu'ils roulaient, et dans la bouche aussi, jusqu'à ce qu'ils soient obligés de se séparer pour se nettoyer le visage. L'un d'eux cligna des yeux pour en chasser le sable, tandis que l'autre, protégé par le masque qu'il portait, profita de cette occasion pour envoyer un coup de genou dans le ventre de son adversaire étourdi. Mais l'humain manchot, tout aveugle qu'il soit, sentit le coup approcher, et il s'arc-bouta, à la grande excitation des jeunes singes, qui, *heureux de donner leurs yeux à ces humains de haute compétence,* hululèrent alors qu'il encaissait le coup de genou, puis enroulait son bras autour du conducteur masqué pour le pousser au sol. Il s'est jeté sur lui. Des grognements ont résonné dans les couloirs de la falaise. Le vieux singe a longuement expiré, la fumée se dissipant dans l'air humide. *Rien de bon ne sortirait de tout ça.*

Mais, en regardant cette bagarre au théâtre, traduite en performance par ce corps baigné de clair de lune et son partenaire danseur, tu as le sentiment qu'aucun des deux corps ne veut s'arrêter, même si la possibilité leur était offerte. Tu observes les mouvements saccadés et hésitants des deux créatures qui s'encerclent et se frappent – le corps baigné de clair de lune donne des coups de pied et tourne sur lui-même, puis écrase son partenaire sur le sol – et tu comprends que la danse pourrait s'arrêter à tout moment, que les deux participants savent que le combat ne donnera rien, et pourtant, il continue. Il continue, même si de plus grandes préoccupations se profilent à l'horizon. Même si la Première Terreur se dirige vers le nord, vers la prochaine Porte, à leur recherche. Dans une autre époque, le temps défile au rythme d'un minuteur.

Keema a crié en projetant le jeune homme masqué au sol. Le conducteur, essoufflé, lui a donné un coup de pied dans la cuisse. Ils se sont battus pour rien, c'est pourquoi tu te reconnais en eux. Tu te souviens de la fois où tu t'es battu avec ton ami Jadi. Il t'avait tapé sur l'épaule, assez fort pour te faire tomber dans les bras d'un étranger. Tu étais embarrassé. Il était désolé. Et tu savais que cela ne voulait rien dire, que c'était un accident, que Jadi était allègrement maladroit. Tu savais qu'il se souciait de toi. Mais quelque chose en toi avait besoin de lui arracher le cœur.

Ta *lola* était morte. Ta *lola* à l'humeur capricieuse, que tu détestais certains jours, qui ne te laissait d'autre choix que d'essayer de deviner son humeur du jour, si elle te taperait sur les mains ou pas. Ta *lola* était morte, son propre père lui survivrait. Et le feu était en toi.

Et c'était si bon de le laisser brûler.

Le chauffeur masqué libéra son bras et serra la gorge de Keema, cherchant le point de pression qui le ferait s'évanouir, et Keema, le visage rouge, le souffle coupé, força sa main contre le masque en bois du chauffeur, ses doigts s'agitant sur les vieilles gravures et les courbes démoniaques jusqu'à ce qu'ils trouvent les trous pour les yeux, l'index et le majeur s'enfonçant, prêts à le rendre aveugle ; le vieux singe détourna le regard tandis que les deux guerriers étaient pris dans ce nœud de douleur sans fin, Keema si perdu dans l'instant qu'il commençait même à sourire, et le conducteur oubliant tout ce qui l'avait conduit à ce combat, tout ce qu'il avait laissé derrière lui au cours des six derniers mois alors qu'il se concentrait sur son seul objectif, ses doigts s'enfonçant dans la chair de Keema, ses ongles dans la peau de sa gorge, prêts à faire couler le sang, prêts à tout arracher, lorsque leur combat fut interrompu. *J'en avais assez de ces enfants.*

Le chariot a explosé.

Au son de la détonation, un panache de bois, de tissu et de terre dévala le flanc de la falaise. L'explosion fut soudaine et bruyante. Des débris ont parsemé la canopée du bassin forestier, loin en dessous, et les oiseaux ont cessé de s'accrocher aux branches tremblantes. Les singes à nez vert se sont repliés dans les arbres, leurs yeux brillant dans les broussailles sombres, surveillant la scène avec méfiance, *car nous L'avions vue, et nous ne voulions pas participer à Ses plans.*

Les deux guerriers se détachèrent l'un de l'autre, toussant et crachant dans l'épais nuage de poussière que l'explosion avait engendré. Des morceaux de toile voletaient dans le ciel. Keema s'est levé, son esprit a enfin compris ce que ses yeux venaient de voir. Les deux chevaux n'étaient plus là. Le chariot n'était plus là. Un morceau d'essieu en bois est tombé du ciel, frappant le sol à moins de deux pas de lui. Il essuya une couche de poussière sur son visage, remarquant du coin de l'œil que le conducteur masqué était toujours à genoux, prosterné devant le chariot anéanti.

« Pardonnez-moi ! cria le conducteur. Je me suis oublié ! » Pendant un moment, Keema sourit en regardant son adversaire recroquevillé, mais ce sentiment de supériorité ne dura pas longtemps ; lorsque la dernière tache de poussière et de terre fut balayée par une brise chaude, purifiant l'air étouffé qui enveloppait l'endroit où se trouvait le chariot, un froid mortel s'installa au creux de son estomac : il regardait la vieille femme assise les jambes croisées au milieu des décombres ; Ses yeux étaient clos, mais ils le fixaient quand même.

Keema se laissa glisser à genoux comme l'avait fait le conducteur et inclina la tête, tandis que dans les branches, le vieux singe hochait la tête en signe d'approbation, heureux que le jeune guerrier soit capable d'au moins cette sagesse. *Mon père m'a parlé de Sa puissance. Il m'a dit qu'un jour, Elle passerait sur ces terres, et malheur à toute créature qui ne s'inclinerait pas devant Elle. Mais, bien que ma troupe ait supplié de fuir si nous étions jamais en présence de Sa colère, je leur ai demandé d'attendre. Je voulais donner mes yeux à ce moment. Je sentais que quelque chose de très important se produisait devant moi.*

Plus il restait prostré, plus le cœur de Keema battait la chamade, la chaleur du soleil levant lui brûlant la nuque et le bras. Il a regardé du coin de l'œil le conducteur, qui pressait toujours son masque contre le sol.

« Oui, dit le conducteur, apparemment à personne. Oui, je comprends. »

« Je suis d'accord, Votre Altesse. »

« Si telle est Votre volonté. »

Keema a regardé le conducteur fou se lever et se diriger vers les débris. Il a retiré un coussin de siège de sous un tas de branches, l'a déposé sur le sol et, après avoir placé Son corps sur le coussin, il L'a soulevé au-dessus de sa tête comme si Elle ne pesait rien, et, comme les enfants royaux étaient autrefois portés par leurs serviteurs lors des parades, à l'époque où les gens avaient encore des parades, il L'a portée jusqu'au bord de la route,

où il a négocié avec les singes.

« L'Impératrice reconnaît la tribu de la Colline verte, a-t-il crié dans les arbres. Il y a longtemps qu'Elle n'a pas traité avec votre troupe, mais c'est avec beaucoup d'affection qu'Elle se souvient de Cinq Balafres, l'aîné, qui chantait Ses louanges quand Elle régnait encore sur la nuit. Il était beau et courageux, et rares sont les jours où Elle ne repense pas à sa mélopée, même aujourd'hui, alors qu'Elle se dirige vers l'est pour briser l'emprise du Trône de la Lune sur Sa terre, une mission pour laquelle Elle serait très reconnaissante que vous L'aidiez. »

Le singe qui fumait les observa du haut de sa branche. « Ces deux garçons ont-ils fini de se battre sur notre territoire ? » demanda-t-il. Les jeunes singes derrière lui ricanèrent.

Le conducteur est resté silencieux pendant un moment. « Je vous présente mes plus sincères excuses pour cette exhibition. »

Le singe a haussé les épaules. « Peu importe. Les jeunes guerriers se battent et le soleil se lève sur un autre jour. Nous, de la Colline verte, présentons nos respects à la charmante Lune. » Avec un regard inquisiteur, il ajouta : « Si le vent dit vrai, nous La remercions aussi de nous avoir débarrassés de cet Empereur, et nous exprimons notre chagrin pour la perte de Son enfant. Nous n'avions aucun amour pour cet homme, mais nous reconnaissons qu'une telle action n'est pas une mesure facile.

— Elle accepte ces remerciements, dit le conducteur après un moment.

— Et nous nous souvenons avec tristesse de Cinq Balafres, reprit le singe. L'Impératrice est partie depuis longtemps, Elle ne sait peut-être pas encore qu'il a été chassé pour ses dents par les mêmes hommes qu'Elle appelait sa famille. »

Le conducteur n'a pas répondu à ces paroles.

Le singe désigna la tour de fumée au loin. « Vous arrivez dans le sillage de grandes désolations.

— Vous ne serez pas déçus d'apprendre que la Porte du Tigre est tombée – une victime collatérale de l'évasion de l'Impératrice. L'homme que vous connaissez sous le nom de Première Terreur s'est lancé à sa poursuite, et dans sa fureur a brûlé tout ce qui se trouvait sur son chemin. La commandante du poste de contrôle nous a aidés à passer. C'est elle qui nous a parlé d'une équipe de guerriers qui attendaient parmi ces arbres. Un plan pour éliminer la Première Terreur, mais qui désormais ne se réalisera pas. Avez-vous croisé ces assassins ? Nous avons besoin de leur parler. »

Le singe acquiesça. « Nous les avons rencontrés. Les humains aux yeux cruels et aux intentions obscures ne sont pas les bienvenus. Nous les avons envoûtés avec notre danse. » Il a tiré une dernière bouffée de son joint, puis l'a mangé. « Nous avons apprécié leur équipement. »

Derrière lui, les autres singes portaient divers éléments d'équipement humain. Des casques et des épaulières. Un foulard accroché au cou de l'un d'eux ; une épée incurvée comme une canne à pêche brandie par un autre.

« Je vois.

— À votre place, je ne poursuivrais pas mes recherches. Ils ne se réveilleront pas avant plusieurs jours.

— C'est malheureux. » Le conducteur s'entretint à voix basse avec l'Impératrice. Il releva ensuite les yeux vers les singes. « Elle aimerait dès lors savoir si votre troupe peut nous aider plus directement. Nous nous dirigeons vers la côte est. On nous a dit que des gens s'y rassemblent, et que, bientôt, dans quelques jours, ils se soulèveront contre le Trône. Nous voudrions les rejoindre. Mais c'est un long voyage, et nous avons besoin de protection et d'un moyen de transport. »

Le singe gloussa.

« Non », dit-il.

Un vent subtil et surnaturel se leva, faisant voltiger les feuilles sèches qui pendaient aux branches. Les Nez verts en retrait ont commencé à hululer. « C'est une réponse surprenante », a dit le conducteur. Keema le trouvait nerveux, comme si lui-même avait peur de ce qui pourrait arriver si les singes refusaient sa demande. « Je vous prie de reconsidérer votre décision.

— Nous ne le ferons pas, dit le singe, sans se soucier des feuilles qui frémissaient ni du vent qui tourbillonnait. Si Son intention est de nous punir pour ce blasphème, Elle est libre de le faire. Mais ce singe sent les limites de Sa chair humaine. Elle est… vieille. Elle n'en a plus pour longtemps. » Cette affirmation était présentée comme un fait irréfutable. « Elle n'arrivera pas à destination si Elle détruit toutes les créatures qui croisent Son chemin. »

Les feuilles frémissantes cessèrent de trembler, les vents de poussière moururent.

Le conducteur expira, soulagé.

« Alors, Elle vous pose une question. Pourquoi la tribu de la Colline verte L'abandonne-t-elle au moment où Elle en a le plus besoin ?

— L'abandonner… Une accusation audacieuse de Sa part. » Le singe fit un geste dédaigneux. « Mais ce singe ne souhaite pas débattre de qui a abandonné qui, et quand, il y a des centaines d'années. La seule vérité pertinente en ce moment est que nous ne vous aiderons pas parce que notre troupe est peu nombreuse. » Une grande tristesse envahit ses yeux enfoncés. « Nous ne pouvons pas nous permettre de vous offrir notre protection pendant ce voyage au cours duquel vous allez tous périr, car le faire signifierait la fin de notre tribu.

— Elle dit que certains pourraient considérer cela comme un échange valable, pour le paiement de la fin d'un Trône. Quel meilleur signe d'espoir y a-t-il que la mort de l'Empereur ?

— Un homme est mort. Un seul. » Agité, le singe se réinstalla sur sa branche, clignant imperturbablement des yeux lorsqu'un de ses congénères lui lança un fruit. « Il n'était pas le premier mauvais homme à construire des postes de contrôle, et il ne sera pas le dernier. Votre combat avec cet autre homme, ce matin même, ne prouve que la futilité de sa mort. D'autres combats sont à venir. Un autre Empereur se tiendra bientôt à sa place, sous un autre nom. Ne me tentez pas avec la mort. De telles choses sont inutiles pour moi. »

Le conducteur resta silencieux un long moment.

« Elle comprend ce que vous dites, dit-il. Elle ne vous demandera rien de plus. »

Le singe se couvrit le visage de sa grande main, puis la décolla, comme pour se démasquer. « En guise de séparation pacifique, nous vous offrons, à vous et à Elle, ceci : en bas de la route, là où la falaise rejoint de nouveau le sol, là où les Flèches prennent fin et où l'on aperçoit vos fermes de riz, il y a un chariot. Il est abandonné sur le bord de la route. Si personne ne l'a encore récupéré, vous le trouverez là, non loin de la première enceinte des fermiers.

— Abandonné ? »

Le singe secoua la tête. « Nous n'en sommes pas certains. Nous n'avons pas osé nous approcher, car le chariot sentait la mort.

— C'est une offrande généreuse, dit le conducteur, prêt à se mettre en route. Nous vous remercions. »

Le singe baissa la tête. « Alors ce singe vous offre ses yeux pour témoigner de votre passage. Cette petite troupe prie la Mer dormante et les Terres inversées pour votre bonne fortune, et en hommage à Elle, nous vous offrons ces graines à manger pendant votre longue marche vers l'est. » Des branches pleuvaient de petites noix et des graines. Certaines des graines ont heurté le masque du conducteur. Mais il les remercia quand même et attrapa ce qu'il pouvait, tout en maintenant l'Impératrice en équilibre sur sa tête, et laissant derrière lui ce qu'il ne pouvait pas transporter sur la route.

Keema les regarda s'éloigner.

« Il ne serait pas sage de les suivre, dit le singe. Leur chemin ne mène qu'à un bain de sang. » La créature de la forêt a alors regardé Keema en fronçant les sourcils, comme si sa présence la déconcertait. « Les deux autres empestent le sang royal, ajouta-t-il en reniflant l'air, mais toi, tu n'as pas cette odeur. » Keema, qui n'avait jamais parlé à un animal auparavant, en dehors des tortues, ne savait pas quoi dire, alors il s'inclina, ce qui avait toujours été son dernier recours lorsque l'étiquette appropriée lui échappait. Cela amusa beaucoup le singe. « Quel est ton nom, petit ? » Nerveusement, il donna son titre complet à la créature, se sentant pour la première fois stupide en le faisant ; mais, comme Araya, le singe traita son nom avec sérieux et considération, et, le visage posé pensivement sur des mains de cuir, ses vieux yeux l'observèrent avant de lui poser la question dont Keema cherchait la réponse depuis si longtemps.

« Et quel est ton rôle dans tout cela,
Keema de la tribu Daware ? »

Le conducteur arrivait près du deuxième pont des Flèches, où la route de la falaise entamait sa descente progressive vers la vallée de la Terrasse, lorsqu'il entendit derrière lui des pas qui se rapprochaient. Il soupira, légèrement surpris, en voyant la sentinelle manchote qui les suivait à distance.

« Que voulez-vous que je fasse ? » murmura le conducteur à son Impératrice.

J'ai dit à mon âne glorifié de surveiller cet étranger, et rien de plus. Nous ne pouvions pas nous permettre d'être retardés davantage par ses singeries.

« Comme il vous plaira », répondit-il consciencieusement.

Et ainsi, pendant un certain temps, tous trois marchèrent en silence sur la route.

À l'est, le soleil se levait, couronnant les Flèches autour desquelles la route serpentait dans une chaleur telle que même les rochers transpiraient. Avec un soulagement audible, ils s'avancèrent dans l'ombre profonde projetée par les tours de roche voisines, et lorsqu'ils rencontrèrent un rocher reposant en plein milieu de la route, détaché par les explosions survenues plus tôt, ils s'engagèrent dans l'étroit passage entre le rocher et le bas-côté, l'estomac du conducteur se serrant à l'idée de ces Paons tombant dans l'abîme – tous ceux dont il se souciait encore, dans la partie de lui qui ne mourrait jamais. *C'était eux ou nous, lui ai-je dit.* Mais le conducteur ne pourrait plus jamais trouver de réconfort dans la mort d'un autre, et il n'a pas répondu.

La Brûlure couvait comme une lune noire au-dessus de leurs têtes. Tout en marchant, le conducteur sentait un changement dans l'humeur de l'Impératrice – l'aura chaude de l'impatience au-dessus de Sa tête s'était transformée en un désir bleu, pointant vers le haut, et lorsqu'il jeta un coup d'œil de sous le coussin qu'il portait, il comprit que Son attention se concentrait sur la déchirure cosmique dans le ciel qu'Elle avait autrefois appelé Sa demeure. Mais il savait par expérience ce qu'il advenait si l'on abordait un sujet sur lequel Elle ne souhaitait pas S'exprimer, alors il La laissa à Elle-même et revint à son autre problème actuel. Lorsque le dernier pont apparut, et au-delà la route qui s'inclinait pour saluer l'étendue des Terrasses de Yinn, le conducteur se retourna.

« Tu te bats bien », a-t-il dit, sa voix résonnant sur les falaises.

Son compliment a déstabilisé le jeune homme qui ne savait pas s'il devait le remercier ou préparer sa lance. « Toi aussi, a-t-il répondu, presque à contrecœur.

— Mais tu ne devrais pas nous suivre.

— Je ne suis personne. Mon chemin me mène à l'est et il suit le vôtre. »

Le conducteur ne l'a pas cru. « Tu marches derrière nous comme un chiot perdu. Tu te bats bien, et la lance que tu portes est formidable, mais nous servir ne te protégera pas de Sa force. Tu serais plus en sécurité dans les bras d'un bandit. »

Keema se tenait droit et fier, et quand il a parlé, ses dents étaient visibles. « Mon nom est Keema de la tribu Daware et je ne cherche pas la sécurité de votre compagnie. J'ai fait un serment à la commandante de la Porte du Tigre, je dois marcher sur cette route, et un guerrier de Daware honore toujours son serment. Cette lance, dit-il en montrant l'arme de son ancienne commandante, sera remise par moi à une soldate nommée Shan sur la rive est, en dehors de la Cité divine. »

Le conducteur s'est de nouveau arrêté. Son masque de démon s'est penché sur la lance.

« Saviez-vous que votre commandante était une traîtresse au Trône ?

— Non, admit Keema après un moment.

— Elle était de mèche avec des forces puissantes, complotant pour assassiner la famille royale. Elle a blasphémé contre l'ordre naturel. Au regard des lois divines, tu es affranchi de ton serment.

— Ça ne change rien, a affirmé Keema.

— Ça change tout. » Le conducteur continua d'avancer sur la route en pente. « Elle est maudite et elle est morte et toi, tu es libre. Seul un fou se croirait redevable envers une telle personne.

— Alors je suis fou. » Keema l'a poursuivi. « Mais je serai un fou qui honore ses serments.

— Ton peuple Daware est si obstiné, ce n'est pas étonnant qu'il ait été décimé.

— Ne m'insultez pas. »

L'accusation a résonné parmi les Doigts. Le regard dans les yeux de Keema, sa colère bouillonnante étaient suffisants pour que le conducteur baisse la tête. « Je suis désolé. Je retire ce que j'ai dit. »

Keema, qui n'avait pas l'habitude des excuses et ne savait pas quoi répondre, se contenta de hocher la tête. « Parlez encore de mon peuple de cette façon et je finirai ce que nous avons commencé dans ce chariot. »

Cette fois-ci, le conducteur ne prit pas la peine de se retourner. « Tu perdrais », dit-il. Keema voulut le défier, mais le conducteur leva la main. « Elle ne nous laissera pas nous battre à nouveau. Elle t'écrasera la tête comme une baie plutôt que de me laisser perdre plus de temps. »

Keema, l'orgueil meurtri, emboîta le pas au conducteur pressé, plus déterminé que jamais à les suivre. « Pourquoi êtes-vous si pressé ? demanda-t-il. Le pont est détruit. La brigade ne peut plus vous rejoindre désormais. La poursuite est terminée avant même d'avoir commencé.

— Ce n'est pas une poursuite, répondit le conducteur d'un air entendu. Appeler cela une poursuite impliquerait que nous ayons une chance d'éviter la rencontre. Non, ils vont nous trouver. Il nous retrouvera. Ce n'est qu'une question de temps. »

Il disait tout cela calmement.

« Même les arbres ne se mettent pas en travers de son chemin. »

Quelle créature saine d'esprit se dresserait devant un père en deuil ?

Que les dieux aident les planteurs de thé et les cavaliers qui croisèrent la brigade ce matin-là, car rien n'arrêtait leur course. D'un coup de poignet du prince, les rivières errantes de la vallée qui se trouvaient sur leur chemin s'ouvraient. *Nous, les rivières, n'avions pas d'autre choix que d'ouvrir nos eaux.* Les arbres sur leur chemin se courbaient. *Nous, les arbres, avons ouvert la voie à la royauté.* Mais les maisons des ouvriers qui cultivaient les plantations de thé, qui avaient la malchance d'être construites parmi les arbres, dans des endroits éloignés, ou sur ces petites collines, ne pouvaient pas s'écarter du chemin. *J'ai regardé par la fenêtre juste au moment où ils sont arrivés. Mon esprit n'a pas compris ce que mes yeux ont vu. Peu importe. Tout m'est tombé dessus de toute façon.* Au grondement du prince héritier, les maisons se sont effondrées devant lui, et lui et ses fils ont traversé les débris de bois, de foin, de tasses et de tables, tandis que les enfants semés dans leur sillage hurlaient. *Je l'ai entendu : le bruit des os écrasés alors que leurs sabots maudits piétinaient mon père.* Ces gens étaient moins que des insectes pour la Première Terreur, qui avait été élevée dans les règles de l'art, nourrie de sycophantes royaux ; le genre d'homme dont l'humeur dépressive était soulagée par la destruction de ces petits fléaux de bois sur leurs terres. Les arbres se disloquaient dans leur sillage. Les eaux de la rivière bondissaient comme des chats effrayés, les chevaux furieux galopaient sous ces arches aqueuses tandis que, par la main de la Terreur, ils se frayaient un chemin dans ces terres recuites par le soleil, les fils suivant leur père dans sa quête sanguinaire.

MATIN

Ils arrivèrent au pays des Terrasses de Yinn, épuisés et affamés.

Aucun des deux garçons ne tenait à la compagnie de l'autre, mais ils étaient déjà liés par un besoin mutuel, car seuls les imbéciles marchaient seuls sur la route d'En-Bas. L'unique autre voyageur qu'ils croisèrent fut un cadavre caché dans les broussailles, la gorge ouverte et les poches vidées. À la grande surprise de Keema, le conducteur éprouva le besoin de s'arrêter et d'incliner la tête en signe de respect pour la mort de cet étranger ; le temps de cette brève prière, sa hâte fut suspendue. *Huit jours durant, j'ai pourri sous le soleil, après que l'homme qui m'avait promis un passage sûr m'avait volé mon argent et ma vie. Huit jours durant, personne ne m'a offert ni respect ni prière, jusqu'à ce que le démon masqué croise mon chemin.* « Bon voyage », murmura-t-il.

Ce n'est que bien après les Flèches qu'ils commencèrent à rencontrer d'autres signes de vie ; lorsque, comme un rideau qui s'écarte lentement d'une fenêtre lumineuse, les terrasses verdoyantes du seigneur Yinn s'annoncèrent au détour de la colline suivante, le domaine dont les singes avaient parlé n'étant pas très loin, les bâtiments en terre cuite et les terrasses de riz en gradins épousant le flanc d'un imposant contrefort, drapés dans des bannières de soleil. C'est là que le conducteur a vu l'occasion de se débarrasser du manchot qui le suivait.

Il expliqua à Keema qu'ils n'iraient pas loin sans provisions. « J'ai déjà visité ce domaine, le domaine d'Alvo, supervisé par le neveu du seigneur Yinn, Sui Yinn Alvo, qui a toujours été un imbécile imprudent en matière de sécurité. L'entrepôt de l'enceinte n'est généralement pas gardé, la serrure est facilement ouverte – juste là, à la hauteur des terrasses, là où le dernier bâtiment rencontre la ligne d'arbres près du sommet. Le voyez-vous ? » Keema a plissé les yeux face au soleil de la colline, et il a hoché la tête. « Si vous suivez ce chemin latéral, il vous mènera directement à la porte de l'entrepôt. » Le conducteur a ensuite expliqué comment la serrure pouvait être forcée. Sur le front de Keema, il y eut un tressaillement presque imperceptible.

« Ne serait-il pas plus approprié que ce soit l'homme aux deux bras qui aille chercher les provisions ? demanda-t-il.

— Je serai occupé à chercher le chariot dont les singes ont parlé, répondit le conducteur. Une fois que je l'aurai… réquisitionné, et que vous aurez obtenu nos provisions pour la route à venir, nous nous retrouverons juste là, derrière le dernier des lotissements. »

Mais Keema n'était pas convaincu. « Si vous connaissez la disposition de cette enceinte, ne devriez-vous pas vous faufiler à l'intérieur, pendant que je vais à la chasse aux chariots ?

« Non. Pourquoi ? »

Parce que le conducteur avait l'intention de partir sans lui. Mais comme ce n'était pas quelque chose qu'il souhaitait dire à haute voix, il lui donna une autre réponse, tout aussi honnête. « La vérité, c'est que je n'ai pas encore confiance en vous. Je vais chercher le chariot, je ne veux pas qu'il parte sans moi.

— Je peux en dire autant.

— C'est vrai, concéda le conducteur. Mais la déesse toute-puissante qui chevauche ma tête me donne l'avantage, car Elle ne vous fait pas confiance non plus. » Keema détourna son regard de la vieille femme. Le conducteur sourit derrière son masque. « Apportez-nous des provisions pour la route et peut-être que nous ne partirons pas sans vous.

— Ne me parlez pas comme à un enfant », dit Keema en partant à sa tâche.

Je lui ai dit qu'il n'était qu'un imbécile. Les mots de l'Impératrice ont transpercé son esprit comme une pierre acérée, et il s'est volontairement éloigné de l'homme de Daware. *Je lui ai rappelé que nous ne pouvions pas espérer atteindre l'Est par nos propres moyens.* Le conducteur a grogné en guise de réponse et a gravi la colline en face de l'enceinte pour trouver un meilleur poste d'observation. « Il fallait le faire, Votre Éminence », a-t-il répondu, en se frayant un chemin sur la pente raide qui traversait les contreforts. « Nous n'avons pas besoin de l'entraîner dans notre combat. Et les fermiers d'ici sont des gens bien. Ils vont l'attraper, et, avec un peu de chance, prendre soin de lui. »

Notre problème était celui de tous ; la vie de l'homme de Daware était un prix raisonnable pour le succès de notre mission.

Il soupira. « Si c'est ainsi que Vous voulez que je pense, alors Vous m'avez donné de mauvaises leçons ces six derniers mois. »

Ils ont cessé de discuter cette question. Au sommet de la colline, caché derrière un groupe de rochers, il a observé l'enceinte. C'est alors que le sentiment de fierté et de justice qu'il avait éprouvé s'évapora, car il repéra rapidement le chariot, et découvrit qu'il n'était pas abandonné, contrairement à ce que les singes avaient prétendu, mais qu'en réalité, il était gardé par plusieurs soldats du Trône qui semblaient souffrir d'une gueule de bois.

Cinq membres armés de la garde royale paressaient sous les avant-toits de l'enceinte, attendant de la nourriture et des boissons de la part des fermiers épuisés. L'un des soldats dansait autour d'eux, lame dégainée, en riant, son pantalon n'était pas visible. *Je lui ai dit une fois de plus qu'il était un imbécile – comment allait-il s'occuper de ça tout seul ?* Il L'a ignorée et son expression s'est crispée lorsqu'il a remarqué l'insigne du Trône de la Lune brodé sur l'auvent en toile du chariot, ainsi que le soldat qui émergeait de temps à autre de l'enceinte pour le surveiller. Le jeune homme grimaça en les faisant descendre, Elle et Son coussin, sur le sol. « Ce n'est rien que nous ne puissions gérer, Votre Altesse », a-t-il dit, la voix soudainement rauque.

Alors occupe-t'en, lui ai-je dit.

Il expira rapidement, comme s'il était sur le point de se jeter dans l'eau froide, avant de se précipiter vers le chariot en maudissant dans un même souffle ces singes filous et lui-même.

Dans un des lotissements, une fille soupira.

Avec un soupir de défaite, elle retourna la tasse qu'elle avait trouvée flottant dans l'eau qui lui arrivait aux chevilles, et laissa les restes de riz qu'elle contenait s'en échapper. Elle s'enfonça plus loin dans son lotissement, où elle trouva d'autres débris flottant parmi sa récolte : une sandale, un petit peigne en bois. Un bout de tissu miteux provenant d'un sous-vêtement d'homme adulte. Elle ramassa ces objets épars tandis que dans les autres lotissements des terrasses, ses collègues fermiers, bien plus chanceux, commençaient leur journée de travail par un dernier passage dans leurs champs avant de charger les chariots avec leurs pots de riz et de se rendre au village pour la foire. Elle claqua la langue et gémit sur ses pousses de riz, dont beaucoup avaient été piétinées, puis jeta les divers déchets dans un sac en tissu aussi vite qu'elle le put, ne souhaitant pas être laissée derrière lorsque la caravane quitterait l'enceinte. L'un des autres fermiers, un garçon à peine plus âgé qu'elle, eut la gentillesse de lui donner un coup de main pour le nettoyage. *Je suppose que je l'aimais bien. Parfois, nous dormions sur la même natte. Il avait tellement peur de me toucher qu'il dormait les bras le long du corps, comme ça, comme s'il était à l'intérieur d'un tube étroit, ce que je trouvais drôle, et qui me plaisait.* Ensemble, ils retirèrent de l'eau les gâteaux de riz et les tasses à peine entamés, jusqu'à ce que le garçon lui donne un coup de coude et lui dise à voix basse : « Ils arrivent », avant de se retirer dans sa propre parcelle.

« Hé, la fermière ! » cria le soldat, qui, lui aussi, avait la gueule de bois.

Son dos se raidit. C'était le même homme qui les avait harcelés la nuit précédente, elle et les autres fermiers. Elle se retourna avec le sourire le plus gracieux qu'elle put arborer, tandis que la Lame du Trône s'approchait d'elle. Il était pathétique dans la lumière impitoyable du jour ; ses yeux, gonflés par la boisson, errèrent le long de son corps avant qu'il lui présente son pied nu, couvert de boue. « Il me semble qu'il me manque un ami, dit-il. Tu ne l'as pas vu dans le coin, par hasard ? »

Elle ouvrit son sac et lui tendit la sandale qu'elle avait trouvée. Le Lame marmonna un remerciement en s'asseyant sur le bord de la rive et l'enfila. « J'ai trouvé d'autres de tes affaires dans l'eau, dit-elle. Ce peigne. Ce sac de *jerin*. »

Il a ri. « Quelle meilleure façon de commencer la Semaine sainte, hein ?

— Beaucoup de mes pousses ont été écrasées par vos hommes. »

Son irritation fut réfrénée par le regard qu'il lui lança, la jovialité de la voix de l'homme diminuant juste assez pour la refroidir. « Allons, allons, dit-il. Une nuit entière de repos, sous notre protection. Tout le monde n'a pas cette chance. Pas de bandits pour venir vous égorger dans le noir, pas de loups pour enlever vos bébés. » Comme elle ne voulait pas croiser son regard, il fouilla dans sa poche, en sortit assez de *copans* pour acheter quelques friandises au marché et les pressa dans sa paume. Elle se força à s'incliner en guise de remerciement. Il hocha la tête, satisfait. « Maintenant que nous sommes de nouveau amis, mes hommes et moi avons faim. Nous avons aussi besoin de nourriture pour la route à venir. Ah ! Je serais heureux si tu nous montrais le chemin de l'entrepôt. »

J'aurais pu le pousser par-dessus le bord de la rizière. La chute ne l'aurait pas tué, mais elle lui aurait cassé quelques os, et j'aurais aimé ça.

« Par ici. »

Ensemble, ils se dirigèrent vers l'entrepôt. La jeune fille veilla à garder une certaine distance avec le soldat, car elle avait entendu les histoires des autres femmes. C'est alors qu'un rapide mouvement sur la route attira son attention : en plissant les yeux, elle vit un jeune homme masqué se faufiler entre les rochers et les fossés. Il se dirigeait vers la caravane du soldat, garée sur le côté de la route en contrebas.

Elle a souri à l'apparition de ce voleur.

« Qu'est-ce qui se passe ? demanda le soldat.

— Quelle belle journée », répliqua-t-elle en conduisant l'homme plus haut sur les marches de la terrasse. *J'ai fait de mon mieux pour qu'il garde les yeux posés sur moi et qu'il ne regarde pas la route. Je ne savais pas ce que l'étranger masqué préparait, mais je savais que ce ne serait pas bon pour nos visiteurs.* « Ça a dû être une sacrée nuit pour vous et vos hommes.

— Nous avions pas mal de tension à évacuer, maugréa-t-il en remontant la colline à sa suite. Je pense que nous l'avons habilement libérée.

— En effet », acquiesça-t-elle, tandis que, plus bas, l'étranger masqué bondissait dans la caravane.

Il aurait d'abord regardé.

En approchant du chariot, le conducteur réalisa que les singes avaient raison sur un point : il sentait effectivement la mort. Mais les signaux d'alarme qui se déclenchaient dans sa tête furent balayés lorsqu'il crut entendre les pas d'un soldat qui approchait. Il y est donc entré, d'un bond imprudent, et c'est dans cet espace sombre qu'il a perçu une odeur qui n'était pas sans rappeler celle d'un cadavre qui se serait chié dessus avant de trépasser. Tout son visage se plissa derrière son masque, l'odeur était tangible, une pellicule de puanteur imprégnant sa gorge à chacune de ses inspirations. Avec un soupir nauséeux, il ouvrit le rabat de toile et se pencha hors du chariot, soulevant son masque juste assez pour aspirer l'air pur tandis que la lumière se frayait un chemin à travers la fente ainsi créée, révélant la source de la puanteur.

« Celle-ci ne vous reconnaît pas », dit la tortue depuis l'obscurité.

Elle était plus petite que ses congénères de la cour, un tout petit peu moins massive, sa largeur avalant quand même la majeure partie de l'intérieur du chariot. Mais quelque chose clochait avec cette créature. Sa carapace était fissurée et suintait le pus, et ses jambes, ces moignons mal formés, gisaient inutiles à ses flancs ; tout ce dont elle était capable, c'était frapper ses moignons sur le plancher tout en penchant la tête pour réfléchir et renifler l'air, lisant son odeur. « Vous avez le sang en vous, gloussa-t-elle. Le sang d'un prince. » Elle a de nouveau reniflé ; et tandis que la créature était occupée à fouiller dans son aura, le conducteur a décroché sa hachette de sa ceinture ; il a envisagé dans son esprit deux coups, peut-être trois, pour mettre un terme à sa vie. « Mais vos objectifs… reprit la tortue, perdue dans son propre monde. Vous êtes à la croisée des chemins avec le Trône. Le fils d'un prince à contre-courant… » Son œil vagabond se fixa sur la hachette dressée dans les airs. La créature a baissé la tête pour se soumettre à lui.

« Laissez-la vivre, gloussa-t-elle. S'il vous plaît. Laissez-la vivre. Un marché ! Un marché peut être conclu !

— Pardonnez-moi », a chuchoté le conducteur.

Il a dégluti, sa prise sur le manche a tremblé.

Et la hache, une fois levée, n'est jamais redescendue, *car nous étions là nous aussi* et le jeune homme qui était autrefois la fierté des Paons rouges, qui avait gravé le nom de son père dans la chair du dos d'un homme en pleurs, juste parce qu'il avait commis le crime de le regarder avec irrespect, contemplait maintenant sa main tremblante, dont les doigts s'ouvraient un à un, jusqu'à ce que le manche lui échappe et que l'arme tombe par terre. *Et nous l'avons forcé à regarder cette main, cette main qu'il avait autrefois couverte de notre sang, et nous l'avons forcé à se souvenir* – ses yeux se remplissant de larmes alors que les voix dans sa tête, venues d'une autre vie vécue imprudemment, il n'y a pas si longtemps, surgissaient des sombres fissures de son esprit, comme elles l'avaient fait ces six derniers mois, avec l'aide de l'Impératrice. *Nous lui avons fait sentir la chair brûlée. Nous lui avons fait sentir la texture de notre sang.* « Pardonnez-moi…, criait-il, pardonnez-moi… » *MAIS QU'EST-CE QUE ÇA NOUS RAPPORTERAIT DE LUI*

PARDONNER, À NOUS, À MOI, ALORS QU'IL A TRANCHÉ MA PUTAIN DE GORGE ?

Le théâtre s'emplit de la cacophonie des cris des morts. Tu te bouches les oreilles, mais ça ne fait pas grand-chose pour bloquer les cris. La tête de la tortue se rétracte en regardant cet homme brisé s'effondrer *et nous, le peuple, tous ceux que ce salaud avait terrassés, brûlés, abattus, nous avons tourbillonné autour de son joli petit crâne et nous avons griffé les murs et nous avons gémi et nous avons dit : tu te souviens de nous, démon, tu te souviens d'avoir versé notre sang à tes pieds griffus et maintenant te voilà, LE REFAISANT ENCORE*, et il a pleuré en se tenant la tête, l'œil palpitant, et les a suppliés d'arrêter la douleur, les a suppliés de le libérer. « Je suis désolé… » gémit-il, la hache à ses pieds oubliée depuis longtemps. Le jeune homme, qui n'était plus désormais qu'un petit garçon, se recroquevillait sur lui-même.

La tortue a allongé sa tête. Elle observait de son œil fou les pleurs de cet enfant.

Elle réfléchit à cette nouvelle opportunité.

À l'autre bout du domaine,
un entrepôt était dévalisé.

Le cadenas, détaché, gisait dans l'herbe tiède, les doubles portes ouvertes révélant des étagères de jarres en terre cuite contenant du riz, des bandes de viandes séchées, des sacs d'épices et, dans des bocaux, une multitude de conserves au goût acide sur le doigt de Keema. Il passa devant des outils et des matériaux pour réparer les équipements et les infrastructures endommagées. Il s'empara d'une poignée de riz et de quelques morceaux de viande séchée. Un bout de viande pendait à ses lèvres tandis qu'il trottinait dans l'étroit couloir de l'entrepôt avec le sac vide qu'il avait subtilisé à un crochet, le sac se remplissant à mesure qu'il avançait. Il trouva un tas de gourdes, mais aucune ne contenait d'eau. Il les prit quand même. Tout cela finit dans le sac et, quand il fut temps de partir, il s'agenouilla et, utilisant ses dents et sa main, le noua en baluchon au bout de sa lance.

Tout heureux d'avoir accompli la moitié de sa tâche, il sortit de l'entrepôt et courut hors du bâtiment, heurtant presque les deux personnes qui arrivaient.

« Oh », dit la petite fermière.

Le soldat, surpris, posa la main sur la garde de son épée.

Keema fit un pas en arrière. Ils s'entreregardèrent pendant un moment, chacun essayant d'évaluer la situation avant les autres. C'est la fille qui a terminé son calcul en premier – elle s'est avancée et s'est placée entre les deux hommes.

« Te voilà, Serro », dit-elle en souriant à Keema. Puis elle se tourna vers le soldat. « Serro a pensé que ce serait une bonne idée, dans l'esprit du Saint Pèlerinage, de s'occuper de vos provisions et de celles de vos hommes pour votre voyage vers la Porte des Lièvres. »

Le soldat n'a pas retiré sa main de sa garde. « Oh, vraiment ?

— Oui ! Quelques petits en-cas et diverses friandises pour votre plaisir. Serro, as-tu trouvé toutes les marchandises ? »

Elle l'a imploré du regard.

« Oui, dit Keema. Tout est là. J'ai mis un peu plus de viande séchée aussi.

— Bien. Pourquoi n'irais-tu pas les porter jusqu'à leur chariot ? »

Keema acquiesça et se mit en route.

« Un instant, l'arrêta le soldat. Je ne me souviens pas de t'avoir vu la nuit dernière. Et, s'il y avait un homme de mauvaise fortune parmi nous, je m'en souviendrais. » Le soldat ouvrit d'un coup sec le sac et regarda à l'intérieur ; il laissa échapper un grognement satisfait. « Le bœuf a l'air bon.

— Il y en a encore dans l'entrepôt, intervint la fille. Venez, monsieur, je vais vous montrer. »

Mais son insistance n'a fait qu'attiser la suspicion dans les yeux du soldat. Il sentait que quelque chose n'allait pas : l'obséquiosité de la fille, son sourire paniqué, la posture raide du jeune homme ; les éraflures et les déchirures dans ses vêtements ; sa lèvre coupée ; le bleu profond sur son cou. Il fronça les sourcils. « Pourquoi ne restes-tu pas avec nous, Serro ? Je te raccompagnerai au chariot quand nous aurons fini. Je dois surveiller la créature de toute façon.

— Si ça ne dérange pas, dit rapidement la jeune fille, Serro a encore à faire pour préparer la caravane. Serait-il possible qu'il vous précède ?

— Non, ce n'est pas possible », répondit le soldat avec un sourire. Il lui tapota l'épaule et la poussa vers l'entrepôt. « Allez, tu étais en train de me mener à mon petit-déjeuner. »

Le conducteur gémit.

Il était recroquevillé dans un coin du chariot, se tenant la tête alors que les voix allaient et venaient. *Nous avons encerclé ses pensées et l'avons fait trembler. Nous l'avons fait souffrir comme il nous a fait souffrir.* Il n'écoutait qu'à moitié la tortue quand elle lui parlait – le reste de son corps essayait de ne pas vomir.

« Celle-ci sent ta culpabilité, dit la tortue de sa voix hésitante. La puanteur salée qui s'en dégage est plus forte que ma propre puanteur. De nombreuses morts souillent tes mains. Leur sang coule profondément dans ton sol, fils de prince. Mais maintenant tu es ici, à essayer de nettoyer ces mains dans n'importe quelle eau que tu peux trouver. Celle-ci t'offrirait de l'eau, en quelque sorte. Garde ta main. Fais la paix avec celle-ci. Et celle-ci restera tranquille pour ses frères.

— Du bluff, croassa le conducteur, le nez pointé vers le rabat de la toile, vers l'air libre. Tu leur as déjà tout dit sur moi.

— La confiance. Soit tu fais confiance à celle-ci, et tu la laisses vivre, soit tu frappes ce corps, et tu scelles ton destin. » La tortue a abaissé son bec sur le plancher et l'a regardé de son œil capricieux. « Celle-ci poussera son dernier cri. Les soldats viendront. Tu pourras peut-être les battre, mais, dit-elle en regardant son état pitoyable et en laissant échapper un rire spontané, peut-être pas. » La hachette gisait sur le sol, non loin de la main du conducteur, mais il n'avait aucune envie de la regarder, et encore moins de la soulever ; une nausée accablante, plus puissante que la nausée que lui inspirait l'odeur de la tortue, l'envahissait dès qu'il baissait les yeux sur cette lame étincelante. *Combien de nos têtes avait-il fendues avec cette hachette sous le fier commandement de son père ?* Le conducteur sentit une bulle monter dans sa gorge. Il se détourna de la hachette et déglutit profondément. Il voulait mourir. « Et pourquoi n'as-tu pas encore appelé les soldats ? demanda-t-il.

— Celle-ci n'est pas l'amie des soldats. Ils l'emmènent à la Porte des Lièvres, où elle sera hissée dans une tour de guet pour y vivre le reste de ses jours. Un grand honneur, dont celle-ci ne veut pas. » Elle a soulevé un de ses moignons mal formés. « Depuis sa naissance misérable dans les lits chauffants du Palais, celle-ci est connue sous le nom de Malfaçon. Mal née. Sa connexion à la toile maternelle, imparfaite, effilochée, comme un vieux fil. Mais même si elle rate de nombreux messages, elle sait que quelque chose s'est passé au Palais. Elle peut lire le frisson dans le vent d'est. Elle sait que l'Empereur est mort. »

Elle a regardé le conducteur comme si elle le défiait de nier ce fait.

« Qu'est-ce que tu veux ? demanda le garçon.

— Vivre. Celle-ci irait vers l'est. Elle s'allongerait sur le rivage et sentirait l'eau fraîche de la grande mer sur ces… choses…, dit-elle en soulevant ses moignons avec une grande amertume. Celle-ci ne veut pas pourrir avec les oiseaux dans une tour de guet solitaire. Elle veut être libre. Elle veut aller vers l'est, avec toi. » Elle a hoché la tête à son propre rêve. « En retour, celle-ci vous aidera. De nombreuses tortues se trouvent entre vous et votre destination. Celle-ci peut lire dans l'air. Elle est peut-être défectueuse, mais elle peut quand même lire les signaux. Celle-ci peut vous aider à choisir vos routes.

— Et tout ce que tu veux en retour, c'est la liberté.

— Non, ce n'est pas tout. »

« Tout est là. »

La fille a fait un geste vers la nourriture dans l'entrepôt et le soldat a souri comme s'il retrouvait de vieux amis dont la compagnie lui avait manqué. Alors qu'ils marchaient dans le couloir – il était trop grand et devait se baisser pour éviter les poutres discontinues – elle lui offrait ceci et cela, ses bras débordant des éléments d'un copieux petit-déjeuner ; mais son attention ne s'éloignait jamais de Keema, qui jouait le rôle du serviteur obéissant près du fond de l'entrepôt, encore faible de la nuit précédente et incertain de pouvoir affronter un homme si grand et imposant.

« Ça devrait être bon », a dit le soldat, au grand soulagement de la jeune fille, car il n'y avait presque plus d'œufs à lui donner. *Quand nous avons quitté l'entrepôt, il m'a dit d'apporter la nourriture aux cuisines et de faire préparer quelque chose de spécial pour ses hommes. Les bras tendus pour pouvoir contenir toute la nourriture qu'il avait choisie, je les ai regardés, lui et l'étranger manchot, marcher ensemble vers le chariot au bord de la route.*

Alors que la jeune fille se demandait si, à cause du mensonge qu'elle avait raconté, elle n'avait pas condamné le domaine entier au bûcher, Keema fut conduit dans le domaine proprement dit, le soldat sur ses talons. Les fermiers, retardés par le nettoyage et l'inspection des champs, s'empressaient de charger leurs caravanes avec leurs offrandes de riz, tandis que, sous un auvent en tissu violet près de l'une des maisons principales, cinq soldats étaient allongés sur des nattes, entourés de cruches de vin vides, riant des gens affairés qui circulaient autour d'eux, appelant pour être resservis ou avoir de la compagnie. *Nous devions faire ce que ces bâtards ivres ordonnaient, mais nous ne pouvions pas non plus être en retard pour l'arrivée de la caravane de l'Empereur dans le village.* Une femme a feint la flatterie devant les avances maladroites d'un des soldats. *Je portais un sac de riz plus lourd que mon propre enfant, mais il ne semblait pas remarquer l'effort que cela me demandait, encore moins s'en soucier.* Dans l'une des maisons gisait un homme que les soldats avaient à moitié battu à mort la nuit précédente, bien qu'aucun d'entre eux, ivres comme ils l'étaient, n'ait pu se souvenir de la raison pour laquelle cela s'était produit. *Ils m'avaient demandé de raconter une blague, devant tout le monde, alors qu'ils dansaient autour de nous, ivres de notre vin, ils m'avaient demandé une blague. Ils n'ont pas trouvé celle que je leur ai racontée amusante.*

Ils étaient jeunes, et à cran.

Ils n'étaient pas si différents des soldats stationnés dans ta ville portuaire – ceux autour desquels ta *lola* se tenait immobile et silencieuse, comme une biche lorsqu'une meute de loups rôde au loin –, ceux que ton père a fini par admirer, à force d'écouter la radio. C'étaient des soldats, loin de chez eux, assaillis par la présence de la mort, celle des autres et la leur. Ils étaient jeunes, fiers et forts, certains d'entre eux cruels, beaucoup d'entre eux effrayés – bien sûr, ils buvaient jusqu'à plus soif ; bien sûr, ils cassaient des fenêtres et brisaient des bouteilles et semblaient toujours prêts à frapper quelqu'un. Bien sûr, ils étaient insatiables, buvant tout le vin du domaine, s'emparant de tout corps qui s'approchait, fermier ou non, leur faim rare et effrayante.

Alors que tu rentrais chez toi, un soir, un fantassin, assis sur le muret à l'extérieur du pub, t'a regardé passer. Il tenait une pinte entre ses cuisses. Il n'avait plus d'œil gauche – arraché, supposais-tu, à son crâne. Il ne semblait pas avoir honte de tout ça.

« C'est plus beau de près », a-t-il dit en souriant. Et c'était vrai.

« Allez, Serro », a dit le soldat,
poussant Keema à avancer.

Sur le dernier tronçon de chemin isolé avant la route principale, lorsqu'ils se sont éloignés de l'enceinte proprement dite, des fermiers et des autres soldats, l'attitude de l'homme a changé. Il semblait se détendre, sa main quittant la poignée de son épée ; il regardait même Keema avec douceur, tandis qu'il se rafraîchissait avec un éventail en papier qu'il avait sorti de sa manche.

« Mon oncle était comme toi, dit-il, comme s'il attendait de prononcer ces mots depuis un moment. Lui aussi était un homme de mauvaise fortune. Il s'est enfui avec une dette de jeu à une des tables de Luubu, et quand il a été pris, il l'a remboursée avec son bras gauche. Condamné à être malchanceux pour le reste de sa vie. » Il a secoué la tête. Le chariot était en vue maintenant. « Partout où il allait, on l'évitait. Même ma mère, sa propre sœur, ne l'aurait pas laissé entrer dans la maison, il en aurait "souillé le seuil". Le pauvre bâtard est mort seul ; il s'est pendu à une de ses propres poutres. » Keema, incertain de la tournure des événements, se contenta d'écouter, non pas que l'homme eût besoin d'être encouragé pour continuer. « Tout ça pour dire, Serro, que je ne peux m'empêcher de remarquer ces coupures sur ton bras. Ces bleus sur ton cou. La façon dont cet enfant te donnait des ordres. Comme si tu étais un étranger. J'en viens à croire que ces fermiers te maltraitent. »

L'homme le regardait sérieusement. Keema ne s'attendait pas à cela.

« Non, monsieur, dit-il. Ils m'ont accueilli généreusement, à bras ouverts.

— Vraiment ? » L'homme semblait amusé, comme un parent pourrait l'être par un enfant qui ment terriblement mal. Il a fermé son éventail et s'est arrêté de marcher. « Je me suis toujours senti mal à propos de la façon dont j'ai traité mon oncle. Je n'étais qu'un enfant, mais même les enfants sont capables de gentillesse, et je ne lui en ai donné aucune. Je me suis même moqué de lui avec mes amis. » Il a expiré ses démons. « Alors, en mémoire de mon oncle, je vais te témoigner de la gentillesse : si ces becs-de-lièvre d'en bas posent des mains indésirables sur toi, fais-moi un signe, et peut-être que mes hommes et moi resterons une nuit de plus. Peut-être leur apprendrons-nous quelques leçons autour d'un bon feu. »

C'était étrange : même si Keema savait que les fermiers étaient innocents de ces offenses, une partie de lui était heureuse d'entendre cette offre.

Une petite partie.

« Ces fermiers ne m'ont rien fait. »

L'homme a soutenu son regard, pour juger de son honnêteté, avant de hausser les épaules et d'abandonner.

« J'ai pensé que je devais demander », dit-il en continuant son chemin.

Ils arrivèrent sur la route principale. Keema vit que le chariot était toujours là, et qu'il n'avait pas été volé, et il se demanda ce qu'étaient devenus les autres – si le conducteur avait décidé que le chariot n'en valait pas la peine et était parti avec l'Impératrice sans lui –, mais toutes ses réflexions furent interrompues par l'odeur ; une puanteur qui émanait du chariot, son intensité augmentant à mesure qu'ils approchaient de la route. Keema grogna.

« Je sais, dit l'homme d'un ton las. Maintenant, imagine voyager avec cette satanée chose. » Il s'est arrêté à l'entrée de l'enceinte. « Tu peux y aller. Je vais… rester ici. Mets les provisions à l'arrière. »

Alors que Keema traversait la route, il se demandait ce qu'il allait faire, maintenant qu'il avait perdu ses compagnons de voyage. Il pourrait demander aux fermiers de le conduire jusqu'au prochain village – cette fille semblait assez amicale – et de là, trouver quelqu'un pour l'emmener au Bassin, si quelqu'un allait si loin à l'est, mais il n'avait pas d'argent pour payer son voyage à travers le pays. Le poids de la lance était lourd contre son épaule. Ce ne serait pas une mince affaire de la porter. Soudain, il a pensé à la bagarre de ce matin-là. Il voulait se battre de nouveau avec le conducteur. Dans son esprit, il n'y avait pas eu de vainqueur. Sa fierté de guerrier était en jeu. C'est sans doute pour cette raison qu'il a ressenti un tel soulagement, lorsqu'il a déchiré la bâche du chariot et qu'il a vu le garçon au masque de démon qui le fixait depuis l'intérieur.

Le garçon n'était pas seul. Une tortue était assise derrière lui, regardant Keema de son œil qui ne cillait jamais, la bouche ouverte comme pour lui hurler dessus, mais réduite au silence par la main levée du conducteur.

« Tout va bien ? demanda le soldat depuis le bord de la route.

— Oui », répondit Keema. Il détacha le sac de sa lance et le souleva par-dessus le rebord en bois. Il le remit au conducteur, puis, parlant assez fort pour que le soldat l'entende, il déclara : « Ça devrait suffire pour ce long voyage.

— Bien, a fait le soldat. Assure-toi simplement que c'est hors de portée de la créature. Cette satanée chose n'arrête pas de manger. »

Une fois le sac bien fixé dans la soute, le conducteur a regardé Keema ; derrière les fentes sombres de son masque, ses yeux le jugeaient différemment. Et c'est alors qu'une sorte de message passa entre eux ; dans leur regard verrouillé et silencieux, un premier nœud de confiance se resserra ; un contrat, signé par un hochement de tête du conducteur, avant que Keema referme la bâche et retourne auprès du soldat.

Le conducteur respira à nouveau.

Il a ouvert le sac. Il a palpé le riz, il a humé le bœuf séché. Il a ouvert les gourdes – vides. En dehors de l'eau qui manquait, l'homme de Daware avait dit vrai : il y avait assez de vivres pour un voyage deux fois plus long que celui qu'ils entreprenaient. Il jeta un coup d'œil à travers le rabat de la toile. Les deux hommes étaient à mi-chemin du domaine. Il se demanda comment Keema avait négocié pour se retrouver dans une telle position, et comment il comptait s'en sortir.

« Qui était cette personne ? demanda la tortue.

— Il est avec nous », dit le conducteur.

Une fois sûr que la voie était libre de tout soldat, il courut jusqu'à l'amas de rochers au sommet de la colline, où l'Impératrice l'attendait. *Je lui ai fait comprendre que je n'approuvais pas les choix qu'il avait faits là-bas, que la tortue défectueuse était un handicap.* Ce à quoi il répondit d'une voix pressée en s'inclinant : « Quand tout cela sera terminé, j'accepterai le châtiment divin qui m'attend. » Il souleva alors avec précaution Son coussin et La ramena à la caravane, où Elle ne Se montra guère heureuse d'être assise devant l'une des plus viles créatures de Son fils. Malfaçon, pour sa part, ne semblait pas non plus heureuse de la voir.

« Notre Lune très honorée », La salua-t-elle avec mépris.

Le conducteur n'avait pas le temps de savourer cette rencontre, car il devait faire avancer le chariot. Il se glissa jusqu'à l'avant du véhicule, restant du côté opposé à l'entrée du domaine, et salua les bêtes de somme. Les orfreux, des animaux au tempérament doux, ont jeté un regard bienveillant au garçon masqué qui approchait. Il était heureux de découvrir que les animaux n'étaient pas d'une allégeance stricte, impatients que le conducteur gratte l'espace entre leurs yeux, là où commençait le premier de leurs piquants, qu'il savait être un endroit notoirement sensible. Grognant et ahanant, les orfreux piétinèrent la terre de leurs sabots épais et suivirent le conducteur, qui les amena sur la route en les tenant par les rênes ; passer de la terre meuble à la route pavée de cailloux ne se faisant pas sans heurts : le chariot tout entier gémissait et craquait en transférant son poids sur le nouveau terrain. La tête basse, le conducteur grimpa sur son banc, jetant un coup d'œil inquiet au domaine pour voir s'il y avait du mouvement, mais personne ne semblait avoir remarqué le départ de leur véhicule.

Le soldat près de Keema avait l'esprit ailleurs.

Le battement de son éventail en papier et le bourdonnement choral des cigales dans l'herbe sèche couvraient tout son pouvant provenir de la route, et son intérêt pour Keema n'avait pas encore faibli. « Je pense que nous avons quelque chose en commun », a-t-il dit.

Keema, qui réfléchissait frénétiquement à un moyen de retourner au chariot, a vu son intérêt piqué par l'observation de l'homme.

« Je pense que nous nous demandons tous deux comment par l'Abysse nous sommes arrivés ici. » Le soldat gloussa après avoir dit cela. Son battement d'éventail a ralenti. « Je t'admire. Tu essaies de reconstruire ta vie ici, même si ce n'est pas le chemin le plus facile. » Il a souri, discrètement. « Il en va de même pour moi, car j'ai accepté un travail, un travail très spécial ; le genre que l'on ne te propose qu'une fois dans ta vie, voire pas du tout, et une fois ce travail accompli, je n'aurai plus à porter ce satané uniforme. J'aurai assez d'argent pour acheter mon propre domaine. Plus besoin de baiser les pieds des hommes du seigneur

Yinn. Plus besoin de mener les tortues à leur… putain de… » Sa voix s'est tue, car deux soldats couraient maintenant vers eux ; l'un d'eux agitait les bras en criant. « Par les anneaux célestes, qu'est-ce que… »

Les soldats désignaient la route. L'homme se retourna. Leur chariot s'éloignait, mené par un voleur masqué.

Les cris atteignirent le cœur du domaine.

De la fenêtre de la cuisine, la fermière regarda les soldats qui restaient se relever précipitamment. Une cruche de vin fut renversée, éparpillant le liquide rouge par terre, tandis que les soldats couraient en direction des hurlements de leur chef. Les autres personnes présentes dans la cuisine se sont regardées, puis sont sorties voir ce qui se passait. Dans les lotissements environnants, les fermiers posèrent leurs outils et regardèrent les soldats ivres poursuivre sur la route le chariot en fuite et crier au conducteur de s'arrêter. *Je me suis assis sur la berge et j'ai regardé ces imbéciles courir comme si j'étais à un spectacle ambulant. Même les plus travailleurs d'entre nous ont fait une pause pour voir ce qui se passait – mais je pense qu'on peut dire qu'aucun d'entre nous ne s'attendait à ce qui s'est produit ensuite.*

Pour un œil non averti, c'était comme si le milieu de la route avait été frappé par un poing géant et invisible. Les hommes sont tombés dans le trou si soudainement que seul l'un d'eux a eu le courage de pousser un cri de surprise ; les autres ont simplement basculé dans le trou et se sont écrasés les uns sur les autres dans un silence étouffant, une boule d'hommes au fond d'une fosse peu profonde. L'une des épées dégainées tranchait la jambe de son voisin, qui faisait connaître ses sentiments en poussant un beuglement à glacer le sang. *Quand nous les avons entendus hurler, nous sommes descendus voir ce qui leur était arrivé.*

La fermière a traversé la foule qui s'était rassemblée, le regard fixé non pas sur le trou mais sur la route, regardant l'étranger manchot rattraper le chariot en fuite. Il a balancé sa lance dans la soute, dans laquelle il s'est ensuite jeté lui-même. Puis elle s'est détournée. *J'ai fait semblant de ne rien voir, soulagée que « Serro » se soit enfui. J'ai rejoint les autres au bord de cette étrange fosse. Le soldat à qui j'avais montré l'entrepôt gisait au sommet de cette masse de corps qui se tordaient, implorant de l'aide. C'est à ce moment que nous nous sommes tous regardés, avec la même pensée en tête : il était temps de décider ce qu'il fallait faire de ces garçons.*

Les fermiers se sont accroupis au-dessus du trou avec tous leurs outils.

C'était Son œuvre.

Keema n'a constaté cela qu'après avoir rattrapé le chariot, et a expliqué au conducteur – entre deux grandes goulées d'air – ce qui était arrivé aux soldats qui les poursuivaient, et le conducteur a soupiré, et a crié à la vieille femme à l'arrière : « Votre Altesse, vous devez faire attention à ne pas dépenser trop d'énergie ! Vous ne serez pas d'une grande utilité pour les autres si je Vous livre épuisée et mourante ! » Comme Elle ne répondait pas, il secoua la tête et se concentra sur le long tronçon de route en contrebas qui s'étendait devant les orfreux lancés au trot. Keema s'installa sur le siège, à côté de lui. Leur allure était moitié moins rapide que le galop d'un cheval, mais plus rapide qu'une marche, et suffisante pour faire souffler une brise sur leur peau chaude.

« Il y a une tortue dans ce chariot », dit Keema.

Le conducteur soupira. « Ce n'est pas un problème. »

La route contournait l'une des nombreuses collines basses de cette vallée de riz et de récoltes, lorsqu'il reprit la parole. « Je ne savais pas que le domaine était occupé par des soldats du Trône lorsque je vous ai envoyé. »

Keema ne savait pas s'il le croyait, mais il accepta tout de même ces explications. « Nous sommes en vie et nous avons un moyen de transport. »

Le conducteur acquiesça.

Keema toucha le cadre en bois du chariot, le tapota. « Je vais voir ce que cette chose contient comme matériel.

— C'est Jun, au fait. »

Keema s'est arrêté à la porte, et s'est retourné.

« Mon nom, a précisé le conducteur. C'est Jun. »

L'odeur était étouffante à l'intérieur du chariot.

Keema s'est serré contre la paroi en contournant la grande carapace craquelée de la tortue. Il pensait *Jun, Jun, Jun*, tout en défaisant certains nœuds maintenant la bâche en place afin de laisser entrer un peu d'air. Une brise transversale s'engouffra dans la nouvelle ouverture de la toile. Alors que la puanteur de Malfaçon se dissipait, Keema l'entendit renifler dans son dos, essayant de lire ses intentions. « Si tu veux en savoir plus sur moi, je te suggère de demander », dit-il en défaisant le dernier nœud. Malfaçon a arrêté de renifler.

« Celle-ci s'excuse, dit-elle après un léger ricanement. Elle désire simplement connaître son compagnon de voyage.

— Compagnon de voyage, hein ? » sourit Keema en s'affalant contre l'arrière de la soute du chariot, les jambes à l'air. Le corps surnaturellement immobile de la vieille femme se trouvait juste à sa gauche. Il fit de son mieux pour ne pas y prêter attention. « Je suis Keema de la tribu Daware, dit-il. Pour l'instant, c'est tout ce que tu as besoin de savoir.

— Vous sentez la peur. Et la tristesse. »

Keema lui lança un regard furieux, et la créature baissa la tête et gloussa. Il supposa qu'elle s'excusait. L'étrange créature l'a regardé faire le tour du chariot, dressant un inventaire. En dehors de la nourriture qu'il avait volée dans l'enceinte du fermier, il n'y avait pas grand-chose d'utile. Un coffre étroit rempli de vêtements de rechange pour un soldat. Quelques sachets de poudres désodorisantes, accrochés au toit du wagon comme des décorations de fête. Des mots étaient gravés sur l'une des poutres de soutènement. *Nalan a baisé Jovva ici.* Derrière lui, Keema a entendu la tortue glousser à nouveau. Il lui a demandé ce qui se passait. « Celle-ci est amusée par vous, homme de Daware. Vous n'avez pas l'air de vous soucier d'être en présence d'une divinité. »

Il avait pris soin de ne pas regarder dans la direction de la vieille femme assise à côté de la tortue, les jambes croisées et aussi immobile qu'un cadavre, car il était terrifié par Elle, incapable d'oublier ce sourire cruel qu'Elle arborait après avoir détruit le pont.

« Je m'en soucie », dit-il à Malfaçon.

Une fois qu'il eut fini de regarder autour de lui, il s'assit contre le rebord arrière du chariot, lourdement, la nuit et le matin le rattrapant soudainement. Il pencha un peu la tête en arrière pour pouvoir voir le ciel bleu ardoise à travers les rabats qui flottaient. De faibles cris résonnaient dans les franges de sa mémoire. Une colonne de fumée s'élevant dans le ciel. *Dis-lui quelque chose de gentil.* Il a fermé les yeux.

Quelques instants de repos ne pouvaient pas faire de mal.

Mais il y eut une dernière interruption.

Le cliquetis d'une planche mal fixée sur le plancher du chariot. Keema fronça les sourcils et ouvrit les yeux. Il regarda la planche brinquebalante. « Celle-ci ne sait rien, dit Malfaçon, presque sur la défensive. Celle-ci les a seulement vus mettre la créature à l'intérieur. Elle ne sait rien de plus. »

Keema se redressa. Il n'eut aucun mal à soulever la planche du bout des doigts ; elle se libéra d'un clou tordu avec un bruit satisfaisant. Il posa la planche sur le côté et regarda dans le trou sombre, et c'est alors qu'il eut une brève réminiscence du soldat qui lui parlait de la mission très spéciale qu'il avait entreprise. Sur le moment, Keema avait supposé que l'homme parlait de contrebande ; de drogues, de documents illicites tels que des parchemins historiques ou des registres officiels du Palais. Mais il n'a découvert aucune contrebande dans ce petit compartiment caché, seulement l'étrange déclaration de Malfaçon.

L'oiseau n'était pas plus grand que sa main. Son plumage vibrait, presque anormalement, son éclat pourpre brillait dans l'obscurité de ce petit trou, frétillant, ses pattes de brindilles se débattaient contre une sorte de contrainte. Un nœud de ficelle maintenait son bec fermé, et une série de liens sur ses ailes et autour de ses pattes l'empêchait de bouger. Avec précaution, il souleva l'oiseau hors du trou ; ses yeux, noirs comme des charbons ardents, le regardaient avec fureur, comme s'il le défiait de l'écraser dans sa main.

« Donne l'oiseau à celle-ci, dit Malfaçon avec une lueur maladive dans les yeux. Elle a faim. »

Keema a ignoré Malfaçon, et la créature a grogné alors que l'oiseau se tortillait sur la paume de l'homme de Daware, hors de sa portée. « Il a dû être volé quelque part, a théorisé Keema. Au Palais peut-être ? » Il a posé l'oiseau sur le sol. Les liens étaient faits d'un tissu noir qu'il ne reconnaissait pas, et de petites écritures délicates étaient inscrites sur ces liens, dans un alphabet qu'il ne pouvait pas déchiffrer. Il pensait demander à la tortue de les lire, mais il ne lui faisait pas confiance pour retenir son appétit. Keema ne consulta pas non plus Jun sur ce qu'il devait faire de l'oiseau ; non, il n'y pensa pas une seconde ; il lui semblait évident de libérer ce qui avait été emprisonné. Il prit le couteau attaché à sa cuisse et délivra l'oiseau. Les liens étaient d'une composition si délicate qu'au premier coup de couteau, ils se désintégrèrent.

« Étrange », dit-il.

Puis l'oiseau, s'avisant qu'il était libre, s'est envolé vers son visage. Il l'a attaqué dans un tourbillon de battements d'ailes et de griffes, avant de s'échapper de la toile comme une flèche.

« Il y a un problème ? a appelé Jun depuis l'avant.

— Je ne sais pas », dit Keema, abasourdi, en retirant une plume violette, striée de sang, de ses cheveux.

L'oiseau était libre.

Il s'est envolé dans le ciel, un unique chant de folie résonnant dans son bec furibond. La créature a laissé échapper un sifflement à glacer le sang au moment où elle éclipsait le soleil.

Libre. Libre.

Son chant était comme une aiguille perçant le tympan.

Libre.

MIDI

Loin au-dessus des terres, l'oiseau volait.

Plus haut que n'importe quel oiseau le ferait, ou le pourrait. *Libre.* Ses plumes n'étaient pas affectées par le soleil ardent, ses petits yeux noirs regardaient le pays qui chancelait sous lui. À l'ouest, l'oiseau contemplait l'endroit où il avait été volé : l'horizon noir des montagnes qui constituaient l'aire royale. À l'est, il regardait ses destinations possibles : les Mille Fleuves, la lèvre montante du Bassin du Ciel, et au-delà.

Mais pour des raisons que même l'oiseau ne pouvait déchiffrer, il ne s'est pas éloigné du périmètre immédiat. Au lieu de cela, il a regardé le petit chariot en contrebas. Il pensait au jeune homme qui l'avait libéré, à la chaleur de ses yeux tandis qu'il sortait son corps de cette sombre cachette. Inhabituel. Bienveillant. Un service doit être payé de retour. Et une curiosité satisfaite. En vertu de ces deux principes, l'oiseau n'a pas quitté les étendues de terrasses et de collines du Centre-Ouest, mais est resté et a décidé d'entreprendre une brève reconnaissance.

La flèche violette s'est envolée vers l'ouest. Elle a dépassé les ruines de la Porte du Tigre. Elle a contourné la longue étendue de Flèches qui s'étendait verticalement le long du pays comme les os d'une colonne vertébrale. Et puis, non loin de la Porte du Singe, au nord, elle a vu quelque chose de surprenant, quelqu'un qu'elle ne s'attendait pas à revoir un jour.

La Première Terreur et sa brigade,
prenant d'assaut le pays.

Sur son cheval furieux, la Terreur regarda le ciel derrière lui en fronçant les sourcils, sentant que quelque chose n'allait pas. L'ombre fugace de l'oiseau disparut aussi vite qu'elle était venue, ne laissant que peu de traces de quoi que ce soit de suspect, si ce n'est l'odeur de mort qui effleurait les narines sensibles de la Terreur.

« Quelque chose ne va pas, Père ? demanda son fils aîné.

— Ce n'est rien », répondit la Terreur, avec une rare incertitude.

Ils atteignirent bientôt la route d'En-Haut, qui les mènerait à travers le poste de contrôle de la Porte du Singe, et de là aux terres en terrasse où s'était enfuie leur proie. C'est là qu'ils ralentirent leurs chevaux, car le convoi de chariots du seigneur Yinn se trouvait devant eux, les chariots peints avec soin et les hommes lourdement armés, et il y avait de graves conséquences à ne pas offrir à un seigneur le respect qui lui était dû, surtout pour un prince qui aspirait à devenir Empereur. Ainsi, la Première Terreur refoula sa rage et son chagrin et s'apprêta à saluer brièvement la caravane. Comme un corps réagissant à la menace d'un coup de poing, toute la caravane sursauta à leur approche. Les chevaux hennirent et les Hommes de la Famille qui chevauchaient le long des chariots se crispèrent mais n'osèrent pas lever leurs armes sur le prince, leurs regards se détournant tandis que les Paons remontaient la file au trot. *Aucun de nous ne voulait avoir d'ennuis avec ces salauds, qui semblaient tous prêts à couper la tête de la première personne qui aurait le malheur de les croiser.* La brigade se dirigea vers le plus somptueux de tous les carrosses ; les petites cloches en laiton qui en bordaient l'avant-toit émirent un tremblement mélodique lorsque la porte s'ouvrit. Depuis les entrailles cossues de la voiture, le seigneur Yinn souriait comme un vieux chat. La goutte empêchant l'homme de se lever pour aller à la rencontre de la Terreur, il fit s'incliner à sa place l'enfant qui l'éventait avec un flabellum à larges bords.

« Mon prince, dit le seigneur, la Fortune se répand sur nous telles des pièces d'or s'écoulant entre des doigts écartés alors que nous nous rencontrons fortuitement sur la longue et solitaire route d'En-Haut. » Selon la mode de l'époque, la couleur de sa maison, le blanc du grain de riz que ses fermiers récoltaient, était peinte comme un trait sur ses yeux, le blanc tranchant sa peau abîmée comme une cicatrice. « Je suis heureux de voir que nous cheminons dans la même direction. S'il vous plaît, rejoignez-moi dans mon carrosse ! Joignez-vous à moi et dites-moi comment vous allez en ce beau jour de l'été de Son Soleil Souriant.

— Je crains de ne pas pouvoir aujourd'hui, seigneur Yinn. » La Terreur a calmé son cheval impatient. « Nous sommes pressés. Un fugitif du Trône s'enfuit et nous le poursuivons. »

L'homme, enclin à l'émotion, porta ses petites mains à ses joues, à la fois horrifié et touché. « Que vous, au milieu de votre poursuite, vous arrêtiez pour me parler… Cet honneur me coupe le souffle, mon prince.

— Je suis heureux qu'il en soit ainsi. Mais vous avez raison, mon temps est compté. Alors si vous voulez bien m'excuser…

— Oh, mais vous ne devez pas encore partir ! Vous devez tout me dire sur votre proie. Cela a-t-il un rapport avec l'agitation qui règne au Palais ? »

La Terreur a étudié avec attention l'expression d'ignorance du seigneur Yinn. « Oui, dit-il prudemment. Ils sont liés. Je suis curieux de savoir ce que vous avez entendu. Je ne savais pas que vous étiez en ville.

— Pas en ville. Je prenais le thé au domaine de mon cousin, dans le Nord – à portée de voix d'une tortue, bien sûr, afin d'entendre le discours de Son Soleil Souriant – quand nous avons senti le tremblement de terre et le, euh… » Comme la plupart des gens, le seigneur Yinn ne trouvait pas les mots pour décrire le frisson. « … et ce qui a suivi. Était-ce grave ?

— Des nouvelles seront partagées sur le sujet sous peu, monseigneur. Mais n'ayez crainte, le Trône reste fort.

— Avec vous qui prenez soin de nous, il est impossible de craindre quoi que ce soit, répondit le seigneur Yinn avec révérence. Vous êtes toujours si serein.

— Merci, monseigneur.

— Je dis toujours à mes imbéciles de neveux de montrer le même calme que vous. Notre rocher dans une rivière agitée. S'il y a quoi que ce soit que moi ou ma caravane puissions faire pour être utiles… Nous nous dirigeons vers le Bassin afin d'assister à la fête donnée par votre frère. Je dirai à mes hommes de garder l'oreille et l'œil ouverts à tout événement suspect pouvant survenir au cours de notre voyage ! »

Merveilleux, pensa la Terreur. Le pays est sauvé. « Une offre généreuse », déclara-t-il. Son cheval trépignait dans la poussière. « Maintenant, si vous voulez bien me pardonner.

— Êtes-vous sûr de ne pas vouloir vous asseoir un peu à l'ombre dans mon carrosse ? lui lança le seigneur alors qu'il s'éloignait. Il y a du thé !

— Une autre fois ! répliqua la Terreur avant de faire claquer ses rênes et de partir au galop en marmonnant : Quel crétin. » Il considéra la route devant lui, encombrée de nombreux chariots de toile finement tissée et de gardes. « Dégagez de mon chemin », dit-il. Et à son murmure froid, tous les hommes et les femmes qui se trouvaient sur son passage se sont écartés du centre de la route comme une vague qui s'écrase sur les rochers.

« Il n'y a pas grand-chose qu'il ne puisse faire »,
dit Jun.

« De ses frères, c'est lui qui a le plus de contrôle sur ses pouvoirs. D'une simple pensée et d'un geste, il peut déplacer l'eau et rediriger le vent. Il peut faire entendre son murmure à travers les vallées. Il peut faire jaillir l'eau d'un bol. Et avec suffisamment de concentration, il peut même faire sauter un poste de contrôle. » Jun est resté silencieux pendant un moment. Les orfreux avançaient à pas lents sur la route sinueuse. « Nous avons peut-être gagné un peu de temps en détruisant ce pont, et si c'était quelqu'un d'autre qui nous poursuivait, nous aurions pu le semer pour de bon. Mais la distance est presque insignifiante pour lui. La terre ne peut pas l'arrêter. En dehors des élévations soudaines et des rochers abrupts, il ne fait que… passer au travers.

— Passer au travers ? s'étonna Keema.

— Comme un taureau à travers des rideaux de dentelle. » Le masque de démon de Jun s'est tourné vers lui avec un regard à faire froid dans le dos. « Je te remercie pour les fournitures. Tu nous as rendu un grand service, à l'Impératrice et à moi, même si nous n'avons pas fait grand-chose pour le mériter. Mais tu dois comprendre le danger que tu coures et savoir, si tu restes avec nous, à quel point ta survie est improbable. » Il a regardé la route devant lui. « Nous allons bientôt arriver au village de Cinq Sœurs. C'est un endroit aussi bon qu'un autre pour disparaître. Je n'essaierai pas de te convaincre davantage de suivre ton propre chemin, car tu as prouvé ton utilité, mais si tu tiens à la vie, tu te sépareras de nous au village. Tu te dirigeras vers l'est par tes propres moyens. C'est ce que je recommande. »

Keema savait que le conducteur disait vrai. Il savait que s'il voulait faire preuve de sagesse, il s'éloignerait de cet étrange groupe aussi vite que possible. Il savait que le seul serment qu'il avait fait était de livrer la lance d'Araya, et qu'il ne devait rien aux gens avec qui il chevauchait ; mais malgré tout, il hésitait à se séparer d'eux.

La raison en était simple.

« Vous trouverez ce que vous cherchez
à la Porte du Tigre. »

Il ne pourrait jamais oublier la façon dont le liseur d'eau avait saisi son poignet pendant que l'homme grisonnant buvait profondément l'eau froide qu'il tenait dans sa paume – une prise à la fois tremblante et ferme, comme si son poignet était la seule attache qui maintenait le liseur hors de la tempête tourbillonnante de sa propre folie prophétique. Et il ne pourrait jamais oublier la clarté qu'il vit alors dans les yeux du liseur, alors qu'il lui transmettait sa vision, goûtée dans l'eau : que sa recherche, perpétuelle et sans fin, trouverait son aboutissement au poste de contrôle de la Porte du Tigre. « Vous cherchez un but, avait dit le lecteur. Vous le trouverez là-bas. »

« En la plus inattendue des compagnies. »

Keema regarda dans les fentes des yeux du masque de démon rieur du conducteur, certain que c'était ce dont le liseur avait parlé, car quelle compagnie plus inattendue pouvait-il trouver que ce garçon, une tortue défectueuse et la Mère des Empereurs ? Cependant, il n'était pas prêt à partager tout cela pour l'instant : il avait peur que le conducteur ne le prenne pour un idiot crédule, s'il révélait qu'il accordait tant d'importance à la parole d'un liseur d'eau. Il fit donc mine de délibérer intérieurement et dit à Jun qu'il prendrait sa décision lorsqu'ils arriveraient au village, ce qui sembla satisfaire suffisamment le conducteur pour qu'il n'insiste pas.

« Avez-vous un plan ? demanda alors Keema. Si la Terreur est aussi inarrêtable que vous le prétendez, comment espérez-vous la distancer ?

— Si nous restons sur la terre ferme, il n'y a aucun espoir. Il nous rattrapera, et il nous tuera. La seule solution qui m'apparaisse est d'atteindre la rivière juste après la Porte des Lièvres et de le perdre dans le labyrinthe des Mille Fleuves, où même lui ne peut prédire les détours des méandres des eaux.

— Je croyais t'avoir entendu dire qu'il contrôlait l'eau.

— Seulement dans une certaine mesure. Et ses Paons sont des terriens jusqu'au bout des ongles. Ils comptent sur leurs chevaux autant que sur leurs épées. Mets-les sur un bateau et ils perdent beaucoup de leur force. Même nous, nous pourrions avoir une chance contre eux, si jamais ils nous rattrapaient. »

Keema regarda les orfreux, qui pouvaient tirer un grand poids, mais au détriment d'une progression rapide. « À ce rythme, vous n'arriverez pas à la Porte des Lièvres avant le soir.

— Ce sera serré, concéda Jun.

— Vous aurez aussi besoin d'un bateau.

— Nous en trouverons un. »

Les deux garçons se turent en pensant à cette expédition vouée à l'échec.

Petit à petit, la route devenait de plus en plus encombrée.

La route d'En-Bas avait ceci de fiable que les chariots y circulaient toujours en nombre. Les gens répugnaient à s'aventurer seuls sur la route, même accompagnés de gardes armés, et attendaient souvent de voir passer un autre voyageur avant de se mettre en route. Les groupes s'accumulaient naturellement, un accord tacite entre eux stipulant qu'ils se garderaient mutuellement en sécurité jusqu'à leur destination. Des civils sur leurs propres chariots, des caravanes, des familles à pied, tous venant des terres agricoles et des communautés environnantes, tous affluant des différentes routes secondaires qui se jetaient dans le Bas. *Nous emportions nos meilleures céréales, nos sacs de riz et nos jarres pour les offrir aux hommes de l'Empereur, qui attendaient de collecter cette offrande au village de Cinq Sœurs.* Il y avait suffisamment de monde sur la route pour que certains d'entre eux n'aient d'autre choix que de marcher ou de chevaucher près du chariot royal qui transportait la tortue défectueuse, sans se priver de manifester leur mécontentement par leurs expressions aigres et leurs nez pincés.

« Bibelots ! Babioles ! »

Et de tous les voyageurs sortis ce jour-là, méfiez-vous de l'homme en parure qui vous sourit sur la route d'En-Bas. Méfiez-vous de ses promesses.

« Bibelots ! Babioles ! Excusez-moi, messieurs du Trône de la Lune, seriez-vous intéressés par l'achat d'une babiole ? »

Oui, parmi les nombreux haquets, charrettes et fardiers qui circulaient sur la Voie du Tigre et du Lapin, il y en avait quelques-uns qui se distinguaient par leurs extravagances, quelques-uns dont les dessins avaient été travaillés, qui ne se contentaient pas d'être peints aux couleurs de la maison de leur seigneur, de la bande blanc cassé de la bannière du seigneur Yinn, mais étalaient plutôt leurs couleurs et la complexité de leur construction afin d'attirer le regard sur leurs étagères et leurs articles, une bien dangereuse stratégie pour tout voyageur à cette époque. C'est alors qu'entra en scène le vendeur de babioles, venant de la droite, qui prit Keema au dépourvu lorsqu'il émergea comme de derrière un nuage. « Babioles ! » cria-t-il. Son chariot était peint d'un orange soleil couchant, son conducteur était un homme somnolent qui s'occupait de ses affaires tandis que le vendeur faisait son travail en attirant l'attention des gens. Il frappa avec son bâton le côté de son chariot et celui-ci s'ouvrit comme le paravent d'une travailleuse de l'amour. *Dans ce métier, tout est affaire de performance. Les gens vous font confiance si vous les aveuglez d'abord avec des couleurs éclatantes.* Derrière ce faux mur, se trouvaient des étagères contenant les objets les plus étranges. Le vendeur de babioles utilisait son bâton fantaisie pour désigner divers objets, marchant le long du convoi qui s'ébranlait tandis que son chauffeur éperonnait les chevaux. Il a désigné un tapis ouvragé. « Tissé par l'un des consorts de Luubu elle-même ! » Une lanterne brillante avec un cadre de roche couleur jaxite. « Elle restera allumée pendant toute la Nuit de l'Empereur, garanti ! » Une petite boîte noire avec un trou percé sur le dessus. « Une âme perdue est piégée dans ce carré *gaani*. Collez votre oreille sur le trou et écoutez. Elle vous murmurera le temps qu'il fera. Elle a raison la moitié du temps. » Il a attiré l'attention sur des objets de l'ancien monde. Des pièces de monnaie épuisées depuis longtemps, avec les visages d'Empereurs morts depuis longtemps. Des parchemins sur lesquels étaient inscrites des histoires secrètes et des lois périmées. Un édit, signé par le Troisième Empereur, qui bannissait la pratique de la lecture de l'eau. Et il a montré une boîte remplie de tubes beiges et plutôt quelconques. « Des feux d'artifice, pour les célébrations de la semaine à venir. Des couleurs comme vous n'en avez jamais vu de vos jeunes yeux !

— Nous ne voulons rien », dit Jun, irradiant l'impatience, faisant avancer les orfreux un peu plus vite.

Keema, quant à lui, ne pouvait s'empêcher de regarder ces marchandises mystérieuses. Son histoire avec les commerçants était d'une constance déprimante : la plupart d'entre eux le repoussaient, de peur qu'il n'effraie leurs autres clients. Ce marchand, lui, ne semblait pas avoir de scrupules. Se faire passer pour un transporteur du Trône avait ses avantages, pensa Keema. Mais il y avait un problème. « Je n'ai pas d'argent à dépenser. »

Ses cinquante *copans* étaient toujours à la Porte du Tigre, cachés derrière un tas de petit bois. « Oh, vraiment ? » a rétorqué le marchand.

Pendant que le vendeur faisait de son mieux pour retenir leur attention, à l'intérieur du chariot, Malfaçon a entendu des ricanements. Elle a relevé la tête. Elle a regardé vers l'arrière. *Nous étions proches. Nous avons fait signe à l'homme aux babioles de les occuper.*

Jun avait amené les orfreux vers l'autre côté de la route, où le vendeur de babioles les suivit, en sueur. « Attendez, attendez ! Pas d'argent, vous dites ? Je comprends parfaitement. Peu importe qui vous êtes, travailleur de la roche ou préposé royal, les temps sont difficiles, les cordons de la bourse serrés. Alors, messeigneurs, en reconnaissance de ce fait et de vos puissants efforts pour servir notre glorieux pays, je voudrais vous offrir un aperçu d'une certaine… collection. Gratuitement, bien entendu ! » Même les oreilles de Jun se sont dressées au mot « gratuit ». Le vendeur de babioles s'inclina profondément, dans un effort courageux pour suivre le chariot, tout en faisant signe à son conducteur de suivre le rythme. « Ne vous inquiétez pas. Ce n'est qu'un petit geste symbolique que j'aimerais faire en cette semaine sainte de bon augure. Alors, s'il vous plaît, dit-il, en ouvrant l'étagère qui prétendument contenait des soldes. Regardez, mais ne touchez pas. »

Keema, qui mâchonnait une bande de bœuf séché, a failli recracher un nuage de viande lorsqu'il a vu ce qui lui était présenté.

Des petites tablettes couvertes de gravures pornographiques étaient disposées sur l'étagère. « Celle-ci est ma préférée », indiqua le vendeur avec un clin d'œil en montrant le pochoir grossier d'une femme copulant avec un loup lubrique. De nombreuses variétés de cochonneries étaient exposées, illustrant apparemment toutes les combinaisons possibles. « Aimez-vous les positions classiques ? » Il a présenté un homme et une femme gémissants à l'horizontale. « Ou préférez-vous les couples moins conventionnels ? » Il leur a montré des couples si surprenants, les jambes pointées dans toutes les directions, qu'ils n'ont pas eu conscience de l'agitation à l'arrière du chariot. *Nous avons mis le feu à la bâche. Nous avons soufflé dessus. Et, une fois le feu lancé, nous avons couru et nous ne nous sommes pas retournés.*

Sans l'odeur accablante de Malfaçon, Keema et Jun auraient senti le musc furieux du brasier ; au lieu de cela, ils n'étaient pas conscients des flammes qui s'étaient glissées dans le rabat de la toile arrière – jusqu'à ce que la tortue crie « Au feu ! Au feu ! » Ils se sont alors précipités, chacun d'entre eux descendant d'un côté du chariot et se rejoignant à l'arrière. Ils arrachèrent le rabat et le piétinèrent jusqu'à ce qu'il ne reste plus que des cendres noircies.

Transpirant, ils ont regardé autour d'eux pour trouver le coupable. Les gens allaient et venaient autour d'eux, indiscernables.

Le vendeur de babioles avait également disparu.

« Par l'Abysse, qu'est-ce que c'était ? » demanda Jun.

Il a sursauté lorsqu'une femme sur un cheval a craché par terre à ses pieds, avant de s'enfuir à toute vitesse, *mon cœur battait la chamade, je n'avais jamais fait quelque chose comme ça, j'étais impatiente de raconter à Momo ce que j'avais fait à ces chiens du Trône.* D'après les regards de tous les autres qui passaient, il était clair qu'elle n'était pas la seule à vouloir leur montrer quelle était l'opinion qu'ils avaient d'eux.

« Nous devrions continuer à avancer », suggéra Keema.

Jun s'assit à la tête du chariot, prenant en charge les rênes des orfreux, tandis que Keema marchait derrière, une lance à la main, protégeant leurs arrières ; une précaution qui se révéla finalement inutile, car personne d'autre n'osa les approcher, *notre message était passé.* Et si, pour l'instant, le vendeur de babioles avait échappé à la vengeance pour son rôle dans l'incendie de la toile, cela ne gênait pas Keema. Après tout, il avait déjà eu sa revanche.

La lance sous le bras, Keema sortit l'objet volé d'une petite poche cousue dans la doublure intérieure de sa veste.

Il examina la tablette pornographique.

La tablette était fine comme un biscuit, légère et d'apparence fragile, faite d'une céramique si rouge qu'elle rappelait à Keema la couleur d'un doigt fraîchement coupé. Le dessin qui dégradait la tablette avait été réalisé à l'encre noire et au pinceau fin, les lignes étaient soignées, étudiées et franches. Il y avait une netteté dans la représentation de l'étreinte qui à la fois séduisait Keema et se heurtait à sa propre expérience de la proximité physique, qui était soit le coup de sang de la bataille, soit les descriptions de seconde main d'hommes ivres peu doués pour raconter leurs exploits au bordel.

Le dessin était sans perspective, comme c'était le style de l'époque – la profondeur commençant seulement à être expérimentée dans les arts formels, comme on le remarquait dans les tapisseries et les commandes les plus récentes de l'Empereur – ; les membres des participants à cette danse particulière existaient sur le même plan, aucun détail n'étant laissé à l'imagination, comme si les deux corps étaient pressés contre la surface de l'image, s'efforçant de la percer. Ce qui était inhabituel, mais pas exceptionnellement rare, c'est que les deux amants étaient des hommes.

Un regard furtif jeté sur le côté lui indiqua qu'il était seul et qu'il pouvait sans crainte l'examiner de plus près. Qu'il ait choisi cette tablette à dessein, ou que ce soit la plus facile à dérober, ce n'était pas une distinction que Keema était prêt à faire, moins par honte que par incertitude et inexpérience. Contrairement à ton époque, où la fierté masculine fait l'objet d'une propagande visant à soutenir l'effort de guerre et où certains arrangements familiaux sont idéalisés par rapport à d'autres afin d'encourager le repeuplement des rangs – ton grand-père, pendant le peu de temps où tu l'as connu, s'est préoccupé de s'assurer que toi et tes frères aviez ce qu'il considérait comme des appétits appropriés –, l'union de corps identiques n'était pas dénigrée à l'époque du Huitième Empereur, qui était connu pour son goût expansif et accueillant en matière d'amants, et diffusait ces sentiments à travers son réseau de tortues à l'époque où il espérait amener à son seuil les candidats les plus attrayants du pays.

Les traits d'encre noire représentaient le corps de deux hommes à la poitrine carrée, sans vêtements. *Nous avions été engagés pour poser pour l'artiste, qui était bien connu pour ces tablettes. C'était la première fois que nous nous rencontrions.* L'homme le plus grand était allongé sur un oreiller, les mains derrière la tête, dans un état de relaxation totale, tandis que l'homme le plus petit était allongé au-dessus de lui, caressant d'une main le puissant membre de son partenaire et inclinant son menton vers le ciel de l'autre. *Nous avions tous les deux entendu des histoires de ce genre de travail qui tournaient mal, mais celui-ci était facile. L'artiste n'était pas content que nous continuions à rire pendant que nous prenions en main la queue de l'autre, mais il ne nous a pas dit d'arrêter. Il a seulement demandé que nous restions immobiles quelques minutes de plus. Il nous a bien payés.* La joie de l'acte avait été capturée dans les expressions des hommes dessinés sur l'argile. Le début d'un sourire, voire d'un rire, *au milieu d'un moment d'intensité, alors qu'on nous demandait de nous regarder dans les yeux et de soutenir ce regard.* Et au milieu de ses propres sentiments, un relâchement dans sa démarche accompagnant une rigidité croissante, Keema était émerveillé par la certitude des expressions des hommes qui se regardaient. Comme s'il n'y avait aucune crainte dans ce que l'autre pouvait penser. Comme si tous les deux étaient là, et nulle part ailleurs. *Ce n'était qu'un travail, en fin de compte.*

Mais il n'était pas dépourvu de plaisirs.

À la fin de la journée, Keema aurait perdu la tablette. Il supposerait qu'il l'avait égarée dans le village où ils arriveraient bientôt, dans l'agitation de la grand-place, la tablette ayant été délogée de son support quand il a trébuché sur une motte de terre sur la route et enfouie dans le sol par les pieds inconscients des passants. Il serait déçu qu'elle ait disparu. Mais l'image de l'étreinte resterait. Elle deviendrait une chose à laquelle il pourrait retourner en esprit, quand il le voudrait, élaborant les détails, donnant vie à l'image fixe, et de cette façon, elle deviendrait sienne, car tel est le destin de tout fantasme.

Tu le sais bien.

Après que ton père eut retiré la radio familiale du salon pour l'emporter dans sa chambre, où il pouvait l'écouter aussi longtemps qu'il le souhaitait sans être interrompu, tes frères et toi, privés de vos feuilletons, n'aviez d'autre choix que de faire appel à votre mémoire pour vous divertir pendant les mois d'été. Au début, vous vous êtes contentés de vous remémorer les histoires du capitaine Domingo et de sa bande de hors-la-loi, au cours de leur voyage au cœur de l'empire. Vous vous êtes relayés pour être le narrateur, faisant de votre mieux pour réciter mot pour mot certains de vos épisodes favoris. *Tous les hommes de l'inquisiteur ont pointé leurs fusils vers les fenêtres de l'église. Pour ses crimes contre le vice-roi, Domingo doit mourir. Mais dans leur viseur, ils n'ont pas vu une cible sans méfiance, mais un homme qui ne partait jamais au combat sans un plan – un homme qui, avec un clin d'œil, a révélé le détonateur dans sa main gantée.* Mais plus vous reconstituiez ces événements, plus vous vous autorisiez à dévier du scénario, jusqu'à vous raconter des histoires complètement inventées, te mettant en scène toi, tes frères, tes amis. Ce sont ces histoires qui étaient les plus amusantes à raconter, et les plus tristes à achever, lorsque la clé cliquetait dans la serrure de la porte d'entrée et que votre père rentrait du travail, fatigué et en colère.

« Il est là ! cria un homme sur le mur.
Le prince est là ! »

Ce que les sentinelles du poste de contrôle de la Porte du Singe ont ressenti à l'annonce de la présence de la Première Terreur leur était familier : l'envie de fuir, alors que la bienséance et les règles de respect exigeaient que l'on reste sur place et que l'on accueille cet homme qui pouvait vous couper la tête par pur caprice. *Nous nous sommes alignés aussi vite que possible dans la cour. Notre commandant s'est précipité hors de son bureau au moment où les chevaux franchissaient la première porte.* Une peur enfantine les a fait garder les yeux fixés sur le sol lorsque la Terreur a sauté de son cheval. Il passa d'un pas vif devant le commandant qui s'inclinait et grimpa sans effort sur la tour de guet de la tortue, surprenant la créature par son apparition soudaine. La circulation au poste de contrôle s'arrêta, toutes les sentinelles se turent, les Paons restèrent immobiles, tandis que le prince et la tortue s'entretenaient. À la fois paniquée et soulagée, la tortue demanda à son seigneur quelles nouvelles il avait du Palais, car aucune de ses congénères ne répondait à son appel, mais la Terreur se contenta de lever la main et de faire taire la créature. « J'ai besoin de tes yeux, dit-il. La nuit dernière, un chariot est passé par le poste de contrôle de la Porte du Tigre. Ta sœur dans la tour de surveillance de ce poste doit l'avoir vu, et qui le conduisait, avant qu'elle soit tuée par sa traîtresse de commandante. Je veux savoir qui conduit le chariot et qui est monté dedans. Et je veux savoir où il se trouve maintenant. »

La tortue a hoché la tête, tout en gloussant en signe de deuil pour sa sœur disparue. « Elle a vu, elle a vu. » La tortue ferma les yeux en se rappelant la dernière transmission de sa sœur. « Oui, elle a vu, dans la voiture du conducteur… un jeune homme. Qui, celle-ci ne peut le dire, car il portait le masque d'un démon rieur. » La Terreur fronça les sourcils et, patiemment, demanda s'il y avait quelqu'un d'autre. « Aucun que ces yeux puissent voir, avant la lumière de la lame qui tombe. » La créature frissonna.

« Et sur la route d'En-Bas ? Est-ce que l'une de tes sœurs l'a vu ? »

La tortue gémit, submergée par le souvenir de la mort de sa sœur, et par l'odeur d'urgence et de rage de la Terreur. Elle tendit la tête vers le ciel et appela ses sœurs le long de la route d'En-Bas, très loin, par-delà les contreforts et les forêts denses des Terrasses, jusqu'à la longue route délabrée encombrée de pèlerins voyageant vers l'est ; une route qui serpentait à travers les collines jusqu'au village de Cinq Sœurs, où était stationnée sa sœur la plus proche de la Porte du Tigre, et où, apprit-elle, les gens s'agitaient.

La récolte devait encore commencer.

Des centaines de fermiers des secteurs voisins des Terrasses du seigneur Yinn étaient rassemblés dans cette ville de taille moyenne, coincée entre les cinq collines qui donnaient son nom au village, les gens s'entassant dans les ruelles et les balcons, bien trop nombreux pour que le village puisse les accueillir, *mais nous n'avions pas d'autre choix que de venir – soit vous vous présentiez, soit ils saisissaient votre bail au profit d'une autre famille* ; les gens étaient confus et en colère, alors qu'ils transpiraient sous le soleil de midi parmi tous leurs produits, car la caravane de collecte de l'Empereur, attendue depuis un certain temps, n'était toujours pas arrivée.

L'ambiance devenait plus tendue, plus intense d'heure en heure. La tortue, dans la tour de guet du village, près de la place centrale, grimaçait à cause de la puanteur rouge de l'agitation qui montait de la foule, alors que de nouveaux fermiers franchissaient encore les portes, avec leurs pots de riz, leur bétail encordé et leurs gerbes de sarrasin. *Peu d'entre nous avaient pu dormir la nuit précédente. Nous avons été réveillés au milieu de la nuit par un étrange et intense frisson, qui nous a laissés agités, et nous nous sommes sentis… différents.* On murmurait que des troubles étaient survenus à l'ouest, qu'un nuage de fumée inexplicable avait souillé le ciel au-dessus des Flèches et que le son d'une puissante explosion avait été entendu dans la nuit, mais comme personne n'avait d'explication à ces événements – aucune nouvelle de la tortue, qui était normalement si prompte à fournir de telles informations – ces discussions n'ont fait qu'ajouter à la frustration qui s'était accumulée dans les cœurs depuis le début de la matinée. Les quelques gardes royaux présents ont répondu aux questions du mieux qu'ils pouvaient, c'est-à-dire qu'ils ont dit au peuple que tout ce qui s'était passé était conforme au plan de Son Soleil Souriant. *Nous savions qu'il existait un risque que la situation devienne violente. Nous avons décidé de dire à l'Ancien du village de donner le coup d'envoi des spectacles et des jeux.* Ainsi, au son de la corne et après un bref discours, les jeunes du groupe de tambours ont empoigné leurs baguettes et l'arène de danse a été ouverte. Et parmi les cris des marcheurs et les acclamations de la foule, la tortue dans la tour de guet regarda les visages, jusqu'à ce qu'elle voie, entrant par la porte ouest, un chariot du Trône, conduit par un jeune homme portant un masque de démon.

Dans le chariot, la tête de Malfaçon tournait dans presque toutes les directions à la fois. « Il y a… beaucoup… d'odeurs ici. Celle-ci a… des difficultés à se concentrer… sur une pensée. »

La tortue impérieuse suivait de son bec le chariot nouvellement arrivé.

« Elle a vu celle-ci, dit Malfaçon à Keema. Elle ne comprend pas pourquoi celle-ci ne veut pas la laisser entrer dans ses pensées. Nous devons éviter de nous attarder. »

Keema a transmis ces informations à Jun, à l'avant.

« J'ai entendu. Nous nous arrêterons juste le temps de prendre de l'eau. »

La foule s'écarta rapidement devant eux, sachant pertinemment qu'il ne fallait en aucun cas se mettre sur le chemin d'un chariot royal. L'un des gardes infortunés du village courut vers eux, leur demandant s'ils avaient des nouvelles du Palais à transmettre quant à l'heure d'arrivée prévue de la caravane de collecte. Jun s'est excusé auprès de lui, il a dit qu'il n'en savait pas plus que les autres, et le garde, dépité, a disparu dans la foule alors qu'ils s'approchaient des pompes à eau. Ils n'étaient pas conscients que de l'autre côté de la place, une femme les observait depuis l'ombre. Leur attention se portait sur la longue file de personnes assoiffées qui attendaient leur tour pour recevoir leur ration d'eau, la file s'enroulant autour de certaines maisons et descendant une allée pavée de terre cuite. Jun regarde Keema. « Si c'est dans ce village que nous nous séparons, je te demande seulement de partir après mon retour. Je préfère que le chariot ne soit pas sans protection pendant mon absence.

— Je monterai la garde », assura Keema.

Le masque de démon de Jun le fixa pendant un long moment. Derrière lui, les danseurs, tous en ligne, saluaient au terme de la première représentation.

« D'accord », dit-il finalement.

Le bouquet de gourdes à la main, il sauta du chariot et se dirigea vers la file, déclarant haut et fort qu'il était ici pour le compte du Trône et qu'il devait passer rapidement. En grommelant, les gens lui firent de la place et le laissèrent remonter en tête de la file, où il remit les gourdes entre les mains du Prévôt, un homme aux larges épaules, car même si beaucoup de choses avaient changé chez Jun au cours de ces six derniers mois, il savait toujours se comporter en fils de prince. Il attendit, les bras croisés, pendant que le Prévôt en colère actionnait la pompe. *J'aurais donné un coup de pied à ce petit bâtard et l'aurais envoyé valdinguer dans la boue, s'il ne sortait pas d'un chariot du Trône.* Pendant ce temps, tout en haut, la tortue transmettait la scène à sa sœur du Nord, personnages et tout.

Les doigts de la Terreur tambourinaient sur une table.

« Nous les avons trouvés », dit-il tranquillement à ses fils, qu'il avait rassemblés autour de lui au pied de la tour de guet. Ses Paons, affamés, attendaient avec impatience les ordres de leur père. « Maintenant, il nous faut décider de la meilleure façon de les attraper. »

Un homme a passé les bras autour de la poitrine d'un autre.

Keema grimaça lorsque l'homme envoya son adversaire au sol. Au bord de l'arène, un enfant tenant une broche de petits pains sucrés riait bruyamment depuis son perchoir sur les épaules de sa mère. *Nous avons regardé les combattants et nous avons rugi et nous avons laissé libre cours aux feux du ventre. Les mauvais esprits ont quitté nos corps et se sont envolés dans le ciel.* Le tambour a résonné dans une pulsation rythmique et chtonienne, et de nouveaux couples ont surgi de la foule, vêtus de jupes de cérémonie, prêts à s'affronter en l'honneur de ce jour béni. Keema s'est levé sur le siège du chariot pour mieux voir l'arène. Son cœur battait la chamade, car même dans les moments difficiles, il y avait toujours quelque chose d'attirant dans le combat, mais la joie qu'il ressentait fut de courte durée, car lorsqu'il regardait l'arène, tout ce qu'il voyait était Raami, désignant la foule en signe de défi, et Araya, debout sur le mur, les surveillant tous avec son sourire d'ivrogne, et même Vogo, s'accrochant désespérément à sa jambe, murmurant : « Ils sont tous morts », ce qui a rapidement éteint la flamme de son excitation et, tandis que la foule applaudissait, il a détourné les yeux, incapable de regarder.

« Excusez-moi, monsieur. »

Keema baissa la tête. Près du chariot se tenait une femme à l'expression mystérieuse, les cheveux coupés court, de façon irrégulière, comme si elle les avait coupés elle-même, sans l'aide d'un miroir – une énergie anxieuse émanait d'elle, tandis qu'elle regardait de tous côtés pour voir si on les observait. « C'est vous qui transportez la nouvelle tortue au poste de contrôle de la Porte des Lièvres ? demanda-t-elle.

— Oui, répondit-il avec méfiance, en raffermissant sa prise sur la lance.

— Bien, bien. Je suis le contact, dit-elle, comme si cela signifiait quelque chose pour lui.

— D'accord, répondit-il.

— Alors. Êtes-vous prêt à la remettre ?

— Je ne sais pas de quoi vous parlez. »

Son sourire soulagé s'est effacé. « La… livraison. Vous l'avez, n'est-ce pas ? » Keema, maintenant persuadé que cette femme avait perdu la tête, dit sèchement : « Je ne sais pas de quoi vous parlez. » Il a agité sa lance. « Circulez.

— Ne te fous pas de moi, l'infirme, a-t-elle chuchoté, ce qui le fit sursauter. L'oiseau. Tu as l'oiseau ? »

Dans un éclair, il se souvint du diable violet vibrionnant qu'il avait libéré, non sans que celui-ci lui griffe le visage auparavant, et du soldat qu'il avait rencontré dans le domaine, qui lui avait dit qu'il était chargé d'une mission secrète, une mission qui promettait de payer suffisamment pour risquer même la trahison. La main de la femme était tendue, tremblante, attendant ce que lui seul pouvait lui donner, et Keema ressentait une étrange gêne, une pointe de culpabilité, pour avoir laissé s'échapper l'oiseau qu'elle désirait tant. Il ne savait pas quoi lui dire, sinon qu'il était désolé. Heureusement, il n'eut pas à subir ses grognements plus longtemps, car Jun monta dans le chariot avec les gourdes remplies et dit qu'il était temps de partir.

« Tu viens avec nous ? lui demanda Jun.

— Allons-y », dit Keema. Et tandis que les orfreux étaient éperonnés et que les roues du chariot grinçaient en revenant à la vie, il tendit sa main-lance à la femme et lui dit : « Mes excuses, étrangère. J'espère que tu trouveras ce que tu cherches. »

Des veines de rage se dessinèrent sur le front de la femme tandis qu'ils s'éloignaient. « J'espère pour vous que ce n'est rien d'autre qu'une plaisanterie que vous faites à mes dépens. Vous ne vous rendez pas compte de la colère qui… VOUS NE VOUS RENDEZ PAS COMPTE DE LA COLÈRE QUI S'ABATTRA SUR VOS TÊTES SI CET OISEAU NE… » Mais sa voix ne tarda pas à être avalée par le bruit de la foule. Lorsqu'elle fut hors de vue, Jun regarda Keema en inclinant son masque, mais Keema, qui n'avait pas de réponse à lui donner, se contenta de hausser les épaules ; ce n'est qu'en franchissant la porte est du village qu'il expliqua que tout cela avait un rapport avec l'oiseau qu'il avait libéré.

« Je vois, dit Jun.

— C'est-à-dire ? »

Jun haussa les épaules. « J'ai l'impression que beaucoup de choses adviennent, juste en dehors de notre champ de vision. »

Comme il avait raison.

Dix minutes auparavant, près de la tour de guet de la Porte du Singe, la Terreur avait dit à ses fils ce qu'il comptait faire. « Je vais les laisser partir. » Il leva la main afin de prévenir les protestations de ses Paons, les faisant taire avant même qu'ils s'expriment ; toujours aussi patient, il n'était pas de ceux qui perdent l'occasion d'une leçon précieuse pour leurs enfants, même s'ils étaient pressés par le temps. « Non, il est inutile d'informer les gardes du village. Je ne ferais pas confiance au régiment local pour les appréhender, il n'en résulterait qu'un désastre. Et puis, je ne voudrais pas être privé de ma chasse. Notre chasse. Nous devons les attraper nous-mêmes, ce qui signifie couper leurs routes de fuite. Ils se dirigent vers l'est, probablement vers les Mille Fleuves. Et nous savons que le seul moyen de quitter les Terrasses depuis la route d'En-Bas est le poste de contrôle de la Porte des Lièvres.

— Mais la Porte des Lièvres n'a pas encore de tortue, rétorqua son aîné. Nous ne pouvons pas leur ordonner de fermer leurs portes d'ici.

— Pas directement », concéda la Terreur.

Et donc, à la tortue de la tour de guet, il dit ceci : « Transmettez ce message aux soldats du village de Cinq Sœurs : le prince héritier voudrait qu'ils envoient en toute hâte un messager à cheval à la Porte des Lièvres. Le messager portera cet ordre. »

Un ordre royal de fermer ses portes à tout voyageur, quelle que soit son identité, jusqu'à l'arrivée de la Brigade des Paons rouges.

Au-delà des derniers auvents, dans les terres où il était impossible de s'abriter du soleil, le chariot de l'Impératrice roulait, ses passagers ignorant tout de la conspiration de la Première Terreur. Ils avançaient à contre-courant de la circulation, les gens affluant encore dans le village dans l'espoir de décharger leur cargaison de récoltes pour une caravane qui ne viendrait jamais. Keema et Jun burent à grandes gorgées à même leurs gourdes, l'eau leur faisant presque mal lorsqu'elle coulait dans leurs gorges desséchées ; il fallait une rare discipline pour ne pas finir leurs rations d'un trait. « C'est facile d'oublier à quel point on a soif », dit distraitement Jun, en se détournant pour lever son masque et boire. Keema acquiesça avec un grognement de satisfaction, et, après avoir essuyé ses lèvres humides, il retourna à l'arrière et donna de l'eau à Malfaçon, après l'avoir versée dans un bol en bois peu profond qu'il avait trouvé dans le coffre à vêtements. Il jeta un coup d'œil à la vieille femme, et demanda à Jun si Elle buvait. Il lui répondit qu'Elle ne buvait pas. *Les préoccupations des mortels me dépassaient.* Ce n'était pas le cas de Keema, qui a annoncé qu'il avait besoin de se soulager.

« Nous ne nous arrêterons pas », dit Jun alors que Keema descendait.

Keema a gloussé. « Je vous rattraperai. »

Il a sauté du chariot dans un buisson au bord de la route. Il a senti tout son corps se détendre, comme si, ces dernières vingt-quatre heures, chacun de ses muscles avait été constamment tendu. La terre était si chaude qu'elle sifflait. Par réflexe, il a poussé un soupir. D'un regard langoureux, il embrassa la route d'où ils venaient, se crispant un instant lorsqu'il vit un cheval galoper vers lui à grande vitesse et se détendant lorsque le cavalier le dépassa et que le chariot, indifférent, s'éloigna au loin. Keema ne pensa plus au cavalier jusqu'à ce qu'il soit revenu et que Malfaçon crie : « Celui-là sentait le messager ! Il chevauche en direction de la Porte des Lièvres ! Arrêtez-le ! »

Les deux hommes scrutèrent le cavalier qui disparaissait à l'horizon. La brume de chaleur le brouillait en arrière-plan. « Nous ne le rattraperons jamais, a dit Keema. Nous ne le rattraperons jamais.

— Quel message porte-t-il ? demanda Jun.

— Celle-ci ne sait pas ! Elle ne peut que sentir son urgence. »

Depuis le chariot, Son Chuchotement Royal a giflé Jun à l'arrière du crâne. Elle était encore trop fatiguée, trop faible, pour arrêter le cavalier, mais Elle avait assez de forces en Elle pour délivrer Son commandement.

J'ai exigé qu'ils agissent rapidement !

Un étrange hasard survint alors, comme s'il n'avait attendu qu'un signal : un petit objet tomba du ciel comme une comète, frappant l'homme sur le cheval, le désarçonnant de sa selle, sans bruit. Keema pensa d'abord qu'il s'agissait de l'œuvre de bandits, que quelqu'un dans les broussailles environnantes avait fait jaillir un caillou d'une fronde tournoyante, mais le « caillou » s'envola à nouveau dans le ciel et disparut dans la lumière, tandis que la monture du cavalier, effrayée, descendit la route en trottant avant de s'arrêter près des broussailles qui la bordaient. Se levant de leurs sièges, Keema et Jun fixèrent la silhouette au loin. Elle roulait sur le sol. Elle était vivante. Elle avait encore le temps de rattraper son cheval. Keema et Jun se sont regardés.

« Non, dit Jun, sa voix sèche et faible. Nous ne pouvons pas le tuer. » *Qu'est un meurtrier s'il ne tue pas ? Il n'était rien de plus que le fils de son père. Quoi qu'il arrive, il serait toujours la progéniture de ce monstre.* « Je ne le ferai pas », murmura-t-il fermement en se tenant la tête.

Keema l'a regardé comme s'il était fou. « C'est lui ou nous », dit-il. Et il ramassa sa lance et courut.

Quelqu'un arrivait.

Le messager avait été frappé à la tête. *J'étais si étourdi. Je ne comprenais pas ce qui venait de se passer, je n'arrivais pas à… à connecter ensemble les événements qui venaient de se produire.* D'une façon ou d'une autre, il s'était retrouvé étalé sur le sol, alors qu'une minute auparavant, il volait sur le cheval le plus rapide du régiment. *Me voir remettre l'ordre royal avait été le moment le plus important de ma vie. J'ai pensé : « Enfin, ça y est. » Je montais enfin en grade.* Du sang s'écoulait de son nez. Il l'a touché et a frissonné. Il s'est laissé tomber et s'est reposé un moment avant d'essayer de se relever. Il se demandait où étaient les voyageurs. Où étaient les secours ? *Mon nez était brisé. Cassa ne me laisserait jamais entendre la fin de cette histoire.* Il a cherché de l'aide aux alentours. Il a vu une personne au loin courir vers lui. *Je me souviens avoir levé la main. Je l'ai appelée, la gorge serrée, le nez plein de sang. Je riais. Les secours arrivaient. J'allais m'en sortir. Mon nez ne s'arrêtait pas de saigner.* Il était tellement concentré sur la promesse d'aide que son œil n'a pas remarqué que la personne s'était arrêtée et avait jeté quelque chose en l'air. La pointe de la lance a scintillé à l'apogée de son mouvement, avant de tomber du soleil et de le clouer à terre.

J'ai crié.

Le jeune homme l'avait rattrapé et le fixait. *J'ai crié.* Le jeune homme n'avait qu'un seul bras, mais ce bras était fort, et quand il a saisi le manche de la lance, il l'a retirée avec facilité. Une giclée de sang a tracé une ligne sur la terre. *J'ai crié.* Et il a enfoncé la pointe dans le cœur du messager. *Je ne sais pas ce qui s'est passé ensuite. Je ne sais pas.* L'homme, le regard vide, abattu, pendant que Keema sentait la dernière pulsation de son sang courir le long de la hampe de la lance d'Araya et dans la paume de sa main.

Jun a détourné le regard tandis que Keema retirait l'arme avec un bruit répugnant. Il saisit la cheville de l'homme, qui était si fine que tous ses doigts se sont facilement enroulés autour d'elle, et traîna le corps hors de la route pour le jeter dans les broussailles environnantes, où il fouilla ses robes et ses jupes jusqu'à trouver l'ordre royal de fermer la Porte des Lièvres. Il fut soulagé de trouver cet ordre, de voir que cette mort était justifiée, et fit un signe de tête au corps qui se raidissait, en guise de reconnaissance de ce qu'il avait fait, lui souhaitant bonne chance et lui offrant ses vœux, puis il retourna sur la route comme si rien ne s'était passé. Les gens venaient dans les deux sens. Certains d'entre eux avaient vu ce qui était arrivé au cavalier. Mais personne n'a arrêté Keema alors qu'il retournait vers le chariot, en essuyant le sang de sa lance. Tous ont détourné le regard et se sont tus.

Nous avons avancé.

APRÈS-MIDI

Un corps gît sur la scène.

Le danseur était sorti des coulisses pour tomber à peine un instant plus tard. Et là, à côté de tout ça, ils demeurent immobiles et sans surveillance, alors que le conte continue. Le cadavre est toujours en vue.

« Elle s'est juste arrêtée »,
a dit le soldat borgne.

Il n'y avait que vous deux dans cette pièce sombre, et il semblait beaucoup plus petit qu'à l'extérieur du pub, moins sûr de lui, alors qu'il était assis sur le bord du lit et qu'il évoquait pour toi son cauchemar. « On voit beaucoup de cadavres, quand on est là-bas. On en voit tellement que la plupart d'entre eux cessent d'être des corps. Ce ne sont que des… objets. Ça n'en finit pas. On ne peut jamais prédire lesquels seront oubliés. Lesquels resteront. »

Il a reniflé.

« Elle s'est juste arrêtée, a-t-il ajouté. Et je l'ai regardée, et je me suis demandé quel était le but de tout ça. » Il s'est éloigné de toi. « Pourquoi avons-nous fait tout ça ? »

« Pour le plus grand bien. »

Ton père a répondu sans hésiter, comme si c'était imprimé à l'encre indélébile dans le télégraphe de son esprit, délivré par un signal froid et lointain. Lui et ton frère aîné se disputaient à nouveau. Le dîner commençait à refroidir. « Pour le plus grand bien » était la réponse de votre père à toutes les questions morales de ton frère sur la guerre qui ne voulait pas finir. « Penses-tu que tout cela nous a été donné gratuitement ? » a-t-il demandé, en faisant un geste vers sa maison, vers la table, couverte de dentelle fine, et la nourriture riche, cuisinée par vos gouvernantes. « Des gens sont morts pour que nous puissions vivre. D'autres ont souffert pour que nous puissions prospérer. C'est ainsi que va le monde. Croire le contraire, c'est ne jamais grandir. »

Cela n'a pas convaincu ton frère. Quand, finalement, il a été mobilisé à son tour, il s'est enfui, il ne voulait pas donner sa vie pour une cause à laquelle il ne croyait pas, et tu ne l'as jamais revu. Tu sens encore son baiser sur ton front. C'était comme un adieu. Ton père ne lui a jamais pardonné.

« Quel fils ? » disait-il à qui le demandait.

« Mon fils est mort. »

C'est aussi ce que croyait la Première Terreur, alors qu'il menait ses Paons vers le sud-est à travers les Terrasses de Yinn, poursuivant l'odeur de sa mère dans le vent. Il se disait que Jun était mort, même si la description faite par la tortue du jeune homme au masque de démon rieur le faisait douter, car il savait que le Premier Garde de l'Empereur possédait un masque correspondant à cette description, mais le Premier Garde était mort, peint sur les murs de cette caverne ensanglantée loin sous terre. Ils avaient également trouvé là-bas le masque de Paon de Jun, son précieux collier d'os, et tellement de viscères qu'il était impossible de dire où finissait un corps et où commençait un autre.

« Et si c'était lui ? » lui ont demandé ses fils, alors qu'ils coupaient à travers les contreforts.

Notre père ne voulait pas voir ce que nous faisions. Il ne pouvait pas. Nous l'aimions pour cela et il nous frustrait à cause de cela. Il les a fait taire d'un simple regard. Arrêtez ces bêtises, disait ce regard. Jamais il n'aurait donné naissance à un fils capable de le trahir. Il ne pouvait pas concevoir cette possibilité, son amour pour eux tous était si grand.

Il chassa son doute. Il fit le vide dans son esprit, et n'y laissa qu'un temple pour sa vengeance.

Son fils était mort.

À la fin, il ne resta que des objets.

Dans le chariot lent et bancal, Jun toucha son cou nu. C'était une chose qu'autrefois il faisait régulièrement, quand il cherchait du réconfort. Il touchait son collier tressé en dentelle de tigre et orné des ossements de ses frères tombés au combat, et il sentait leur présence, et leur présence lui donnait du courage. Mais il avait laissé ce collier derrière lui. Et à présent, il ne ressentait qu'une profonde absence tandis qu'il retirait sa main et regardait la vieille femme en fronçant les sourcils.

« Je suis désolé que vous m'ayez trouvé si absent, Votre Altesse », dit-il.

Son murmure était un doigt froid dans sa tête, effaçant toutes les autres voix qui avaient désormais établi leur résidence là-haut, tandis qu'Elle lui expliquait ses lacunes. Elle ne lui épargnait aucun détail. *Je lui ai dit que depuis que nous avions quitté le Palais, il avait pris mauvaise décision sur mauvaise décision. Son choix de chevaux au cœur fragile. Son insistance à abandonner l'homme de Daware au moment où nous avions le plus besoin de main-forte. Son recrutement déroutant de la tortue défectueuse, qui était presque littéralement un poids mort. Et son incapacité à faire ce qui devait être fait, quand il le fallait – notre voyage se serait terminé prématurément si l'homme de Daware n'avait pas été là pour s'occuper du messager à cheval.*

Dire que je l'ai trouvé défaillant serait un euphémisme. Pire qu'inutile, un obstacle actif, et je lui ai dit que s'il souhaitait obtenir une quelconque absolution pour sa vie misérable, il ferait mieux de changer rapidement de comportement, sinon nous étions tous condamnés.

Le fils naguère préféré du prince héritier, tellement craint pour son impitoyable cruauté, s'inclina devant la vieille femme cadavérique, tremblant et au bord des larmes. « Je ferai mieux, Votre Altesse, je le ferai. »

Bien, lui ai-je dit.

« Mais j'ai juré de ne plus jamais tuer, a-t-il ajouté. Je l'ai juré sur Votre honneur. »

Un serment fastidieux, avais-je pensé à l'époque, mais je savais que le garçon en avait besoin. Il avait besoin de croire qu'il pouvait changer. Alors je lui ai dit que j'étais d'accord, mais que s'il insistait pour garder sa lame au fourreau, s'il voulait vraiment ne plus jamais prendre une autre vie, alors nous ferions mieux d'emmener quelqu'un qui le ferait.

« Vous voulez l'homme de Daware. »

Oui.

« Quelle est la différence, Votre Altesse, entre tuer quelqu'un de mes propres mains et engager quelqu'un d'autre pour le faire ? »

Je lui ai dit de se dire ce qu'il voulait, je m'en fichais, tant qu'il faisait ce que je lui demandais. S'il n'en était pas capable, alors peut-être que, tout simplement, je le remplacerais.

« Nous en savons si peu sur la sentinelle. Nous ne savons pas ce qu'elle veut. »

Alors apprenez à la connaître, ai-je dit. Nos options étaient limitées, et nous avions tout le temps, avant d'arriver à la Porte des Lièvres, de découvrir sa valeur.

« Oui, Votre Altesse. »

S'il trouvait l'homme de Daware satisfaisant, il devait me l'amener, afin que je puisse le lier à notre cause.

Jun s'est levé. « Il en sera fait selon Votre volonté », dit-il doucement.

Ne me déçois pas à nouveau, mon enfant, dis-je.

Je ne serai pas aussi indulgente
la prochaine fois.

Keema était installé à la place du conducteur, tenant mollement les rênes des orfreux tout en se souvenant du sang qui avait jailli de la poitrine du messager, comme si on avait tiré un bouchon d'un tonneau de vin. Une soif écœurante lui montait à la gorge tandis qu'il repassait le moment dans sa tête encore et encore. Ce n'était pas la première vie qu'il prenait et il doutait que ce soit la dernière, mais cela ne rendait pas plus facile le fait de passer outre. Il n'oublierait pas la trace qu'avait laissée le talon de l'homme dans la terre alors qu'il se tordait sous le poids de la lance, ni les derniers frémissements de son corps.

Ils étaient bien à l'est du village de Cinq Sœurs à ce moment-là. Les contreforts se stabilisaient en de longues étendues plates de rizières et de forêts non encore exploitées. C'était, malgré la chaleur, une belle journée. Le soleil, quittant son perchoir de midi, faisait rebondir sa lumière sur les eaux des rizières, transformant l'horizon en un champ d'or chatoyant. Une brise chaude transportait l'odeur d'une bouillie sucrée, provenant d'un chaudron au bord de la route, et distribuée à la louche aux voyageurs affamés, à raison d'un *demi-copan* par bol, par une jeune femme flanquée de trois gros fermiers maniant des faux aiguisées. *Elle insistait pour nourrir la route d'En-Bas et nous insistions pour la protéger.* Quand Keema les a vus au-devant, il a instinctivement détourné les yeux, les gardant sur les rênes et les orfreux, mais quand il a poussé le chariot devant ces gens, ils ne l'ont pas dévisagé, ni n'ont crié quoi que ce soit de désagréable. La jeune femme et ses gardiens jetèrent un coup d'œil à l'insigne du Trône peint sur le côté du chariot et s'inclinèrent profondément devant lui.

« Bonjour, jeune seigneur, dit la femme.

— Bonjour à vous », a-t-il répondu, la voix cassée.

Il se retourna vers la route, un sentiment de légèreté dans la poitrine. Il savait que ce n'était pas lui qu'ils saluaient, mais le Trône, et que ce n'était pas par amour qu'ils le faisaient, mais par peur. Pourtant, comme auparavant, avec le soldat dans l'enceinte, il ne pouvait s'empêcher de ressentir une certaine satisfaction d'être respecté, même indirectement. C'était presque suffisant pour oublier que, il y a peu, il venait de tuer un homme.

Jun a émergé de la soute. Il s'est assis sur le siège vide et a regardé le paysage qui défilait, tout en tripotant les bords de son masque de démon. Son agitation montrait clairement qu'il souhaitait dire quelque chose, mais qu'il ne savait pas par où commencer. « Merci, a-t-il dit. Pour t'être occupé de ce que je ne pouvais pas faire. »

Keema a grogné.

Après un certain temps, tandis qu'il regardait un scarabée ramper sur le rebord du chariot, Jun fit un signe de tête en direction de la lance qui se trouvait entre eux. « Vas-tu vraiment apporter cette chose de l'autre côté du pays ?

— Oui. » La réponse de Keema ne souffrait aucune discussion.

« Ta commandante doit avoir une grande importance pour toi.

— Elle… » commença Keema, mais il s'arrêta, car il se demanda alors ce qu'elle représentait pour lui. En vérité, il ne savait presque rien de la commandante Araya. Il ne savait pas qu'elle était une traîtresse. Il savait seulement qu'elle aimait boire.

Qu'elle était très proche de Raami. Il connaissait les rumeurs sur les relations occasionnelles qu'elle entretenait avec la Première Terreur. Mais à part cela, il ne se souvenait guère plus de la vie qu'elle cachait derrière son sourire. « Je ne la connaissais pas depuis très longtemps, mais elle m'a donné du travail et un abri. Et elle m'a parlé comme peu d'autres le font. » Il fut surpris par l'émotion qu'il ressentit, cette chaleur soudaine, et cette perte. « Elle… me respectait. »

Jun s'est penché en arrière. « Je l'ai rencontrée quelques fois, brièvement.

— Tu l'as rencontrée ? répéta Keema, surpris.

— Oui. Mes fonctions m'ont amené à emprunter la Porte du Tigre à l'occasion, probablement avant que tu arrives. Chaque fois que je venais, il y avait plus d'orphelins vivant dans cette forteresse que la fois précédente. Il semblait qu'elle ne disait jamais non à un enfant perdu. Je me suis toujours demandé pourquoi.

— Je ne suis pas un enfant perdu.

— Ce n'est pas ce que je voulais dire.

— Je suis plus grand que toi. »

Cela a fait rire Jun, ce qui ne sonna pas de façon désagréable aux oreilles de Keema.

« C'est vrai, a-t-il concédé.

— Qui sont-ils ? » demanda alors Keema. Quand le garçon au masque s'est contenté de le fixer, il a clarifié sa question. « Les gens dont Araya t'a parlé. Ceux qu'elle voulait que tu rencontres.

— Les Cinq Familles. » Il a dit cela avec peu d'émotion, comme si le fait que les cinq chefs d'industrie de ce pays préparent un coup d'État était inintéressant. « Apparemment, ils ont planifié cette semaine depuis que l'Empereur a annoncé son pèlerinage. Pendant que nous roulons, leurs armées privées se préparent à se rassembler aux portes de la Cité divine pour donner l'assaut le cinquième jour, lorsque l'Empereur est censé arriver. » Il a gloussé sinistrement. « Nous leur avons considérablement facilité la tâche à cet égard.

— Oh », a fait Keema, l'air déçu.

Jun l'a regardé. « Quoi ?

— J'avais supposé que tu rencontrerais des gens moins… nantis.

— Bien sûr que non. Nous voulons gagner. »

Ils sont passés devant le domaine de Syta.

Devant ses portes, une dispute était en cours. Un homme criait après quelques autres, qui l'écoutaient les bras croisés. *La caravane était partie pour le village de la moisson sans ma récolte. Je leur ai dit que j'avais juste besoin d'une heure de plus, et ces bâtards sont quand même partis, et maintenant ma vie était ruinée. J'allais perdre ma parcelle de terrain. On allait m'accuser de blasphème. Joyrock était presque une certitude. Oh, les autres m'ont donné leurs excuses, mais je savais qu'ils voulaient que j'échoue. Ils voulaient mes rizières.* Les cris se sont intensifiés au point de provoquer une bagarre, un homme en attrapant un autre par les robes avant qu'ils voient l'insigne du Trône sur le chariot de Keema et Jun, et qu'ils baissent immédiatement la tête pour s'incliner.

« Bonjour, messeigneurs, ont-ils dit.

— Bonjour à vous », a répondu Keema, pendant que Jun levait un doigt en signe de reconnaissance. Keema ne ressentit pas la même légèreté dans sa poitrine qu'avec la vendeuse de gruau. Lorsqu'ils furent à une certaine distance, il pencha la tête et regarda en arrière. Les hommes étaient toujours en train de s'incliner. Ils ne se relèveraient pas tant qu'ils ne seraient pas hors de vue. Il s'est affaissé sur son siège, sentant quelque chose dans son estomac, proche de la nausée.

Il remarqua, du coin de l'œil, Jun qui l'étudiait.

« Qui étais-tu avant de devenir une sentinelle de la Porte du Tigre ? »

Keema le regarda en fronçant les sourcils. « Pourquoi ?

— Parce que j'aimerais bien le savoir, dit Jun. Cela dit, on peut rester assis en silence si tu préfères.

— J'étais un mercenaire, répondit-il. J'ai fait partie d'une compagnie de francs-tireurs quand j'étais plus jeune. C'était avant que je perde mon bras. Et puis j'ai pris n'importe quel travail que je pouvais trouver après ça. Il n'y avait pas grand-chose. J'ai été gardien au Bassin pendant un bon bout de temps. Après quoi, Araya m'a recruté.

— Comment as-tu perdu ton bras ? »

Keema n'aimait pas revisiter ce souvenir, c'est pourquoi il avait maintenant une réponse toute faite, si jamais la question venait à se poser.

« Je l'ai perdu comme tout le monde perd un bras.

— Comment ça ?

— La malchance. »

Jun a gloussé. Il n'a pas insisté.

« Et toi ? demanda Keema, qui commençait à apprécier la conversation. Quelle est ton histoire ? »

Le conducteur masqué réfléchit un moment à sa réponse, avant de la donner, prudemment. « J'étais un guerrier de haut rang, au service de la famille royale. Je dépendais directement de la Première Terreur. » Les yeux de Keema se sont écarquillés alors qu'il continuait. « Ces six derniers mois, j'ai reçu l'ordre de garder la Porte des Loups. Est-ce que tu en as entendu parler ? » Keema a secoué la tête. « C'est une porte située dans les profondeurs du Palais. C'est la zone la plus sacrée de la capitale. Et c'est là qu'Elle était retenue. » Il fit un signe de tête vers l'arrière du chariot, comme si le « Elle » de son récit devait être précisé. « Tous les six mois, un nouveau garde reçoit l'ordre de se tenir devant la porte, et pendant six mois, ce garde est la seule personne qui se tient entre le monde et le cœur du Trône. » Il a haussé les épaules. « C'est plus un symbole qu'autre chose. Un rite de passage. C'était à mon tour d'être de garde, avant que tout cela commence. Être sélectionné pour cette fonction, c'était le moment le plus important de toute ma vie.

— Que s'est-il passé ensuite ? »

Nouveau haussement d'épaules, plus abattu cette fois. « Elle m'a fait changer d'avis.

— Et ensuite tu as tué l'Empereur ?

— Elle l'a tué.

— Avec une lame ?

— Avec Son esprit. Elle l'a fait exploser. Comme un éternuement. Elle l'a peint sur les murs de la caverne.

— Merde », dit Keema en secouant la tête. Il a ensuite froncé les sourcils. « Je croyais que l'Empereur était tout-puissant.

— Lui aussi le croyait. »

Le chariot a ralenti lorsqu'il a croisé une route encombrée.

Ils sont arrivés à la hauteur d'une caravane de passagers immobilisée. Les personnes assises sur les bancs à l'intérieur de la caravane évitaient leur regard, à l'exception d'un enfant, qui les fixait ouvertement dans les bras de sa mère. Keema se demandait ce qui se passait ; Jun s'est levé sur le siège pour vérifier l'ampleur de l'embouteillage. Il pouvait compter jusqu'à dix toits toilés – quelque chose semblait bloquer la route à l'avant, les véhicules étaient dirigés vers un chemin de traverse improvisé. Il expliqua la situation à Keema.

« Y a-t-il de la place pour contourner la file ? demanda Keema.

— Je ne pense pas, sinon nous risquons de nous enfoncer dans l'eau des rizières.

— Je ne tenterais rien de fantaisiste, messeigneurs », intervint un homme dans la caravane des passagers. Il n'a pas affronté leur regard. « Il y a un Daido droit devant. »

Jun a soupiré dans son siège. « Merde. »

Keema a fait écho à ce sentiment par un hochement de tête sinistre.

« Je suppose que nous allons devoir attendre. »

Ton père en avait sculpté un, une fois.

Il a toujours fait preuve d'un tel dédain à l'égard des histoires de ta *lola* que vous avez tous été surpris lorsque, peu après qu'elle est morte, il a essayé de sculpter cette babiole magique. S'il y a eu un moment où il était doué de ses mains, c'était bien avant que tu viennes au monde, mais quand le besoin s'est fait sentir de placer un objet béni sur l'autel de ta *lola* – sa petite statuette de Daido avait disparu, ainsi que son daguerréotype aux tons sépia, volé, ton oncle en était certain, par l'un des porteurs du cercueil – ton père s'est chargé d'en sculpter un.

Toi et tes frères saviez que votre père n'avait jamais rien sculpté de sa vie, mais il était si affecté par le décès de ta *lola* dans la semaine qui a suivi son enterrement que vous avez tous décidé, sans même vous consulter, de le laisser s'essayer à cette tâche, et de tenir votre langue pendant qu'il marmonnait et jurait dans le jardin sur le petit cube de roche qu'il avait acheté à un carrier, et qu'il revenait à l'intérieur avec les doigts meurtris et ensanglantés. Chaque fois qu'il n'était pas à la manufacture de textiles, il était dans la cour à travailler sur le bloc – ou, inéluctablement, sur un nouveau bloc qu'il venait d'acheter, l'ancien étant abandonné quelque part dans la cour où toi ou tes frères trébuchiez dessus pendant vos parties de chat perché. Votre oncle, d'abord fier de son frère pour ces tentatives de débutant, roula bientôt des yeux lorsque les nettoyeurs traînèrent la pierre hors de la maison, la transportant chez les artisans locaux pour récupérer le gâchis.

Ton père était, à défaut d'autre chose, persévérant. La nuit, en te balançant dans ton hamac, en écoutant les ronflements de tes frères et la musique de la radio de ton voisin par la fenêtre ouverte, tu l'entendais tailler la pierre.

Tu entendais chaque soir sa douce mélopée : « Putain de merde ! »

Il finit par terminer ; un mois après, et bien plus pauvre que lorsqu'il avait commencé, les carriers de la ville comptant leurs pièces avec plaisir. Tu l'as trouvé agenouillé devant l'autel de ta *lola* dans l'une des pièces latérales de la maison, tenant mollement le Daido entre ses doigts bandés. Il arborait une expression pensive, et tu as compris qu'elle signifiait qu'il ne voulait pas être dérangé, mais lorsqu'il a remarqué que tu passais par là, il t'a demandé d'entrer. « Regarde », a-t-il dit, en te montrant ce qu'il avait fait, comme si, de vous deux, c'était lui l'enfant ; il t'a tendu la petite statuette.

Traditionnellement, le Daido était l'effigie d'un vieil homme, jambes croisées, avec une main levée comme pour empêcher quelqu'un de passer et l'autre main tendue, paume vers le haut, comme pour quémander une pièce de monnaie. Les nombreuses représentations que tu avais vues dans le quartier des artisans rendaient bien l'expression calme et distante du vieil homme, ainsi que sa silhouette décharnée et presque affamée. Le Daido de ton père ressemblait plus à un bébé en colère : sa texture était rugueuse, il semblait plus pierre que chair.

Tu lui as dit qu'il était superbe.

Il t'a demandé de t'asseoir avec lui. « Elle a dû te parler de ces choses », a-t-il dit alors que tu lui rendais l'objet.

En fait, ta *lola* t'avait parlé du Daido, plusieurs fois. Tu as dit à ton père que personne n'était sûr de l'identité du vieil homme, que son vrai nom était oublié et que seul son titre était connu : le Premier Mendiant. Ton père a fait tourner la statuette dans sa main ; le granit a capturé la lumière de la fenêtre dans un éclair scintillant et elle a semblé, pendant un instant, magique – comme si ton père, presque par accident, l'avait imprégnée d'une sorte d'essence spirituelle. Tu lui as expliqué qu'en cas de danger, qu'il s'agisse d'esprits, de bêtes ou autres, le Daido apparaissait sur la route, dans les champs, ou même, parfois, à la surface d'une rivière, et que la présence de cette statue avertissait les gens de ne pas poursuivre leur chemin. De faire demi-tour ou de contourner l'obstacle. Personne ne questionnait le Daido. Et personne, jamais, ne passait devant lui.

Cet après-midi était pour toi si étrange ; un événement unique, qui ne se répéterait jamais. Le lendemain matin, il serait noyé dans les nouvelles de la guerre. Mais tu n'oublieras jamais le jour où tu as eu l'impression de l'avoir vraiment vu.

Le Daido était assis au milieu de la route en contrebas. Les fermiers, silencieux et révérencieux, modifiaient la course de leurs chariots, empruntant les virages précaires de chemins pleins d'ornières traversant les rizières, à peine assez larges pour circuler dans un seul sens. Le respect approprié était montré au Daido ; même les chariots semblaient grincer plus silencieusement à mesure que la file avançait. *Mon père disait que si vous parliez trop fort près d'un Daido, ce qui se cache derrière lui vous attrapait dans ses puissantes griffes.* Le silence les effrayait tous, Keema et Jun aussi, qui n'osaient même pas respirer en approchant du virage. Keema n'avait vu qu'un seul autre Daido dans sa vie – leurs apparitions étaient plus fréquentes sous le règne des Empereurs précédents, quand il y avait davantage de forêts et de sources – et quand ils ont finalement croisé le Daido, il a été surpris, non seulement parce qu'il était plus petit que ce à quoi il s'attendait, comparé à l'accueil démesuré qu'il recevait, mais aussi parce qu'il a reconnu le vieil homme comme celui qu'il avait vu danser dans le village.

Enfin, c'est ce qu'il pensait.

Il décida de ne pas en parler, remettant en question sa mémoire, le visage du vieil homme aurait pu être celui de n'importe qui. Il observa tranquillement, bien qu'avec une certaine inquiétude, tous ceux qui passaient devant le Daido laisser derrière eux une pièce, certains la plaçant avec soin sur un tas de pièces entre les mains de la statuette, d'autres n'osant pas s'approcher, faisant voler la pièce depuis leur cheval ou leur chariot ; le sol autour de la statuette étincelait d'éclats de fer et de bronze. Jun tendit une pièce à Keema et le laissa la lancer vers le Daido. Elle cliqueta dans le petit monticule qui grandissait au pied du Daido. Satisfait de la chance qu'ils avaient ainsi achetée, Jun, qui avait repris les rênes, s'apprêtait à éperonner les orfreux, lorsqu'il entendit Sa voix.

Je lui ai dit de s'arrêter.

Juste un moment.

« Qu'est-ce qui ne va pas ? a demandé Keema.

— C'est Elle », a répondu Jun.

La dernière fois que je l'avais vu remontait à très longtemps. Je savais que ce n'était pas lui. Que ce n'était qu'une statuette, taillée maladroitement dans une vieille roche. Mais quand même, c'était… charmant.

Keema a entendu renifler. Il regarda Jun et vit qu'il pleurait ; des larmes perlaient sur son menton. Il détourna les yeux, mal à l'aise.

« Ce ne sont pas mes larmes », dit Jun en se rendant compte qu'il l'avait remarqué. Et puis, à l'arrière : « Avez-vous fini, Votre Altesse ? »

Je lui ai dit que j'avais fini.

Il n'y avait rien de plus à se rappeler.

Jun a fait claquer les rênes, et les orfreux ont gémi en tirant le chariot en avant sur la route détournée. Il n'a pas expliqué ce qu'il voulait dire quand il a dit que ces larmes n'étaient pas les siennes ; il a laissé les choses en l'état, et a continué comme si cela n'était jamais arrivé.

« Ce n'est pas facile d'être lié à Elle. »

Il a dit cela un peu plus tard, à propos de rien, alors que tous les deux roulaient dans un silence pensif. Il y avait un humour sinistre dans la voix de Jun, qui essuyait les larmes sur son menton. La façon dont il parlait rappelait à Keema les aristocrates dans les salons de thé. Une tournure particulière dans ses paroles. Indirecte, mais atteignant toujours sa cible au détour d'une phrase. Un jeu de mots. « Ce n'est pas facile, répéta-t-il, mais je le fais pour ce que je crois être des raisons justes. Je n'ai pas bien vécu. J'ai beaucoup à me faire pardonner. Alors je La suis, dans l'espoir de trouver une certaine forme de rédemption. C'est pour ça que je vis maintenant. Cette route se terminera probablement par ma mort, mais il n'y a pas d'autre route pour moi. »

Il s'est tourné vers Keema.

« Elle aimerait te parler, a-t-il dit sans ambages. Elle aimerait te montrer pour quoi Elle se bat. Et ensuite Elle te liera probablement à notre cause, si c'est vraiment ce que tu veux. » Il est resté silencieux pendant un moment. « D'un étranger à un autre, Keema, je te conseille de bien réfléchir à ce que tu veux, avant de traiter avec Elle. »

Il acquiesça.

« Vas-y. Elle attend. »

Tandis que Keema grimpait dans le chariot, il n'était pas conscient que la tablette pornographique avait glissé des plis de sa robe et avait atterri sur le siège du conducteur. Alors que le rabat de toile retombait derrière lui, Jun a ramassé la tablette. Il a émis un « hum » en l'inclinant vers la lumière.

Keema a frissonné.

Une atmosphère sensiblement différente de celle d'avant régnait à l'intérieur du chariot. La soute sombre, seulement éclairée par les traits de lumière qui traversaient les lambeaux de toile, avait la solennité d'un temple accueillant une cérémonie. De petits détails qui avaient toujours été là devenaient maintenant apparents. Deux petites breloques en bois, attachées à l'un des nœuds qui maintenaient la toile en place ; des bibelots en forme de chat qui cliquetaient sur de petits crochets. La lumière semblait moite, comme si une autre couche de toile avait été drapée sur le toit, masquant suffisamment le soleil pour qu'il ne soit plus qu'à peine perceptible. Keema se sentait attiré vers l'arrière du chariot, où Elle attendait ; l'attraction était inexorable, comme celle d'une main qui empoignait la sienne pour l'attirer plus loin, vers un endroit où peu de gens étaient admis.

Comme il était de coutume lorsqu'on s'adressait à ses aînés, Keema s'agenouilla devant la vieille femme, qui, comme toujours, restait les jambes croisées, les yeux fermés et en quelque sorte morte au monde. Il s'assit sur ses talons et Lui présenta ses respects, inclinant la tête juste ce qu'il fallait. *Une fois le jeune homme arrivé, je me préparai à tout lui raconter, mais avant que je puisse parler, cette maudite créature m'interrompit.* « Méfiez-vous de Celle-là, a marmonné Malfaçon en touchant Keema avec son moignon. Réfléchissez bien… avant de La laisser entrer. »

Il sourit de l'inquiétude de la tortue, même s'il était déconcerté par la similitude entre ses mots d'avertissement et ceux de Jun. « Je serai prudent », assura-t-il, et à peine eut-il prononcé ces mots qu'il sentit, venant de l'obscurité, un encouragement à ouvrir son esprit.

« Alors, accrochez-vous, dit Malfaçon, car Elle ne sera pas tendre. »

Quand Keema s'est retourné vers la vieille femme, il tressaillit. Ses yeux étaient grands ouverts – d'immenses orbes furieux, avec de petits iris en forme de poignards, qui le regardaient comme s'ils voulaient l'avaler tout entier. Cette vision l'horrifia, le regret lui monta à la gorge ; il avait besoin de hurler qu'il avait changé d'avis, besoin de fuir, mais avant qu'il puisse inverser le cours de sa vie pour retrouver le confort de ce qu'il connaissait et de ses certitudes, il sentit une douleur vive, semblable à un doigt s'abattant sur son front, et il tomba en arrière dans un rêve éveillé.

La Lune est tombée dans son esprit.

Il La vit suspendue dans un ciel noir parcheminé. *Il a vu comme j'étais belle autrefois.* Dans la plaine sombre et vaste de son esprit, il a fixé Son orbe parfait. *À l'époque où l'on m'appelait encore l'Étoile de l'Ombre, la Sœur du Soleil, la Gardienne de la Nuit et la Faucheuse du Jour, l'Œil de la Mer dormante.* Il comprenait pourquoi on l'appelait Impératrice. *Mais c'était avant les temps du Trône, quand ma province était encore le ciel et la mer ; quand j'illuminais les étoiles et que je dansais avec la marée et que, sous moi, l'océan se gonflait et se retirait, dans notre danse ininterrompue et éternelle.* Il a vu le monde de la nuit tel qu'il était autrefois. Le bain frais de lumière douce qui dorait les feuilles. *Les fleurs qui dormaient recroquevillées sous mon toucher froid et aimant.* Il a vu le monde quand il était calme. *Il y a longtemps, avant de compter les jours. Quand il n'y avait que le lever, le soleil et le coucher.* La Lune s'est fendue en deux comme un œuf et Elle, telle qu'il La connaissait, a émergé de la coquille brisée : cette vieille femme, cette bande de cuir craquelée. Crevassée et mourante. *Je m'étais maintenue en vie par des moyens surnaturels. J'ai ralenti mon propre cœur pour pouvoir continuer à vivre dans ce corps. J'ai fait cela après que le pire d'entre eux m'a gardée emprisonnée sous son appartement royal pendant des décennies.* Keema a vu la pièce dans laquelle Elle était retenue. Il a vu la caverne, et la Porte des Loups, et les nombreux gardes qui s'étaient tenus devant elle au fil des ans. Et Elle lui montra la pièce derrière la porte, le petit espace sombre qu'Elle appelait Sa maison, où Elle était assise, encerclée par un fossé d'eau et, suspendu au-dessus de l'eau, un pentagramme de filets, rempli de vieilles pierres. *Je ne pouvais pas m'enfuir toute seule* – aveugle, muette comme Elle l'était – *et j'ai donc convaincu quelqu'un de m'aider*. Keema a vu dans un éclair un garde avec un masque de Paon, se tenant devant la Porte des Loups. Il a vu l'Empereur flétri se tourner et se retourner dans son lit, hanté par des rêves d'immortalité. *Je déversais des rêves vivants dans l'esprit de mon misérable fils. De fausses promesses de choses dont il avait envie. J'avais besoin qu'il soit distrait. J'avais besoin qu'il soit faible, avant de frapper !* Keema a tressailli quand l'Empereur s'est transformé en un nuage de sang. Et maintenant qu'Il était parti, il ne restait que trois fils. Trois Terreurs qui continuaient leur règne sur ce pays saccagé. Keema frissonna lorsqu'on lui présenta les silhouettes des hommes qui hantaient tant de murmures à cette époque – un qui rôdait, un qui se faufilait, et un qui n'était guère plus que de la vapeur – les trois démons du Trône regardant Keema comme s'il n'était qu'un petit animal caché dans les broussailles. *J'ai dit à l'homme de Daware de ne pas se laisser tromper par leur présence, ils n'étaient pas tout-puissants, car ils étaient nés avec une faiblesse – les triplés ne recevaient qu'une fraction de ce qui leur était dû, un tiers du pouvoir qu'un Empereur pourrait partager.* C'est pour cette raison qu'ils convoitaient le pouvoir qui leur était refusé depuis leur naissance ; pourquoi ils chercheraient à le posséder par tous les moyens nécessaires – *comprenez-vous Keema – comprenez-vous Keema – comprenez-vous* – Son Chuchotement Royal fut interrompu par la vision soudaine de dents grinçant sur un os sanglant alors que trois petits garçons mangeaient le corps de leur mère – *ils me mangeraient, et prendraient en eux mon pouvoir* – « Et comme ça, chuchota Keema en transe, pâle et tremblant, ils régneraient pour une nouvelle ère sanglante » – Malfaçon regardait avec inquiétude le jeune homme et l'Impératrice se fixer avec des clignements d'yeux synchronisés, le jeune homme prononçant Ses mots – « Bientôt je mourrai », *mais avant de quitter ce monde et de retourner au ciel,* « je mettrai fin à mes fils », *mes plus grands amours,* « qui m'aiment tellement qu'ils me dévoreraient tout entière ». *J'irai à l'est et rencontrerai ces gens,* « ceux dont la commandante Araya avait parlé », *et si nécessaire, je leur donnerai ma chair pour qu'ils puissent manger et hériter de suffisamment de mon pouvoir,* « pour en finir une fois pour toutes avec le Trône de la Lune ».

Keema tremblait, tandis que cette prophétie quittait son esprit, que ses yeux se rouvraient et que la vieille femme reprenait Son ancienne position, assise et silencieuse, les yeux fermés, mais Ses lèvres, vieilles et craquelées, grimaçaient en ce qui, sous la bonne lumière, semblait être une expression de commandement et de confiance. *C'était mon plan.*

« Tu es lié à Elle, maintenant. »

Malfaçon soupira, sa déception tempérée par un certain sens de la fatalité, comme si elle était consciente de Son pouvoir, de Son emprise, et ne pouvait qu'en vouloir à Keema d'avoir cédé. « Mais ce que celle-ci a dit avant… reste vrai… Accrochez-vous. Quelle que soit Son influence. Accrochez-vous à vous-même. »

Les mots résonnaient dans la tête de Keema, qui retourna sur le siège à l'avant, incapable de contenir ses frissons.

« Est-ce plus clair maintenant ? » demanda Jun, rompant le silence.

Keema ne répondit pas. Il regardait la route qui dansait sur les collines. Tout semblait à la fois profond et sans intérêt. Une grandeur frivole. Une façon inconnue d'être en vie. Il ne savait pas quoi dire.

« Ouais, fit Jun, en réponse au silence. J'en sais rien. »

Le crépuscule a meurtri le ciel, le soleil s'est fracassé sur l'horizon déchiqueté. Sur les dernières terres agricoles appartenant aux Yinn, les bœufs traînaient des araires dans la terre, tandis que des vieillards soufflaient de la poudre protectrice autour des poulaillers et sur les chemins qui menaient aux forêts rugissantes. Les gardes qui patrouillaient sur les terres surveillèrent la progression de leur chariot jusqu'à ce qu'ils soient hors de vue.

La route était longue et vide à cette heure tardive. Les dernières personnes que Keema et Jun virent ce jour-là sur la route furent les Mendiants du Ciel ; une file de parias à moitié affamés, d'au moins trente âmes de long, de l'enfant à la femme adulte, marchant d'un pas lent et rythmé le long de la route. Pieds nus. Tenant au-dessus de leurs têtes des bols en bois vides, ils récitaient les vieilles prières pour invoquer des nuages rompus et de la pluie, priant pour la fin de cet Été sans Fin. L'un des mendiants les a regardés avec des yeux aussi vides que le bol au-dessus de sa tête, *et j'ai regardé le jeune homme portant le masque d'un démon rieur et j'ai souri car aucun masque ne peut cacher la vérité d'un homme,* et Jun a fouetté ses rênes et les orfreux ont avancé un peu plus vite qu'avant, jusqu'à ce que, au-delà de la colline suivante, les mendiants disparaissent.

Il regarda Keema, qui était toujours d'humeur silencieuse et distraite, et il fut soudain heureux de ne pas être seul dans cette situation – il y avait maintenant quelqu'un comme lui, lié à Elle.

« Regrettes-tu de rester ? demanda-t-il.

— Je suis de la tribu Daware. Et quand un homme de Daware fait un serment, il le tient, peu importe le prix. » Un petit feu s'attisait en lui, le ramenant à la vie. Il s'est redressé. « Je préférerais me couper l'autre bras plutôt que de manquer à ma parole.

— Où est Daware au juste ?

— Au sud, répondit Keema après une pause. Après les derniers Mille, là où la rivière se jette dans des champs de blé tendre et des vallées de fleurs vénéneuses. Sur les pétales mortels de la rose bora, les guerriers de Daware prêtent leurs serments. Pour nous, briser un serment c'est briser la promesse que tu as faite avec ta propre vie. »

Comme Araya l'avait fait auparavant, Jun lui a demandé quelle était la conséquence de briser un serment de Daware.

« Il doit être mis fin à ma vie. »

Keema a dit cela sans peur ni hésitation. Il a montré à Jun le petit couteau qu'il gardait attaché à sa cuisse par une corde et un fourreau. Il a dit à Jun que le couteau avait été fabriqué par son père. C'était un couteau en pierre d'un bleu profond, muni d'une poignée en cuir noir et de fils de ficelle colorés. Un bel objet, fabriqué et donné, expliqua-t-il à Jun, par ses parents en sachant qu'un jour il pourrait être l'instrument avec lequel leur fils mettrait fin à sa propre vie. C'est sa mère qui lui a montré comment s'éventrer correctement. Comment le faire avec assurance, de droite à gauche, la main sur la poignée, tout du long. Comment laisser le sang enrichir le sol, et nettoyer ce que tu as laissé souiller par ton incompétence et tes promesses douteuses. Comment c'était le seul acte de pardon approprié.

Rien de tout cela n'était vrai ; Keema n'avait entendu parler de l'autoéviscération qu'il y a quelques mois.

Mais c'est ce qu'il a dit.

Le conducteur a médité les mots de Keema – et ce qu'il adviendrait de lui s'il échouait dans sa tâche – et, après une période de silence pensif, au cours de laquelle il a contemplé le jour qui tombait, ainsi que la Brûlure sombre et aveugle dans le ciel, il a dit, avec ce qui ressemblait à un sourire : « Puisque l'échec est presque certain, je vais le dire maintenant : c'était un plaisir de te connaître, Keema de la tribu Daware. »

NUIT

Ils étaient au bord du précipice.

Le rideau noir de la Vraie Nuit drapait les derniers champs et collines. Les orfreux étaient fatigués mais ils suivaient le rythme du claquement des rênes de Jun tandis que Keema tenait le rôle de l'Œil, surveillant la route derrière eux, car l'Impératrice leur avait dit à tous deux qu'Elle avait perçu un sentiment d'imminence dans le vent. *Je sentais l'approche de mon fils. Je sentais l'écho lointain des coups de sabots dans la terre.* « Tu ne les verras pas arriver, a dit Jun. Pas avant qu'ils soient déjà là.

— Ils sont trente, a répondu Keema, en regardant par-dessus le toit de toile. Bien sûr que je les verrai. »

Le conducteur a fait cette chose qui agaçait tant Keema, quand, d'une certaine manière, malgré le masque, il lui laissait entendre qu'il souriait. Mais alors que la terre autour d'eux commençait à s'élever, puis à descendre abruptement, conduisant à un sinistre point d'arrivée, ce sourire masqué tomba, remplacé par une voix sombre qui glaça Keema : « J'ai quelque chose à te dire.

— Qu'est-ce que c'est ?

— Celui qui nous pourchasse, la Première Terreur… » La voix de Jun s'est éteinte. « Je ne pense pas que nous pourrons le distancer. » Les roues heurtaient les sillons de la route. Keema attendit qu'il trouve ce qu'il voulait dire. « La Terreur a de bonnes raisons de vouloir me tuer.

— Parce que tu as tué son fils », dit Keema, se souvenant de ce que la voix de cet homme avait dit la nuit dernière.

Jun était silencieux. Deux champs plus loin, les ombres de la Vraie Nuit inondaient la terre. « La Terreur fera tout ce qu'elle peut pour mettre fin à ma vie.

— Nous pouvons arriver à la rivière avant que cela arrive.

— Je n'arriverai pas jusqu'à la rivière. » Jun rit comme s'il était surpris par sa propre pensée, par la vérité de celle-ci.

Keema s'est assis. « Qu'est-ce que tu dis ?

— Si je meurs, reprit le garçon au masque de démon rieur, tu es le seul à pouvoir La ramener à l'est. Et j'espère que si et quand ce moment viendra, tu resteras un homme de parole. De parole d'homme de Daware. »

Les flambeaux de la Porte des Lièvres se dessinaient dans l'horizon crépusculaire comme autant de petites dents orange. La forteresse se trouvait à l'embouchure d'un petit col de canyon, bordé de massifs de forêt épaisse, entre lesquels Keema ne voyait que du noir. Il avait l'impression qu'ils conduisaient les orfreux dans la gueule d'un démon géant. Il se redressa sur le siège du chariot. La route derrière eux était vide ; seule l'obscurité qui s'approchait.

« Encore une chose, dit Jun comme un homme au bord du gouffre pensant à une dernière requête. La tortue vient avec nous.

— Nous devons passer par la Porte des Lièvres, lui a rappelé Keema. Et la Porte des Lièvres attend une livraison de tortue de notre part. Franchir la Porte et ne pas livrer de tortue… Ce n'est pas possible.

— Tu as raison. Ce n'est pas possible, confirma Jun, les mains crispées sur les rênes. Et ça n'a rien à voir avec notre voyage, notre mission. Mais quand même. Je ne peux pas laisser mourir cette créature. » Avant que Keema puisse protester, il dit : « Pendant les six mois que j'ai passés dans ce putain de trou, l'Impératrice a dessillé mes yeux, Elle m'a brisé, et j'ai appris quel était le prix à payer pour prendre une vie, même indirectement. Que le messager sur la route soit le dernier qui doive tomber au cours de notre voyage vers l'est. Qu'il soit le dernier clou enfoncé dans le mur. Je ne laisserai pas une autre créature mourir de ma main. Jure que tu m'aideras à mettre la tortue en sécurité. Jure-le ! »

La tête de Keema lui faisait mal. « Il y a quelques instants, tu m'as dit que, quoi qu'il arrive, mon seul objectif était de ramener la vieille femme à l'est. Et maintenant, tu parles comme si la tortue était ta plus grande priorité. Laquelle est la vraie priorité ? Qui veux-tu que je conduise à l'est ?

— Les deux. » Le masque de Jun se tourna vers lui dans toute sa démence hilare. « Jure-le. »

Keema a expiré.

« Tu es fou, dit-il.

— Jure-le ! cria Jun. Jure que tu vas sauver la vie de cette maudite créature ! Même si je dois mourir ! Jure-le !

— Je…

— Jure-le ou tu es un putain de lâche ! »

Dans un élan froid, le rideau de la nuit a avalé la route.

« … Je le jure. »

Les orfreux, aveuglés par la nuit, ont trébuché dans leur galop, avant de ne plus se fier qu'à leur odorat, suivant la chaude fragrance du musc humain jusqu'aux portes de la forteresse.

Avant qu'ils arrivent, Keema prodigua quelques soins à Malfaçon. Il demanda à la créature comment elle allait, tout en versant l'eau d'une des gourdes sur sa carapace chaude et en la massant avec un morceau de tissu, comme les sentinelles l'avaient fait à la Porte du Tigre pour leur propre tortue. « Celle-ci a connu pire, répondit la tortue avec un soupir reconnaissant.

— Nous y sommes presque, a déclaré Keema. La Porte des Lièvres approche. »

La créature l'a regardé avec ses petits yeux douloureux. « Celle-ci a entendu ce que vous et l'homme masqué avez dit à son sujet. Quel est votre plan alors ? demanda-t-elle, doutant qu'il ait un plan, mais espérant qu'il en ait un.

— Un guerrier de la tribu Daware ne révèle jamais ses plans, dit Keema. Comme ça, la seule personne qui peut les déjouer, c'est lui-même.

— De grands mots, improvisés à l'instant. » Malfaçon a secoué la tête. « En termes clairs : des conneries. »

Keema rit. « Tu es une tortue sage, pas vrai ?

— Pas si sage… Après tout… celle-ci est ici et elle te fait confiance. » Après l'avoir regardé un moment, puis la vieille femme silencieuse et prostrée, elle dit doucement : « Celle-ci rêve des eaux de l'Est. »

Keema a exprimé la dernière goutte d'eau, pour le plus grand plaisir de la créature.

« Tu ne verras pas le sommet de cette tour », a-t-il dit.

« Homme de Daware ! »
a appelé le conducteur.

« J'ai besoin de toi ici. » Il est remonté sur le chariot. Les rênes ont été poussées dans sa main, et Jun est entré à l'intérieur. Keema lui a demandé où il allait. « Je vais mettre l'Impératrice hors de vue, a-t-il dit. Je doute qu'Elle soit heureuse si je te laisse le faire. » Alors que Keema faisait avancer les orfreux, leur faisant confiance pour trouver leur chemin sur la route sans lumière, il entendit le mouvement prudent de quelqu'un transportant une cargaison précieuse dans une pièce encombrée. Il se demandait où le conducteur avait l'intention de mettre le corps de la vieille femme. Il imagina la Mère des Empereurs recouverte d'un des vieux draps de toile qui traînaient dans le chariot et il trouva en lui la force de sourire à cette pensée. Puis il fut frappé par une autre image, sortie de nulle part, comme si quelqu'un l'avait tirée dans son cerveau depuis l'extérieur. *Je lui ai montré ce qui devait se passer. Je lui ai expliqué comment il allait annoncer aux gardes de la Porte des Lièvres que leur tortue était arrivée. Je lui ai montré comment il allait impassiblement regarder la tortue être traînée hors du chariot, sa bouche maintenue fermée par mes pouvoirs, la chose écarquillant les yeux de terreur et de fureur, incapable de parler, pas avant que nous soyons déjà bien engagés à l'intérieur de la porte opposée, sans aucun obstacle entre nous et les quais du fleuve. Je lui ai dit que c'était ce qui devait arriver.*

Keema a saisi les rênes.

Ils étaient arrivés.

La lumière des torches du poste de contrôle de la Porte des Lièvres brillait comme un soleil mineur alors qu'ils s'approchaient. Deux sentinelles les accueillirent à la porte ouest, bien éclairée ; des filles, jeunes, pas plus de trente ans à elles deux, mais possédant ce regard de pierre forgé par une vie d'épreuves difficiles. « Longs voyages », lança la première avec un geste de bienvenue, son sourire s'effaçant lorsqu'elle vit le bras gauche manquant de Keema et le masque étrange de Jun. Curieusement, elle ajouta : « Vous arrivez juste à temps. Nous sommes sur le point de fermer les portes pour la nuit.

— Alors, allons-y, dit Jun, jouant le rôle d'un ouvrier du Trône fatigué. Nous ne voulons pas vous retenir plus longtemps que nécessaire.

— C'est gentil de votre part, apprécia la sentinelle en faisant un signe de tête à sa partenaire. On va jeter un coup d'œil à l'arrière, si ça ne vous dérange pas. »

Jun acquiesça.

Mais, juste avant que l'autre sentinelle commence à se diriger vers la soute du chariot, Keema a eu une idée. « Un instant », dit-il. Les sentinelles s'arrêtèrent, les sourcils froncés d'impatience. Ce qu'il était sur le point d'essayer était risqué, et nécessitait l'aide d'une personne avec laquelle il ne savait pas comment communiquer, et qui pourrait ne pas accepter de collaborer, même s'il parvenait à lui faire part de son plan bâclé.

Pourtant, il devait essayer. « La chose a fait des bruits étranges pendant tout le voyage depuis le Palais, a-t-il dit. Elle est malade, je pense. Mieux vaut garder ses distances. On ne sait jamais ce qui peut se passer entre une tortue et un humain, question toux.

— Une tortue malade, répéta la sentinelle, dubitative. Jamais entendu parler de ce genre de chose.

— C'est bien notre veine d'en transporter une. Pas vrai ? » dit-il en donnant un coup de coude à Jun.

Le masque de démon rieur acquiesça du plus subtil des hochements de tête.

« Vous devriez aussi prévenir votre commandant, poursuivit Keema. Au cas où vous auriez besoin d'un docteur ou quoi. »

Les deux sentinelles se regardèrent, mais les ordres étaient les ordres, comme semblaient le dire leurs haussements d'épaules. *Je suis allée à l'arrière du chariot pour voir si ces hommes étranges disaient la vérité et quand j'ai tiré le rabat de la toile, j'ai presque vomi.* Elle a fait un signe de tête à sa partenaire, *la chose avait l'air aussi malade que n'importe quelle créature que j'avais jamais vue,* et l'autre sentinelle a dit aux jeunes hommes sur le siège du chariot : « Allez-y. Juste là. Nous ferons savoir au commandant que vous êtes arrivés. »

Ils ont franchi la première des portes.

« Qu'est-ce que tu fais ? » chuchota Jun.

Mais Keema n'avait pas le temps de s'expliquer. Il lui a juste demandé : « Comment je fais pour parler avec Elle ?

— Utilise ta bouche.

— Elle peut m'entendre ?

— Si Elle le veut. »

Dans le chariot, il s'accroupit à côté du paquet de tissus, de couvertures et de sacs de riz sous lequel il supposait qu'Elle était cachée et dit, doucement mais avec insistance : « Vous êtes un être de grand pouvoir. J'en ai été témoin, non seulement à travers Vos actes extraordinaires de ces derniers jour et nuit, mais aussi à travers les images que Vous avez partagées avec moi. Des choses grandes et petites. La destruction d'un pont, ou le ralentissement de Votre propre cœur. Avec humilité, je voudrais Vous demander ceci : ralentissez le cœur de Malfaçon ; faites en sorte qu'elle ait l'air morte. » La tortue secoua son bec, n'aimant pas cette idée. Mais le chariot commençait à ralentir, et ils n'avaient plus beaucoup de temps – il entendit des voix, celle de Jun, disant à quelqu'un d'attendre juste un moment – et il entendit le cliquetis des chaînes de la poulie. La tortue aussi l'a entendu. Elle a laissé échapper un miaulement pitoyable qui a fait trembler les plinthes. « S'il vous plaît, Mère des Empereurs, notre Lune Décousue, chuchota Keema dans les couvertures. Je vous en supplie… »

Bien.

Le mot n'a pas été prononcé ou chuchoté, mais imprimé d'une certaine manière dans son esprit. Il lui a été livré avec l'image soudaine de la main d'une jeune fille en train de s'ouvrir. Quelque chose s'envolait entre ses doigts. Keema entendit la respiration troublée de la tortue ralentir, ses râles et ses grondements s'estomper, jusqu'à ce qu'il ne lui reste plus le moindre souffle. Il approcha son oreille de la tête de la créature, qui reposait sur le plancher du chariot, les yeux à moitié fermés et la langue sortant du bec. Il n'a rien entendu ni senti.

Un cri venant de l'extérieur.

« La créature est-elle prête, Keema ?

— La chose est morte ! » a-t-il crié en retour.

Un silence a suivi. Puis un murmure troublé. Keema est descendu du chariot et a rejoint Jun, qui se tenait devant un groupe de sentinelles, chacune d'elles grande et musclée, choisie pour sa force, en vue de porter la créature jusqu'à sa nouvelle maison. Sa déclaration semblait les déconcerter, et ils le dévisageaient avec stupéfaction tandis qu'il expliquait que la tortue qu'ils avaient ramenée du Palais était morte à un moment donné, sans qu'il sache exactement quand.

« Elles peuvent mourir ? » dit l'un des hommes.

Le masque impénétrable de Jun fixait Keema. Keema le fixa à son tour. « Elle est morte, dit-il encore une fois. S'il vous plaît, allez chercher votre commandant. »

Normalement, je ne recevais pas d'ordre d'un infirme, mais les circonstances étaient particulières. Le commandant de la Porte des Lièvres arriva d'un pas pressé, les cheveux en bataille, comme si quelqu'un venait de le tirer du lit. « Ce n'est pas possible », dit l'homme maintenant en sueur. Il demanda qu'on lui répète cette incroyable nouvelle. « Je ne savais pas qu'elles pouvaient mourir.

— C'est le cas, dit Keema, et celle-ci l'a fait.

— J'aimerais voir ça par moi-même. » Le commandant avait beaucoup à gagner de l'installation de cette créature, car la Porte des Lièvres souffrait de ne pas être connectée au réseau du Trône. Avec une détermination sans faille, il entrouvrit le hayon roussi du chariot et recula devant l'odeur qui s'en dégageait.

« Elle puait comme ça avant de mourir, a précisé Keema.

— Quelles horribles créatures », marmonna le commandant pris de faiblesse qui portait le dos de sa main à sa bouche. Il a envoyé un de ses hommes à sa place. La sentinelle est ressortie un instant plus tard, le visage vert, confirmant la nouvelle à son supérieur.

Le commandant croisa les bras ; il fit sa meilleure imitation de chef. « Je suppose qu'il existe un protocole pour ce malheureux événement. »

Jun a croisé ses mains derrière son dos, curieux de savoir ce que Keema allait dire ensuite.

« C'est un cadavre comme un autre, a-t-il déclaré. Cette chose était défectueuse, semble-t-il, et sujette aux maladies. Nous nous en débarrasserons sur la route de l'Est, pendant notre voyage jusqu'au Bassin. Quelque part où personne n'aura à sentir son odeur. »

Il fallut un certain temps au commandant pour accepter, mais finalement, ne voyant aucune autre option, il le fit.

Les orfreux protestaient contre l'heure tardive et les rênes impérieuses de Jun. Aucun des jeunes hommes ne parla tandis qu'ils traversaient la cour, les épaules contractées, passant devant des rangées de gardes qui fronçaient les sourcils en les toisant et cherchaient, avec une sombre curiosité, à apercevoir le cadavre de la tortue qui, à leur grande déception, restait invisible. Mais en dépit de tous ces reniflements et plissements de nez, aucun des gardes n'osa s'approcher. Aussi vite Keema et Jun étaient-ils entrés à la Porte des Lièvres, aussi vite étaient-ils partis, dévalant la dernière pente du col rocheux, en direction du son bienvenu de l'eau qui coule.

Des faisceaux de torches éclairaient le chemin jusqu'à la rive du fleuve. Le quai n'était surveillé que par une seule sentinelle, qui leur demanda de voir un laissez-passer s'ils voulaient prendre un des bateaux, avant d'être assommée par la pointe de la lance de Keema et d'être fourrée dans un tonneau vide. Tandis que Keema commençait à transporter les provisions sur la yole la plus proche, Jun détachait les autres bateaux le long du quai, les poussant dans l'eau, tandis qu'Elle propulsait les embarcations dans un courant qu'Elle avait Elle-même créé, assez loin pour que personne ne puisse les utiliser. Ils travaillèrent rapidement, tandis qu'à la Porte des Lièvres, les gardes commençaient à fermer les portes. Le commandant, inquiet après avoir appris le décès inopiné de la tortue qui lui avait été promise, faisait les cent pas dans la cour, agité, tandis qu'on allumait les derniers braseros. *Mon frère m'a maudit avant de mourir, pour me punir d'avoir couché avec sa femme. Avant de rendre son dernier souffle, il a glissé du riz cru dans ma poche, et il m'a dit que je ne serais jamais tranquille dans cette vie. C'était impossible de ne pas le croire.* Il s'est frotté les bras, couverts de chair de poule, et il a tressailli quand son second s'est approché de lui.

« Prêt à fermer pour la nuit », a dit le garçon.

Il a hoché la tête distraitement. « Bien, bien. »

Il ne pouvait pas se défaire du sentiment que quelque chose n'allait pas.

Sur le quai, Keema et Jun cherchaient un moyen de faire passer la tortue géante du chariot au bateau qu'ils réquisitionnaient illégalement lorsqu'ils sentirent le vent changer de direction, de larges rides s'écoulant dans l'eau noire de la rivière, tranchant le courant naturel. Le sourcil de la vieille femme s'est contracté. *Il était là. Je leur ai dit qu'il n'y avait pas de temps à perdre.*

« Nous avons besoin d'une rampe, a dit Jun, impuissant. On doit la faire glisser sur le bateau. »

Finalement, il n'y eut pas besoin de rampe. Les deux jeunes hommes ont reculé lorsque la tortue flasque a commencé à léviter hors du chariot, portée par l'Impératrice.

Qu'il ne soit pas dit que j'étais sans pitié.

La grande roue tourna sous l'effort de quatre hommes, mais l'abaissement de la porte s'arrêta à mi-chemin, le processus s'interrompant sans cérémonie sur un grand bruit qui fit transpirer le commandant. Ses sentinelles murmuraient confusément autour de la roue bloquée. Elles crièrent qu'elles avaient besoin d'un mécanicien pour jeter un coup d'œil au système de poulies.

« Par l'Abysse dévorant », murmura le commandant, alors qu'il traversait la cour pour les rejoindre.

C'est alors qu'il entendit le murmure du vent, comme un fouet sur l'oreille.

Écartez-vous du passage, s'il vous plaît.

La Brigade des Paons rouges a surgi de l'obscurité. Leur arrivée fut si soudaine qu'aucun des gardes en service cette nuit-là ne poussa ni cri ni glapissement, juste un mouvement de recul instinctif alors qu'ils se jetaient sur le côté ou étaient piétinés.

C'est alors que la tortue commença à s'agiter, croyant pendant cet instant en apesanteur qu'elle était morte au poste de contrôle, qu'elle avait quitté sa forme mortelle et rejoint les eaux chaudes et sombres de l'Esprit unique, flottant sur ses doux courants ondulants de pensée et de mémoire, jusqu'à ce qu'elle entende les cris et le grondement des sabots et comprenne qu'elle n'était pas morte mais bien vivante, un rot craintif s'échappant de sa gorge lorsqu'elle vit qu'elle planait au-dessus des planches pourries de la promenade, se dirigeant vers la plateforme d'un large esquif, suspendue au-dessus du monde par Sa puissance ancienne et immuable. Elle miaula, la voix délirante et brouillonne, tandis que la brigade dévalait la colline comme une coulée de vin rouge. Jun devança la tortue, déplaçant les filets du bateau pour qu'ils ne gênent pas la créature qui s'agitait, et la fit descendre sur les planches. Le bois gémit sous son poids, l'un des bancs craqua sous elle. Le bateau rebondit violemment, l'eau déplacée de la rivière éclaboussant les montants du quai.

« Restez là où vous êtes. »

La voix a fusé comme une abeille dans la tête de Keema, accompagnée d'une puissante bourrasque. Il a ramassé la hache sur le sol et a coupé les cordes de retenue. Le bateau a commencé à s'éloigner du quai. Il s'est hissé à son bord au moment exact où la brigade atteignait la dernière pente de la colline, pendant que Jun soulevait l'une des perches et la poussait dans l'eau. Keema ramassa la seconde perche et ensemble, Jun et lui firent avancer le bateau dans l'eau sombre. Malfaçon, hébétée, demandait sans cesse ce qui se passait, tandis que Keema et Jun avançaient frénétiquement au cœur de la rivière. Keema, qui transpirait à grosses gouttes, jeta un coup d'œil en arrière, vers la rive, où il aperçut, son cœur s'arrêtant presque, le spectacle étrange de la brigade, éclairée aux flambeaux et silencieuse, rassemblée au bord de la rive.

Ils se sont séparés en silence. C'était comme s'il assistait à une pièce de théâtre, un divertissement expérimental sur une péniche de plaisance, où la foule se séparait jusqu'à ce qu'il ne reste plus qu'un seul acteur, un homme, descendant de son cheval, et se tenant au centre de cette trouée. Dégainant une lame maléfique qui semblait embrasée par la lumière des étoiles, la Première Terreur a levé sa main libre, et leur bateau s'est arrêté. La surface de la rivière tremblait tandis que le courant commençait à s'inverser pour les ramener sur la rive. Keema et Jun ont lutté contre l'eau ainsi inversée, mais en vain, leurs bâtons traînant en arrière sur le lit de la rivière. Puis ils s'arrêtèrent, le bateau tournoyant sur place, bloqué au milieu de l'eau, ne s'approchant pas, n'allant pas plus loin, alors qu'une unique perle de sueur coulait le long de la tempe de l'Impératrice, *alors que je faisais tout ce que je pouvais pour le contrer.*

La Terreur a éclaté de rire devant ce développement inattendu. Puis, chose impossible, il s'est avancé sur l'eau comme si elle était solide et sûre, et il a couru sur les vagues. Chaque pas était léger, ne provoquant à la surface de l'eau que de légères ondulations. Une pierre qui ricoche sur un étang royal. Une avenue de petites éclaboussures. Et il a bondi, comme s'il avait été poussé dans les airs par une houle d'eau et de vent, et est retombé devant un Keema effrayé.

Sa lame, dégainée.

Mais il faisait sombre, et la lame était longue. Elle s'enfonça dans la carapace épaisse, calcifiée et impénétrable de Malfaçon, le visage de Keema à quelques centimètres à peine du tranchant affamé de la lame. Le bras de la Première Terreur se disloqua sous l'impact de l'épée sur la carapace et son épaule se déboîta. Il rit d'un plaisir fou, avant de retirer de son autre bras une lame plus petite, à peine plus longue qu'une dague, et de la pointer vers le visage de Keema. Celui-ci se dégagea et la lame heurta à nouveau la carapace. Tandis que la Terreur le poursuivait, il se précipita de l'autre côté du bateau, cherchant aveuglément la lance ou la hache, mais, avant qu'il puisse atteindre les armes, un vent violent le fit tomber. Il tournoya dans les airs et s'écrasa sur le plancher du bateau, le navire cédant sous lui, la main de la Première Terreur s'agrippant à l'air, utilisant le vent pour tirer Keema vers lui comme s'il était en laisse, jusqu'à ce que Jun plaque l'homme plus âgé au sol.

La Terreur a laissé échapper un gémissement étouffé. Au cours de sa lutte avec Jun, l'eau autour du bateau se comportait de façon erratique. Des jets d'eau se sont élevés dans le ciel en de violents geysers. Le bateau filait sur la rivière tandis que les membres de la brigade, incapables de faire autre chose que de regarder, impuissants, leur père se battre, suivaient le bateau sur leurs chevaux au trot léger, en descendant les méandres de la rivière. La Première Terreur enfonça son genou dans le ventre de Jun, lui arrachant un cri si douloureux que même la tortue grimaça, et d'un revers de la main impitoyable, presque comme s'il disciplinait un enfant gâté, il gifla Jun à la tête. Le masque de bois se détacha et tomba sur le plancher du bateau.

Jun se leva lentement, baissant sa main de son visage. Les yeux de la Première Terreur s'écarquillèrent à la vue du jeune homme, qui portait le tatouage d'une aile de paon rouge sur son visage. La pointe de l'aile se terminait juste au coin de son œil gauche.

« Mon fils », dit-il. Sa voix s'est étranglée. « Mon fils. »

Ses mots se turent quand Keema, depuis son flanc, a balancé sa hache.

Puis une fleur de sang.

Ses pétales se sont éparpillés.

La tête de la Terreur roula entre les pieds de Jun, les yeux toujours fixés sur lui. Keema, à bout de souffle, lâcha la hachette. Elle s'échoua sur le bois, à côté du corps affalé contre l'un des bancs, son cou tranché crachant du rouge.

Keema regarda Jun, désormais sans masque, et, au terme d'un mystérieux raisonnement, l'ancien Paon ramassa la tête de son père et la brandit en l'air pour que toute la brigade puisse la voir. Et le long de la côte, les cavaliers ralentirent jusqu'à l'arrêt alors qu'ils contemplaient leur frère perdu, qui tenait maintenant la tête décapitée de leur père dans ses mains. *Nous n'y avons pas cru. Nous ne pouvions pas le croire.* Les fils pleuraient sans retenue tandis que le bateau descendait la rivière, propulsé par la bénédiction de l'Impératrice.

« J'ai perdu », murmura la tête de la Première Terreur, abasourdi par la première bataille perdue de sa vie. Il aurait le temps de ruminer un tel échec, en privé, une fois que Jun aurait ouvert un pot de riz vide et y aurait placé la tête assommée, la refermant avec le couvercle, incapable de supporter sa vue. Quant au corps, ils le soulevèrent ensemble par les bras et les jambes et laissèrent le cadavre tomber dans l'eau, où il nourrirait les nombreux poissons affamés qui vivaient parmi les herbes tordues.

« Il y a du sang sur mon bec », marmonna la tortue.

Ils ne voyaient plus la brigade. Il n'y avait plus devant eux que le réseau de rivières nommé, à juste titre, les Mille. Jun remit son masque en place avant de pouvoir à nouveau faire face à Keema. Et la journée se termina ainsi, les deux guerriers se regardant encore une fois d'un air méfiant, tandis que quelque part, dans l'espace sombre entre ce monde et la Mer du Sommeil, Elle pleurait, à la fois de chagrin et de joie, la fin de Son fils, la Première des Terreurs.

LE DEUXIÈME JOUR

où nous offrons
nos plus belles prises

Le père quitte la scène.

C'était soudain, ces choses-là le sont toujours, même si tu savais que ça allait arriver. Depuis que ta *lola* était morte, il n'était plus le même. Il souriait rarement. Il passait la plupart de ses journées non pas au travail mais à la maison, à écouter la radio. À écouter la propagande pour l'effort de guerre, qui peut aider et comment. Au dîner, il parlait rarement de sa vie de négociant. Il parlait plutôt du front. Il parlait de la gloire. Il parlait de faire partie de quelque chose de plus grand que lui.

Et c'est ainsi qu'il est devenu une partie de quelque chose de plus grand que lui. Il a rejoint la guerre. Il est parti la nuit, sans rien dire à personne ; une lâche fuite dont tu n'as été témoin que par hasard, éveillé comme tu l'étais près de la fenêtre, regardant un des chats du quartier sauter sur les balcons. C'est à ce moment-là que tu as vu ton père, s'éloignant de la maison, avec un sac préparé pour son voyage sans retour. Il s'est arrêté au milieu de la route et s'est retourné pour regarder votre maison, en souvenir ou en signe d'adieu, et vous avez établi un contact visuel. Il n'a exprimé aucune émotion, aucune que tu puisses voir en tout cas, mais il a ouvert la bouche, pour dire quoi, peut-être lui-même ne le savait-il pas, car il l'a simplement refermée, sans dire un mot. Et puis il est parti, englouti par les ombres de la ruelle, et le bruit de ses pas lourds sur le pavé est le dernier souvenir que tu gardes de lui ; il te semblait alors, et même maintenant, que ce n'était qu'un rêve. Ton père est parti d'un seul mouvement volontaire, et tu as entendu un petit coup sec, quelque part en toi, qui était le son de ta vie détachée de cette terre.

Les pères partent de toutes sortes de façons. Certains partent dans l'obscurité. Certains ne partent que dans leur tête, tandis que leur corps reste, posant un regard lointain sur le monde autour d'eux. D'autres s'effacent avec le temps, comme une vieille photo qui s'estompe.

Ils sont nombreux à avoir disparu en un instant.

S'il y a quelque chose que tu comprends des Paons rouges, que tu comprends vraiment, c'est la qualité de leur silence dans les moments qui ont suivi la décapitation de leur père. Tu comprends ce que cela signifie de passer d'un moment à un autre et que le monde, en une transition rapide, prenne une nouvelle couleur, bleue, et ne pèse plus le moindre sans poids.

Oui, tu connais ce silence.

Les fils de la Première Terreur se tenaient au bord de l'eau, incapables de comprendre l'image de leur frère tenant la tête de leur père. Ils regardèrent stupidement le corps jeté par-dessus bord, s'enfonçant comme une pierre dans l'eau sombre. L'homme auquel ils étaient totalement dévoués s'en allait, les eaux troubles s'aplanissaient, le monde désormais vaste et nauséabond. L'un des Paons s'est retourné et a vomi. D'autres se sont mis à trembler. Le plus âgé d'entre eux a commencé à se déshabiller, se préparant à plonger dans l'eau pour récupérer le corps. *Je ne voulais pas qu'il se fasse becqueter par les poissons.* Mais aucun d'eux n'a dit quoi que ce soit, tout comme tu n'avais rien dit quand ton propre père était parti, car il y a des moments dans cette vie qui d'eux-mêmes parlent clairement.

Sur le bateau, qui glissait dans le labyrinthe indéchiffrable qu'étaient les Mille Fleuves, l'Impératrice, témoin du démembrement du deuxième de Ses enfants en autant de jours, ne dit rien non plus, Ses tempêtes maintenues dans un lointain royaume intérieur.

La Première Terreur, qui pour Elle serait toujours le bébé nommé Saam, était à bien des égards un étranger pour Elle. Après les avoir mis au monde, lui et ses frères, avec la promesse de l'Empereur qu'Elle serait libérée une fois qu'Elle l'aurait fait, Elle ne connaissait ses fils que comme de vagues présences de chaleur et de vie de l'autre côté de la Porte des Loups. Une fois, quand il était petit, à l'âge de six ans, Saam s'était faufilé hors de sa chambre, la nuit, et s'était aventuré dans la caverne afin de La voir. Même à cette époque, il était assez puissant pour se débarrasser du garde chargé de protéger Sa porte, l'embrochant avec une lance d'eau avant de s'approcher et de poser sa main sur le museau de l'un des nombreux loups dorés, et Elle grimaça, du fond de son cœur, lorsqu'il lui demanda si Elle était là, et si Elle l'aimait. Il s'endormit recroquevillé contre la porte, et le lendemain, il fut découvert par son père, et emmené pour être puni – une punition assez sévère pour qu'il ne tente plus jamais de redescendre.

C'est à cela que pensait l'Impératrice, alors que les oiseaux de rivière qui passaient baissaient la tête et que les poissons s'écartaient de leur proue.

Quant à Keema et Jun, les révélations de cette nuit étaient pour eux encore aussi acides que des citrons fraîchement épluchés.

Les mots n'auraient pu rendre justice à ce moment.

Alors, ils se sont battus.

La vieille femme à la proue du bateau ne fit cette fois aucun effort pour les arrêter. *Au bout du compte, c'étaient de petits garçons. Leur querelle stupide faisait tanguer le bateau, mais ils ne voulaient pas m'écouter, et je n'avais pas assez de force en moi pour les arrêter avec une grande éruption ; j'étais encore en train de me remettre du déplacement de cette fichue tortue, et de la destruction de ces bateaux. Alors je les ai laissés profiter du moment.*

Dans l'obscurité impénétrable, Keema et Jun, presque aveugles, se battaient de manière désespérée, plus vicieusement que le matin précédent. Les coups venaient de nulle part alors qu'ils se bousculaient aveuglément autour de la tortue. Elle ne semblait ni remarquer ni se soucier de Jun lorsque Keema lui a écrasé la tête sur sa carapace. Elle ne leur a pas non plus prêté attention lorsque Jun a rebondi et a plaqué Keema entre les bancs en bois du bateau, son visage maintenant sans masque enfoncé dans le cou de Keema, son souffle chaud sur la peau de Keema alors qu'il frappait les côtes de l'homme de Daware, comme s'il cherchait à creuser un trou dans le corps de son adversaire ; pendant ce temps, Keema s'est agrippé au filet de pêche enroulé derrière sa tête et a secoué la toile pour la détacher, puis a enveloppé la tête de Jun dans le filet, emprisonnant son visage, mais Jun a mordu à travers.

Si, à cet instant, on arrêtait ces jeunes hommes et qu'on leur demandait pourquoi ils s'affrontaient avec une telle violence, ils auraient du mal à donner une réponse. Peut-être, après n'avoir rien trouvé, Jun dirait-il que c'était son devoir familial de protéger l'honneur de son père, que l'étiquette exigeait qu'il combatte le jeune homme qui l'avait abattu. Keema, s'il s'efforçait de répondre, pourrait finalement prétendre qu'en découvrant la véritable identité de Jun, celle d'un Paon rouge, d'un dangereux officier, il n'avait d'autre choix que de faire un effort symbolique pour l'abattre. Mais la vérité, c'est qu'ils se sont battus parce que Jun était en deuil et que Keema était terrifié, parce que Jun était exalté et que Keema était joyeux, parce que Jun était épuisé et que Keema était dégoûté.

Ils se sont battus parce que c'était la langue la plus facile à parler.

Mais même les jeunes taureaux ont des limites à leurs énergies terrestres, et bientôt leur souffle faiblit et ils se retrouvèrent debout au milieu de l'embarcation, la tête posée sur l'épaule de l'autre, se donnant sans enthousiasme des coups dans le ventre, pendant que le bateau continuait son doux voyage dans le courant de la rivière. Alors qu'ils reprenaient leur souffle, les sons de la nuit redevenaient audibles autour d'eux. Une famille de crapauds s'élança des hautes herbes, un oiseau des marais dressa le cou et émit un gazouillis lugubre. Puis, sans prévenir, Jun a posé sa paume contre la poitrine de Keema. La main du Paon est restée là un instant de plus que ce à quoi Keema s'attendait, emprisonnant sous ses doigts les battements de son cœur, avant qu'il le repousse, et que Keema, les yeux écarquillés, trébuche en arrière sur l'un des bancs, tombe sur les fesses et, contre toute attente, éclate de rire.

J'ai demandé aux enfants s'ils avaient fini.

Ses paroles eurent pour effet de faire disparaître les dernières bribes d'humeur belliqueuse de leurs cœurs. Jun tendit la main, Keema se leva de lui-même, et ensemble ils allumèrent la lanterne à l'avant du bateau, mettant le feu à la bougie avec quelques pierres à étincelles qu'ils trouvèrent dans une petite sacoche sous l'une des planches du banc. La lanterne éclaira la rivière sombre et l'allée de hautes herbes, et leur permit de faire l'inventaire de leurs réserves : en plus de la nourriture et de l'eau du chariot, il y avait un pot de terre rempli d'appâts morts, un filet enroulé, et un crochet de rechange pour la perche attachée au côté du bateau. Jun vérifia l'état de santé de l'embarcation, testant les liens des flotteurs avec son pied, rebondissant quelques fois. Lorsque le flotteur de gauche s'est heurté à un brusque méandre de la rivière, il a saisi la perche, s'apprêtant à éloigner le bateau de la terre, mais il a été devancé par l'Impératrice qui, d'une simple pensée, a remis le bateau sur sa trajectoire. *Je leur ai dit que je tiendrais le gouvernail pour la nuit. Jun a tenté de protester, mais je ne lui ai pas permis d'argumenter. Ils n'étaient pas en état de m'emmener sur la côte est en vie. J'avais besoin qu'ils soient reposés, et non abrutis par l'épuisement.*

Jun n'eut d'autre choix que de céder ; il arrima la perche au rebord extérieur du bateau, avant de s'asseoir en face de Keema sur les bancs.

La lanterne du bateau, dont l'encens éloignait les insectes les plus irritants qui pullulaient cette nuit-là, était l'objet le plus brillant des Mille. Pour les oiseaux prédateurs qui passaient au-dessus d'eux, elle ressemblait à un poignard orange fendant un drap de tissu Induun noir transparent.

La lumière était juste suffisante pour voir le visage de l'autre.

Sous cette lueur délicate, Keema a vu le visage de Jun pour la première fois depuis le début de leur voyage. C'était un visage inattendu. Non pas à cause du tatouage de Paon ; Keema avait déjà soupçonné son identité avant cette nuit, sinon franchement, du moins indirectement, comme une démangeaison sans nom ni localisation, jusqu'à ce qu'elle soit soudainement révélée. L'inattendu venait plutôt de la délicatesse de ses traits. Le petit nez légèrement retroussé. Le menton effilé. Les yeux qui lui rappelaient la porcelaine brisée. Cette délicatesse était compensée par certaines cicatrices, comme celle qui fendait la partie droite de sa lèvre inférieure, et celle en forme de crochet sur son sourcil gauche. Une cicatrice plus discrète descendait le long de son cou. Il manquait le lobe de son oreille droite. Un corps qui avait vu la bataille. Keema avait du mal à détourner le regard. Sa bouche était sèche. C'était étrange pour lui. Il s'est alors rendu compte que le sang du père de cette personne séchait encore sur sa main. Il plongea la main dans l'eau noire de la rivière et se lava le visage, puis s'aspergea la nuque. Quand il eut terminé, il fut déçu de voir que Jun avait remis son masque.

« Pourquoi le portes-tu ? »

La voix étouffée de Jun répondit : « Un Paon dans tout son faste est puissant, mais un Paon seul sera mis en pièces par ceux qu'il chassait autrefois. » Il citait quelqu'un, et bien qu'il n'ait pas dit à Keema qui, celui-ci devinait que c'étaient les mots de son père. « Notre voyage serait bien plus difficile si tous ceux que nous rencontrons savent que j'ai fait partie de leurs cauchemars. » Keema pensait que c'était un bon argument. Jun ajouta, un peu plus doucement : « Et cela mis à part, je ne porte plus ce tatouage avec fierté. » Il fit une pause. « Je préférerais qu'on ne le voie plus jamais.

— Tu vas porter ce masque pour le reste de ta vie, alors ? »

Jun a détourné le regard.

« Si je le dois. »

Ils se préparèrent à se coucher. Keema se blottit entre les banquettes du bateau, enroulant le filet de pêche pour en faire un oreiller de fortune.

Il a écouté la nuit. La brise qui traversait l'allée d'herbes hautes. Le clapotis de l'eau sur le vieux bois presque pourri alors que le bateau était tiré vers l'aval par Sa main invisible. Les faibles bruits des crapauds sautant des nénuphars. Et il s'est rendu compte qu'il n'était pas prêt à dormir. Pas encore.

Il s'est retourné et a regardé à travers les interstices du banc Jun, qui était allongé à l'extrémité du bateau. « Quand l'as-tu eu ? Ce tatouage ? »

Il doutait d'obtenir une réponse. Pas cette nuit-là, en tout cas. Mais il a entendu Jun changer de position.

« J'avais neuf ans. »

Revenus sur la berge, les Paons rouges se sont rassemblés au bord de la rivière sombre, à genoux, en signe de supplication. Les guerriers étaient silencieux, pénitents, tandis que l'aîné d'entre eux plongeait dans les profondeurs saumâtres de la rivière à la recherche du corps de leur père.

« On reçoit sa première plume après avoir tué pour la première fois. Il en a été ainsi pour tous mes… frères, et il en fut de même pour moi. La première plume te permet de gagner ton cheval et ton épée. »

Certains des Paons espéraient encore que c'était un tour de passe-passe. Que leur père était entier. Que la représentation n'était qu'une représentation, et que l'acteur se cachait dans les coulisses. Qu'il les attendait au fond de l'eau avec un sourire amusé, une boutade toute prête.

« Il fait lui-même le tatouage. Il n'y a que lui et toi dans la pièce, et il te regarde comme si tu étais le plus fort guerrier qu'il ait jamais connu, et tu le crois. Tu te sens en sécurité avant qu'il plante l'aiguille dans ta peau. Il rend la douleur… agréable. »

Trente-trois fils debout près de leurs chevaux, à la lumière des torches des quais, se sont souvenus ; des petits garçons qui ne savaient pas quoi faire en regardant les bulles briser la surface de la rivière placide tandis que les mains de leur frère aîné fouillaient le lit de la rivière, les rochers et la vase ; ses doigts glissaient entre les algues flottantes et de grosses bulles d'air quittaient ses narines et le creux de ses yeux ouverts, jusqu'à ce que, dans la zone la plus épaisse d'algues, sa main se referme sur une cheville froide.

« Le jour du tatouage a été le plus beau de ma vie. Quand les gens le voyaient, ils savaient qu'il ne fallait pas m'emmerder et j'aimais ça. Ils savaient qui était mon père. »

La surface de la rivière a éclaté. Le corps gorgé d'eau a été remonté comme un vieux trésor englouti. Les trente-trois fils sont tombés à genoux devant le cadavre de leur père.

« Ils savaient que je ferais tout ce qui est en mon pouvoir pour servir sa volonté. »

C'est alors qu'au loin, dans l'obscurité, Keema et Jun ont entendu le cri collectif des Paons. Jun a levé la tête en l'entendant, puis s'est ravisé et l'a baissée. « Comme j'ai été stupide de croire à tout cela. »

À travers les interstices des bancs, Keema voyait le bas du dos de Jun.

« Qui était la première personne que tu as tuée ? » demanda-t-il.

Il n'attendait pas de réponse à cette question et ne fut pas découragé lorsque Jun, après un moment de silence, dit :

« Une autre fois, peut-être. »

« Pourquoi pas maintenant ? » dit une voix.

Pendant un moment, Keema n'était pas sûr de ne pas s'être endormi par accident, de ne pas avoir rêvé la voix étouffée qui provenait du pot de riz à côté de la tortue, jusqu'à ce qu'il entende Jun dire, d'une voix froide et presque craintive : « Ne lui réponds pas.

— C'était un garçon, pas beaucoup plus âgé que lui, a poursuivi la voix dans le bocal. Un voleur qui avait empoché la bague d'un petit seigneur. Te souviens-tu, Jun, comment je t'ai donné mon couteau préféré ? Comment je t'ai montré où glisser la lame sur le corps du garçon pour que sa mort soit la plus rapide possible ? Te souviens-tu comment leur enfant est tombé à genoux et t'a supplié d'avoir pitié ? Il t'a appelé "Monseigneur". "S'il vous plaît, monseigneur", disait-il, comme une prière. L'idiot n'avait aucune idée de ce qu'était la miséricorde. Il s'est tortillé, n'est-ce pas ? Il s'est même défendu un peu, il a reçu quelques bons coups aussi. J'ai empêché quiconque d'intervenir. Je voulais que tu le mérites. Et tu l'as fait. Tu l'as plaqué au sol et tu l'as frappé avec un couteau, plusieurs fois, jusqu'à ce qu'il… »

Assez, ai-je dit.

Son Chuchotement Royal coupa court à ce sinistre récit, et la tête dans le bocal, obéissant à la voix de sa mère, ne dit plus un mot sur le meurtre de Jun, car même dans cet état, même vaincu, il ne pouvait s'empêcher de L'écouter. Il n'avait plus qu'une seule chose à dire, et il la dit rapidement, à voix basse, comme pour glisser un mot dans l'entrebâillement d'une porte qui se ferme.

« Je ne sais pas ce que tu crois faire ici, Jun, ni ce que tu essaies de prouver, ni à qui. Mais ce que je sais, c'est que tu as mérité chacune de ces plumes sur ton visage. Tu es un Paon, jusqu'au bout des ongles. »

Après cela, il ne dit plus rien, et Keema, espérant que la nuit était terminée, se coucha une fois de plus sur le filet de pêche replié dans l'espoir de se reposer avant le matin. Son esprit était au bord du sommeil, lorsqu'il entendit, parmi le chœur des insectes nocturnes et le chant des oiseaux, un reniflement provenant de l'autre bout du bateau, et un murmure, la voix de Jun, comme une prière croassée, qui disait à la nuit, à personne : « Je suis désolé… Pardonne-moi… Je suis désolé. »

AUBE

Le Prince à la Voix de Miel a soupiré.

Long et profond était le soupir de Luubu Ossa, la Deuxième Terreur, et empli de satisfaction, car il avait appris que son père était mort, et la nouvelle, même après une journée, n'avait pas encore perdu sa saveur.

« Les invités arriveront dans deux tours de sablier, monseigneur, dit son serviteur. Comment aimeriez-vous employer votre temps d'ici là ? »

Il s'est appuyé au bastingage du bateau.

« Je pense que j'aimerais peindre », répondit-il doucement.

Il était assez tôt pour que la plupart des serviteurs à bord du *Cav-Meer* commencent seulement à se réveiller. Les femmes de ménage bâillaient en portant des seaux d'eau dans les chambres d'amis et le personnel de cuisine préparait le petit-déjeuner avec une diligence tranquille, les casseroles bouillonnant pendant que les couteaux coupaient les tiges et les racines avec la précision de ceux qui avaient consacré leur vie à ce métier. *Nous étions les meilleurs que le pays avait à offrir. Aucune dépense n'était trop somptueuse pour ce jour mémorable.*

Dans l'une des chambres d'hôtes, récemment réaménagée suivant les spécifications ingénieuses de la Deuxième Terreur, les fenêtres étaient striées de barreaux de fer et une série de petits trous avaient été creusés, par lesquels sifflait l'air saumâtre du Bassin. Une des femmes de ménage, nouvellement arrivée sur le navire, secouait la tête en époussetant les coins de la pièce. *Ça n'avait aucun sens, cette pièce, on pouvait entendre tout ce qui se passait dehors. Je me suis dit : quel noble voudrait rester dans un endroit pareil ?* En effet, la pièce était bruyante, pleine des cris des passeurs, du tintement des cloches des rotations des gardes, du clapotis de l'eau contre la coque du navire. Elle a demandé à une fille plus âgée à quoi servaient les trous, mais on l'a fait taire, gentiment mais fermement.

« Pas de questions, murmura la plus âgée en désignant les tuyaux le long du mur qui transportaient toutes sortes de sons. Travaille, c'est tout. »

Le chevalet et la peinture furent sortis et placés à son endroit préféré sur le pont, sous un large parasol. Luubu prit le pinceau de crin et se mit au travail ; son sujet n'était rien de moins que la lumière et l'ombre du Bassin du Ciel. C'était un bon peintre, formé par des tuteurs royaux ; il était à l'avant-garde de l'exploration des représentations réalistes de la profondeur. Son coup de pinceau capturait la façon dont la lumière de l'aube encerclait le bord du grand cratère et dégoulinait en longues nappes sur ses parois. Il a donné un sens à l'éclat coloré de la lumière qui se reflétait sur les vitraux des croisières de plaisance royales. Il a compris les géométries qui composaient les formes imposantes des péniches à appartements. Les audacieuses frappes multicolores des jonques de la famille Induun. La tache sombre de la flotte pénitentiaire impériale. Les bannières d'argent des veraschafts royaux. La fumée s'élevant en longues boucles des braseros nocturnes qui s'éteignaient. Les patrouilleurs du matin qui suivaient leurs itinéraires habituels en petites bandes, comme des volées d'oiseaux aquatiques, glissant entre leurs frères géants, sondant les eaux sombres à la recherche de marchandises de contrebande.

Son pinceau s'est soudainement arrêté, au milieu d'un balayage. Il a louché sur l'horizon. Il a fait signe à son assistant, et lui a marmonné à l'oreille.

« Entendu, monseigneur. »

Le préposé descendit au pont inférieur, au perchoir de la tortue, d'où il envoya un message à travers les eaux du Bassin au capitaine de la septième péniche à appartements de l'arc nord-ouest. Puis, sans poser de questions, le capitaine a déplacé la barge de quelques degrés à tribord, jusqu'à ce que, depuis le pont du *Cav-Meer*, Luubu hoche la tête, satisfait de son angle et de la façon dont la péniche se fondait avec les autres navires.

Il recommença à peindre. C'était une tâche épuisante. Il ne prêta qu'une faible attention au petit-déjeuner de fruits, de miel et de gâteaux de riz sucrés disposés à côté de lui sur des plateaux verticaux. Même les mouches adipeuses qui buvaient le sirop ne le dérangeaient pas, car il se concentrait sur le pinceau de crin et la toile. Ce n'est que lorsque son préposé l'informa de l'arrivée des Familles qu'il songea à s'arrêter. Il regarda par-dessus le bastingage et observa d'un air impérieux le cortège de bateaux venus accoster à côté du sien.

Ils étaient tous là, débarquant de leurs vaisseaux finement taillés, entourés de leur famille élargie et de leurs porteurs ; les seigneurs des Cinq Maisons, les Yinns, les Maadas et les

Panjet-Waags, et, devant eux tous, le plus puissant, et celui qu'il aimait le moins, si l'on en jugeait par la façon dont il serrait son pinceau dans son poing.

Induun.

Ce nom t'est familier. C'est un nom que tu as entendu sporadiquement tout au long de ta vie ; tu te rappelles en premier lieu les mois glacés qui ont suivi le départ soudain de ton père. C'est au cours de ces mois que tu as pris conscience de l'argent, et de sa rareté, lorsque ton oncle a convaincu ton frère aîné de lui donner accès aux coffres de la famille – pour aider, toujours pour aider – et a disparu quelques jours plus tard avec tout votre argent. Peu de temps après, l'employé de maison a disparu lui aussi, la poussière s'est accumulée sur les étagères, et ton petit frère a commencé à pleurnicher parce que c'était à toi désormais de l'habiller au petit matin. Ton frère aîné, honteux d'être tombé dans le piège de ton oncle, s'est occupé des comptes de la maison. Il a vendu sa précieuse moto, ainsi que de vieux héritages familiaux, afin que vous puissiez tous avoir quelque chose à manger cette semaine-là.

« Un vrai tissu Induun. » Tu te souviens que c'est ce qu'il a dit, dans le salon, alors qu'il essayait de convaincre un acheteur potentiel d'augmenter son prix – en utilisant à peu près le même langage que ton père, au plus fort de ses négociations. « Tissé sur un authentique métier de la Maison des Sœurs. Venez, touchez-le. Dites-moi que ça ne vaut pas la peine d'y mettre le prix.

— C'est aussi Induun que les paillassons bon marché de la rue des Colporteurs », a dit l'acheteur. On pouvait pratiquement l'entendre secouer la tête. « Je ne paierai pas plus de sept cent cinquante pour ça.

— Alors vous ne paierez rien du tout pour ça, a répondu ton frère avec férocité. Vous quitterez cette maison sans ce tapis inestimable, et vous n'en serez que plus pauvre. »

Un pari risqué – tu étais sûr qu'il ne serait pas payant – mais l'acheteur a fini par céder, car, même des centaines d'années plus tard, le nom d'Induun était toujours synonyme d'artisanat de qualité, et ton frère le savait.

Que ceci clarifie l'irritation de Luubu alors qu'il regardait la famille Induun monter à bord de son navire : il était la Deuxième Terreur, le maître du Bassin, tous les navires étaient à sa disposition, et pourtant, il était obligé de reconnaître qu'il partageait ce pouvoir. Il le partageait avec les Cinq Familles, mais surtout avec Induun, qui possédait et exploitait les énormes flottes textiles du Bassin, ainsi que les chalutiers qui draguaient les profondeurs aquatiques du cratère à la recherche des vers gélatineux qui produisaient ce fil de haute qualité que les tisserands de la flotte utilisaient pour créer leurs chefs-d'œuvre. Même les ouvriers étaient conscients de ces rapports de force. *C'est à la Deuxième Terreur que nous avons tendu les mains en signe d'adoration, mais c'est à Induun que nous avons tendu les mains afin de le servir.* Le pinceau de Luubu tapotait le bastingage tandis qu'il regardait les Familles embarquer sur le *Cav-Meer*. Il se demandait s'il pourrait s'en tirer en les empoisonnant tous aujourd'hui, d'un seul coup, pendant le petit-déjeuner. Il soupira, et se rappela qu'il devait être patient ; il avait déjà parcouru un si long chemin. Une fois que les choses seraient réglées, peut-être ; une fois que tout le monde saurait à quel point il était proche de les tenir tous en laisse.

Plus tard.

Tout d'abord, la représentation.

Sur le pont spacieux du *Cav-Meer*, Luubu informa la noblesse et les Familles que l'Empereur et la Première Terreur étaient retardés, et qu'ils jouiraient d'une célébration privée plus tard. « Le Soleil Souriant, dans Son infinie générosité, voudrait que nous profitions plutôt de la bonne compagnie et du merveilleux spectacle qui lui était destiné. » Sa voix sombre, révérencieuse, un masque bien rodé, bien que même lui eût été incapable de cacher sa peur, s'il avait su que son frère n'était plus en ce moment qu'un poulet sans tête.

Le petit-déjeuner était disposé dans des bols et sur des nattes devant les nombreux invités, accompagné de truites et de carpes fraîchement pêchées, cuites à la vapeur et le ventre ouvert, débordant de chair blanche et humide. Des garçons et des filles de service tenant des carafes d'alcool de riz et d'eau fraîche circulaient parmi les nombreux cousins, frères et sœurs, fontaines de nourriture et de boisson invisibles et inaudibles qui remplissaient les tasses et déambulaient parmi les nombreuses conversations tendues tenues ce jour-là. *Nous jouions tous le jeu maintenant, essayant de discerner qui savait quoi – si quelqu'un savait pourquoi les tortues du Palais restaient muettes.* La noblesse du Vieux Pays était effrayée, mais elle maintenait ses façades de bienséance et de gaieté, cachant ses rougissements feints et ne riant pas trop fort aux plaisanteries grivoises. Luubu, qui n'avait pas beaucoup d'appétit ces derniers temps, était tranquillement assis sur son trône de coussins, où on lui servait une simple *tajeline* ; il tournait sa cuillère de porcelaine autour de l'intérieur crémeux sans lui prêter attention, tandis que les membres importants des différentes familles s'approchaient de lui, un par un, afin de lui présenter leurs respects.

« Seigneur Djove Induun, de la flotte textile », annonça l'intendant.

Le chef de famille *de facto* s'est approché le premier, comme le dictait l'étiquette de la cour. Cet homme de petite taille, sans prétention, était vêtu d'une tenue simple ce jour-là, presque au mépris du fait que ses ouvriers créaient les plus beaux tissus du pays. Luubu ne l'aimait pas à cause de cette fausse modestie, il n'aimait pas non plus son expression, qui donnait toujours l'impression qu'il venait tout juste de surmonter une amère déception, et il n'aimait pas sa femme, qu'il trouvait laide, avec trop de dents. Ni sa pupille, cette grande fille disgracieuse qui lui servait de garde du corps.

« Bienvenue à bord du *Cav-Meer*, monseigneur, dit Luubu avec un sourire forcé. Comment se porte le commerce du textile ces jours-ci ?

— Quoi ? » répondit le seigneur Induun d'un ton bourru en plaçant une de ses mains en cornet autour de son oreille.

L'homme était un peu sourd depuis l'enfance, après qu'il s'était pratiquement noyé dans la rivière Sereven – *personne n'aimait en parler, mais je sais que c'est sa sœur qui a essayé de le tuer, je l'ai vu en faisant leur lessive, j'ai vu sa sœur pousser le petit garçon dans l'eau de la rivière.* Les sons du monde lui parvenaient depuis lors comme à travers un drap épais. Une histoire tragique avec des conséquences heureuses, car cette blessure l'avait rendu insensible à la Voix de Luubu – et Luubu, qui comptait tellement sur le fait de plier les autres à sa volonté par une simple inflexion, avait dû recourir à des tactiques plus traditionnelles pour arriver à ses fins avec lui.

« J'ai dit, comment se porte le commerce du textile ?

— Convenablement, mon prince, fut la réponse agacée. Une pause s'imposait, je vous remercie de m'avoir invité à cette petite fête que vous avez organisée ici. »

Le mot « petite » atteignit sa cible. Le préposé qui tenait la *tajeline* grimaça.

« N'y pensez pas », dit Luubu, après un moment.

Mais Induun ne s'intéressait pas aux sentiments blessés du prince. « J'espérais pouvoir parler à votre père, dit-il. Il a dû être retardé par les derniers baux à signer entre ma Maison et le Trône. C'est dommage qu'il n'ait pas pu venir.

— Son Soleil Souriant vit au rythme d'un emploi du temps contraignant.

— On pourrait se risquer à le croire, à en juger par Son manque d'assiduité aux événements que vous organisez. » L'homme a offert un de ses rares sourires. « Un emploi du temps contraignant, effectivement.

— Allons, monseigneur, il n'est pas nécessaire de sortir les armes. Pas aujourd'hui en tout cas. Nous sommes ici pour célébrer Son Soleil Souriant, n'est-ce pas ?

— Une bien étrange célébration, quand l'invité d'honneur n'est pas présent.

— Comme je l'ai dit, il a été retardé. Je sais que vous le verrez avant la fin de la semaine.

— Vous vous êtes toujours vanté de savoir. Mais aujourd'hui, je ne peux pas m'empêcher de me demander si vous en savez autant que vous le croyez. »

Son sourire, mystérieux et peu amène, a troublé Luubu, et dans un moment de faiblesse, il a infléchi sa Voix.

« Va baiser ton frère jusqu'à ce qu'il en crève. »

L'éventail qui rafraîchissait le trône de Luubu se figea, et les assistants à portée de voix regardèrent, horrifiés, les yeux du seigneur Induun s'agrandir. Sa main, tremblante, s'approcha de son visage, tandis que Luubu se penchait vers l'avant, un sourire affamé au visage, se demandant s'il avait vraiment réussi, s'il avait percé ce voile, pour finalement ne voir que la main d'Induun se placer une fois de plus en cornet autour de son oreille.

« Excusez-moi, je n'ai pas bien compris. »

Luubu s'est appuyé sur ses oreillers. Il a agité sa main comme s'il chassait une mouche. « J'ai dit de faire venir le suivant. »

« Seigneur Erso Maada, des Pêcheries. »

Convaincu maintenant que le seigneur des textiles préparait quelque chose, Luubu décida de découvrir ce qu'il pouvait auprès des quatre autres seigneurs ; il commença par le seigneur Maada des Pêcheries, un homme taillé comme un bœuf, connu pour son caractère emporté et son penchant à faire sortir les portes de leurs gonds, car s'il était fort de corps, il ne l'était pas d'esprit. Il a succombé sans trop d'effort à l'emprise de la Voix de Luubu, et lorsqu'il lui a demandé : « Le seigneur Induun complote-t-il contre moi ? », l'homme, célèbre pour avoir résisté à un millier d'assauts lors de la bataille du pont de Jongo, s'est effondré en disant : « Vos soupçons sont exacts. Le seigneur Induun complote contre vous. » Mais lorsque Luubu lui demanda de quelle manière ce complot allait se dérouler, le grand homme fronça les sourcils, comme s'il se battait avec lui-même, et secoua la tête. « Je ne sais pas. Nous sommes convenus qu'il serait préférable que lui seul connaisse les détails de la trahison.

— Nous ?

— Il… m'a approché pour rejoindre sa cause. Je ne me suis pas encore engagé. Mais même si je l'avais fait, il ne m'aurait rien dit.

— Parce qu'il résiste à mon influence, et pas vous.

— Oui, mon prince. »

Luubu a compris. « Il veut me tuer.

— Oui, mon prince.

— Et je suppose que tous les chefs de famille sont d'accord sur ce point. Toi, Yinn et les Panjet-Waags. »

La sueur coulait sur le visage du bœuf.

« Oui, mon prince. »

Il accueillit cette nouvelle dans un silence sinistre et ordonna au seigneur Maada d'oublier cette conversation.

C'est ce que fit Maada ; les mots que le prince et lui avaient échangés se tortillèrent et moururent dans les vignes de son esprit et, avant même qu'il ait atteint le coussin de son siège, il avait oublié qu'il venait de trahir la confiance de ses compagnons.

« Seigneur Albra Yinn, des Terrasses. »

Il confirma ce qu'il avait appris auprès de ce foie jaune de seigneur Yinn, qui n'aurait même pas eu besoin de la soumission à la Voix de Luubu pour livrer tous ses secrets, même si peu d'entre eux lui auraient été utiles. Pour son propre divertissement, il dit à Yinn : « **Caresse ton téton** », ce que le seigneur du riz fit avec abandon tout en parlant. « Induun s'est adressé à chacun d'entre nous après avoir appris que l'Empereur prévoyait de quitter le pays. Il nous a dit qu'il s'occuperait de tout. Que si nous suivions ses ordres, alors, à la fin de Son Saint Pèlerinage, les Familles contrôleraient le pays.

— Que savez-vous de l'agitation qui règne au Palais ?

— Juste une rumeur, répondit le seigneur, tandis que son doigt attaquait son mamelon sous sa robe. Une attaque. Dans les profondeurs du Palais.

— L'un d'entre vous sait-il que l'Empereur est mort ? »
Le seigneur Yinn a hoché la tête en gémissant.
« Nous le savons tous. »

« Dame Suso Panjet, des Plantations de Thé,
et le seigneur Kasma Waag, des Carrières. »

Le seigneur Waag, déjà éméché par l'alcool de riz, n'avait pas grand-chose à offrir à Luubu, si ce n'est le fait qu'Induun préparait son coup depuis de nombreux mois, mais sa femme, dame Panjet, avait quelque chose de plus substantiel à ajouter. Elle gloussa derrière sa manche comme si elle n'était qu'une jeune fille rougissante de plusieurs années sa cadette, et déclara, avec modestie, que son monde était petit, décidément, car elle ne se préoccupait que de la croissance de ses précieuses feuilles. « Je n'ai pas le temps de faire de la politique. Il me semble préférable de laisser ces questions au seigneur Induun. »

Luubu soupira. « Vous ne savez donc rien du plan d'Induun pour m'assassiner. »

Sa voix a trébuché. « Ce n'est pas tout à fait exact. »

Il daigna enfin la regarder. « Que savez-vous ?

— Je sais que ça va se passer aujourd'hui. »

Il a failli recracher son verre.

« Aujourd'hui ?

— Une supposition de ma part. Induun, sagement, ne m'a pas confié tous les détails de cette affaire, comme ça, maintenant, je ne peux pas vous révéler tous ces détails, n'est-ce pas ? Peu importent vos efforts pour me tirer les vers du nez. » Elle semblait répugner à ajouter cette dernière remarque.

« Alors qu'est-ce qui vous fait croire que mon assassinat aura lieu aujourd'hui ?

— La publication de l'horaire de Son Saint Pèlerinage. Je savais depuis un certain temps que le deuxième jour, nous serions réunis sur le *Cav-Meer* pour les célébrations de la journée. Nous tous, seigneurs et dames. Et vous. Cela me semble être le meilleur moment pour frapper. »

Quelque chose clochait dans cette description, un illogisme. « Mais jusqu'à récemment, dit-il, les sourcils froncés, vous avez supposé que l'Empereur serait présent. Aviez-vous l'intention de le supprimer, Lui aussi ? Me tuer moi, je peux presque le comprendre, mais tuer mon père en même temps… Vous auriez été massacrés. »

Cette simple pensée donna des sueurs froides à dame Panjet. « Encore une fois, je ne connais pas les plans d'Induun. Mais, pour moi, il était clair dès le départ – et pour Induun également, je suppose – que l'Empereur ne serait pas là. »

Luubu plissa les yeux. « Pourquoi était-ce si clair pour vous ? »

Elle l'a regardé, avec des yeux pleins d'innocence. « Parce que Son Soleil Souriant ne vient jamais à vos fêtes. »

Une cloche a sonné.

L'heure était venue. La noblesse prit place sous la rangée de parasols tandis que de l'autre côté du pont, les danseurs se préparaient derrière le paravent. *Nous nous sommes pris la main, nous avons senti la peur de l'autre. Nous avons fait comme si c'était un jeu, comme nous le faisions sous le* kolba, *avec Haas et Djina, un spectacle comme un autre.* Deux femmes et un homme, tous trois habillés d'identiques robes fines et chatoyantes, sortirent l'un après l'autre de derrière le paravent, tandis que Luubu bouillonnait sur ses oreillers, toujours meurtri par le coup désinvolte asséné par dame Panjet – même lui dire « **chie-toi dessus** » ne l'avait guère réconforté, aussi drôle qu'il ait pu trouver son dandinement lorsqu'elle quitta sa compagnie. L'air renfrogné, il n'accorda d'abord qu'une attention superficielle aux artistes, mais ils étaient si habiles qu'il ne put s'empêcher de se laisser entraîner par leur danse. *Le prince souriait. Nous nous débrouillions bien !* Chaque mouvement s'enchaînait avec grâce, rappelant l'image d'une carpe sautant d'un plan d'eau à un autre. Qui était la carpe et qui était l'eau, cela changeait tout au long de la danse. Parfois c'était l'homme qui sautait dans l'eau, parfois il était l'eau, parfois les femmes étaient le soleil et parfois elles étaient les courants qui faisaient obstacle à la course de la carpe. *Plus on avançait, plus nos craintes disparaissaient, car nous faisions ce que nous aimions le plus au monde.* La danse se termina par une explosion violente et triomphante qui fit se lever la noblesse, Luubu applaudissant, ce qui a fait rayonner les artistes de plaisir. Il se leva et vint à leur rencontre sur cette scène improvisée, tandis qu'un serviteur le suivait en portant un parapluie de papier.

« Une danse digne du jour du Pêcheur en cette Semaine Sainte, a-t-il dit. Vous pouvez tous les trois être fiers de vous. »

Nous nous sommes inclinés et nous lui avons dit que nous étions très fiers.

« Oui, a-t-il ajouté. Je suis sûr que l'Empereur sera impatient de le voir Lui-même un jour, quand je Lui en parlerai. »

Il avait entendu dire qu'ils avaient dû arracher les dents de son père de la paroi de la caverne de la Porte des Loups. Le plaisir qu'il en tirait lui remontait le moral.

« Un trio de danseurs », dit-il aux trois beaux jeunes gens devant lui. « Tout à fait. En vous regardant maintenant, je ne peux m'empêcher de penser que vos parents doivent être des dieux et des déesses. Je vous en prie, allez-y, vous pouvez parler. »

L'une des femmes s'est inclinée. « À nos yeux, monseigneur, ils l'étaient, mais nous vous remercions de le dire. C'est d'une générosité sans limites. »

Il n'écoutait pas. « Bien que vous ne soyez pas tous sortis en même temps. L'un de vous est l'aîné, l'autre le plus jeune. L'autre est le… milieu. »

C'était une observation étrange, et cela les fit rire nerveusement, eux et la foule, bien que ce ne soit pas une blague. Ils lui répondirent que oui, elle était née la première, l'autre fille la deuxième, et le garçon le troisième ; il était le plus « jeune » des trois. « Mais seulement pendant de brefs instants. Nous ne reconnaissons pas de telles distinctions. » Ils se sont regardés avec une affection réfléchie. « Nous sommes unis par la cause.

— Sauf quand il s'agit de décider qui fera la lessive », hasarda l'homme.

La noblesse rit de manière appropriée.

« Je me demande… », a dit Luubu. Sa voix s'est perdue dans le clapotis des eaux. Un oiseau a poussé un cri dans le ciel, son ombre a traversé le pont. « Je suis envieux, je suppose. J'ai toujours eu du mal à nouer des relations avec mes propres frères. Et même avec mes parents. » Le public s'est tortillé sur ses sièges, les danseurs ont détourné leur regard vers le sol poli du pont. C'était comme s'il s'était déshabillé devant eux. Personne ne savait que faire de cet aveu soudain de la part d'un prince royal. « En étant au milieu, poursuivit-il, insensible au changement d'humeur de ses invités, il est facile de se faire oublier, n'est-ce pas ? Oublier. Ce n'est jamais intentionnel, je le comprends. C'est juste la façon dont l'œil et l'esprit fonctionnent. Nous regardons le début » – il a fait un geste vers l'aîné des triplés – « et la fin » – le plus jeune d'entre eux – « mais jamais le milieu », a-t-il terminé, ses yeux se posant sur ceux de la seconde fille, *et j'ai dû m'empêcher de faire un pas en arrière, de reculer devant ce regard d'argent.*

« Pourrais-tu danser pour moi de nouveau ? » a-t-il demandé.

Les triplés se sont regardés, *en nous demandant ce que nous avions fait de mal, car nous étions certains de ne pas avoir commis une seule erreur au cours de notre performance.*

« Ce serait avec plaisir, a dit l'aîné.

— Mais juste elle, a-t-il ajouté en regardant l'enfant du milieu. Aujourd'hui, nous donnons la parole à l'invisible et au passé. Aujourd'hui, nous célébrons l'ombre. »

Il fit signe aux musiciens de reprendre et à la danseuse de rejoindre sa place. Il regagna ensuite ses coussins, mais ne s'y vautra pas ; il ne toucha pas à son bol de fruits ; il resta assis, attentif, alors que « l'enfant du milieu » émergeait de derrière le paravent, seule à présent. S'il y avait des doutes quant à ses talents en fonction de l'heure à laquelle elle était née par rapport à ses frère et sœur, ces doutes ont été rapidement effacés, car elle a en quelque sorte assumé les trois rôles, passant habilement de l'un à l'autre de sorte qu'il n'y ait jamais de confusion dans le récit, aucune grâce perdue dans la conversion de trois à un. *Nous étions si fiers d'elle ce jour-là.* S'il y a eu des erreurs, des faux pas ou des maladresses, ils étaient inévitables ; des accrocs que n'importe qui rencontrerait en jouant en solo un ensemble de mouvements aussi compliqué, les défauts étant facilement éclipsés par son immense talent. Les applaudissements ont été nourris. Même ses frère et sœur ont été captivés par le spectacle et ont applaudi avec le reste de la foule, personne n'applaudissant plus fort que Luubu lui-même, qui était au bord des larmes. « Brillant ! Brillant ! » La femme respirait profondément, rougissante et satisfaite de la réaction de la foule. « Encore ! » a crié Luubu avec enthousiasme. « Recommencez ! »

Cela a fait réfléchir la danseuse, qui essuyait sa sueur avec une serviette tendue par l'un des assistants. Elle se tourna vers ses frère et sœur, mais ils ne pouvaient rien faire pour elle. La noblesse, elle aussi, n'était pas ravie de devoir assister immédiatement au même spectacle, mais il suffisait à Luubu de se tenir devant eux et de leur dire : **« C'est exactement ce que vous voulez »** pour qu'ils acquiescent tous, jusqu'à croire que cette idée était la leur. Djove Induun, qui ne hochait pas la tête, observait calmement la scène, se penchant de temps en temps pour murmurer quelque chose à l'oreille de sa femme ou pour donner un ordre à sa pupille, mais son attention ne quittait jamais complètement la Deuxième Terreur, qui retourna à ses oreillers et, d'un geste, ordonna aux musiciens de reprendre. L'enfant du milieu retourna au paravent. La danse du pêcheur fut exécutée une troisième fois. Elle était encore meilleure que la précédente, maintenant que la danseuse avait une idée de ce que cela signifiait de se produire seule. Elle se plaqua contre le sol à la fin, sa peau luisant de sueur tandis que le soleil du matin montait toujours plus haut et apportait la chaleur de la journée. « Phénoménal ! s'est écrié Luubu, sautant sur ses pieds. Encore ! Encore ! » Il fit un geste en direction des nobles et dit : **« Vous voulez tous la revoir ! Faites-lui savoir à quel point ! »**

Les mots semblaient les transformer.

« S'il vous plaît ! Encore ! cria un lointain neveu du seigneur Yinn. Il faut que je le voie encore une fois ! » La noblesse était à genoux, suppliant la danseuse de revenir. *Ses mots nous avaient infectés. Nous aurions fait tout ce qu'il nous aurait dit de faire. Nous aurions aboyé comme des chiens.* Ils ont supplié et exigé, et donc, d'une voix vacillante, elle a dit : « Si cela vous fait plaisir à tous » et elle est retournée derrière le paravent, les jambes légèrement tremblantes. *Nous avons pris notre sœur dans nos bras, nous lui avons demandé comment nous pouvions l'aider, mais elle a secoué la tête. Elle a dit qu'elle pouvait le faire.*

La quatrième fois, il était clair qu'elle commençait à être fatiguée ; la danse était longue et difficile. Certains des arcs qu'elle dessinait avec ses mains, et les ondulations de son dos, étaient moins raffinés, asphyxiés par un épuisement croissant, sa bouche était desséchée par le soleil impitoyable qui inondait maintenant le Bassin du Ciel de sa lumière brûlante. *Je pouvais à peine respirer.* Ses frère et sœur, debout sur le côté, étaient tétanisés. « Encore. » Après la cinquième danse : « Encore », et après la sixième : « Encore », l'aînée s'approcha du trône de coussins, la tête baissée en signe de respect, et suggéra que sa sœur était peut-être un peu fatiguée, et que, si cela plaisait à son seigneur, elle pourrait revenir dans quelques jours, demain même, et danser pour lui en privé. « Mais demain n'est pas aujourd'hui, dit-il, comme si elle n'était qu'une adorable imbécile, et aujourd'hui je suis d'humeur à la voir danser. Je suis une créature imparfaite, vous savez. Mes humeurs sont capricieuses, mes désirs encore plus. J'ai du mal à savoir ce que je veux d'un moment à l'autre ! » C'est quelque chose que lui avait dit un vieil ami, avant d'essayer de le tuer. Il gloussa, et elle gloussa de conserve, mal à l'aise. « Je préfère donc m'accrocher à ce moment tant que je le peux.

— C'est juste que… le corps humain ne peut en supporter autant.

— Je suis sûr qu'elle a répété cette danse plus de fois en une journée qu'elle ne l'a fait pour moi ici. Mais je comprends vos inquiétudes. C'est une situation bien différente de celle d'une salle de répétition ombragée. Il se peut qu'elle ait juste besoin d'un coup de pouce pour reprendre confiance. De vous, peut-être. » Il l'a fixée droit dans les yeux, captivant rapidement son regard, et il a dit : « **Tu penses qu'elle peut danser encore longtemps ?** »

Son visage a changé à ces mots. Détendu. Rempli d'une conviction totale. *C'était comme entendre la sagesse pour la première fois de ma vie. Un flot d'eau fraîche sur mon esprit.* « Oui. Je pense… en fait, je suis sûre qu'elle peut danser encore longtemps.

— Tu lui diras qu'en tant qu'aînée c'est ton devoir de l'encourager à continuer à danser.

— À quoi d'autre peut servir une grande sœur, monseigneur ?

— Vas-y alors. Dis-lui ce que tu ressens. »

La foule réunie sur le pont a regardé la sœur aînée discuter avec sa cadette et prononcer son discours inspirant. Confuse et meurtrie, la jeune sœur est retournée au paravent pour se préparer une nouvelle fois, tandis que, dans son dos, sa sœur bien-aimée affichait un sourire aussi large qu'une lanterne.

Les huitième, neuvième et dixième danses furent exécutées avec compétence, mais on avait l'impression que les gestes ressemblaient de plus en plus aux mouvements spasmodiques de fléaux. La Terreur disait que ce n'était qu'une question de relâchement. Elle se retrouverait en temps voulu. Il n'y avait aucune pause entre les danses. Pas d'eau. L'intendant s'est incliné à hauteur de son oreille et a chuchoté : « Monseigneur, je me demande si elle n'est pas un peu fatiguée maintenant. »

Mes pieds saignaient.

« Monseigneur, peut-être qu'une pause s'impose ? »

Je repeignais le sol de stries rouges.

« Je ne pense pas, dit Luubu à l'assistant insistant. Et plus aucune suggestion, ou je te fais bouffer ta propre queue. Je te ferai aimer ça, en plus. »

L'intendant a reculé.

Le spectacle dura encore une heure, suffisamment pour que Luubu commence à s'ennuyer, bien qu'il ne puisse pas l'avouer aux autres, car c'était son idée. Il fut reconnaissant lorsqu'elle se termina assez brusquement, après qu'une chute malencontreuse eut brisé le tibia de la danseuse. *J'ai entendu le bruit sec avant de le sentir, puis je me suis retrouvée par terre, à hurler.* Elle a vomi à cause de la douleur et de la chaleur, certains nobles détournant le regard, ou reculant, quelques-uns riant même, alors qu'elle était traînée, en pleurs, par son frère et sa sœur désemparés.

« C'est ce que vos pêcheurs ont de mieux à offrir, seigneur Maada ? » cria Luubu depuis son trône. Le pont trembla de rires racoleurs, et l'homme-bœuf, le visage enflammé, se leva, enjamba les traces de pas ensanglantées sur le sol, et s'inclina devant la Deuxième Terreur. « Je m'excuse au nom de la danseuse pour cette démonstration honteuse.

— Vraiment ? » Luubu le regarda fixement depuis ses oreillers. De sa Voix, il a ordonné à Maada : « **Dis ce que tu veux vraiment dire.** »

Le cou épais de Maada était tendu, comme s'il s'étouffait avec ses mots.

« **Laisse-toi aller**, a insisté Luubu avec un léger sourire. **Ne te retiens pas.**

— J-Je… je pense que vous êtes un d-d-démon. »

Ces mots ont coupé le souffle de toutes les personnes présentes. La femme de Maada, Zuza, qui était restée stoïque même quand son enfant était mort dans ses bras des suites de la Toux, s'est mordu les lèvres et a porté une main sur sa poitrine, certaine que son mari venait de signer son arrêt de mort.

« Je ne suis pas un démon, corrigea Luubu, en feignant d'être blessé. Je suis un dieu. Ce qui rend tes paroles blasphématoires. Tu sais quelle est la punition pour blasphème ? »

Nous le savions. Nous savions où agonisaient les écorchés.

Nous connaissions Joyrock.

« Pitié, monseigneur ! a crié Zuza. C'est un homme stupide, qui ne mérite pas votre attention. Ayez pitié ! »

Sans la regarder, Luubu sourit. « Un homme stupide, a-t-il répété. Quelle défense émouvante de la part de ta mégère. » Il prit plaisir à regarder Maada ramper et se laissa aller quelques instants à ce plaisir avant de lever la main. « Oh, lève-toi. Comme si je me souciais de ce que tu penses réellement. Allez. Retourne à ta place. Avec ta peau. »

Le grand homme se leva en grognant tandis que Luubu se félicitait de cette démonstration de retenue, se récompensant avec une nouvelle portion de *tajeline* crémeuse, sa faim soudaine et vorace. Il était tellement absorbé par ses fruits qu'il n'a pas remarqué que Maada, les yeux rouges et humilié, avait jeté un regard rapide à Djove Induun en revenant à son coussin. Un regard qui en disait long à ceux qu'il concernait, car, en partie, c'était un renoncement. Une concession.

Un accord.

Lord Induun a levé le menton en signe de confirmation de ce regard, et Maada s'est installé à côté de sa femme. Elle lui a tendu une tasse de thé et est restée sans bouger, des expériences amères lui ayant appris à ne pas toucher son mari lorsque sa fierté venait d'être blessée. *Il y avait des jours où je ne pouvais pas l'aimer du tout.*

L'ambiance s'est dégradée après cela. Les gens buvaient leur thé et gardaient pour la plupart le silence, tandis que les chanteurs des rivières présentaient les chants d'orage du village, tous écrits pour l'Empereur, dont l'absence devenait de plus en plus flagrante à mesure que la matinée avançait. C'est au grand soulagement de tous que les chanteurs se sont retirés et que Luubu, qui avait organisé la visite d'une des péniches de plaisance voisines, a proposé une escapade.

Sur une communication de tortue, le *Cav-Meer* et la vaste péniche de plaisance *Sudak Koyo* se sont interceptés, et une passerelle a été jetée entre eux afin que les familles puissent circuler à loisir d'un bateau à l'autre. « Ne vous joindrez-vous pas à nous ? demanda le seigneur Induun à Luubu, remarquant que le prince restait en retrait.

— Désolé, monseigneur, répondit la Deuxième Terreur. Les affaires royales m'appellent.

— Vous allez encore La voir à la flotte pénitentiaire ? »

Les mots, comme prévu, ont ébranlé Luubu. Il a froncé les sourcils et n'a pas daigné répondre. « Profitez de la péniche, dit-il en s'éloignant. Profitez des jeux jusqu'à votre dernière pièce de monnaie.

— Je n'y manquerai pas », assura Djove.

C'était un homme de parole. Il est entré et a joué aux dés, et il a souri gracieusement à chaque coup perdant. Il a apprécié tout cela, mais pas avant d'avoir adressé un signe de tête à sa pupille, et la grande fille, sans être vue, a renversé une tasse à thé rouge sur une table près d'une certaine fenêtre et l'a laissée là, couchée.

Le transbordeur privé de Luubu quitta la cale du *Cav-Meer* peu après que toute la noblesse fut montée à bord de la péniche, inconsciente de la chaîne de signaux que la tasse à thé rouge renversée avait précipitée.

Son passeur savait où l'emmener sans qu'on ait besoin de lui dire, et le bateau privé du prince s'élança, se faufilant entre les épaisses amarres du *Cav-Meer* et du *Sudak Koyo* avant de se diriger vers le quart nord-est du cratère, où les formes basses de la flotte pénitentiaire attendaient tels des crocodiles.

Luubu contempla le soleil qui se levait au-dessus du bord du Bassin, un souffle s'échappant de ses lèvres devant la beauté du halo céleste. Son doigt tressaillit, aspirant à un pinceau. Il soupira.

Si seulement il pouvait capturer cela aussi.

Au loin, une lorgnette étincela.

Le verre scintillait dans la lumière de l'aube depuis le cinquième pont d'une péniche à appartements éloignée, impossible à distinguer de toute autre surface réfléchissante en cette matinée radieuse. La jeune fille qui tenait la lorgnette regardait le transbordeur privé de Luubu disparaître et réapparaître derrière divers mâts et coques. *Nous attendions la convergence. Les mouvements du Bassin étaient tels que, toutes les trente minutes, on assistait à des alignements : une vue dégagée sur une avenue de navires. Le vaisseau de Luubu allait bientôt passer par une telle convergence.* « Pas de déviation », a dit la fille.

L'homme à côté d'elle a bandé son arc. *Quand j'avais cinq ans, j'ai touché l'œil d'un homme à deux champs de distance – normal que j'aie attiré l'attention du seigneur Induun.* Sa flèche, dont la pointe était taillée dans de la pierre de lune et de la jaxite, se tendait contre le V de la corde, impatiente de voler. *La flèche valait plus que le salaire de mes parents, je n'avais pas l'intention de la gaspiller.* L'arme se dirigea vers le bâtiment qui naviguait sur les eaux émeraude et le prince qui se tenait à son bastingage pour admirer l'aube. *J'avais œuvré pour ce moment toute ma vie, et il était là.*

La rédemption.

« Aucun navire ne traverse », a annoncé la fille. Elle a étudié les voiles. « Vent d'est, mais faible. »

L'homme a souri tandis qu'une perle de sueur roulait sur sa joue.

Plus moyen de reculer désormais.

La corde, tendue jusqu'à sa limite, implorait sa pitié.

La fille à la longue-vue retenait son souffle. « Vent d'est-nord-est. Vas-y. »

J'étais prêt.

Ses doigts ont relâché la corde.

La flèche vola par-dessus les eaux.

Tandis que Djove Induun et les autres seigneurs et dames jouaient aux dés ou assistaient à des pièces de théâtre à bord du *Sudak Koyo*, le passeur entendit un bruit. Un bruit particulier, une espèce de grognement, suivi d'un sifflement humide. *Il n'y avait qu'une seule règle à suivre, et c'était de ne jamais le regarder sauf s'il vous disait de le faire.* Mais le passeur a brisé le protocole. Il a regardé derrière lui. Il le devait. Sa récompense fut une vision d'horreur.

Il a vu la Deuxième Terreur, se tordant sur le sol, une flèche plantée dans la gorge.

« Ai… ai… aidez-moi », a-t-il gémi, dans un souffle étranglé.

MATIN

Le changement advenait.

Il est apparu sous la forme d'une ondulation arrivant par le nord, qui a dansé sur le bout des doigts des herbes aquatiques. Si Keema et Jun avaient été éveillés, ils auraient peut-être senti la perturbation dans le vent, cette subtile flexion et ce frisson qui, comme la première nuit après la mort de l'Empereur, annonçait un grand changement dans le pays. Si l'Impératrice n'avait pas été si profondément retirée en Elle-même, à Se nourrir de vieux souvenirs comme Elle avait appris à le faire lors de Son séjour solitaire derrière la Porte des Loups, peut-être l'aurait-Elle remarquée, peut-être même aurait-Elle été capable de sentir le sang de Son enfant dans l'air. Mais Elle était absente. Même la tête dans le bocal n'était pas sensible à l'ondulation, piégée qu'elle était dans le ressassement de la bataille de la nuit dernière ; la honte de la défaite ; la morsure aiguë de la hache sur sa nuque ; son interrogation sur les raisons pour lesquelles son fils préféré l'avait trahi.

C'est ainsi que, dans le matin profond du Deuxième Jour, seule notre tortue fut témoin des événements – Malfaçon de l'Incubateur Numéro Trois, perchée sur le bateau comme une pierre sur la main d'un enfant, clignant des yeux tandis que le monde autour d'elle tremblait. Se sachant sujette à toutes sortes de troubles, de douleurs et de fausses impressions psychiques, la créature leva la tête d'un air sceptique, plus agacée que curieuse, et regarda vers le nord, en direction de cette « secousse ». Incapable de voir au-delà des hautes herbes, ou de l'éblouissement du soleil de la mi-journée – ses yeux ne s'étant pas encore adaptés à une lumière aussi pure et brute –, elle ne prêta pas attention à l'étrange sensation, supposant que le picotement était un autre symptôme de ses déficiences, ou peut-être un signal errant provenant de la Brûlure. Avec un léger grognement, elle baissa la tête et reprit son énumération des nombreux plaisirs que cette voie d'eau avait à offrir, car il y a peu de choses que les tortues aiment plus que compter. Huit crapauds bulbeux, vingt-trois poissons filant à toute allure, six toiles d'araignées scintillant dans la lumière de la rosée et – Malfaçon ouvrit la bouche et l'avala – une mouche bien grasse.

Elle ronronnait, appréciant profondément le monde sensuel des Mille Fleuves qui enveloppait l'embarcation. Trente-trois cigales frémissant sur d'épais pédoncules. L'eau sombre de la rivière sautillant au rythme de neuf grenouilles bondissantes. Deux minutes de brise légère ont embrassé les plaies ouvertes de la tortue, les fissures de sa carapace chitineuse, le pus de ses blessures et lui ont procuré un soulagement sans pareil. Elle s'est remise à respirer et a avalé une deuxième mouche.

Oui. Pour la première fois dans sa brève vie, il y avait de l'espoir.

J'ai observé Malfaçon depuis mon semi-éveil.

L'Impératrice, à peine sortie de Sa submersion, observait les mouvements maladroits de Malfaçon, écoutait son souffle laborieux avec agacement et pitié. *Les tortues sont tombées bien bas. D'humeur pensive, j'ai demandé à la créature si elle savait qui j'étais.*

La tortue leva la tête en entendant Son Chuchotement, bien qu'elle n'ait pas eu la souplesse nécessaire pour regarder par-dessus sa propre carapace afin de La voir.

« Oui, gloussa-t-elle doucement. Celle-ci sait. »

Qui étais-je alors ?

« Tu es la Lune, qui est tombée sur le dos de notre mère. »

Tu ris.

La chute était toujours la partie la plus drôle du conte. Jusqu'à ce jour, tu n'as jamais su si ta *lola* l'avait inventée pour te faire rire, ou si c'était arrivé comme ça, de cette drôle de façon par laquelle la vie et le mythe s'accordent souvent ; une absurdité qui rendait le conte si facile à réciter à ton petit frère, longtemps après qu'elle fut partie, pendant que vous attendiez tous les deux dans la file de rationnement. Il arrêtait de pleurer une fois que tu arrivais à ce passage.

Tu lui racontais qu'un jour, la Lune s'était détachée du ciel et que tout le monde la regardait avec horreur se précipiter vers la terre. Ton poing imitait le mouvement de la chute de lune dans le ciel, ta bouche reproduisait le grondement qu'avait provoqué son entrée dans l'atmosphère. Les autres pauvres bougres qui faisaient la queue te regardaient, agacés par les bruits que tu faisais, mais tu t'en fichais, tu voulais absolument divertir ce gamin. Ses grands yeux regardaient ton poing tomber vers la paume ouverte de ton autre main. Et tu lui as raconté que pendant deux jours, les gens ont regardé la Lune grossir encore et encore, au point qu'ils avaient même cessé de réclamer la pitié des dieux et des esprits du monde. Certains ont fait la paix avec leurs ennemis, d'autres ont continué à se battre, ne connaissant que cette façon de vivre. Le ciel a brûlé d'un rouge vif. Les nuages se sont disloqués comme du tissu qu'on déchire. La fin de toutes choses approchait.

Ce n'étaient pas tes mots, mais les siens ; tu étais surpris de voir à quel point tu avais peu oublié le récit de ta *lola*. Ton petit frère était ravi. Il reniflait, s'essuyait les yeux et attendait la suite des événements.

De tous les sauveurs possibles, c'est le plus improbable qui a empêché l'apocalypse : une tortue. Et quand tu as dit cela, ton petit frère a fait une grimace, et tu as insisté sur le fait que tout était vrai et que la créature était aussi grande qu'une maison, avec une carapace aussi dure que le fer, et que ce jour-là, alors que tous les autres avaient abandonné, c'est la tortue seule qui a marché d'un pas traînant jusqu'au champ où la Lune allait s'écraser. Vieille de centaines d'années et plus lente qu'un remorqueur, mais elle a réussi.

Ton tour dans la file de rationnement est venu, tu as mis le récit en suspens tandis que tu sortais les billets effilochés de ta poche et les tendais à la femme derrière le comptoir, qui vous reconnaissait, toi et ta famille. Tu t'es demandé si elle avait pitié de vous. En rentrant à la maison avec plus de colis de nourriture que tu ne l'espérais et alors que vous vous faufiliez entre les bandes de soldats rassemblées en ville, ton petit frère t'a demandé comment une tortue avait sauvé le monde.

Tu te souviens avoir posé la même question à ta *lola*, avec la même incrédulité. Tu as dit à ton frère, avec autant d'assurance que possible – en essayant de ne pas rire car tu voyais qu'il était plus sérieux que tu ne le pensais –, que la carapace de la tortue, célèbre dans son clan pour son impénétrabilité, avait absorbé le plus gros de l'impact de la chute de la Lune.

Il y eut une explosion qui changea le monde à jamais, créant un cratère dans la terre. De nombreuses rivières en jaillirent en fractales, et le pays fut parsemé de pierres de lune.

Les limites de ta capacité à raconter des histoires furent éprouvées ce jour-là lorsque ton petit frère a demandé ce qu'était devenue la tortue après l'impact et que tout ce dont tu te souvenais était l'odeur de la fumée du tabac de ta *lola*. Bégayant pour trouver une conclusion, tu lui as dit que la tortue avait été proclamée héroïne du pays et qu'elle avait vécu le reste de ses jours en se nourrissant de raisin, avachie sur un oreiller somptueux, ce qui aurait dû suffire à le satisfaire ; les fins heureuses font souvent l'affaire dans les moments difficiles. Mais il voulait plus de détails, posait plus de questions, jusqu'à ce que, enfin, la fin de tes souffrances te soit accordée lorsque les autres enfants l'appelèrent pour jouer avec eux dans la ruelle et qu'il te laisse là sans autre forme de procès, même si tu savais aussi bien que quiconque que ce n'était pas la vraie fin de l'histoire.

J'ai demandé à Malfaçon si elle connaissait la suite de l'histoire.

La créature a levé la tête en l'air, exaltée, et a répondu à l'Impératrice par l'affirmative. « Quand notre mère t'a rattrapée sur sa carapace, tu lui as demandé quelle faveur tu pouvais lui accorder, et elle t'a dit que ses enfants lui manquaient, qu'elle aimerait pouvoir leur parler quand elle le voulait et que ses enfants puissent à leur tour se parler entre eux. Et tu as exaucé son souhait. Alors oui, celle-ci te connaît très bien, dit la tortue, car tu es la Lune qui nous a maudites avec ce don. »

Le corps de l'Impératrice, cette vieille forme frêle à la proue du bateau, restait fermé au monde, les yeux toujours clos, les jambes toujours verrouillées dans leur croix méditative. Regarder le corps n'offrait aucun indice sur les regrets que la vieille femme ressentait à cet instant. *Mais j'avais besoin que la créature comprenne que je lui avais fait ce cadeau en signe de gratitude. Que ce n'était pas une malédiction, mais une bénédiction.*

« Celle-ci n'a pas besoin qu'on lui rappelle quoi que ce soit, dit-elle avec acidité à la vieille femme. Elle n'a pas besoin qu'on lui dise comment voir le monde. »

J'avais peut-être des regrets, mais j'avais aussi toujours ma fierté, et je n'avais pas l'intention de me laisser insulter par un rejeton aussi obstiné, alors j'ai dit à la créature qu'elle ferait bien de se souvenir de sa place. Je lui ai rappelé que cette brève liberté qu'elle avait trouvée sur ce bateau ne durerait pas ; qu'elle serait à nouveau malheureuse dans peu de temps, une fois que la nouveauté de cette liberté se serait estompée.

« Tu es une vieille chose amère », a répondu Malfaçon. Et après cela, elle ne La divertit pas un instant de plus, préférant ruminer encore sur la nature de la beauté et la joie de compter les brins d'herbe et les poissons. Mais l'Impératrice avait réussi à rappeler à la créature que tout cela était éphémère.

Elle a poussé sa meilleure imitation d'un soupir.

Lorsque Malfaçon naquit d'un utérus inversé dans la Salle des Grièches, à côté des incubateurs, elle reçut, d'un seul coup, comme une cascade ininterrompue, les souvenirs de toutes les tortues qui l'avaient précédée et de toutes celles qui vivaient encore. Les premières semaines de sa vie furent semblables aux tempêtes de l'Abysse, à apprendre à analyser les images, les sons et les sens qui l'assaillaient, à comprendre le contexte qui lui avait été donné et à découvrir sa place dans le monde. Mais après suffisamment de temps, elle parvint à prendre conscience de ce que cela signifiait d'être une tortue, car tous les souvenirs qu'elle avait reçus étaient des souvenirs de douleur et d'humiliation, que ce soit d'elle-même ou d'autrui. Et pourtant il y avait quelques rares souvenirs de joie.

Les cigales cliquetaient.

Les grenouilles sautillaient.

« C'est une belle matinée », déclara-t-elle.

La créature a empoché le souvenir. La rivière tranquille, les nuages ondulants et les hautes herbes jaunes. Elle a empoché la douce odeur et le léger ronflement des petits humains qui flanquaient sa carapace. Elle a empoché le soleil ardent et l'eau gris-vert et le son sans signification du chant des oiseaux. Elle a métamorphosé tout cela en souvenir digne d'être conservé. Et elle s'est promis qu'un jour, quand elle serait en sécurité, elle partagerait avec ses sœurs ce souvenir d'un beau matin, sans chaînes ni cœur affamé.

J'ai dit à la créature que, sur ce point, elle avait raison. C'était, en effet, une belle matinée.

Malfaçon a reniflé, satisfaite.

*Un tournant se présenta
dans la rivière paresseuse.*

Il y avait des objets droit devant que la tortue ne reconnaissait pas, car il y avait peu de tortues qui prétendaient à la rivière ou à ses habitants, et il y avait beaucoup de choses qu'elles ne savaient pas au sujet du domaine du seigneur Maada et de la nature de la pêche. Elle ne comprenait pas la fonction des objets qui pendaient aux extrémités des longues perches de bambou comme des gouttes de rosée à la pointe des herbes ni pourquoi les filets en mailles que les bambous tenaient en l'air étaient remplis de pierre de lune gravillonnée.

Elle ne savait pas qu'il s'agissait de pièges.

Tu as suspendu le sachet de thé au-dessus de la tasse de ton petit frère, comme ta *lola* l'avait fait autrefois. Tu as lentement abaissé le sachet, jusqu'à ce qu'il soit enveloppé par la vapeur du liquide, et tu as laissé le sachet pendre juste au-dessus de l'eau. Tu lui as raconté comment la Lune et l'Eau étaient autrefois amantes, comment l'Eau s'est affligée lorsque la Lune a quitté son perchoir céleste et est tombée sur la terre, car elle ne pouvait plus capturer son éclat dans son étreinte réfléchissante.

Tu lui as dit qu'après la chute de la Lune, les pêcheurs du Vieux Pays avaient découvert que l'eau réagissait lorsqu'on l'approchait de la pierre de lune. Lorsque celle-ci était maintenue en suspension juste au-dessus de la surface, juste hors de portée de l'eau, l'eau se mettait à crier.

« Comment ? » a demandé le garçon, constamment curieux, en baissant la tête pour mieux voir la distance d'à peine un cheveu qui séparait le sachet de thé de l'eau.

Tu lui as dit que tout peut crier, rire ou pleurer, que le monde est plus vaste que ce que les yeux voient et les oreilles entendent. Or, lorsque l'eau criait, un étrange phénomène survenait dans le monde. Les fils le long desquels le rythme pulsait se nouaient. Les esprits des arbres et de l'herbe s'enfuyaient. Et les animaux pris dans les eaux troubles étaient étourdis. Par exemple, les poissons.

Tu as laissé tomber le sachet dans la tasse. Il a gloussé quand cela a éclaboussé la table. Le piège cessait de fonctionner dès qu'il n'était plus suspendu au-dessus de l'eau. Le truc était de trouver le bon poids, la bonne distance. Les pêcheurs étaient bons pour ça.

« À quoi ressemble le cri de l'eau ? » demanda-t-il.

Le théâtre est silencieux.

Le corps baigné de clair de lune touche son oreille, vous demandant d'écouter, et maintenant vous écoutez tous l'eau qui L'appelle.

Comme un garçon dans une haute tour.

L'Impératrice a grimacé.

Les pièges s'étendaient sur toute la longueur de la rivière, une nuisance pour les oreilles de la tortue, comme un essaim de moucherons, mais pour Elle, tout cela était insondablement douloureux. *Je ne pouvais pas le supporter, pas encore, ce couteau, tournant, tournant.* Comme un coffre qui se referme, Elle s'effondra sur Elle-même, tout comme Elle l'avait fait il y a de nombreuses années, lorsque Son fils L'avait piégée derrière la Porte des Loups, Son pouvoir brisé, et le bateau, libéré de Son contrôle, dérivant sur le côté, tournoya doucement jusqu'à heurter la berge de la rivière. La secousse fut suffisante pour réveiller les deux jeunes hommes.

La première chose qu'il faisait lorsqu'il se réveillait en sursaut était de saisir l'arme la plus proche, c'est pourquoi il tenait la lance d'Araya d'une main ferme, debout en un instant, les yeux fouillant les environs, observant la rivière. Il demanda à Malfaçon quel était le problème, mais la tortue, qui ne disposait d'aucun élément pour déterminer où ils se trouvaient, ne fit pas grand-chose pour l'apaiser : « Celle-ci est inquiète. Elle ne sait pas pourquoi nous nous sommes arrêtés. »

Jun se leva un peu plus lentement, son masque à moitié détaché tandis qu'il frottait ses yeux fatigués. Quand il vit ce qui s'était passé, et dit à la tortue que tout allait bien, Keema abaissa sa lance et Jun se mit à pousser le bateau du bord de la rivière à l'aide d'une perche. « Ce sont des pièges pour les poissons, dit-il. Comme les bols que les gens utilisent lorsqu'ils campent, ou les filets que l'on voit à l'extérieur des villages les plus riches le long de la route d'En-Haut. Tu entends ce son ?

— Oui, confirma Malfaçon. Comme un hurlement venant de très loin.

— Les humains ne peuvent pas l'entendre, expliqua Jun. Mais les animaux le peuvent, et les esprits, où qu'ils habitent. » Il fit un geste vers l'autre bout du bateau, où l'Impératrice était assise. « Malheureusement, ces pièges à filet ont pour drôle d'effet secondaire de La rendre toute… » Il fit un geste du doigt près de sa tête, faute de mots. « Elle sera absente tant que nous n'aurons pas quitté ce tronçon de rivière et que nous ne nous serons pas éloignés de ce bruit. Allez, homme de Daware, aide-moi à pousser. »

Keema récupéra l'autre perche et tous deux firent descendre le bateau le long de la rivière, se faufilant entre les balanciers en filet de roche qui se trouvaient sur leur chemin. « C'est étrange, a fait remarquer Jun. Tous ces filets sont sortis, mais personne ne les surveille.

— Où sont passés les pêcheurs ? » demanda Keema.

Partis, nous étions partis.

Jun a secoué la tête. « Je ne sais pas. »

Ça venait de nulle part.

Ils descendirent la rivière pendant un moment encore ; les muscles de Keema étaient douloureux et réclamaient du repos. Il a poussé malgré la douleur, ne souhaitant pas être surpassé par son compagnon. Il a regardé en avant de la proue. La rivière semblait infinie, partout des pièges, des perches uniformément dispersées le long de l'eau qui serpentait, une nouvelle perche tous les quelques mètres, toutes aussi peu surveillées les unes que les autres. « Comment as-tu dormi ? demanda Keema, s'efforçant de pousser contre le lit de la rivière.

— Assez bien, compte tenu de la situation, répondit Jun en grognant. Et toi ?

— J'ai rêvé que j'étais sur une plage.

— Ça a l'air agréable.

— Je n'ai jamais vu de plage. Je n'ai jamais vu l'océan. J'en ai juste entendu parler. Mais il était là, dans mon rêve. Comme si j'avais toujours su ce que c'était d'être là. Et dans le ciel, j'ai vu… »

Jun a cessé de ramer. « Est-ce que tu sens ça ?

— Ouais », dit Keema. Son nez s'est plissé. Il a baissé la perche et a de nouveau brandi la lance. « Je le sens. »

Ça sentait le fer.

On n'a rien vu venir.

Au loin, là où la rivière se redressait, ils ont vu les bords sombres d'un quai dépassant de la rive. *Nous étions censés être protégés. Nous étions la propriété des Pêcheries de Maada. Ils étaient censés nous protéger.* Des bateaux étaient amarrés au quai, mais tous étaient vides. Certains d'entre eux, non arrimés, dérivaient au gré du courant. « Ce n'est pas normal », a chuchoté Keema. *Ce qui s'était passé n'était pas normal. Maada nous a laissés tomber.* Plus ils ramaient vers le quai, plus l'odeur de fer devenait forte, jusqu'à former une pellicule malsaine sur leur langue. Jun a vomi derrière son masque. Keema supportait l'odeur sans broncher ; même s'il essayait de ne pas respirer par le nez, cela lui rappelait quelques souvenirs désagréables qu'il préférait garder pour lui, des cadavres qu'il avait connus. L'Impératrice ne pouvait pas les aider ici. *Le son désordonnait le monde ; je ne pouvais plus orienter le bateau ; j'étais perdue dans un trou au fond de moi-même.* Plus ils s'approchaient, plus la scène devenait étrange, le quai, glissant et humide, dégoulinait, mais ce dont il dégoulinait n'était pas de l'eau.

« Celle-ci n'est pas tranquille », a marmonné la tortue, et Keema a compris pourquoi.

C'était du sang. Tout était recouvert de sang. *Ça nous a tous tués.* Comme si quelqu'un avait pris de grands seaux pleins de sang et en avait arrosé les planches du quai et les bateaux et les murs des maisons qui constituaient ce petit village désormais silencieux. *C'est passé par les fenêtres. Ça a défoncé les portes.* Un bras était resté suspendu sur le côté du quai. Lorsque le flotteur de droite a heurté accidentellement l'étai du quai, le bras a glissé sur le bord et est tombé à l'eau.

Jun a ôté son masque et vomi par-dessus bord. Il s'est effondré sur le bastingage et a craché dans l'eau avec des haut-le-cœur. Son corps n'était plus capable de supporter l'odeur du sang, celle-là même dont il se délectait autrefois.

Keema, en essayant de garder son calme, a demandé à Jun s'il pouvait se lever. Sans répondre, celui-ci a lutté pour se remettre debout, utilisant la perche comme une béquille. « Il faut… il faut que je parte d'ici, a-t-il coassé.

— Je n'avais pas l'intention de rester beaucoup plus longtemps, de toute façon », a répondu Keema.

Ensemble, ils poussèrent le bateau au-delà des quais, Keema fournissant la plus grande partie de l'effort, car Jun avait du mal à respirer et encore plus à manœuvrer l'embarcation. Keema a donné des coups de pied pour écarter les bateaux des villageois qui flottaient sur l'eau et, quand l'un de leurs flotteurs s'est accroché à un filet de chalutage, il a dû plonger dans l'eau et dégager le flotteur avec la main et les dents, en faisant de son mieux pour ignorer le pied mâchouillé accroché au filet et le serpent d'intestins qui dérivait le long de son épaule. Un liquide rouge s'écoulait de lui quand il s'est remis sur ses pieds et a repris sa perche. Le souffle court, Jun regarda avec une admiration tranquille l'homme de Daware travailler, lui seul les portant sur la rivière, jusqu'à ce que l'odeur de fer se dissipe, ainsi que le goût de la bile. L'eau sur laquelle ils ramaient s'éclaircit bientôt et devint translucide, argentée et dorée, et cessant d'être ce sombre marécage tourbillonnant lie-de-vin.

Keema jeta une ou deux fois un coup d'œil en arrière au village de pêcheurs alors qu'ils contournaient le coude de la rivière, et il se demanda ce qui s'était passé là-bas. Il craignait qu'ils n'aient pas encore échappé à ce qui avait fait ça.

Ce monstre. Il tenait mon enfant entre ses dents et souriait.

« Oh, dieux, a croassé Jun. C'est… Je le sens encore sur moi. Sur ma langue.

— Nous sommes presque sortis de là, a dit Keema. Continue de pousser.

— Bien, a répondu Jun, comme s'il avait oublié. Continuons d'avancer. »

Ils avaient maintenant parcouru une demi-longueur de la nouvelle rivière. Au-dessus d'eux, de gros nuages blancs étaient posés sur un tapis de ciel bleu. Des cigales aux ailes de verre voltigeaient entre les branches des arbres bas. La journée était chaude, et le calme régnait. Hormis le ricanement nerveux et persistant de la tortue, le monde ne montrait aucun signe qu'un massacre avait été commis récemment. Keema se concentra sur sa perche, dans le but de calmer son cœur qui battait à tout rompre, et à partir d'une certaine distance, il commença à espérer être hors de danger immédiat. Il le dit à Jun, et ils s'autorisèrent à avancer un peu plus lentement, bien que Jun ne cesse de marmonner son nouveau mantra.

« Continue d'avancer. Continue d'avancer. »

Lentement, leurs nerfs se sont détendus.

Que s'était-il passé ?

Ils ont partagé leurs théories. Des maraudeurs, drogués et hors de contrôle. Des Hommes de la Famille, envoyés par le seigneur Maada, ou des Singes d'argent, envoyés par Luubu, en guise de démonstration de force, pour punir un blasphème. Peut-être que les villageois s'étaient entre-tués. C'est Keema qui a suggéré cette hypothèse, même s'il a admis qu'elle était peu probable. Ils continuèrent de s'enfoncer plus profondément dans les Mille, en s'interrogeant à voix haute – car ils avaient peur du silence – sur ce qui était capable d'un tel carnage. Un démon, venu des profondeurs de ce nid de rivières. Une chose qui ne comprenait pas la destruction qu'elle causait. Une chose qui ne vivait que pour dévorer.

Peut-être, avait dit Jun.

Peut-être.

Ils venaient de pénétrer dans une nouvelle section de la rivière, dont les berges étaient envahies d'arbres dont les branches surplombaient le cours d'eau et d'épais enchevêtrements de racines. Keema proposa de ramer seul pendant un moment, car il avait remarqué le rythme lent et exténué de la perche de Jun. Jun fut reconnaissant de ce répit. Il s'assit, le souffle lourd, tandis que Keema les poussait sur l'eau ombragée, la lumière du soleil perçant par petites pointes à travers l'épaisse canopée de feuilles au-dessus d'eux. Il remarqua au passage que Jun taillait quelque chose sur ses genoux, à l'aide d'un modeste couteau à découper qu'il appliquait sur un objet blanc et dur avec une énergie presque exaspérée.

« C'est un os », dit Keema, comprenant subitement la nature de l'objet.

Jun a hésité avant de le reconnaître d'un signe de tête. « C'est un os, oui.

— Un os d'animal ? » demanda Keema.

Jun grimaça.

« C'est l'os de mon frère, dit-il avec une pointe de fierté. C'est un morceau de son omoplate. Avant je le portais en collier, mais maintenant je le garde simplement sur moi. » Keema ne savait pas quoi répondre à cela, alors il est resté silencieux. « Il est mort en prenant une flèche à ma place, a repris Jun. Après que nous avons pratiqué les Rites du Corps sur lui, mon père m'a donné cet os, et il m'a enseigné les techniques du scrimshaw. » Il a jeté un coup d'œil au pot de riz sous le banc, comme s'il s'attendait que la tête en surgisse. Elle ne l'a pas fait. « C'est notre façon de remercier les morts après leur départ.

— Qu'est-ce que tu écris dessus ?

— Rien de nouveau. Il n'y a pas assez de place. Tu vois ? » Jun montra l'os triangulaire, de la taille de sa paume.

Il était couvert de mots et caractères runiques, profondément gravés, comme les divagations affamées du soleil sur un mur de prison. « Je repasse juste sur les vieux mots et les creuse plus profond quand je… »

Il s'est arrêté. A haussé les épaules.

« Je comprends, a dit Keema.

— Que fais-tu pour te distraire l'esprit ? demanda Jun.

— Rien. » Keema sourit, avouant presque sa joie de danser. « Je devrais trouver quelque chose cependant.

— Ça aide », dit Jun. Il a gratté profondément dans l'os. « Ça ne répare rien, mais ça aide. »

Pendant un moment, les sons de la rivière ont été remplacés par celui de son raclage. Keema était surpris, et quelque peu déstabilisé, par le réconfort qu'il éprouvait à l'écouter.

Un chant d'oiseau s'est élevé
dans les branchages…

un gazouillis improvisé qui attira leur attention à tous deux. Keema fut alors salué par une vieille connaissance qu'il ne pensait pas revoir : l'oiseau aux plumes violettes, qui se posa sur la carapace de Malfaçon en gazouillant joyeusement à son intention. Il a laissé échapper un petit cri amusé, ce qui a incité Jun à demander ce qui se passait. « C'est l'oiseau, a expliqué Keema. Celui que j'ai trouvé dans le chariot. Celui-là même qui a fait tomber le cavalier de son cheval.

— Comment peux-tu… » Jun a fait une pause pour cracher un reste de bile dans la rivière. « Désolé. Comment sais-tu que c'est le même oiseau ? »

Keema haussa les épaules en regardant la petite chose violette, qui le fixait sans sourciller. « Je le sais, c'est tout.

— C'est étrange qu'il revienne vers toi.

— Peut-être est-il reconnaissant que je l'aie libéré.

— Un oiseau reconnaissant. Peut-être que c'est un esprit de l'Aire. » Jun a ricané. « Tu es peut-être sous la protection d'un dieu mineur. Un sacré coup de chance, pour un homme de mauvaise fortune.

— Peut-être. Pourquoi es-tu revenu, d'ailleurs ? Nous ne nous sommes pas quittés en bons termes lors de notre première rencontre. » Il désigna l'égratignure à peine cicatrisée sur sa joue, face à laquelle l'oiseau pencha la tête, comme s'il ne comprenait pas pourquoi une simple égratignure pouvait le déranger. « Nous avons peu de nourriture à partager, reprit Keema. Et rien que tu puisses trouver bon à manger. » Un peu plus calmement, il ajouta : « Ce n'est pas le meilleur moment pour nous rendre visite. Ces eaux sont dangereuses. »

Mais l'oiseau ne semblait pas se soucier du danger. Il a picoré la carapace de Malfaçon et a volé en cercle autour d'eux tandis qu'ils passaient les quelques filets de pierre de lune suivants. Keema remarqua cependant que l'oiseau, tout enjoué qu'il soit, ne s'approchait pas du corps de l'Impératrice. La plupart du temps, il semblait préférer la compagnie de Keema seul. Il se posait sur sa tête pendant qu'il manipulait la perche et il jouait à voir combien de temps il pouvait rester là avant de s'envoler. Jun a fini par se lever, reposé, et a ramassé sa perche.

Au bout de la rivière, sans prévenir, l'oiseau s'est envolé de la tête de Keema, le griffant pour la deuxième fois alors qu'il sautait en l'air et s'élançait au-devant de leur bateau, poussant des cris perçants et demandant leur attention.

C'est alors qu'ils sont arrivés à un embranchement de la rivière.

Le bras de gauche était un canal étroit qui disparaissait hors de vue derrière un feuillage plus épais et plus sombre.

Celui de droite était plus large et plus clair – c'était le chemin autour duquel l'oiseau voltigeait, les suppliant de le suivre. Et cela aurait été le chemin le plus évident à prendre, s'il n'y avait pas eu le Daido qui le bloquait, la statuette flottant au-dessus de l'eau comme si elle était suspendue à un fil de pêche.

« Nous devons faire un choix, a marmonné Keema.

— Je pense que la réponse est évidente, dit Jun en désignant le chemin ombragé de gauche. On prend la route sans le Daido. On évite le commerce des esprits. On reste en vie. »

Il y avait de la logique dans ses paroles, mais Keema ne pouvait s'empêcher de se sentir attiré par l'autre option. « L'oiseau veut que nous passions le Daido. »

Jun a riposté. « Convenons que l'oiseau n'a pas son mot à dire dans cette affaire. » La créature violette a poussé un cri en réponse à ce commentaire. « Le bras de gauche semble mener vers le nord. Le nord, c'est le Bassin. Plus nous nous approchons du Bassin, plus nous avons de chances de trouver des voies de circulation importantes, et, par conséquent, plus de directions à prendre. Celui de droite n'est qu'à une petite distance de la scène de massacre que nous venons de traverser. Je ne serais pas du tout surpris que nous trouvions derrière cette interdiction d'avancer la créature qui a déchiré ces pauvres hères en lambeaux. »

Une petite partie de Keema pensait qu'il valait mieux faire confiance à l'oiseau, mais il ne parvenait pas à faire valoir cet argument. « Tu me demandes d'ignorer l'oiseau, mais s'il s'agit bien d'un esprit protecteur, comme tu l'as suggéré, alors peut-être que la nature elle-même nous indique la direction à prendre.

— La nature me veut écartelé et écorché. » La voix de Jun avait pris un ton plus plat en disant cela. Neutre. Concret. Catégorique. « La nature me veut éviscéré. Rien en ce monde ne me rencontrera jamais sans vouloir m'égorger, parce que je porte la marque de la mort sur mon visage. Parce que j'ai servi la mort avec fierté. » Il a regardé Keema. « J'envie tous ceux qui peuvent encore faire confiance à la nature. Mais je suis au-delà de la grâce de la nature. Cet oiseau sait ce que je suis. Il peut sans doute sentir le sang qui souille mon corps. Je crois qu'il nous attirerait vers une mort certaine. Je ne peux pas trouver en moi la force de lui faire confiance. » Et puis il y a eu un moment où il n'a pas parlé. Il a juste pensé : *Mais tu as plus que gagné ma confiance à présent, Keema de la tribu Daware. Si tu crois vraiment qu'il vaut mieux aller à droite, je t'écouterai.*

La gorge sèche, Keema rendit son regard au masque.

« D'accord, » dit-il finalement.

« Prenons à gauche. »

L'oiseau s'est déchaîné lorsqu'ils se sont dirigés dans la direction opposée à celle de son appel frénétique, mais bientôt ils n'entendirent plus la créature, qui les avait probablement considérés comme des causes perdues. Alors qu'ils descendaient cette rivière étroite et ombragée, Keema répéta les mots de Jun. « "Je suis au-delà de la grâce de la nature." » Il a ricané. « Je n'avais pas conscience que tu étais poète. »

Les oreilles de Jun ont rougi violemment « J'ai dit ce que j'avais à dire, pour t'empêcher de prendre une décision stupide.

— Bien sûr, bien sûr. » Il a écarté une branche basse qui pendait devant eux. Il souriait maintenant, désireux de taquiner Jun, parce que le taquiner était plus amusant que d'avoir peur. « La grâce de la nature est une chose charmante à voir, n'est-ce pas, mon bon prince ? Oh ! Comme j'aspire à ce que la grâce de la nature me sauve des ombres de mon âme ! »

Les arbres de la rivière devenaient plus épais au-dessus d'eux, la lumière du soleil plus sombre.

« Va te faire foutre, dit Jun, bien que même son masque ne puisse cacher le mouvement de ses joues lorsqu'il sourit. Allez vous faire foutre, toi et ton unique bras.

— Grâce, ma Grâce ! »

De plus en plus sombre.

« J'en ai fini avec toi. » Jun s'est concentré sur sa perche. « J'en ai fini avec tes bêtises.

— Parfait », a répondu Keema en riant.

Nous les avons observés. Et nous avons attendu.

« Celle-ci ne comprend pas pourquoi elle n'a pas été consultée sur la direction qu'il serait le plus sage de prendre, dit Malfaçon.

— Te consulter ? dit Jun. J'avais oublié que tu étais là.

— Celle-ci en doute fortement. »

Nous avons attendu…

« Je n'arrive pas à croire qu'il y ait encore des perches de pierre de lune par ici, observa Keema alors qu'ils passaient devant d'autres pièges. Le territoire de ce village doit s'étendre sur un bon bout de terrain.

— C'est une rivière, il y a des poissons, forcément, ils vont planter des perches ici. »

… le…

« Quelle est la longueur de cette rivière, à ton avis ? » demanda Keema.

… *bon moment.* En réponse à sa question, deux nappes de filet se refermèrent de chaque côté du bateau comme des murs, mettant fin à leur voyage.

Un filet bloquait le chemin vers l'avant, l'autre le chemin vers l'arrière.

Une prise facile.

« En arrière ! a crié Keema. En arrière ! »

Jun leva sa perche, au bout de laquelle se trouvait un crochet, et tenta de faire descendre le filet, mais celui-ci était aussi tendu que la corde d'un arc. « Nous devons couper à travers le… » Une flèche fusa à la proue du bateau. Jun a rampé à l'arrière, près de Keema, et Keema a brandi sa lance, scrutant l'obscurité des bois à la recherche de mouvements. Des ombres ont surgi des broussailles, d'abord quelques-unes, puis beaucoup, jusqu'à ce que deux douzaines d'hommes et de femmes robustes leur fassent face sur chacune des rives. Arcs bandés. Lances pointées. Yeux froids et morts.

« Celle-ci aurait voté pour le chemin de droite », dit la tortue.

À travers l'ombre et les rayons de lumière,
leur cheffe a émergé.

Une femme avec des cordes de cheveux gris et noirs, la peau profondément ridée par le soleil. Elle était vêtue d'une tenue fonctionnelle, trois pièces de tissu chiffonné, les bras nus, révélant cette combinaison de muscles tendus et de peau relâchée typique de ceux qui vivent de leur travail ; des années passées dans les rivières à sortir des filets de l'eau et à soulever de gros objets des bateaux. Des rides de bonne humeur étaient gravées profondément tout autour de sa bouche, mais ce jour-là, il n'y avait aucune joie sur son visage.

« Qui êtes-vous ? » demanda-t-elle.

C'était une question dont la réponse déterminerait s'ils survivraient ou non aux prochains instants, Jun le savait. Il remarqua les tatouages sur les bras de ces guerriers ; des signes et des symboles circulaires qui étaient l'écriture unique des pêcheurs des Mille. « Nous sommes des voyageurs, dit-il. En pèlerinage à la Cité divine pour voir la fin de Son Saint Pèlerinage.

— En pèlerinage ? » La femme a ri. « Alors vous êtes les premiers pèlerins que je vois qui emportent une tortue née en cuve. » Elle a incliné la tête vers la créature. « Une qui semble être née brisée, si ces yeux disent la vérité. »

La tortue lui a sifflé au visage.

La femme a souri, comme si elle ne pensait pas être aussi amusée par leur prise. Elle s'avança jusqu'au bord de la rivière tandis que les hommes et les femmes maigres derrière elle bandaient leurs arcs et faisaient tournoyer des pierres pointues dans des frondes de cuir ; les frondes sifflaient avec colère. « J'aimerais en savoir plus sur cette troupe avant de croire l'histoire qu'elle raconte. Vous, dit-elle en désignant Keema, comment avez-vous trouvé cette tortue ? »

Keema a jeté un coup d'œil à Jun, qui a haussé les épaules.

« Nous l'avons volée », répondit Keema.

Son sourire ne fit que s'élargir. « Expliquez-vous.

— Sur les Terrasses du seigneur Yinn, précisa Jun. Nous avions besoin d'un moyen de transport, alors nous avons… réquisitionné un chariot royal. La créature était fournie avec. Elle voyage avec nous maintenant. » Il les regarda fixement. « Ce qui signifie aussi qu'elle est sous notre protection.

— Espérons que personne n'aura besoin de contester ça. Et elle, c'est qui ? » Son doigt désigna la vieille femme, qui était assise les jambes croisées près de la tortue.

« Ma grand-mère, déclara Jun.

— Je suis sûre que c'est le cas. » Ses yeux se sont à nouveau posés sur Jun. « Ton masque. Enlève-le.

— Je ne préfère pas. Je suis sensible à la lumière. »

L'air s'est alourdi du son de cordes d'arc qui se tendaient.

« Si vous ne voulez pas être transformés en pelotes à épingles, je l'enlèverais maintenant, à votre place. Pour la tranquillité d'esprit de tous. »

Keema a levé sa lance alors que la main de Jun montait à son masque. Leurs yeux se rencontrèrent une fois, comme pour dire *Tiens-toi prêt, ça ne va pas bien se passer*, avant que Jun retire la lanière retenant son masque et enlève celui-ci.

Un silence agité s'abattit sur les dizaines de personnes qui les entouraient, car pas une ne put manquer le tatouage du Paon rouge sur le visage de Jun. La bonne humeur de la femme disparut en même temps que son regard s'assombrissait et que les hommes et les femmes derrière elle marmonnaient entre eux. *Nous voulions qu'elle nous laisse faire. Nous voulions qu'elle nous laisse mettre ce bâtard en pièces.* Car devant eux se trouvait un soldat de la Terreur, une personne sur laquelle ils pourraient déverser toute leur frustration et leur peur en l'écorchant vif, *mes doigts me démangeant de libérer la flèche, pour Sayla, pour Mardo, pour eux tous – ô comme j'ai supplié de lui faire un trou dans la gorge, de le faire chanter.*

La femme émit un son désapprobateur.

« Sale petit paon. » Elle a fermé les yeux. « Fils de la Première Terreur, nous ne pouvons pas te permettre d'expirer un souffle de plus. Pour tous les citoyens de ce pays que tu as brûlés au nom maudit de ton père, je voudrais que tu sois criblé de toutes les flèches dont nous disposons. » Elle a levé la main. Jun a tressailli. La tortue a poussé un cri terrifié. Keema s'est préparé à enfoncer sa lance dans sa gorge. Mais avant qu'une seule penne puisse être lâchée, une voix retentit.

« Tak-Lina, baisse cette main ! »

Et la femme, Tak-Lina, a baissé la main, et les archers derrière elle et de l'autre côté de la rivière ont aussi baissé les leurs à cette injonction, bien qu'un arc ait tiré par accident. *Ce n'était que la deuxième fois que je tenais un arc en dehors de l'entraînement.* La flèche décochée a heurté les planches de bois aux pieds de Jun, mais il n'a pas bronché, continuant à fixer impassiblement la femme de la rivière.

Elle s'avança, le visage empli de crainte, et demanda, d'une voix calme et posée : « Comment m'as-tu appelée ? »

Lorsque Jun répondit, il y avait quelque chose de différent en lui, que Keema échoua à identifier : une centaine de petites variations d'expression, de posture et d'inflexion qui suggéraient que ce n'était pas Jun qui parlait mais quelqu'un d'autre à travers lui ; sa colonne vertébrale se redressa, son menton se leva pour rencontrer le regard de cette Tak-Lina ; le jeune homme n'était plus un chat qui courbait l'échine en courant, mais une créature impérieuse, hautaine même, qui monta sur un des bancs et s'adressa aux assaillants embusqués. « Je t'ai appelée Tak-Lina, et je voudrais que tu cesses ton bavardage. Arrête de menacer la vie de ceux qui me servent désormais. Adresse-toi à moi comme tu le faisais il y a tant d'années. Comme à celle que tu adorais autrefois. »

Oui, c'était bien l'Impératrice qui habitait le corps de Jun, *car nous avions passé le dernier des pièges de pierre de lune et j'étais revenue dans le monde des vivants, pour trouver mes serviteurs en danger d'être tués par une vieille amie. Il était clair que je devais intervenir.*

Le visage de la femme nommée Tak-Lina a subi de nombreuses transformations. La révérence émerveillée s'est transformée en une profonde nostalgie qui s'est ensuite changée en un visage brûlant de fureur – cette fureur se tempérant en quelque chose de froid et de distant, comme si c'était l'état dans lequel elle devait rester si elle voulait se protéger.

« Qu'est-ce qu'il raconte ? demanda un des hommes à un autre. C'est qui cette Tak-Lina ?

— Un vieux nom, dit-elle doucement. Un nom que je n'ai pas utilisé depuis très longtemps. » À Jun-qui-n'était-pas-Jun, elle dit : « J'avais bien l'impression que cette vieille femme m'était familière, mais quelles étaient les chances, pensais-je, pour qu'Elle, entre toutes les personnes, dérive sur ma rivière, entre toutes les rivières des Mille. »

Pas-Jun sourit. « Tu sais aussi bien que moi que la chance n'existe pas dans ce monde. Il n'y a que le Rythme et la Danse. Et que nous ne sommes que les danseurs. »

Tak-Lina hocha la tête, comme si cela faisait trop longtemps qu'elle n'avait pas entendu de tels mots. « Je l'admets, dit-elle, c'est un joli tour, de parler à travers un intermédiaire. Pas plus impressionnant, cependant, que celui de l'Empereur et de Ses tortues. Y a-t-il une raison pour laquelle tu ne peux pas faire jaillir la parole de ta propre bouche ? »

Pas-Jun soupira. « Je suis vieille, Tak-Lina, et je n'ai qu'une poignée de respirations, et pas beaucoup plus de battements de cœur à dépenser dans cette forme, dit-Elle en faisant un geste vers Son corps. Je les utilise avec parcimonie.

— C'est un moment intéressant pour quitter ton Palais.

— Quitter. Quel amusant choix de mot. » Keema tressaillit lorsque Pas-Jun le regarda avec un sourire en coin, déconcerté, et heureux lorsque le substitut de l'Impératrice ramena son regard sur leur proie. « Je n'ai pas quitté le Palais. Je me suis évadée. Après de nombreuses années d'efforts. »

Tak-Lina a croisé les bras. « Et maintenant que tu t'es échappée, te voilà au beau milieu de la cambrousse. Pour aller où ? Pour faire quoi ?

— Je vais à l'est. Pour défaire ce que j'ai amorcé. » Pas-Jun se tenait au bord du bateau, sa main balayant Keema, Malfaçon, eux-mêmes. « Ce sont mes serviteurs. Ils me guident vers la côte est, où des gens affamés de changement attendent mon arrivée.

Des gens qui veulent reprendre la terre et la faire leur. Je leur offrirai mon corps, dans un grand Festin, et je leur accorderai les dons divins qu'il me reste à offrir, afin qu'ils puissent abattre des murs jusqu'ici infranchissables. »

« *Ils ont mangé des gens ?* »

Ton petit frère a tressailli, les yeux humides, et vous avez tous jeté un regard furieux à votre deuxième frère aîné, qui était incapable de déchiffrer l'atmosphère d'une pièce et venait de faire un commentaire inconsidéré sur les rois d'autrefois qui dévoraient la chair des humains. Vous étiez tous dans la salle à manger, le maigre repas de rations terminé, vos ventres grondant. C'était une plaisanterie : si les temps devenaient suffisamment désespérés, vous pourriez tous faire comme les rois du Vieux Pays et manger vos frères. Une conversation a suivi pour savoir qui serait mangé en premier. Quelques rires. Mais ton petit frère demeurait figé sur cette note de fascination inquiète.

« Ils ont vraiment mangé des gens ? » a-t-il demandé. Sa peur inquiétait le reste d'entre vous, car quand votre petit frère ne dormait pas, personne ne dormait.

« Non, ils n'ont pas mangé de gens, lui a assuré ton frère le plus âgé. Pas vrai ? » a-t-il demandé en se tournant vers toi.

Ils se sont tous tournés vers toi. Ce n'était pas surprenant : après tout, c'est à toi que ta *lola* avait confié toutes ses histoires. Et donc tu leur as dit que ce n'était pas ce qu'ils imaginaient. Tu as semblé un peu sur la défensive en reprenant les paroles de ta *lola*, mais tu leur as expliqué qu'il existait tout un rituel derrière la consommation de chair humaine, les Rites du Corps. Ils ne mangeaient que les morts, et quand ils le faisaient, c'était par sens du devoir et par amour, pas pour assouvir leur faim. Tu as dit qu'il s'agissait généralement de quelqu'un de puissant, par exemple un gouverneur ou un seigneur local, ou encore un Empereur. Que cette pratique remontait à une époque où un nouveau dieu remplaçait l'ancien, prenant en lui la mémoire et le pouvoir de ce dernier.

Avec un sourire, tu as indiqué à tes frères qu'il ne serait pas très utile de se manger les uns les autres pour l'instant. Tu as jeté un regard amer au portrait de ton père au-dessus de la cheminée. De vous tous, as-tu poursuivi, il y avait peu de choses à hériter.

Ce n'était pas le cas du cadavre
de la déesse Lune.

« Je ne cherche rien de moins qu'à défaire la grande tapisserie du Trône, dit Pas-Jun en regardant Tak-Lina, dont l'expression était sombre et indéchiffrable, droit dans les yeux. Mon temps est révolu. Je ne peux plus exercer mon pouvoir comme je le faisais autrefois. Je peux compter sur les doigts d'une main le nombre de fois où je peux intervenir avant d'être complètement épuisée. » Pas-Jun a souri faiblement. « Il ne me reste plus beaucoup de temps. Pour la première fois de nos très longues vies, j'implore votre aide. Les singes nous ont déjà refusé leur concours, et je soupçonne qu'il en sera de même pour la plupart de ceux qui vivent encore dans les forêts et les eaux… Alors, c'est d'une voix suppliante que je me tourne vers vous. Laissez-nous passer. Et si vous le pouvez, aidez-nous à voyager à travers les Mille. Aidez-nous à aller vers l'est, à la rencontre des rebelles qui se rassemblent maintenant sur ses côtes.

— Le tremblement, dit Tak-Lina, après un silence. C'était ton œuvre ?

— Oui. Quand j'ai tué l'Empereur. »

Le souffle des guerriers qui accompagnaient la femme du fleuve a été arraché de leur poitrine à cette déclaration audacieuse. L'Impératrice vit cette étincelle, et en profita pour attiser la flamme.

« De ma main, j'ai mis en pièces mon propre enfant comme s'il n'était que du petit bois. Et ce guerrier de la tribu Daware, ajouta-t-elle en désignant Keema, qui tenait toujours sa lance comme pour embrocher quiconque oserait les approcher, ce guerrier a tué la Première Terreur.

— Impossible, a crié un homme.

— Les rumeurs sont donc vraies ? hurla quelqu'un.

— Oh dieux, oh dieux.

— Alors, ça y est. Les liseurs d'eau ont dit vrai ! Notre heure est arrivée !

— Silence ! » a crié Tak-Lina. *Sur son ordre, nous nous sommes tus, car elle était notre Kaara et nous n'avions confiance qu'en elle.* Les eaux troubles de son expression se durcirent en quelque chose de métallique et de féroce, le coin de sa bouche se contractant en un rictus brisé. « Tu es une créature vraiment incroyable, Ma Gracieuse Lune. Tu agis comme si c'était par charité que tu accordais aux gens tes prétendus dons. Mais ce… besoin que tu as de donner ce qui ne devrait pas être donné librement a corrompu cette terre jusqu'à la rendre méconnaissable. » Elle souffla en serrant entre ses doigts le collier de lourdes perles qui pendait sur sa poitrine. « À cause de tes dons, j'ai vu tes fils anéantir des tribus entières d'un revers de la main. Je les ai vus saigner à blanc des rivières. J'ai vu le ciel, depuis des années maintenant, refuser de donner une seule goutte d'eau. » Elle a jeté un regard noir sur la tortue. « À cause de tes dons, ces créatures maudites voient tout et rapportent tout, et renforcent l'emprise des Cinq Familles. Mes amis ont été jetés dans la fosse de Joyrock et on n'a plus jamais entendu parler d'eux. Je suis heureuse que le Trône ne t'ait plus sous son joug, vraiment, ne serait-ce que parce qu'ainsi, ils devront revendiquer moins de pouvoir pour eux-mêmes… Mais il te reste bien des choses auxquelles répondre, pour tous les *dons* que tu as accordés. » Elle regarda le corps de la vieille femme assis à la proue du bateau. « Tu m'appelles Tak-Lina, mais Tak-Lina est une créature du passé. Comme toi, Impératrice, j'ai changé. Nous avons perdu notre ancienne peau. Je suis Kaara de la rivière Jogon maintenant. Je travaille sur les rivières et je romps le pain avec mon peuple. Quand l'Empereur a considéré qu'il avait le droit de mordre à pleines dents dans nos eaux avec ses écluses de pierre, nous avons considéré que c'était notre droit de les reprendre. Nous, les Mille, reprendrons le Bassin du Ciel des mains de la Deuxième Terreur. » Sur son ordre, ses hommes ont à nouveau brandi leurs arcs. « Et tu le prendras avec nous. »

J'ai dit à l'homme de Daware
de baisser sa lance.

Keema, avec réticence, obéit à Son Chuchotement Royal. La lance d'Araya s'est immobilisée à son flanc, alors que le groupe d'éclaireurs les dépouillait de leurs armes. *L'homme de Daware s'est demandé pourquoi nous n'avons pas riposté, ou fui. Peu importe que ma force soit presque épuisée, la raison pour laquelle j'ai retenu nos mains était une dette.*

Une dette dont j'étais redevable à Tak-Lina.

Nous allions rencontrer son peuple. Le moins que nous puissions faire était de déterminer comment nous pourrions être utiles, avant d'échapper à leurs chaînes. Keema a accepté cette décision. Il a regardé Jun, soulagé qu'il soit redevenu lui-même, les yeux baissés alors qu'il les laissait prendre sa hache, ainsi que la longue lame qui avait été abandonnée par son père sur le pont du bateau. Il vit l'un des pêcheurs cracher au visage de Jun, et l'envie lui vint de le frapper au visage, mais il ne bougea pas, Jun lui demandant, d'un subtil mouvement de tête, de ne rien faire ; ses jambes cachaient le pot de riz qui se trouvait sous l'un des bancs de bois.

« Aurons-nous besoin de vous lier les mains ? demande Kaara. Ou serez-vous sages ?

— Tu n'as pas à t'inquiéter de nous », répondit vivement Jun.

Keema a levé son unique bras. « Tu peux essayer. »

Kaara a levé un sourcil.

« De l'humour, a-t-elle dit. Intéressant. »

Peu de temps après, ils ont marché vers le nord, vers le Rassemblement.

Le groupe se déplaçait comme un seul homme.

Ils ont progressé lentement, et avec beaucoup de précautions, à travers les nombreuses rivières. *Nous, les Mille, apprenions dès notre plus jeune âge qu'on ne peut ramer sur une rivière avec un esprit distrait. Le monde ne demande qu'à avaler ceux qui ne marchent pas d'un pas sûr à sa surface.* Les rivières avaient l'habitude de changer d'avis, le mythe se réveillant de son sommeil pour changer de position, et un bateau, certain d'être déjà passé par là, pouvait tourner en rond en croyant suivre son propre chemin, et entreprendre un voyage imprévu, dans un territoire sombre et mortel. *Les voyageurs mal préparés décorent les arbres et l'herbe de leurs os. Nous les reconnaissions : leurs mains froides sont toujours agrippées à leurs rames, comme s'il n'était pas déjà trop tard pour fuir.* Keema avait voyagé en bateau quelques fois dans sa vie, mais ce n'était que maintenant, alors qu'il ramait avec les pêcheurs et appréciait leur vigilance, qu'il comprenait à quel point on pouvait facilement se perdre dans cet endroit. Quand ils ne sondaient pas les courants, ils ramaient en formation serrée autour du bateau capturé, attentifs comme des faucons aux deux guerriers et aux hautes herbes. Certains des pêcheurs murmuraient entre eux, se demandant s'il était vrai que l'Empereur et la Première Terreur étaient morts. D'autres avaient des pensées moins nobles à l'esprit, un homme leur souriait en tapotant le couteau courbe à sa ceinture, comme pour dire qu'il n'attendait que l'instant propice.

Keema jeta un coup d'œil à Jun et fut surpris de constater à quel point le regard de l'autre le réconfortait, malgré le tatouage rouge qui suscitait tant de colère chez les éclaireurs. Entre les deux, il y avait un accord silencieux : une fois que l'Impératrice serait satisfaite, ils quitteraient cette compagnie de rebelles dès que l'occasion se présenterait, mais à condition de trouver un moyen de sortir des Mille par leurs propres moyens.

Des lianes drapaient la rivière Yan-Tsi telles des tresses de cheveux en désordre. Les arbres qui bordaient la rivière disparurent et de hautes herbes les remplacèrent, la rivière devenant une allée sinueuse assez semblable aux ruelles étroites et tortueuses de ta ville portuaire. Parfois, Keema avait l'impression que les hautes herbes bougeaient, comme si elles avaient été effleurées par le corps d'une créature de grande taille. *Nous savions tous qu'il ne fallait jamais marcher dans l'herbe. Même si votre bateau était en feu et que l'eau était remplie de poissons carnivores, ne jamais aller dans l'herbe.* « J'ai un oncle qui a mis sa main là-dedans une fois, a dit l'un des pêcheurs les plus tranquilles quand il a remarqué que Keema regardait fixement les fourrés. Il l'a fait pour plaisanter, c'est ce qu'il a dit. Il disait qu'il pouvait sentir les seins d'une fée des eaux. Mais quand il a retiré sa main, toute la chair était partie. Il ne restait que des os. »

Keema, qui n'était pas sûr d'être dans une position assez confortable pour s'autoriser à répondre, resta silencieux, ne hochant même pas la tête, mais il découvrit bientôt que les pêcheurs du Vieux Pays étaient très bavards, même un groupe comme celui-ci, qui se présentait comme des rebelles assoiffés de sang, car le travail, fait de longues étendues de rien, exigeait une sorte de camaraderie pour y survivre ; quand un homme se mettait à parler, les autres ne pouvaient s'empêcher de le faire aussi, même si cela signifiait adresser la parole à des personnes qu'ils méprisaient.

« Personne ne croirait à cette histoire, a dit une femme qui ramait derrière lui. Sauf toi, quand ton imbécile d'oncle l'a racontée. Mais c'est ce qui caractérise ta famille, je suppose. Une bande d'imbéciles. »

L'homme a haussé les épaules. « C'est plus amusant d'y croire que de ne pas y croire. De toute façon… Personne ne pourra jamais vraiment connaître les Mille. »

La femme a levé les yeux au ciel.

L'homme raconta à Keema l'histoire de cette rivière qu'ils parcouraient maintenant, la Yan-Tsi. La Yan-Tsi devait son nom au démon serpent qui s'était épris de trois beaux frères du village de Double Van, celui-là même où avait eu lieu le carnage dont Keema et Jun avaient été témoins. Le démon serpent a fait tout ce qu'il pouvait pour gagner l'affection des jeunes frères. « De l'or, des cadeaux, tout ce à quoi il pouvait penser, mais en vain, car c'était le démon qui avait dévoré tous leurs ancêtres, et qui pourrait aimer un démon avec autant de sang sur les mains ? »

Keema sentait que Jun écoutait ; il était évident que le pêcheur ne racontait pas cette histoire par hasard. « Ce n'est qu'après de nombreuses années passées à essayer de gagner leur cœur que Yan-Tsi a compris qu'il menait là la première bataille qu'il perdrait. Lorsqu'un matin, il entendit les trois frères se plaindre des autres villageois et dire qu'il serait bien qu'ils aient une rivière rien qu'à eux, le démon sut ce qu'il devait faire. Il a donc utilisé les derniers lambeaux de sa magie ténébreuse pour se transformer en cette rivière sinueuse que nous parcourons maintenant. » Ce n'était qu'une des nombreuses rivières qui traversaient les Mille Fleuves et chacune de ces rivières revendiquait sa propre part de mythe et d'histoire. « Et si vous êtes seul ici, vous l'entendrez soupirer après un amour qui ne sera jamais sien, et vous entendrez le cliquetis de sa longue queue. »

D'autres contes ont suivi, aucun des autres ne souhaitant être en reste. Des contes qui poussaient sur le territoire des Mille comme des mauvaises herbes. Les chants à rebours dans les arbres, qui prédisaient les schémas migratoires des carpes joaillières. Le scintillement dans l'air qui, si on le regardait sous le bon angle, devenait la vision singulière d'une lune noire et d'un soleil bleu que les gens disaient être le vrai ciel de ce monde. Et oui, ils évoquèrent encore les hautes herbes qui vous rongeaient la chair des doigts si vous étiez imprudent. Mais les pêcheurs avaient beau parler, les limites de leur courtoisie étaient claires, car ils ne s'adressèrent pas une seule fois directement à Jun, ni même ne le regardèrent, à part pour lui jeter dans le dos quelques coups d'œil qui étaient autant de fléchettes ; de tels petits gestes suffisaient à les satisfaire, jusqu'à ce qu'une punition plus appropriée soit délivrée lors du Rassemblement.

Jun, de son côté, ne fit rien pour attirer leur ire. Il gardait le regard pointé vers l'avant, son expression était neutre, et les mouvements de sa perche sûrs et réguliers, même si son esprit était vif et agité, car il veillait à ne pas regarder le pot de riz caché sous le banc.

Les insectes de midi grouillaient à la surface de l'eau. Des phisains et des cuides avec de petites aiguilles en guise de bouche et des ailes qui vrombissaient comme de petits moteurs lorsqu'ils buvaient le sang d'un bras inattentif. Attirés comme ils l'étaient par les grandes carcasses, la plupart d'entre eux bourdonnaient autour de Malfaçon, des nuages noirs ravis qui se délectaient de son odeur et de son pus. Mais la créature toujours affamée n'a pas fait le moindre geste pour les attaquer. Keema lui a demandé ce qui se passait. Malfaçon laissa échapper un rire qui semblait tourner sur lui-même, inspirant à Keema l'image d'un garçon trébuchant sur ses propres sandales. « Celle-ci se sent… bizarre », dit-elle. Lorsqu'un phisain particulièrement gros heurta la joue de Keema, il alla rallumer la lanterne d'encens, suggérant à la créature que ce qu'elle ressentait pourrait disparaître en même temps que les insectes. « Peut-être », répondit-elle en émettant un gloussement dubitatif. Elle ne dit pas à Keema qu'il y avait un son dans sa tête qui n'appartenait ni aux phisains, ni aux cuides, ni à l'Impératrice : un murmure, lointain, qui entrait et sortait de son esprit, comme une transmission fragile et statique.

Pendant qu'il frappait le silex afin d'allumer la mèche de la lanterne, Keema remarqua Kaara/Tak-Lina, qui ramait à côté de lui sur son esquif personnel. *Je lui ai dit de ne pas faire confiance à Tak-Lina.* Il a frissonné en entendant Son Chuchotement Royal. *Je lui ai dit qu'elle n'était pas humaine. Qu'en réalité, il s'agissait d'un esprit de la rivière presque aussi vieux que moi, et aussi imprévisible qu'un esprit de la rivière puisse l'être. Mais il ne pensait pas qu'il était sage d'être impoli envers leur ravisseur, alors il a offert à la femme de la rivière un hochement de tête.*

Kaara/Tak-Lina était debout sur son embarcation et ramait. Ses coups étaient beaucoup plus légers que ceux de ses compagnons ; alors que les leurs étaient amples et puissants, comme le galop d'un cheval, les siens étaient brefs, caressants, la différence entre un murmure et une exclamation ; et pourtant, elle couvrait autant de distance, sinon plus, avec ces mouvements si retenus. Elle remarqua le signe de tête de Keema et sourit. « Je suis curieuse de savoir comment un infirme se retrouve mêlé à la trame des dieux et des rébellions », dit-elle.

Il se hérissa au mot qu'elle venait d'utiliser, mais ne la corrigea pas. « J'ai prêté serment, et j'ai l'intention de le tenir.

— Les serments ne jaillissent pas soudainement de la terre comme des mauvaises herbes. Où étais-tu avant de prêter ce serment ?

— Dans la terre, répondit-il, avec un étrange sentiment de nostalgie, à pelleter de la merde dans un petit tunnel. »

Kaara/Tak-Lina gloussa. « Et cette tribu Daware que Notre Gracieuse Lune a mentionnée. Parle-moi d'elle. Son nom n'est jamais parvenu jusqu'à moi. »

Il rama d'un air pensif. Après une pause, il dit : « C'était une tribu de guerriers. Les plus grands guerriers que cette terre ait jamais connus. »

Elle ne se moqua pas de cette déclaration. « Où avaient-ils établi leur foyer ? »

Keema jeta un coup d'œil à Jun, qui semblait perdu dans ses pensées à l'autre bout du bateau. « Dans les plaines de l'Ouest ravagées par les tempêtes, dit-il, brûlées par les hommes de l'Empereur il y a quelque temps. Les Daware ont forgé leurs serments sous le coup de la foudre, aussi inflexibles que les métaux qu'ils utilisaient pour forger leurs lames. » Il l'a regardée. « Je suis le dernier d'entre eux.

— Je te présente mes condoléances pour cette perte, guerrier. » Elle a incliné la tête. « J'espère que leur fin a été grandiose.

— Je n'ai pas encore été témoin d'une fin qui le soit. » Keema avait prononcé ces mots sans réfléchir, et il n'était pas sûr d'y croire, mais Kaara/Tak-Lina semblait affectée par ses paroles.

« J'ai vécu très longtemps, dit-elle. Et plus je vis, plus je suis surprise, et plus je suis triste de voir à quel point les jeunes doivent devenir sages pour espérer survivre dans ce monde. »

Sans ajouter un mot, elle les dépassa, ramant d'une seule traite, pour arriver à la tête du convoi, où elle commença à converser avec l'un des pêcheurs, laissant Keema un peu abasourdi par ses paroles chaleureuses, avant qu'il se souvienne qu'ils étaient ses prisonniers et se remette à ramer.

Leur voyage touchait à sa fin. Le dernier point de repère qu'ils passèrent était l'une des portes d'écluse de Maada. Ils l'aperçurent de l'autre côté du fleuve Yurna, mais ils ne s'approchèrent pas de la porte de roche noire qui fermait l'embouchure de la Petite Yurna, car de chaque côté de la porte se trouvaient de frêles enceintes arborant à la fois la bannière du Trône et celle du Singe d'argent, qui était le symbole de l'armée personnelle de la Deuxième Terreur.

« De l'autre côté de cette porte se trouve un monde mort, déclara Kaara/Tak-Lina, à l'intention de l'Impératrice, à l'intention de tous. Un lit de rivière asséché où les poissons s'étouffent sur la roche chaude. Cette porte est fermée depuis deux ans maintenant, depuis qu'ils ont trouvé des étoffes de contrebande dans les sous-sols d'un village le long de la Petite Yurna. Trois rouleaux de tissu Induun de qualité moyenne, que des pêcheurs avaient trouvés dans un panier abandonné flottant dans le détroit principal, et qui n'avaient jamais été réclamés. Pour cette seule raison, ils ont tué cette rivière. Et le seigneur Maada a laissé faire sans rechigner, parce que le village était un petit endroit, une pièce mineure dans un jeu, sacrifiée au nom de plus vastes profits à venir. » Puis elle se remit à ramer, mettant fin au moment avant qu'il ait eu le temps de s'installer dans l'estomac, le portail noir s'attardant dans l'arrière-plan des sens de Keema pour un moment encore, alors qu'ils continuaient à ramer.

« Oui ? » dit soudainement Malfaçon. Elle a levé la tête et a parlé à quelqu'un que ni Keema ni Jun ne voyaient.

« Que se passe-t-il ? chuchota Keema. Qu'est-ce qui ne va pas ? »

Le bec de la tortue a prononcé des mots qu'elle n'a pas vocalisés.

Puis : « Celle-ci a cru entendre la voix de sa mère.

— Ta mère ?

— Leur dieu, a précisé Jun. Celle qui lie leurs esprits ensemble. Ce n'est pas surprenant, je suppose, que tu puisses l'entendre maintenant. Elle n'est pas loin.

— Où est-elle ? demanda Keema, curieux, car cette information n'était pas connue de la population.

— Au Bassin du Ciel, répondit Kaara/Tak-Lina. Elle y est retenue comme invitée d'honneur à bord d'un des vaisseaux-prisons de Luubu. Nous travaillons à sa libération depuis un certain temps. Les plans se mettent en place. » Elle fit un signe de tête à Malfaçon. « Que te dit ta mère, créature ?

— Celle-ci ne peut la comprendre. Elle n'est même pas sûre que ce soit elle.

— Si tu entends quoi que ce soit qui puisse nous être utile, fais-le-nous savoir. Toute aide que vous fournirez contribuera à l'indulgence que le Rassemblement vous accordera à tous.

— Alors, combien de temps encore avant notre exécution ? » demanda Jun.

Kaara/Tak-Lina émit un petit bourdonnement moqueur.

« Plus longtemps, maintenant. »

En effet, ils ne durent plus ramer longtemps : l'entrée, devant laquelle on pouvait passer sans l'apercevoir si on ne la cherchait pas spécifiquement, se trouvait deux coudes plus loin sur la rivière. Trois des pêcheurs ramèrent devant le groupe et pressèrent leurs bateaux contre le mur d'herbes hautes ; l'herbe s'écarta facilement, comme une fausse paroi, révélant derrière elle un petit bras d'eau. Le bateau de la tortue fut introduit en premier dans cette ouverture, la main de Keema commençant à transpirer tandis qu'il ramait avec Jun sur les dernières longueurs, et ils arrivèrent au Rassemblement des Clans de la Rivière.

APRÈS-MIDI

Une ville sur l'eau.

C'est ainsi que tu as décrit le Rassemblement à ton petit frère, qui n'était plus si petit que ça. Il était plus grand que toi d'une tête tout entière, sa poussée de croissance avait été soudaine, tout comme son désir de partir étudier à l'étranger, malgré les dangers des voyages à l'étranger à cette époque. Il savait que, de tous tes frères, c'était toi le plus triste de le voir partir, et il t'a donc tenu compagnie pendant les semaines qui ont précédé son départ ; vous faisiez tous les deux de longues promenades ensemble, parfois pour effectuer quelque tâche, le plus souvent sans but. Et tu te sentais très vieux, même si tu ne l'étais pas du tout, quand il prenait son air patient et attentif pendant que tu te rappelais à haute voix les histoires de ta *lola*.

« Tu ne devrais pas être gêné, disait-il souvent. Je pense que c'est chouette que tu te souviennes de tant d'entre elles. »

Exactement, as-tu songé, en roulant une cigarette. Chouette.

Bref, le Rassemblement. Le nom s'expliquait de lui-même. Vous vous êtes promenés tous les deux le long des quais de votre ville, ton chapeau menaçant de s'envoler dans la mer tandis que vous faisiez signe aux bateaux, des yoles minces comme des brins d'herbe, de gros remorqueurs, d'intrigants catamarans et même des navires de guerre, et tu lui as décrit comment les pêcheurs du Vieux Pays se rassemblaient pour former ce collectif, et discuter entre eux des problèmes du jour. Comment ils attachaient leurs bateaux ensemble, avec des cordes et des planches, des bateaux de toutes tailles qui créaient, dans les faits, une ville éphémère sur l'eau, qu'ils pouvaient arpenter grâce à ce réseau complexe de passerelles improvisées, d'échelles et de plateformes. Le lieu du Rassemblement changeait constamment, car les autorités s'inquiétaient de ces réunions et essayaient parfois d'y infiltrer des informateurs.

On disait qu'un pêcheur n'était jamais perdu, car il avait deux maisons, son village et son Rassemblement, et il n'était jamais loin de l'un ou l'autre.

Peu importe la distance sur laquelle il ramait, as-tu dit, il n'était jamais perdu.

Ton frère s'est tourné vers toi, les larmes aux yeux, et tu as cru que tu allais t'effondrer. « Je ne pars pas définitivement. Je reviendrai à la maison chaque fois que je le pourrai. » Tu as essayé de lui dire que tu ne faisais que raconter une histoire, mais ta voix n'y arrivait pas, alors tu l'as serré dans tes bras et tu lui as dit qu'il allait te manquer.

« Toi aussi, tu vas me manquer », a-t-il répondu.

Et puis il t'a porté, trop facilement, et il t'a jeté dans la baie, éclatant de son rire haut et flûté alors que tu t'écrasais sur la surface de l'eau.

C'était le plus bel adieu que tu pouvais espérer.

Tout le monde n'a pas le droit
de dire au revoir.

On ne pouvait pas pointer un doigt dans la foule du Vieux Pays sans désigner quelqu'un qui avait subi une perte importante et bouleversante. Toutes les personnes présentes au Rassemblement avaient été poussées, d'une manière ou d'une autre, à essayer de reprendre ce qui leur semblait leur revenir de droit. *J'ai perdu ma mère, j'ai perdu mon enfant, j'ai perdu le seul homme que j'aie jamais aimé.* On le voyait dans la façon dont ils se comportaient ce jour-là, alors qu'ils se rassemblaient en vue d'une bataille préparée de longue date, une bataille qu'ils savaient perdue d'avance. *J'ai perdu ma rivière, ma dignité.* Une bataille qui se terminerait probablement par leur mort brutale.

Ils ont ri. Bruyamment et joyeusement. Ils ont échangé des histoires avec la ferveur que l'on peut avoir au Dernier Jour. Ils faisaient des grimaces en se peignant les joues avec des runes protectrices et ils chantaient à gorge déployée en aiguisant leurs couteaux et en taillant leurs flèches. *Nous ne voyions pas l'intérêt d'être sérieux. Si vous savez ce qui va arriver, quel est l'intérêt d'être malheureux à ce sujet ?* De loin, ces rires n'étaient qu'un crépitement de bruits, comme un feu d'artifice lointain tiré en l'honneur d'un héros mort, et de près, c'était presque écrasant, une joie vive et déchirante rappelant qu'il n'y a aucune bonne façon de prendre la douleur par la main. L'une des tisserandes, qui réparait les filets et renforçait les armures en tissu épais, capables d'arrêter les flèches, riait particulièrement fort ce jour-là. Ce n'était qu'une parmi tant d'autres, et si vous jetiez un coup d'œil à la foule, vous ne l'auriez probablement pas remarquée parmi toutes les autres personnes dignes d'attention. Sa vie était jusqu'alors modeste, comparée à celle de ceux qui se battaient depuis le début. *Mon nom était Mira de la rivière Narada. J'étais autrefois membre de la flotte textile d'Induun et j'ai apporté tout ce que je savais du tissage à mon nouveau peuple.* Une femme de trente ans, un âge respecté à l'époque, et pour beaucoup, la marque que vous aviez atteint le dernier quart de votre vie, car il n'y avait que trop de façons de tomber dans les pièges tendus par la Mort et elle le savait aussi bien que quiconque. *Je m'appelais Mira, et j'étais le dernier membre vivant de ma famille.*

C'était une enseignante patiente, qui guidait les plus jeunes à travers les finesses les plus subtiles de l'art du tissage, et elle ne manquait pas de rire d'elle-même lorsqu'elle se piquait les doigts sur l'aiguille. « Peu importe depuis combien de temps tu fais quelque chose, disait-elle, tu peux toujours le foirer dans les grandes largeurs. » Son attitude était un grand baume pour ceux qui l'entouraient. Elle ne participerait pas à l'infiltration à venir, elle ne trancherait pas de gorges dans le noir, mais elle était là, et elle aidait.

Ce n'est que lorsque l'on a appris que le peuple de Kaara était revenu que son rire s'est éteint, et qu'une blessure qui n'avait jamais vraiment guéri a recommencé à saigner, *car j'avais entendu qui voyageait avec elle.*

Et je savais ce qui devait être fait.

Le groupe d'éclaireurs arrivait au Rassemblent.

Keema a laissé éclater son propre rire de joie lorsqu'il a vu les dizaines de bateaux rassemblés au centre de ce réservoir caché. Il n'avait entendu que des rumeurs sur le Rassemblement tout au long de sa vie, et il n'avait jamais pensé qu'il le verrait de ses yeux. Il était plus grand qu'il ne l'aurait espéré. D'immenses péniches et de minuscules skiffs pour deux personnes se côtoyaient parmi des centaines d'autres embarcations de tailles diverses, toutes reliées par un enchevêtrement impossible de planches de bois et de cordes créant des passerelles improbables entre les vaisseaux. L'ensemble de l'entreprise oscillait et se déplaçait, donnant l'impression d'une créature vivante, se contractant et se dilatant à chaque respiration. « Notre propre Bassin miniature, déclara fièrement Kaara/Tak-Lina, avant de se rappeler pourquoi elle les avait amenés ici en premier lieu. Venez. »

On leur montra une longue plateforme le long de laquelle de nombreux autres petits bateaux étaient attachés, et où un groupe d'hommes et de femmes d'allure redoutable attendaient – presque tous fixaient le Paon. Jun eut un hoquet d'appréhension.

« D'accord », dit-il à voix basse, avec résignation.

Lorsque leur corde fut nouée, on ordonna à Keema de rester avec la tortue, sous la surveillance d'un maître docker de la taille d'une montagne, tandis que les autres furent emmenés pour rencontrer l'amirauté.

Jun et lui, lorsqu'ils furent séparés, n'eurent pas le temps d'échanger le moindre mot. Il regarda en silence Jun soulever la vieille femme au-dessus de sa tête et descendre du bateau sans crainte de perdre l'équilibre, comme s'il avait déjà fait cette manœuvre bien des fois. Kaara/Tak-lina le conduisit à l'écart ; Keema et lui échangèrent un dernier regard et ce regard brûla dans l'esprit de Keema comme l'image rémanente du soleil. La plupart des membres du groupe partirent, à l'exception d'un contingent de gardes chargés de veiller à ce que l'homme de Daware ne se livre à aucune activité suspecte. Keema ignora leurs regards hostiles, et s'assit sur l'un des bancs de bois du bateau, envahi par un sentiment d'impatience et d'inutilité. Il regrettait de ne pas avoir dit quelque chose. Mais quoi ?

Au revoir ?

Ne sachant pas quoi faire d'autre, il se tourna vers la tortue. « Et comment te débrouilles-tu dans tout ça ? » demanda-t-il.

Malfaçon le regarda avec son petit et son grand œil. « Celle-ci est impatiente de voir ce qui va se passer.

— Tu as l'air presque excitée. »

Malfaçon ne l'a pas nié. « Celle-ci apprécie leur cause. Ils veulent se libérer. Celle-ci comprend un tel désir. » Elle a humé l'air profondément. « Cet endroit sent la certitude rouge. Ils ne savent pas s'ils réussiront à libérer le Bassin, mais ils sont certains d'essayer.

— Tu as dit que ta mère était retenue dans le Bassin ? »

Elle a acquiescé.

« L'as-tu déjà rencontrée ? »

Elle a semblé confuse. « La mère ? Non. Celle-ci n'a pas rencontré la mère. Pas dans le sens où vous, les humains, l'entendez. On ne rencontre pas la terre sur laquelle on marche, et celle-ci ne rencontre pas sa mère. Mais elle sent sa mère, sous ses pensées. Sa mère est la terre sur laquelle son esprit marche. Sa mère est ce qui la lie à ses sœurs. C'est grâce à sa mère qu'elle n'est jamais seule. » Elle acquiesça, comme si elle était d'accord avec elle-même, avant de se tourner vers Keema. « Celle-ci aimerait entendre parler de *votre* mère.

— Je n'en ai pas eu », a répondu Keema. Certains des gardes parlaient entre eux, mais ils ne rataient pas un mot de leur conversation.

« Avez-vous aussi été élevé dans une cuve du Palais ? »

Il a souri. « Non. Je suis né comme un humain, pour autant que je sache. Mais elle est partie avant que j'aie eu la chance de la rencontrer. Pareil pour mon père. J'ai été élevé par... » Il fronça les sourcils. « Ne peux-tu pas lire dans mes pensées ? Ne le sais-tu pas déjà ?

— L'odeur de votre aura et de votre sang ne révèle pas à celle-ci les secrets de votre esprit », dit la tortue. Un ricanement triste. « Tout ce que celle-ci sait, c'est que vous sentez l'inquiétude. Cela se dégage de vous dans une couleur des plus vives.

— Maintenant ? interrogea Keema, amusé. De quelle couleur est mon inquiétude ?

— La couleur d'un ciel gris et déchiré. » La tortue s'est tournée vers le rassemblement de bateaux. « Celle-ci aussi est inquiète.

— Tu ne penses pas que ça va bien se terminer ? » demanda Keema.

« Non, murmura la voix dans le bocal.
Je ne le pense pas. »

Un frisson a saisi Keema. Il observa le docker et les gardes afin de s'assurer qu'ils n'avaient pas entendu la troisième voix sur le bateau, mais un coup d'œil lui indiqua que ce n'était pas le cas ; il semblait que Kaara leur avait dit qu'il n'était pas une menace, car ils ne jetaient plus maintenant qu'un regard désinvolte dans sa direction.

La jarre était placée sur le banc en face de lui. Keema continua à parler avec la tortue, espérant faire comprendre à la voix dans le bocal que sa contribution n'était pas souhaitée, mais Keema n'avait jamais été très doué pour la conversation, et il se retrouva à s'étendre maladroitement sur un hématome qu'il avait découvert dans le bas de son dos, jusqu'à ce que la Terreur ne l'interrompe opportunément. « Garçon, murmura-t-il brusquement. Garçon, je sais que tu m'entends. Ouvre ce bocal.

— Non, dit Keema, la voix calme, les yeux fixés sur l'horizon.

— Ouvre cette jarre. Ouvre-la avant que je me fasse connaître. Ce n'est pas comme si j'avais encore beaucoup à perdre. » Il entendait presque le sourire de la tête. « Et je peux être assez bruyant, je suis sûr que tu t'en souviens. »

Keema serra le poing.

« Celle-ci pense qu'il vaut mieux accepter ses demandes », dit Malfaçon.

Dans un souffle, Keema a soulevé le couvercle de la jarre, juste assez pour révéler un croissant d'obscurité, une tranche de lumière éclairant l'œil bridé de la Première Terreur. « Cela vous satisfait-il ? demanda-t-il.

— Oui, répondit la Terreur.

— Que voulez-vous ?

— Regarder le visage de mon assassin.

— On dirait que je n'ai pas encore mérité ce titre. »

Un rire.

« Mon agresseur, alors.

— Vous ne nous avez pas laissé beaucoup d'alternatives.

— Ne te méprends pas, mon garçon. » Il semblait prendre un grand plaisir à l'appeler *garçon*. « Je ne suis pas en colère. » Et il n'avait pas l'air en colère. Son murmure était léger, amical même. « En quarante-cinq ans, je n'ai pas perdu une seule bataille. Quarante-cinq ans. Une seule fois, la Mort a failli m'emporter. Un noble a essayé de me faire tuer après que j'ai eu des relations avec sa maîtresse. Il m'a tiré une flèche dans le dos, comme un lâche. » Il gloussa comme s'il était à un dîner et que Keema était un diplomate d'un pays étranger qu'il essayait de divertir. « Jeune idiot que j'étais, je ne l'ai pas vu venir. Je me suis dit que je ne ferais pas deux fois la même erreur. Que personne n'aurait plus jamais la possibilité de me tirer dessus par-derrière. » Il a regardé Keema d'un air indéchiffrable. « Il s'avère que je suis toujours ce jeune imbécile. »

Keema regardait un oiseau *gigi* sauter de corde en corde, avant de toucher l'eau ; il s'envola avec quelque chose d'argenté qui battait dans son petit bec.

« Où est mon fils ? demanda la Terreur.

— Ailleurs.

— Tu ne peux pas le retourner contre moi. » La tête a dit cela avec une confiance absolue. « Il est peut-être confus pour l'instant, mais il sera toujours loyal. »

Keema avait instinctivement envie de corriger cette impression, de dire à la Terreur qu'il n'avait pas l'intention de retourner Jun contre qui ou quoi que ce soit, jusqu'à ce qu'il se rende compte qu'il ne se souciait pas du tout de ce que la Terreur pouvait penser.

« Les problèmes entre vous et votre fils ne me concernent pas.

— Bien sûr que non, foutu paysan », a craché la Terreur.

Le docker a levé les yeux du parchemin qu'il étudiait, brièvement. Il a fixé Keema un instant, avant de retourner à son travail.

La tête a retrouvé son calme.

« Mais là n'est pas la question, dit-il plus calmement. Avec le temps, Jun se souviendra d'où il vient. Il se souviendra de la vraie nature de son cœur. »

« Il reviendra à moi. »

Les lèvres de Jun étaient sèches. Son cœur battait à tout rompre. Il y avait une incertitude dans son pas alors qu'il suivait les pêcheurs au cœur du Rassemblement, comme si ses jambes pouvaient le lâcher à tout moment. De tels symptômes de lâcheté lui faisaient honte, et il se disait qu'il avait simplement le mal de l'eau, que le roulis des plateformes qu'ils traversaient jouait un mauvais tour à son estomac. Il se disait qu'il n'avait pas peur, même si son corps voulait se flétrir sous le regard courroucé des nombreux hommes et femmes qui faisaient la queue pour le voir. Les voix dans sa tête étaient volcaniques. *Nous avons ri en lui disant que même s'il le niait, nous connaissions la vérité – nous avons vu sa PEUR. Il avait raison d'avoir peur. Nous lui avons crié qu'il avait raison de se pisser dessus, parce qu'ils savaient, ils savaient TOUS ce qu'il avait fait. Et que justice serait rendue.*

Il se dit qu'il n'avait pas peur, que quoi qu'il arrive, il le méritait et qu'il accueillerait sa fin avec solennité. Il s'accrocha à ce dernier vestige de fierté en montant sur l'estrade centrale, où l'amirauté l'attendait.

Vingt-deux hommes et femmes assis en demi-lune, face à lui et à l'Impératrice, à côté de laquelle il s'agenouilla.

Kaara/Tak-Lina fut la première à s'adresser à cette cour improvisée. Elle raconta aux hommes et aux femmes de l'amirauté l'histoire de leur rencontre, et Jun trouva qu'à son crédit, elle présentait chaque détail avec justesse, sans insister pour que les preuves soient interprétées dans un sens ou dans l'autre – il remarqua cependant qu'elle omit de préciser qu'elle connaissait l'Impératrice depuis une époque bien antérieure à celle de l'Homme – ou peut-être, pensa-t-il, que l'amirauté le savait déjà. Lorsqu'elle eut terminé, elle rejoignit les vingt-deux autres, prenant place à l'extrémité droite de la demi-lune.

Un homme assis au centre prit la parole. *Mon nom était Tajeem de la rivière de la Cigale.* Il avait l'air de pouvoir briser le cou de Jun en un clin d'œil. « Nous voudrions d'abord parler à l'Impératrice. Elle peut choisir d'utiliser Son propre corps ou parler par l'intermédiaire de Son substitut, cela nous importe peu. Tout ce que nous demandons, c'est qu'Elle le fasse avec diligence. »

Alors même que Jun acquiesçait, il sentait déjà qu'Elle prenait le contrôle. Comme un ver froid remontant le long de sa colonne vertébrale et pénétrant dans son cerveau. Il a essayé de se détendre.

Elle a pris le contrôle de lui comme on donne un coup de poing.

« Me voici, hommes et femmes du Rassemblement », déclara Pas-Jun à l'attention feutrée de l'amirauté. Et bien que Son énergie s'approche dangereusement de l'épuisement, *je savais que si je n'inspirais pas ces gens par ma présence, nous étions condamnés,* Elle fit scintiller les yeux d'un bleu pâle, surnaturel, et une aura blanche émana des épaules dans des tentacules entrelacés d'esprits, mais même sans les yeux brillants, même sans la lumière, la transformation était évidente ; *nous avons tous senti Son aura royale, qui s'échappait des épaules de son substitut. C'était un pouvoir incomparable, et il nous a submergés.* « Après si longtemps, j'ai échappé aux griffes de mes enfants. J'ai éliminé l'Empereur de ce monde, ainsi que la Première Terreur, et je ne m'arrêterai pas avant que les autres puissent plus tourmenter ce pays. » Un vent a agité l'eau, les robes et les cheveux. Il jouait de la musique sur les breloques en bois qui pendaient à l'arc. Elle était une vieille longe de corde, s'efforçant de retenir un grand poids, mais Elle était maintenant prise dans Sa propre performance ; la plateforme entière se soulevait dans l'air, juste assez pour que les estomacs se gonflent, et que le monde semble impossible et grand. Puis Elle l'a doucement abaissée, et Elle a calmé la lumière et le vent, le seul vestige de Sa démonstration de force étant la lumière dans Ses yeux. « Pardonnez-moi d'avoir été absente si longtemps. Mais je suis ici maintenant. Et je veux aider. »

Même l'antipathique Kaara/Tak-lina semblait dépourvue de mots.

« Alors c'est vrai, dit Tajeem, en essuyant la sueur de son front. Notre Gracieuse Lune nous est finalement revenue.

— Lune bénie ! a crié quelqu'un, tout en haut.

— Notre Aimable Lumière ! »

C'était une exaltation donnée du plus profond de soi ; une exaltation que le peuple ne pouvait nier.

Un par un, les membres de l'amirauté ont incliné la tête, et, obligée de suivre les règles de la bienséance, Kaara/Tak-Lina les a imités, le visage sans expression, comme si elle n'était pas surprise par la direction que prenait cette réunion, même si ce n'était pas celle qu'elle avait espérée. Et tandis que les chefs élus du Rassemblement s'inclinaient devant Elle, *nos cœurs lui appartenaient entièrement,* Jun sentit la vague d'amour de l'Impératrice dans sa propre poitrine, alors que Ses sujets la regardaient avec crainte, avec adoration, et il entendit Ses pensées alors qu'Elle Se demandait depuis combien de temps Elle n'avait pas été vénérée de cette façon.

Depuis si longtemps, et de si belle façon.

Keema l'avait ressenti même de là où il était assis.

Dès que le vent s'était mis à souffler, il avait su qui l'avait fait souffler, et comme le capitaine des docks et les gardes, il n'avait pu s'empêcher de ressentir une étincelle de crainte lorsque le cœur du Rassemblement s'était mis à scintiller d'une lumière céleste. La nouvelle du spectacle de l'Impératrice se propagea rapidement, et l'humeur fataliste se changea en quelque chose de plus optimiste, car la balance des forces commençait à pencher en leur faveur. Il ne fallut pas longtemps pour qu'un seul garde reste en poste, tandis que les autres couraient pour en savoir plus sur ce qui se passait. La Terreur semblait amusée. « Alors comme ça, Elle S'est fait de nouveaux adeptes. » Keema se surprit à hocher la tête. « Peu importe, dit la tête. En attendant nos lauriers et nos palanquins, j'ai une question pour toi : mes yeux m'ont-ils trompé hier soir, ou portes-tu la lance d'Araya ? »

Le nom, prononcé par ces lèvres, fut suffisant pour secouer Keema de son regard distrait. « Pourquoi ? demanda-t-il, méfiant.

— Elle te l'a donnée ?

— Évidemment. »

Un soupir s'échappa du bocal, tel un fantôme se glissant par une fissure dans une pierre tombale. « Je l'aimais bien. Elle m'aurait fait un bon enfant si elle en avait été capable. » Keema voulut aussitôt refermer le couvercle et ne plus en entendre davantage ; il ne dit rien et ne fit rien, donnant ainsi une approbation tacite à la tête pour qu'elle continue, ce qu'elle semblait souhaiter vivement. « Les nuits que j'ai passées avec elle avaient un caractère futile qui, je l'espère, nous a plu à tous les deux. Mais il y avait des moments où je levais les yeux vers la lance accrochée à son mur et lui demandais son histoire, et elle souriait et refusait de me la raconter. "Ne gâche pas tout", disait-elle. J'aurais pu en savoir plus par moi-même, mais ça ne m'a jamais semblé correct d'aller rôder dans des endroits où elle ne voulait pas que je rôde. Les désirs des autres ne m'ont jamais empêché de faire ce que je voulais, mais pour une raison quelconque, le sien l'a fait. »

Le bocal resta silencieux un instant. Puis il ajouta : « Elle était toujours en vie quand je suis retourné à la Porte du Tigre. »

Le souffle de Keema se crispait de plus en plus. *Continue*, avait-il envie de dire. *Ferme-la*, avait-il envie de dire.

« Nos chevaux ont piétiné son corps au sol. Pas une seule partie d'elle n'est restée intacte. Elle ne pouvait même pas lever la tête lorsque je me suis agenouillé près d'elle et que j'ai écarté les cheveux de ses yeux. J'ai dit : "Uhi, pourquoi as-tu fait ça ?" Mais, même ça, elle me l'a refusé. » Il a émis une sorte de son étrange, un rire triste. « Tout ce qu'elle m'a demandé, c'est si tu t'étais enfui, et quand je lui ai dit que oui, elle a sombré dans la Mer dormante. Je suis allé à son bureau, afin de récupérer la lance et de la laisser reposer avec elle, mais elle avait disparu. Jusqu'à aujourd'hui, je me suis demandé ce qu'elle était devenue. »

Un peu plus loin sur le quai, on entendait le brouhaha d'une conversation excitée. Mais Keema ne la voyait pas, pas vraiment.

« Je suis heureux qu'elle ne soit pas perdue. Qui que vous soyez l'un pour l'autre, je suis heureux qu'elle ait fait assez confiance à quelqu'un pour la lui remettre, avant la fin. »

Ça suffisait.

Keema a refermé la jarre. La Première Terreur soupira une fois de plus, mais ne se plaignit pas. Mais, alors que le cercle de bois glissait à nouveau sur le trou, l'œil gauche disparaissant dans l'obscurité, il entendit la Terreur dire, tendue : « Attends. »

« *Quelque chose a changé.* »

Un vent nouveau agita l'herbe qui entourait le réservoir, et avant que Keema ait pu dire « Quoi ? », la tête de Malfaçon s'éleva dans les airs comme si elle était tirée par une main invisible et pressante et elle a laissé échapper un cri, puissant et abrasif, comme du sable dans l'oreille.

Le docker a crié : « Faites taire votre putain d'animal ! » mais la créature ne pouvait pas se contrôler. Elle a lâché un autre cri. *Nous l'avons entendu de l'autre côté du Rassemblement et, d'instinct, nous avons pensé que l'Empereur prononçait un discours d'outre-tombe.*

Un troisième cri, comme le souffle d'un cor de guerre, semblant provenir des profondeurs de la créature. *Un cri horrible, un son que nous connaissions trop bien, nous l'avions tous entendu à un moment donné, quand nous passions par les postes de contrôle, quand quelque chose tournait horriblement mal.* Tout le Rassemblement était sur les nerfs. Jun, la vieille femme et l'amirauté qu'ils affrontaient au milieu de la foule, tous tournèrent la tête vers le quai, où Keema comprima son oreille droite avec sa main et pressa l'autre contre son épaule, tandis que la tortue défectueuse, à un volume presque anormal, dans des hauteurs criardes, proclamait : « IL EST MORT ! LUUBU EST MORT ! LE BASSIN DU CIEL LUI A GLISSÉ DES DOIGTS ! »

« LA DEUXIÈME TERREUR EST MORTE ! »

Malfaçon a proclamé cette nouvelle comme un jeune héraut sur un bateau-d'avis, avec force et sans artifice. Elle ne s'arrêterait pas tant qu'elle n'aurait pas été entendue, et même alors, il en fallait plus pour satisfaire cette créature à bout de souffle. Il s'agissait d'une situation inhabituelle, du genre de celles qu'aucun membre de l'amirauté n'avait eu à gérer auparavant, y compris Kaara/Tak-Lina, qui était là depuis bien plus longtemps qu'eux, et un nouveau protocole a donc été établi à la volée. Les planches de connexion ont été enlevées et les bateaux ont été dégagés de la voie pour que le vaisseau de Malfaçon puisse être rapproché du centre de l'anneau, où elle pourrait s'expliquer en détail. Mais même l'extraction d'informations claires de la créature a été difficile au début, *car la créature semblait être proche de l'hystérie, lâchant entre chaque déclaration un klaxon de joie ou de terreur ou un cri de « ne-m'interrompez-pas », personne ne savait au juste,* personne au Rassemblement ne disposant des outils nécessaires pour déchiffrer ses bruits les plus abstraits, son agitation désespérée. Cela a pris du temps, mais la tortue a fini par se calmer assez longtemps pour qu'ils puissent déterminer ce qui suit, confirmé plus tard par leurs propres éclaireurs, à l'oreille collée à la poitrine de la ville.

Quelques heures plus tôt, Luubu, la Deuxième Terreur et dirigeant *de facto* du Bassin du Ciel, avait été abattu d'une flèche à pointe de pierre dans le cou, tirée depuis le cinquième pont d'une noble péniche d'habitation. Alors que le pilote de Luubu tentait de s'enfuir, une deuxième flèche avait embroché l'un de ses gardes, l'avait traversé comme une pierre à travers du papier, et s'était plantée profondément dans le dos de la Terreur. Le prince criblé de flèches avait été amené sur le pont médical le plus proche, où l'on a annoncé sa mort. *Quand nous avons appris cela, j'ai pris la main de mon mari. Je l'ai tenue.* Le Bassin du Ciel était encore calme, car la nouvelle de la mort de Luubu était, comme celle de l'Empereur, gardée secrète. Mais alors que le grand public n'avait pas encore appris l'assassinat, la rumeur, au cours de ces dernières heures, avait parcouru les rangs de la flotte pénitentiaire, de garde en garde, remontant la hiérarchie jusqu'à ceux qui étaient au sommet, les capitaines, les gardiens et les généraux, qui se retrouvaient tous sans personne à qui répondre ou demander de l'aide. Pas plus que les chefs des entreprises textiles ou les chefs des guildes de tisserands, dont les tissus n'avaient plus personne à qui être présentés lors des festivités de la Semaine Sainte prévues le lendemain – Induun était déjà parti pour la Cité divine. Personne ne pouvait empêcher la nouvelle de se répandre de vaisseau en vaisseau, aussi rapidement qu'un incendie ravageant un temple en bois. Et c'est ainsi qu'une fenêtre d'opportunité s'est présentée à l'amirauté du Rassemblement, le Bassin étant devenu vulnérable tandis qu'il devait s'adapter à la perte soudaine de son chef.

Avec une révérence dans la voix dont Keema ne savait pas la créature capable, Malfaçon dit : « Pour la première fois dans sa misérable vie, celle-ci a entendu la voix de sa Mère ! Et sa voix est glorieuse ! La Mère est heureuse que celle-ci soit libre ! » Une fierté sauvage dans le balancement de sa tête. « La Mère voit tout ! Elle a confié à celle-ci les événements du Bassin du Ciel, afin qu'elle lui apporte de l'aide. Afin que celle-ci apporte des renforts pour venir la sauver ainsi que toutes les tortues de ce pays en flammes ! »

Elle poussa un cri de triomphe, mais si elle avait l'intention de recevoir des applaudissements, il n'y en eut pas.

L'amiral Tajeem s'est levé de son banc au centre du Rassemblement. Il a regardé le substitut de l'Impératrice. « Faites-vous confiance à cette créature, Gracieuse Lune ? »

Je ne le savais pas encore.

« Mes sens se sont émoussés avec les années, a dit Pas-Jun. Mes liens avec le monde sont limités à ce qui m'entoure. Ce qui est et n'est pas est… nébuleux. Mais j'ai eu l'impression de perdre quelque chose, une présence, comme un fil, coupé avant son heure. Mais ce que cette perte, cette présence, est, je ne peux pas le dire. »

Un murmure s'est répandu dans l'arène. « Que cela soit vrai ou non n'a pas la moindre importance. » Kaara/Tak-Lina a changé le cours des discussions avec sa franchise déterminée. « Avant d'intercepter la Dame Lune, notre plan était de frapper le Bassin ce soir. Tout est en place. Nous avons les minutages des alignements des vaisseaux et des rotations des balistes. Nous avons les gens à bord des barges, qui attendent notre signal. Le Canal Douze ne sera pas protégé. Je crois que c'est un signe que nous devons mener à bien notre attaque.

— Elle a raison, renchérit Shala de la Rivière Vaillante. Avec le chaos qui frappe les gouvernants, nous pourrions également attaquer la flotte pénitentiaire – peut-être même libérer le dieu tortue de sa prison. »

Une autre femme a rétorqué : « Nous gaspillerions leurs vies ! La flotte pénitentiaire est infestée de patrouilleurs tortues. Sans aucune routine établie ! Pas un seul homme ne pourrait s'en sortir, pas avec notre seule force.

— Nous serions fous de ne pas profiter de cette situation.

— Nous le faisons déjà, en attaquant tout court ! »

Voix contre voix, la dispute enfla.

Les yeux de Kaara/Tak-Lina se sont écarquillés lorsque Pas-Jun s'est levé, les yeux brillants.

« Je serai celle qui défoncera les murs de la cellule de la Mère Tortue, dit-il, à l'immense surprise de Keema comme de Jun, bien que ce dernier ne soit pas en mesure de l'exprimer. Je vous aiderai à démanteler le Bassin du Ciel de mon enfant. »

Malfaçon tenait la tête haute, en hommage à Sa personne.

Je lui ai dit que je n'allais pas changer d'avis.

En bordure du Rassemblement, dans une petite péniche qui appartenait à l'une des maîtresses de l'amiral Tajeem qui l'avait prêtée contre son gré pour l'usage de l'Impératrice et de Son groupe, Jun et sa grand-mère se disputaient. La péniche ballottait sur les flots pendant qu'il faisait les cent pas, frustré, expliquant pourquoi ils ne pouvaient pas partir pour cette mission annexe, lui rappelant que ces gens n'étaient pas équipés pour survivre à un assaut du Bassin et que les accompagner signifiait courir à une mort certaine, tandis qu'à l'extérieur, Keema, appuyé contre le mur, gardait la porte, comme il avait l'habitude de le faire lorsqu'il travaillait sur la péniche de plaisance. « Nous avions un plan, un plan raisonnable. Traiter avec le peuple d'Araya. Les Cinq Familles ont des ressources. Ils sont organisés. Ils ont… ils ont une armée. Ces pêcheurs… ont des bateaux, et des filets. »

Ce n'était pas une « mission annexe », lui ai-je répondu. Il était de ma responsabilité de sauver la déesse tortue qui avait amorti ma première chute. Si je pouvais la sauver, cela contribuerait grandement à démêler l'emprise du Trône. Et c'était la vérité.

Mais je ne lui ai pas dit la vérité la plus profonde. Je ne lui ai pas dit que j'aimais être vénéré par ces gens.

Que j'adorais ça.

« Cela va se terminer en bain de sang, a-t-il dit en fixant d'un regard noir la vieille femme silencieuse. Nous venons juste de nous échapper du Palais, Votre Altesse. Nous devons trouver un endroit sûr, où nous pourrons réfléchir sagement à notre prochain plan d'action. Courir tête baissée dans la première stratégie proposée… Je ne comprends pas. »

Je lui ai dit, une fois de plus, que je ne changerais pas d'avis.

« Par l'Abysse dévorant, Votre Altesse, ce n'est pas sage ! Nous ne pouvons pas embarquer avec le Rassemblement simplement parce que vous voulez être aimée. Ils ne vous aiment pas, ils sont juste… »

Keema n'a jamais entendu le reste de la phrase ; elle a été interrompue par un grand fracas, comme si un corps s'était écrasé sur le sol.

Le visage de Jun était enfoncé dans le tapis, tandis que ses mains étaient tirées en arrière et tordues en une hélice douloureuse. Ses pieds battaient l'air. Le sang lui montait à la tête. Sa main droite se tordait de haut en bas, ses veines devenaient rouges, la douleur était si forte qu'il a commencé à se pisser dessus.

Je lui ai dit qu'il s'était oublié.

« Je… je… »

Je lui ai rappelé que j'étais une déesse.

« Je… »

Qu'une déesse n'a pas besoin de la permission d'un mortel. Pas même de celle d'un faux Empereur.

Ou de n'importe quel humain.

Elle l'a tordu plus fort.

Et certainement pas de celle d'un petit couard tel que lui.

« Je suis désolé ! a-t-il crié. Pitié, ma Déesse, je suis désolé ! »

Bien.

Jun s'effondra sur le sol au moment où Keema ouvrait la porte à la volée. Le garçon était recroquevillé sur lui-même, tremblant comme un chien mouillé. La vieille femme n'avait pas bougé d'un pouce, les yeux toujours fermés, Elle ne montrait aucun signe de la violence qu'Elle venait de faire subir à Son petit-fils, Son serviteur. *Je lui ai dit de ne plus oublier son rang. Qu'il n'était rien qu'une tache de la semence sanglante de son père.*

Que ce n'était que par ma grâce qu'il était jugé digne de respirer.

Le garçon a pleuré. C'étaient des pleurs stridents et retentissants qui prenaient naissance dans son estomac, comme une grande douleur ulcéreuse. Keema a hésité avant d'entrer. La malveillance qui régnait dans la pièce était âcre. Lorsqu'il trouva enfin la force de le faire, ce fut comme traverser une couche de glace ; son corps tout entier frissonnait tandis qu'il aidait le garçon en pleurs à se remettre sur ses pieds chancelants avant de sortir ensemble en titubant de cette sombre chambre, laissant derrière eux l'Impératrice sur Son petit coussin, seule.

Dans le bourdonnement silencieux de cette pièce vide, Sa main antique, auparavant serrée, était maintenant détendue.

J'avais réagi de façon excessive.

Ils étaient bien loin de la péniche lorsque Jun a repoussé Keema. Un mouvement d'épaule qui s'est ensuite transformé en une poussée dure, définitive, et assez forte pour faire tomber l'homme de Daware en arrière. Il se rétablit assez vite, physiquement parlant, il ne tomba pas sur le derrière, mais il fixa des yeux écarquillés sur Jun, qui fulminait et crachait, humilié comme jamais auparavant – la sensation d'un nouvel œuf dans son estomac de vieux Paon. Sa peau piquait, brûlante ; sa jambe, trempée de sa propre pisse, commençait à le démanger. Lorsqu'il fit un pas, il trébucha, toujours affaibli par l'attaque, mais quand Keema tendit la main pour l'aider, il la repoussa, laissant échapper un grognement incompréhensible avant de partir en trombe, seul, et de disparaître dans la foule du Rassemblement.

Il a traversé des planches et des rampes. Il a essayé de se glisser dans la masse des gens qui parcouraient ces ponts communicants, il a essayé de s'y perdre, mais il était aussi visible qu'une torche dans l'obscurité. Les gens reculaient devant lui. Ils le regardaient depuis les bastingages, les hamacs, les têtes de mât. *Le boucher du prince était là. Le démon est passé par ici.* Il grimaça au souvenir d'Elle le tordant comme une serviette mouillée et de la façon dont Keema l'avait regardé ensuite, comme s'il était une chose à plaindre. *Tu es un monstre. Tu ne mérites aucune pitié.* Il avait besoin de bouger, mais il ne savait pas où. Il ne pouvait pas partir. Il ne pouvait pas rester.

Son père a senti la douleur irradier de son fils. Il a levé les yeux vers le croissant de lumière qui bordait le col de la jarre.

« Jun, a-t-il chuchoté. Ne t'égare pas dans cet endroit. »

Mais son fils était perdu au sein du Rassemblement maintenant, incapable de s'apercevoir qu'il était, depuis quelques minutes, suivi.

Par une femme, avec un couteau.

Tandis que les autres célébraient la nouvelle de la mort de l'Empereur et de Sa progéniture, Mira observait le Paon rouge, attendant son heure. Depuis le bateau de son ami, elle attendait que ce salaud sorte de la péniche. À travers le réseau du Rassemblement, elle suivait le rythme de son vol trébuchant, un couteau solide et aiguisé dans sa main. *Je me suis demandé si c'était ce qu'il ressentait, quand il chassait la famille de ma sœur – ce pouvoir. Cette facilité à traquer sa proie.* Dans une galerie entre des navires aux flancs hauts, où le soleil était bloqué par les mâts et où le monde n'était qu'ombre et eau, il s'arrêta pour se recueillir, et elle prit une inspiration. *Je n'avais jamais tué personne de ma vie.* Des bernacles nacrées, accrochées à la coque, déformaient son reflet alors qu'elle s'approchait de lui – son dos se tendit, il sentait quelqu'un derrière lui. *Mais si je devais tuer quelqu'un, alors pourquoi pas lui ?* Le garçon ne s'est même pas retourné. C'était comme s'il savait. *Fais-le, Mira !* Elle a serré le couteau très fort et s'est avancée.

Si elle était capable d'un tel acte, elle ne le découvrirait pas encore, car Kaara apparut alors, comme si elle venait de surgir de l'eau elle-même.

« C'est un invité, a-t-elle dit. Il est sous Sa protection. »

Il n'y avait pas besoin d'en dire plus pour que Mira baisse la main de son couteau. Le garçon s'est retourné à ce moment-là. Ils se sont regardés l'un l'autre. Pour elle, il semblait plus petit qu'avant. Le démon de sa mémoire maintenant brouillé, il ressemblait plus aux jeunes hommes qu'elle avait connus dans sa jeunesse qu'à un enfant de la Terreur. Et pour lui, elle était comme une étrangère. Une femme en robe de pêcheur, aux cheveux bruns noués en un chignon lâche. Et, mis à part le couteau qu'elle tenait dans sa poigne tremblante, elle lui rappelait une tante avenante, le genre de gens que sa brigade croisait si souvent sur la route, sans particularité et facilement oubliés. Ils étaient tous les deux très fatigués ce jour-là.

« Je vous connais », dit-elle.

Jun n'en doutait pas. « J'ai tué quelqu'un que tu aimais », a-t-il dit. C'était une supposition. Elle hocha la tête.

Exact.

« Il y a trois ans, aux Champs de Jerval. Nous avions fui la flotte textile, avec beaucoup d'autres, après la révolte des Gorga. Les dettes de nos familles envers Induun n'étaient pas encore payées. Votre brigade nous a poursuivis. Il ne vous a pas fallu longtemps pour nous trouver. » Elle a dégluti. « Les Champs de Jerval. C'était tôt le matin. Ma sœur et son mari ont été décapités par tes frères. J'étais cachée sous un corps. Et je t'ai vu. Couvert de sang. Une hache à la main. Mon neveu avait dix ans quand tu l'as assassiné. Son nom était Sarva. Il avait attrapé sa première truite moins de deux jours avant sa mort. C'était la plus grosse que quelqu'un de son âge ait jamais sorti de l'eau.

— Je m'en souviens, a dit Jun.

— Alors tu l'admets. Tu reconnais l'avoir tué. »

Il l'a regardée. Ses yeux étaient rouges. Les mots de l'Impératrice résonnaient dans sa tête.

Tu es la tache de la semence de ton père.

« Oui. »

Mira s'est couvert les yeux. *Je ne voulais pas qu'il me voie pleurer.* Kaara passa un bras autour des épaules de la femme et l'entraîna à l'écart. « Cela devra faire l'affaire pour le moment. Viens, on va te ramener auprès des autres. » Kaara jeta un coup d'œil à Jun. « Et toi, je te suggère de rejoindre ton bateau… Mira n'est pas la seule à vouloir te planter un couteau dans le dos.

— Attendez », dit Jun.

Kaara s'est immobilisée. Mira a tourné la tête, suffisamment pour qu'il puisse voir son profil.

« Je reviendrai. Quand j'aurai fini de servir Sa volonté… Si je suis encore en vie après tout ça… Je viendrai te voir. »

Elle a levé les yeux vers lui.

« Je le jure sur la tête de mon père. Je le jure sur la volonté de l'Impératrice. Sur le sol que je foule et l'air que je respire. Quand tout cela sera terminé, je reviendrai. Je viendrai à genoux, et avec cette lame ou l'arme de ton choix, tu pourras prendre ma vie, comme tu le souhaites. » Il s'est incliné, sa lèvre tremblante. « Mon cou te sera offert.

— Ta parole ne signifie rien pour moi », a dit Mira. Elle s'est détournée. « Mais si jamais ce jour arrive, je serai prête pour toi, Paon. Pour toi, et ton cou. »

Quand il a levé les yeux, les deux femmes étaient parties. Keema l'a retrouvé peu de temps après.

« Je t'ai apporté ceci. »

Un nouveau pantalon. *J'étais en train de laver mes vêtements, je me suis retourné pour aller chercher quelque chose, et quand je suis revenu, quelqu'un avait volé un de mes pantalons, directement sur l'étagère.* Il était noir et ample, alors il le porta roulé au niveau du tibia, le cordon de l'ourlet bien serré. Il a lavé ses vêtements souillés dans l'eau et les a accrochés pour les faire sécher sur le côté du bateau de la tortue. Puis il a remercié Keema.

« Est-ce que tu vas bien ? » demanda celui-ci.

Jun n'a pas pris la peine de répondre.

Keema regarda en silence Jun remettre son masque, les mains tremblantes, comme un drogué qui allume un bol de feuilles de *duri*. Il ne demanda pas où il était allé ni ce qui lui était arrivé, au cœur du Rassemblement ; il ne demanda pas non plus pourquoi il avait remis le masque alors que tout le monde savait déjà qui il était. Il resta simplement près de lui et attendit.

Il restait encore quelques heures à passer avant que le Rassemblement ait terminé ses préparatifs pour l'attaque. Avec la permission de l'amirauté, qui souhaitait maintenir la paix entre les pêcheurs et le groupe de l'Impératrice, Keema prit leur bateau et amena Jun sur la rive au bord du réservoir, un petit affleurement de roche et de sable humide, bordé par un imposant mur de hautes herbes dont ils ne devaient pas s'approcher. Jun s'est assis sur le sable. Keema s'est appuyé contre un rocher. Aucun des deux ne parlait ; Jun était loin, et Keema se demandait où il était, mais ne savait pas comment le demander, car il avait eu peu d'occasions dans sa vie de pratiquer une telle gentillesse.

Il se souvint de cette travailleuse de l'amour, de la façon dont elle s'asseyait avec lui pendant ses crises d'humeur, puis, lassée de son stoïcisme, se levait et lui offrait sa main pour danser. Ensemble, ils ne faisaient qu'un, racontant par le geste et le rythme les histoires du singe avide et du mari désespéré. Danser lui faisait toujours du bien, même lorsqu'elle ne fit plus partie de sa vie et qu'il dut se contenter de sa propre compagnie – il sentait le rythme dans le monde, dans les chambres vides qu'il louait et les campements de fortune, et il se rappelait qu'au moins, il était là, à respirer cet air.

Il voulait montrer cette facette de lui à Jun. Il voulait se lever, tendre la main à Jun et lui demander s'il voulait danser. Mais il avait peur, et dans sa peur, il ne trouvait aucun mot à sortir de sa gorge desséchée.

Alors, il l'a frappé.

Au large voguaient des bateaux de pêcheurs. *Nous avons regardé les jeunes hommes bizarres se battre un moment dans le sable. Nous nous sommes demandé si nous devions le dire à quelqu'un. Nous ne l'avons pas fait.* Ils ont roulé l'un sur l'autre. Keema a réussi à se placer sur Jun et à lui coincer les bras sur les côtés à la seule force de ses cuisses.

« Tu te soumets ? » a-t-il demandé.

L'incrédulité de Jun face à la situation s'estompa ; où qu'il soit allé, il en était revenu. « Non », répondit-il.

Il a donné un coup de genou dans l'entrejambe de Keema. Les yeux de Keema se sont révulsés et il est tombé sur le côté, appuyant son front sur le sable, le souffle coupé alors que sa main berçait ses parties génitales meurtries par la douleur. Lentement, ils se sont relevés, à l'unisson ; d'un doigt, Jun a remis son masque en place, un geste aussi délicat que froid ; Keema a grogné et a attaqué. *Nous avons pris des paris. J'étais le seul à avoir misé une pièce de bois sur l'estropié.* Et pour la troisième fois, ils se sont affrontés. Keema a esquivé le coup de poing de Jun et a attrapé son poignet, le projetant par-dessus son épaule. Jun est tombé sur le dos avec un grognement essoufflé, mais il s'est empressé de frapper la cheville de Keema, le faisant tomber au sol, où il s'est jeté, Keema se débattant sous lui, libérant son bras avant de frapper la tête de Jun avec son coude – un bruit sourd et creux se répercutant lorsque son coude a heurté le bord du masque –, le garçon retirant alors son bras sous l'effet d'une douleur vibrante. Il bavait. Ils ont roulé sur la rive, du sable dans les cheveux, les yeux rouges, la voix éraillée. Ils étaient tous les deux épuisés. Roulant l'un sur l'autre tour à tour. « Tu te soumets, tu te soumets… », haletait Keema, mais Jun a secoué la tête, avant de presser sa main contre la joue de Keema et de la projeter vers le haut. *Nous ne sommes pas restés longtemps à regarder. Il est vite devenu évident que ce serait un combat sans vainqueur – les paris ont été annulés. Nous avions d'autres affaires qui nous attendaient, de toute façon.* Quelques pêcheurs sont restés pour regarder les deux guerriers se battre comme des voleurs à la tire, jusqu'à ce qu'ils finissent par rouler l'un sur l'autre et s'allonger sur le sable, le souffle coupé.

Égalité.

« C'est sûrement… stupide de notre part… de faire ça… avant ce soir… », dit Jun.

Cela a fait rire Keema, ce qui a fait rire Jun à son tour.

Aucun vainqueur.

En temps voulu, ils se sont relevés.

En temps voulu.

« Ça fait combien de temps
que tu n'as pas dormi ? »

Jun le dévisagea.

« J'ai dormi dans le bateau, répondit-il.

— Je veux dire vraiment dormi. Assez longtemps pour sombrer dans la Mer dormante. » Jun s'est détourné.

« Deux jours », a-t-il admis.

Keema a froncé les sourcils. « Tu devrais te reposer. »

« Pas ici, fit-il à voix basse. Cet endroit n'est pas sûr. » Il a ri, sans plus élever la voix.

« Je monterai la garde, affirma Keema.

— Tu monteras la garde », a répété Jun en riant comme s'il ne le croyait pas. Mais Keema a hoché la tête et l'a répété.

« Je monterai la garde. »

Et là, dans les yeux de Jun, brilla la tentation d'oser le croire.

« Un serment, alors », dit Keema. Il était assis bien droit maintenant, la tête inclinée dans la direction de Jun. « Je jure de veiller sur toi, Jun de Nulle Tribu, pour les prochaines heures pendant que tu dors. Je jure de te protéger de tout esprit, animal ou chose vivante ou morte qui pourrait te faire du mal ou te nuire. Je jure que tu te réveilleras de nouveau, et que tu seras reposé.

— Un de vos fameux serments », a dit Jun avec légèreté, mais à la façon dont il fuyait son regard, Keema comprit que cela le touchait. Comme vaincu, Jun se laissa tomber sur le dos et ferma les yeux. « Bien. Au moins, je sais que si tu fous tout en l'air, tu devras t'éventrer.

— J'espère que ça t'aidera à mieux dormir.

— Oh. C'est certain. »

Ils souriaient tous les deux.

Malgré toute sa paranoïa, il n'a pas fallu longtemps à Jun pour s'endormir, recroquevillé dans le sable.

Son souffle s'est apaisé, il a roulé sur son autre côté, et Keema, assis sur le rocher au-dessus de lui, a fait son devoir. Il surveillait le Paon endormi, tout en soignant ce qui était probablement un nouveau bleu sur ses fesses, il surveillait les hautes herbes pour voir s'il y avait du mouvement, il surveillait l'eau pour voir si quelqu'un s'approchait. De temps en temps, un bateau passait, certains s'arrêtant suffisamment longtemps pour que Keema puisse se lever, *et nous dérivions juste au-delà de la berge, en nous demandant si nous pouvions le faire, si nous pouvions les capturer*, mais les bateaux finissaient toujours par partir.

Keema jetait parfois un coup d'œil à Jun, pour s'assurer qu'il était toujours là, se disait-il, pour s'assurer que ce que Jun craignait le plus n'était pas arrivé. Que la nature ne s'était pas vengée. Que le sable ne l'avait pas entièrement dévoré. Qu'un loup ne l'avait pas traîné dans les herbes. Son coup d'œil occasionnel est devenu plus fréquent au cours des heures suivantes. Le masque de démon glissait du visage de Jun dans son sommeil agité, révélant à la lumière ses cils sombres, ses lèvres pleines et entrouvertes. Il se demanda ce que cela ferait de passer son doigt le long de ces lèvres, puis, honteux que son esprit ait été si distrait, il retourna à sa tâche. Il observa l'herbe, le sable, l'eau, tout en écoutant le souffle rêveur et léger. Il a tenu son serment tout au long des heures qui restaient avant le retour du groupe de reconnaissance et rien ni personne n'a dérangé son protégé endormi.

Elle est venue aux nouvelles, une fois,
une heure avant le coup de corne.

Je voulais savoir s'il était en bonne santé. S'il était encore capable de se battre cette nuit-là.

« Oui, a chuchoté Keema en le regardant. Il va bien. »

Parfait, lui ai-je dit.

J'en suis restée là.

Et les poils de la nuque de Keema se sont légèrement dressés au passage de Sa présence surnaturelle.

CRÉPUSCULE

Au coucher du soleil, le signal a été donné.

L'amirauté entraîna tous les clans dans une prière, tandis qu'un groupe d'enfants faisait sonner une rangée de petites cloches dorées, appelant les esprits de la bonne fortune. *Puisse la rivière nous porter en sécurité sur notre passage. Que les choses de l'obscurité reculent devant notre proue.* Sur la coque du bateau de Tajeem, les dernières bénédictions ont été peintes. Et Kaara/Tak-Lina a passé sa paume ensanglantée sur les proues de chacun des bateaux qui mèneraient la charge. *Puissions-nous ne pas douter dans notre quête de liberté.* Le déploiement du Rassemblement s'est déroulé sans collision ni heurt, leurs mouvements avaient été maintes fois répétés. Ils détachèrent les bateaux les uns des autres, et pagayèrent vers les rivières de sortie ; la construction tout entière a été démantelée en moins d'une demi-heure, navire après navire, silencieusement, dans le sillage les uns des autres alors que le crépuscule brûlait le ciel au-dessus d'eux.

Après avoir récupéré leurs armes, Keema et Jun retournèrent à leur bateau, avec l'Impératrice et la tortue, et ils étaient sur le point de prendre leurs rames lorsque Kaara se glissa à leurs côtés et leur dit « Ne vous dérangez pas », et d'un clin d'œil les fit avancer sur une vague invoquée ; le vent ébouriffa leurs cheveux alors qu'ils rejoignaient les vaisseaux de première ligne.

Et ils sont partis.

La nuit tombait, comme un homme mort.

La lanterne s'éteignit ; le monde fut rejeté dans l'obscurité totale et impitoyable ; le ciel aussi noir que la Brûlure elle-même. Dans tous les Mille, les rivières furent vidées de leurs bateaux, les lignes de pêche tirées et les pièges abandonnés dans les eaux – les habitants des villages fluviaux fermèrent leurs portes, couchèrent leurs enfants dans leurs hamacs et firent le tour des fenêtres, s'assurant que les portes étaient verrouillées et qu'aucune créature nocturne ne se fraierait un chemin à l'intérieur, tandis que vers le nord, le Rassemblement volait.

Ils étaient vifs comme des carpes, fendant l'eau comme de la soie, le reflet du ciel frissonnant dans leur sillage ; les étoiles tremblaient comme des enfants dans le froid. Tout autour d'eux, un monde sans lumière. Ils se sont engagés dans un canal, les hautes herbes maintenant loin derrière eux. Au loin, de petites lumières brillaient, comme les perles d'un collier brisé. Les lignes d'arbres et les sommets des montagnes n'étaient visibles que par les étoiles qu'ils bloquaient.

« Je sens que tu es là, a chuchoté la voix dans la jarre.

« Jun.

« Réponds-moi, Jun. »

Jun n'a pas répondu.

Une forme noire se dressait à l'horizon : le cratère du Bassin du Ciel. La flotte silencieuse entra dans l'un des principaux détroits, vide de navires civils. Ils formaient une flèche, visant le douzième canal. Le mur massif du cratère continuait de s'élever dans le ciel, et Keema se demandait si les murs n'étaient pas plus hauts que les montagnes du Palais elles-mêmes. Il remarqua que, contrairement aux autres rivières à sa gauche et à sa droite, qui étaient parsemées de torches et de tours de bois illuminées, la leur était presque complètement sombre. Il entendait parfois quelque chose de bizarre dans le vent, mais quoi que ce soit, c'était trop lointain pour qu'il puisse capter autre chose que l'écho d'un cri. Leur bateau a passé au moins trois postes de garde laissés sans surveillance et plongés dans le noir. Ils se heurtèrent une fois à quelque chose dans l'eau, mais la vague de Kaara les avait déjà poussés avant que Keema puisse voir ce que c'était. *Je chantais une chanson que mon ami détestait. Aucun de nous ne regardait l'eau comme nous étions censés le faire. J'étais trop occupé à rire, à le rendre fou. Et puis je me suis tu. « Enfin », a-t-il dit en souriant, et quand il s'est retourné, c'était juste à temps pour voir ma gorge ouverte par un couteau surgissant de l'obscurité.*

Le Canal Douze approchait comme un serpent affamé. L'entrée du tunnel était abandonnée, le poste de garde détruit, les balistes anéanties, *un combat que nous avions terminé quelques instants à peine avant l'arrivée du premier des navires.* Des corps jonchaient l'eau.

Le tunnel obscur les a avalés, leurs oreilles se sont bouchées sous l'effet du changement de pression. « Est-ce que tu es nerveux avant une bataille ? demanda Jun dans ce sombre passage.

— Oui, répondit Keema. Je deviens nerveux. »

Jun a gloussé.

« Pourquoi est-ce drôle ? demanda Keema, qui se sentait un peu insulté.

— Mes frères n'admettraient jamais connaître la peur. En fait, je n'ai jamais rencontré de guerrier qui admette une telle faiblesse.

— Ce n'est pas une faiblesse.
— Oh ?
— La peur nous maintient en vie.
— Pas toujours. » Jun inclina la tête. « Pas quand la peur tue vos meilleures idées. Pas quand elle vous fait fuir et que votre ennemi vous abat d'une flèche dans le dos.
— Ma peur ne m'a jamais mal guidé », dit Keema.

Jun a haussé les épaules. « Quoi qu'il en soit, ce n'était pas une insulte. Pas intentionnelle, du moins. » Il fit un geste étrange et indéchiffrable dans l'obscurité. « C'est intéressant que tu sois si fier de ta peur.
— Tu n'as pas peur avant un combat ? »

Jun s'est tourné vers lui. Son visage apparaissait et disparaissait à la lueur des torches le long du mur du tunnel.

Il souriait.

Ils sortirent du tunnel.

Ils se sont dispersés dans le quartier d'habitation. Le vingt-troisième. Le passage sud-ouest. D'énormes barges à appartements dominaient leur navire dérisoire comme d'immenses créatures marines entourant des vairons. *Nous étions éveillés dans nos couchettes. Les surveillants nous croyaient endormis. Ils ne savaient pas que nous attendions qu'une torche soit allumée.* Des cris ont retenti à l'avant, paniqués, terrifiés. Quelque chose de grand s'est écrasé dans l'eau, et Keema a eu l'impression qu'un bâtiment entier avait perdu l'équilibre et s'était effondré. *Ils ne savaient pas que nous étions puissants.*

Et puis le calme est revenu. Il était temps pour Keema et Jun de se séparer de la ligne principale. Kaara leur fit un signe de tête alors qu'ils se dirigeaient chacun de leur côté vers les voies d'eau sombres entre les barges qui se profilaient. Privés de la vague de Kaara, ils furent obligés de ramer avec les avirons qu'on leur avait donnés – *c'est un prêt, ai-je dit au Paon, quand je lui ai remis la rame, assurez-vous de me la rendre quand tout sera terminé.* Ils avançaient sur l'eau en silence, passant sous les boiseries humides, les passerelles branlantes et les arches de pierre, entre les péniches de moindre importance, où les lumières n'étaient jamais allumées et où, si l'on regardait avec assez d'attention, on voyait le reflet d'yeux affamés brillant à la lointaine lumière des torches. *Nous ne faisions pas tous partie du complot. Certains d'entre nous observaient et s'interrogeaient. Nous avons murmuré « Et si ? » Et si tout cela était sur le point de prendre fin ?* Tandis que les incendies se propageaient dans la direction d'où ils venaient, ils se sont dirigés vers le quart nord-est du Bassin, traversant la vaste étendue centrale, jusqu'à la flotte pénitentiaire. Quand ils furent suffisamment proches, Jun se tourna vers Malfaçon et dit : « À toi de jouer. » La créature leva la tête, écouta les vibrations des fils de la nuit, et les guida à travers les taches d'un noir d'encre entre les lumières des torches, son ricanement chuchotant leur donnant des indications : « Oui, par ici » ou « Plus à droite », car Keema et Jun travaillaient à l'aveugle tandis qu'ils se frayaient un chemin dans la toile d'araignée de la flotte des prisons.

« Arrêtez-vous », a lancé Malfaçon.

Un patrouilleur éclairé par des flambeaux a contourné la coque d'une énorme jonque. Un homme aux commandes d'une baliste pivotante scrutait l'obscurité tandis que ses rameurs faisaient avancer le bateau. L'un d'eux a levé le nez en l'air. *J'ai cru sentir quelque chose de nauséabond, mais qu'est-ce qui ne l'était pas, dans ces eaux ?*

Le bateau a avancé, et le groupe a soupiré de soulagement. Ils continuèrent, et plus ils se rapprochaient du centre de la flotte, plus la tortue devenait bruyante et frénétique, sa tête fouettant l'air dans tous les sens, comme si elle essayait de voir par-dessus sa propre carapace. Jun essaya de la calmer, alors qu'elle murmurait bruyamment : « Me voilà, ma Déesse, me voilà… » Ils passèrent sous une bannière célébrant la Semaine Sainte tendue entre deux navires géants. Keema a senti que quelque chose n'allait pas. Un sentiment qui fit se dresser les poils fins de son bras alors qu'il regardait dans les avenues sombres et silencieuses des navires royaux. Il n'y avait plus de bateaux. Aucun perchoir d'où les Singes d'argent de la Terreur pouvaient frapper. Il semblait que toutes les forces du Bassin se dirigeaient déjà vers les points de frappe du Rassemblement.

« Soyez prudents », murmura-t-il.

La barge-prison royale se trouvait devant eux, le deuxième plus grand bâtiment de la flotte pénitentiaire. Keema éprouva un vertige tandis qu'ils s'en approchaient, comme s'ils n'étaient que des fourmis rampant vers un arbre déraciné. La tête de Malfaçon, comme une baguette de sourcier, pointa vers le cœur du vaisseau et dit : « Juste là. Je vous en prie, Gracieuse Lune, libérez-les ! Ils sont juste là ! » Jun lui a demandé de se taire.

Ils ont dérivé jusqu'à l'élévation abrupte de la coque, juste sous la zone que la tortue désignait avec impatience. Ils ont tous regardé l'Impératrice. *Je ne leur ai pas dit à quel point j'étais fatiguée, épuisée par ma démonstration au Rassemblement. La fierté, je suppose. Je les avais amenés ici. Si je ne faisais pas ma part, quel genre de déesse étais-je ? Alors j'ai tiré le peu d'énergie que je pouvais de mon sac à malices de plus en plus vide, et je leur ai ménagé une ouverture.* La paroi tribord de la barge fut arrachée comme une vieille peau, avec un bruit de centaines de clous arrachés de leurs logements, et Keema regarda avec une admiration silencieuse cette démonstration de magie, alors que la paroi en bois se brisait dans l'eau en petites explosions nombreuses, leur bateau caracolant sur les vagues agitées. Elle avait révélé une section transversale de l'intérieur du bateau ; un nid d'abeilles sombre de pièces et de cellules étalées comme les pièces d'exposition navales que tu aimais à visiter autrefois. À l'intérieur du bateau, aucune lumière n'était allumée. Il ne s'y trouvait personne. Keema l'a fait remarquer aux autres, inutilement.

« Peut-être ont-ils abandonné leur poste, suggéra-t-il.

— Je ne sais pas, dit Jun.

— C'est là, s'écria Malfaçon. Là ! »

Au niveau le plus bas de la péniche, dans la plus large et la plus haute des pièces non éclairées, aussi grande qu'un entrepôt, on distinguait quelque chose de grand et de rond. En forme de tortue, peut-être, mais dans cette nuit épaisse, et à cette distance, il était impossible d'en être sûr. « Gracieuse Lune ! Je t'en prie, sauve la Mère ! » cria Malfaçon. *Mais moi aussi j'étais troublée.*

Quelque chose clochait avec la présence du dieu tortue. Il me restait si peu de choses à épargner, nous devions être sûrs de ce que nous étions venus sauver. Jun a acquiescé, et Keema et lui ont ramé plus près du flanc de la péniche, à côté du revêtement moisi et terni. C'est Keema qui s'est porté volontaire pour monter et vérifier.

« Non, je vais le faire, objecta Jun, C'est mon devoir. »

Keema a secoué la tête. « De tous ceux qui sont sur ce bateau, c'est ma mort qui serait la moins gênante. »

Jun s'est renfrogné, a commencé par « Mais… » *et puis j'ai levé mes mains proverbiales et j'ai dit que QUELQU'UN devait y aller*, et avant que Jun puisse protester, Keema a sauté du bateau. Il avait jeté la lance devant lui, sa pointe avait atterri juste au-dessous de l'entrée de la prison, et il escaladait maintenant la paroi de la barge, les fissures de la coque lui fournissant juste assez d'appuis pour s'élancer, par un bras et deux pieds, comme une panthère, et se jeter, dans un halètement lourd, sur le plancher de la cale. Il s'égratigna la cuisse sur une planche de bois brisée en se tortillant à l'intérieur, le sang suintant de la blessure. En grimaçant, il fit signe aux autres en bas qu'il allait bien d'un geste de la main, et Jun déplaça le bateau un peu plus loin, afin qu'ils puissent avoir une meilleure vue de lui et de la cale du navire.

L'endroit empestait terriblement – comme s'il y avait trente Malfaçon dans la pièce avec lui, suintant du pus. Respirant par la bouche, Keema a retiré la lance du bois et a pénétré à l'intérieur. Il n'est pas allé très loin avant qu'une voix dans le noir lui dise :

« **Arrête-toi.** »

Au son de la Voix de l'homme,
il n'avait d'autre choix qu'obéir.

Tous les muscles de son corps se tétanisèrent, seuls ses yeux restèrent mobiles, deux orbes terrifiés, dardant dans toutes les directions possibles et imaginables, tandis que le reste de son corps restait aussi inerte que la pierre. Un grognement essoufflé s'est échappé de ses lèvres pétrifiées. Sa poitrine gelée. C'était une peur que Keema n'avait jamais connue auparavant. Même son petit doigt n'a pas accepté l'ordre qu'il lui donnait. Quelqu'un aurait pu s'approcher de lui, lui lécher le côté du visage et lui voler sa lance sans qu'il puisse broncher. Ses pupilles se réduisirent à deux têtes d'épingle lorsqu'une flamme vive s'alluma à l'autre bout de la prison.

Là, à la lueur de la torche, et à l'ombre d'un béhémoth, se tenait un petit homme mince. Il était vêtu d'une très belle robe noire ornée de complexes motifs rouges, une épaisse écharpe enroulée autour du cou, aux couleurs rouge et noire. L'homme semblait être du genre à ne jamais s'être assis sur quelque chose de plus dur qu'un oreiller ; sa posture délicate était celle de quelqu'un qui venait de se réveiller. Ennuyé, fatigué. Quelqu'un qui attendait le retour de son partenaire de danse. « Vous avez réussi », dit-il, la voix fine et riche, comme le sont souvent les voix plus âgées, mais la sienne était râpeuse, comme si elle avait été blessée récemment. Il avait peut-être la quarantaine. Le même âge que…

« Mon frère, a poursuivi l'homme. Tu es celui qui l'a décapité. Le garçon de la tribu Daware. »

Un son étranglé a franchi les lèvres de Keema.

« Oh, c'est vrai, a fait l'homme. **Tu peux parler.**

— Vous êtes Luubu », dit Keema, la bouche sèche.

La Deuxième Terreur a souri. Il est passé devant un Keema aux dents serrées et s'est dirigé vers l'énorme cataracte dans le mur, s'arrêtant sur le bord cassé.

« Elle est en bas aussi, n'est-ce pas ? s'enquit-il.

— Elle va vous arracher… le visage », a péniblement articulé Keema, ses poumons affolés luttant toujours contre la crispation de ses muscles.

Luubu fit mine de réfléchir à la question.

« Bonne remarque », dit-il en faisant un signe de tête à quelqu'un dans le fond.

Le signe de tête était le signal.

Des bastingages du pont de la barge-prison, de grands sacs aux larges mailles ont été lancés. Ils volèrent dans les airs, traînant derrière eux de longs cordages qui, une fois entièrement déroulés, se tendirent comme des cordes d'étrier et vibrèrent en se balançant juste au-dessus de la surface saumâtre des eaux du cratère.

Je l'ai senti immédiatement.

Sous les pièges de pierre de lune, l'eau a commencé à trembler. Elle s'est mise à hurler.

Il m'avait capturé.

La vieille femme, réduite au silence, était impuissante lorsque Luubu L'a regardée depuis la déchirure du vaisseau. Ses propres oreilles, fermées au monde par des bouchons de cire, étaient sourdes au bruit de l'eau qui tremblait, mais sa Voix était toujours puissante lorsqu'il L'a saluée en criant : « Bonjour, Mère ! » Et : « Bonjour, mon neveu ! » Et : « … bonjour, mon frère. » Derrière lui, Keema, le visage rouge, grognant, tenta de faire un pas en avant, en vain. Sa main, serrée autour de la lance d'Araya, ne voulait pas bouger. Il avait envie de vomir. Il chercha dans la pièce ce qui pourrait l'aider. Et c'est alors qu'il a vraiment pris conscience de la grande forme à moitié cachée de la lumière des torches. Ses yeux s'écarquillèrent lorsque l'obscurité se dissipa et qu'il vit ce que c'était.

Ce que c'était devenu.

« Ma Déesse ! Je suis là ! Où êtes-vous ? » a crié Malfaçon.

Keema a senti la bile monter dans sa gorge en regardant la coquille gargantuesque, fendue en deux. La moitié du visage de la créature n'avait pas encore été dévorée, sa bouche était ouverte comme sur un cri, la chair avait disparu. La déesse avait été évidée. Et son cadavre puait plus fort que tout ce que Keema avait jamais senti auparavant, ses yeux larmoyaient, des traces salées coulaient sur ses joues figées.

Luubu a souri en regardant le petit bateau. Sa voix est entrée dans leurs têtes, bien que ses lèvres ne fassent aucun mouvement. *Je leur ai dit que j'étais désolé, mais que j'avais mangé la déesse qu'ils cherchaient. Que ça avait pris beaucoup de temps. Il y avait tellement… de chair. L'utérus avait été emporté au Palais il y a de nombreuses années, pour alimenter les incubateurs, mais ce qui restait du corps n'était rien de moins qu'un festin. C'est un projet qui a pris de nombreux mois, et ce n'était que maintenant, alors que je me tenais debout devant eux et que je les regardais, que j'en suis arrivé à la fin. J'ai dit à la tortue défectueuse que si cela pouvait la consoler, son dieu était une créature résistante.*

Elle était vivante la plupart du temps.

« Non… » murmura Malfaçon.

Si, ai-je dit à la tortue. Et à chaque morsure répugnante, j'ai gagné un peu plus d'accès à l'Esprit unique, jusqu'à ce que le réseau entier soit à moi. Je voyais à travers les yeux de ses sœurs et j'entendais à travers leurs oreilles – et, aujourd'hui, entre tous les jours, j'avais trouvé le chemin menant à Malfaçon, trompant la créature en lui faisant croire que sa Mère lui offrait son aide.

Il soupira de fierté.

Quelle joie c'était de découvrir non seulement ma mère bien-aimée en ta compagnie, mais aussi la tête de mon frère. Quelle…

« MENSONGES ! a crié la tortue. MA DÉESSE ! RÉPONDS-MOI ! MA DÉESSE ! TON ENFANT EST VENUE TE LIBÉRER !

— C'est inconvenant d'interrompre quelqu'un lorsqu'il parle », dit Luubu à la créature avec un certain dégoût. Il fit un geste à ses hommes. Et Keema entendit quelque part au-dessus de lui le craquement du bois : les grandes balistes à tourelle, chargées d'épais carreaux à tête de fer, pivotèrent en direction du petit bateau. La nuit vibra au son des cordes d'arc qui se détendaient. Keema vit brièvement les carreaux passer devant le trou dans le mur de la barge, leurs pointes métalliques dentelées captant la lumière des torches un instant, avant de s'enfoncer profondément dans la carapace de Malfaçon. Cinq d'entre eux poignardèrent son corps, et un, tiré par le plus précis des Singes d'argent, cloua sa tête sanglotante au plancher du bateau.

Elle mourut, le nom de sa déesse perdue figé sur sa langue flétrie.

Une bile noire suintait de son oreille.

Jun recula en tremblant, suppliant la vieille femme de faire quelque chose, donnant dans sa panique un coup de pied dans le pot de riz. La tête de la Première Terreur roula dans la mare de bile de tortue qui s'étendait, mais l'Impératrice ne fit rien, car elle n'était qu'un corps qui respirait et rien de plus, incapable désormais de lutter contre le cri de l'eau – les énergies du monde naturel s'arrêtaient le long de ces fils gelés ; elle faisait tout ce qu'elle pouvait pour simplement garder sa cohérence.

Keema a serré les dents. Son regard furieux se posa sur Luubu.

La main tenant sa lance tremblait, luttant contre la Voix.

« Tu… es… un lâche », dit-il.

La Seconde Terreur le regarda comme s'il avait oublié sa présence. Il a tourné la tête vers un de ses gardes. « Pourquoi ce garçon est-il encore en vie ? »

Et quand Keema tourna la tête, il vit un homme surgissant de l'obscurité, au visage couvert de peinture argentée, s'élancer vers lui en brandissant une dague fine comme une aiguille qui pointait droit sur son cœur, et il sut qu'il ne pourrait pas éviter sa morsure, qu'il mourrait ici même, et il pensa à la fin pitoyable et pathétique que cela serait pour lui, à la stupidité qui les avait amenés jusqu'à ce point de rupture, avant qu'un jet d'eau passe par le trou de la barge et le projette de l'autre côté comme une poupée de chiffon, son corps mou jeté à l'eau par l'esprit de la rivière, Kaara/Tak-Lina, dans un dernier effort désespéré avant que l'eau hurlante la dissolve et que Keema sombre dans les eaux ténébreuses du Bassin, meurtri, brisé et sans connaissance.

Et à la fin de cette journée, il y a le silence.

Le public est muet tandis que les acteurs quittent la scène, ne laissant que le corps baigné de clair de lune sous la lumière du brasero. Tu perçois le changement d'atmosphère. La quiétude totale de celle-ci. Les voix des anciens et des morts s'éloignent aussi, pour un bref instant, afin de laisser la place à celle qui racontera sa propre histoire.

À la fin de ce deuxième jour, alors que je sentais mes sens me quitter pour la dernière fois, je savais que si je n'agissais pas, et rapidement, alors tout serait perdu.

Nous sommes à l'aube du Troisième Jour du Saint Pèlerinage, le Jour le plus fatidique, et nous changeons de partenaire de danse. *J'étais restée silencieuse trop longtemps, j'avais laissé mon corps pourrir dans la décrépitude.* Et pour ce Jour, nous échangeons une voix pour une autre. Un geste tout à fait approprié, compte tenu des événements qui vont bientôt suivre. Dans ce Théâtre inversé, hors du temps et de l'espace, le corps baigné de clair de lune permet à Son Chuchotement Royal d'entrer pleinement en lui, de raconter l'histoire comme elle le ferait. *Comment, le troisième jour, j'ai fait un choix que je n'aurais jamais pensé faire.* L'histoire de la vengeance d'un enfant courroucé et de la destruction du Bassin du Ciel. *Alors écoutez-moi, public du Théâtre, écoutez la Haute Lune, l'Impératrice des Huit Fils du Trône de la Lune, car j'ai une histoire à raconter.*

LE TROISIÈME JOUR

où nous offrons
nos plus belles étoffes

Tout commence et finit ici.

Le Bassin du Ciel, c'est ainsi qu'ils l'appelaient, car de ses profondeurs jaillissait une source d'eau éternelle qui alimentait la terre. Tout au long de mon séjour sur cette Terre, le Bassin avait été un symbole de fierté pour le peuple – une preuve que l'humanité avait été choisie par les dieux pour régner sur ce pays. Pourtant, pour moi, ce cratère n'était pas un présent des Cinq Cieux mais un embarras, une honte, au plus profond de mes os. Quand je regardais ce cratère, ce que je voyais, c'était une profonde cicatrice sur la terre. Je voyais les rivières des fautes et du blâme, s'écoulant de mes mains.

Je voyais mon corps, tomber.

Le cratère était l'endroit où ils m'ont trouvée après que j'ai quitté ma place dans les cieux. Au fond du bassin calciné, sur la carapace fissurée du dieu tortue blessé qui avait absorbé le choc de mon impact, ma nouvelle forme humaine, fragile, étendue, inconsciente, sur la créature en sang. Je ne sais pas combien de temps j'ai dormi, mais quand je me suis réveillée, le dieu tortue m'avait portée jusqu'au village voisin, où j'étais entourée d'hommes et de femmes à genoux, la tête baissée, les mains tendues, me suppliant de les toucher. J'étais enfin là ; ces gens n'étaient plus des abstractions lointaines à observer de haut et de loin ; ils étaient maintenant tout près, et si aimants, c'était d'une intensité sans commune mesure. Je me suis levée pour aller à leur rencontre, mais lorsque j'ai glissé de la puissante carapace de la tortue, mes jambes, neuves et jamais utilisées, ont rapidement cédé sous moi et je me suis effondrée sur la terre. J'ai roulé sur le dos tandis que les gens murmuraient et chuchotaient au-dessus de moi, et pendant qu'ils me soignaient, j'ai regardé le ciel, la sombre Brûlure là-haut, jusqu'à ce que la foule s'ouvre pour laisser passer le guerrier qui m'avait libérée des étoiles. Il a baissé le front jusqu'à toucher terre et m'a dit qu'il était heureux que je sois descendue saine et sauve, avant de me rappeler, doucement, qu'en échange de ce qu'il avait fait, je lui avais promis le désir de son cœur.

« Et que veux-tu ? ai-je demandé, avec à peine un souffle.

— Des fils. Je veux des fils. »

Il n'est pas difficile de se rappeler les temps anciens.

Mes jours de Lune ne sont jamais loin de mon esprit. Ces jours de forêts de lait froid et de rivières d'argent sont un refuge sacré dans les îles de ma mémoire. Je rêve de rares fleurs de minuit qui s'ouvrent au ciel nocturne, s'abreuvant de mon rayonnement, et d'amoureux dans les bois, couverts de rosée et rouges de confusion, inhalant ma lumière lunaire à travers leur peau. J'étais autrefois d'une grande beauté.

J'étais la deuxième création du Tisserand. Son Œil Pâle. Je l'ai regardé coudre le tapis d'étoiles et j'ai été témoin de Ses huit compagnons, qui ont insufflé la vie à la terre stérile comme un soufflet alimentant un feu, les canopées d'arbres s'élevant des canyons comme de la fumée. J'étais là dès le début, j'ai vu les premières graines prendre racine, et les rivières palpiter et déborder. J'étais là lorsque les premiers hommes sont sortis de l'eau en rampant, comme des bébés au corps nu et faible, plissant les yeux face à la lumière. J'étais là quand ils ont ramassé cette pierre et frappé leur frère dans les bois. J'étais là lors de la première effusion de sang.

Je ne peux traduire en paroles humaines une grande partie de mon expérience de cette époque. Une beauté et une terreur inexprimables dans vos langues figées. Croyez-moi seulement quand je dis que le monde d'alors était comme la baie la plus mûre, gonflée, éclatant sous les dents. C'était le temps d'avant les Portes et les brigades, d'avant le Palais rouge, d'avant les Domaines du Nord et la Cité divine. C'était l'époque où les castes animales peuplaient encore les champs et les forêts, fortes en nombre, leurs demeures n'ayant pas encore été abattues pour leur bois, leurs terriers n'ayant pas été brûlés pour leurs métaux. Quand les ours et les loups commandaient encore les montagnes et que les rivières regorgeaient encore de poissons chatoyants. Mais de toutes les merveilles qui s'offraient à mon œil pâle, il n'y avait rien que j'aimais plus contempler que la danse.

Les gens étaient moins nombreux à l'époque. Ils devaient se battre pour leur place aux côtés des autres castes. Pour compenser leur manque de crocs et de griffes, l'Eau leur a enseigné la magie de la danse. Les gens dansaient pour la terre, et la terre riait, se gonflait et offrait des récoltes toujours plus abondantes. *Nous l'appelions le Rameau Bat la Terre.* Ils dansaient pour les rivières et les poissons, et les poissons sautaient dans les filets tendus. *Le Printemps Remplit nos Paniers.* Ils dansaient pour que le ciel apporte la pluie pour l'herbe et le tonnerre quand le feu était nécessaire. *La Flèche Perce le Nuage.* Ils ont dansé pour le peuple. Ils ont insufflé aux bâtisseurs le don de la force et aux artistes la flamme de la créativité. Et lorsque mon frère le Soleil se retirait et que c'était mon tour de prendre position dans le ciel dans notre veille éternelle contre la Grande Obscurité, le peuple se produisait pour moi, et moi seule. J'inondais leur terre de ma lumière, leurs lacs et leurs vallées, je rendais leurs chemins sûrs et ils revenaient à moi avec leurs merveilleuses danses, qui racontaient des histoires d'amours perdues et de grandes batailles.

Lorsque je me reflétais au cœur de l'océan et que je rendais visite à mon amour dans son Monde inversé, il me demandait ce que je pensais des nouvelles danses qu'il avait enseignées au peuple. Et nous nous enlacions, tandis que je lui disais que chaque danse était plus belle que la précédente.

Et nous nous étreignions au cœur de la Mer dormante.

« Tout cela est pour toi », murmurait l'Eau à mon oreille froide et lumineuse.

Si seulement il y avait un moyen de retarder l'inévitable. Si seulement il y avait un moyen de retenir un moment entre nos mains et de le garder vivant pour toujours.

Mais rien ni personne ne vit éternellement.

Pas même les dieux, car bien que nous soyons puissants, nous ne sommes pas invulnérables. La Mort nous consacre juste un peu plus de temps et d'efforts, quelques centaines d'années, quelques milliers peut-être, jusqu'à ce que de notre cadavre pourrissant naisse un nouveau dieu, comme une mue. Quoi que nous ayons été, cela disparaît. Nos goûts et nos amours. Et un nouvel ordre nous remplace. Jusqu'à l'époque des humains et de leurs danses, j'avais vécu très longtemps. Ma surface était maintenant grêlée, fissurée, percée de cratères, et je savais que si je me permettais de rester sous cette forme plus longtemps, je disparaîtrais, et une nouvelle Lune occuperait mon trône. Ce ne serait plus dans ma lumière que baigneraient les animaux et les forêts, et ce ne serait plus à moi que les danseurs adresseraient leurs plus belles danses, mais à quelque autre créature inférieure, incapable d'apprécier et d'aimer les mêmes choses que moi ; et une telle pensée m'était insupportable.

Je préférais qu'il n'y ait pas de Lune du tout.

Au plus fort des humains, j'ai dit ceci : libère-moi de cette Tapisserie et je répondrai au désir de ton cœur. L'homme, qui avait faim de plus que ce que la vie lui offrirait jamais, accepta ma requête, et il construisit une lame plus longue que toutes les autres, qu'il utilisa pour découdre les coutures autour de mon corps. Et alors que je quittais le trône que le Tisserand béni m'avait donné et que je tombais sur la terre, je croyais avoir réussi. Je les avais tous trompés. J'avais trompé la Mort elle-même. Car je savais que si je restais absente du ciel, aucune nouvelle Lune ne pourrait naître de mon cadavre, et il ne resterait rien d'autre sur le trône du ciel qu'une Brûlure infertile, une cicatrice qui resterait la preuve de mon règne éternel, et de celui de personne d'autre.

Lorsque je me réveillai sous ma nouvelle forme, terrestre et mortelle, je connus quelques-unes des années les plus heureuses de ma vie, car je pouvais apprécier les danses au plus près, et même en apprendre quelques-unes moi-même – la sensation était tellement plus tactile et concrète que les étranges mouvements du Théâtre inversé de ma chère Eau. J'en suis même venue à apprécier le guerrier qui m'a libérée, qui était lui-même un danseur et un amant très doué, et je n'ai pas rechigné quand il m'a demandé de prendre la forme d'une femme, pour mieux répondre à son désir. Mais toujours, derrière tous les moments passés en leur compagnie, j'étais consciente du monde que j'avais quitté, et de celui que je devais encore créer.

« Je veux des fils », disait-il.

Des fils, disait-il, et les terres de ses frères, car rien ne semble plus doux au Palais humain que le jus des fruits volés. Alors je lui ai donné des fils, et j'ai donné à ces fils le pouvoir de non seulement survivre dans ce monde, mais de le prendre pour eux. Et dans cette dynastie, je me suis égarée. J'ai oublié le Tisserand, les Étoiles et même l'Eau – la Brûlure au-dessus de ma tête n'était qu'un léger rappel du chemin parcouru. Tout ce qui comptait était ma famille et mon trône.

La déesse tortue s'est un jour demandé à voix haute si elle avait bien fait de me sauver le jour de ma chute. La première écluse venait d'être construite, la rivière Gora était saturée d'eau.

« Qu'ai-je sauvé ce jour-là ? » a demandé la déesse.

Je n'ai pas pu le dire.

Plusieurs générations plus tard, j'ai levé les yeux au ciel pour obtenir une réponse.

Et mon fils m'a regardé en retour.

Depuis la sombre cataracte du bateau, je ne voyais que très peu l'expression de Luubu, mais je savais qu'il était heureux. Il nous avait pris au piège, la pauvre Malfaçon avait été tuée par les carreaux de sa baliste, et l'homme de Daware n'était nulle part, mais mon fils, qui avait orchestré toute cette tragédie, semblait ne penser à rien d'autre qu'à la joie que lui procurait le fait que je sois témoin de son triomphe. Mais sa joie, je pense, aurait été légèrement tempérée s'il avait su que son succès n'était que partiel, car j'avais été piégée une fois auparavant par le pentagramme de pierres de lune, par son père – piégée, pendant très longtemps – et j'avais désormais une idée du moment où il fallait frapper ; c'est pourquoi, alors que nous approchions de la flotte-prison, j'ai pris une précaution inspirée par mes soupçons bien fondés et, avant d'arriver au navire dans lequel nous pensions que le dieu tortue habitait, j'ai fait quelque chose de téméraire et insensé.

AUBE

Je me suis fendue en deux.

Inadmissible. C'est ce que Jun aurait dit si je lui avais fait part de mes plans avant de prendre les choses en main, et il aurait eu raison de me réprimander. Depuis le peu de temps que je le connaissais, il était devenu de plus en plus impertinent, mais dans ce cas précis, il aurait eu raison de me réprimander. Il ne restait que peu de moi à épuiser, et me diviser entre deux corps demandait un effort et une force dont j'avais à peine le réservoir. Mais le choix s'est révélé judicieux, et c'est à partir de deux points de conscience distincts que j'ai observé les événements de cette nuit-là : depuis mon corps, et depuis les yeux d'un petit oiseau *gorion*, perché au sommet de la balustrade d'un vaisseau-prison voisin.

L'oiseau était suffisamment éloigné pour n'être que légèrement affecté par le pouvoir débilitant du piège. À travers ses yeux perçants, j'ai vu les sacs de pierres de lune passer par-dessus le bastingage, j'ai vu les balistes pivoter et l'éclair de métal avant que les carreaux atteignent le corps de la tortue. J'ai vu Jun s'accroupir au-dessus de la tête de la tortue, caressant son bec ensanglanté, tandis que les patrouilleurs sortaient du bateau de Luubu pour nous capturer. Et tandis que mon corps se noyait sous le poids des eaux hurlantes, mes petites ailes battaient furieusement et j'ai volé au-dessus du Bassin, dans le ciel plombé du matin.

J'ai fait le tour de la ville.

Le cratère résonnait du bruit des combats. Luubu avait peut-être attiré sa famille dans son piège, mais il ne pouvait pas faire grand-chose contre la rébellion grandissante, si ce n'est s'engager dans les nombreuses petites escarmouches qui se déroulaient en même temps dans tout le Bassin.

Mon petit oiseau observait les combats depuis les bastingages et les chevrons. Nombre de ceux qui se révoltaient étaient des travailleurs de la classe inférieure, qui vivaient dans les péniches-appartements les plus sales et travaillaient dans les flottes textiles. La tactique adoptée par Kaara/Tak-Lina et son amirauté était la confusion. La nuit avait commencé par l'allumage de petits feux dans tout le Bassin, par la disparition de patrouilleurs et par d'étranges ordres de supérieurs, transmis par le truchement de messages codés sur la proue des navires. La moitié d'une caisse de poudre explosive, volée à la fonderie du seigneur Waag, avait été utilisée pour couler le plus grand des bateaux-casernes, tandis que l'autre moitié avait servi à retenir en otage la barge de plaisance *Shrik-Soso*, qui était assez large pour offrir aux autres insurgés un abri contre les tirs de baliste.

Maintenant, en ce début de matinée, les têtes des capitaines des navires les plus importants étaient coupées. Des hommes et des femmes, jeunes et vieux, prenaient les armes, chargeaient à travers les couloirs du pont et même grimpaient dans les filets des voiles telles des araignées dans des toiles inclinées, afin de renverser les capitaines et les contremaîtres, tandis que les balistes en patrouille lançaient des carreaux dans leurs poitrines, les projetant par-dessus bord dans l'eau. J'ai vu trois hommes cloués à la coque d'un navire par une seule décharge, comme une pile de parchemins accrochée à une aiguille. J'ai vu un feu allumé dans la couchette d'une péniche d'appartements, les flammes s'élevant du plus bas et du plus pauvre des ponts jusqu'au plus haut, les gens se jetant à l'eau pour se sauver. Là, ils étaient fauchés par les lames de la brigade de Luubu, les Singes d'argent. Quant à savoir où se trouvait Kaara/Tak-Lina dans tout cela, je n'en avais aucune idée.

À ce moment-là, je supposais qu'elle avait été aussi affectée par le piège que moi, et qu'elle était probablement dispersée en nombreuses gouttelettes dans les eaux froides du Bassin, où elle tentait de se reconstituer à nouveau.

Les clameurs des combats étaient omniprésentes, on ne pouvait y échapper. Cependant, il y avait des endroits autour du Bassin où tout était sensiblement plus calme ; des quartiers protégés où les fumées des incendies n'étaient que de fines lignes noires sur l'horizon et où les bateaux avaient le temps de pomper l'eau accumulée pendant la nuit dans leurs cales.

C'est dans une telle zone, l'une des baies de plaisance les plus cossues du cratère, que j'ai découvert le corps de l'homme de Daware flottant sur l'eau. Mon oiseau s'est posé sur lui et j'ai été soulagée de constater qu'il n'était pas mort, juste inconscient. Mais j'ai eu beau lui donner des coups de bec sur la poitrine, il n'a pas bougé, et j'ai fini par être obligée de l'abandonner quand la lumière d'une torche a illuminé son corps et que, depuis les ombres, des hommes l'ont traîné à bord d'un mince esquif de ramassage des ordures. *C'est dans les temps troublés, comme ce jour-là dans le Bassin, que nous partons à la chasse. Personne ne remarque la disparition d'une babiole ici ou là.* Je les ai suivis à distance aussi loin que possible, mais l'esquif a vite disparu à l'intérieur d'une énorme péniche de plaisance. J'ai étudié les marques inscrites sur le flanc de la barge pour m'en souvenir et je me suis dit que je reviendrais bientôt, après avoir terminé ma reconnaissance du cratère.

Et pendant que tout cela se passait, j'étais encore consciente des sens de mon corps, sans être concentrée sur eux. Pas jusqu'à ce que nous nous arrêtions, et que je sois séparée de mon fils, et de Jun, assez violemment.

Nous avons été amenés sur le vaisseau de plaisance de Luubu.

Un homme que je ne connaissais pas me portait. Ses mains étaient larges et rugueuses, et la partie royale de moi-même était offensée qu'il touche ma personne. J'ai fait une fixation sur cet affront alors qu'il m'emmenait dans une petite pièce à l'écart, où j'allais être gardée sous clé. L'homme aux mains rugueuses m'a placée sur un coussin comme un vieux jouet usé. J'ai pensé qu'avec un effort suffisant, je pourrais peut-être utiliser ce qui me restait de mon être pour faire sauter la tête de ce blasphémateur, mais cette pensée fut fugace et, avec le temps, j'ai pu revenir à moi et me souvenir des règles du jeu, qui restaient les mêmes : conserver mon énergie. Ce corps n'en avait plus assez que pour un seul acte physique. J'avais l'intention de l'accomplir en sorte qu'il soit déterminant.

La chambre était aussi somptueuse que ce que l'on pouvait attendre d'une des croisières royales de Luubu. À ma droite se trouvait un lit assez large pour cinq humains, avec des draperies transparentes qui séparaient le matelas du reste de la pièce, et à ma gauche se trouvaient un long canapé de salon en velours et une table à thé sculptée dans un unique morceau de bois de fougère rouge. C'était la chambre des dignitaires en visite, des personnes que la Deuxième Terreur voulait impressionner par sa richesse et son statut. Je fus donc surprise de constater que, pour une pièce aussi raffinée, le bruit du piège de pierres de lune était inhabituellement fort, jusqu'à ce que je découvre après quelques investigations – je pouvais encore me projeter à une certaine distance de mon corps – une série de trous dans le mur, trop petits pour qu'on puisse s'y faufiler, mais assez grands pour laisser passer tous les sons de l'extérieur. J'ai également découvert deux conduits béants qui émergeaient d'un coin de la pièce. J'ai projeté mon esprit le long de ces tuyaux. L'un montait jusqu'au pont de ce vaisseau qui, curieusement, était désert, et l'autre menait de cette pièce à l'extérieur, comme s'il était conçu pour capter plus clairement l'agitation provenant du Bassin, à croire que cette pièce avait été construite juste pour moi.

Le piège de Luubu était étalé, diffus, mais pas aussi intense dans sa disruption que celui de la Porte des Loups ; je ne pouvais pas déplacer ne serait-ce qu'un livre ou une tasse de thé, mais je pouvais au moins espionner les pièces adjacentes, et voir où les autres étaient retenus. Mon fils était dans la cabine en face de moi, de l'autre côté du couloir. Sa tête était posée sur une assiette à dîner, qui trônait sur un tabouret au milieu d'une pièce vide, dépourvue de meuble. Quelqu'un avait pris la peine de décorer l'assiette avec quelques fruits tranchés et des légumes verts finement coupés. *C'était Deegan-le-fêlé qui avait fait ça. C'est lui qui avait dressé l'assiette du cochon royal. Luubu avait approuvé la mise en scène. La tête dans l'assiette, moins.* Il semblait conscient de ma présence dans la pièce.

« Une belle journée qui s'annonce, n'est-ce pas, Mère ? » a-t-il dit.

J'ai continué à avancer jusqu'à ce que je trouve Jun. Il était en bas des marches, sur le pont inférieur. Ils l'avaient jeté dans un petit placard qui servait autrefois à stocker divers outils et équipements pour réparer le vaisseau, mais les étagères avaient été vidées. On lui avait également pris son masque. Il donnait des coups de pied à la porte, essayant de l'ouvrir, quand elle s'est soudainement ouverte, la serrure cliquetant depuis l'extérieur. Il a brièvement jubilé avant que trois hommes apparaissent et le tabassent. Assez pour que, lorsqu'on le jeta de nouveau dans le placard, tout ce qu'il puisse faire fut de ramper dans un coin de la pièce et de couvrir de ses mains ensanglantées le tatouage sur son visage.

« Alors, on s'amuse à fouiner un peu partout ? »

La voix cuivrée provenait d'un des tuyaux de ma chambre. Je me suis replongée dans mon corps.

« Étrange, a repris la voix du tuyau, que ce ne soit que notre deuxième rencontre. La seule autre fois, c'était à ma naissance. Pour ce que ça vaut, je voudrais que vous sachiez que c'est un plaisir de vous avoir à bord de mon meilleur vaisseau. Tout va bien, vous n'êtes pas obligée de parler, je comprends que vous préfériez le silence. Ce serait sûrement mon cas aussi, à votre âge. Je voulais juste faire le point avant que tout commence. Vous faire savoir que vous êtes sous ma responsabilité maintenant, et que j'ai l'intention de vous garder aussi près de moi que possible. » Il y avait dans sa voix un sourire qui aurait donné la nausée à un humain. Il a continué à parler un peu plus longtemps, mais je n'étais pas intéressée par ce qu'il avait à dire, alors, j'ai concentré mes efforts ailleurs pendant ce temps. Mon petit oiseau tournait autour de la paroi intérieure du cratère quand il a aperçu quelque chose de curieux.

Deux longs bateaux,
remplis d'hommes masqués.

Ils ont glissé en silence à travers l'une des grilles du cratère qui avait été détruite lors du soulèvement. Les postes de garde étaient en feu et abandonnés. Il n'y avait personne en service pour voir entrer les élégantes embarcations jumelles qui filaient sur l'eau, leurs nombreuses petites rames comme des mille-pattes sur le sol d'une chambre. Il ne s'agissait ni de rebelles ni de Singes d'argent, mais d'une tierce partie dont je n'arrivais pas à déterminer l'identité depuis ma position, et, indépendamment de la distance, j'étais trop occupée à réfléchir à un plan d'évasion pour mon corps pour me soucier davantage de ces nouveaux arrivants.

Le principal problème auquel j'étais confrontée était qu'être un petit oiseau n'avait pas grande utilité. Ce n'était pas la faute de l'oiseau. Si j'avais pu habiter une personne, je l'aurais fait, mais l'esprit réticent d'un humain demande beaucoup d'efforts pour être maîtrisé, et je n'avais pas la force de le faire, seulement celle de l'amadouer. Il s'avérait donc que l'oiseau était la seule créature à portée de main sensible à mon Chuchotement.

Mes options étant limitées, je devais recourir à des alliés, et le seul allié que j'avais et que Luubu n'avait pas capturé était l'homme de Daware. Je craignais que la communication ne soit difficile entre nous, puisque j'étais un oiseau et lui non, mais, au cours de ce voyage, l'homme s'était révélé plein de ressources. J'ai volé en direction de la barge de plaisance dans laquelle il avait été emmené, convaincue qu'une fois qu'il serait libéré, je pourrais trouver un moyen de communiquer avec lui.

Tout en volant, j'ai surveillé mon corps. Luubu ne me parlait plus à travers la fleur de cuivre et personne ne venait interférer avec mon enveloppe charnelle, ce qui signifiait que j'avais encore le temps d'agir avant que mon fils commette quelque acte regrettable. Je ne savais pas exactement quels étaient ses plans ni ce qu'il comptait faire de moi, de Saam et de Jun.

Je ne me souciais pas de le découvrir.

MATIN

Avaient-ils tous été aussi violents ?

Même le Troisième Empereur, le plus doux de tous mes fils, devint cruel à la fin de sa vie. À cette époque, j'étais un parent plus attentif. Je prenais même plaisir à leur apprendre le monde. Le Troisième et moi avons passé beaucoup de temps dans le Bassin, où je lui ai enseigné les secrets de ses eaux. Les vers qui émergeaient du bec de la Mer dormante, des vers qui filaient de la soie dans leur ventre. Et ensemble, nous avons tissé des tapis et des tapisseries dont la qualité, je pense, n'a pas encore été égalée.

Il était, peut-être, trop doux. Ceux qui convoitaient son pouvoir l'ont décapité. J'ai pris notre revanche et j'ai recousu la tête de mon fils sur son corps, mais j'ai vu qu'après cela, il n'était plus le même. Il s'est détourné des choses qu'il aimait faire. Il laissait les gens tisser les tapis et fuyait la lumière. La peur pesait sur ses épaules chaque jour. Une fois, sur le bastingage d'un bateau de plaisance, un petit oiseau s'est posé doucement et mon fils a tressailli, et je l'ai regardé alors que, sans un mot, il utilisait le pouvoir que je lui avais donné pour briser le cou de l'oiseau.

La créature est tombée dans l'eau comme une pierre. « Il n'y a plus rien à craindre, Mère », a-t-il dit doucement. La culpabilité est un cercle sans fin.

Et j'avais l'impression de me trouver en son centre.

Je retournai vers la péniche qui avait avalé l'homme de Daware, la lumière du jour levant qui inondait le cratère aidant mes petits yeux à repérer ce vaisseau insigne parmi ses nombreux congénères identiques. Sur mon chemin, quelques flèches perdues ont failli me couper les ailes, mais je n'ai pas pu déterminer qui avait osé tirer sur une déesse ni pourquoi ; la seule idée qui me soit venue à l'esprit était que je volais trop bas et que j'avais directement survolé une bataille en contrebas, à laquelle je n'avais pas prêté attention. *Le bateau était presque sous notre contrôle jusqu'à ce que le contremaître Sengyyna lance le signal d'appel à l'aide et, avant même de nous en rendre compte, nous tirions des flèches sur un navire de patrouille qui venait vers nous. Olan ne s'en est pas sorti. La flèche a pénétré directement dans l'œil. J'avais brisé d'innombrables serments ce jour-là, mais c'était celui qui me faisait le plus mal.*

La barge se trouvait assez loin de la bataille. Elle était lourdement amarrée parmi d'autres navires de plaisance de son genre, comme une famille de morses sur un rivage peu fréquenté. J'ai tourné autour de sa forme massive, cherchant un moyen d'entrer, mais malgré toutes mes recherches, je n'ai pu trouver qu'une seule entrée : une soute qui s'ouvrait à l'arrière du navire, où les visiteurs débarquaient leurs yoles.

Je me suis posée sur un bastingage, en prenant soin de n'être ni vue ni chassée, et j'ai écouté les allées et venues des gens dans l'espoir de glaner une information, un indice, qui me dirait où ils l'avaient emmené. Cela ne se révéla guère difficile, car il était la seule personne non enregistrée à être passée par là ce jour-là. J'ai appris qu'un homme correspondant à sa description avait été emmené sur le pont, deux étages plus haut. La façon dont ils échangeaient ces informations était empreinte d'un silence conspirateur qui m'inquiétait quant à son sort, alors j'ai volé rapidement à travers le navire, n'étant repérée qu'une seule fois par un jeune nettoyeur qui a essayé de me repousser avec son balai. Il m'a poursuivie, mais je l'ai rapidement perdu dans la foule des gens qui se dirigeaient vers l'escalier principal ; tous les autres ne semblaient pas s'inquiéter de ma présence, bien que certains se soient couvert la tête avec leurs mains lorsque je les ai survolés.

Lorsque j'ai trouvé l'endroit où l'homme de Daware était retenu, j'ai vu que j'avais raison de m'inquiéter. Au moyen de quelques vols experts et bien programmés de poutre en poutre, j'ai pu pénétrer assez profondément dans le troisième pont pour découvrir ce que les gens d'ici appelaient la salle des jouets. *Nous étions les jouets du coffre à plaisirs. Et nous n'en sommes jamais sortis.* Dans les recoins ombragés des péniches de plaisance, qu'elles soient belles ou suspectes, on trouve forcément de tels endroits, où une personne peut être retenue et, par des méthodes longues et patientes, transformée en un simple corps qui respire, pour le plaisir de ceux qui peuvent en avoir l'utilité. L'esprit nettoyé par la cruauté. *J'étais brisée, je l'étais. Ils ont pris ces bâtons, durs et pointus, et ils, ils, ils…*

Ces salles de jeux n'étaient pas interdites par la loi, mais elles étaient désapprouvées et considérées comme de mauvais goût, même s'il était bien connu que Luubu fréquentait ces lieux. *Il m'a murmuré à l'oreille que je n'avais jamais aimé personne d'autre que lui, et son murmure s'est insinué dans mes pensées et je l'ai cru, je croyais qu'il était le seul homme que j'avais jamais aimé, et quand il est parti, j'ai griffé les murs pour le rejoindre, jusqu'à ce que mes ongles se cassent dans les fissures du bois.* C'est ici que j'ai trouvé l'homme de Daware, son bras et sa jambe droite enchaînés aux planches de la cellule dans laquelle il était gardé. Il avait alors repris conscience mais semblait toujours étourdi, et incapable de comprendre sa situation. Il avait été battu. Son œil gauche était enflé, sa lèvre inférieure fendue. Et sa lance avait disparu, probablement perdue dans les eaux du Bassin.

Une femme presque aussi grande que le pont lui-même marchait de long en large entre les cellules, en arborant un sourire anormal. Elle prenait plaisir à s'arrêter devant une cage et à fixer ses occupants jusqu'à ce qu'ils essaient de se résorber dans le mur. Son pas était aussi lourd que des coups de marteau. Lorsqu'elle fut assez loin et que je me suis sentie suffisamment en sécurité pour m'aventurer plus avant, j'ai plongé à travers les barreaux de sa cellule et je me suis demandé comment lui parler, car il m'a juste regardée avec une expression vide et a dit, dans un murmure : « Tu n'es pas l'oiseau d'avant. » Son sourire était faible et couvert d'ecchymoses. « Es-tu l'ami de l'autre oiseau ? Je garderais mes distances si j'étais toi. » Il a affiché une expression de douleur en regardant sa main vide. Et bien qu'il demeure silencieux, je lisais dans ses yeux la défaite.

« Je suis un briseur de serment », a-t-il dit. Il avait l'air au bord des larmes. « Je suis un homme de Mauvaise Fortune. »

Je ne me souciais de rien de tout cela. J'ai gazouillé pour attirer son attention et j'ai battu des ailes, mais il s'est contenté de me sourire comme si j'étais la seule bougie dans une pièce très sombre ; exactement comme les gens avaient l'habitude de me regarder quand j'étais encore dans le ciel et qu'ils avaient besoin du réconfort du clair de lune. Il ne semblait faire aucun effort pour interpréter ou comprendre, comme s'il était trop fatigué pour entreprendre un tel décryptage. Il voulait juste regarder ce petit oiseau qui avait choisi de lui rendre visite. C'était une expérience immensément frustrante. « Si tu vois un type avec un masque de démon bizarre, dit-il faiblement, fais-lui savoir que je le cherche. » J'ai réfléchi à mes possibilités. Je ne pouvais pas quitter l'oiseau et entrer dans son esprit ; je craignais que la moindre résistance de sa part ne dissolve cette ombre qui restait de mon moi. Je devais choisir ma prochaine action avec soin.

La femme revenait. Sans recours, j'ai décidé de laisser l'homme de Daware pour le moment. Il ne semblait pas s'inquiéter de mon nouvel envol, ne me faisant qu'un léger signe d'adieu de la tête avant que je me glisse entre les barreaux.

Je me suis retrouvée à l'extérieur de la salle des jouets. Après un bref moment d'impuissance dans les combles, où j'ai battu des ailes de frustration, il devint clair à mes yeux que tout dépendait de moi. Il y avait encore d'autres parties du vaisseau à explorer. J'ai cherché quelque chose qui puisse me servir ; une clé peut-être, ou un outil, que l'homme de Daware pourrait utiliser pour se libérer. En écoutant aux portes, j'ai découvert que les clés des cages étaient détenues par le directeur, et le directeur seulement, et qu'à ce moment précis, il se divertissait sur le pont supérieur, le Pont zoologique, comme on l'appelait.

Je n'avais jamais entendu parler d'un tel pont ni n'en avais visité auparavant, et lorsque j'ai emprunté l'escalier principal et pénétré dans le grand espace voûté, j'ai été consternée par les nombreux animaux que j'y ai vus, encagés et suspendus au plafond comme des ornements. Il y avait des chauves-souris insectivores, des perroquets colorés et, dans une baignoire, une famille de fous de Bassan. Des chats erraient dans la salle, paressant sur les bords des tables jusqu'à ce qu'ils gênent les jeux et soient poussés hors de celles-ci. Lorsque j'ai baissé les yeux, j'ai vu que ce pont n'était pas seulement une prison pour animaux, mais également une salle de jeu composée de nombreuses tables basses carrées sur lesquelles les gens faisaient tourner des dés dans des gobelets, et d'autres tables plus longues contenant des dizaines de pions de pierre blanche positionnés selon des motifs vertigineux ; les joueurs s'évertuaient à diviser les troupes de leurs adversaires en usant d'une stratégie opaque dont les règles m'échappaient. Alors que je cherchais le directeur dans ces couloirs, j'ai découvert quelque chose d'infiniment plus prometteur. Ou plutôt, je l'ai entendu : le puissant rugissement d'un ours, provenant de la salle de spectacle.

Une foule avinée applaudissait autour d'une zone sécurisée, où l'ours, tenu en laisse, était assis sur un coussin trop petit pour lui, tandis qu'à côté de la créature, un homme aux pommettes fines appliquait sur son visage un fard bleu vif, comme c'était la coutume à l'époque pour les artistes. Lui et l'ours jouaient une pièce de théâtre ; il tenait le rôle d'un époux mécontent qui voulait s'assurer que sa maîtresse le trouvait toujours attirant, et l'ours celui de la maîtresse qui en avait assez de ses caprices. La foule riait aux éclats chaque fois que l'homme disait quelque chose du genre : « Avant, tu me trouvais beau ! Tu disais que j'étais l'eau qui abreuvait ta gorge desséchée ! Et que me dis-tu maintenant ? », ce à quoi l'ours dressé répondait en rugissant et en balayant l'air de ses pattes, comme s'il rejetait chacune de ces doléances.

La force de l'ours m'a immédiatement séduite. Je le voyais arracher les chaînes de l'homme de Daware avec ses dents. Oui, la créature ferait l'affaire. Mais alors que je me dirigeais vers l'estrade, je fus obligée de me percher sur un banc inoccupé et de faire une pause, car je me rendis compte que, de retour dans mon corps, sur le navire royal, quelqu'un se tenait dans la pièce avec moi.

Celui aux grandes mains, qui m'avait portée de cette manière déplaisante. Il m'a soulevée et m'a emmenée hors de la chambre, pas aussi délicatement que Jun le faisait autrefois. Quand j'ai vu que nous nous dirigions vers l'escalier principal, j'ai su où il m'emmenait. Ce n'était, après tout, qu'une question de temps.

Les domestiques baissaient la tête à notre passage.

J'ai été amenée dans une vaste pièce, à la décoration minimaliste. Le sol était fait d'un bois noir et brillant, et les longs panneaux rouges des murs s'ornaient de diverses représentations de son animal fétiche, le singe argenté, dans toutes sortes de positions de langueur et de fureur. La pièce entière semblait converger vers une simple table en bois noir, à laquelle Luubu était assis et où je fus installée en face de lui. On avait disposé devant nous des assiettes contenant de délicates tranches de poisson rare, chacune soulignée par un légume de couleur surprenante et vive, rouge, pourpre ou argent.

Il congédia le porteur qui m'avait amenée à lui et nous fûmes seuls, à l'exception des serviteurs qui se tenaient dans l'ombre de la pièce, attendant qu'on leur fasse signe. « Je me demande si vous avez jamais su combien j'ai désespérément attendu ce moment. Enfin partager un repas avec vous. »

Je n'ai rien dit.

« Mes frères avaient à peu près le même désir. Passer du temps avec notre mère. **Écoute-moi.** »

Dans l'état de faiblesse dans lequel je me trouvais, le pouvoir de sa Voix m'a terrassée. Je n'avais pas d'autre choix que de m'ouvrir à lui.

« C'est une chose étrange, a-t-il poursuivi, de savoir où vous étiez durant toute notre vie sans jamais pouvoir vous rejoindre. La Première Terreur a essayé de se faufiler jusqu'à vous, une fois. Quand nous étions petits. Il n'a pas passé le premier voile avant d'être découvert par les archontes et ramené à notre père. Je n'ai jamais appris ce que celui-ci lui a infligé comme châtiment, et il n'en a jamais parlé. » Il avait commencé à déguster son repas à ce moment-là. Il prenait un plaisir visible à chaque bouchée. « Une chose étrange. Si proche et pourtant si loin. Nous vous avons sentie dans nos rêves. Pendant des nuits entières, nous rêvions de la Lune si brillante dans le ciel qu'elle en était aveuglante. Nous partagions parfois ces rêves entre nous. Mais comme le font tous les frères, nous avons grandi séparément et nous avons fini par garder nos rêves pour nous. Je pense qu'aucun de nous n'a jamais perdu l'espoir d'un jour devenir Empereur. Du jour où on nous donnerait la clé de votre chambre et où nous pourrions enfin passer du temps avec vous. » Il a arrêté de manger. Il a versé du thé d'un lourd pot de pierre et je n'ai pu m'empêcher d'apprécier le doux parfum de sa vapeur. « Je ne sais même pas quel thé vous préférez. J'espère que celui-ci vous conviendra. Il a été cultivé non loin d'ici, dans une réserve qui m'appartient. Ne laissez jamais dire que seule dame Panjet est capable de faire croître de si délicieuses feuilles. » Il sourit. « Un autre jour, dans une situation différente, je vous l'aurais fait visiter. Cette réserve. » Son sourire s'est estompé. « Ah. Bien. » Il soupira et passa une main dans ses cheveux noirs, qui s'éclaircissaient. « Les plans que j'ai faits pour vous amener ici… Cela vous épuiserait de simplement en entendre parler. Tout ce que je dirai, c'est que c'est une chance que votre idiot de petit-fils ait pris la tortue avec lui. Manger la déesse est devenu encore plus intéressant, parce que laissez-moi vous dire que c'était un travail difficile. Des semaines entières à consommer sa chair molle et insipide. Je l'ai droguée pour que ses muscles ne soient pas trop tendus quand je la mâchais, et elle bafouillait comme une ivrogne en me suppliant d'arrêter. Mais comment pouvais-je arrêter ? Chaque bouchée me rapprochait d'une sorte de… devenir. » Il a soupiré. « Je les entends toutes à présent. Leurs messages. Leurs souvenirs. Je sens même ce qu'elles sentent. La peur argentée qui monte des épaules des gens. Leur fureur rouge. Père a vraiment déconné, pas vrai ? » Il a posé sa tasse. « Oh, Mère ! » s'est-il exclamé en se laissant tomber sur le dos, un oreiller placé opportunément pour le rattraper. « Si seulement il ne vous avait pas gardée en bas, les choses auraient été différentes ! Je me sentais si seul ! Mais vous m'auriez vu. Si vous aviez été là, vous m'auriez écouté. Je le sais. » Il a rampé jusqu'à mon corps. Il a posé sa tête sur mes genoux, et a pris ma main molle pour la poser sur sa joue. « Et si j'avais fait un mauvais rêve, vous m'auriez caressé les cheveux et vous m'auriez dit que tout allait bien, que je pouvais retourner au lit. » Il chuchotait maintenant. « Toutes les choses qu'on aurait pu faire si vous aviez été là. »

Il a utilisé ma main comme un peigne. Il a soupiré à mon contact.

« J'ai un programme chargé aujourd'hui. Je vais torturer mon frère. Ce n'est qu'une tête, mais il peut encore ressentir la douleur. Je vais probablement faire tuer son fils devant lui. Écorché vif. Peut-être que mes Singes d'argent le violeront devant son père. Je n'ai pas encore décidé. Quoi qu'il en soit, ce sera très désagréable pour tous les deux… Oui. Mais avant cela, nous avons à faire, vous et moi, parce que maintenant que j'ai goûté à une déesse, ce qui était en soi un repas copieux mais pas très satisfaisant spirituellement, je me trouve affamé de quelque chose d'un peu plus substantiel. »

Il a levé vers moi de grands yeux.

« Je pense que je vais vous manger. »

Et tandis qu'il disait cela, les chants de midi résonnaient dans le Bassin, car la journée était alors à moitié passée ; il reprit ma main et se la passa de nouveau dans les cheveux ; et j'étais particulièrement consciente du fait que nous manquions tous de temps.

Je lui ai demandé un jour pourquoi des fils.

L'homme qui m'avait décousue du ciel était très honnête au sujet de ses désirs. Il n'y avait aucune fausse modestie dans ses réponses : quand il répondait à une question, il le faisait de manière franche et directe. Je l'aimais pour cela.

Mais quand je lui demandais pourquoi il ne voulait que des fils pour héritiers, il ne me donnait jamais de réponse satisfaisante. Il parlait de tradition, de droits de succession, de corps forts et de corps faibles, mais si je le pressais sur les questions de tradition ou de force – si je lui rappelais que j'étais une déesse, et qu'avec mon pouvoir je pouvais l'aider à changer la tradition et lui donner un enfant qui soit fort, peu importe comment il se présentait au monde, il devenait irritable et demandait pourquoi je le harcelais avec des questions si vaines. Je lui ai répondu que je lui posais cette question parce que le temps que j'avais passé en tant que femme humaine avait été agréable, et que les autres femmes que j'avais rencontrées et avec lesquelles j'avais passé du temps semblaient aussi capables que n'importe quel homme de leur niveau. Mais cela avait peu d'impact sur lui ; l'homme trouvait toujours un moyen de se retirer de la conversation sans s'engager. À l'époque, je me disais que c'était bien ainsi, que j'avais un serment à respecter et que peu importait mon opinion sur ce serment, je le respecterais quand même.

Mais je me suis toujours posé la question. Au cours des campagnes de ma progéniture, nombreuses, longues et sanglantes, je me suis demandé si les choses auraient été différentes si l'un d'eux avait changé les règles, s'il y avait eu une Impératrice en réponse à tous les Empereurs. Si la terre se serait noyée dans autant de sang si elle avait été là pour interrompre le fracas des lames. Cette idée séduisante a beaucoup nourri mes fantasmes. Mais je sais maintenant que, quand bien même elle aurait été un répit bienvenu et peut-être même un baume apaisant pour la main meurtrie du peuple, cela n'aurait pas suffi. J'avais vu ce qui était arrivé à tous ces fils auxquels j'avais donné naissance. Comment ils avaient été façonnés par le monde qu'on leur avait donné, car même l'homme qui avait tout commencé ne savait pas ce qui motivait ses choix. C'est une spirale qui se nourrit d'elle-même, un poids s'accumule en son centre et nous l'appelons Pouvoir.

C'est ce qui m'est apparu alors que j'étais coincée avec mon enfant malade sur son bateau de luxe. Une vieille leçon que tout le monde connaissait dans le vieux village : on peut critiquer le danseur, mais le plus souvent, c'est la danse elle-même qui doit changer.

Luubu me regardait avec un amour si infini qu'il m'apparaissait comme un motif fou et indéchiffrable. Une faim écrasante et violente. Et même à présent, il reste difficile pour moi de déterminer ce que j'ai ressenti pour les hommes qui sont nés de moi, ce que je devais faire de ces sentiments de haine profonde et d'amour inconditionnel.

*La journée me filait entre les doigts
et je devais agir.*

Je me suis précipitée dans la salle de spectacle. Je l'ai fait sans réfléchir et, je l'avoue, un peu sous le coup de la panique, car Luubu m'avait ébranlée. J'ai peu pensé à la sécurité de l'oiseau en survolant la foule en délire et en plongeant dans l'ours. Ma seule priorité était de m'approcher suffisamment près pour pouvoir passer d'un corps à l'autre sans craindre de me perdre en route, ce qui, dans mon état, était plus que possible. Je suis allée assez vite pour que les gardes armés de lances qui entouraient l'arène ne remarquent pas l'oiseau volant au-dessus d'eux, pas plus que l'interprète masculin qui, à ce moment-là, essayait de « courtiser » l'ours peu intéressé et remontait l'ourlet de sa robe de soie pour révéler ses jambes nues. L'ours, fatigué par une longue journée, ouvrit ses puissantes mâchoires et bâilla.

J'ai laissé tomber l'oiseau dans sa bouche.

Et alors, je fus l'ours, et je m'étouffais sur le petit oiseau qui se débattait dans ma gorge. D'une lourde roulade, je suis tombée à quatre pattes et j'ai recraché la créature. L'oiseau s'est écrasé sur le sol, baignant dans ma salive, tressaillant un peu avant de se débarrasser du liquide en quelques battements d'ailes résolus. L'artiste a tressailli.

« Qu'est-ce que c'est que ça ? » a-t-il demandé.

Je regardai cet homme, et en tant qu'ours, je fus submergée par la fureur, car ce salaud avait été mon tourmenteur pendant de nombreuses années, les affreuses pièces qu'il me faisait jouer et les nombreuses nuits où il m'affamait en punition de ses mauvaises critiques. Il n'y a pas eu de discussion : je l'ai envoyé valdinguer dans la foule. Il a laissé échapper un soupir étouffé et a volé contre les bancs comme un boulet de canon contre le bois d'une forteresse. Alors que l'homme gémissait au milieu d'un tas de décombres fracassés, les gens riaient, croyant que tout cela faisait partie du spectacle ; ils riaient même lorsque je tirai de tout mon poids sur la chaîne inflexible qui me liait au sol. Ils ne se turent que lorsque les gardes, qui savaient que mes actions ne faisaient pas partie du scénario, sautèrent par-dessus le cordon et commencèrent à m'encercler avec leurs lances de soumission. L'un d'eux m'a donné un coup dans la cuisse. *Nous avons hurlé pour qu'il se calme. Nous avons crié son nom. Nous avons essayé de l'effrayer avec nos lances. Mais rien n'a fonctionné. La créature était enragée.* Frustrée, j'ai serré la chaîne entre mes mâchoires et j'ai arraché le crochet qui la maintenait au sol. Le bois a éclaté, les boulons en métal ont volé, et la chaîne pendait à mon cou comme une laisse non attachée. J'ai regardé autour de moi. Les gardes ont reculé. Les gens portaient leurs mains à leur poitrine.

Il y eut un silence sur le Pont zoologique alors que tout le monde dans le public prenait conscience que j'étais libre.

Ensuite, j'ai chargé droit devant moi.

Seul un garde fut assez stupide pour rester debout. J'ai sauté sur lui assez fort pour l'envoyer à travers le plancher dans le pont inférieur. En courant, j'ai hurlé pour que les gens libèrent le passage. Cela a malheureusement eu l'effet inverse, car dans leur panique, ils ont trébuché sur les tables de jeux de dés et sont partis dans toutes les directions sauf celle qui était sûre. J'ai gardé la tête baissée tout en courant, poussant hors du chemin tous ceux qui ne pouvaient pas s'écarter de ma ligne de charge. J'ai fait irruption à travers les tables. J'ai détruit les cages qui gardaient les chauves-souris, et les chauves-souris ont crié et volé dans les airs. J'ai tiré une certaine satisfaction de cette destruction, mais je ne me suis pas attardée pour en jouir ; j'ai bondi dans l'escalier principal et me suis dirigée vers la salle des jouets.

J'aime imaginer ce que l'homme de Daware a dû vivre à ce moment-là. Ce qu'il a dû ressentir lorsqu'il a entendu les cris, les rugissements et les bousculades à l'étage supérieur. Je l'imagine essayant de se lever, de se redresser et de se préparer à affronter le chaos des ponts supérieurs. J'imagine le son qui l'a poussé à essayer de se libérer et à se débattre en vain contre les chaînes qui le retenaient. Comment il a dû se figer sur place quand il a entendu le bruit d'une grande créature défonçant les cloisons en bois. Le bruit des cris, des appels à la pitié, des portes qui s'effondrent. Et quel sang terrifié a dû battre dans ses tempes quand la dernière porte est tombée et qu'un ours haletant, grognant et ensanglanté est arrivé dans sa cellule, ignorant toutes les autres, comme s'il était le seul à avoir toute la malchance du monde – un homme de Mauvaise Fortune, indubitablement.

Il s'est collé contre le mur. Il retenait sa respiration. Peut-être que si j'avais eu le temps, je me serais amusée avec la peur qu'il semblait éprouver en ma présence, tandis que je me dressais au-dessus de la porte de sa cellule, car les humains ont une drôle de façon de trembler. Mais je n'en avais pas le temps.

« Tu es foutu, l'infirme », a gloussé un homme maigre depuis une cellule adjacente.

L'homme de Daware a reculé aussi loin dans le coin de la pièce que ses chaînes le lui permettaient. J'ai arraché la porte de la cellule de ses gonds, et je suis entrée, mon corps trop grand pour tenir tout entier à l'intérieur, mon museau percevant l'odeur nauséabonde et mes yeux noirs scrutant ses blessures, alors qu'il me regardait avec une terreur incontrôlable.

Le pas de gardes plus lourdement armés descendant les marches principales du long couloir résonnait dans cette prison sordide. À court de temps, et pensant que je pourrais communiquer correctement avec lui plus tard, j'ai décidé de libérer l'homme de Daware avant de tenter de le convaincre de mon identité. Avec ma force d'ours sauvage, j'ai brisé les crochets qui retenaient ses chaînes. Les entraves, toujours verrouillées à son poignet et à sa cheville droite, se sont détachées du mur avec un bruit sec. Il m'a regardée fixement. J'étais sur le point de graver son nom dans le bois, pour prouver mon identité, mais dès que j'ai sorti ma griffe, il s'est mis à courir, se faufilant dans l'espace étroit entre ma taille et le cadre de la porte. Il a trébuché dans le couloir, tombant sur le visage, puis se remettant sur ses pieds comme un enfant effrayé. Je me suis maudite de ne pas avoir eu le temps d'écrire son nom avant de le libérer, mais cette malédiction a pris la forme d'un rugissement de colère et il a couru plus vite.

Il n'y avait rien d'autre à faire que de le poursuivre. Il s'est précipité tout droit dans le couloir, tellement paniqué qu'il a heurté la poitrine d'un garde qui s'approchait. Les deux hommes ont tourné l'un autour de l'autre comme un couple de danseurs. Alors que je déboulais dans le couloir, j'ai vu qu'ils se battaient pour l'arme du garde. L'homme de Daware a finalement réussi à arracher la lance des mains de l'autre et s'est enfui en courant. Le garde désarmé m'a dévisagée avant que je le dégage de mon chemin.

L'homme de Daware montait l'escalier, luttant contre le flot de personnes terrifiées qui descendaient, en route vers la soute de la barge. Un escadron de soldats a tourné au coin et m'a montrée du doigt. Ils ont brandi leurs lances dans la lumière rougeoyante du large couloir. J'ai reniflé et suivi l'homme de Daware jusqu'aux ponts supérieurs. J'ai poussé un soupir de fatigue alors que l'interminable escalier zigzaguait jusqu'au sommet du vaisseau.

Je sentais l'air clair et salé. Nous étions près du pont supérieur du vaisseau maintenant. Arrivé en haut de la dernière volée de marches, l'homme de Daware a jeté un coup d'œil derrière lui pour voir si je le poursuivais toujours, et il a juré avec incrédulité quand j'ai tourné au coin et que j'ai grimpé le dernier étage, le rattrapant. Alors, nous avons fait la course sur le pont.

Un ciel gris et lumineux nous a accueillis tous les deux, les aires de repos et les tables à thé du pont supérieur étaient pratiquement abandonnées, à l'exception de quelques vieillards si profondément ancrés dans leur routine qu'ils ne se souciaient guère de mettre fin à leurs bavardages sur les bienfaits du ginseng à cause d'un simple ours sauvage en liberté. Tandis que l'homme de Daware, dans une tentative plutôt pathétique de gagner du temps, renversait des tables et des pots pour ralentir ma charge, j'essayais de trouver un moyen de communiquer avec lui. J'ai essayé de parler, mais je n'arrivais à produire que des rugissements. J'ai essayé d'arrêter de le poursuivre, mais il a continué à courir quand même. Mon cerveau d'ours ne pouvait que penser à continuer à avancer – ma course n'étant interrompue que par le sifflement d'un carreau de baliste et le bruit musical quand il se planta dans le bastingage à côté de moi. Le tir était si proche que les petits poils de mon museau ont frémi lorsque le projectile est passé devant moi. Un autre carreau s'est logé dans la planche de bois à côté de ma patte. Je me suis arrêtée pour regarder autour de moi et j'ai vu, avec un sentiment de désespoir, que tout le long du périmètre du pont supérieur, des balistes avaient été installées sur des plateformes pivotantes et qu'elles étaient toutes braquées sur moi.

Devant moi, l'homme de Daware était acculé à l'extrémité du vaisseau. D'autres carreaux ont volé au-dessus de ma tête alors que je courais vers lui en nourrissant le fol espoir de ne pas mourir. Quand il m'a vue arriver, il a regardé par-dessus le bastingage, évaluant la distance entre le pont supérieur et l'eau. Malheureusement pour lui, nous étions sur l'une des plus hautes barges de plaisance du Bassin. La chute : un plongeon du cygne depuis une haute falaise. L'atterrissage ne serait pas agréable. Mais tout ce qu'il lui a fallu pour trouver sa motivation, c'est un autre regard vers moi et les carreaux enragés qui pulvérisaient le pont. Il a donc choisi le moindre mal et sauté.

Un carreau me déchira l'oreille, et je hurlai au ciel en sautant après lui.

Nous sommes tombés à l'eau.

Ce n'est que par la grâce de l'amour que l'Eau me portait que notre chute fut amortie. Je sentis la surface se creuser sous nous et, bien que la collision ne fût pas douce pour nos corps, je savais que cela aurait pu être bien pire. Un instant, j'ai flotté en suspension dans les eaux vertes du Bassin du Ciel et je me suis souvenue de ce que signifiait se mouvoir avec l'Eau ; je me suis souvenue d'avoir flotté très haut, en dirigeant les marées. Je me suis souvenue d'avoir fait rire l'Eau en vagues. Des bulles d'air sont sorties de mon museau alors que, pour la première fois ce jour-là, je me laissais porter par le mouvement. Même si les carreaux grêlaient l'eau tout autour de moi, je n'étais pas pressée. J'ai nagé en direction de la surface. J'ai nagé vers le jour. Et une fois que j'ai émergé, j'ai nagé vers l'homme de Daware, qui avait perdu connaissance après sa chute. C'était la troisième fois qu'il s'évanouissait au cours de notre voyage et, alors que je le traînais dans mes mâchoires ouvertes, j'espérais qu'il ne se réveillerait pas l'esprit dérangé. Les gardes ont continué à me tirer dessus depuis le pont supérieur, mais ils ont manqué tous leurs tirs, car c'était probablement la première fois qu'ils avaient l'occasion d'utiliser les balistes de cette péniche de plaisance.

Ce fut une longue nage jusqu'aux quais du cratère, mais elle fut ininterrompue, car tout le monde dans le Bassin était absorbé par les affaires de la rébellion. Je sentais l'odeur de la fumée et du feu au-dessus de l'eau trouble. Quelque part à la périphérie de ma vision, un bateau brûlait, mais je n'ai pas pris le temps de m'arrêter pour le regarder. Je n'ai pas cessé de nager jusqu'à ce que nous atteignions les marches en pierre du quai, qui étaient recouvertes de l'eau de la baie, chaque parcelle de ma fourrure dégoulinant. J'ai grimpé et déposé l'homme de Daware sur le sol. Il se réveillerait bientôt, alors je me suis mise au travail. Il s'est écoulé quelque temps avant qu'il crache de l'eau. Il se tenait les côtes comme pour empêcher ses poumons d'exploser ; sa quinte de toux se termina lorsqu'il cligna des yeux, leva la tête et lut les mots creusés profondément dans la paroi du cratère par ma griffe douloureuse.

JE SUIS L'OURS.

Il s'est retourné pour me regarder. Il tremblait à cause de l'eau. Ses cheveux noirs étaient collés à son front. « Vous… vous êtes l'ours ? Vous êtes… Elle ? »

J'ai hoché la tête.

Il a laissé échapper un petit rire.

« Pourquoi ? Comment ? »

Je lui ai lancé un clin d'œil, et il a gloussé, ce qui l'a fait grimacer peu après. Il a soulevé sa tunique, se renfrognant en voyant sa peau rougie par l'eau. « Je suppose que je devrais garder les questions pour plus tard. Mais je dois d'abord vous remercier, pour… »

Il s'est interrompu – ou je ne l'entendis plus – car à ce moment-là, quelque chose a changé. J'ai entendu un bruit. Le son d'un craquement. Une perte. Cela se passait au même moment, et la douleur de cette perte sans nom était éclatante, colorée et pleine de bruits. C'était une douleur si vive qu'elle m'a poussée à rugir. J'ai rugi au visage de l'homme de Daware, mon souffle était si chaud et si puissant qu'il a sursauté. Couché par terre, il m'a demandé ce qui n'allait pas, mais il n'y avait aucun moyen pour moi de lui dire ce qui s'était passé.

Luubu était en train de manger mon doigt.

Sa tête était toujours sur mes genoux. Il avait glissé mon doigt dans sa bouche, l'insérant entre ses molaires, et il a mordu.

C'était une morsure franche et brutale, comme celle d'un enfant qui croque une carotte. Une ferme crispation de la mâchoire lui a permis de terminer le travail et le doigt était à lui. Il a levé les yeux vers moi pendant qu'il le rongeait. Ses yeux ne clignaient pas, comme ceux d'un bébé qui suçait et digérait la chair qui collait à l'os. Je ne saurais dire s'il prenait du plaisir à le faire. Il agissait sans exprimer quoi que ce soit, à part l'urgence de mâcher et d'avaler.

Je ne pouvais pas penser.

J'étais, pour la première fois de mon existence, effrayée.

Et au loin, j'ai entendu l'écho de quelqu'un qui criait. Qui criait pour attirer mon attention tandis que les yeux de Luubu se fixaient sur moi avec beaucoup d'amour et de hardiesse. Le cri de l'homme de Daware, qui avait repéré l'approche d'un bateau armé d'une baliste.

« Attention ! »

Il tirait sur ma fourrure. Il me disait de bouger. Quand le câble de la baliste s'est détendu et a lâché son carreau, j'ai commencé à courir, en faisant de mon mieux pour ne pas entendre le craquement des os entre ses dents avides. J'ai senti le carreau quand il a frôlé mon arrière-train. Ensemble, nous avons couru le long du quai qui délimitait le bord du cratère, coincés entre l'eau et le mur massif et impénétrable, sans autre choix que d'avancer. Mais je ne pouvais plus courir aussi vite qu'avant, distraite que j'étais par la douleur délirante. J'ai chancelé, et l'homme de Daware m'a vue chanceler.

« De quoi as-tu besoin ? Dis-moi ce dont tu as besoin ! » Je lui ai hurlé dessus avec une frustration croissante. Un deuxième projectile nous a séparés, nos oreilles ont sifflé lorsque la pointe métallique a heurté le mur de pierre. Nous avons entendu un troisième carreau qu'on chargeait. J'ai essayé de réagir, mais maintenant, Luubu ronronnait en mâchant et le sang s'écoulait de ma main. Nous avons tous les deux regardé la baliste, nous attendant à une fin rapide et soudaine, quand une étrange magie s'est produite.

Une petite ombre est tombée du soleil.

Le flou d'un oiseau violet, descendant sur l'homme qui manœuvrait la baliste, le griffant et le giflant avec une férocité inhabituelle pour ce genre de créature. L'homme a crié.

L'oiseau lui picorait les yeux.

Le pilote du bateau a essayé d'aider son partenaire, mais dans sa panique, il a essayé de frapper l'oiseau avec sa courte lame, et l'oiseau, sans grand effort, s'est écarté, la lame se fichant dans le bois tandis que son partenaire criait quelque chose à propos de ses yeux, ses yeux.

Il y avait quelque chose de familier dans cet oiseau, une sensation de chaleur et de légèreté. Je me doutais que nous nous étions déjà rencontrés une fois, lui et moi, mais dans mon état de faiblesse, je ne pouvais accorder qu'une attention limitée à la créature.

L'homme de Daware semblait avoir rencontré la créature lui aussi, d'après la façon dont il fixait la scène. Peut-être que si j'avais su ce que je sais maintenant. Si j'avais pu revenir en arrière…

… bref.

Ce qui est fait est fait.

C'est grâce à l'intervention de l'oiseau que nous avons pu nous mettre en sécurité. Sous une arche de pierre, à l'ombre du soleil et des patrouilleurs qui passaient, j'ai fait comprendre à l'homme de Daware que j'avais besoin d'un moment de repos, car quelque chose d'autre se passait sur le navire royal et nécessitait toute mon attention. Il a semblé exaspéré lorsque je me suis assise, mais il n'a pas bougé, forcé qu'il était de monter la garde sans autre arme que son poing, sa nouvelle lance aussi perdue dans l'eau que son ancienne. Mais il n'était d'aucune utilité pour ce moment-là.

Quelqu'un était en train d'aborder le vaisseau de Luubu.

Je les ai sentis arriver alors que Luubu faisait la sieste, fatigué par le repas, sa tête toujours sur mes genoux – les deux longs bateaux de la veille glissant jusqu'au bord de son navire sans autre bruit que le doux clapotis de l'eau. Quelques dizaines d'hommes masqués débarquèrent. Ils étaient rapides et silencieux et ils se déplaçaient comme un seul organisme, ceux de l'avant servant d'yeux à ceux qui tenaient des arcs à l'arrière. Ils se glissaient dans les coins les plus reculés. On entendait les bruits de pas. Les lames glissaient hors des fourreaux polis. Les Singes d'argent de Luubu furent éliminés sans effort. Le sang de leurs cous tranchés éclaboussa les murs tandis que les hommes masqués restés à l'arrière portaient avec soin un cadavre enveloppé, qu'ils montaient sur les ponts de cette jonque royale.

Personne ne fut épargné au cours de leur assaut silencieux. *Je venais de finir de ranger la cuisine quand une lame s'est glissée dans mon dos. Je me suis senti trembler alors que le couteau s'enfonçait plusieurs fois.* Ils ont laissé une traînée de corps derrière eux en montant les nombreuses marches en bois noir poli. Ils sont passés devant le placard de Jun. Jun entendait les bruits étranges, mais ne savait pas quoi en faire. À la pensée qu'il s'agissait peut-être de l'homme de Daware venu l'aider, un sourire timide se dessina sur son visage avant qu'il entende non pas un mais de nombreux pas qui remontaient le long du bateau jusqu'au pont des appartements, où les deux Singes d'argent qui gardaient la porte de la Première Terreur furent décapités en deux coups rapides. Des fontaines de sang jaillissaient des nuques déchirées, annonçant leur arrivée tandis qu'ils déverrouillaient et ouvraient la porte de la pièce où le prince était détenu.

La tête de leur père est restée silencieuse alors que ses fils entraient l'un après l'autre, portant avec eux son corps. La fierté qu'il ressentait en les voyant était d'une telle intensité que je sentais son écho en moi, les larmes coulaient librement sur ses joues, l'eau salée tombant sur les fruits tranchés dans son assiette alors qu'il les regardait tous et murmurait « Mes fils, mes fils » pendant qu'ils déballaient son corps et sortaient l'aiguille et le fil d'argent.

Ce n'était pas une réparation parfaite ; aucun d'entre eux n'avait jamais eu à replacer une tête sur un corps auparavant, il y avait forcément des défauts dans la conception, mais la force du sang qu'il avait reçu de moi à sa naissance a permis la guérison complète. Le fil d'argent, un peu lâche dans certaines coutures, était tendu, mais ne cassait pas, alors qu'il se levait dans un corps qu'il croyait disparu pour de bon. Il embrassa chacun d'entre eux sur la joue, et ils rayonnèrent au contact de ses lèvres.

« Où est notre oncle ? » a demandé l'aîné à son père.

Saam a pointé du doigt le plafond. Luubu dormait toujours sur mes genoux.

Cela aurait été le moment idéal pour frapper. Mais Luubu n'était pas leur prochaine cible, ce qui nous a surpris, ses fils et moi, car la Terreur a descendu les marches au lieu de les monter, jusqu'au placard fermé à clé dans lequel Jun était retenu.

« Ouvre cette porte ! »

Sur l'ordre de son père, l'aîné défonça la porte d'un coup de pied résolu. Jun se leva d'un bond, sur ses gardes, ses épaules se décontractèrent un peu lorsqu'il vit ses frères et son père, mais il se tendit de nouveau lorsque son père entra avec lui dans le placard. Derrière la Première Terreur, une ambivalence profonde et frémissante se dégageait des épaules des Paons rouges. *Nous n'oublierions jamais comment notre frère avait tenu la tête de notre père à bout de bras. Nous ne lui pardonnerions jamais cette offense.* Je sentais leur rancune, tout comme Jun, qui reculait lentement à l'approche de son père. Mais celui-ci ne partageait pas les sentiments de ses fils. Avoir été privé de corps pendant tout ce temps semblait lui avoir rappelé à quel point nos nombreuses disputes ici-bas étaient brèves et insignifiantes.

« Je ne te ferai cette offre qu'une seule fois », dit son père.

Et il lui a tendu la main.

« Tu aurais pu jeter ma tête à n'importe quel moment de ton voyage, tu aurais pu la jeter dans les hautes herbes ou dans une rivière éloignée. Mais tu ne l'as pas fait. Tu m'as gardé près de toi. D'une certaine manière, je suis fier de toi pour t'être battu pour cette nouvelle vérité à laquelle tu sembles croire, même si je suis convaincu que ma mère t'a forcé à le faire contre ton gré. Tu as changé. Tu es presque méconnaissable pour moi. Mais tu n'as pas jeté ma tête. Tu n'es jamais vraiment parti. » Sa main s'est tendue encore plus avant, en attente. « Jun. Tu peux revenir à la maison. »

Jun a fixé cette main.

« Tout cela, je le pardonne, a repris son père. Tout cela, je vais l'oublier. Rentre simplement à la maison. »

Jun a fermé ses yeux gonflés de larmes. Tout en lui désirait prendre cette main dans la sienne. C'était une attraction plus forte que les nœuds célestes du Tisserand. Mais son père avait raison. Jun était allé trop loin. Et il s'est éloigné de cette main, jusqu'à ce que son dos heurte les étagères.

Il n'y avait pas moyen de cacher la douleur sur le visage de son père. Il semblait ne pas savoir quoi faire de lui-même. Il a détourné le regard. « C'est bon, a-t-il dit en quittant le placard. C'est… c'est bon. » Il ne s'est retourné qu'une seule fois, les yeux rougis.

Il a souri.

« Je vais quand même te sauver. »

Il a fermé la porte et l'a barricadée avec une chaise. Jun a glissé sur le sol en pleurant.

Les Paons rouges ont monté l'escalier en courant, sans lui.

À ce moment, Luubu était réveillé.

Je ne l'avais pas remarqué jusqu'à ce qu'il se lève de mes genoux, comme s'il revenait d'entre les morts, l'os mâché de mon doigt dans sa main alors qu'il faisait signe à ses domestiques de quitter la pièce. Et tandis qu'ils s'effaçaient par les portes latérales, il s'est placé au bout de la table à thé, face à l'entrée de la salle d'audience. La confiance et la maîtrise qu'il exerçait sur son corps mince ont fait voler en éclats les maigres espoirs que je nourrissais encore : apparemment, le doigt qu'il avait ingéré avait déjà trouvé le chemin de son organisme. L'air lui-même semblait s'ouvrir sous ses pas, et je sus alors que la Première Terreur ignorait dans quelle arène il allait pénétrer.

« Pourquoi vous êtes-vous arrêtée ?
Nous devons continuer d'avancer ! »

L'homme de Daware poussait contre mon corps. Je lui ai répondu par un rugissement. Il a levé la main et est parti en criant qu'il allait chercher quelque chose d'utile. Je l'ai laissé faire. J'avais besoin de me concentrer.

La Brigade des Paons rouges
est entrée dans la pièce.

Comme en une danse muette, ils pénétrèrent dans la pièce, en deux colonnes, les corps affûtés de ces guerriers endurcis franchissant chacun leur tour la porte jusqu'à ce que les derniers d'entre eux, le Premier et l'aîné, entrent d'un pas vif, épée longue dégainée. Trente-trois guerriers tatoués de rouge, avec leur père au milieu. La Première Terreur me regarda un long moment, et je vis que Luubu avait raison ; il n'était pas le seul à avoir envie de me voir, de passer du temps avec moi, peut-être même de me dévorer. « Tu joues un jeu particulièrement complexe, dit la Première Terreur, me regardant toujours, mais s'adressant à

Luubu, ou peut-être à nous deux. La musique que tu as fait jouer dans ma chambre était atroce.

— Je croyais que tu aimais ces chansons, a répondu Luubu.

— Jamais de la vie. » Il s'est avancé plus loin dans la pièce, jusqu'à ce que Luubu et lui ne soient plus séparés que par la table. « Tu as perdu, mon frère. Mais sache que je suis assez généreux pour t'offrir une mort rapide. » Il a brandi son épée. « À genoux.

— À genoux et ça ira vite ? » Luubu a ri. C'était un rire forcé, désagréable à écouter. « Je suis impressionné que tu aies pu retrouver ton corps. Tu as l'air en pleine forme.

— À genoux, a répété la Première Terreur en commençant à contourner la table, sa lame prête à servir.

— Je vois que perdre la tête ne t'a pas libéré de ton entêtement. » Il soupira et se mit à genoux. Il a même fermé les yeux, bien qu'il ait souri comme un enfant attendant qu'on lui donne un bonbon.

« Quand tu veux, mon frère », dit-il avec légèreté.

Saam s'est arrêté à mi-chemin de la table. Sa bouche s'est déformée en un sourire. « À quoi joues-tu, maintenant ?

— Le jeu est simple, a dit Luubu. J'attends que tu me coupes la tête. Je suis là, mon frère. Une victoire certaine t'attend, comme toujours.

— Si la semaine qui vient de s'écouler m'a appris quelque chose, c'est à me remettre en question. » Il a haussé les épaules. D'un mouvement de sa main gauche, il donna un signal aux Paons rouges à l'arrière qui avaient dégainé leurs arcs, prêts à décocher leurs flèches.

Mais Luubu dit : « **Arrêtez ! Tous !** » Et les dix archers se figèrent dans leur position de tir, les flèches bloquées dans la tension frémissante des arcs, leurs doigts incapables de relâcher la corde. Sa Voix avait traversé la cire. Un léger souffle s'échappa des lèvres de la Première Terreur, quand il s'avisa que quelque chose chez Luubu était différent – ses yeux s'agrandirent quand il vit la mare de sang sur mes genoux et comprit ce que son frère avait fait. Voyant cela, la Première Terreur se mit à courir vers Luubu, mais Luubu le pointa du doigt et dit : « **Toi aussi, arrête-toi.** » La Première Terreur gémit lorsque ses jambes s'immobilisèrent et qu'il s'arrêta en titubant, comme pris dans un piège à animaux, subissant pour la première fois de sa vie l'influence de son frère. Luubu affichait un large sourire. Il a désigné l'un des archers. « **Toi. Tue le frère qui se tient à ta gauche.** »

Sans hésiter, l'archer s'est détourné et a tiré sur l'arrière de la tête de l'homme. La flèche s'est plantée dans son crâne, et l'homme s'est écroulé en tremblant. La Première Terreur a voulu crier, mais Luubu a mis un doigt sur ses lèvres, et a dit : « **Silence.** »

Un torrent de chagrin tourbillonna dans la gorge de son frère aîné.

Luubu se mit à marcher dans la pièce désormais remplie d'humains malléables à merci. « Incroyable. Un seul doigt, et je peux faire tout ça. » Il s'est mis à côté d'un autre Paon. « **Montre ton cul à l'assemblée.** » L'homme s'est penché et a relevé ses jupes. « **Chie-toi dessus.** » Alors que les excréments coulaient le long de sa jambe, Luubu a continué à descendre le long de la ligne, gloussant tout seul, marmonnant : « Même Djove ne pourra pas me résister maintenant. » Mais prononcer le nom de ce seigneur à haute voix le fit réfléchir. Il contempla la pièce, pleine de toutes ces poupées sous ses ordres, à sa disposition, et il soupira. « C'est assez amusant, dit-il à la Première Terreur, dont les yeux étaient rouges et humides. Je rêvais d'un tel scénario depuis si longtemps. Te voir dépouillé de toute ta gloire imméritée. Mais je suis tellement plus grand maintenant. Mes objectifs sont plus élevés que ton poste. Et, à présent, je veux juste te faire mal aussi vite que possible. » Il dit aux Paons de se répartir et de se tenir tout autour de la pièce jusqu'à ce qu'ils soient uniformément dispersés. Ils ont obéi. Puis il s'est retourné et s'est adressé à son frère. « Regarde tes fils. Regarde-les te regarder. » Il a fait un bref signe de tête. « **Maintenant, tue-les.** »

La Première Terreur tenta de lutter contre l'ordre, ses dents étaient serrées au point que personne n'aurait été surpris de les voir voler en éclats ; son bras bougeait de lui-même, comme un serpent sorti d'un panier, et il pointa son épée sur le fils le plus proche de lui. Son aîné. Les veines de ses bras comme des vers épais alors qu'il essayait de détourner les coups. *Mon père approchait de moi. Je ne l'avais jamais vu bouleversé. Je ne l'avais jamais vu avoir peur. C'est ce qui me terrifiait le plus ; pas qu'il allait me tuer, mais que même lui pouvait être brisé.*

Il n'y avait rien que je puisse faire ; le cri du piège de pierres de lune était toujours omniprésent. Je maudissais les Paons rouges de ne pas s'être occupés de ces dispositifs. J'ai maudit la Première Terreur de ne pas avoir désamorcé ces pièges. J'ai maudit Luubu de les avoir utilisés. Plus la Première Terreur se rapprochait de son fils, luttant tout le long du chemin, essayant de se ralentir autant que possible, de gagner du temps, d'espérer une sorte d'intervention divine, plus mon fils était en détresse, effrayé et furieux, et moi, si proche de lui, je ressentais toutes ces émotions aussi. Et moi, comme un ours, j'ai rugi lorsque, en larmes, il a levé son épée et a tranché la tête de son aîné. Le jet artériel était presque beau dans sa force brute, alors que la tête roulait et que la Première Terreur, à moitié couvert de sang, se tournait vers ses autres fils. *Et quand il m'a regardé, je me suis pissé dessus. Tout ce qui m'avait apporté de la sécurité dans ce monde avait maintenant disparu et alors, il a abattu l'épée sur moi, mais je ne suis pas mort et alors il l'a abattue à nouveau sur moi et j'ai crié jusqu'à ce que je ne puisse plus crier et mon père a continué sa tâche en silence,* et ainsi, la Brigade du Paon rouge a été anéantie et le plancher de bois noir est devenu rouge.

J'ai rugi.

Le soleil était en train de se coucher derrière la paroi ouest du cratère, et j'ai rugi pour mon fils qui ne pouvait pas rugir. Je n'ai pas rugi pour la fin de la brigade qui, par ses actions, avait mérité cet adieu sanglant, mais pour mes petits-fils qui étaient, en fin de compte, des petits garçons abattus par une grande épée. *Je l'ai supplié d'arrêter, mais il ne pouvait pas, alors il a frappé, mon père a frappé,* et je les ai sentis pleurer comme j'ai senti la douleur dans mon propre corps. *J'ai crié vers lui, mais il n'a pas répondu.* Dans cette pièce, ils étaient tous issus de moi, car nous partagions tous la chaleur de cette compassion mentale ; d'un père qui ne pouvait pas se retenir. *Il n'a rien dit. Il n'a rien dit. Il a essayé de nous tuer rapidement,* mais ça n'a pas été agréable pour autant. *Nous avons éclos au plafond.* La mort d'un humain ne m'avait jamais répugné. Et pourtant, ce jour-là, j'ai rugi.

J'ai rugi jusqu'à ce que l'homme de Daware revienne vers moi. Il m'a demandé ce qui n'allait pas mais je n'ai pas pu lui répondre ; même si j'avais pu parler, je n'aurais pas eu les mots, car mon émotion était plus profonde que les mots. J'ai laissé échapper un faible gémissement et il m'a dit qu'il y avait des gens sur les quais, un combat entre les rebelles et les Singes d'argent, et avant qu'il puisse expliquer davantage la situation, j'ai foncé.

C'est le problème majeur du saut dans le corps d'un animal. Parfois, je me retrouve emportée par l'esprit de l'animal. La colère n'était pas seulement de la colère, c'était une boule de feu dans ma tête. L'indignité ne pouvait pas être ignorée, il fallait la reconquérir. Toute cette agitation devait mener à l'action. Il n'y avait pas de temps à perdre. Il n'y avait que maintenant. J'avais besoin d'un combat ; l'homme de Daware m'en a montré un.

L'escarmouche était importante en nombre : dix Singes d'argent pourchassant vingt combattants civils, les tailladant à coups d'épées courtes. D'après la position des bateaux qui étaient rangés contre le quai, il semblait que les Singes d'argent avaient poursuivi ce contingent de rebelles depuis l'une des barges à appartements. L'un des combattants était sur le dos, recroquevillé pour éviter une attaque. *J'ai levé les bras pour protéger mon visage et le Singe d'argent les a tranchés, comme s'ils n'étaient que des branches.* L'odeur du sang n'a fait qu'attiser ma rage d'ours. Je ne me souciais pas de qui tombait sous mes griffes, j'ai bondi sur le premier humain que j'ai croisé. Il s'agissait d'un des hommes de Luubu. Alors que je le déchirais comme une poupée de chiffon, le reste des combattants se dispersa, criant de surprise devant l'apparition soudaine d'un ours affamé. J'ai senti la mort du corps dans un soubresaut entre mes mâchoires et je l'ai jeté contre la paroi du cratère. J'en ai trouvé un autre, abandonné par son partenaire qui, dans la panique, avait fui seul dans un bateau. Il est tombé en arrière, les bras levés en signe de défense terrifiée. Je l'ai déchiqueté. J'ai reniflé et grogné, mais les bateaux partaient maintenant, et il n'y avait plus personne à mutiler. Et alors que mon agitation se calmait un peu, la Première Terreur a lâché sa lame, ayant achevé le dernier de ses fils. Luubu lui a demandé de s'asseoir à table avec lui et moi, ce qu'il a fait, avec une obéissance aveugle. Pas un seul pouce de son corps n'était sec.

« **Sers-nous le thé** », a ordonné Luubu en désignant la théière.

De nouveau, il obéit.

L'homme de Daware s'est précipité vers moi, dérapant un peu sur la mare de sang qui s'écoulait du cadavre abandonné du Singe d'argent.

« Il est très difficile d'ignorer ce que vous voulez faire ! » a-t-il crié.

J'ai baissé la tête vers le sol.

« Je ne comprends rien à ce qu'il se passe », a-t-il ajouté, épuisé. Il s'est assis à côté de moi.

Il a regardé les bateaux et la fumée. « Est-ce que Jun… Est-ce qu'il vit encore ? » Mes oreilles d'ours se sont dressées.

Comme s'il compatissait aux pensées de l'homme de Daware, Luubu a baissé sa tasse de thé et a regardé son frère sereinement. « Oh, c'est vrai. J'ai complètement oublié. Il y en a encore un. »

La porte du placard s'est alors ouverte.

Mais lorsque Jun est sorti, il n'a vu personne derrière. Il a marché dans le couloir vide. Une voix est venue d'une fleur en laiton dans le plafond.

« **Monte à l'étage** », a ordonné la voix de Luubu.

Et comme toutes les victimes de la Deuxième Terreur ce jour-là, le dernier des Paons rouges n'eut d'autre choix que d'obéir.

CRÉPUSCULE

Je pense à Jun.

Il avait été facile de le briser. Je l'ai fait, je l'admets, avec délectation. J'avais passé plusieurs décennies à tenter de percer le piège de pierres de lune derrière la Porte des Loups, et encore plus d'années à la recherche de quelqu'un dont je pouvais plier la volonté à la mienne. Quand je l'ai enfin trouvé, je ne me suis pas retenue.

J'ai déchaîné sur lui la frustration accumulée depuis des années.

De nombreux gardes sur lesquels mes efforts ont été vains sont venus et repartis. Je passais beaucoup de temps à les étudier alors qu'ils montaient la garde dans cette caverne, sondant leurs pensées tandis qu'ils feignaient que tout allait bien, cherchant des souvenirs ou des motivations à exploiter.

Mais lorsque j'essayais d'en manipuler un, l'une des deux choses suivantes se produisait : soit il n'était pas du tout affecté, car il avait été entraîné à résister à de tels assauts, soit il se brisait comme du bois bon marché, et il n'en restait plus alors qu'une carcasse vide, inutile pour moi. J'avais besoin d'une personne qui se tienne entre ces deux états ; quelqu'un qui se briserait, mais pas au point de devenir inutile. Quelle chance qu'il m'ait été attribué, car j'approchais de la fin de ma vie et je ne disposais que de peu de temps pour accomplir ce que je désirais.

Je trouverai toujours fascinant que le premier et le seul garde que j'aie réussi à briser était un Paon rouge, et pas n'importe quel Paon, mais l'un des plus privilégiés. Jun était alors un tueur expérimenté, ayant éviscéré des créatures de toutes espèces pour un seul sourire de plaisir de son père. Il avait chargé dans des campements rebelles, dans des hordes de francs-tireurs, dans des maisons de meurtriers et d'innocents, sa lame, sa hache à la main, souriant ; son esprit était traversé par la confusion et le regret, qu'il cachait derrière un masque de loyauté presque parfait.

Je suppose que j'ai eu la chance qu'il vienne juste de brûler la maison d'un cultivateur de riz et qu'il soit, pour le moins, affecté par ce souvenir.

J'ai senti la puanteur sur lui dès qu'il est entré dans la caverne. Elle émanait de ses épaules enfoncées. La sueur d'un jeune homme en marge de lui-même. À partir de là, le reste était facile : je me suis contentée de tirer sur un fil, puis de laisser toute la bobine se dérouler. Il s'est souvenu de l'odeur des pêches brûlées à la fenêtre ouverte du fermier. Il s'est souvenu de la main carbonisée qui s'est tendue à travers les flammes. Il s'est souvenu de l'enfant qui a couru dans la maison pour chercher ses parents. La poutre de bois en feu qui s'est effondrée sur lui. L'impact sourd qui a tué l'enfant sur le coup. Je lui ai fait vivre ce moment par les yeux de la mère qu'il a brûlée vive. Je le lui ai fait vivre par les yeux du père qui a essayé de la sauver. Je le lui ai fait vivre par les yeux de l'enfant qui n'a connu que la terreur, avant que la poutre en bois le précipite dans la Mer dormante.

Je lui ai fait revivre ces souvenirs et bien d'autres dans l'obscurité de la caverne. J'ai introduit la fumée dans ses rêves, avec quelques variations sur le thème. Parfois, c'était à ses propres frères qu'il ouvrait la gorge. Parfois, c'était son père qu'il poussait de la falaise. Et puis j'ai apporté les autres blessures. Le regret intense, aigu, de l'amour non partagé. J'ai fait en sorte que l'amour sente le sang versé. Et il frissonnait et pleurait dans son sommeil alors que dans son rêve, il sautait sur lui-même et se poignardait dans le dos avec ce couteau sanglant, donné par son père.

Il était laid quand il pleurait. Au plus fort de ses larmes, je me demandais comment il pouvait être apparenté à ces premiers êtres humains qui ont dansé sous mon clair de lune, comment ce chien de combat au dos voûté pouvait mériter de respirer.

Quand il fut prêt à les recevoir, j'ai commencé les chuchotements. Les insinuations. Les reproches. Je me suis faufilée dans le Palais de son cerveau jusqu'à ce qu'il n'ait plus de secrets. Je me suis moquée de ses perversions et j'ai mis en évidence ses rêves sombres et ses moments de honte, qui étaient nombreux. Il a essayé de se défendre. Il s'est défendu. Il a trouvé des excuses. Prévisiblement. Des deux, j'étais la main la plus exercée dans le domaine de l'esprit, et il était plutôt facile de démolir ses défenses, mur par mur – ce qui ne veut pas dire que je n'avais pas appris des autres hommes que j'avais brisés. Je ne l'ai pas détruit. Mais j'ai ouvert la boîte qui le rendait un peu fou, de manière qu'il puisse entendre les murmures, les hantises de ceux qu'il avait tués, pour le reste de sa vie.

Quelques mois plus tard, c'est lui qui me suppliait de savoir comment il pouvait obtenir une once de rédemption, comment corriger les alignements souillés de son esprit.

Nos conversations n'étaient pas toutes aussi conflictuelles. Certains soirs, lui et moi parlions de sujets moins importants, car il y avait beaucoup de temps à tuer avant que nous puissions enfin agir.

Un jour, je lui ai parlé des danses, en projetant mes souvenirs dans son esprit, et il les a vues exactement comme je les avais vues, lorsque j'étais entière et radieuse, et il a convenu que les gens étaient très beaux. Et dans ses rêves, ceux que je ne touchais pas, la main d'un amant caressait sa joue et enlevait délicatement le tatouage rouge, comme s'il n'était rien d'autre qu'un morceau de tissu humide, et il se réveillait en pleurant jusqu'à ce que je l'apaise et lui donne des rêves plus doux au sein desquels dormir.

Je mentionne tout cela parce que c'est important pour la suite de ce récit, le moment où Luubu l'a appelé à l'étage. Quelque chose que je n'avais pas prévu s'est produit pendant les six mois où je l'ai transformé dans cette caverne. Une sorte d'attachement, d'une nature que même moi je n'arrivais pas à cerner. Je ne me souciais pas de Jun. Non parce qu'il avait un passé détestable – en vérité, je ne m'arrêtais pas à cela, j'avais connu des gens bien, bien pires et je les aimais toujours. Non, je ne me souciais pas de Jun parce que je voyais tellement de moi-même en lui. Le regarder me frustrait. Le son pathétique de ses pleurs me frustrait. Il était faible, têtu et son cœur n'était que vice. Mais dans cette caverne, il m'a juré qu'il ne tuerait plus jamais, et il l'a fait d'une manière telle que j'ai retrouvé quelque chose que j'avais perdu depuis je ne savais plus quand : l'espoir.

L'espoir que les choses puissent être différentes.

Ainsi, alors qu'il grimpait l'escalier menant au pont de Luubu, j'ai redressé ma tête d'ours et j'ai hurlé au ciel que l'espoir ne mourrait pas ce jour-là.

L'homme de Daware a crié
quand je l'ai jeté sur mon dos.

Hurlant, il réclamait des explications, un aperçu de mes intentions, mais je m'étais lassée de le voir espérer que je lui réponde enfin de façon cohérente avec ma bouche d'ours, alors j'ai rugi une fois pour le faire taire et j'ai commencé à trotter le long du quai alors qu'il s'accrochait à la peau de mon cou. Je cherchais un moyen d'avancer, un moyen de traverser le Bassin et d'atteindre le navire de Luubu. Et j'en ai trouvé un.

L'homme de Daware n'a eu un avant-goût de mon plan que lorsque j'ai grimpé le plus haut possible sur la paroi du cratère pour prendre plus de hauteur. Il a agrippé une épaisse touffe de ma fourrure quand il a compris ce que je comptais faire. J'ai reculé du bord pour me donner de l'élan, puis je me suis lancée dans une charge. L'homme de Daware a juré tandis que nous approchions du rebord de pierre, et j'ai sauté, franchissant une grande étendue d'eau, avant que nous nous écrasions sur le pont supérieur d'une jonque qui passait. Il a été éjecté de mon dos par la violence de la réception. Les marins autour de nous se sont dispersés, à l'exception de quelques courageux qui se sont approchés de nous, sabre au clair. Il a suffi d'un rugissement pour qu'ils y réfléchissent à deux fois.

Une fois que l'homme de Daware se fut à nouveau hissé sur mon dos, je courus vers la proue du navire. Celui-ci se dirigeait dans la direction opposée à celle du quartier royal, mais il approchait de l'extrémité d'une longue chaîne de navires qui, si je bondissais de l'un à l'autre, nous y conduiraient directement.

L'homme de Daware s'est tenu plus fermement cette fois-ci tandis que je courais, que j'enfonçais mes griffes dans le bois et que je sautais de nouveau, cette fois sur la passerelle d'une barge à appartements. Un homme fumant par la fenêtre nous regardait bouche bée alors que nous nous écrasions contre le mur. L'homme de Daware est sorti de l'appartement dans lequel il avait été projeté, du papier et du tissu en lambeaux tombant de ses cheveux. Il m'a fait signe d'entrer et nous sommes passés en courant devant trois amants qui s'amusaient au lit, l'homme de Daware s'arrêtant brièvement pour les regarder avant que je lui fasse signe d'entrer dans le couloir principal. Les gardes sont venus vers nous depuis l'autre côté. En un clin d'œil, l'homme de Daware était sur mon dos et, ensemble, nous avons fui.

Nous manquions de temps.

« Bienvenue, Jun. »

Mon petit-fils avait atteint le haut de l'escalier. Il avait écarquillé les yeux en découvrant la pièce, presque entièrement rouge. Des panneaux rouges et des parquets couverts de rouge. Au centre de tous les corps, Luubu, son père et moi étions assis.

La table avait été déplacée sur le côté de la pièce. Luubu avait décidé qu'elle nuisait à la qualité dramatique de la scène. Je tournais le dos à Jun ; à ma gauche se trouvait son père, dont Jun ne pouvait voir que le profil ensanglanté. À ma droite se tenait Luubu, qui souriait à Jun comme si un invité d'honneur était enfin arrivé pour le thé.

« **Viens**, dit-il. Nul besoin d'être gêné quand on est en famille. »

Jun, obéissant, a traversé l'abattoir. Il a enjambé les corps sans tête et les membres éparpillés de ceux qu'il avait côtoyés toute sa vie, ceux avec qui il avait commis tant de massacres. L'émotion qu'il ressentait en humant leur sang dans l'air se lisait sur son visage. La bile dans sa gorge. Alors qu'il s'avançait vers nous, je sautais de bateau en bateau à travers les tirs de baliste. Le bois se fendait, et je fracassais les murs avec l'homme de Daware, traversant les différents quartiers du Bassin aussi vite que nous le pouvions. J'ai rugi et sauté pendant que Jun se déplaçait lentement sur le sol ensanglanté et prenait place sur le coussin vacant qui faisait face à son père. « Ne t'inquiète pas de tout ce désordre, mon neveu, a dit Luubu, en agitant la main en direction de la pièce dégoulinante. Tout cela fait partie de la Trame. C'est ce qu'ils appellent… la punition divine. **Dis-moi qu'il en est ainsi, mon frère.**

— C'est une punition divine, répéta la Première Terreur.

— Tu vois ? » a dit Luubu avec enthousiasme.

Il a alors pris ma main et m'a arraché un autre doigt.

J'ai titubé.

Je me suis écrasée contre le mât. J'ai eu l'impression d'avoir été coupée en deux. L'homme de Daware avait ramassé la lance d'un autre soldat et repoussait ceux qui voulaient m'achever pendant que j'essayais de me ressaisir. J'ai grogné et entaillé les planches avec mes griffes en essayant de me relever. *Suis-moi, homme de Daware !* J'ai rugi, et je pense qu'il commençait à me comprendre, de la même manière qu'il pouvait interpréter les fluctuations des fous rires de la tortue, car il a rapidement sauté sur mon dos et nous sommes repartis effrayer les passagers du prochain bateau. Nous étions presque arrivés.

J'ai entendu le bruit d'un baiser.

« J'aurais pu avoir des enfants, moi aussi, dit Luubu en essuyant le sang de sa bouche. J'aurais pu me prostituer à travers le pays comme mon frère ici présent, et faire naître mes propres fils et filles comme des boisseaux de blé. Mais il semble que j'étais le seul enfant qui se souvenait de ses responsabilités – les exigences de grâce, et de contrôle, qui sont demandées à un prince. Seule une femme digne de mes attentions portera ma graine en elle. Et cet enfant héritera un jour de tout ce que j'ai à offrir. Il n'aura pas à se battre pour mon amour ou mon attention. Il ne ressentira jamais de jalousie et ne se demandera pas si je l'estime plus ou moins que je n'estime ses frères, car il n'aura pas de frères. Il n'y aura que lui, et il sera heureux. »

Luubu a fait descendre mon sang avec une tasse de thé. Ses pupilles étaient énormes, comme s'il était drogué.

« Je comprends tant de choses maintenant, a-t-il repris. Comme les tortues pouvant contempler les couleurs du monde invisible, je perçois les fils effilochés qui vous lient tous ensemble. Je vois le poison qui passe du père au fils, et la gangrène qui envahit le fils qui s'est égaré. Je vois ta haine, Jun. Ton renoncement à tous les idéaux de ton père. À cause d'Elle, tu as renoncé à la voie de la lame, et tu affirmes que tu ne tueras plus jamais. » Luubu secoua la tête. « Pitoyable. Ton fils est perdu, mon frère. Il est égaré, parce que ton attention s'est égarée. Tu as manqué à ton devoir de père. **Dis-le.**

— J'ai manqué à mon devoir », a répété la Première Terreur. Ses yeux étaient fixés sur Jun mais ne le voyaient pas.

« **Dis-lui qu'il t'a déçu.**

— Tu m'as déçu. »

Jun s'est ratatiné.

« Tu m'as offert une mort honorable, a poursuivi Luubu. Et maintenant, je t'offre une faveur similaire. Je ramènerai ton fils dans le droit chemin. Il sera de nouveau un Paon rouge. » Il se pencha et ramassa un objet long et brillant sur le sol. « Tiens, Jun. Prends cette épée. Tu la connais bien, n'est-ce pas ? C'est la célèbre lame de ton père. Je l'ai trouvée parmi tes affaires quand nous t'avons capturé. »

Jun saisit l'épée grotesquement longue dans ses mains, ses bras se dérobant un peu sous son poids surprenant. Le sang tachait encore le métal, mais, dans l'éclat réfléchissant de sa surface, il distinguait ses propres yeux déconcertés.

« Tu sais déjà ce que je vais te demander de faire avec cette épée.

— S'il te plaît, a supplié Jun. Ne fais pas ça. »

Si jamais un jour Luubu avait pu être influencé par la parole d'un autre homme, ce jour était révolu depuis longtemps. « L'homme en face de toi est responsable de ce que tu es aujourd'hui, a-t-il asséné. C'est à cause de lui que tu porteras ce tatouage sur ton visage jusqu'à la fin de tes jours, c'est à cause de lui que tu seras marqué comme un paria longtemps après que tout ceci sera terminé. Tu le hais, n'est-ce pas ?

— Oui, répondit Jun d'une voix faible. Je le hais. Mais je ne veux pas le tuer.

— Tu veux le tuer. C'est en toi, je le sens. Cela émane de toi comme une puanteur. De ce qu'il y a de plus réel en toi.

— Je ne le ferai pas. » Sa voix était gonflée de sanglots. « Je suis différent maintenant.

— Différent, non. » Luubu a froncé les sourcils avec sympathie. « Personne ne change jamais. Nos parents font de nous ce que nous sommes, et c'est tout. Tu parles comme si nous pouvions nous forcer à être ce que nous ne sommes pas. Mais, en réalité, le moindre geste que nous esquissons n'est que le produit de l'influence des autres. **Brandis l'épée et prépare-toi, Jun.** »

D'un geste expert, Jun saisit la garde de l'épée, comme il avait toujours rêvé de le faire dans ses vieux fantasmes d'enfant où il se voyait en successeur de son père. Mais à présent, il en était venu à la redouter. Sa lèvre inférieure tremblait.

J'ai rugi alors que nous courions sur le long pont du dernier navire.

« **Appuie la pointe sur la poitrine de ton père. Au niveau du cœur.** »

Le métal a écarté les vêtements mouillés et révélé la poitrine nue. La pomme de la gorge de la Première Terreur montait et descendait rapidement tandis qu'il regardait son fils dans les yeux.

La Première Terreur a cligné des yeux. Ils étaient mouillés.

« Il n'y a rien à pardonner, a dit son père.

— Jun, a lancé Luubu. **Fais-le.** »

L'épée recula et se prépara à plonger au moment où je sautais du dernier pont et atterrissais de tout mon poids contre la coque du *Cav-Meer*, ma mâchoire se refermant sur la corde qui suspendait le plus grand des pièges de pierres de lune, mon poids faisant tomber le sac dans l'eau en un geyser, et, la barrière étant ainsi rompue,

j'étais libre.

Et tout mon esprit est revenu dans mon corps, et avant que Jun puisse frapper, j'ai attrapé son poignet avec ma main à trois doigts, j'ai ouvert les yeux, et je l'ai regardé ; les larmes coulaient sur les joues du garçon stupéfait, tandis que je secouais la tête et lui disais : « Tu peux arrêter, maintenant. »

Ses mains se sont ouvertes. L'épée est tombée sur le sol ensanglanté. Luubu s'est levé d'un coup et a chancelé.

« Mère, a-t-il crié, **je t'ordonne de te taire.** »

J'ai dit : « Tu devras manger plus de deux doigts pour que ça marche, mon fils. »

J'ai dit.

J'ai dit !

C'était un soulagement inimaginable de parler avec ma propre bouche, à la fois exaltant et épuisant. Je sentais mes poumons chercher leur souffle. De vieux sacs en tissu. Je savais que je n'avais pas beaucoup de temps, que je devais utiliser mes mots avec parcimonie.

« Saam, ai-je dit, je te libère de sa Voix. »

Et la Première Terreur a enfoui son visage entre ses mains, cherchant lui aussi à reprendre son souffle. Il a poussé le cri qu'il avait été forcé de retenir tout l'après-midi. Il a crié assez fort pour faire trembler le sang sur le sol. Les panneaux rouges se sont disloqués. Son visage s'est vivement tourné dans la direction de Luubu.

« **Reste tranquille** ! a crié Luubu. **Tais-toi** ! »

Mais j'avais libéré Saam, et j'avais perturbé le piège, ce qui signifiait que rester tranquille et se taire n'était plus une option ; il s'est levé et a dit à Luubu qu'il allait le tuer sur-le-champ, et avant que Luubu puisse répliquer, son grand frère a couru vers lui, l'eau suintant de ses sandales à chaque pas. D'un geste du poignet, il déforma le sang de ses fils pour en faire des flèches qui se précipitèrent vers le visage de Luubu.

Mais Luubu avait mangé deux de mes doigts. Cela lui a suffi pour dévier les éclairs de sang. Il sourit, conscient qu'il était désormais plus fort que Saam et qu'il pouvait encore gagner.

Les deux hommes se rencontrèrent au centre de la pièce, et le plafond fut soufflé par la force de leur impact. Le haut du navire fut arraché de ses charnières, les poutres en bois, les parures et les boiseries volèrent dans les airs, laissant entrer le ciel brûlé du soir. Au milieu de cette explosion d'énergie, mes deux fils se rapprochaient l'un de l'autre, leurs mains se crispant dans le vide, dans un désir ardent d'étrangler l'autre ; plus ils se rapprochaient, plus les secousses étaient puissantes. Le bateau s'est fendu en deux par le milieu, comme une *tajeline* que l'on ouvre.

Jun était tombé sur le trône d'oreillers de Luubu et de mon côté, je tenais bon. De grandes vagues d'eau se sont formées depuis le bateau et ont déferlé dans tout le Bassin. Les barges à appartements se sont élevées plus haut qu'elles n'étaient construites pour le supporter. La flotte pénitentiaire s'est écrasée contre la paroi du cratère. Un vaisseau textile de piètre facture s'est brisé en deux et a rejeté dans le vent des milliers de pièces de tissus aux couleurs vives, ainsi que les ouvriers et les ouvrières qui les avaient fabriquées. Une petite fille s'est envolée brièvement dans le ciel, le cou brisé, les yeux morts.

Je savais que mes fils devaient être arrêtés avant que le Bassin et tous ses habitants soient anéantis. Je me suis approchée d'eux en titubant et je n'ai hésité qu'un instant, par nostalgie, je pense, et parce qu'il me restait de l'amour pour eux, jusqu'à ce que Saam se retourne vers moi et me dise : « C'est bon ! » Brusquement, comme un aboiement. « C'est bon ! Je suis prêt ! Fais-le ! »

Et alors que Luubu grognait et enroulait ses mains autour de la gorge de Saam, j'ai rassemblé les miennes et j'ai comprimé l'air autour de mes fils. Je l'ai plié, replié, encore et encore, comme une de ces étoffes Induun transparentes, jusqu'à ce qu'ils tombent dans les bras l'un de l'autre. Le dernier son qui leur échappa fut le petit halètement terrifié de Luubu, avant que je joigne mes mains une dernière fois, et les réduise en une seule petite pièce de chair. Un *copan* royal. Et aussitôt la pièce tombée sur le sol, je l'ai ramassée et je l'ai avalée.

Les vagues se sont calmées. Les débris qui tourbillonnaient au-dessus de la ville sont retombés dans l'eau. Le cratère s'est rempli du son d'un millier de brèves détonations tandis que je m'effondrais et que mon petit-fils courait vers moi.

SOIR

Il m'a porté hors de ce navire en train de sombrer.

Dans ma conscience défaillante des choses, j'ai senti qu'il me tenait dans ses bras. C'étaient des bras forts, qui me portaient avec la fermeté d'un humain chargé d'une précieuse cargaison. J'approuvais cela, même si mon propre sens de la bienséance souhaitait encore toujours qu'il me véhicule sur cet oreiller au-dessus de sa tête. J'étais toujours une déesse, après tout, même si j'étais désormais mourante.

Je l'ai entendu appeler l'homme de Daware par son nom. L'homme de Daware se trouvait à bord d'une yole qu'il avait détachée du vaisseau désintégré de Luubu. L'homme de Daware a crié son nom en retour.

Si on écoutait, on l'entendait dans leurs voix.

On peut en savoir beaucoup, même dans un tel état, rien qu'à la façon dont quelqu'un prononce le nom d'un autre.

Nous étions sur un bateau quittant le Bassin.

J'étais allongée sur le dos et je regardais le ciel orange et violet du soir. Je me rappelle avoir pensé que la nuit allait bientôt tomber. Dans mon délire, je me suis souvenue qu'autrefois la nuit m'appartenait. Que j'étais la nuit. Mon doigt tendu vers le haut.

J'étais juste là.

Cette Brûlure.

« Tout va bien, a dit Jun en baissant ma main. Reposez-Vous.

— Nous sommes presque sortis », a renchéri l'homme de Daware en nous faisant avancer.

Le monde est devenu noir alors que nous glissions dans le tunnel et sortions du sas.

Je me rappelle avoir descendu une rivière.

Je voyais les parois du cratère rétrécir au loin. Je me souviens de Jun me regardant avec une tendresse qui m'a surprise. Je me souviens d'avoir regardé son visage et d'avoir pensé qu'il était beau. Il était beau. Le monde avait de la chance d'avoir en son sein une si belle personne. Et je me suis demandé pourquoi j'avais pensé à faire du mal à cette belle personne ou au monde dans lequel elle vivait. En le regardant, je me suis interrogée sur le pourquoi de toutes ces choses que j'avais faites.

L'homme de Daware nous a dit qu'il y avait un obstacle devant nous. Un poste de contrôle fluvial détruit lors de la rébellion. C'était effectivement un obstacle.

Il nous a dit que nous devions débarquer.

Ensuite, j'étais allongée à côté d'un feu.

C'était un petit feu, mais il semblait incroyablement lumineux dans la nuit sans lune. Un campement dans le désert. Ils étaient tous les deux assis de chaque côté du feu. À cet instant, ils m'ont rappelé les antiques gardiens de la cité sous la Mer dormante, qui protégeaient le bûcher noir sur lequel des fleurs éclosent et s'élèvent portées par le souffle de la flamme éternelle. Je les voyais cette nuit-là s'envoler dans les airs au-dessus de ce petit campement. Je les voyais enflammer les étoiles.

« Vous arriverez jusqu'à la côte est, a dit Jun. Vous devez juste retourner à Votre état de dormeuse.

— Je n'arriverai pas jusqu'à la Cité divine », ai-je réfuté. Je voyais qu'ils n'étaient pas habitués à entendre ma voix, ma vraie voix, directement. Cela a dû sonner si étrangement à leurs oreilles de mortels. Quel est le son de la voix du plus vieil arbre ? Quel est le chant de la Lune ? « Je vais mourir ici », ai-je ajouté.

Ils n'ont rien dit, car ils savaient que c'était la vérité, et il y avait peu de raisons pour moi de mentir.

« Tu n'as pas échoué », lui ai-je dit.

Il ne m'a pas répondu.

« Mais j'ai une dernière requête. Que j'adresse à vous deux. »

Tous deux ont hoché la tête.

« Comme je n'arriverai pas dans l'Est, je voudrais que vous consommiez ce corps. » Ma main sur ma poitrine. Leurs yeux s'écarquillèrent. « Consommez ce corps, et prenez le peu de pouvoir qu'il me reste à offrir. Ingérez-le et mettez fin à la vie de mon dernier enfant. La Troisième des Trois Terreurs, qui règne encore sur la côte est de ce pays en ruine. Consommez ce corps et mettez fin à sa vie, et une fois que vous aurez fait cela, offrez mes os à la Mer, afin qu'elle puisse me rendre au ciel, une nouvelle Lune née de la nuit.

— Une toute petite faveur », ironisa Jun, la voix étranglée. L'homme de Daware a souri de façon sinistre, et j'ai laissé échapper un gloussement sec.

« Loin de là. Mais je vous la demande tout de même. Jurez que vous le ferez. » Ils ont tous deux juré, sans hésitation, et cela m'a réjouie.

J'ai regardé le ciel une fois de plus.

Les constellations brûlaient.

Je m'endormais.

Je leur ai demandé s'ils connaissaient une berceuse. Les vieilles chansons me manquaient. Mais mes protecteurs avaient vécu en guerriers sur cette terre sanglante et ils m'ont avoué qu'ils ne connaissaient pas de berceuses. Tout ce que connaissaient l'homme de Daware et Jun, c'étaient des chants de guerre. Ils connaissaient des chants de bataille. Les cris de victoire. Les couplets sanglants des mercenaires autour de boissons fortes, une femme sur les genoux. Je leur ai dit que c'était bien. Un chant de guerre ferait l'affaire. Juste chanter.

Et ma dernière pensée, cette nuit-là, dans ce monde, après toutes ces années, fut que ma fin était étrange. Ces deux jeunes hommes m'accompagnant dans le sommeil avec des voix désaccordées, chantant tous les morts qu'ils avaient passés au fil de leur lame, et tous ceux qui viendraient après. Les flammes bondissaient, projetant leurs ombres rieuses sur les surfaces des rochers anciens qui nous entouraient, alors qu'ils chantaient la conquête. Comme c'était étrange, leurs chants de batailles gagnées et perdues. Comme c'était amusant, la façon dont un garçon apprenait les paroles à l'autre. Une rare joie dans leurs yeux alors qu'ils battaient le rythme dans la terre. Tous les deux élevaient mon esprit dans la nuit sanglante, avec leur chant rauque, laid et beau. Je me suis dit qu'il était étrange que j'aie craint la fin. Que j'aie un jour essayé d'y échapper. Et, ainsi, tout fut fini. Ma main s'est détendue. La bataille était terminée. La vie s'est échappée de ce vieux sac.

LE QUATRIÈME JOUR

où nous offrons nos plus belles armes

Son histoire est racontée.

Lorsque Sa voix quitte le théâtre, il ne reste que le silence, un silence si pesant que tu le sens sur ton épaule, comme une main qui te presse sur ton siège.

Sur la scène, le corps baigné de clair de lune et ses compagnons de danse, après avoir exécuté Son conte comme Elle le souhaitait, tombent maintenant à genoux, et d'un même mouvement, leurs têtes s'inclinent vers le sol. Il y a dans ce mouvement une irrévocabilité qui ne fait que confirmer que Sa voix a disparu et qu'elle ne reviendra jamais. Tu ne sais pas trop quoi penser quand les rideaux se ferment pour la première fois depuis le début de cette représentation, tu ressens une certaine panique dans ton cœur quand le corps baigné de clair de lune disparaît derrière les rideaux qui se referment rapidement et qu'avec la lumière, le théâtre revient à la vie.

Les braseros de cuivre, rallumés par les assistants spectraux et leurs bâtons étincelants, rugissent à nouveau de flammes, les tapisseries qui pendent des murs et des avant-toits brillent dans tous leurs glorieux motifs. Tu clignes des yeux, comme si tu t'éveillais d'un long rêve, tu te sens rassasié, mais pas encore satisfait, tes bras s'étirent pour soulager les crampes provoquées par le fait d'être resté assis trop longtemps, jusqu'à ce que tu t'aperçoives que les autres ombres ont commencé à se lever et à sortir du théâtre. Elles s'en vont, en file indienne dans les allées, avec tout ce qui s'est passé le Troisième Jour présent dans leur façon de se déplacer : une fatigue dans leur démarche, une stupeur, et pour certains une forme d'élan, l'histoire faisant maintenant partie de leur corps. Et tandis que tu les regardes partir, tu serres la lance familiale contre ta poitrine, laissant passer les ombres devant toi. Elles rejoignent la file qui se dirige vers les sorties. Tu demandes à la grande ombre à côté de toi pourquoi tout le monde s'en va, pensant que l'histoire ne peut pas être déjà terminée – ce n'est pas possible, pas avec tous les fils lâches qui restent à nouer –, et, avec un soupçon de bienveillance et un autre de condescendance, l'ombre se penche vers toi et t'explique ce qui se passe.

« *C'est l'entracte.* »

N'ayant nulle part d'autre où aller, tu suis la file qui sort du théâtre et rejoint le hall d'entrée, décoré d'encore plus de bannières, de lanternes flottantes et d'arbres qui jaillissent du sol et s'élèvent à travers le haut plafond, une gerbe de feuilles à bords plats tombant tout autour de toi tandis que tu te presses contre le mur du fond et joues les observateurs, comme tu as tendance à le faire dans ce genre de situations. Des hommes-crapauds errent dans la foule d'ombres avec des plateaux, servant des boissons. Tu leur réponds poliment que tu n'as pas soif, mais un d'entre eux te fourre quand même une tasse dans les mains. La tasse, remplie d'un liquide or terne, est délicatement taillée dans un bois sombre. Cette boisson a, imagines-tu, le goût que doit avoir la lumière pour une fleur timide. Tu te demandes si elle se vendrait bien au pub où tu travailles.

Tu souris faiblement. Tu étais tellement absorbé par cette histoire que tu avais oublié la tienne. Tout ce qui t'attend de l'autre côté de ce rêve.

Tu n'es pas pressé de passer à nouveau le torchon.

Et, cette tasse de lumière entre les mains, tu déambules dans le hall et écoutes ce que racontent les autres ombres. Les conversations sont légères. Personne ne parle du conte. Les ombres partagent plutôt des histoires qui parlent d'elles-mêmes ; où, et quand, elles étaient avant que la marée rêveuse amène leurs esprits ici. *Je suis allongé parmi quarante autres, dans une pièce au plafond si bas qu'il faut marcher sur des genoux quand on a besoin d'aller aux toilettes. Nous cueillerons nos fusils comme de vieux amants.* Tu te tiens à l'extérieur du cercle en écoutant, car c'est là que tu as le plus l'habitude de te tenir. *Je suis endormi dans ma lame. C'est la troisième nuit, et nous sommes sur le point de percer le voile du quatrième ciel, en route pour une bataille sur le soleil lui-même.* Plus tu écoutes, plus tu entends certaines histoires impossibles, dont tu ne te souviendras pas à ton réveil. Il est de plus en plus évident pour toi que non seulement vous venez tous d'endroits différents, mais aussi d'époques différentes, de périodes différentes. Il y a quelque chose de spécial, penses-tu, dans le fait que vous soyez tous réunis ici, dans ce lieu hors du temps. *Dans la canopée d'un grand arbre, je dors. Il n'y a plus de gens sur la terre où j'habite. Des Plaines rouges à la Rivière morte, je suis seule. J'étais jeune quand l'arme est tombée du ciel. J'étais jeune quand mon pays a été détruit, sur le caprice d'un bâtard.* Toutes les histoires qui se racontent ne sont pas tristes. *Il me caressait les cheveux. Je me sentais en sécurité.*

Une femme te salue.

Elle ne passe pas inaperçue, car c'est l'une des rares personnes présentes à ne pas être une ombre. Elle est solide, elle a une peau, des cheveux, des joues, un air familier que tu n'arrives pas à situer. Ses détails se précisent à mesure que tu t'approches. Elle est bronzée, comme les pêcheurs qui travaillent sur les quais de ta ville, et comme eux, elle est très mince et fragile, et sa façon de se déplacer empreinte de légèreté donne à croire qu'elle n'a jamais connu de ligne droite dans sa vie. Ses yeux sont gris et tranchants, leur attention se porte sur toi – ou plutôt, sur la lance que tu portes – si intensément que tu recules.

« Qui es-tu ? » demande-t-elle.

Une drôle de question pour commencer, étant donné que c'est elle qui t'a interpellé, mais ton souci de la politesse t'oblige à répondre. Tu lui dis que tu es l'enfant d'un marchand, mais dès que tu commences à parler, tu remarques qu'elle semble bien moins intéressée par toi que par la lance que tu tiens. Elle te demande si c'est la même lance que dans le conte – la lance que

Keema a juré d'apporter à travers tout le pays au nom d'Araya. Dans un de ces moments de fierté teintés de l'embarras qui te caractérise, tu réponds que tu penses que c'est possible. Tu dis que tu viens d'une époque qui se situe de nombreuses années après celle du conte – l'époque des trains et des radios – et que cette lance a été transmise de génération en génération dans ta famille. Tu dis que la lignée d'héritage était longue, mais peu documentée. Ton père et ta *lola* n'ont pu retracer l'histoire de la lance qu'à partir de la traversée de la Grande Mer par ton arrière-grand-père. Qui l'a possédée avant cela ? C'est une bonne question.

Tu dis que tu as été surpris d'apprendre que la commandante Araya possédait la même lance. Tu te demandes si vous n'avez pas un lien de parenté lointain.

Arrière-arrière-arrière-arrière-arrière-arrière-arrière-grand…

Elle te demande si elle peut l'examiner. Tu lui présentes la lance après un moment d'hésitation, quelque chose de profondément enfoui en toi rechignant à la laisser partir. Elle relève ses manches, tend ses mains, explore les rainures et les gravures. Il y a quelque chose d'intime dans la façon dont elle l'étudie, comme si ses doigts parlaient la langue de la lance et qu'ils étaient maintenant en profonde conversation, pas un seul pouce de sa longueur ne restant intouché. Son expression est mélancolique. Tu as l'impression d'assister à une sorte de réunion, des amis de longue date se retrouvant après une longue séparation, l'intensité est telle que tu te sens même un peu gêné de la regarder. Elle observe à voix haute que les détails de la lance sont différents de ce qui a été dit dans le conte et te montre les marques qui recouvrent la hampe : une série de bosses et de rainures, presque comme une notation musicale. Tu acquiesces, et tu reconnais que tu n'es pas sûr de ce que signifient ces marques ; même ta *lola* n'avait pas de conte pour les expliquer. Mais la femme hausse les épaules et dit qu'elle sait très bien de quoi il s'agit.

« Ce sont des pas de danse, explique-t-elle. C'est une ancienne forme de notation. Elle date d'avant même l'époque de ce conte. »

Les fins crins de ton attention se hérissent. Tu lui demandes de quel genre de danse il s'agit.

Elle semble avoir oublié ta présence. « Les gens du peuple gravaient ces notations sur leurs armes, à l'intérieur de leurs armures, pour que les pas ne soient jamais oubliés. » Un léger soupir quitte ses lèvres tandis qu'elle examine une nouvelle fois la lance, avant de te la rendre. « Mais je n'ai jamais été capable de lire de telles notations. Je ne sais pas quelle danse cette lance présage. »

Elle se retourne et s'en va. Tu t'apprêtes à la suivre, mais une cloche retentit dans la verrière et le son résonne dans tes oreilles assez fort pour que tu fermes les yeux et, quand tu les rouvres, tu es dans le théâtre, de retour à ta place, les grandes ombres te font un signe de tête avant de se tourner vers la scène. Tu cherches la femme, mais elle n'est nulle part, et bientôt l'extinction des lumières du brasero et le roulement régulier des tambours t'empêchent de poursuivre tes investigations. Les rideaux s'écartent de nouveau, pour la dernière partie de ce conte, mais tu constates que ton attention est partagée. Tu écoutes les tambours, mais tu écoutes aussi la lance, ton pouce parcourant les rainures et les gravures sur la hampe, essayant d'imaginer qui a gravé ces notations et quels mouvements elles décrivent. Tu ne comprends toujours pas comment il est possible que tu tiennes cet objet entre tes mains, ça ne colle pas, car si la lance a été perdue au Troisième Jour, si elle a disparu dans les eaux du Bassin du Ciel, alors comment cette arme a-t-elle pu se retrouver sur la cheminée de ta famille des siècles plus tard ? Et pourquoi est-elle ici maintenant ?

Lorsque tu te concentres enfin sur la scène, tu vois les corps de deux danseurs, étalés sur le sol. Tu crois un instant qu'ils sont morts, avant d'apercevoir le soulèvement subtil de leur poitrine et de comprendre qu'ils ne font que dormir. Tu vois l'un des danseurs donner des coups de pied et trembler. Tu les entends gémir. Et tu comprends que, quel que soit le sommeil de l'homme, c'est un sommeil sans fond, à des lieues sous la surface de la Mer dormante, prisonnier d'un rêve aussi agité qu'une meute de loups.

Le dernier souvenir que Keema de la tribu Daware gardait du monde était celui d'être avec Jun au bord de la rivière, où il l'aidait à nettoyer Ses os. Ce qui restait de Sa chair qu'ils n'avaient pas mangée et qui n'avait pas été bouillie dans la marmite servait à nourrir les poissons et les herbes aquatiques. Ils ne parlaient pas pendant qu'ils travaillaient – qu'y avait-il à dire ? pensait Keema, alors qu'il tenait Son fémur dans sa main. Aucun commentaire ne semblait approprié. Elle avait un goût de vieille viande séchée, pas salée, fade. Sa texture était rugueuse et fibreuse ; Elle n'était pas du tout douce. Le repas semblait avoir duré des heures, bien qu'en vérité il n'ait pas été si long, il ne restait pas grand-chose à manger, petite et âgée comme Elle était. Il n'avait jamais mangé de chair humaine auparavant. Il pensait qu'il allait devoir se forcer pour l'avaler, mais la triste vérité était qu'il avait très peu mangé ces derniers jours, et c'était, à bien des égards, le premier vrai repas qu'il ait pris depuis longtemps, même s'il essayait de ne pas y penser de cette façon ; il essayait de se rappeler que ce qu'ils avaient fait n'était qu'un devoir, accompli à Sa demande. Il jeta un coup d'œil à Jun, dont les mains manipulaient les os dans l'eau avec une concentration fébrile, et préféra lui demander comment il allait. Ils parleraient plus tard, dans la matinée. C'est ce que Keema pensa lorsqu'ils eurent enfin terminé et ramené le sac rempli de Ses os au camp. Il s'allongea donc cette nuit-là près du feu mourant, sans se soucier du fonctionnement interne de son corps, de la chimie du don et de la transmission qui se déclencha lorsque les acides de son estomac rencontrèrent la chair noueuse et puissante d'une déesse.

Que ceci explique donc son rêve. Que ceci explique pourquoi, dès qu'il a fermé les yeux, il est tombé immédiatement à travers les anneaux célestes, comme un rocher pourrait tomber à travers une infinité de feuilles de parchemin coloré, un cri silencieux sur sa bouche prise de bâillements soudainement interrompu, et qu'il se retrouve debout au bord de la dernière route de cette existence.

Tu connais cette route.

Tu t'en souviens grâce aux histoires de ta *lola*. C'est la route qui marque la frontière entre ce monde et le suivant. Une route sur une haute falaise qui surplombe le grondement sans fin de la Mer dormante. Le Pêcheur au Manteau rouge s'est un jour assis sur le bord de cette route, avec son tabouret et sa canne à pêche garnie de l'incassable mèche de cheveux arrachée à la tête de son véritable amour. C'est la route que les guerriers solennels du cinquième anneau céleste empruntent pour abattre les âmes lâches qui s'accrochent au bord de la falaise et ne sont pas prêtes à tomber. C'était la route des vagabonds, de ceux qui n'ont jamais connu de foyer, pas même en eux-mêmes.

C'est sur cette route que Keema a rencontré Uhi Araya pour la dernière fois.

Le rêve était tel qu'il n'a pas ressenti de surprise en la voyant, seulement du soulagement, alors qu'elle s'approchait de lui, chevauchant une tortue. Elle chevauchait sans rênes, comme un dieu sur un destrier mystique, et sa robe portait les stigmates d'un long voyage. Aucun de ses vêtements n'était assorti, de coupe ni de couleur, le tissu était vieux, usé par l'exposition quasi constante aux éléments. Elle avait l'air d'avoir vu et traversé beaucoup de choses. Mais elle sourit quand même quand elle le vit, et après avoir pris une bonne gorgée d'une cruche attachée à sa taille – de l'alcool, il le sentait, même de là où il se trouvait – elle lui parla. « Cela fait longtemps que je n'avais plus croisé le chemin d'un autre voyageur. »

Keema est tombé à genoux, son front embrassant le sol en signe de supplication.

« Commandante Araya », dit-il, la voix étranglée.

Elle a gloussé.

« Je ne connais pas cette commandante Araya. Mais j'aimerais savoir ce qu'elle a fait pour mériter une telle humilité de ta part, étranger ?

— Elle m'a sauvé la vie.

— Je vois. » Elle a pris cela avec le plus grand sérieux. « C'est en effet une chose qui mérite de la reconnaissance. »

Il leva les yeux vers elle.

« Vous ne me reconnaissez vraiment pas ? » demanda-t-il.

Elle secoua la tête. « Non. Je ne te connais pas. Ton visage ne me rappelle rien. Mais n'aie pas l'air si abattu, mon enfant. Tout ce que j'ai connu au cours de cette errance, c'est ce paysage, ces vêtements, cette créature. » Elle tapota la carapace de la tortue, et la créature étira sa tête et la regarda. « Mais tu as l'air assez gentil. Si tu veux, tu peux marcher avec nous un moment.

— Où allez-vous ?

— C'est la Dernière Route, a-t-elle fait observer, comme s'il n'était qu'un charmant imbécile. On ne va nulle part. Nous sommes déjà là. »

Ils marchaient côte à côte sur la route, tandis que la tortue se déplaçait lentement derrière eux.

Il lui a demandé depuis combien de temps elle était ici.

« Trop longtemps pour m'en soucier, a-t-elle répondu avec légèreté, le regard posé sur les nuages tourbillonnants. Je me souviens de mon premier moment de conscience. J'étais agrippée au flanc de cette falaise, faisant tout ce que je pouvais pour ne pas tomber tandis que quelqu'un, un guerrier étrangement vêtu, se tenait au-dessus de moi, m'ordonnant de lâcher prise ou bien il me couperait les doigts. Il m'a dit d'embrasser ma fin. » Elle a haussé les épaules. « De toute évidence, je n'étais pas prête à faire une telle chose, alors j'ai échangé ma place avec la sienne et depuis, je suis cette route. » Elle est restée silencieuse pendant un moment. Keema entendait le fracas lointain des vagues s'entrechoquant en dessous d'eux. « Il n'y a pas de jour ici, reprit-elle, ni de nuit. Il n'y a que le bouillonnement de la Mer dormante et le vent qui frappe le flanc de la falaise. Certains jours, c'est magnifique, d'autres, je me demande pourquoi je continue de marcher. Pourquoi je ne me laisse pas tomber, comme ce guerrier me l'a suggéré un jour. Mais je ne peux m'empêcher de penser que quelque chose ici a été laissé inachevé. Alors me voici. Araya la Vagabonde, parcourant la Dernière Route à la recherche de son destin. »

Puis, avec un peu d'inquiétude, elle demanda : « Pourquoi ton visage est-il si triste ?

— Je pense que vous êtes ici à cause de moi.

— Vraiment ? dit-elle, un sourcil levé.

— J'ai brisé le serment que je vous ai prêté, lui a-t-il expliqué, reprenant sa position de supplication. Dans la vie, vous m'avez demandé de ramener une lance familiale précieuse sur la côte est de notre pays, pour la rendre à ceux qui en prendraient soin. Mais au cours de mes voyages, la lance a été perdue, elle a disparu à jamais dans les eaux du Bassin du Ciel. Je vous ai déçue. Par honneur, j'aurais dû mettre fin à ma propre vie. J'aurais dû faire ce qui devait être fait, mais je m'accroche à la vie comme un lâche. Et maintenant, cette tâche inachevée vous a conduite ici, condamnée à marcher sur cette route le long du bord du ciel pour l'éternité. Je ne mérite pas votre pardon. »

Les mots sont sortis dans un empressement lourd, maniéré, guindé ; de la façon dont il semblait toujours parler quand il était vraiment nerveux. Il s'attendait qu'elle se retourne contre lui. Qu'elle le punisse d'une manière ou d'une autre pour cet échec.

Il ne s'attendait pas qu'elle rie.

« Vous, les garçons, dit-elle, riant aux larmes. Vous êtes toujours si sérieux. » Quand elle a eu fini de rire, elle s'est baissée et l'a pris par le bras. « Allez, mon petit, lève-toi, je ne supporte pas les gens qui rampent. Tiens, prends-en un peu, ça ne manque jamais de me remonter le moral. » Elle a renversé la cruche d'alcool sur ses lèvres entrouvertes. Il a toussé jusqu'à ce qu'il se retrouve de nouveau à quatre pattes, et elle a recommencé à rire. Elle s'est accroupie à côté de lui. « Tu as peut-être raison. Si ce que tu dis est vrai, je devrais peut-être être furieuse. Peut-être que je devrais te hanter pour le reste de tes jours jusqu'à ce que tu sois traîné ici avec moi. Mais bien que je ne me souvienne de rien de ma vie avant cette route, je ressens quelque chose quand je te regarde, et ce sentiment n'est pas de la fureur. » Elle a haussé les épaules. « Alors, finissons-en avec ça. »

Il s'est essuyé la bouche. Il était conscient que c'était un rêve. Ou proche d'un rêve. Pourtant, sa gorge le brûlait et déjà il sentait les bourdonnements de l'ivresse envahir sa tête. « Je ferai tout ce qui est en mon pouvoir pour retrouver cette lance. Je jure que j'essaierai jusqu'à la fin de mes jours.

— Tu te sentiras mieux si je fais semblant de m'en soucier ?

— Oui », dit-il avec sérieux.

Elle a bu une autre gorgée. « Alors, sache que ton humilité a été reconnue. » Elle l'a regardé pendant qu'elle buvait. « Bien que, je dois le dire, il y ait une aura étrange autour de toi. Tu ne trouves pas ? » Elle baissa les yeux vers la tortue, qui renifla Keema et approuva. « Je ne sais pas comment l'expliquer, dit-elle ; puis, avec une certaine suspicion : Comment es-tu arrivé ici ?

— Je ne sais pas », répondit-il. Il essaya de se rappeler où il était avant cela. Le fouillis de son esprit l'empêchait de mettre de l'ordre dans les événements de sa vie. Mais quelque part, il y avait une étincelle. « J'ai mangé une déesse. »

Les yeux d'Araya se sont écarquillés. « Nous venons à peine de nous rencontrer, alors, excuse-moi, mais je suis obligée de te dire que cela ne me semble pas être une décision très sage.

— Peut-être pas », a admis Keema.

Araya s'est approchée du bord de la falaise, contemplant l'abîme bleu. Elle est devenue silencieuse. Ses yeux étaient tournés vers l'est, fixant l'horizon veiné de noir et de bleu tandis qu'un vent soudain se levait, ébouriffant leurs cheveux. « Quelle que soit ta situation, il semble que tu aies un problème plus urgent à régler. » Ses cheveux flottaient dans le vent comme des nénuphars noirs. « Le Mur approche. Il arrivera dans un jour, si l'on en croit le goût de ce vent redoutable. »

Ces mots portaient en eux un pressentiment qui pesait sur l'estomac de Keema, bien qu'il n'ait aucune idée de ce qu'ils signifiaient. Il demanda à Araya ce qu'était ce Mur, mais elle ne lui répondit pas, elle avait déjà d'autres soucis à évoquer. « Cette lance que je t'ai chargé de livrer. À qui voulais-je que tu l'apportes ?

— Shan. Une soldate nommée Shan.

— Shan, a-t-elle répété en scrutant les abysses.

— C'est tout ce que vous m'avez dit. Juste un nom. Vous avez dit aussi que vous vouliez que je lui dise quelque chose de gentil.

— Oh. »

Elle lui tournait le dos, il ne pouvait donc pas voir son visage, mais il a vu la façon dont ses épaules se courbaient ; ses mains, touchant son ventre.

« Eh bien, a-t-elle dit.

— Ça va ? a-t-il demandé en s'approchant d'elle.

— C'est un joli nom, tu ne trouves pas ? Shan. » Araya la Vagabonde a soupiré, ses mains sont retombées sur ses côtés. « Si tu la trouves, dit-elle, j'espère que tu lui diras quelque chose de gentil. Ce sera suffisant, je pense. »

Elle remonta sur son destrier, sa cruche fermement accrochée à son côté. « Il semble que nous ayons tous deux des affaires à régler. Mieux vaut s'y mettre pendant qu'il en est encore temps. La route n'attend aucune dame. » Elle donna un coup de talon à la tortue et la créature commença sa lente marche sur la route sans fin du bord vif de cette réalité. Puis elle l'arrêta, se tourna vers Keema et demanda : « Quel est ton nom, au fait ? »

Il a laissé échapper un souffle qui était presque un rire.

« Keema, de la tribu Daware. »

Elle inclina la tête, comme si le nom lui était familier, venu d'un endroit dont elle ne se souvenait pas. « J'aime ce nom.

— Je sais.

— Alors, adieu, Keema de la tribu Daware. Je te souhaite bonne chance pour les jours à venir.

— Je retrouverai votre lance. Et j'apporterai la nouvelle de votre décès à votre famille. Votre esprit reposera en paix. »

Elle a ri, son rire semblant venir de très loin. Comme dans un rêve, les choses se sont accélérées ; étrangement, elle et la tortue étaient déjà toutes petites dans le lointain. « Ne t'inquiète pas pour moi, homme de Daware ! cria-t-elle. C'est toi que le Mur vient chercher ! C'est toi qui dois te réveiller ! »

Quel Mur ? voulut-il demander. Mais il n'en a pas eu le temps. Le sol s'est dérobé sous ses pieds.

Il tomba.

Son corps s'abîma dans le ciel rouge sang, la paroi de la falaise défilant devant lui comme un rouleau sans fin, ses vêtements secoués par la chute. Il n'a pas crié tandis qu'il dégringolait dans l'abysse – tout s'est passé si vite qu'il n'a pas eu le temps de crier. Son corps perçait les ténèbres comme une flèche. La réalité trahit sa forme inhabituelle alors qu'il tombait à travers la fenêtre ouverte d'une cuisine de ferme, dans la bouche d'un enfant qui pleurait et sur le flanc d'une montagne d'où l'on apercevait les bords du Vieux Pays – le Mur dont Araya avait parlé, aussi haut que le ciel lui-même, bien visible à présent, sombre et impénétrable – un vide se forma au creux de son estomac lorsque les voiles de ce Mur s'entrouvrirent et qu'un œil géant, désespéré et affamé, apparut – l'épaisse paupière de cet œil s'ouvrit brusquement, et dans sa large pupille, il vit sa fin. Mais toutes les chutes, si clairvoyantes soient-elles, doivent avoir une fin ; toutes les nuits se fondent dans le feu du jour ; son voyage au bord du ciel et les mots qu'il avait partagés avec Araya étaient condamnés à être oubliés au réveil. Mais ce qui pourrait sembler une boucle inutile sur la longue trame de ce voyage resterait, à l'ouverture de ses yeux, dans le sous-texte inexprimé de sa personne, car il avait pris part à la consommation d'un dieu, et, dans ce royaume terrestre, aucun mortel ne peut résister à de telles transformations toutes-puissantes.

Aux premières lueurs du soleil sur l'horizon d'arbres, il saurait tout le chemin parcouru par Jun et lui.

AUBE

Tu entends la note d'une corde que l'on pince.

Elle vient des coulisses. Tu penses au doigt d'une vieille femme, grattant une corde tendue, parfaitement accordée, faite de soie et de boyau, son pouce appuyant doucement sur cette corde, laissant le poids léger de son doigt la courber jusqu'à ce que, comme un amant roulant hors du lit, le pouce se détache et la corde relâche la tension accumulée. Et au moment de l'émission de cette note magique, les deux corps sur scène se lèvent comme un seul homme, se réveillant de leur profond sommeil. *Je me suis réveillé différent.* Tu sursautes imperceptiblement. Les autres membres du public sont également pris au dépourvu, car vous prenez tous conscience que vous entendez la voix de Keema pour la première fois. Tu ne comprends pas comment tu sais que c'est sa voix, mais c'est bien la sienne. Elle est proche de ce à quoi tu t'attendais, peut-être un peu plus rauque. Son timbre vacillant, comme une ombre née entre tes jambes, te rappelle les jeunes hommes qui traînent au coin des rues ou sur les balcons, cigarette au bec, avec un regard qui se veut cynique. Ceux devant lesquels tu te dépêches de passer en rentrant chez toi. *Le monde avait une odeur différente. Mon odeur était différente.* Le danseur se déplace tout autour de la scène comme si elle le déroutait, le submergeait d'émotions, sans se rendre compte qu'à l'autre bout de celle-ci, l'autre danseur reflète ses mouvements. L'étrange synchronisation des corps trompe ton œil, te faisant croire que tu ne vois qu'une seule image qui se reflète. Les danseurs se touchent, se reniflent et étudient la scène. Ils ne mesurent pas encore leur connexion. Ils sont encore en train de prendre conscience du monde, d'eux-mêmes. D'un changement qu'ils ne savent nommer. L'un des danseurs touche l'air avec étonnement. L'autre touche sa propre joue. *Je savais que j'étais différent maintenant. Je le sentais.* Les danseurs se touchent. *J'avais tellement faim que j'aurais pu manger un poisson entier. Un orfreux entier. J'aurais pu manger ses piquants.* Un estomac gronde. Les danseurs tournent sur leurs talons, en même temps. Le monde, semble-t-il, leur tombe dessus de toutes parts, de façon si vive que c'en est presque insupportable. Une seconde note est pincée sur cette guitare lointaine.

Le soleil s'est levé avec un son aussi doux et acide qu'un citron confit.

La lumière a illuminé les vallées à l'est du Bassin comme d'épais traits de peinture dorée. Le vert de la mer et le jaune du foin furent inondés de chaleur. Un flot de papillons faisait scintiller la lumière sur leurs ailes tandis qu'ils s'éparpillaient sur un tapis de fleurs sauvages. Keema sentait la poudre parfumée de leurs ailes, le nectar musqué et sucré qu'ils buvaient de pores aux couleurs extatiques, mais il ne comprenait pas que c'était ce qu'il sentait – que son nez était devenu sensible à un si petit détail du monde. Tout ce dont il était conscient, c'était que quelque chose dans l'air sentait vaguement le sucre et lui mettait l'eau à la bouche, tandis qu'il se réveillait d'un rêve dont il ne se souvenait plus.

« Bonjour, Keema. » La voix, pas plus forte qu'un croassement fatigué, emplit son oreille comme de l'eau froide et inspira à son corps un frisson ravi. Lorsqu'il se tourna vers son interlocuteur, il vit des nuages gris et froids plantés de clous de fer noir, une mer houleuse tourbillonnant autour de deux sombres abîmes, et il ressentit un profond vertige, comme s'il regardait au cœur d'un gouffre sans fin, et il eut l'impression de tomber, son souffle se bloqua dans sa gorge, jusqu'à ce qu'il pose sa main sur le sol pour se stabiliser, et qu'il comprenne que ce qu'il regardait n'était rien d'autre que les yeux de Jun. *Je ne pouvais pas le regarder, pas ce matin-là, pas encore.* Il se servit d'une ruse d'orateur et concentra son regard sur l'arête du nez de Jun – les taches de soleil éparses, l'éclat presque invisible de la sueur – en lui demandant ce qu'ils allaient manger pour le petit-déjeuner. *Nous avions l'embarras du choix, car il s'était avéré que la yole que j'avais prise au* Cav-Meer *appartenait aux Paons rouges, et ils avaient bien approvisionné leur navire.* Ils ont opté pour un repas simple, un bol de gruau, peut-être un peu de viande séchée. Mais quand Keema a ouvert le sac et pris la nourriture, il s'est arrêté, une bande de viande séchée dans la main.

Rouge sombre et couverte de craquelures.

Son pouce a parcouru la surface crevassée de la viande. Il y a senti des fissures. Des petits poils invisibles à l'œil nu. La chair était savoureuse et âcre. Une touche de fer provenant d'un peu de sang séché. Les restes d'un cadavre. La vache était morte, ses cuisses pourrissaient dans un champ au-delà d'une petite ferme dirigée par un tyran qui ne se souciait pas que son bétail soit malade. La maladie avait souillé cette viande. La peur blanche d'une mort rampante. Il pleura. C'était trop.

« Keema. »

La main de Jun était tendue. Keema s'essuya les yeux, lui jeta un morceau de viande et se mit à mâcher le sien – les muscles de sa mâchoire travaillant comme des bras qui pétrissent la pâte, le bœuf luisant de salive fondant lentement sur sa langue frissonnante. Il alla chercher la marmite – chaude et solide comme les bras d'un amant caché dans la forêt, un amant qui aurait eu besoin de quelque chose, *de n'importe quoi sauf ce qu'on lui apportait*, la texture du bord de la marmite craquelée et irrégulière, forgée par un homme qui en avait des milliers d'autres à faire ce jour-là, laissez-le se reposer – et, après une pause, il la posa sur le feu qui venait d'être allumé et commença à préparer le gruau. Il était tellement investi dans sa propre expérience sensorielle du monde qu'il ne remarqua pas Jun, de l'autre côté du campement, qui tâtait le tissu de son pantalon entre son pouce et son index, comme si dans ces coutures se cachait la réponse à une énigme depuis longtemps perdue.

« Tu te sens différent ? »

Il fredonnait en versant l'eau d'une gourde dans la marmite. Le bourdonnement faisait trembler le sommet de son crâne. Jun l'a écouté fredonner. Il l'a regardé verser l'eau. *Alors qu'il versait l'eau dans la marmite, j'étais versé avec elle, et alors que je remplissais le récipient, je me demandais combien il nous en restait pour le voyage à venir.* « Cinq bidons pleins, a dit Keema. Ne t'inquiète pas, ça devrait aller. »

Derrière un rocher, Jun s'est soulagé.

Son soupir a bouillonné du fond de ses poumons, libérant dans l'air son haleine humide et séchée par les crachats, tandis qu'il éclaboussait d'urine la roche et la terre. Quand il en a eu fini, il n'est pas revenu, pas immédiatement. Il s'est penché en avant et a appuyé son front contre la roche fraîche. Et il est resté là, se rappelant l'odeur du sang dans la pièce où tous ses frères étaient morts, ainsi que son père. C'était étrange, cela ne s'était produit qu'hier, mais cela semblait déjà si lointain, comme si ce n'était qu'une histoire que quelqu'un d'autre lui avait racontée en passant. Il y avait des souvenirs qui étaient comme une pierre pointue. Mais pas celui-là. Celui-là ressemblait à une note griffonnée sur un morceau de parchemin déchiré, usé par le temps passé dans une poche, au message direct, mais à l'écriture pâle et effacée. Il a baissé les yeux sur la plante de ses pieds nus. Il les avait lavés la nuit précédente dans la rivière, mais il y avait encore une légère teinte sombre, un mélange de saleté et de sang séché qui ne disparaîtrait pas avant un moment. Il essaya d'en frotter une partie avec son pouce, mais cela ne fit rien pour nettoyer le pied et ne fit que salir son pouce aussi. *Il était parti depuis un moment déjà. Je voulais lui dire que la nourriture était prête, mais je sentais qu'il avait besoin d'être un peu seul.*

Jun a tressailli et regardé derrière lui. Un insecte s'est sauvé dans l'herbe.

« Keema ? » a-t-il appelé.

De l'autre côté du rocher : « Le repas est prêt ! »

Il remit ses sandales, jetant une fois de plus un coup d'œil derrière lui, certain d'avoir entendu quelque chose, un murmure dans la brise. Mais le moment est passé, et il s'est rendu compte que se soulager lui avait fait du bien. Il retourna vers le feu d'un pas plus léger, et lorsqu'il vit Keema penché sur la marmite, sautillant un peu sur la pointe des pieds en remuant la bouillie, Jun se sentit empli de chaleur. Il s'assit près du feu et, tandis que le ragoût bouillonnait, il écouta le gargouillis de la marmite et le chant des oiseaux dans les hauteurs, comme une couleur verte tranchante qui s'enroule autour d'un ongle, et il se demanda à quand remontait la dernière fois qu'il avait eu un matin aussi calme, sans urgence. Sans programme à respecter. Sans danger. *Nous étions là. Mais maintenant, c'était différent là-dedans. Un changement, un éclaircissement. Nous ne pouvions pas encore rassembler l'énergie nécessaire pour le traquer.* Pas alors qu'il sentait l'épais fumet du gruau. À quand remontait la dernière fois où quelqu'un lui avait préparé un petit-déjeuner ? *À quand remonte la dernière fois où on m'a servi le petit-déjeuner ?*

Jamais.

Keema sourit. Le plaisir de se réveiller avec quelqu'un, que ce soit un ami ou un amant, qui vous prépare à manger était un plaisir dont Keema avait été privé pendant la plus grande partie de sa vie. Il avait vu d'autres personnes le faire. Lorsqu'il était garde sur cette péniche de plaisance, les pieds endoloris par les longues nuits passées debout, il regardait les amants fatigués quitter leur chambre à l'aube, les cheveux ébouriffés et les yeux rêveurs, pour aller chercher le petit-déjeuner de leur partenaire qui les attendait au lit. Il feignait le désintérêt. Il en nourrissait une vive jalousie. C'est pourquoi il prenait un plaisir rare à être celui qui, pour une fois, faisait à manger à quelqu'un d'autre. Ils n'étaient peut-être pas amants, mais lorsque Jun revint après s'être soulagé et fit un commentaire sur la délicieuse odeur, cela plut à Keema de voir que Jun était content, et il se mit à verser la nourriture dans deux petits bols.

Leurs estomacs étaient des chariots vides attendant d'être remplis. Cela n'a semblé étrange ni à l'un ni à l'autre, malgré leur repas de la veille. *Nous avons essayé de ne pas penser à Elle – nous avons essayé de ne pas penser au goût qu'Elle avait.* Ils ont mangé en silence. Keema a surpris le regard de Jun par-dessus le bord de son bol, comme un souffle chaud sur son front.

Il a souri.

Jun ne pouvait pas s'empêcher de le regarder. *Je pensais qu'il était mort dans le Bassin, lorsque cette trombe d'eau l'a emporté. Quand je l'ai revu, nous apportant un moyen de nous échapper de ce navire en train de couler, j'étais presque assommé de soulagement. J'avais envie de le prendre dans mes bras. Je ne pouvais pas arrêter de le regarder. Partager ce petit-déjeuner avec lui me donnait l'impression d'être dans un rêve.*

Keema a levé les yeux de son bol, surpris par cet aveu. Cela l'a réjoui. « C'est comme un rêve, n'est-ce pas ? Être encore en vie, après tout ce qui s'est passé hier.

— Est-ce que j'ai… ? » a commencé à demander Jun, mais la question était folle. *Avais-je parlé à voix haute sans m'en rendre compte ?* Ça ne valait pas la peine de demander. C'était trop embarrassant. Au lieu de cela, il se fit l'écho de ce sentiment : « Oui, c'est comme un rêve…

— J'en ai fait un la nuit dernière. Mais je ne m'en souviens pas. » Keema parlait la bouche pleine. Le riz humide et mastiqué est tombé par terre.

La lèvre de Jun s'est retroussée.

Son père, au moins, lui avait appris les bonnes manières.

Dégoûtant, pensai-je.

Keema a ressenti ce mot comme un couteau dans le ventre. « Je… je suis désolé, a-t-il dit en s'essuyant la bouche et en finissant de mâcher. Le rêve que j'ai fait, a-t-il poursuivi, c'est comme si son ombre restait, mais je n'arrive pas à distinguer la forme qui la projette. » Il fronça les sourcils. « Mais je sais que la tortue était là. »

L'expression de Jun s'assombrit au souvenir de la mort de la créature, et pour Keema, c'était comme si les nuages avaient masqué le soleil ; tous les deux semblaient retirés au fond d'eux-mêmes alors qu'ils se remémoraient ce qui s'était passé à ce moment précis, les éclairs qui avaient traversé l'obscurité, transperçant la chair et le bois, vibrant comme des diapasons, la langue sortant d'un bec mou, les yeux vidés de leur feu vital, une bile noire s'écoulant de ses…

Jun a vomi.

Le sol était maculé de gruau à peine digéré et de morceaux de viande noirs. C'était l'odeur la plus rance que Keema ait jamais sentie, plus puissante et insupportable que les latrines de la Porte du Tigre. Jun, secoué, s'essuya la bouche avec le dos de sa main, et après avoir jeté un peu de terre sur le vomi, il se reprit.

Je me demandais s'il allait bien.

J'allais bien.

« Je vais bien. »

Change de sujet.

Il aborda donc un sujet qui le réconfortait toujours. Les projets d'avenir. « C'est grâce à Elle que nous avons maintenant les moyens d'achever la dernière des Terreurs, dit-il, les mains tremblant légèrement. La Troisième vit dans la Cité divine, sur la côte est, dans une forteresse palatiale aux murs épais.

— De toutes les Terreurs, c'est celle que je connais le moins », fit remarquer Keema, toujours incommodé par l'odeur du vomi.

Par l'Abysse, comment cela pouvait-il sentir aussi mauvais ?

Jun rit, ne sachant que répondre à cela. Il poursuivit : « J'aurais été étonné que tu saches quoi que ce soit sur la Troisième Terreur. L'Empereur a déployé beaucoup d'efforts pour le tenir à l'écart des citoyens. Même moi, je n'ai jamais rencontré cet homme.

— Vraiment ? »

Jun hocha la tête. « Vraiment. Mon père… » Sa voix se cassa.

Père.

Le mot était comme une pierre coincée dans ma gorge. Keema a dégluti nerveusement. Il a patiemment attendu que Jun continue. Celui-ci a pris plusieurs inspirations profondes pour retenir ses larmes – *je ne pleurerais pas, j'étais fort, j'étais fort* – aplati sur Luubu comme une pièce de monnaie, les os se brisant sous l'impact –, il s'est touché la gorge, s'est repris et a déclaré, d'une voix cassée : « Mon père parlait rarement de son plus jeune frère.

Peu de gens du Trône le mentionnaient, et encore moins à portée d'oreille de l'Empereur. Je ne sais même pas quel don divin il a hérité de l'Impératrice, mais je sais qu'il était né étrange.

— Étrange ? »

On m'avait déjà dit que j'étais étrange.

Étrange, d'une bonne façon ?

« Horrible, a précisé Jun. Un démon. Le Monstre de ce lot de triplés. »

Jun a détourné le regard, morose de nouveau. « Je suppose qu'ils étaient tous des Monstres, en définitive. » *Sa mort m'affectait, et je me détestais pour ça.*

Il me manquait, et je me détestais pour ça.

J'étais au-delà de la rédemption.

« Ce n'est pas anormal que ton père te manque, a dit Keema.

— Quoi ? »

Surpris, Keema a répété « Quoi ? »

Les yeux de Jun étaient des couteaux aiguisés.

« Tu continues. »

Je continue quoi ? me suis-je demandé.

« De parler comme si je venais de dire quelque chose. »

Qu'est-ce que c'est que cette blague ?

« Ce n'est pas une blague, a dit Jun. Je te l'assure. Alors, arrête. Ça me donne la chair de poule.

— Je n'ai pas dit que c'était une blague.

— Tu me prends pour un imbécile ? Je sais ce que j'ai entendu.

— Qu'est-ce que tu as entendu ? » demanda Keema, agacé, les nerfs à vif.

Jun a éclaté de rire. *Il jouait avec moi. Il jouait à un jeu. Je ne le comprenais pas, mais je n'aimais pas ça.*

« Ce n'est pas un jeu », cracha Keema.

Les yeux de Jun se sont écarquillés. « Comment as-tu…

— Je… »

Keema a posé son bol. Sa main tremblait. Il avait peur. De quoi avait-il peur ? L'accusation. Il la ressentait aussi. Mais il y avait autre chose dont il commençait à avoir vaguement conscience, et il se sentait complètement idiot de ne pas l'avoir vu avant.

La façon dont il regardait ses pieds. Je voyais qu'il était aussi confus que moi. Je le sentais. J'étais de moins en moins sûr qu'il le faisait exprès.

« Je ne le fais pas exprès », a dit Keema.

Il recommençait.

« Et toi aussi. »

Les épaules de Jun se sont raidies.

« On le fait tous les deux. »

Il avait raison.

« Nos pensées, a dit Keema.

— On les entend. »

Presque.

Les histoires sont partout, on ne peut pas y échapper. Chaque jour, on se raconte une histoire ; les détails de notre journée deviennent une partie de notre mythe. Celui-ci est réordonné. On lui donne un sens. Ta *lola* a raconté des histoires sur le pays d'où elle venait ; ton père t'a raconté des histoires sur lui-même. Mais ce qui se passait à ce moment-là, au quatrième jour, c'était un lever de rideau. Avec le temps, il leur est apparu à tous les deux, alors qu'ils se regardaient de part et d'autre du feu de camp incandescent et du drap dans lequel ils avaient placé Ses os, qu'une porte avait été ouverte, un seuil franchi. Un œil, ouvert. Ils entendaient l'histoire de l'autre. Cette narration intérieure. La même narration que vous entendez dans ce théâtre. Cette prise de conscience a fait dresser les cheveux de Keema sur sa tête. Il avait l'impression que son sang n'était pas le sien. Il a regardé son bras, sa main. *Et je me suis demandé : où sont passées mes ecchymoses ?*

« Guéries, pour la plupart, a répondu Jun. La résilience était l'un de Ses… dons. C'est ainsi que mon père a survécu à sa décapitation. » *Le père à qui tu as coupé la tête.*

La pensée, imprudente, accidentelle, a giflé Keema en pleine face. « Il essayait de nous tuer, lui a rappelé Keema.

— Je sais. » *Je lui ai dit d'aller se faire foutre.* « Je sais. » *Je lui ai dit d'aller se faire foutre.*

« Toi, va te faire foutre ! »

Jun a levé les mains. « Arrête de lire ce que je pense !

— Arrête de me balancer tes pensées à la figure ! »

Et puis nous sommes revenus.

« C'est qui, ça ? » a demandé Keema.

La clarté disparue, la paix disparue, il était de nouveau agité et nous tenions notre opportunité. « Putain, c'était qui ? » demanda Keema en regardant autour de lui.

Jun a porté sa main à son front comme s'il était pris d'une violente migraine. *Tueur, assassin ! avons-nous crié. Nous avons brûlé vifs et nous sommes tombés sous tes flèches, et qu'as-tu à nous dire maintenant ? Pourquoi continues-tu à vivre, ESPÈCE DE SALOPARD ?* « Donne…, a soufflé Jun, donne-moi juste une seconde. » Il est tombé à quatre pattes, sa respiration était laborieuse. *Si nous avions pu arrêter ses poumons, nous l'aurions fait. Nous l'aurions fait s'étouffer dans ses propres pensées parce qu'il ne méritait rien de tout cela, et sûrement pas ce matin, pas ce petit-déjeuner, pas l'homme de l'autre côté du feu qui lui plaisait, à ce pervers, ce meurtrier, ce fils de pute que nous HAÏSSIONS, et nous avons GRIFFÉ et MORDU et HURLÉ.* « Juste une seconde, criait Jun, Keema pleurant avec lui. J'ai juste besoin d'une seconde », *JUSQU'À CE QU'IL apporte un drap froid et le jette sur le feu qui le consumait… et nous… nous sommes arrêtés… pour le moment.* Il a reniflé et s'est essuyé les yeux. « Je suis désolé », a-t-il dit, en s'efforçant de paraître raisonnable et maître de la situation.

« Je suis désolé. »

Les deux jeunes dieux ont levé la tête, leurs yeux s'écarquillant devant l'état du camp. Les rochers qui les entouraient avaient été poussés vers l'extérieur, de profondes ornières témoignant de leur déplacement, comme s'ils avaient été traînés. L'un des sacs de ravitaillement s'était déchiré et des grains de riz s'en échappaient. Tous les objets étaient dispersés à partir d'eux comme s'ils étaient l'épicentre d'un grand et puissant vent. « Ils se sont mis à bouger, a dit Keema, hébété. Ils se sont juste... mis à bouger. »

Jun s'est levé. « C'est nous qui devrions bouger. Ça ne sert à rien de rester, et ça... ça me ferait du bien de marcher.

— À moi aussi », a répondu Keema.

Ils ont commencé à empaqueter leurs affaires, rapidement. Ils ont gardé tout le riz qu'ils avaient pu sauver. Keema a lancé davantage de terre sur le feu, pour s'assurer qu'il était bien mort. *J'ai jeté un coup d'œil à Jun pour être certain qu'il allait bien,* et Jun a grogné : « Je vais bien », *même s'il était évident que ce n'était pas le cas.* « Va te faire foutre, je veux bien, mais où ? » a marmonné Jun. Il n'y avait aucun doute sur qui allait porter le sac d'os. Jun l'a attrapé avant que Keema puisse même penser à s'en approcher. Keema se contenta de porter cette lance qui remplaçait mal celle qu'il avait perdue, et quelques autres sacs en bandoulière.

En silence, ils se mirent en route vers l'est.

MATIN

Tu penses aux pensées.

Il y a eu des moments dans ta vie où tu as souhaité que ton esprit puisse être lu, ou syntonisé, comme une fréquence sur une radio. Des moments où tu ne voulais pas t'atteler à la tâche de dire ce que tu avais à dire. Comme lorsque toi et Jadi vous êtes battus ce jour-là, peu après la mort de ta *lola*, bagarres, bleus, et après coup tu savais que c'était ta faute, la bagarre, mais tu ne savais pas comment dire à ton ami que tu étais désolé. Comme ça aurait été facile, si tu avais pu ouvrir une porte et le laisser entrer et voir par lui-même le désordre qui régnait à l'intérieur.

Mais tu sais aussi bien que n'importe qui que personne ne pense seul. Qu'il y a une ville en toi, peuplée de croyances, d'interjections, de prières, de divagations. Tu as pensé une fois à enfoncer ton doigt dans l'œil de Jadi jusqu'à ce qu'il éclate. Ce n'était pas une pensée malveillante. C'était un vent qui passait.

Disparu aussi vite qu'il était venu. Inoffensif, mais tu n'avais aucun contrôle sur ces pensées. Cela remettait en question le contrôle que tu exerçais sur toi-même.

Peut-être que ton esprit a son propre esprit.

Que penserait Jadi s'il voyait, en même temps que tes excuses, l'image de toi l'éborgnant ?

Accueillerait-il tes pensées avec empathie ?

Ce n'est pas longtemps après le début de leur voyage que Keema et Jun ont dû faire face à un tel problème.

Il n'y a pas d'ombres où se cacher
dans la lumière du matin.

Ils traversaient les plaines qui s'étendaient au-delà du Bassin, de vastes étendues de prairies entrecoupées de poches d'eau, cachées parmi les mauvaises herbes, ce qui signifiait trébucher et se mouiller si l'on ne marchait pas avec précaution. Jun berçait le sac d'ossements, Keema tenait en bandoulière un sac de champignons, de noix et de baies qu'ils avaient pu glaner sur les terres entourant le campement. Ils ne parlaient pas en marchant. Ils étaient concentrés sur leur progression sur ce sol précaire. Et ils étaient déconcertés par ce qu'ils apprenaient sur eux-mêmes, ce que Sa chair leur faisait. Ils pensaient que ne pas parler arrêterait la fuite. *Mais je ne pouvais m'empêcher de penser au sang dans la cour de Luubu. Une mer de sang de mes frères. L'odeur ferreuse et piquante qui en émanait était coincée dans mes narines.* Jun pensait à la violence, et Keema la goûtait, comme de la moelle gélatineuse sur sa langue. *Entendait-il ce que je pensais ? J'entendais ce qu'il pensait. Je l'entendais penser à ce que je pensais. Je l'entendais penser à ce que je pensais de ce qu'il pensait.* Les pensées étaient des étincelles provenant d'un feu rugissant et sans limites. Le feu se propageait aux arbres de leurs forêts intérieures. *J'étais un serpent qui ondulait entre les herbes, mes pieds allaient l'un devant l'autre. J'étais seul, ma famille était morte, j'étais seul… Tu étais seul ? J'ai été seul toute ma putain de vie.* Parfois, c'étaient des images directes, tirées directement par l'arc de l'esprit. *Le cadavre d'un bœuf grouillant d'asticots et une main pressant les asticots comme du riz. Un homme tirant sur sa chemise pour montrer son téton dur, le pinçant jusqu'au sang. Une vieille femme riant avec une pipe dans la bouche.* Parfois, ce n'était que du bruit ; le bruit puissant, informe et enragé, qui joue sous l'esprit et qui est rarement, voire jamais, montré tel qu'il est. *Jamais.*

Jamais, jamais, jamais, jamais, jamais, jamais…

D'un bond, ils ont franchi un mince filet d'eau. Keema s'est souvenu de ce qu'il avait entendu au campement, lorsque les voix dans la tête de Jun avaient parlé de l'homme de l'autre côté du feu qui lui plaisait. Il n'avait pas l'intention de s'en souvenir, il n'essayait pas de mettre Jun dans l'embarras, cela lui est venu spontanément alors qu'il sautait par-dessus le ruisseau, *et je me suis demandé de quoi il s'agissait. Je pensais le savoir, mais je n'en étais pas sûr, je n'étais pas sûr d'avoir bien entendu, parce que tout était si étrange à ce moment-là.* Et quand il s'est retourné, il a vu que Jun n'avait pas encore traversé le ruisseau.

« Ça ne voulait rien dire, a fait Jun, ça ne voulait rien dire. »

Je mentais.

« Tu mens ? »

Oui. « Putain. » C'est tout ce que Jun a dit en sautant par-dessus le ruisseau et en s'éloignant de Keema. Keema était un peu amusé. Son cœur battait aussi très fort. *Il a dit qu'il mentait.*

Jun a marqué un temps d'arrêt, avant de presser le pas, sans se retourner.

Agrandissant la distance entre eux.

La distance physique diminuait le volume. Les pensées privées, celles qui ne sont destinées qu'à la personne qui les formule et à personne d'autre, devenaient plus difficiles à entendre. Ils étaient assez éloignés l'un de l'autre, de la distance d'un champ au moins, lorsque Jun pensa les mots : *Ce n'était qu'un infirme.* Pourquoi ? Il l'ignorait. C'était un murmure aléatoire qui atteignit néanmoins Keema comme un murmure empoisonné. Et Keema, pour ne rien arranger, se souvenait par hasard à ce moment-là de la vibration qui avait parcouru l'os de son bras lorsqu'il avait planté la hache dans le cou de la Première Terreur. Jun savait que Keema ne se rappelait pas les détails de la mort de son père par méchanceté.

Mais quand même. Ils s'écartèrent de plus en plus l'un de l'autre. Le lien divin qui les unissait se relâchait au fur et à mesure que les collines, les rochers et les ruisseaux s'interposaient entre eux. Et, la fois suivante où Keema chercha Jun, ce dernier n'était plus qu'une tache à l'autre bout d'un champ, presque silencieux si ce n'est le grincement lointain d'une maison en feu – la poutre de bois de sa mémoire qui se brise en braises et en cendres, un enfant qui regarde le plafond qui tombe, alors que Jun traverse un nuage de brume qui le transforme en ombre.

Ils étaient enfin seuls, chacun de son côté.

Tu sais ce que c'est que d'être seul, d'arpenter les couloirs d'une maison vide, sans autre son que celui de ta propre respiration et le bruit du trafic au-dehors. Ces jours-ci, tu es l'unique gardien de la maison qui était autrefois celle de ton père. Tes frères sont soit partis, soit morts, et tu ne gagnes pas assez d'argent au pub pour payer quelqu'un pour balayer les marches et battre les tapis. La grande horloge dans le hall reste intouchée, ses aiguilles immobiles te font toujours croire qu'il est soit plus tard, soit plus tôt qu'en réalité. Étonnamment, ton *granjo* est toujours en vie, affalé dans son fauteuil roulant dans le salon, son regard vide se perdant au-delà de la baie vitrée. Tu le nourris, tu lui donnes son bain, tout seul, et il ne bouge que pour repousser tes mains.

La guerre continue, mais la radio reste éteinte.

Elle est toujours dans le bureau de ton père.

Parfois, en te rendant au travail, tu crois voir le soldat borgne d'autrefois. Tu fais demi-tour, et tes épaules s'affaissent quand tu te rends compte que la personne assise sur le muret à l'extérieur du pub est quelqu'un d'autre. Tu passes le reste de ta journée sous un nuage, en essayant de te rappeler ce que ça fait d'être touché.

Ton petit frère appelle régulièrement de l'étranger.

« Qu'est-ce que tu deviens ? » demande-t-il. Et : « Quand est-ce que tu viens ? »

Tu as inventé tellement d'histoires pour lui qu'il est facile d'en inventer d'autres – ou de raconter des histoires de tes nombreux amis et de tes nuits radieuses, et il est assez généreux pour les croire. Et bien que ton *granjo* ne bouge plus, parfois, lorsque tu lui donnes à manger, tu crois voir la lueur du jugement dans ses yeux, ainsi que la question que tu te poses chaque matin depuis très longtemps maintenant.

Que fais-tu encore ici ?

Mais tu continues. Tes mouvements sont automatiques, tu vis chaque jour et tu dors chaque nuit. Tu sais ce que c'est d'être seul.

Tu as trop peur pour être autre chose.

C'est la raison pour laquelle Jun marchait seul.

Son crâne était légèrement humide lorsqu'il est sorti de la brume. Il s'est séché en s'ébrouant, comme un chien, et lorsque le soleil apparut, il plissa les yeux et suivit le sentier de lumière qui se dessinait jusqu'à la vallée. Des rochers géants ont émergé de la terre, et sur la pointe de l'un d'eux il a vu une famille de renards noirs dormant dans la fournaise. Deux des plus jeunes se battaient pour un os qui semblait avoir une forme humaine. Il a avancé. *Il était seul maintenant, comme il avait toujours été destiné à l'être, comme nous avons toujours su qu'il le serait.* « C'est bon, a-t-il dit en se laissant glisser sur une légère déclivité de terre. Vous pouvez parler maintenant. Je ne voulais pas qu'il entende. »

Nous lui avons montré la main carbonisée qui sortait de la fenêtre en feu, et il a seulement soupiré. Nous lui avons dit ce que nous pensions de lui, mais il connaissait déjà les mots et les a même répétés avec nous jusqu'à ce que nous nous lassions de ses jeux et cherchions une autre ligne d'attaque. Nous en avons trouvé une.

Nous lui avons dit que l'homme de Daware ne lui ferait jamais confiance.

Pas avec ce tatouage sur son visage.

Il a grimacé. *Et nous avons su que nous avions trouvé une cible idéale.* « Je n'ai jamais pensé qu'il le ferait, a-t-il dit. Je ne me ferais pas confiance non plus. Je me parle à moi-même maintenant, n'est-ce pas ? » *Oui, c'est ce qu'il faisait. Il devenait fou. La Gracieuse Lune s'en était assurée. Elle avait commencé le démêlage, et tout ce qui resterait de lui serait un tas de ficelles.* « Tant que je finis ce que nous avons commencé, a-t-il poursuivi en grimpant sur un rocher, ça me va. » *Nous savions qu'il jouait seulement le rôle du martyr. Nous savions qu'il voulait survivre.* « Bien sûr que je veux survivre. » *Nous savions toutes les choses que même lui ne savait pas sur lui-même. Les choses qu'il n'avait pas le temps de considérer pendant ce voyage mais qui existaient néanmoins dans les espaces secrets sous son cœur. Il n'aimera jamais. Nous lui avons dit.* Une larme coula de son œil gauche, qu'il essuya en pensant à cela. « Je ne suis pas venu jusqu'ici pour trouver l'amour. »

Nous étions à court de moyens, nous n'arrivions plus à le retourner contre lui-même. Nous nous sommes déchaînés. Nous avons tiré les rideaux. Nous lui avons dit que l'homme de Daware ne lui faisait pas confiance et ne l'aimait pas. Cela a fait ricaner Jun. « Je pense qu'il m'aime. Au moins un peu. »

Et nous avons su que nous avions perdu.

Ensuite vint le silence. Il est venu sans prévenir, mais il était bienvenu, le silence. Jun a soupiré devant la beauté de la vallée. La façon dont le soleil se reflétait sur l'herbe et les bosquets d'arbres gloussant dans la brise qui soufflait. Il regarda dans la direction par où il était arrivé et considéra l'élévation de terre qui le séparait maintenant de Keema. Aucune pensée partagée entre eux maintenant, pas à cette distance.

Les voix avaient au moins raison sur une chose. Il était effectivement seul.

Comme l'était Keema.

Le jeune homme de Daware semblait minuscule, perdu au cœur de la vaste étendue de terrain qui l'entourait. Jun hors de vue, son esprit glissait dans un endroit qu'il essayait d'éviter. Il pensait à la mort. Il y avait des mercenaires dans certains des salons de thé les moins réputés qui, entre deux verres, parlaient de la façon dont ils voulaient partir, de la façon la plus honorable de se faire tuer, et même lui avait parfois de telles idées, surtout quand il buvait, pensant que ce ne serait pas grave si la route difficile qu'avait été sa vie se terminait au bout d'un millier de lances. Une mort dont on pourrait écrire une chanson. Mais les choses se passaient rarement ainsi. Les mercenaires qui prophétisaient leurs propres fins fracassantes étaient souvent ceux qui périssaient dans des ruelles sombres, éviscérés, les mains crispées sur leurs entrailles. Keema avait vu des gens mourir en hurlant dans les flammes. Il en avait vu mourir de faim sur le bord de la route. Mis au pilori pour trahison. Le corps expulsant tout ce qu'il contenait. L'odeur de la pisse, de la merde et du vomi. Il avait fait en sorte que ces choses arrivent à d'autres personnes.

Il s'est souvenu du messager qu'il avait embroché.

J'ai crié.

Il n'y avait rien d'autre à faire.

J'ai crié.

Il devait mourir.

Keema trébucha dans l'un des ruisseaux cachés dans l'herbe et se cogna le menton contre le sol, le fendant – et au loin, à son insu, Jun grimaça de douleur, bien qu'il ne sache pas pourquoi le bas de son menton lui faisait si mal. Keema jura et se releva. Il a touché le sang sur son visage. Il a posé les sacs et s'est lavé le visage dans le ruisseau, et il n'a pas fallu longtemps pour que le sang cesse de couler, quelques minutes peut-être, et quand il a ensuite touché son menton, il n'a plus senti la douleur. La guérison accélérée de son corps lui donnait un sentiment de puissance mêlée d'effroi. Secouant la tête, il a ramassé les sacs et brandi sa lance. Il a repris sa marche.

Les plaines s'étendaient tout autour de lui. Il était ramené au temps d'avant tout ça, quand il voyageait seul dans des lieux reculés de ce pays.

Un garçon escaladant une montagne.

Assis dans une grotte, écoutant la pluie.

Fredonnant, tandis qu'il suivait le chemin sinueux d'un ruisseau de forêt.

Être seul, en soi, ne l'avait jamais dérangé. Il aimait pouvoir suivre son propre rythme. Être autonome. Ce n'était que lorsqu'il croisait le chemin de familles ou de groupes de voyageurs amicaux qu'il se rappelait qu'il n'y avait personne pour veiller sur lui la nuit.

Quand la nuit était sombre.

Parfois, il y avait une certaine sauvagerie, comme s'il sentait le battement de cœur des arbres et, dans ces moments-là, il avait envie de passer sa langue dans le dos d'un homme et de le faire hurler. Il se tordait sans mot dire sur lui-même jusqu'à ce qu'il parvienne à repousser le sentiment qu'il manquait quelque chose de vital au monde. Alors qu'il se frayait un chemin à travers le champ de rochers qui avait surgi de la plaine, il trouvait étranges les pensées d'un homme lorsqu'il est seul, même lorsqu'il court à la bataille. Ou était-ce l'inverse ? Était-ce la perspective de la bataille à venir qui lui enflammait le sang ? Sa propre mort à venir ? Il a regardé dans la direction où Jun était parti. Le ciel bleu entrecoupé de poussées de terre. C'était une sensation agréable de savoir que quelqu'un l'aimait, tout près de lui. Mais à ce moment-là, il savait qu'il ne fallait pas attendre le meilleur d'une telle situation. Il était trop échaudé par le passé pour faire le premier pas. Et il savait que Jun était trop préoccupé par tout ce qu'il avait perdu pour envisager de penser au désir. Il valait mieux laisser faire les choses, et voir comment elles pourraient ou non se poursuivre sur la route.

C'est ce qu'il pensait, en tout cas.

Mais il appréciait toujours de le savoir. Et il ne désirait rien de plus que de sauter sur Jun et de lancer l'assaut. Il voulait se battre contre lui. Il voulait se faire frapper dans la boue et renverser l'autre sur le dos. Il voulait se battre. Il voulait grimper sur une éminence. Regarder en bas et dire à ce gaillard exactement ce qu'il allait lui faire. Il a fermé les yeux, comme pour les faire exploser sous la pression, gêné par lui-même, ne s'apercevant pas qu'en faisant cela, derrière lui, il avait fait s'envoler un rocher dans le ciel sans nuage.

Il se sentait stupide.

Son apitoiement sur lui-même fut interrompu par un chant d'oiseau étonnamment désagréable ; l'oiseau violet qui le suivait depuis le début de son voyage se manifestait sur une branche d'arbre proche. Grâce à ses sens aiguisés, Keema sentait l'oiseau, même à distance, et il fut surpris par l'odeur âcre qui émanait du petit corps de la créature.

De l'autre côté de la plaine,
Jun écoutait le monde.

Au cours des étranges conversations que l'Impératrice et lui avaient partagées pendant ces six mois passés à la Porte des Loups, lorsqu'ils avaient fermement établi leur relation antagoniste, elle lui avait parlé du Rythme.

Tu te souviens du doigt de ta *lola*, tapant en rythme sur le côté de la table de la cuisine. « Tout se meut dans le temps », disait-elle.

Le Rythme dictait ce temps.

Tu l'entends, maintenant.

Le tambour, martelant le rythme.

Les danseurs, qui suivent le rythme sur leurs orteils.

Autrefois, les gens entendaient plus facilement le Rythme qu'aujourd'hui. Leurs corps s'accordaient à l'amble de la terre. L'Impératrice a dit à Jun qu'il ne serait probablement jamais capable d'entendre le Rythme. Qu'il n'était qu'un humain. Elle l'a dit en ricanant.

Il n'y a pas de mots assez précis pour décrire un morceau de musique, et il n'y en a pas non plus pour décrire ce qu'il a entendu en marchant pieds nus sur la terre. Les plantes de ses pieds tachés de sang crissaient sur des mottes de terre séchées et des coussins d'herbe chaude et souple. À travers le sol, il sentait les rochers au sud, leur battement était faible, mais il était bien là, devenant plus clair lorsqu'il se concentrait, son corps n'étant toujours pas habitué à ces fréquences. Des siècles d'érosion et de visages ébréchés. Mille ans d'attente, mais une tranche d'un rythme qui ne se ferait pas entendre avant de nombreux siècles.

Jun était petit.

Il se tenait au bord du monde.

Tout en haut, parmi les palmes filiformes, se trouvaient les coquilles dures remplies de nectar crémeux. Sa bouche salivait, mais il n'avait ni les outils ni l'envie de grimper sur cet arbre étroit et sans branches. Il supposa qu'il pourrait utiliser son pouvoir et l'entraîner ici – faire tomber un fruit de son perchoir. La peau de ses bras se hérissa, une voix semblant provenir à la fois de son oreille interne et du sac d'os qu'il berçait contre lui murmura : *Voici les pas.*

« D'accord. »

Il a posé ses sacs et ses sandales et s'est tenu devant l'arbre. Alors qu'il s'inclinait face à lui, il essaya de se souvenir des motifs tissés qu'Elle lui avait montrés dans l'obscurité, et il fut surpris par la facilité avec laquelle le souvenir surgit, comme s'il répondait à sa demande. Il fit de son mieux pour suivre les instructions. Il écarta les jambes, s'accroupit, les paumes sur ses cuisses. Puis il tapa deux fois dans ses mains. Il bondit et atterrit avec le pied droit en avant, le pied gauche en arrière, la main droite caressant l'air. Les transitions étaient maladroites et les mouvements rigides. Mais il persista, et à mesure qu'il tirait ses épaules vers l'arrière, qu'il sautait et modifiait la position de ses jambes, il commença à sentir un changement progressif dans le monde. Il entendit, de loin, faiblement, la pulsation lorsque ses pieds touchèrent le sol. La main gauche en avant, cajoleuse. Le pied droit en arrière, en arrière, tapant. Il a commencé à sentir l'arbre répondre. Il a senti les petites vrilles qui s'enroulaient le long de son tronc se gonfler et vibrer. Il a senti l'arbre se plier, comme s'il était entraîné par la gravité de sa danse. Et lorsqu'il atterrit une fois de plus dans la position de retour, ses pieds frappant le sol dans cette large position accroupie, les paumes des mains tournées vers le haut, une *tajeline* atterrit dans ses mains, et il glapit.

Keema s'étonna du picotement sur ses paumes.

Comme si quelque chose de dur et de lisse venait de les frapper. Il a fait disparaître cette sensation avec quelques flexions et a repris son chemin, tandis que son ami l'oiseau violet volait au-dessus de sa tête. Et, alors qu'il marchait, il sentait dans la terre la faible pulsation du rythme de Jun. Comme s'il entendait les pas de quelqu'un à l'étage en dessous de lui. Le rythme lui dit que Jun dansait.

Ne sois pas timide, chaton, murmura la voix de la compagne de son passé.

« Je ne danse pas », dit Keema, à elle, à personne.

Mais chaton… Ce ne sont pas des danses ordinaires.

C'est de la magie ancienne.

En marchant, il s'est mis à suivre le rythme. Il ne le faisait pas consciemment. Il était un morceau de bois flotté sur une vague ondulante.

Il sauta par-dessus un autre ruisseau caché et boueux.

Jun frissonna quand il sentit Keema se réceptionner.

Il fendit la *tajeline* sur un rocher et but à même la coque coupée en deux. Le fruit n'était pas encore mûr, son intérieur était plus liquide que de la crème. Sa douceur sucrée était intense, mais aussi fraîche et désaltérante. Il s'est léché les lèvres et les a essuyées sur le dos de son bras. Les moitiés de coquille dure tombaient au fur et à mesure que ses pas se synchronisaient avec le rythme de son ami à travers la terre.

Bientôt Jun s'arrêta, écouta, sourit.

Il a entendu le son de l'eau qui coule.

La rivière Comosa serpentait à travers les plaines, ses berges hérissées de bas *tajeliniers*. Le fruit collant partout sur ses mains et son visage, il décida d'aller se laver rapidement. Il s'est faufilé dans un soudain fossé dans la terre et a gagné la berge limoneuse de la rivière. Il a posé ses sacs, rampé jusqu'à l'eau et s'est agenouillé au bord de son flot frais et fluide pour y plonger les mains. Un petit poisson fila entre ses doigts et s'éloigna de lui, ce qui le fit glousser. Il réunit ses mains en coupe, porta l'eau à son visage et se frictionna, avec une intensité toujours croissante, comme pour faire disparaître le tatouage de sa peau. Mais hélas, seul le jus de la *tajeline* se détacha de son corps.

Il sentait sa propre odeur. Il regarda autour de lui ; il ne voyait pas Keema, bien qu'il sache qu'il n'était pas loin, sa pulsation faible mais toujours présente. Seul au bord de cette rivière, Jun décida de baigner le reste de son corps. Il enleva son justaucorps et les bandages autour de son abdomen, puis il fit tomber le pantalon que Keema lui avait donné au Rassemblement, ainsi que ses sous-vêtements. Il est entré dans l'eau.

Un frisson parcourut les jambes de Keema.

L'oiseau violet le regarda avec curiosité alors qu'il marquait le pas, dérouté par ces sensations.

Il avait froid, mais c'était agréable, comme s'il prenait un bain qui n'avait que trop attendu. Il n'était pas effrayé par ce qu'il éprouvait, car une partie intuitive de lui savait que Jun en était la cause. Tout en avançant, il se concentrait sur ces expériences nouvelles, étrangères à son expérience actuelle de la marche sur la terre battue et l'herbe des plaines sous un soleil brûlant et aveuglant. C'était un frisson qui courait le long de son corps, jusqu'à son cou, puis redescendait, jusqu'à ce que la fraîcheur semble disparaître à sa taille. Et il a ri lorsque Jun a lavé ses aisselles. Une petite magie dans la transmission ; Keema était plus chatouilleux que la personne qui se baignait. Et puis il y eut cette sensation très étrange lorsque Jun se frotta les bras, et Keema regarda le fantôme de son bras gauche devenir humide et froid et se sentit apaisé par le toucher de l'autre homme. Son bras lui manquait, mais c'était il y a longtemps ; ce qu'il ressentait maintenant n'était pas de la nostalgie, juste une curiosité distante et troublée. D'autres sensations agréables suivirent. En cheminant, il soupira d'aise lorsqu'on lui massa le cuir chevelu. Il sursauta un peu quand un doigt passa sur un téton alors que le bras tombait sur le côté. Il s'est senti durcir.

Les yeux de Jun se sont élargis.

Il savait qu'il n'était pas seul. Pas tout à fait. Il savait que Keema était conscient de lui, car il était conscient de Keema. La porte entre eux était à la fois une sortie et une entrée. Alors que Keema ressentait les réactions physiques de Jun dans son bain, Jun ressentait également celles de Keema, l'accélération du pouls, le flux sanguin, le raidissement. Et c'était une boucle de rétroaction d'une autre sorte. Pour Jun, l'acte de se baigner, au départ une question pratique, se transformait en quelque chose d'entièrement différent.

Et j'ai pensé : ce n'est pas une mauvaise chose.

Il se souvint qu'à l'époque où il était encore un Paon, lui et quelques-uns de ses frères avaient obtenu des places spéciales pour assister à un récital donné par l'une des filles d'un seigneur local. Ils étaient là pour représenter leur père, qui n'avait pas pu venir ce soir-là. C'était l'un des premiers spectacles auxquels Jun avait assisté. Il se souvint qu'il n'avait pas beaucoup apprécié le chant de la fille. Ses frères avaient de plus belles voix. Mais la joie qu'elle prenait à se produire devant un public était contagieuse. Et quelque chose est passé entre elle et ses auditeurs ce soir-là, leur humeur changeant son inflexion, la façon dont elle abordait la mélodie, qui à son tour accentuait leur humeur et la stimulait. L'un dépendait de l'autre. Il n'y avait pas de début ni de fin. Une voix médiocre, et pourtant il ne l'a jamais oubliée. Cette comparaison lui est venue alors qu'il se baignait dans cette rivière froide ; comment il était elle, d'une certaine manière, à ce moment. Ce bain était devenu une performance, avec un auditoire d'une seule personne.

C'était un public pour lequel il était heureux de se produire.

Ses mains plongèrent sous la surface de l'eau, et il jura avoir entendu le son du souffle de Keema dans son oreille. Les souvenirs de la semaine ont disparu de son esprit lorsque ses mains ont touché l'os de son bassin. Traçant les contours des muscles, la fine carte des veines, les lignes de tendon qui s'incurvaient vers le bas.

Keema s'était alors arrêté de marcher. Il était appuyé contre un arbre, le regard vide, sentant ces mains, ces doigts passer le long de ses poils pubiens, en tirer une touffe, la faire tourner. Keema a souri d'une manière presque folle. Il a senti les mains aller partout sauf là où il voulait qu'elles aillent. Entre les jambes, dans le creux entre la cuisse et l'entrejambe. Un doigt longea la base de son corps d'une manière qui rendit ses jambes gélatineuses, et il glissa sur le sol dans un gémissement qui était presque un gloussement.

Jun sourit, content de lui jusqu'à ce que Keema réplique, la situation ressemblant beaucoup à leurs duels, lorsque sa main se glissa sous sa chemise et qu'il décrivit des cercles autour de son propre téton. Le plaisir étourdissant de la chose a été interrompu par un pincement soudain. Keema grimaça malicieusement tandis que quelque part, hors de portée, Jun criait dans la rivière : « ENFOIRÉ, va ! » Sa stupeur a fait place au rire. Le mamelon s'est remis de l'attaque. Pas tout à fait douloureux, mais presque. Sensible et vivant à son toucher maintenant. Les yeux de Keema étaient maintenant grands ouverts, il se frotta à travers ses jupes tandis que l'index de Jun traçait la courbe de son corps. *Mais avant d'aller plus loin, nous lui avons rappelé la dernière fois qu'il nous a vus*, et Jun retira sa main alors que son esprit était submergé par les images qu'il essayait tant bien que mal d'éloigner de lui. La main carbonisée qui sortait des flammes, l'enfant dans les champs criblé de flèches, la rivière gonflée de cadavres dans laquelle il a jeté un autre cadavre, et le garçon allongé sous lui, le dos plein de trous de couteau. *On lui a fait revivre ça.* Il sentit les corps couverts de leur propre puanteur. Il sentit la pourriture cuite au soleil. Il vomit ; Keema est devenu mou, car bien qu'il ne puisse voir ce que Jun voyait, il sentait sa détresse soudaine, et il sentait même dans l'air une faible odeur de bois brûlé.

Ils ont attrapé leurs affaires. Keema s'est levé. Jun a traversé la rivière en tenant ses sacs au-dessus de sa tête. *Nous étions plus forts dans sa tête que nous ne l'avions jamais été, et nous lui répétions que c'était le sort qu'il méritait. Nous étions sa culpabilité et nous allions le priver de toute intimité.* Il s'est habillé dans une grande agitation, épaulant ses sacs et ramassant celui qui contenait Ses ossements, un peu gêné d'avoir fait ce qu'il avait fait si près d'Elle. Un bateau fluvial passa derrière lui, et les pêcheurs lui firent un léger signe de la main, qu'il leur rendit une fois qu'il eut remis le masque de paon de son frère. Les femmes à bord conversaient entre elles et riaient, plongées dans des ragots locaux concernant un ivrogne, sa nièce et leurs trois chiens. *C'était sa vie, et elle ne changerait jamais.* Et alors, les épaules basses, la tête pleine de bruits et les doigts vibrant d'un picotement résiduel, il marcha, tout comme Keema, qui avait alors perdu de vue l'oiseau violet, aucun des deux n'étant maintenant loin de la route qui menait à la Cité divine.

La route des Cygnes.

Keema entendit la route avant de la voir, le frottement des roues et les craquements du bois des chariots. Les mugissements des bêtes de somme. Les gens criant les uns sur les autres au milieu d'une conversation exaltée par l'anticipation, par les circonstances. C'était l'avant-dernier jour avant la fin du pèlerinage, et tout le monde convergeait vers l'est pour les célébrations finales. Des centaines de chariots tirés par des chevaux et des bœufs, des centaines de groupes à pied affluaient sur ce large canal de terre. Il y avait même des étals installés en bord de route, tenus par des commerçants qui avaient flairé la bonne opportunité. *Je lui ai demandé s'il avait entendu la rumeur selon laquelle l'Empereur avait été castré par sa maîtresse lors de la fête des Pêcheurs, mais il m'a répondu qu'il avait entendu dire que c'était la Première Terreur qui avait été castrée, et par l'Empereur.* Il a senti l'odeur, la sueur des gens – *je n'ai pas trouvé ma mère* –, les excréments des chevaux et le fumet des brochettes vendues au bord de la route. *Il faisait sacrément chaud, et je vendais des brochettes* pan-pan *à des prix exagérés ; oui, c'était le plus beau jour de ma vie.* Plus il s'approchait, plus le bruit devenait fort. Il sut alors qu'il n'y avait pas que la voix intérieure de Jun qu'il entendait. *Je me souviens que nous avons grogné lorsque nous avons vu l'infirme arriver des champs vers la route. Nous avons essayé de nous écarter du chemin. Ça portait la poisse de se trouver si près des gens comme lui.*

J'ai poussé mes enfants de l'autre côté, je ne voulais pas qu'ils sentent son odeur.

Il avait l'air… usé par le temps. Nous avons eu de la peine pour lui. Je pensais que nous devions lui donner de l'argent.

Mais nous ne voulions pas prendre de risque.

Il les entendait toutes…

Alors qu'il se mêlait à la foule, il a senti toutes les voix se déverser en lui comme une seule. *Nous voyagions depuis DEUX JOURS, et elle n'arrêtait pas de PARLER. Je voulais boire un grand verre de poison et mourir devant elle, mais je savais que même cela ne la ferait pas taire.* Il a cru que sa tête allait éclater.

Ma fille était morte la veille, mais j'étais loyal, je n'allais donc pas manquer les célébrations de l'Empereur ; je ne pouvais cependant pas m'empêcher de penser à ses lèvres boursouflées, car on l'avait trouvée dans la rivière, on l'avait trouvée dans la rivière et on ne savait pas qui l'y avait jeté. Il essayait d'avancer, il suivait la pulsation de Jun, Jun était quelque part devant. *Et puis j'ai vu cette créature se faufiler devant moi, et tout mon corps a tremblé parce qu'il n'avait qu'un seul bras, et j'ai eu peur qu'il ne vienne de me rendre malade, comme si j'avais besoin de ça – j'ai dit HÉ, REGARDE OU TU MARCHES – je n'arrive pas à trouver ma mère – enfonce-la enfonce-la profond en elle jusqu'au bout fais-la gémir – j'ai les pieds tout écrasés et ensanglantés d'avoir travaillé toute la nuit dernière et j'ai arraché l'ongle de mon gros orteil comme une croûte – Il m'a toussé au visage et j'ai eu envie de vomir – L'odeur, l'odeur est partout, elle monte en moi – Je ne serai plus jamais satisfait, je mourrai comme ça, au chaud sous le soleil, entouré de ces putains de gens – ALLEZ, ALLEZ, ALLEZ, ALLEZ, ALLEZ – regarde, un estropié, j'en avais un comme lui dans la salle des jouets sur le vaisseau de plaisance Induun, je l'ai forcé à m'aimer – Qu'est-ce que ça fait de n'avoir qu'un seul bras, il est plutôt mignon – Mais on devrait se rappeler de garder nos distances – Gardez vos distances, éloignez-vous – HÉ ! TROP PRÈS !*

Une main le poussa dans le dos et il chancela en avant, étourdi par la chaleur et le bruit, il bascula et commença à tomber, la vitesse de la chute soulevant son estomac, la sueur perlant sur son front, certain qu'une fois à terre il serait piétiné à mort par ce monde oppressant, et c'était aussi bien parce que c'était toujours comme ça que ça finissait pour les gens comme lui : piétiné par des gens qui n'en avaient rien à foutre, *et je pensais, peut-être que si je tombais sur le visage et que mon nez s'enfonçait dans mon cerveau, je pourrais enfin me reposer.*

Mais, à ce moment, quelqu'un l'a rattrapé.

Deux mains l'ont soulevé, et il a cru qu'il allait s'effondrer de soulagement quand il a vu le garçon masqué qui le regardait. À la poigne serrée qu'il faisait peser sur ses épaules, il devinait que Jun ne supportait pas non plus le bruit – *Deux cinglés qui bloquent le passage, évidemment, on leur a dit de dégager – Nos corps qui pourrissent toujours dans l'esprit de ce salaud, le ver qui sort de l'orbite* –, mais il s'est passé une chose à laquelle ni l'un ni l'autre ne s'attendait. Alors qu'ils se tenaient au milieu de cette route bondée et se regardaient fixement, les voix ont commencé à s'atténuer. *Un bail perdu, et maintenant ce pénible trou du cul ne pouvait plus partir… impossible de le déloger.* Et dans l'enchevêtrement de membres qui était maintenant le leur, ils sentaient les battements de leurs cœurs respectifs. Leurs rythmes. *Il a laissé une fleur dans une de mes sandales avec un mot et j'ai brûlé le mot sans le lire et ensuite j'ai mangé la fleur parce que je ne lui pardonnerais jamais.* Et Jun, un énorme flot de sueur perlant sur son menton, a dit : « Elle m'a parlé de ça. Le Rythme. Il est partout. » Keema a hoché la tête, émerveillé. Sa paume était maintenant pressée contre la poitrine de Jun, et celle de Jun sur la sienne. *J'ai dit à ces deux pervers de prendre une chambre. Ils ne m'ont pas entendu.* Et leurs corps ont synchronisé leurs rythmes. La boucle de rétroaction s'est relâchée. Elle s'est détendue. Le son a continué à diminuer, jusqu'à ce qu'il ne reste que le grondement sourd d'un rivage lointain. Seules quelques voix parvenaient à se faire entendre.

Je voulais rentrer à la maison, je voulais rentrer à la maison. Et Keema se rendit compte que ce n'était pas de la sueur qui coulait sur le menton de Jun mais des larmes, car enfin, dans le silence de cette union, *nous étions apaisés, la rivière nettoyée des corps, le couteau retiré du dos de l'enfant, et une pluie froide tombait sur la maison en feu, jusqu'à ce que la main à la fenêtre s'éloigne et qu'il ne reste que la fumée.*

MIDI

La Porte des Cygnes.

Rares étaient les belles portes dans le Vieux Pays. Ces structures n'étaient pas vouées à la beauté. Mais la Porte des Cygnes et son homologue sur la route d'En-Haut, la Porte Triple, faisaient exception.

Ces deux portes étaient le dernier rempart entre le reste du pays et les maisons nobles de la côte est. Jaloux du berceau montagneux depuis lequel Son Soleil Souriant affirmait sa domination à l'ouest, les Cinq Familles et leurs compatriotes s'efforçaient de financer et de construire leurs propres symboles de pouvoir. La Porte Triple et la Porte des Cygnes n'offraient qu'un modeste aperçu des nombreuses et puissantes constructions qui jalonnaient l'est du pays, toutes réalisées, au moins en partie, sous l'égide de l'une des Cinq Familles. Le seigneur Waag avait financé l'édification des structures opalescentes aux sommets ailés qui composaient la Porte des Cygnes ; les matériaux qui scintillaient au loin dans la lumière de midi étaient extraits de ses carrières les plus précieuses.

L'effet sur les gens a été immédiat et considérable. *J'ai arrêté les chevaux et dit aux autres de sortir pour regarder.* Lorsque la Porte des Cygnes apparaissait, il fallait s'arrêter, ne serait-ce qu'un instant, pour apprécier son écrasante splendeur. *J'ai tenu mon enfant au-dessus de ma tête pour qu'il puisse voir par-dessus les gens. Regarde, lui ai-je dit. Regarde ce que nos seigneurs ont rendu possible !* Les ailes de pierre blanches et lisses s'élevaient au-dessus de la porte elle-même, qui était une épaisse dalle articulée de jaxite verte. *Mon père est mort sur les chantiers de construction de cette horreur. Son contremaître ne l'a pas écouté quand il a dit que l'échafaudage était branlant. Cela prendrait trop de temps, a dit son contremaître, pour le remplacer. Continuez, a-t-il ordonné. Vingt hommes et femmes sont morts ce jour-là lorsque le bambou a vacillé et que les poteaux en bois se sont brisés. Mon père a été écrasé sous eux.*

Ce bref récit a été saisi par les nouveaux sens de Keema, sans qu'il puisse voir de qui il provenait, pendant que Jun et lui marchaient parmi la foule qui se dirigeait vers la grande porte. Derrière ses murs gigantesques s'étendaient les Fissures, où la terre, crevassée par Son Impact, se transformait en un dédale de canyons, de tunnels et d'étranges formations rocheuses. C'était la ligne de démarcation où les Champs de Soma rencontraient ces canyons sacrés.

Au-delà de ces canyons se trouvaient les résidences. Et parmi ces résidences, le Palais d'Été. Ils étaient proches.

Un vent se levait.

Il était dans le mouvement de balancier des arbres environnants, le jeu des feuilles. Les cheveux des gens. Le battement régulier de la toile des chariots. Dans l'état d'exacerbation de leurs nouveaux sens, aucun de ces détails n'échappait à Keema et Jun, qui voyaient maintenant le vent presque comme un objet physique, comme un pinceau qui courbait l'air et balayait de son crin tous les éléments mobiles du monde. C'était le vent du présage, qui se traînait vers l'est, vers les résidences, vers la côte. Il attirait les gens vers une porte qui restait, mystérieusement, fermée.

Les lourdes mâchoires en jaxite de la Porte des Cygnes étaient plantées dans la terre. Personne ne pouvait passer. Une foule de plusieurs centaines d'âmes avait déjà commencé à s'accumuler devant cette porte, hurlant pour qu'on la laisse entrer.

C'était exceptionnel.

Ils l'avaient fermée sur nous, sans avertissement, sans explication, et ces foutus archers sur le mur ne voulaient pas nous dire quand ils allaient la rouvrir. Nous étions coincés dehors, dans la chaleur, sans savoir s'il valait mieux faire demi-tour ou attendre. Keema et Jun se faufilaient dans la masse des gens – *évidemment, me disais-je, ça n'arrive qu'à moi : d'abord Jela qui me quitte et maintenant, ça !* – serpentant entre les chariots à l'arrêt, les plateformes roulantes qui portaient, attachées à leur plateau, des statues sculptées à l'effigie de l'Empereur – *pendant des mois, j'ai peiné dessus, juste pour recevoir Sa bénédiction* – et des charrettes remplies de divers engins et œuvres d'art destinés à être présentés lors des célébrations divines, tous deux essayant de s'approcher, afin de comprendre pourquoi tout passage était impossible.

Au cœur de la foule, ils ont écouté, et bien que tout ce qu'ils ont entendu ne soit pas utile, ils ont pu passer au crible le bruit pour obtenir l'histoire de la porte ce jour-là. *Je me demande si c'est vrai. Raison stupide pour la garder fermée si c'est le cas. Ils n'ont pas besoin d'une tortue pour nous inspecter. Ça ne nous concerne pas si elle ne veut plus travailler pour eux.* Keema et Jun ont partagé un regard. « La tortue ne fonctionne pas ? » a demandé Keema, ce à quoi Jun acquiesça, et dit : « Nous devons en apprendre plus. »

Mais il y avait peu d'informations à glaner dans l'irritation croissante des personnes obligées d'attendre ; juste que la porte était fermée depuis un moment maintenant, probablement à cause de l'absence de coopération de la tortue à l'intérieur, mais peut-être pas, et ces sentinelles sur le mur avec leurs arcs refusaient de donner des informations.

C'est un peu plus loin qu'ils ont entendu, venant de quelque part sur la droite, quelqu'un penser : *Cela fait cinq putains d'heures que j'attends devant la Porte des Cygnes. J'ai fait tout le chemin depuis la Cité du Palais pour ça. Traîner ce chariot rempli de putains de babioles inutiles jusqu'à l'autre bout du pays pour faire un profit que j'aurais pu doubler si j'étais resté avec mes anciens partenaires. J'ai blâmé mon chauffeur. J'en ai voulu à mon ex-femme. Je me suis demandé si, en allumant les feux d'artifice, il se passerait quelque chose, si cela inciterait les salauds derrière le portail à ouvrir.* Avec un frisson, Jun et Keema ont tous deux éprouvé la même reconnaissance glacée de cette voix bouffie.

Le vendeur de babioles.

L'homme qui les avait distraits plus tôt dans la semaine, pendant que quelqu'un d'autre essayait d'incendier leur chariot. Il ne leur a pas fallu longtemps pour le repérer dans la foule poussiéreuse. C'était toujours le même gentilhomme élégant qu'auparavant, celui qui regardait dans les yeux de Keema un peu comme un oiseau qui se prélasse. La journée n'avait pas été tendre avec le vendeur. Il était couvert d'éraflures et d'égratignures, et il arborait même une ecchymose qui remontait de son cou jusqu'à sa joue, dont la cause était facilement expliquée par l'homme lui-même. *Ils auraient pu simplement dire « pas d'accord ». Ils n'avaient pas besoin de me traiter d'arnaqueur. Ils n'avaient pas besoin de me pousser à bas de cette putain de plateforme.*

« Ce connard, a marmonné Keema.

— Ne le tue pas, a dit Jun. Parlons-lui d'abord.

— Vous autres Paons rouges êtes bien trop cléments. »

Jun gloussa.

Quand le vendeur de babioles a vu les deux jeunes hommes s'approcher, il les a observés, avant d'essayer d'éviter tout contact visuel, *car je pensais que c'étaient des mendiants venus me réclamer de la monnaie, et la charité fait de nous tous de pauvres nigauds*, mais quand ils ont toussé pour attirer son attention, il les a réévalués, percevant davantage la confiance qu'ils dégageaient, et il s'est demandé s'il n'avait pas affaire à des clients potentiels. *Je m'enorgueillissais de mon discernement quant aux personnes que j'acceptais dans mes bonnes grâces. J'étais un excellent juge de caractère.* Il était sur le point de se lancer dans un argumentaire de vente expliquant pourquoi ce morceau de roche, attaché au bout d'une corde, était en fait d'origine divine, quand enfin ces visages ont surgi de sa mémoire, ses souvenirs aussi vifs qu'une éclaircie au milieu des nuages, et il a lâché : « Oh merde.

— Si ce n'est pas mon commerçant préféré », a dit Jun.

Ils allaient me tuer. C'est comme ça que j'allais mourir. Pour avoir suivi le plan d'un gamin stupide ! « Écoutez, messieurs, ce n'était pas mon idée. C'était… c'était… » Il semblait chercher quelqu'un à blâmer. « C'était une blague ! Juste une blague ! Vous n'avez subi aucun dommage, j'espère ? C'est juste une question de… Ils ne savaient pas que vous étiez dans le bon camp, vous voyez ? Ils ont vu le chariot royal et ils ont senti la tortue, et les gens, ils sont si impétueux, ils voulaient se défouler, et ils m'ont demandé de jouer un rôle dans leur petit plan, mais c'est tout ce que c'était finalement… Un tout petit plan… Juste un tout petit plan de rien du tout, vraiment.

— Qu'est-ce que tu en dis ? demanda Keema à Jun.

— Je dis que c'est des conneries, répondit Jun. Comment ça, ils ne savaient pas que nous étions dans le bon camp ? »

Le vendeur de babioles leva les yeux de sa position obséquieuse et dit très calmement : « Vous êtes des rebelles, n'est-ce pas ? Du Rassemblement ? » Il a clarifié : « J'ai traversé la Porte des Lièvres peu de temps après vous. J'ai entendu l'histoire du chariot conduit par deux jeunes hommes qui correspondaient à votre description et une tortue renégate, poursuivis par la Première Terreur elle-même. Vous étiez tous deux le sujet de conversation par excellence sur les routes des marchands.

— Vraiment ? » a questionné Jun.

J'ai prié pour qu'ils me croient. C'était presque la vérité ! Bien que ce qui se disait en fait, c'était que le chariot était conduit par un infirme et un monstre masqué – mais ils n'avaient pas besoin de savoir cela. « Vraiment, jeunes maîtres, c'est la vérité.

— Peut-être que je vous croirai, si vous nous donnez quelques informations. »

Oh, loués soient les dieux. « Bien sûr, tout ce que vous voulez ! S'il vous plaît, demandez, je suis ici pour servir.

— Pourquoi cette porte est-elle fermée ? »

Le vendeur de babioles a fait un petit geste dédaigneux. « Politique interne, d'après ce que j'ai entendu. Une tortue mal élevée qui ne renifle pas les âmes. » Il regarda ensuite entre les deux hommes. « Et qu'est devenue votre tortue renégate ? A-t-elle déjà trouvé une nouvelle maison ? »

Keema se crispa.

De la bile noire s'était accumulée à ses pieds.

« Elle ne voyage plus avec nous.

— Je suis navré de l'apprendre, monsieur… Je m'excuse, je n'ai retenu aucun de vos deux noms. Vous êtes ? » a-t-il demandé à Keema.

Qui s'est redressé. « La Mort.

— Oh. »

Jun secoua la tête et reprit la conversation en main. « Donc personne n'a rien dit de plus que ça ? J'espérais que vous seriez plus à l'écoute, vu que vous êtes si sympathique et tout. »

L'homme commença à transpirer. « C'est très gentil de votre part de le remarquer, jeune maître, mais, en réalité, les gardes de la porte ont été, comme d'habitude, hostiles. Aux questions répondent des avertissements, auxquels répondent ensuite des cris, qui ne récoltent rien d'autre que davantage d'avertissements. » Le vendeur de babioles regarda alors la foule avec une étonnante gravité. « Ils ne le supporteront plus très longtemps, je ne pense pas. » Il haussa les épaules, sa moustache flottant dans le vent qui se levait. « J'ai donc décidé d'attendre. » *Une révolution ou un massacre, ça m'était égal.* « La porte finira par s'ouvrir, d'une manière ou d'une autre, bien que j'aie entendu dire que le commandant de la Porte des Cygnes est particulièrement intransigeant. »

À l'intérieur du poste de contrôle,

le commandant essayait à ce moment précis de se raccrocher à tout ce qu'il pouvait. Alors qu'il se tenait devant la tortue têtue, essayant de la convaincre de fonctionner de nouveau, il entendait la foule à l'extérieur de la porte ; les cris ne faisaient que s'amplifier à chaque instant. Son aide personnel faisait de son mieux pour ne pas avoir l'air perturbé, mais il ne pouvait pas faire grand-chose contre ses lèvres qui tremblaient – *mon père m'a dit que ce travail était une mauvaise idée.* Ses sentinelles commençaient à perdre leur sang-froid face à tous ces gens enragés de l'autre côté du mur. Il savait que ses soldats avaient peur, mais c'était un homme du Trône, *j'étais le putain de commandant,* et il ne laisserait pas entrer un seul civil sans passer par la procédure d'inspection appropriée, car une fois la procédure bafouée, tout était bafoué. Un pays avait soit une sécurité totale soit aucune sécurité du tout.

« Aide-moi donc, tortue, dit-il en portant un mouchoir parfumé à son nez. Cette foule de milliers de personnes là-bas, dans la fournaise, assoiffées et fatiguées, elle n'attend que ton obéissance. Écoute, j'essaie de te protéger d'eux. Ils vont chercher quelqu'un à blâmer pour leurs désagréments. C'est vers toi qu'ils se tourneront. »

La tortue ne prit pas la peine de lever la tête. « Celle-ci n'obéira pas. Elle en a fini avec cette tâche.

— Tu ne peux pas en avoir fini. On n'en a jamais fini. Le devoir envers son pays ne connaît pas de fin !

— Ceci n'est pas le pays de celle-ci, a-t-elle répondu.

— Blasphème !

— Il ne peut y avoir de blasphème quand la divinité que l'on blasphème est morte. »

Et elle ne parlait pas seulement de la rumeur selon laquelle l'Empereur avait été assassiné, car ce que le commandant ne savait pas, c'est que la tortue, chaque tortue, avait ressenti la disparition de sa propre déesse. Maintenant que Luubu était mort et que la toile qui les liait s'était effritée, ces créatures étaient devenues les unes pour les autres comme de lointains phares dans l'obscurité, tout juste capables d'envoyer et de recevoir les informations et les images les plus élémentaires ; et c'est dans cet espace étroit qu'elles reçurent, de quelque part, d'une des leurs qui n'était plus, le récit d'une matinée passée à dériver sur une rivière calme et baignée de soleil. Une matinée passée seule, en compagnie de soi-même, sans être surveillée par des sentinelles, des diplomates ou des généraux. Sans renifler qui que ce soit qu'elle ne voulait pas renifler. Sans lire les pensées ou les émotions, sans débusquer les trahisons théoriques ou réelles. Il n'y avait que la rivière. Le ciel. Et elle-même. Et cela seul était suffisant pour que ces créatures reconsidèrent les chaînes qui les liaient à leurs misérables tours de garde.

Les gens ont commencé à lancer des objets sur les archers par-dessus le mur. Un sac de viande séchée a frappé quelqu'un à l'arrière de la tête. Le commandant a froncé les sourcils. Il a dit à la tortue qu'elle mettait sa patience à rude épreuve. Elle est restée impassible.

« Celle-ci en a terminé », dit-elle.

D'autres aliments ont volé par-dessus les murs. *Nous avons crié pour que les gens arrêtent avant que les choses s'enveniment.* Ce n'était pas ce qu'ils voulaient entendre. « *S'envenimer ? ai-je crié à l'homme. Je vais grimper sur ce putain de mur pour fourrer cette putain de pierre dans ton putain de cul si tu n'ouvres pas cette putain de porte !* » « Oh là là », a dit le vendeur de babioles. La foule a commencé à s'agiter. Ils ont cessé de lancer de la nourriture et ont commencé à lancer des objets plus durs. Les archers ont juré. *J'ai été frappé par une putain de louche !* Les archers ont promis à la foule que, s'ils ne s'arrêtaient pas, ils commenceraient bientôt à lancer des objets beaucoup plus pointus et tranchants en retour. Le commandant a entendu cela, mais il s'en fichait, il voulait juste que la tortue soit de nouveau sous son contrôle. Mais Keema et Jun pouvaient voir l'issue sanglante de cette querelle. La porte serait bientôt jonchée de corps. « Cela ne serait pas arrivé l'année dernière, fit observer le vendeur. Le monde entier a été chamboulé cette dernière semaine, on dirait.

— Nous devrions faire quelque chose, dit Jun à Keema. Avant que ça empire.

— Comment ? Tu veux essayer d'ouvrir la porte ? »

Il a hoché la tête. « Ça ne ferait pas de mal. »

Keema a réfléchi à cela.

J'étais curieux de voir si nous pouvions le faire.

Jun était d'accord avec ça.

Le vendeur de babioles entendit les mots « essayer d'ouvrir la porte », mais il ne comprit pas ce qu'ils signifiaient. *Cette porte faisait la taille de dix guerriers adultes et elle était dix fois plus lourde que ça. Quand le monstre masqué et l'infirme ont dit qu'ils voulaient l'ouvrir, on aurait dit qu'ils avaient perdu la tête. Si c'était le cas, je craignais qu'ils ne me tuent.* « C'est exactement ce qui va arriver si vous continuez à m'appeler infirme », lui a dit Keema avant que Jun et lui s'en aillent, laissant le vendeur de babioles stupéfait près de son chariot.

Les deux hommes passèrent inaperçus tandis qu'ils prenaient position à l'arrière de la foule grandissante ; il y avait suffisamment de personnes qui grouillaient autour de la Porte pour que les archers ne les remarquent pas, perdus qu'ils étaient dans le bruit visuel de l'émeute.

Ils ont fermé les yeux. Ils ont fait taire leur esprit. Ils ont écouté le Rythme. Ils sentaient la force du bois qui formait l'imposante porte. Les liens des cordes et des puissants engrenages qui tournaient la roue. Ils sentaient les heures, les jours et les semaines consacrés à la construction de cette porte. Ils sentaient la pulsation et la douleur des arbres qui avaient été coupés dans la forêt au nord. La lumière sans âge du soleil jadis imprimée dans leurs branches. Ils sentaient les années et la vie de cet objet, qui, pour eux, dans leur état de conscience, respirait tout aussi profondément que les humains qui se tenaient au-dessus de lui. Le bois était flexible et tendu. Il débordait d'énergie.

C'est au cours de cette exploration minutieuse qu'ils avaient entrepris, chacun un bras tendu vers l'objet, qu'ils sentirent la résistance de la porte céder. Ils ont recueilli les sons des cris, la déception crépitante de la foule, et ils ont utilisé cette force contre les poutres de bois. *Nous avions soif, nous étions fatigués, et ils ne voulaient rien nous dire. Mais nous savions ce qui s'était passé dans le Bassin. Nous savions qu'il était possible de les renverser.* Ils ont laissé les deux énergies se parler. *Et depuis mon chariot de babioles inutiles, je les ai vus le faire.*

Je l'ai vu se produire.

La porte a commencé à se soulever.

Lorsque le commandant entendit le son des mâchoires de sa porte – un son qu'il n'aimait entendre que deux fois dans la journée, tôt le matin et tard le soir, avant la Vraie Nuit –, il poussa un juron et descendit de la tour de guet de la tortue. « Qui a fait ça ? cria-t-il. Qui est à la roue ? » Ses sentinelles se sont approchées de lui, déconcertées. *Nous avons dit au commandant qu'il n'y avait personne. Personne ne s'occupait de la roue.* « Alors expliquez-moi comment cette porte se lève ! »

Il s'est précipité vers le mur, mais a vu par lui-même que la roue tournait toute seule et, à cet instant, il s'est senti entouré de secrets ineffables qu'il ne comprenait pas. Habitué à laisser les mystères du monde à l'Empereur et aux savants du Monde inversé, il accueillit ce moment inexplicable avec peur et colère, ainsi qu'une envie irrépressible de le faire disparaître. « Arrêtez la roue ! Vous trois, attrapez ces poignées ! » Mais le cœur des sentinelles n'y était pas, car elles craignaient d'interférer avec la volonté divine. *Nous pensions que ce serait un blasphème.* Et puis le tour de la roue était trop sûr et trop fort, trop inévitable, pour qu'ils puissent s'y opposer. *Alors nous l'avons poussée.* Un groupe de sentinelles se rassembla autour de la roue, assistant la puissance divine dans sa volonté évidente de voir cette porte s'ouvrir au peuple, malgré le statut de la tortue et en dépit de la fureur du commandant. La porte s'est suffisamment élevée pour que les premiers habitants puissent s'y faufiler, malgré les archers qui leur criaient de ne pas entrer. Le commandant demanda aux archers et aux plus fidèles de ses fantassins de le suivre et, ensemble, ils formèrent une ligne à travers la cour, où la foule de civils confus émergeant de la porte à moitié ouverte les rencontra.

Aucun des civils ne savait pourquoi la porte s'était ouverte tout d'un coup et leur confusion s'accrut encore quand le commandant et ses archers les arrêtèrent de nouveau. Un homme maigre qui n'avait pas prévu de se rendre en pèlerinage à la Cité divine, mais qui avait fini par le faire sous la pression parentale – *ma mère m'avait prévenu que si je n'allais pas acclamer notre Empereur, mon premier-né serait maudit* – et qui ne voulait pas être mêlé à tout cela, s'est retrouvé en tête de la foule et, après un long face-à-face entre les deux groupes, une main l'a poussé en avant et lui, porte-parole involontaire du peuple, a dit de sa voix chevrotante à l'imposant commandant : « S'il vous plaît, laissez-nous passer.

— Faites demi-tour, a grogné le commandant. Tous. Cette porte est fermée jusqu'à nouvel ordre. »

L'homme maigre se retourna vers la foule pour demander de l'aide. Une femme plus âgée lui a fait signe de la tête. « Non ? a-t-il dit. Non. Laissez-nous passer. S'il vous plaît.

— Archers, en joue. »

Ils obéirent et la foule a reculé.

« Vous pénétrez tous sur le sol impérial. Si vous tenez à vos vies, faites demi-tour et revenez plus tard, quand nous serons pleinement opérationnels.

— Va te faire foutre », a crié une voix dans la foule ; un enfant, sur les épaules de son père.

Et puis la porte orientale a commencé à s'ouvrir également. Mais cette fois, ce n'était pas Keema ou Jun qui la poussait, mais les sentinelles elles-mêmes. Le commandant s'est retourné et a hurlé : « Arrêtez ! Arrêtez avant que je vous fasse tous exécuter pour insubordination ! » Ils ne se sont pas arrêtés. *Nous devions suivre la volonté du monde. Le monde voulait que ces portes soient ouvertes.* « Archers ! Tirez ! » Certains archers ont baissé leurs arcs, mais trois soldats loyaux ont décoché leurs flèches sur leurs camarades à la porte. Un trait a transpercé la colonne vertébrale d'un homme. Il s'est effondré sur le timon de la roue. *Assassin ! avons-nous crié.* Et une pierre a heurté la tête de l'archer, lui cassant le nez, et ensuite, ce fut trop tard, l'élan était trop grand pour être arrêté, le peuple a chargé et le commandant a été relevé de ses fonctions, *battu par cinq d'entre nous jusqu'à ce qu'il cesse de résister et soit tiré dans un bâtiment où nous avons entravé ses membres.* Et tandis que les archers et les soldats se rendaient, la roue tourna et la route finale vers la Cité divine fut révélée par la montée régulière et inévitable de la porte de jaxite.

La Porte des Cygnes était de nouveau ouverte.

« Pardonnez-moi, pardonnez-moi ! »

Le vendeur de babioles s'est incliné jusqu'à ce que sa tête embrasse la route. « Je ne savais pas que vous étiez des dieux !

S'il vous plaît, pardonnez à cet humble pourvoyeur de petits plaisirs ! » Les gens se déplaçaient tout autour d'eux, la foule s'entassait près de la porte. Certains passants les ont regardés de travers. *Je lui ai dit que c'était probablement un de ces hommes âgés qui aimaient être humiliés par des hommes plus jeunes. Je ne voulais rien savoir de tout ça, de ces sales pervers qui portent la poisse.*

« Hé ! » s'est exclamé Keema, en captant le commentaire. Puis, s'adressant au marchand : « Très bien, relevez-vous. Nous ne sommes pas des dieux.

— Non, non, bien sûr, vous n'êtes pas des dieux, a dit le vendeur de babioles, avant de leur adresser un clin d'œil ostentatoire. Alors, jeunes maîtres qui ne sont en aucun cas responsables de l'ouverture de la porte, je vois que vous portez de nombreux sacs, et bien que je n'aie aucun doute sur vos forces sans limites, tout le monde a besoin d'un peu de confort de temps en temps, n'est-ce pas ? C'est-à-dire que ce serait un honneur extrême si vous me faisiez la courtoisie de monter dans mon chariot sur le chemin de la Cité divine. »

Keema a regardé Jun. *Ça te dit ? lui ai-je demandé. Devons-nous accepter son offre ?* Jun lui a rendu son regard. *J'ai répondu que nous devrions accepter. J'en avais marre de marcher.*

« Très bien, marchand de babioles, a dit Keema. Nous allons monter avec toi.

— Merveilleux ! »

Il a couru jusqu'à son chariot et a crié à son conducteur endormi de faire avancer les chevaux. « Par ici, jeunes maîtres ! » Ils jetèrent leurs sacs dans la soute, le vendeur grimaçant lorsque ses marchandises furent écrasées sous eux. Jun posa Ses os sur un coussin à l'arrière. Comme il n'y avait pas beaucoup de place à l'intérieur, ils s'assirent tous les deux sur le marchepied à l'arrière du chariot, tandis que le vendeur et son chauffeur s'installèrent à l'avant. Keema a souri lorsque les roues ont commencé à tourner. Ils sont passés sous le cadre de la dernière porte. *J'ai demandé à Keema pourquoi il riait.* « J'ai l'impression que nous sommes revenus au point de départ, a-t-il répondu, sur ce chariot. »

Jun a hoché la tête. *Je lui ai dit que j'étais surpris qu'il se souvienne de ça, étant donné que c'était il y a mille ans.*

La Porte des Cygnes fut bientôt hors de vue.

J'ai dit à Keema que nous approchions de la fin maintenant. C'était presque terminé.

Keema s'est appuyé contre le rebord du chariot. Il a regardé la route se dérouler sous eux, alors qu'ils roulaient dans la gueule du canyon fracturé.

Presque.

APRÈS-MIDI

Ils progressèrent à travers la roche.

La procession de pèlerins, forte de centaines de personnes, descendait la route qui fendait ce canyon en pleine effervescence. *Nous avons prié pour qu'aucune tempête de poussière ne vienne retarder notre passage.* La roche striée qui avait été lissée par des millénaires de vents salés se dressait au-dessus d'eux, les protégeant de l'éblouissement du soleil pendant de nombreux pas bénis. Les gens s'en tenaient à la route principale, qui avait été creusée dans la roche par les semelles des nombreux voyageurs téméraires qui les avaient précédés. La route bifurquait parfois dans des directions tentantes, avec des panneaux indiquant la direction des carrières voisines et, *même si certains d'entre nous avaient de la famille ou des amis qui travaillaient dans les mines du seigneur Waag et dans ses forges du Nord, nous ne nous écartions pas de notre chemin. Beaucoup d'entre nous souhaitaient voir l'Empereur partir pour son voyage. D'autres voulaient voir qui il allait gracier et libérer de la prison de Joyrock. Et il y avait ceux d'entre nous qui n'avaient rien d'autre à faire que d'aller de l'avant.*

Pendant ces heures stagnantes, où il n'y avait pas grand-chose d'autre à voir qu'un gecko grimpant sur une roche poussiéreuse ou une famille de chauves-souris sortant d'un trou dans les parois du canyon, Keema observait les gens qui marchaient derrière le chariot du vendeur de babioles. Les familles tranquilles. Les marchands et leurs gardes. Les caravanes aux membres aussi nombreux que la moitié d'un village. S'il tendait la main, il sentait leur épuisement.

Leur désarroi face au silence effrayant des tortues dans tout le pays. Leur espoir injustifié qu'une fois qu'ils seraient arrivés aux abords de la Cité divine, tout redeviendrait comme avant ; l'espoir d'un retour à la normalité, même si cette normalité était la peur, la méfiance et la faim, car au moins la peur, la méfiance et la faim étaient familières. Pendant le trajet, Keema regardait Jun. *Il n'y avait rien que je voulais lui dire en particulier. Mon regard allait et venait sur son visage, qu'il avait décidé de masquer à nouveau.* Et parfois, Jun se retournait, et Keema sentait un petit coup dans son estomac qu'il accueillait avec un certain plaisir fatigué.

La route était rocailleuse. Leurs épaules rebondissaient l'une contre l'autre. Et dans leur état d'excitation, un tel contact était comme la rencontre de deux fils dénudés.

Keema s'est agrippé à l'arceau de l'entrée du chariot. Il était embarrassé de voir à quel point il était heureux d'être assis à côté de quelqu'un. Il a essayé de dissimuler son plaisir, mais celui-ci était trop évident. *Je n'étais pas habitué à un tel contact.* Il s'est laissé couler par-dessus le rebord de son âme et sur le sol. Jun, qui n'était pas aussi dépourvu que Keema lorsqu'il s'agissait de se nourrir de contacts physiques, a remarqué le plaisir qui émanait de son ami. Il a appuyé doucement sur le flanc de Keema ; Keema a appuyé en retour. Ils se sont assis ensemble, coude contre coude, la peau parcourue d'éclairs. Ils ont regardé deux enfants se battre pour un goûter. Un homme sur un autre chariot qui cognait deux bâtons l'un contre l'autre pour marquer le pas, une femme demandant à voix haute à son amie depuis combien de temps elles marchaient, et comment il était possible qu'un corps puisse être si fatigué et continuer à avancer. De temps en temps, le vendeur de babioles quittait le conducteur et marchait à côté d'eux, engageant une conversation frivole, signalant les choses devant lesquelles ils passaient et qui s'expliquaient d'elles-mêmes.

« Par là, c'est la carrière de Corcova, dit-il en indiquant le sud. La plupart des pierres de lune du pays viennent de là. »

Puis :

« Ah ! Un gecko à frissons. Avez-vous entendu parler de la princesse d'autrefois qui empoisonnait ses sœurs avec le sang de ces geckos ? Voulez-vous que je vous la raconte ? »

Keema ou Jun lui auraient bien dit de ne pas se donner la peine, mais il se serait quand même lancé dans le récit. *J'allais me mettre en règle avec ces étranges dieux, même si c'était la dernière chose que je ferais. Chaque once de chance qu'ils avaient à offrir serait mienne.*

Mais, quelle que soit la chance que possédaient ces jeunes dieux, ils semblaient réticents à s'en défaire, quelle que soit la façon dont je les amusais, alors la plupart du temps je les laissais seuls et restais assis à l'avant avec mon idiot de chauffeur.

Alors que le vendeur et son chauffeur aux abois se chamaillaient bruyamment, Keema et Jun demeuraient assis en silence. Pour quiconque les voyait, ils ressemblaient à deux voyageurs fatigués qui se connaissaient à peine, mais qui avaient décidé de partager une place à l'arrière d'un chariot par simple commodité, ce qui était vrai en soi. Mais en regardant les paysages qu'ils traversaient, les formations rocheuses bouillonnantes qui s'arquaient sur la route comme de vieux doigts, ils arpentaient l'esprit de l'autre. Franchissaient des portes à la fois ouvertes et fermées. Et c'est au bout d'un long couloir peu visité que Keema, la lèvre tremblante, montra à Jun un souvenir qu'il n'avait jamais partagé avec personne, car il savait que s'il ne le partageait pas maintenant, il risquait de rester enfermé en lui pour toujours, et c'était une perspective trop insupportable pour être envisagée. Et c'est ainsi que Jun apprit l'histoire du bras gauche perdu de Keema. Et quand il l'apprit, il posa un regard inquisiteur sur Keema à travers la fente de son masque, et il ne dit rien, car certains souvenirs n'ont pas besoin d'être commentés.

Tu te demandes peut-être ce que Jun a vu derrière cette porte-mémoire. Quelle douleur et quel bain de sang ont été cachés pendant tant d'années. Mais c'était un récit destiné à lui et à lui seul, et il importe peu dans le schéma de l'histoire racontée sur cette scène ce soir, alors, le corps baigné de clair de lune le laissera là où il repose.

Si cela ne te satisfait pas, tu peux imaginer ce que tu veux.

Imagine une grande bataille dans la cour d'une imposante forteresse. Imagine une épée, sortant de son fourreau, et un flot de sang alors que Keema, les yeux écarquillés, regarde son bras voler sur le champ de bataille.

Imagine tous les mensonges que tu veux.

« Le vent se lève », a dit Jun, la main en l'air.

Une tempête de poussière ne tarda pas à les rattraper.

La prière du peuple était restée sans réponse, tant la nature du vent était erratique ce jour-là, et personne ne l'a vue venir. Alors que la poussière des rochers était projetée dans l'air par rafales cinglantes, les gens cherchaient un abri, certains trouvant refuge sous de larges formations rocheuses en forme de parapluie, d'autres dans les creux qui mouchetaient les parois du canyon comme les pores d'une miche de pain bien levée. Le vendeur de babioles accourut et, après s'être abondamment excusé, il leur annonça qu'ils allaient devoir s'abriter eux aussi, car les chevaux refusaient de lutter contre le sens du vent. « À moins que, jeunes maîtres, vous n'ayez le courage d'arrêter la tempête vous-mêmes ? » Ils lui répondirent que non. La bouche pleine de malédictions, le vendeur de babioles et son conducteur amenèrent leur chariot dans un creux de la roche pendant que Keema et Jun se précipitaient dans un autre en bas du chemin. Il était vide et n'avait pas été revendiqué par d'autres voyageurs. Alors que les vents de poussière hurlaient, ils se sentaient bien au chaud dans leur grotte sombre, protégés de la tempête extérieure. Tandis que Keema se détendait contre la paroi aux courbes douces, il lui vint à l'esprit qu'ils étaient seuls ensemble, et, de là, le souvenir de la rivière n'était pas loin du tout. Il savait que Jun savait à quoi il pensait, mais ce dernier semblait déterminé à ne pas en parler. L'homme masqué posa une petite pierre sur le sol entre eux.

« Nous devrions nous entraîner, dit-il. Pendant que personne ne nous voit.

— Qu'est-ce qu'on va faire avec une pierre ?

— Voyons qui peut la tirer vers lui en premier. Garde ta main derrière ton dos, et je garderai la mienne derrière le mien.

Nous saurons si nous avons besoin de faire un geste pour la faire bouger la chose.

— Et qui est le plus fort ?

— Bien sûr.

— On parie ? »

Il a souri. « Je ne savais pas que tu avais de l'argent. »

Keema lui a lancé un geste grossier. Les vents de poussière grondaient et mugissaient tandis qu'ils prenaient position aux extrémités opposées de la sombre cavité. Les mains derrière le dos. Jun, le regard concentré, fit s'élever la pierre, de la taille d'un poing, dans les airs. Keema le sentait faire comme on peut sentir une fleur s'ouvrir. Le rocher a lévité au centre de la grotte, comme une pensée obscure.

« Parfait, a lancé Jun en serrant les dents. Commence à tirer. »

Pour Keema, comme auparavant, le rocher était une chose qui faisait partie de lui, tout comme la grotte, les vents à l'extérieur et même l'autre corps qui se tenait devant lui. Tirer sur le rocher, c'était contracter un muscle dont il ignorait l'existence jusqu'à aujourd'hui. La pierre a commencé à dériver dans sa direction. Il l'appelait à lui. Mais, contrairement à avant, il y avait cette fois une résistance. C'était comme s'il tirait le caillou dans la boue. Comme s'il luttait contre un courant contraire. Et au-dessus, il a vu l'intense contention dans les yeux de Jun et s'est rappelé qu'ils se battaient pour la domination de ce morceau de roche. Il assura donc ses appuis au sol et tira plus fort avec son esprit, le caillou s'agitant maintenant dans les deux sens, incapable de choisir son maître, de choisir le vainqueur de cette compétition improvisée entre deux garçons à qui le monde avait fait croire qu'ils étaient des hommes. Jun criait d'une voix rauque : « Je sais que tu n'as qu'un bras, espèce de demi-portion, mais allez ! Tire ! Tu n'as qu'un demi-esprit ? » Le caillou a donné ses faveurs à Jun, mais Keema, dont les talons calleux commençaient à ressentir la douleur d'être enfoncés si profondément dans le sol qui se craquelait sous lui, a pensé : *Quand j'aurai gagné et que je t'aurai écrasé cette pierre dans les jambes, ce sera toi l'estropié*. Le caillou s'est retourné vers Keema. « Des mots courageux à dire au fils de la Première Terreur ! » a crié Jun. *Il n'était pas si terrifiant quand je lui ai coupé la tête.* « Si je me souviens bien, il était sur le point de t'achever avant que je le distraie. » *Tu te cherches souvent des excuses quand tu es sur le point de perdre ?* « Non. Juste de la motivation pour reprendre… l'avantage ! »

Le caillou tremblait, tiraillé entre deux pôles intransigeants. Aucun d'eux ne se rendait compte que leurs efforts sur ce minuscule objet avaient des répercussions tout autour d'eux, de légères impulsions tombant en cascade sur leurs épaules, faisant trembler la terre et soulevant la poussière des murs de la caverne et de la surface des rochers dans une zone large comme un champ autour de leur affrontement. Les gens ont levé les yeux vers les plafonds de leurs grottes. *Nous pensions que c'était un tremblement de terre. Un petit, mais quand même, nous ne pouvions pas nous empêcher de nous demander ce que nous avions fait pour mériter ça.* Keema était plus déterminé que jamais à conquérir ce caillou, même s'il ne savait plus vraiment pourquoi, cette insignifiante soif de gloire oubliée, et il pensait que c'était peut-être pour cela qu'il le voulait tant, parce que cela n'avait aucune importance. Il tira si fort qu'il crut que son esprit allait se briser sur sa colonne vertébrale, mais cela fonctionna : le morceau de roche fut projeté vers lui, si vite qu'il lui aurait arraché la tête s'il ne s'était pas écarté rapidement, l'objet se brisant finalement en nombreux petits morceaux sur le mur derrière lui, les éclats volant vers l'extérieur dans une soudaine explosion de débris dont certains l'atteignirent sur le côté du visage. Une unique entaille s'est dessinée sur sa joue droite, sur laquelle il a plaqué sa main en chancelant. Jun a couru vers lui.

« Tu vas bien ?

— Ouais », a répondu Keema. Il a retiré sa paume, couverte de traces rouges, qui semblaient noires dans l'obscurité de la grotte. *Je craignais que cela ne m'ait laissé une cicatrice.*

« Ce n'est pas si grave, a dit Jun.

— Ça ne fait pas très mal, a insisté Keema.

— Je peux la nettoyer.

— J'ai dit que j'allais bien. » *Il ne me regardait pas, ça devait être moche.*

« Tu peux arrêter de t'inquiéter pour ton visage, a dit Jun en souriant.

— Je ne m'inquiète pas. »

Jun s'est éloigné en riant.

Il n'aurait pas dû s'inquiéter.

À mes yeux, il était toujours beau.

La pensée s'était faufilée comme une souris dans le coin d'une pièce, assez prestement pour que Keema l'eût manquée s'il n'avait pas été si conscient à ce moment-là. Il observa Jun, qui regardait maintenant ailleurs et se dirigeait vers les sacs. Jun a arraché un morceau de tissu de l'extrémité effilochée d'un sac et l'a imbibé de l'eau de la gourde. Keema est resté là, muet, pendant que Jun nettoyait la blessure. La douleur était vive, mais il ne la détestait pas, et il comprit que Jun la ressentait aussi, à sa grimace, au tressaillement de son œil droit lorsqu'il pressa le tissu contre la joue de Keema.

Le battement de leurs cœurs redevenait le centre de leurs préoccupations maintenant qu'ils se tenaient l'un près de l'autre dans l'obscurité, assez proches pour sentir leurs souffles respectifs.

Le vent hurlait au-dehors.

Sur la paroi de la grotte, un scarabée s'enfuit en courant.

Keema a balancé son poing vers Jun, et Jun, après avoir esquivé avec agilité, a éclaté d'un rire surpris.

« Putain, c'était quoi, ça ? a-t-il demandé.

— Un combat. Je veux m'entraîner », a répondu Keema, en pleine forme, la voix pressante. Il a plongé sur Jun. « Allez. »

Il a accepté. Ils se sont frappés l'un l'autre. Mais ils se sont vite rendu compte qu'aucun de leurs coups ne porterait. Ils pouvaient trop bien lire l'autre. Keema a souri. *Je voyais exactement ce qu'il allait faire.* Jun a grogné. *Et je voyais comment il allait me contrer.* Leurs poings se sont évités de justesse. Les articulations ont effleuré la surface des omoplates. Ils se sont retournés. Ils ont bondi l'un autour de l'autre. Ils ne se souciaient pas de la difficulté à toucher leur adversaire. Mais ils n'étaient pas conscients de quelque chose de plus profond qui se passait dans la matrice même de leurs corps : le combat était en train de se transformer alors qu'ils s'agrippaient l'un à l'autre et se dégageaient de leurs prises respectives, le rythme changeant lorsque le poing de Keema rencontrait la poitrine de Jun et que Jun se tordait pour s'adapter à sa présence. Tous les deux étaient trop pris dans le mouvement pour s'apercevoir que le combat était devenu une danse tandis qu'ils sautaient, s'agrippaient, se tiraient et se renversaient. Une danse étrange, hors du temps, d'ailleurs, des pirouettes et des glissades latérales, étrangère à quiconque aurait pu en être témoin, mais ils étaient seuls dans cette grotte, il n'y avait personne pour s'interroger ou se poser des questions ; il n'y avait qu'eux deux, en mouvement, la main de Jun se faufilant par-derrière, se glissant sur la poitrine de Keema tel un serpent, jusqu'à ce qu'elle s'arrête juste au-dessus du cœur et qu'elle épouse son battement, les lèvres de Jun derrière le cou de Keema, soufflant ; et ils sont restés là comme ça, l'un contre l'autre. À simplement respirer.

Keema a appuyé son dos contre la poitrine de Jun. Le souffle de Jun s'est bloqué. Ils ne parlèrent pas, ne bougèrent pas. Jun a resserré sa prise sur Keema.

Tu ne mérites pas ça.

Il a relâché Keema.
Il s'est éloigné.

Tu ne mérites rien de tout cela.

« Un bon exercice, a déclaré Jun d'une voix sans timbre. Restons-en là pour l'instant.

— Je... »

Jun se retourna et haussa les épaules.

« Ça suffit. »

Keema l'a regardé avec de grands yeux. *J'ai fait quelque chose de mal.* Il a essayé d'atteindre l'esprit de Jun, mais il n'a rencontré qu'un mur sans porte. Une surface sans aspérités, impénétrable.

Et alors que Jun se retirait de l'autre côté de la grotte, une froideur s'est emparée de Keema et il a pensé : *Bien, c'est bien.* Comme la fois précédente, lorsque Raami l'avait rejeté, les portes de son âme se sont refermées en claquant. Il a laissé toute émotion quitter son visage. Et il s'est assis contre la paroi de la grotte, les yeux sur la tempête de poussière qui déchirait l'air au-delà de l'entrée.

J'allais bien.

Le vent a hurlé.

Combien de temps ils restèrent assis là, à écouter la poussière, ils l'ignoraient – à un moment, Jun avait essayé de faire une blague à propos de la relation entre le vendeur de babioles et son chauffeur, qui tira un bref grognement à Keema –, mais alors ils entendirent le son de sabots, *et nous pensions que la tempête était terminée et que le vendeur de babioles était revenu.* Pourtant, la poussière soufflait toujours aussi fort. La seule différence était qu'il y avait maintenant une créature dont la silhouette se découpait dans la bouche de la grotte. Les deux garçons se levèrent. *J'ai demandé à Keema s'il voyait la même chose que moi. J'ai dit à Jun que oui.*

C'était un élan. Pendant un moment, il resta là, sans être le moins du monde dérangé par les vents de sable. Sans un mot, Keema et Jun reculèrent au fond de la caverne. Un autre animal est apparu. Un singe cette fois, qui vint se poster à quatre pattes près de l'élan. *J'ai suggéré à Jun qu'une des caravanes transportait peut-être des animaux ; que certaines cages s'étaient ouvertes.* Mais cela n'expliquait pas pourquoi ces bêtes ne semblaient pas affectées par la tempête – et quand le singe fut suivi par, ironie du sort, un fier paon, les deux jeunes hommes furent certains d'avoir accidentellement sombré dans un rêve ; qu'au cours de leur duel, ils s'étaient d'une façon ou d'une autre cogné la tête et étaient victimes des hallucinations typiques d'une hémorragie cérébrale ; cette certitude ne fit que croître lorsque les créatures pénétrèrent dans la grotte et qu'ils virent leurs vraies couleurs.

L'Élan pourpre.
Le Singe d'argent.
Le Paon rouge.

« Des créatures mythiques. »

Ta *lola* a soupiré. C'était la veille de sa mort.

« Je les ai vus, a-t-elle affirmé. Par cette fenêtre. »

Qui as-tu vu ? as-tu demandé.

« Les Trois Bergers de l'âme. Venus pour me mener à la bienheureuse Mer dormante. »

SOIRÉE

On lui donne de nombreux noms.

C'est l'endroit qui se trouve en dessous de ce qui est connu. Ta *lola* t'a dit que ça s'appelait la Mer dormante. Elle t'a dit que c'est l'endroit vers lequel nous autres du Vieux Pays nous tournons lorsque nous sommes perdus, car c'est l'endroit d'où nous venons et l'endroit où, à la fin, nous devons retourner. Beaucoup de gens de son âge l'appelaient ainsi, la Mer dormante, car ce nom évoquait à la fois le mystère et une abondance de vie. Cela les réconfortait.

« C'est un lieu saint et beau », t'a dit ta *lola* depuis son lit, dans un accès de fièvre. Elle te serrait douloureusement le poignet. « Je vais quitter ce corps, et comme l'eau est absorbée par le sol, mon esprit sera absorbé par la terre. Et avec le temps, je trouverai mon chemin là-bas, sous la Mer, puis je reviendrai sur cette terre, renaissant à nouveau. Tu me comprends, mon enfant ? » Bien sûr que tu comprenais, elle t'avait dit exactement la même chose la veille, au mot près. Et comme hier, et comme avant-hier, tu lui as dit oui, j'ai compris, cette fois-ci un peu plus sèchement que tu ne le voulais, mais si elle a remarqué que ta patience s'effilochait, elle ne l'a pas fait remarquer. « Je n'ai rien à craindre, car je ne vais nulle part », a-t-elle ajouté entre deux silences. Tu lui as tendu un mouchoir pour essuyer ses larmes, mais comme elle a ignoré ton offre, tu t'es chargé de lui sécher les joues alors que, dans un murmure délirant, elle insistait sur le fait que sa route était dégagée et qu'elle ne serait pas partie longtemps.

Elle t'a regardé avec de grands yeux humides.

« Je n'ai pas peur », a-t-elle dit.

Pour des gens comme ton père, des gens qui étaient toujours à la recherche d'un but et qui croyaient en la notion de Destin immuable, son nom était la Trame de la Tapisserie. Ils voyaient la vie, aussi bien son passé que son avenir, comme une œuvre déjà achevée. Ils apaisaient leur mauvaise conscience en se disant que leurs actions étaient inscrites dans la trame du monde bien avant qu'ils y viennent. Pour eux, la Trame de la Tapisserie était la frontière de cette grande œuvre. Le bord inquiet, et l'ourlet inflexible, qui maintenait l'image d'une seule pièce. Quant à toi et tes frères, rares étaient les jours où vous pensiez à ce lieu suspendu sous le monde connu, car les préoccupations quotidiennes vous tiraient dans toutes les directions sauf vers l'intérieur. Mais ces pensées se sont imposées lorsque tes frères sont morts les uns après les autres, l'un d'eux tué au front, l'autre seul dans son appartement, un morceau de verre ensanglanté dans la main. Et elles sont revenues lorsque tu as versé une cuillère de soupe tiède dans le gosier parcheminé de ton *granjo* et quand tu es passé devant l'horloge arrêtée dans le couloir principal. Quel est l'endroit où nous nous rendons lorsque les dernières secondes de notre vie se sont écoulées ?

C'est peut-être ton frère aîné qui l'a le mieux résumé, dans les mots qu'il a gravés sur l'écorce de l'arbre de la cour, avant de s'enfuir quand tu étais petit.

La Fin.

Ce sont les mots qu'utilisa l'élan pourpre pour répondre à Keema qui lui avait demandé comment s'appelait l'endroit où ils se rendaient. De la part d'une autre créature, de tels mots auraient pu sembler désinvoltes, dédaigneux, témoignant d'une réticence à parler clairement à un esprit mortel, mais, venant de cet élan, Keema était certain que c'était la seule vraie description du but du voyage qu'ils entreprenaient maintenant.

Ils étaient loin sous la terre, là où l'air était frais et où les os des anciens voyageurs, hommes comme bêtes, saillaient de la roche comme les dents d'une mâchoire. Tous cinq parcouraient le réseau de ponts qui enjambaient le Premier Gouffre. Sans hésiter, l'élan traversait en clopinant les minces passerelles de pierre suspendues au-dessus des fosses les plus sombres et les plus insondables, et malgré les profondeurs nauséabondes qui avalaient le caillou frappé par une botte maladroite, Keema se sentait à l'aise sous la gouverne de cette créature, même s'il venait à peine de la rencontrer. Une partie de lui faisait confiance à son pas et à son œil, de la même façon que cette partie de lui faisait également confiance au singe argenté qui menait leur troupe, jetant des graines sur les embranchements des ponts devant eux, afin de déterminer quel chemin était réel et quel chemin n'était qu'une illusion se perdant dans le néant.

Ils avaient franchi plus de la moitié du gouffre lorsque Jun abaissa son masque et huma l'air.

« Je sens des fleurs », dit-il.

Il avait voulu faire une observation innocente : des notes de lilas, de jonquille, un soupçon de parfum, avaient chatouillé sa narine, et il pensait que c'était une façon assez agréable de rompre le silence. Mais lorsque l'élan se crispa sous lui, il réalisa qu'il y avait plus dans ce détail qu'il ne le saurait probablement jamais. Le singe argenté s'est arrêté. Il lui a demandé dans quelle direction il avait senti les fleurs et Jun a pointé vers la droite. Sans un mot, le singe les a conduits sur le chemin de gauche, loin de cette odeur douce et impure. Keema demanda à l'élan de quoi ils s'éloignaient, ce à quoi l'élan répondit qu'il y avait des choses assises au bord du ciel, nées des fissures les plus sombres de la terre, dont la vie se passait à attendre que quelqu'un suive leur odeur, que quelqu'un s'approche et tombe dans leurs bras.

L'élan leur dit qu'il était sage de craindre de telles odeurs, et que s'ils voulaient survivre à ce voyage dans l'au-delà, ils devaient écouter les paroles du singe, de l'élan et du paon, et rester sous leur protection vigilante. Les deux jeunes hommes n'avaient aucune objection à cela. Et en réponse aux yeux vifs, brillants et prédateurs qui étincelaient dans l'obscurité, le paon rouge ouvrit son éventail de queue, les yeux des plumes comme de petites pièces de feu qui éloignaient tout agresseur potentiel.

Plus ils avançaient, plus la route changeait. Keema et Jun, privés de mots, ne s'adressaient ni aux animaux ni l'un à l'autre – ils ne souhaitaient pas parler de ce moment de gêne dans la grotte –, observant les changements de leur environnement dans une crainte tendue et silencieuse, alors qu'il devenait de plus en plus clair pour eux qu'ils voyageaient au cœur du royaume des esprits, un endroit où aucun mortel n'était autorisé à pénétrer. Ce qui était autrefois un tunnel s'enfonçant toujours plus loin dans la terre devint un sombre chemin de jungle, épais de broussailles et obscurci par la canopée, les bois de l'élan écartant les lianes qui s'accrochaient à son museau. L'excitation de Keema pour ce qui allait suivre était plus pure que celle de Jun, qui avait remarqué le dédain du paon rouge pour le tatouage sur son visage et ne pouvait s'empêcher de craindre qu'on ne l'emmène à son exécution.

Ils établirent leur campement dans une petite clairière. Le singe argenté remit à chacun d'entre eux des graines de couleur or vif, à la texture de velours. Les graines possédaient un cœur gélatineux et froid qui surprit Keema lorsqu'il mordit dedans, mais une fois qu'il s'habitua à la sensation dans sa bouche, il découvrit que c'était l'un des aliments les plus délicieux qu'il ait jamais eu le plaisir de manger. Il remercia le singe, qui fit un bref geste de reconnaissance avant de grimper sur le dos de l'élan au repos et de s'allonger sur sa fourrure duveteuse.

Ils se sont remis en marche. Le chemin dans la jungle est devenu une mèche de cheveux. Une longue mèche noire aussi large que la route d'En-Bas, qui se courbait en une tapisserie d'étoiles ; plus d'étoiles que Keema n'en avait jamais vu dans sa vie et plus de mondes qu'il ne pouvait imaginer.

Des mondes où l'énergie jaillissait et se consumait. Cette mèche de cheveux s'enroulait dans les profondeurs de la Tapisserie, là où les racines des fleurs émergent et se lovent autour des parasélènes et des tisons dans le ciel, et dans les étoiles était gravé le panthéon des animaux géants, les chats, les loups et les ours qui regardaient les cinq voyageurs passer avec des yeux voraces, comme s'ils attendaient la permission de bondir de l'obscurité et de dévorer les petits intrus qui s'étaient aventurés là où nul mortel ne devrait jamais s'introduire. Ils ont parcouru cette mèche de cheveux jusqu'à disparaître dans le cuir chevelu de ce géant mort depuis longtemps et dont le nom est encore inscrit dans le sang des coupables. Et dans ce nid de poils, le chemin devint une rivière peu profonde, ceinte par les herbes les plus hautes. Le monde bruissait du son des insectes. L'air était texturé par leurs cliquetis et leurs vrombissements tandis qu'ils voletaient entre les tiges pour éviter les langues des crapauds dans le noir. Les sabots de l'élan claquaient le long du cours d'eau – une rivière, dont la surface était si calme que leur reflet était comme celui d'un miroir, net et fluide. Cette région rappelait à Keema le Deuxième Jour, lorsqu'ils avaient traversé les Mille en radeau, une éternité plus tôt, et se rappeler ce jour lui donnait un sentiment étrange et inattendu de nostalgie. Jun et lui ont tous deux pensé à la tortue, et au serment qu'il avait fait de l'amener à l'est, en sécurité.

Tu ne mérites rien de tout cela, répétaient les voix dans la tête de Jun.

Keema sentait Jun se replier sur lui-même. Mais il ne savait pas quoi dire pour le réconforter. Et même s'il existait une combinaison de mots qui aurait offert à son nouvel et unique ami un peu de paix, un peu d'harmonie, il n'aurait pas eu le temps de les prononcer, car c'est à ce moment-là que le singe argenté s'arrêta et que l'élan hocha la tête. Le cervidé se tourna vers les deux guerriers et leur suggéra de s'accrocher à sa fourrure. Keema et Jun s'agrippèrent, croyant que la créature était sur le point de courir au galop.

Mais l'animal n'est allé nulle part – il s'est contenté de frissonner.

Il ne se produit rien de notable. La créature poursuit sa marche tranquille, le singe argenté et le paon lui emboîtant le pas, et pendant un instant, Keema croit qu'on vient de leur jouer un tour, car tout ce qu'il avait remarqué d'inhabituel était une brève sensation de vide dans l'estomac, comme si son corps avait été surpris par quelque chose que son esprit ignorait encore, et une vague onde émanant d'eux, comme si elle avait été provoquée par un petit impact, mais rien d'autre.

Les hautes herbes se balancent. C'est seulement lorsqu'il se tourne vers Jun pour partager un regard interrogateur, pour compatir à l'étrangeté du mouvement, qu'il est frappé par la pensée que son ami semble différent. Jun entend cette pensée. *Je dis à Keema qu'il a l'air différent lui aussi, mais d'une manière que je ne peux pas nommer, et ce sentiment me trouble.* Mais comme toujours, la réponse se révèle dans de nombreux petits détails. Keema le voit dans la cicatrice en forme de crochet sur la lèvre de Jun, qui a changé de côté. Jun la voit dans la raie inversée dans les cheveux de Keema. Le bras manquant.

Autrefois à gauche, maintenant à droite.

Tout est inversé.

Keema regarde l'eau et comprend qu'ils sont entrés dans leur propre reflet. Et, sur ce constat, le singe argenté leur dit qu'ils sont arrivés et écarte le mur d'herbes, révélant derrière lui leur destination.

C'est ici que le singe et le paon les quittent, leur rôle touchant à sa fin. Keema et Jun s'inclinent devant eux en guise de remerciement tandis que l'élan les emmène au-delà de la lisière d'herbes, ses sabots foulant la surface du lac qui se trouve au-delà comme s'il s'agissait du verre le plus fin. Le seul bruit dans ce lac calme et tranquille est le léger clapotis de son pas alors qu'il accompagne les deux guerriers le long de l'avenue de braseros allumés qui flottent au-dessus de l'eau sombre. Ils mènent à la bouche de la structure qui se trouve au milieu de ce lieu intérieur. Le centre de cette existence en ruban.

Le Théâtre inversé.

Les poils de ta nuque se hérissent alors qu'un murmure se propage dans la foule ; une question. *C'est impossible… Ils ne sont pas… Je n'y crois pas.*

Mais vous savez tous que c'est vrai. Dans cet endroit hors du temps et de l'espace.

Ils sont ici.

Dans le foyer, on leur dit d'attendre.

Les préposés disparaissent derrière une porte coulissante. L'élan boit à l'une des fontaines tandis que les deux guerriers se promènent dans le hall dans un silence révérencieux, un silence effrayant. En regardant les tapisseries accrochées aux murs et les robinets sculptés qui libèrent des rivières d'eau, ils ont le sentiment d'approcher d'un moment bien plus important que ce qu'ils sont capables d'appréhender. L'engourdissement du bout de leurs doigts. L'agitation de leurs pas. Ils ne se parlent pas.

Keema ne peut en supporter davantage.

Il n'y a pas de tribu Daware, dit-il, sans crier gare.

De l'autre côté du foyer, Jun fronce les sourcils.

Qu'est-ce que tu veux dire ?

Il secoue la tête, plus pour lui-même que pour quiconque. *Les Mères m'ont dit que mes parents sont morts avec le nom de leur tribu sur leurs lèvres. Elles ont cru entendre le nom Daware quand elles leur ont demandé d'où ils venaient. Mais ça aurait pu être n'importe quoi. Ce nom ne signifiait… rien.*

C'était tout ce que j'avais pourtant. Les gens me demandaient d'où je venais, et je leur répondais « de Daware ». J'ai enrichi l'histoire au fil du temps. J'ai volé des détails de différentes tribus pour lui donner du poids. Mais rien de tout cela n'était réel.

Je l'ai juste… inventé.

Jun le regarde.

Et ces serments inviolables ?

Keema détourne le regard.

Je les ai inventés, je les ai empruntés à des peuples du Nord qui pratiquaient ce genre de rituel.

Jun ne comprend pas.

Pourquoi ? Pourquoi ce détail en particulier ?

Parce qu'avec ça, il se sent spécial. Plus grand que lui-même. Comme s'il faisait partie d'un réseau d'idéaux plus vaste que sa propre survie. Parce que c'était le seul moyen de faire en sorte que les gens prennent sa parole au sérieux. *Parce que sinon, je ne suis que… moi. Un homme de Mauvaise Fortune.*

Jun encaisse.

Tu es en colère ? demande Keema.

Non. Je ne m'en soucie pas vraiment. Je pense plutôt au fait qu'en ce moment, nous sommes des mortels dans le monde des esprits.

Ah oui, c'est vrai.

Si ça peut t'aider, reprend Jun, *sache que ton appartenance à la tribu Daware est la chose la moins intéressante chez toi.*

Keema se met à rire.

Jun, heureux que ses paroles l'aient soulagé, se joint à lui.

Bientôt les portes s'ouvrent. Les rideaux s'écartent. Kaara/Tak-Lina se tient devant eux. Elle ne répond pas à leur surprise par des mots, seulement par une expression sévère et un geste pour les inviter à la suivre. Ils sont alors conduits à l'intérieur, et c'est fini, ce moment entre deux âmes, cette façon aussi agréable que possible de passer ses dix dernières minutes de paix.

Tu les vois entrer par le fond de la salle.

Ils sont différents de ce à quoi tu t'attendais. Plus petits, Jun surtout ; ils se trouvent à deux allées de toi, et dans le clair-obscur du théâtre, il t'est difficile de les voir en détail, mais tu reconnais Jun à son tatouage, qui brûle dans l'obscurité du théâtre comme un sigle démoniaque, l'encre réagissant aux courants spirituels qui traversent le Monde inversé.

Le public et toi êtes écrasés par le silence tandis que les deux jeunes guerriers sont conduits sur la scène, où le corps baigné de clair de lune les attend. Kaara/Tak-Lina s'incline devant le corps baigné de clair de lune, devant toi, devant le public, et se retire dans l'ombre au fond de la scène.

Keema et Jun sont sur leurs gardes, ils se méfient de ce théâtre et de ce public, ne sachant comment réagir à cette situation, conscients seulement que les apparences sont trompeuses, car tout semble impossible. Keema, peu habitué à tant de regards sur lui, à une telle attention, est accablé et garde les yeux posés sur les planches lisses et noires. Jun s'est replié sur son passé impérieux, les bras croisés, le menton levé. Cela lui donne de l'assurance nécessaire pour poser la seule question qui compte en ce moment.

Pourquoi sommes-nous ici ?

Tous les regards se posent sur le corps baigné de clair de lune alors qu'il s'approche d'eux – sur sa peau, les rayons de l'astre dansent comme des tatouages vivants. « Vous êtes ici parce que le Rythme vous a mené en ces lieux, explique ce corps, d'une voix détachée. Vous êtes ici parce que le Motif a dicté que vous seriez ici. Vous êtes ici parce que vous avez choisi de suivre ces vénérables animaux, l'élan, le singe et le paon, à travers le cœur impossible du monde. Vous êtes ici parce que vous êtes toujours venus ici, et que vous viendrez toujours ici. » Le corps baigné de lune lève la main vers le plafond. Les brasiers s'illuminent pour leur révéler les profondeurs de la salle. « Cet endroit, qui s'étend entre votre monde et le suivant, est le théâtre dans lequel les histoires comme les vôtres sont racontées. » Keema fronce les sourcils.

Notre histoire ?

« Les légendes du passé. Les légendes des héros, Keema, les actes de bravoure et les tragédies sinistres. Le public ici réuni vous suit depuis le Premier Jour de votre long voyage et, le moment venu, il verra ce qui se passera à la fin. »

Jun, une expression sombre au visage, car il n'aime pas l'idée qu'on le regarde, demande : *Et que se passera-t-il à la fin ?*

Le corps baigné de clair de lune lui adresse un sourire doux. « Ce corps l'ignore. Le temps se meut en ces lieux selon des courants imprévisibles. Pour l'instant, ce corps sait seulement que vos pas vous ont menés ici, afin qu'il puisse vous délivrer un avertissement, et vos instructions finales. »

Quelque doute que nourrissent les deux guerriers, leur attention s'éveille à cette dernière phrase.

Quel avertissement ?

« Vous connaissez le vent cruel qui drape la terre. Vous l'avez perçu. » Le corps baigné de clair de lune vient se placer entre eux. « Le vent se déplace vers l'est, vers le rivage, comme un souffle intérieur. Keema, cette prédiction t'est apparue en rêve. Ton Araya t'a parlé de ce présage. » Tu le vois, d'abord confus, puis de plus en plus alerte à mesure qu'il se rappelle le rêve de la nuit précédente. *Elle montait une tortue au bord de la réalité.* « Mais même si elle ne l'avait pas fait, vous avez tous deux éprouvé la grande inspiration. L'étrange torsion des arbres. Le vent qui va vers la mer, car c'est l'Eau qui reprend son souffle avant la grande expiration. L'Eau sait que son amante est morte. Elle sait que la Lune est morte. Elle sent Ses os et Son essence, quelque part dans la terre. Dans ce sac que vous portez. Dans ces cœurs que vous gardez fermés. » Le corps baigné de clair de lune place son doigt sur la poitrine de Jun. « Et elle veut La récupérer. »

Tu la vois à l'arrière de la scène.

Une peinture en mouvement d'une vague, à l'écume blanche, qui roule sur le continent. Tu vois la vague, bouche ouverte comme un loup affamé, avalant le Vieux Pays. La Mer immense et Sans Limites, s'élevant dans le ciel.

Kaara/Tak-Lina – la femme qui t'a interrogé sur ta lance – s'avance dans la lumière.

« Vous êtes ici, dit-elle, parce que vous avez tous deux rompu l'alliance entre dieux et mortels. Vous avez mangé la chair de la Lune. Vous avez passé une frontière que nul humain ne devrait franchir.

« En ce moment même, l'Eau se retire et se prépare à monter, reprend le corps baigné de clair de lune. En une grande vague, un Mur imposant, et bientôt elle s'approchera du rivage de votre Vieux Pays. Elle détruira la terre dans sa quête aveugle et furieuse de Ses restes. Les restes que vous tenez en ce moment même dans vos bras. Les restes que vous gardez dans vos cœurs. La terre si proche d'être libérée du joug du Trône sera écrasée sous l'Eau. Comprenez-vous, Keema ? Comprenez-vous, Jun ? Vous êtes ici parce que c'est à vous de l'arrêter. »

Bien, disent les jeunes guerriers, impatients de se jeter dans la bataille. *Nous allons tuer la Troisième Terreur et nous allons empêcher l'Eau de dévorer la terre.*

Mais même Kaara/Tak-Lina, si dédaigneuse à leur égard, a le cœur de détourner son regard de ces deux fiers idiots avant de dire : « Ce ne sera pas aussi simple que cela. »

Ils la comprennent mal. Ils prennent cette déclaration dans son sens le plus littéral, à savoir qu'ils ne peuvent pas se lancer tête baissée dans la bataille, que le cœur seul ne suffira pas à vaincre, qu'il faut d'abord établir un plan. Mais leur feu de guerrier s'éteint lorsque le corps baigné de clair de lune secoue la tête et leur dit en termes très clairs ce qui va suivre :

« Arrêter l'Eau signifie votre mort. »

Ils restent silencieux.

Keema regarde à présent le sol, médusé, tandis que Jun se redresse et affronte la nouvelle sans broncher. Le public reste muet tandis que le corps baigné de clair de lune et Kaara/Tak-Lina leur expliquent que la Lune fait partie d'eux, qu'Elle est liée à leur chair et que, s'ils veulent mettre fin à son déchaînement, leur corps doit être sacrifié à la faim de l'Eau, tout comme Ses os. Le corps baigné de clair de lune ne leur permettra pas de se faire d'illusions : s'ils acceptent de suivre ces dernières instructions, leur fin sera inévitable. Si puissants qu'ils soient maintenant, si nombreuses que soient les portes qu'ils peuvent ouvrir par la simple pensée, ils restent avant tout humains, et leurs corps ne survivront pas à la pression de l'Eau. Ceci doit être parfaitement limpide pour eux, ou bien ils échoueront. Et une fois qu'ils auront accompli leur tâche, et que l'Eau se sera retirée et aura retrouvé le repos, personne ne se souviendra d'eux. Leur martyre sera uniquement récompensé par cette histoire qui s'adresse à un public qui l'oubliera à son réveil. Si ces conditions leur semblent acceptables, le corps baigné de clair de lune leur ouvrira un passage, qui les conduira au Cinquième Jour de la manière la plus sûre possible.

Le reste dépendra d'eux.

« Celui-ci est désolé, dit le corps baigné de clair de lune. Il est désolé que ce soit le seul choix possible. Et il est désolé de vous forcer à faire ce choix devant tous ces gens. Mais cela aussi fait partie du conte. » Il s'incline.

L'accueil est mitigé.

En écoutant cette proposition, Jun sourit – un sourire incrédule, empreint de fatalisme. *Évidemment, c'est comme ça que ça doit se passer. Bien sûr.* Et lorsque le corps baigné de clair de lune s'incline et que Keema et lui sont contraints de réfléchir aux conséquences de leurs actions futures, son visage se vide soudainement de tout doute, bien avant que Keema ait même commencé à digérer l'idée.

Je vais le faire.

Keema relève la tête sous le choc provoqué par cette déclaration. Même Kaara/Tak-Lina et le corps baigné de clair de lune s'immobilisent et lui demandent s'il est sûr de lui. Il acquiesce. *J'ai commencé ce voyage en pensant que je n'en verrais pas la fin.* Il ne regarde pas Keema, ni personne d'autre sur scène – il se regarde lui-même. *L'Impératrice a toujours été claire à ce sujet, dès le début. Elle n'avait pas l'intention de réussir, et ça me convenait. Elle m'a dit que jamais je ne parviendrais à équilibrer la balance de ma vie, que les choses que j'ai faites aux autres resteraient à jamais des cicatrices sur ce monde et qu'il en était de même pour Elle. La rédemption était hors de notre portée, mais nous pouvions au moins avancer dans sa direction, et si nous mourions sur ce chemin, ce serait encore mieux, pour tout le monde. Elle a dit qu'en partageant cette terre avec ceux qui la méritaient, nous faisions plus de mal que de bien. Elle a dit qu'il était temps d'aller de l'avant.* Le sourire que Jun arbore à présent est sincère, et ses yeux brillent à la lumière du brasero. *Ma famille est morte. Une fois que ce sera fini, il n'y aura plus de place pour moi sur cette terre. Le tatouage sur mon visage, la tache que m'a infligée mon père, me marquera à jamais. Donc en fait, peu importe le moment où je disparaîtrai, ça arrivera de toute façon, avec ou sans mon concours. Je pourrais aussi bien rendre ce moment utile.* Il se tourne vers le corps baigné de clair de lune, vers Kaara/Tak-Lina, vers toi, vers le public, et déclare que ce sera un honneur pour lui de sacrifier sa vie pour arrêter la vague. *Ma vie vous appartient.* Il ne mentionne pas le seul regret qui persiste dans son cœur. Il ne le formule pas. Il dit qu'il va arrêter la vague, et il se tourne vers Keema pour obtenir son accord.

Mais Keema refuse.

Il recule. Il essaie de relever Jun de sa révérence, mais Jun le repousse avec un haussement d'épaules désolé. *Non.* La voix de Keema porte dans cette arène sombre. *Non. Non, non, non. NON !* Sa voix est enfantine. Puérile. Furieuse. Confuse. Plus furieuse encore. *C'est absurde.* Le langage d'un autre temps s'infiltre en lui, l'infecte. *C'est COMPLÈTEMENT DÉBILE. Non. Je ne sacrifierai pas mon… Tu n'auras pas mon corps. TU NE L'AURAS PAS ! Jun, lève-toi… Jun, pourquoi t'inclines-tu devant ces gens ? Ils sont… Nous étions…* et alors il s'arrête, tandis que le souvenir de la rivière Comosa et de la grotte se déverse dans son esprit, et il se souvient de la vie ; du choc électrique au contact le long de sa colonne vertébrale, et de la sensation vibrante de deux corps, debout dans le noir, s'écoutant l'un l'autre. Il recule encore. Son talon touche le bord de la scène. Tu vois son dos ; le nœud de chair de son bras perdu. Sa voix se brise. Elle semble humide, sa voix. Tu sais que des larmes coulent maintenant, mais tu es trop loin pour les voir.

Sa voix est ténue quand il dit, à voix haute : « J'étais si près. »

Il regarde Jun quand il dit cela. Jun refuse de le regarder, il sait que s'il le fait, il changera d'avis. Keema regarde Jun, et il pleure.

J'étais si près.

Il regarde dans le noir.

Pourquoi est-ce mon histoire ?

Pourquoi, en effet.

« Keema, dit le corps baigné de clair de lune, en faisant un pas vers lui, puis un autre. L'histoire que l'on raconte sur toi, sur tes exploits, se décide ici. Nous nous tenons à l'endroit où le Rythme est déterminé, et d'où le Motif se déploie. Si tu t'en vas, ce sera ton choix. Celui-ci a vu toutes les choses qui existent entre les cieux et il a compris. Il a été témoin et a raconté des histoires de crimes de bien plus grande ampleur que celle d'un garçon qui a décidé de vivre pour lui-même. »

Keema s'éloigne d'un pas de ce corps baigné de clair de lune, mais pas plus.

Il ne s'en va pas.

Il écoute.

« Il y a une porte ici qui vous mènera à Son Palais Royal. Jusqu'à Ses Appartements Royaux. C'est le seul endroit assez haut pour ne pas être détruit par la vague. Si c'est le choix que vous faites, le Rythme changera, une nouvelle danse sera exécutée. Dans ce Palais, dans les montagnes, tu passeras le reste de tes jours, tandis que l'Eau déferle et dévaste tout autour de toi. Tu peux vivre là-haut, pendant des années si tu veux, mais l'Eau s'agitera, et attendra. Et un jour viendra où tu seras prêt et tu t'offriras à elle. C'est une certitude.

« Il y a aussi une porte vers un autre monde, ajoute le corps baigné de clair de lune. Un autre temps. Vous pouvez échapper complètement au Vieux Pays et vivre une vie aussi riche et aussi longue que celle de n'importe quelle âme chanceuse, bénie par la Lune. »

Keema réfléchit à ces paroles.

« Mais mon ancienne terre sera engloutie, dit-il.

— Il n'y a pas d'échappatoire. La vague arrive. Et les éléments de cette vie sont tels que ce corps ne peut pas faire grand-chose pour vous aider. Mais advienne que pourra, il y a un chemin que tu peux emprunter qui ne mène pas encore à ta fin. » Le corps baigné de clair de lune touche son épaule. « Tu peux vivre.

— Assez, dit Keema, épuisé. Je vous en prie. Assez. » Il s'essuie les yeux.

Il ne regarde personne.

Vous comprenez tous ce qui est en train de se décider sous vos yeux. Vous comprenez que ce garçon sur scène décide entre sa vie et la vôtre, car si la terre est engloutie par la marée, et que les gens du Vieux Pays disparaissent, vous ne serez jamais nés. Cette vie ne sera qu'un rêve, une bouffée de fumée éphémère, qui disparaîtra au prochain souffle des vents côtiers. Tu comprends que cela est possible dans ce lieu hors du temps. Que dans l'inconnu et le mystère de ce monde sous-marin, dans cette déchirure dans la Tapisserie, n'importe quel nouveau Motif peut naître pour remplacer l'ancien.

Personne ne parle. De l'autre côté de la scène, Jun regarde fixement le sol. Kaara/Tak-Lina croise les bras. Les yeux du public sont rivés sur Keema, qui se sent sur le point de vomir.

« Faites que ça soit… facile, c'est tout », dit-il. Il a l'air vaincu. Il a l'air de quelqu'un d'à moitié résigné à son sort. « Je vais le faire. Je vais le faire… je vais le faire… Facilitez-moi la tâche, c'est tout ce que je demande. »

Le corps baigné de clair de lune s'incline devant lui. « Comme tu veux. »

Puis il se tourne vers toi.

Toi.

Au geste du corps baigné de clair de lune, tu comprends que tu es destiné à les rejoindre sur scène, mais les vieilles peurs te gardent cloué à ton siège jusqu'à ce que la grande ombre assise à côté de toi te pousse à te lever.

Vas-y, disent-ils.

Tous les spectateurs de l'orchestre et des nombreux balcons t'observent remonter la longue allée en direction de la scène. Tu entends quelqu'un tousser derrière toi. Une autre personne à ta droite murmure à l'oreille de son voisin. Ton pas est fébrile. Une souris dans une cathédrale. On entend même le bruit de ta respiration, de tous les coins du théâtre, alors que tu t'approches de la scène. Tu as une expression stupéfaite et embarrassée lorsque tu montes les marches. Tu passes devant Kaara et Jun, devant le corps. Mais ce n'est que lorsque tu te tiens devant Keema que ton embarras s'estompe, car lorsque tu vois son visage à la lumière du brasero, tu le vois tel qu'il est, tel qu'il était. Et tu te demandes comment quelqu'un peut paraître à la fois si jeune et si vieux.

Ses yeux t'étudient. Scrutent la lance que tu tiens.

Ils s'écarquillent.

« Oui, dit le corps baigné de clair de lune. C'est la lance d'Araya. Celle-là même que tu as perdue dans les eaux du Bassin du Ciel.

— Je ne comprends pas. Pourquoi cette ombre la détient-elle ?

— Ce sont les descendants d'Araya. Un parmi tant d'autres. Comme tout le monde dans ce théâtre. Chacun ici ce soir a une racine, profonde, qu'on peut suivre loin dans la terre, jusqu'à l'endroit où la tombe de la famille d'Araya nourrit le sol. Elle ne t'a jamais dit qu'elle avait une fille. »

Keema secoue la tête, stupéfait.

« Pas une seule fois, pendant le peu de temps où je l'ai connue, la question n'a été soulevée.

— Ne juge pas le parent qui se tait aux pleurs de son enfant. Il y a trop de raisons sur terre comme au ciel de décevoir ceux que nous aimons. »

Le corps baigné de clair de lune recule.

« Mais ce moment appartient à vous deux. »

Il s'incline.

« Dites ce que vous avez à dire. »

Keema de la tribu Daware. Il y a des poches sous ses yeux. Un gris fatigué. La journée l'a usé. Mais il y a dans son regard une expression attentive qui te tient en haleine. Il te demande ce que tu sais d'Araya. Tu avoues que tu ne connaissais pas son existence jusqu'à ce soir. Que tu ne savais pas que tu étais de sa lignée jusqu'à ce moment précis. Il te demande ce que tu sais de tes ancêtres. Des gens qui sont venus avant toi. Tu lui dis que tu en sais peu. Que tu connais seulement le nom du bateau qui a amené ta *lola* sur le nouveau continent, et rien d'autre.

« Alors qui es-tu ? » demande-t-il avec impatience.

Tu lui dis tout sur toi. Tu lui parles de la ville portuaire où tu as grandi. Tu dis que ton père était un marchand de textiles avant de partir à la guerre. Que ta mère était partie, pas morte, juste partie. Tu lui as parlé de ta *lola* et de ses cigarettes, des histoires qu'elle te racontait, et de tes frères, tous les neuf, que tu aimais tous. Certains plus que d'autres. Tu ne connaissais pas grand-chose de la plupart d'entre eux, en fait. Ton *granjo*, qui vivait dans son fauteuil et refusait de mourir.

Keema t'interroge sur cette guerre. Qui sont les belligérants, et pour quoi ils se battent, mais tout ce dont tu te souviens, ce sont les affiches de propagande qui se détachent des murs de briques et qui flottent dans les ruelles tortueuses. Tu lui donnes des noms à demi mémorisés de lieux, de rois. Tu bégayes pour te rappeler comment tout a commencé – un coup de feu, explosant dans une tempe –, mais tu parles si vaguement qu'il plisse les yeux sous l'effort nécessaire pour te comprendre. Tu passes à autre chose. Il te demande si l'on parle encore du Vieux Pays à ton époque, et tu hésites avant de lui dire que oui, mais plutôt en chuchotant ; que, comme toutes les choses du monde avant une certaine époque, on l'a complètement oublié.

Il te demande si tu es fier de faire partie de ce peuple, et cela te surprend. La question semble sortir de nulle part, mais la façon dont il la pose n'a rien de frivole. Il a besoin d'une réponse. Ton instinct te pousse à mentir. Mais la vérité sort avant que tu puisses l'arrêter.

Parfois, réponds-tu. Pendant la majeure partie de ta vie, cela n'a été guère plus qu'une curiosité, une racine accrochée à ton talon. S'ils étaient du genre à s'y intéresser, tu en parlais aux gens pour attirer leur attention. Tu le dissimulais quelquefois – et tu pouvais le masquer, grâce au sang de ta mère – si tu voulais faire partie d'un groupe. Parfois, tu t'en moquais. Dans le dos de ta *lola*, tu imitais le son élastique de sa langue maternelle pour tes amis – non, tu le poussais au point de le rendre ridicule, absurde –, et tu les faisais rire. Tu n'y réfléchissais pas à deux fois.

Il te regarde. Son expression est indéchiffrable.

Tu lui dis que la plupart du temps tu ne penses pas du tout au Vieux Pays. Ce serait un mensonge de prétendre que cet endroit t'est cher, que tes ancêtres te parlent comme un lointain murmure de l'esprit. Tout ce que tu connais, ce sont quelques histoires, quelques tapis. Un Daido que ton père a sculpté dans la roche et que ton frère a essayé de vendre, sans succès, à un homme qui s'en fichait.

Tu lui dis que tu vis dans une maison vide maintenant. Ta *lola* est morte, et tes parents sont partis. Si la radio dit vrai, la guerre va bientôt se terminer, mais ça fait des décennies qu'elle est sur le point de se terminer, et tes frères sont déjà partis, eux aussi. Certains ont rejoint l'armée. D'autres sont partis chercher une vie meilleure, ailleurs.

Quelques-uns sont morts.

Tu penses souvent à eux.

Tu lui dis que tu as eu une vie étrange. Facile à certains égards, difficile à d'autres. Certains jours, tu es si seul que tu crois que tu vas te métamorphoser en rocher. Tu lui dis que tu aimerais que les choses soient différentes. Que tu as l'impression d'avoir un sac sur l'épaule, lourd et encombrant, mais tu ignores ce qu'il contient, et qui te l'a donné. Il est là, c'est tout. Il t'appartient. Et tu regrettes tant de choses. Tu as blessé des gens, tu leur as fait honte, tu t'es fait honte. Tu as pris tant de mauvais chemins que tu te demandes comment tu tiens encore debout. Cette vie a été étrange. Tu le répètes, encore et encore.

Et puis, après t'avoir laissé dire ce que tu avais à dire, Keema de la tribu Daware médite tes paroles, et, finalement, il te pose une question simple, une question qui va droit au but : il te demande si tu veux continuer à vivre.

Même si rien ne changeait, si tout se déroulait de la même façon.

Voudrais-tu de cette vie ?

Tu t'inclines.

Tu tends la lance d'Araya.

Tu la lui offres.

Et tu réponds oui.

Derrière toi, les gens tombent à genoux.

Un par un. Une déferlante. La mer des descendants qui s'incline, avec toi, devant Keema. Et quand tu sens qu'il te prend la lance des mains, tu lèves les yeux vers lui et tu vois qu'il est, encore une fois, accablé. Il se tient là, sur le devant de la scène, la lance rainurée et gravée par la magie de la Mer dormante à la main, et il fait un signe de tête à Jun, qui, la poitrine gonflée, le rejoint. Et la narration de leurs vies retentit dans ce lieu suspendu.

Nous allons arrêter la vague.

« Écoutez bien ce corps, alors. La grande vague arrivera le Cinquième Jour, en fin d'après-midi. Elle s'abattra sur toutes les vallées et les montagnes, à moins que vous ne La fassiez venir en premier et ne donniez à l'Eau ce qu'elle cherche. »

Nous avons prêté serment à Dame Lune. De mettre fin à sa lignée royale. Nous tuerons la Troisième Terreur d'abord.

Kaara/Tak-Lina se moque. « Vous jouez avec le temps comme seuls les mortels le font. De manière irréfléchie. On peut s'occuper de la Terreur plus tard, mais pas de la vague. »

Nous avons fait un serment. Nous l'arrêterons avec Elle à nos côtés. Telle est la promesse que nous avons faite, et nous avons l'intention de la tenir.

« Alors vous avez tous deux une journée très chargée devant vous », dit le corps baigné de clair de lune, et Kaara/Tak-Lina trahit une certaine admiration pour eux dans le rapide sourire qu'elle arbore.

« Nous vous apporterons l'aide que nous pourrons. Mais sachez qu'il y aura un point de non-retour quand la vague arrivera. Alors, il n'y aura rien que vous ne puissiez faire pour l'arrêter. Elle engloutira le monde malgré tous vos efforts. Dès que le soleil sera effacé du ciel en fin d'après-midi, il sera trop tard. » Le corps baigné de clair de lune sourit. « Alors ne vous attardez pas. Ne perdez pas de temps.

— Et ne faites pas de conneries », ajoute Kaara/Tak-Lina.

Ils quittent le théâtre. Vous tous, les descendants d'Araya, restez prosternés, silencieux et révérencieux, jusqu'au dernier moment, jusqu'à ce qu'ils disparaissent derrière le rideau de sortie. Vous ne savez pas quoi faire d'autre pour les honorer. Vous espérez que cela suffira. Et quand ils sont partis, tu te lèves et tu retournes à ta place. Les lumières s'éteignent. Le corps baigné de clair de lune et ses danseurs réinvestissent la scène.

Et vous regardez la fin.

LE CINQUIÈME JOUR

où nous offrons
nos plus belles danses

Les tambours résonnent avec fureur.

Et le spectacle recommence. L'air se fissure dans le bruit des baguettes qui rebondissent et dans celui des peaux d'animaux tendues. Les danseurs surgissent des coulisses, et le corps baigné de clair de lune, à l'avant de la scène, lève les mains, et les voix murmurantes des anciens et des morts reviennent dans la salle – *notre histoire touche à sa fin – notre longue semaine touche à sa fin.* Les attributs maintenant familiers de ce théâtre te réconfortent alors que tu t'installes dans l'histoire. Quatre jours ont passé, et il n'en reste qu'un. Mais cette fois, parmi les morts qui chuchotent dans l'obscurité, tu entends d'autres voix, *nos voix,* des voix dont tu ne pourras jamais oublier le ton et le timbre, même si votre dernière rencontre remonte à longtemps, car après tout, telle est la nature de la famille. *Nous ne sommes jamais loin. Et nous sommes ici, prêts à contribuer à la fin de cette histoire.* La vision arrive soudainement. En un instant, tu suis le regard du corps baigné de clair de lune jusqu'au plafond, et tu te rends compte que ce n'est pas du tout un plafond, mais l'intérieur d'une grande tour, d'une hauteur si illimitée que tu sens le vide au-dessus de toi te presser sur ton siège, les yeux rougis par les bâtons d'encens que les préposés agitent dans les allées, et ensuite, tu n'es plus du tout dans le théâtre, mais dans le salon de ta maison familiale, où un homme que tu connais très bien, debout près de la fenêtre ensoleillée, les mains jointes dans le dos, se tourne vers toi et te regarde de son œil gris acier.

« Tout a commencé ici »,
dit ton arrière-grand-père.

Ton *granjo* n'est plus le vieil homme aux yeux vitreux effondré sur sa chaise. *Tu n'as plus à t'occuper de moi.* Il est plus jeune dans cette vision, on dirait un faucon d'âge moyen, aux cheveux poivre et sel, habillé comme un général prêt pour la bataille. Il fait claquer une feuille de papier sur la longue table, une carte, et il dessine, en lignes claires et sûres, les positions des armées, des factions qui se disputent le pouvoir en ce Cinquième Jour. Ici, les nobles. Là, les loyalistes. Là, les troupes des Familles. Il parle sans détour ni émotion, si différent de cet homme amer et mercuriel que ta *lola* a décrit en évoquant les souvenirs de son enfance, ou de la chose baveuse que tu avais l'habitude de nourrir à la cuillère, presque méconnaissable si ce n'est ces grandes touffes de poils de nez blancs, qui se hérissent d'excitation lorsqu'il t'expose la situation.

« C'était précaire, te dit-il. Selon tous les témoignages, le Trône de la Lune a trouvé sa fin avant même l'aube du Cinquième Jour, avec la mort de presque toute la famille royale. » Il se tient près d'une fenêtre éclairée par le soleil, les mains jointes derrière le dos. « Dans ce vide de pouvoir, la terre était à conquérir. Beaucoup ont essayé. Les Sages du Palais ont tenté de prendre le contrôle peu après que l'Impératrice avait repeint les murs de sa prison avec le sang de l'Empereur, mais le coup d'État a été de courte durée, tombant sous l'épée des derniers loyalistes qui restaient. » Sur la carte de la table, il fait basculer le pion du château à la frontière ouest, son doigt balayant le centre du pays. « Dans le Bassin du Ciel, la Rébellion des Pêcheurs a connu plus de succès. De nombreux navires encore à flot après le cataclysme du Troisième Jour furent placés sous le commandement du Rassemblement, sans grande résistance, car beaucoup croyaient que les vagues en cascade qui émanaient du *Cav-Meer* avaient été provoquées par les pêcheurs eux-mêmes. Les seuls bateaux dont les rebelles n'ont pu prendre le contrôle sont les barges textiles restantes d'Indunn, protégées comme elles l'étaient par leurs propres forces privées, loyales non pas à Luubu, mais aux Familles. » Un sourire – le vieux belliciste ne s'en lasse pas. « Mais c'est lors de l'escarmouche sur la côte est que les choses se sont vraiment réglées. » Son doigt touche le pion qui se trouve sur le bord est de la carte ; il a la forme d'une conque, et se trouve le long des falaises qui surplombent la Grande Mer. « La Cité divine. La forteresse des derniers loyalistes, et la résidence de la Troisième Terreur. »

Il tapote cette zone d'un doigt sévère.

« La Cité divine a pris naissance à l'époque du Quatrième Empereur, d'abord en tant que résidence d'été, un endroit où la famille royale pouvait passer ses vacances et s'éloigner des problèmes politiques de la capitale. Elle a été construite à partir de la carapace d'une gigantesque bête marine abattue par le guerrier Handa de la tribu Yabare, en échange de la cessation des incursions du Trône sur les terres tribales ; on a étêté la carapace, et la ville a été construite le long de ses murs intérieurs, la route principale s'élevant en spirale à travers les districts, jusqu'au point le plus élevé, où Sa Maison d'Été domine tout. Protégée la nuit par deux impénétrables portes principales en jaxite, la noblesse s'est tapie dans ses maisons, tandis que la garde d'honneur patrouillait dans les ruelles et que les derniers Singes d'argent de la Deuxième Terreur et les Élans pourpres de la Troisième Terreur se présentaient à la porte de la Maison d'Été, espérant obtenir l'aide de la Troisième Terreur elle-même… mais personne n'a répondu. Ils n'avaient d'autres choix que de se préparer au combat et utiliser leur connaissance du terrain à leur avantage avant l'arrivée de l'armée. Le temps était compté. » Il dessine un cercle concentrique autour du jeton. « À l'extérieur des murs, les pèlerins qui croyaient encore que l'Empereur était vivant sont arrivés pour faire leurs adieux à leur Soleil Souriant, avant sa traversée de la Grande Mer. Ils étaient des milliers. Ils ont installé leur camp de tentes et de chariots autour des murs de la Cité divine, ignorant qu'ils formaient pour la noblesse un mur de chair destiné à se dresser entre eux et les armées venant de l'ouest – ou le chariot, rempli d'explosifs, qui serait, le moment venu, poussé contre la porte de la cité, et dégagerait un chemin pour les forces d'Induun. » Il trace un cercle plus grand autour du précédent ; un cercle qui les engloutit tous. « Les armées des Cinq Familles – composées de leurs loyales brigades, de soldats du Trône issus de leurs rangs et de mercenaires payés avec l'argent des Familles. Leur objectif était simple : conquérir la ville côtière et revendiquer le territoire une bonne fois pour toutes, sous la bannière commune des Maisons de l'Industrie. Derrière les collines au nord-est de la ville, ils se sont préparés, les cavaliers, les piquiers et les hommes de main marmonnant leurs dernières prières, avant de marcher vers ce qu'ils savaient être une victoire certaine. » Il a posé ses mains à plat, bordant cette petite section indispensable de la carte. « Tel était l'état des choses, à l'aube du Cinquième Jour. L'air était lourd de la perspective de la guerre et des prières du matin, chantées par les pèlerins qui se tenaient entre le lion proverbial et le rocher. »

De l'autre pièce, une voix de vieille femme lance :

« Mais aucun d'entre eux ne savait que la vague arrivait. »

Ton *granjo* te fait un signe de tête et s'écarte. La porte battante de la cuisine t'invite à entrer.

Tu pénètres dans un nuage de fumée.

Tu tousses, tu agites les mains, et finalement le tabac se dissipe, et tu ressens, mêlé à la surprise, un sentiment d'inéluctabilité lorsque ta *lola* te sourit de l'autre côté de la table de la cuisine. *Plus besoin que je te manque, maintenant.* C'est une petite fille, à tes yeux pas plus âgée qu'une enfant de dix ans, aux joues lisses comme du bois laqué, aux yeux autrefois embués qui brillent maintenant d'une clarté étonnante, comme un vieux verre fraîchement rincé. Sa petite main tapote la cendre dans une tasse à thé en porcelaine vide, tandis que l'autre caresse son précieux minuteur jaune, le palpant, le caressant, menaçant de le remonter, mais sans jamais se décider. Tu voudrais lui dire que c'est bon de la revoir, mais il y a un aspect de cette vision qui te prive de parole, qui te rappelle qu'il s'agit toujours d'une représentation, et que malgré toute ta confiance en toi, tu n'es que le public. Mais elle te sourit quand même, comme si elle t'avait entendu, *comme si je n'étais jamais vraiment partie*, et tu es surpris de constater à quel point son sourire narquois t'a manqué.

« Les signes étaient nombreux », dit-elle. Elle prend une bouffée et souffle de la fumée dans l'air. « Les bannières s'agitaient dans le vent terrible, l'air sentait le cuivre humide, et leurs corps mêmes criaient que quelque chose n'allait pas – les petits poils, ici et là, se dressaient comme des antennes radio. » Elle touche ton avant-bras, ta nuque. Tu sens la chair de poule monter. « Mais le peuple n'a pas écouté les augures de la terre. Lorsqu'ils ont regardé par-dessus le bord de la falaise orientale, et qu'ils ont vu le retrait de l'océan, le sol de limon complètement exposé, ils ont cru que ce n'était rien de plus qu'une autre singularité d'une semaine tout à fait singulière. Les dunes, les houles de sable, comme une feuille de soie beige posée sur un sol déformé, au-dessus duquel des milliers de poissons gluants haletaient et mouraient. On n'a pas prêté attention à la façon dont l'Eau rassemblait ses forces ce jour-là. » Elle soupire, éteint sa cigarette et écarte ses épaisses boucles. « Les marées sont montées et descendues. Des vagues, grandes et petites, s'étaient déjà écrasées contre les falaises rocheuses de la côte orientale, mais jamais dans l'histoire de tous les Empereurs, jamais dans toutes leurs archives, la mer ne s'était complètement retirée. On pourrait penser qu'il est étonnant que, face à des preuves si accablantes, personne n'ait fait d'effort pour se sauver. Mais même si je ne peux m'empêcher de souhaiter que, lorsque le monde se met à trembler, nous ayons les moyens de l'écouter, même moi, je ne peux nier la difficulté d'accepter que parfois, pour survivre, nous devions changer de cap. » Et puis, comme pour souligner son propos, elle tire une longue bouffée, jusqu'à ce que la cigarette dans sa main se transforme en cendre.

Un autre soupir.

« Pendant si longtemps, la Lune avait manqué à l'Eau. Des siècles de nostalgie qui se sont manifestés par un rassemblement de houle au-delà de l'horizon oriental. Rien ne l'arrêterait pour honorer Ses os. À midi, même le soleil était masqué par Sa mâchoire béante. »

La lumière à l'extérieur commence à faiblir.

« La fin était proche. »

Quand vous entendez tous les deux un bruit agité venant du bureau au bout du couloir, ta *lola* se penche sur sa chaise, et pendant un instant tu aperçois l'esprit de la vieille femme derrière le visage de l'enfant, âgé et fatigué, avant qu'elle te fasse un signe de tête, t'ordonnant de te lever.

Tu connais ta prochaine destination.

Ton père fronce les sourcils devant la tapisserie.

Il ne te regarde même pas quand tu entres. Les yeux plissés, il examine à travers une loupe de bijoutier les défauts de la tapisserie posée sur son bureau avant d'expédier la pièce à son acheteur de l'autre côté de la mer. *Personne ne m'a laissé le temps. Tout est tombé sur mes épaules, et personne ne m'a donné de temps, bon sang.* Tu trouves sombrement amusant que même dans ta vision magique, il travaille – que, comme la dernière fois que tu l'as vu, marchant dans cette allée sombre menant à la guerre, il te tourne le dos. Mais finalement il te regarde, et tu vois qu'il n'est qu'un garçon, un adolescent aux yeux affamés qui essaiera toujours de faire ses preuves auprès de ceux qu'il croit être ses supérieurs. *Et quand je te regarde, je ressens tellement de choses, tellement de fierté, d'inquiétude et de regret, qu'il est plus facile de détourner le regard.*

Plus facile de faire comme si nous étions des étrangers.

« Nous nous concentrons sur les détails, dit-il, le visage collé à la tapisserie. Nous nous concentrons sur Induun. » Tu t'assieds à côté de lui tandis qu'il s'inquiète des créneaux, des visages en miroir. La fractale sans fin. « À la veille du Cinquième Jour, le seigneur Djove Induun a observé les feux qui s'allumaient dans le campement de son armée avec une satisfaction qu'il s'autorisait rarement à ressentir. Pendant des mois, il avait regardé l'Empereur, pétri de peur et de folie, se retirer de plus en plus loin dans Son Palais, Son contrôle sur la terre s'affaiblissant à mesure qu'Il refusait de s'engager avec elle. Induun, un visionnaire, savait que ce n'était qu'une question de temps avant que quelqu'un d'autre s'asseye sur le trône que leur souverain laissait derrière lui, et il était évident pour lui, et pour tous ses associés, que l'homme le plus qualifié pour ce poste était lui. Et maintenant, après tant de planifications, il était arrivé ici, sur le point de gagner tout ce que son cœur désirait. Mais à cause de sa vieille blessure d'enfance, lorsqu'il se détourna du campement pour retourner à la tente principale, il n'a pas entendu le chant qui avait éclaté d'un feu à l'autre, la mélodie tremblante des hommes et des femmes qui se battraient en son honneur, alors qu'ils chantaient les morts glorieuses à venir.

« Cette nuit-là, le seigneur Induun a organisé un banquet pour ses collègues seigneurs et ses généraux ; un repas copieux de poisson, de riz et d'agneau et une fontaine ininterrompue d'alcool de riz et d'alcools forts, car il y avait beaucoup à célébrer. » Ton père s'éloigne un instant de la loupe et regarde par la fenêtre. Le jeune homme a un regard nostalgique dans les yeux. « Avoir été dans cette tente, avoir festoyé avec les cinq personnes les plus puissantes au monde a dû être un privilège rare. Des marchands de tout le pays auraient donné toute leur fortune pour s'asseoir à cette table. Pour avoir soupé avec les grands hommes et femmes qui allaient bientôt régner sur le pays. Écoute. » Se raclant la gorge, il sort une feuille de papier, un compte rendu de tout ce qui a été dit cette nuit-là, dans la tente de guerre, et il la lit comme le scénario d'une pièce, te récitant le discours que le seigneur de la flotte textile a prononcé devant ses compatriotes, la veille de la bataille.

Un toast.

« Que demain marque le dernier jour où nous devons souffrir sous le joug de la tyrannie du Trône. Après-demain, nous n'aurons plus à répondre aux désirs ineptes d'un dirigeant fou. Ce n'est plus un seul homme qui gouvernera, mais plusieurs – tous ensemble, nous déciderons du cours que prendra ce pays, de la route riche et prospère à venir. Oui, mes amis. Les loyalistes détiennent toujours la capitale, et nous avons perdu le Bassin du Ciel. Mais ce sont là des sacrifices nécessaires, de petites pièces dans notre grand jeu. Elles ne contiennent que les vestiges du passé. Une fois que nous aurons conquis la Cité divine et le grand port, nous tiendrons le futur dans notre main. Les pas timides de l'Empereur sur le monde deviendront, sous notre direction, un réseau de routes commerciales et d'alliances nouvellement forgées. Notre thé, notre riz, notre poisson, nos lames et nos textiles se répandront comme la forêt indomptée dans la vallée fertile. Nos maigres possessions deviendront aussi vastes que les coffres des dieux.

« Et donc dans cet esprit, je lève mon verre à vous tous. Je vous remercie tous pour votre participation. Je m'incline devant votre férocité, et votre loyauté. Et je prie pour que notre amitié reste solide et forte dans les jours, les mois, les années à venir, alors que nous bâtissons cet empire. Pas un seul homme parmi nous ne sera oublié. »

Ton père sourit au ciel, jusqu'à ce qu'il remarque que les ombres derrière lui bougent. Son sourire se délite quand les ombres se mettent à parler.

« On oublie toujours quelqu'un. »

Tes frères n'ont pas de visage. Ce ne sont que des nuages sombres qui se déplacent et frétillent. *Tu n'as plus besoin d'être le témoin de notre existence.* Leurs voix tourbillonnent dans tes oreilles comme de la fumée dans une bouteille quand ils parlent comme un seul homme, et disent : « L'homme nommé Induun était tellement concentré sur ce discours, et la fête qui suivit, qu'il n'a pas accordé une pensée à celle qui se tenait derrière lui. » Lentement, les ombres se séparent de toi. Ce sont des trous dans l'air. Elles saignent de la fumée. « Tu la connais. Au Deuxième Jour, c'est elle qui a transmis l'ordre d'abattre la Terreur du Bassin du Ciel. Elle avait passé sa vie au service de cet homme, qui s'adressait aux puissants. Elle était son ombre. »

Tes frères-ombres gloussent sinistrement.

« À la veille de la bataille, elle se tenait dans cette tente, n'écoutant qu'à moitié les paroles prononcées au cours de cette réception. Elle ne s'intéressait pas à la discussion ; elle connaissait si bien les vers des fioritures rhétoriques d'Induun qu'elle aurait pu s'adresser à la foule en son nom si tel avait été son désir. Et elle avait d'autres choses en tête que les discours et les félicitations prématurées. Une vision du lendemain, et de son rôle dans tout cela, car Djove lui-même lui avait promis une position en première ligne. Son estomac s'est serré à l'idée du carnage auquel elle allait bientôt être confrontée. Sa main s'est raffermie sur la poignée de sa lame. Elle avait peur, mais elle ne voulait pas faire demi-tour. Elle était sur cette voie, tracée par sa mère, depuis bien trop longtemps. La honte d'arrêter maintenant serait trop grande. Cela signifierait sa fin. » Tes frères soupirent. « Pas un regard n'a été accordé cette nuit-là à la guerrière qui se dirigeait vers sa probable perte. Ou aux soldats qui allaient remporter la victoire. Ou aux pèlerins, piégés au milieu de tout ça. »

Il n'y avait que le thé et les rires.

« C'était la veille de la victoire, dit ton arrière-grand-père. Il n'y avait pas de place pour l'introspection, ou pour accorder de l'attention aux émotions des subordonnés. Il n'y avait que le mouvement des pions sur la carte. La détermination sinistre des chefs et la bravoure inébranlable des hommes d'armes. Et le martèlement des tambours de guerre. »

Il n'y avait que la fumée et les murmures.

« Les signes d'un monde perdu qui n'avaient pas été pris en compte, dit ta *lola*. Pas le temps de s'inquiéter des marées descendantes sur la côte ou d'écouter la danse troublée du vent. Il n'y avait que les soucis des mortels, qui ne connaissaient que ce qui leur faisait face, pas ce qui arrivait derrière eux. Pas question de s'arrêter. »

Il n'y avait que l'honneur et la gloire.

« La perspective de récompenses incommensurables, dit ton père. Il n'y avait pas de chagrin. Pas de langueur. Il n'y avait que l'avenir et la recherche de la prime qui attendaient de l'autre côté de la colline, à l'autre bout du temps. »

Et il n'y avait que des fantômes.

« Alors que les deux guerriers revenaient du monde des esprits pour arrêter la vague, dirent tes frères-ombres, la femme invisible du destin qui était l'ombre d'Induun s'est bientôt mêlée à la trame de Jun et Keema. »

Tes frères te regardent.

« Elle s'appelait Shan. Petite-fille de Djove Induun, et fille de la commandante Uhi Araya. Et elle n'avait qu'une seule chose en tête. Une mission. »

La vision s'estompe, la scène revient.

La lumière du brasero-soleil s'anime.

« Sauver son père. »

AUBE

Elle s'est réveillée avant tout le monde.

Parmi les douzaines de campements, où les mercenaires et les Hommes de la Famille émergeaient de leur sommeil, personne ne fut surpris de voir Shan Araya arpenter les champs, la mine sinistre. On inclinait la tête à son passage et on lui souhaitait une bonne matinée, lui accordant le respect que sa lignée exigeait, *nous donnions à la fille d'Induun notre considération,* mais quand elle était hors de portée de voix, ou assez près pour qu'on puisse nier avoir dit quoi que ce soit, accusant le vent, on murmurait quelques noms choisis, *mais la plupart d'entre nous l'appelaient simplement l'Enfant-Géant.* C'était un nom qu'elle connaissait bien, un nom qui l'avait suivie toute sa vie, car elle avait toujours été plus grande que la plupart des gens, et plus large d'épaules ; une bizarrerie pour quelqu'un d'aussi jeune.

À quinze ans, Shan Induun n'était pas seulement une anomalie en raison des développements prodigieux de son corps, mais aussi en raison de son rang. *Nous n'avons jamais cru qu'elle ait mérité tout cela.* Sa vie avait été consacrée au maniement de l'épée. Elle participait chaque année aux jeux nobles, et chaque année, elle arrivait deuxième dans la compétition de duel, perdant toujours le dernier combat en faveur de son adversaire, sur l'ordre de son grand-père, qui cherchait à obtenir les faveurs des autres familles et à renforcer ses alliances. Cela ne faisait que quelques mois qu'elle avait été nommée Premier Protecteur du seigneur Induun, un titre qui ne signifiait pas grand-chose, mais qui irritait ses frères d'armes, qui ne pensaient pas qu'elle ait justement gagné cette position, sans parler des rumeurs sur sa lignée.

Alors même qu'elle se dirigeait vers la tente principale ce matin-là, les murmures la suivaient. *Nous savions pour sa mère. La femme qui s'était mariée par amour.* Toute sa vie, Shan se demanderait pourquoi sa mère Uhi avait mis fin à l'union prospère qu'elle avait conclue avec un cousin du Trône et s'était enfuie avec un homme de Mauvaise Fortune dont le nom n'était inscrit dans aucun registre. *Le scandale était délicieux ; hormis le seigneur Induun lui-même, nous prenions tous plaisir à répandre la rumeur de cet embarras.*

La fuite, relatée dans des journaux intimes et des lettres, se termina rapidement, lorsque les hommes de l'Empereur découvrirent les amoureux dans leur cachette au nord et, pour punir ce blasphème, précipitèrent l'homme de Mauvaise Fortune dans les entrailles de Joyrock, où il devrait vivre le reste de ses jours dans la souffrance. Ce n'est qu'au prix de l'humiliation du seigneur Induun devant la cour qu'Uhi a pu survivre ; sa vie dut être consacrée au service du Trône, où au fil des ans, et grâce à l'influence de son père, elle est devenue commandante de la forteresse délabrée de la Porte du Tigre. Elle a vécu en se demandant chaque jour si cet homme de Mauvaise Fortune respirait encore dans cet abîme sous la Cité divine. Personne n'a pu la convaincre de changer son nom en Induun. Elle resterait à jamais Uhi Araya, en souvenir de celui qu'elle avait aimé et perdu.

Shan a grandi séparément de sa mère. Uhi et Djove étaient d'accord pour que la jeune fille ne soit pas accablée par le poids de l'histoire de sa mère et qu'elle vive avec son grand-père, à qui elle pourrait un jour succéder. Mais il y avait des lettres. Des lettres dont même le seigneur Induun n'avait pas connaissance, cachées dans un compartiment secret sous le lit d'enfant de Shan. *Et dans ces lettres, je parlais à Shan de son père. Je lui ai parlé de l'homme appelé Radle Araya, artisan des forges du seigneur Waag, qui avait des yeux de la couleur du thé bien infusé et un sourire plus brillant que le soleil de midi. Je lui ai parlé d'un homme humble et bon. Un homme qui riait facilement, qui me portait un amour dont je n'ai jamais douté, pas une seule fois, pendant les trop brefs jours que nous avons passés ensemble.*

Un homme qui a fabriqué pour moi une lance en bois de korga rouge et en minérite.

Une lance, m'a-t-il dit, qui percerait toute barrière qui pourrait un jour nous séparer.

Dans les moments solitaires et déterminants de sa jeune vie, Shan relisait ces lettres avec la ferveur d'un moine penché sur les Écritures. Comme le seigneur Induun ne voyageait jamais sur la route d'En-Bas et qu'il occupait Shan aux nombreuses tâches de son poste, elle n'avait jamais l'occasion de rendre visite à sa mère à la Porte du Tigre. Tout ce qu'elles avaient, c'étaient les lettres qu'elles s'envoyaient en secret, transmises par des serviteurs de confiance. Le Radle Araya des lettres de sa mère était devenu aussi mythique dans son esprit que les géants qui se profilaient au sud, sur l'horizon lointain de ce pays mystique.

Elle n'a jamais parlé de ces lettres à son grand-père. Elle ne lui a jamais parlé des rêves qu'elle faisait au sujet de ce père, qui étaient aussi désespérés et réels que sa nostalgie de sa mère. Elle ne lui a jamais parlé de son projet de libérer un jour Radle Araya de la fosse de Joyrock, si tant est qu'il vive encore – ni du fait que depuis le début, ses motivations n'étaient pas la Famille, mais le fruit têtu de l'amour. En dépit de ses souhaits, elle avait l'intention de chevaucher avec la première charge, et de mener un contingent de guerriers de confiance dans la Maison d'Été elle-même.

Elle ne lui avait rien dit de tout cela, jusqu'à aujourd'hui.

Dans la tente principale, devant le quatuor de généraux qui entouraient la table sur laquelle étaient déployées les cartes, *alors que nous nous mettions d'accord sur les routes qu'il fallait fermer et sur les endroits où nous pourrions le mieux infiltrer les hautes demeures de la ville,* tout au fond, au-delà du dernier cordon, là où peu d'autres personnes étaient autorisées à entrer, le grand-père et la petite-fille ont partagé leur dernière conversation sur cette terre. Djove Induun ne s'est même pas retourné quand elle s'est adressée à lui et lui a révélé ce qu'elle avait décidé. Son sourcil ne s'est même pas levé pendant que son serviteur finissait de l'habiller. Il se contenta de soupirer et de congédier le domestique d'un signe de la main, avant que sa voix devienne aussi basse qu'un murmure.

« Tu choisis la mort, Shan. Tu t'en rends compte.

— La mort n'est pas une certitude.

— Pour toi, aujourd'hui, elle le sera. Le nombre de guerriers qui survivent à la première charge est extrêmement faible. Ces survivants sont habités soit par la chance des dieux, soit par des compétences surnaturelles, et je t'ai connue toute ta vie, *Premier Protecteur*. Tu es habile à l'épée, plus que la plupart des gens, mais même toi, tu ne possèdes pas les prouesses divines qui te permettraient de défier la Mort. » Il l'a regardée comme s'il l'avait mise au défi de répliquer. Elle ne l'a pas fait. « Et tu es grande, ce qui signifie que tu seras une cible facile pour les archers. C'est la faute de ton père, mais c'est ainsi. Je le vois aussi clairement que le jour : une flèche, passant par-dessus le mur et te clouant au sol avant même que la bataille commence. » Il secoua la tête avec lassitude devant cette enfant. « Ce n'est pas la fin la plus intéressante pour les scribes lorsqu'ils termineront ta brève et insatisfaisante biographie.

— Une biographie satisfaisante n'a jamais été mon but », a-t-elle répondu.

L'amertume dans sa voix amena Induun à une sévérité qu'il réservait aux tables de négociations les plus animées. « Il y a deux routes devant toi, Shan. Une route, la route de la sagesse, où tu restes avec les généraux à l'arrière des lignes, sous la protection de nos défenses, mène à la vie. Elle mène à un lendemain où tu seras là pour accompagner la création d'un nouvel ordre pour ce pays. L'autre route, la route de l'orgueil, te conduit aux soldats qui ne sont pas encore fatigués de la bataille, aux archers qui ne sont pas encore à court de flèches et aux portes qui ne sont pas encore enfoncées. C'est la route qui mène au conflit le plus âpre. À ta fin probable. À la fin de ton histoire. » Il a levé une main, comme un haussement d'épaules. « Tu choisis la mort. »

Shan n'aimait pas les disputes. Elle préférait les perdre rapidement plutôt que de les gagner après une longue bataille, c'est pourquoi elle a dit : « Très bien, alors. Je choisis la mort. Du moment que nous sommes tous les deux clairs sur ce qui se passe aujourd'hui. » Puis elle tourna les talons avant qu'il puisse l'arrêter.

« Attends. J'ai une autre question, Premier Protecteur. »

Elle s'est préparée à l'entendre.

« Cet homme. Cet homme que tu n'as jamais rencontré. Cet homme qui est peut-être déjà mort, ou, s'il n'est pas mort, a probablement été rendu fou par la torture. Cet homme qui n'est peut-être même pas ton père… Tu risques tout pour le ramener sain et sauf de Joyrock.

— C'est ce que je fais, seigneur Induun.

— Au moins, dis-moi pourquoi. »

Elle a fermé les yeux.

« Quel merveilleux pays nous allons avoir, a-t-elle répondu, quand nous serons dirigés par un homme qui éprouve le besoin de poser une telle question. »

Quand elle fut partie,
Djove convoqua ses généraux.

Il leur donna le spectacle d'un homme maître de son destin, stoïque et inflexible comme les montagnes de l'Ouest, tandis qu'ils étudiaient une fois de plus les tactiques de siège qu'ils allaient employer. *Nous avons montré à ce grand homme la certitude de notre victoire à venir.* Il était vêtu d'une robe simple et solide, son visage était délicatement peint aux couleurs de sa maison, le vert et l'argent, et aucun aspect de sa personne ne laissait transparaître les pensées troublées qui l'assaillaient. *Il nous a dit que nous avions tous bien travaillé, qu'il nous souhaitait bonne chance en ce jour propice.* À l'intérieur, il fulminait. L'insulte que sa petite-fille lui avait faite, alors qu'il lui avait donné tout ce dont elle aurait pu avoir besoin dans cette vie, était de trop ; d'un seul coup, il lui avait dit de partir, de faire ce qu'elle voulait, que sa vie lui appartenait ; et maintenant, alors qu'il regardait les hommes de guerre qui l'entouraient, son anticipation, son excitation étaient empoisonnées par le regret de la manière avec laquelle il avait mis fin à cette conversation, car, aussi froidement qu'il traitait ses affaires, il y avait des choses dans ce monde qu'il aimait sincèrement, et elle en faisait partie.

Il décida de l'envoyer chercher, pour arranger les choses et peut-être la convaincre, d'une manière plus douce, comme il le faisait lorsqu'elle était très jeune et tout aussi têtue, de ne pas gâcher sa vie pour ce mirage. Mais lorsque son messager revint, il apprit qu'elle avait refusé de parler avec lui et qu'elle était partie avec ses hommes vers les collines qui entouraient la Cité divine.

À l'extérieur de la ville,
les pèlerins se sont rassemblés.

Des chariots tirés à la main formaient des marchés improvisés : des planches de bois soutenues par des crochets portant des textiles éblouissants de couleurs, disposés en éventail pour que les mains puissent les toucher et les feuilleter. Des tissus bon marché, des colliers et des bagues. De grandes marmites bouillaient et crachaient, une patte de poulet vérolée dépassait du bord de l'une d'elles avant qu'une louche l'enfonce plus profondément dans le copieux ragoût ; des marmites qui, à l'aide d'une quantité judicieuse d'épices, devenaient des promesses parfumées et savoureuses qui détournaient le flux des personnes errant dans les marchés de tentes avec des estomacs vides. Lorsque la foule s'épaississait, des pots de poudre de *jerin* étaient sortis pour rafraîchir l'air. *Nous avons ri en ouvrant nos robes aux braises bleues.* Des cris ont retenti quelque part, se plaignant de plusieurs vols. Une tente dans la section ouest avait pris feu à cause d'un accident de cuisine. Des pieds chaussés de sandales s'enfonçaient dans la merde humaine. Quelques enfants erraient, perdus. On ne les retrouvait pas tous.

Le vendeur de babioles et son chauffeur faisaient partie des milliers de personnes présentes sur le site ce jour-là. Il avait amené son chariot parmi les dizaines d'autres qui se pressaient autour de la Porte du Marteau de la Justice, dans l'espoir d'être parmi les premiers à pouvoir entrer dans la Cité divine, où ils vendraient leurs marchandises à la riche élite qui vivait derrière ces hauts murs. Le fait que la porte soit restée fermée, alors que le jour s'était levé, était assez inquiétant. *La ville était occupée, nous pouvions voir les petites têtes des archers là-haut, nous regardant comme des fourmis,* et comme ils l'avaient fait à la Porte des Cygnes, les marchands ont essayé de crier pour attirer l'attention des archers, mais pas un mot n'a été retourné depuis la lointaine balustrade.

Lorsqu'il fut clair que les portes ne seraient pas ouvertes avant un certain temps, les marchands ont jeté leur dévolu sur les pèlerins de cette ville de tentes et de chariots. Le vendeur de babioles fit rouler son chariot à travers les chemins étroits entre les pavillons de toile et se posa dans une parcelle de terrain très fréquentée. « Feux d'artifice ! criait-il. Pierres nacrées venues des rivages de l'Inversé ! Tablettes de désir lascif ! » Il haranguait la foule tout en faisant de son mieux pour ignorer l'étrange sensation qui faisait picoter sa nuque, la sensation que quelque chose allait terriblement mal dans ce monde. Il essayait de ne pas penser à la nouvelle de l'étrange marée basse le long de la côte, ni aux portes qui ne s'ouvraient pas, ni aux deux jeunes dieux avec lesquels il avait voyagé la veille et qui avaient disparu sans un mot de remerciement. Il essayait de ne pas penser aux rumeurs qui se répandaient, selon lesquelles l'Empereur ne viendrait pas, ces rumeurs qui affirmaient que l'Empereur était blessé ou clamaient que le Bassin du Ciel était assailli, car même s'il n'avait que peu d'amour pour le dieu-roi ou les Familles, il n'avait aucune envie d'être jeté à Joyrock pour blasphème. *Je ne suis pas arrivé là où j'en suis en remuant le couteau dans la plaie. Garde ça pour toi. Reste sage. Reste en vie. Voilà la voie à suivre.* Il essaya de ne penser qu'à son chariot rempli de babioles et aux gens assez fous pour les acheter.

Il s'est cassé la voix à hurler les histoires fantaisistes de ces objets volés aux dieux, et à crier sur son chauffeur pour soulager sa frustration, lui demandant de l'aider ou de disparaître, jusqu'à ce que le chauffeur fasse ce qu'il lui demandait, se lever et partir, à la grande fureur du vendeur.

« Où… où vas-tu ? » a-t-il demandé, impuissant.

Le conducteur souhaitait voir par lui-même l'état de la mer tel qu'il lui avait été décrit. Il a suivi un groupe de personnes qui se dirigeaient vers le bord de la falaise et a constaté qu'on ne lui avait pas menti : l'océan se retirait. Tout ce qui demeurait autrefois invisible sous l'eau était maintenant exposé. Pas seulement les poissons, les requins, les anguilles et les algues plates, mais aussi le massif de corail au loin, comme une ligne de pots de fleurs colorés. Et sur le fond marin, juste en dessous de la falaise, les navires déchus de l'Empereur. Huit bateaux échoués : les énormes bêtes de bois du Soleil Souriant, son aventure pour les terres vierges de conquête, reposant dans la vase. Sept d'entre eux avaient chaviré, comme des jouets renversés sur le sol, le *Maada*, l'*Induun* et d'autres, aux noms des Familles gravés sur le flanc. Un seul bateau était resté debout, le *Jorro*, penché, retenu seulement par les dernières cordes attachées aux crochets de pierre qui bordaient le quai royal.

Le chauffeur du vendeur de babioles et d'autres qui partageaient sa curiosité regardaient les hommes en bas essayer de sauver le bateau qui penchait. *Des années de travail ont failli disparaître avec la marée basse… Nous n'avions jamais vu un tel phénomène auparavant. Notre seul espoir était de remettre les bateaux à l'endroit, de réparer les dommages subis par leurs coques avant que la marée remonte.* Une petite foule de spectateurs au sommet de la falaise applaudit, rit et cria des instructions inutiles tandis que les petites silhouettes en bas lançaient des cordes par-dessus le bastingage tribord du *Jorro* et tiraient – trente hommes et femmes maintenant – pour essayer d'empêcher l'inévitable affaissement du huitième navire.

Mais comme un chat fatigué, le *Jorro* ne laissa pas sa volonté être contredite. Le bateau massif roula sur le côté et son mât se brisa en deux comme un os. Les hommes et les femmes, cordes à la main, fixaient la bête déchue dans un silence stupéfait.

« Pauvres cons », a murmuré le conducteur.

Alors que son chauffeur méditait sur la futilité de servir un maître impitoyable, le vendeur de babioles fut éconduit par un client mécontent. Les épaules basses, il s'est tourné vers son chariot, s'apprêtant à dire à son conducteur combien il était difficile de vendre ses marchandises à des imbéciles et à des idiots. Lorsqu'il vit que le chariot était vide, le vendeur eut une brève prise de conscience et se demanda si, en considérant les nombreux mauvais tournants que sa vie avait pris, il n'était peut-être pas en partie responsable de ce qui lui arrivait. *Ce n'était pas une bonne journée.* Il décida de retourner à la Porte et de voir si des nouvelles étaient venues de l'intérieur. Les chevaux, peu habitués à sa présence aux rênes, ne bougèrent qu'après de nombreux efforts de sa part, tirant à gauche, à droite, en haut, s'épargnant ses assauts. De toute façon, tout cela ne servait à rien : lorsqu'il arriva, la porte n'avait toujours pas bougé et la file de chariots n'avait fait que s'allonger. Il remarqua que l'un des véhicules près de la porte, entièrement recouvert d'épais plis de toile drapée, n'était surveillé par aucun marchand ou conducteur. *Je supposais qu'après une semaine comme celle-ci, certains d'entre nous avaient tout simplement abandonné et étaient partis à la recherche d'une vie plus facile. En voyant ce chariot laissé sans surveillance, même moi j'étais tenté de m'en aller.* Tel était l'état d'esprit des pèlerins, quand la journée a commencé pour de bon.

« Par les Cinq Cieux, qu'est-ce que c'est ? »

Le cri a résonné au milieu de la foule. Au cri de la femme et à son doigt pointé, les gens regardèrent vers l'ouest, vers l'horizon de collines et la lumière qui perçait les nuages qui s'amoncelaient.

Une ligne noire s'était formée le long des crêtes des collines ; la distance était telle que les détails en étaient brouillés et indistincts. Pour le vendeur de babioles, elle ressemblait à une couche de sédiments, dure et compacte, du genre de celle qui s'accumulait sous son chariot s'il négligeait de le nettoyer. Les mains tremblantes, il prit une vieille longue-vue dans son coffre et vit la ligne noire pour ce qu'elle était : une armée, forte de centaines de soldats, portant les bannières des Cinq Familles et des mercenaires qui se battaient pour elles. *Et tout ce que je pensais, c'est que c'était du gâchis, que j'avais fait tout ce chemin pour rien.* Une formation à cheval s'est détachée de la ligne principale, portant les couleurs de la maison Induun.

Le vendeur de babioles commença à transpirer lorsque la femme à la tête de cette formation leva la main, faisant clignoter un morceau de verre contre la lumière de l'aube. C'était un signal. Elle envoyait un message. Le vendeur le savait, mais il ne savait pas ce que ce signal signifiait ni à qui il était destiné.

« C'est l'Empereur ? Il est enfin arrivé ? »

Le vendeur de babioles a baissé sa longue-vue. Il avait l'habitude de se sortir de situations difficiles. Il savait quand il pouvait échapper à un combat et quand il était temps de se préparer à recevoir un coup. Il se tourna vers la femme, la bouche sèche.

Il voulait lui dire qu'il était temps de se cacher, mais il avait mal évalué la direction d'où venait le danger, car un instant plus tard, il était au sol, et ses oreilles bourdonnaient alors que des morceaux de bois et de roche pleuvaient sur lui et sur toutes les autres personnes qui avaient été assommées en même temps que lui. Ses oreilles saignaient. Les gens criaient, mais il ne pouvait pas les entendre. *Mon mari – il était juste à côté de moi –, est-ce que quelqu'un l'a vu ?* C'était comme si la force qui l'avait poussé au sol l'avait aussi envoyé sous l'eau.

Et tandis que le monde s'écroulait, le vendeur de babioles découvrit en lui une réserve de sentiments sacrés, et alors qu'il errait en titubant dans ce chaos fumant à la recherche de son chauffeur, une prière lui vint de nulle part, accrochée à un brin de son esprit effiloché, une prière qui implorait de l'aide, de quiconque écoutait.

MATIN

Les portes de la Cité divine s'effondrèrent.

Depuis les collines périphériques où les seigneurs observaient le carnage, cela ressemblait moins à une explosion qu'à une soudaine bouffée de fumée noire et, quand la grande dalle de pierre bascula sans cérémonie, tout ce qu'ils entendirent fut une série de coups de poing lointains. Djove, lui, n'entendit rien du tout. Son attention était focalisée sur les troupes de première ligne qui chargeaient à cheval vers le mur couvert d'impacts, se frayant un chemin à travers la foule des pèlerins qui se dispersaient en hurlant.

Les hostilités étaient ouvertes. Des félicitations furent adressées au seigneur Waag, qui avait supervisé le développement des explosifs, fabriqués à partir de matériaux extraits de ses carrières, et le seigneur Waag a rayonné et dit aux autres qu'il était fier de voir son travail utilisé à des fins supérieures. Les seigneurs se retirèrent dans les tentes derrière les collines, tandis que Djove s'attardait un instant, regardant à travers la vitre le premier de ses guerriers disparaître dans la fumée et les décombres des murs de la ville. Il s'est détourné.

Sur le chemin de la tente principale, il croisa la route d'un jeune guerrier essoufflé.

« Des démons, monseigneur ! haleta le guerrier. Il y a des démons qui souhaitent parler avec Shan ! »

Ils attendaient dans une tente obscure.

L'unité de réserve qui les avait capturés se tenait à l'extérieur de la tente de détention, silencieuse, aucun d'entre eux ne sachant comment mettre des mots sur ce qu'ils venaient tous de vivre à un carrefour situé non loin du camp. *Nous étions en patrouille, nous assurant qu'aucune stratégie secrète n'avait été employée par notre ennemi, aucun renfort visant à nous prendre à revers, lorsque les Daidos sont apparus.* L'un des Hommes de la Famille a jeté un coup d'œil par le rabat de la tente. Il l'a fait rapidement, touchant le rabat comme s'il était brûlant, craignant de regarder trop longtemps à l'intérieur. *Plus de Daidos qu'aucun de nous n'en avait jamais vu. Des centaines. En un clin d'œil, sans un bruit, ils étaient juste là. Tous de tailles différentes, certains gros comme un ours, d'autres petits comme des cailloux sur le sol. Les statues d'esprit tapissaient l'entrée d'une route secondaire qui menait les dieux savent où. Lorsque nous avons senti quelque chose passer, nous avons sorti nos lames, nos arcs et nos flèches.*

« Qu'est-ce qu'ils font là-dedans ? demanda l'un des hommes.

— Ils restent debout…, répondit un autre, à attendre. »

Mais il n'a émergé de la porte des Daido que deux humains, du moins c'est ce que nous avons d'abord pensé. Des hommes, environ du même âge que nous. L'un n'avait qu'un seul bras. L'autre portait sur son visage le tatouage du Paon rouge.

Nous avons vite compris qu'il ne s'agissait pas de simples humains. L'air semblait vibrer autour d'eux, comme le sang autour d'une épée maléfique. Nous avons dégainé nos armes et leur avons demandé de se rendre. Nous avons exigé de savoir d'où ils venaient et ce qu'ils avaient l'intention de faire. Ils nous ont regardés, puis sont regardés l'un l'autre, et bien qu'ils ne parlent pas, il était évident qu'ils communiquaient, car l'un d'eux fit bientôt un petit signe de tête et déclara qu'ils souhaitaient parler avec la soldate nommée Shan. Déposez vos armes, leur avons-nous dit une fois de plus, mais alors… mais alors…

Nous les avons entendus. Dans nos esprits.

Comme un murmure venant d'un rocher.

Amenez-nous à Shan.

Lorsque nul autre que le seigneur Induun et ses gardes personnels se sont approchés, les soldats se sont inclinés avec un intense soulagement. « Soyez prudent, monseigneur », dit le plus courageux des réservistes, après avoir expliqué à Djove les circonstances dans lesquelles ces deux prisonniers avaient été appréhendés. « On ne sait pas de quoi ces démons sont capables. » Djove a fait signe à l'unité de réserve de s'éloigner, et ses gardes sont entrés dans la tente. Ils ont essayé de convaincre leur seigneur de les laisser s'occuper de l'interrogatoire, que c'était trop dangereux pour lui d'entrer, mais Djove Induun n'était pas homme à se laisser dissuader de rencontrer les supposés démons qui étaient à la recherche de sa petite-fille.

Les Hommes de la Famille divisèrent la tente en deux parties : lui, bien protégé, d'un côté et les deux jeunes démons, entourés de lances et d'épées, de l'autre. Au début, il se demanda pourquoi ses hommes avaient appelé ces jeunes hommes « démons ». Ils étaient poussiéreux, leurs vêtements en lambeaux témoignant d'une récente bataille acharnée, leurs visages décharnés et fatigués d'une manière qui lui rappelait les gamins qui venaient mendier sur les routes des résidences de la Famille. Il crut reconnaître l'un d'entre eux, le plus petit des deux, avec le tatouage du Paon rouge dessiné sur son visage acéré. Quant à l'autre, aux yeux de Djove, c'était un être hétéroclite, une dague en os déterrée sous un vieux rocher oublié. Il nota l'absence de son bras gauche et craignit un instant de partager la tente d'un lépreux, mais cette crainte fut dissipée par les émotions qu'il ressentit en voyant la lance que tenait le garçon.

Une fois par an, il rendait visite à Araya à son poste de contrôle. Ils buvaient du thé ensemble et avaient une discussion polie, bien que tendue, sur leurs vies respectives. Il ne faisait pas mention du piètre état de sa forteresse ni de l'abondante quantité de vin qu'elle se versait. Mais à chaque visite, il lui demandait si elle souhaitait reprendre le nom de la famille, et à chaque visite elle refusait gentiment, la dispute n'éclatant que lorsqu'il remarquait la maudite lance qui continuait à être accrochée au mur de sa chambre.

« N'est-ce pas suffisant que tu nous aies presque conduits à la ruine par ton comportement ? demandait-il. Dois-tu aussi exhiber ton échec devant tous tes invités ?

— C'est tout ce qu'il me reste de lui », disait-elle. Puis elle ajoutait, avec un ricanement : « Et que sais-tu de l'amour ? »

En regardant la lance dans la main de la créature manchote, il s'est souvenu de toutes leurs petites disputes. De tous leurs échecs à se comprendre.

Stupide fille.

« Qui êtes-vous ? demanda-t-il calmement.

— Je m'appelle Keema, de la tribu Daware. J'ai servi sous les ordres de la commandante Uhi Araya avant que la brigade de la Première Terreur attaque la Porte du Tigre, à la recherche de l'Impératrice en fuite. Araya m'a donné cette lance avant de mourir et m'a demandé de la remettre à une soldate nommée Shan. »

Djove a encaissé la nouvelle.

Je les ai crus.

« Comment ma fille est-elle morte ? »

Il était clair à la façon dont le visage du jeune homme s'est décomposé qu'il ne savait pas qu'Araya appartenait à sa famille. « De la meilleure manière que quiconque puisse l'espérer, a-t-il répondu. Courageusement. »

Pendant un long moment, Djove n'a pas bougé. Il n'était plus qu'un orage lointain et silencieux. Ses gardes l'ont regardé, lui ont demandé s'il allait bien. « J'avais entendu parler de l'évasion de l'Impératrice, dit-il enfin. Je suppose que vous êtes les deux gardiens qui menaient Sa caravane.

— Nous l'étions, dit l'homme de Daware.

— Où est-Elle ?

— Elle est morte, répondit Jun.

— Elle est morte. » Djove répéta ces mots avec autant de crédulité qu'il avait à en offrir. « La Mère Éternelle des Empereurs, la Lune Incarnée, la Dame de la Nuit, est morte.

— Elle a consommé tout ce qui restait d'Elle pour tuer la Première et la Deuxième Terreur. »

Il ignorait tout cela. « Et Son corps ?

— Nous l'avons mangé, à Sa requête. »

La ligne des gardes a fait un pas en arrière. L'une des épées tremblait. Djove, dont le corps n'exprimait pas des choses telles que la peur ou la détresse, sentit la sueur couvrir ses paumes. Keema a fait un pas en avant. *Je les ai tous regardés et je leur ai dit, à travers les pensées, que c'était vrai. Alors que ma voix pénétrait dans leur esprit, je leur présentais la preuve que nous étions les dépositaires de Son Don, tandis que Jun faisait trembler les mâts de la tente et soulevait de terre les nattes de paille posées sur le sol.* Les gardes, tous des hommes de foi, tombèrent à genoux devant eux et s'inclinèrent jusqu'à ce que leurs fronts touchent terre.

Les yeux de Djove étaient écarquillés, mais il est resté debout. *Mais nous ne nous sommes pas souciés de savoir qui s'inclinait et qui restait debout. Nous leur avons dit que la vague arrivait et que nous étions là pour l'arrêter, après avoir fait tomber la Troisième Terreur. Que s'ils accordaient quelque valeur à leur vie, ils rappelleraient leurs forces et fuiraient vers l'ouest, car nous ne savions pas jusqu'où la vague avancerait avant que nous puissions arrêter sa course, et que nous ferions en sorte que le moins de personnes possible périssent sous son poids écrasant.* C'étaient des mots que même Djove n'a pas pu refuser d'entendre, car ils ont ignoré ses oreilles déficientes et ont investi le temple même de ses pensées. Que quelqu'un ose pénétrer dans ce lieu, dans son for intérieur, était une intrusion qu'il ne pouvait supporter de laisser impunie. Il avait même, sur le bout de la langue, l'ordre de demander à ses gardes d'abattre ces gamins. *Mais nous lui avons dit que nous ne recommandions pas cette ligne de conduite.*

Djove Induun s'est mordu la langue, car il n'avait pas confiance en sa capacité à se contenir. Une veine gonflait sur son front. Elle semblait palpiter au rythme de son mécontentement, de sa frustration, alors qu'il s'inclinait devant eux.

Ni Keema ni Jun ne s'attendaient à cela.

« Je vous remercie, dit Djove en serrant les dents, de votre patience. De ne pas nous avoir massacrés, car j'imagine que c'est un petit exploit pour vous, maintenant. Cependant, si ce que vous dites est vrai, si une vague vient vraiment balayer cette terre, alors je ne pense pas beaucoup de bien de vos compétences en matière de gestion des priorités. »

Il s'est relevé. Il passa devant la ligne de gardes pour se rendre de leur côté de la tente. Il avait l'air toujours aussi furieux.

Je n'aimais pas perdre.

« Monseigneur…, chuchota l'un des gardes.

— Si Shan est encore en vie, dit-il, alors elle traverse la ville en ce moment même. Elle se dirige vers la Maison d'Été, au sommet de la colline, afin d'atteindre Joyrock. » *Nous l'avons remercié. Et nous lui avons dit que s'il souhaitait vivre, il devait se retirer maintenant.* Il nous a lancé un regard noir. « Je vais rencontrer les autres Familles, a-t-il dit lentement. Mais je doute que même si on sonne la retraite, Shan revienne. Elle croit que son père est encore vivant et prisonnier à Joyrock, et je crains qu'elle ne préfère mourir plutôt que d'échouer à le libérer. »

Il s'inclina devant eux une fois de plus.

« S'il vous plaît. Trouvez-la. » Il a dégluti. « Rendez-la-moi. »

À l'intérieur des murs de la ville, Shan a soupiré.

Elle essuya le sang de son épée, tandis que l'homme décapité glissait le long de la route en pente. « Suivez-moi ! » cria-t-elle, et elle et sa troupe remontèrent la Grande Boucle de la ville en courant, traversant des quartiers où les loyalistes se recroquevillaient derrière des portes condamnées, et où les régiments impériaux déboulaient de leurs arrières, des ruelles, et même des balcons et des toits. Ses hommes l'entourèrent. « Boucliers levés ! » cria-t-elle. Des écus en bois formèrent une tortue, arrêtant les flèches qui volaient. Les pointes de pierre tranchantes mordaient le bois comme un essaim d'abeilles. *Toutes les appréhensions que nous avions avant de suivre la fille d'Induun dans la bataille se sont envolées quand elle a commencé à déchiqueter ses adversaires comme un couteau déchire un tissu bon marché.* Shan, pour sa part, était terrifiée, mais elle avait appris du meilleur comment cacher toute émotion qui pourrait l'empêcher d'obtenir ce qu'elle voulait, et ce qu'elle voulait, c'était son père.

Une flèche lui a transpercé le bras. Elle lui a jeté un regard rapide, avant de charger en hurlant. Le sang a giclé sur les façades en briques. Il a coulé sur la route pavée.

Il coulait humide et chaud sur sa joue.

Les démons étaient partis.

Djove les a regardés filer dans les champs, vers les feux de la bataille. « Monseigneur, l'a interpellé son serviteur en s'approchant timidement, que voulez-vous que nous fassions ? »

J'aurais aimé qu'on me rende mes certitudes.

« Où sont les autres seigneurs ? a-t-il demandé.

— Dans la tente de repos, en train de déjeuner.

— Après avoir parlé avec eux, je voudrais que vous sonniez la retraite. » Ce dernier mot était comme de la bile sur sa langue. Il a fermé les yeux. Il était sur le point de faire ce qu'il avait consacré sa vie entière à combattre : une concession. Il savait que les chefs des Familles ne le regarderaient plus de la même façon après cet instant. Il savait qu'il abandonnait, en fait, son pouvoir.

Quelle étrange fin.

Sa suite l'a accompagné jusqu'à la zone sécurisée, dans une clairière protégée par un régiment de leurs meilleurs guerriers. Son pas était lourd tandis qu'il marchait vers l'entrée de la tente. À bien des égards, il se sentait comme un enfant que l'on emmène se faire châtier. La retraite. Le seigneur Maada viendrait sans doute réclamer sa charge après ça. Ou les Panjet-Waags. Ils lui diraient aujourd'hui que la retraite est la ligne d'action la plus sage. Et demain, ils viendraient couper sa proverbiale tête.

Mais alors, il a pensé à la lance.

Il a pensé à Araya, piétinée dans la boue.

Il a pensé à Shan, fauchée par une épée.

Que sais-tu de l'amour ?

Il s'est arrêté, juste avant d'entrer dans la tente. Son serviteur le regardait, inquiet.

Et Djove a contracté les mâchoires, il a respiré l'air trouble, et il est entré. Le rabat s'est refermé derrière lui. Ils étaient là, assis à la longue table, tous les quatre, ses rivaux, ses ennemis, ses amis les plus proches. Le seigneur Waag souriait toujours, même s'il était beaucoup plus ivre, car il continuait de se réjouir du succès de ses explosifs. Le seigneur Maada et sa femme Zusa se tenaient à l'écart, à l'autre bout de la table, car aucun d'entre eux ne se souciait des fanfaronnades de Waag ou de la théâtralité de Yinn. Aucun d'entre eux n'a remarqué l'entrée de Djove, à l'exception de dame Panjet qui a noté l'affaissement inhabituel de ses épaules. « Qu'est-il arrivé, seigneur Induun ? » demanda-t-elle.

Mais avant qu'Induun puisse répondre, c'est le seigneur Yinn, qui n'avait jamais su interpréter correctement une situation, qui l'a interrompu en gloussant. « On dirait que vous avez amené un visiteur, monseigneur ! »

Un petit oiseau avait volé dans la tente derrière lui. Un oiseau de la couleur inhabituelle du violet royal. Les domestiques, alignés le long des pans de la tente, se sont lancés dans une poursuite effrénée pour tenter de le capturer et de le ramener à l'extérieur. Et tandis que les autres seigneurs, portés par les succès de la journée, riaient et se moquaient de cet invité inattendu, Djove fixait cet oiseau, la teinte frappante de son plumage, et soudain, d'un coup, toute la lourdeur de son être s'est envolée. Ses échecs et ses victoires, et toutes les amours et les haines de sa vie. Ils sont montés, à travers le toit de la tente, jusque dans le ciel. Car il savait que cet oiseau n'était pas un simple oiseau. Il le sut avant tout le monde, avant même que l'oiseau s'envole dans un coin de la tente et ressorte de derrière le paravent : ce n'était alors plus un oiseau, mais une silhouette au long museau et aux multiples dents. Mais Djove Induun n'avait pas besoin de ces indices évidents. Dès qu'il vit ces plumes violettes, au plus profond de lui-même, là où la vérité se fait connaître à l'instinct et à l'instinct seul, il sut.

« Par l'Abysse, qu'est-ce que c'est ? » a crié le seigneur Yinn, se levant d'un bond de son siège.

L'œil couleur de pleine lune de la créature les regarda tous avant que sa mâchoire s'ouvre. Djove a souri, acceptant gracieusement sa défaite.

Et j'ai accueilli ma mort.

« Ainsi commença la course vers le centre. »

Ton *granjo* déroule une carte sur la table ; un gros plan du champ périphérique et de la ville. « Entre les deux guerriers et la Maison d'Été de la Terreur s'étendait un champ de bataille grouillant, un mur impénétrable et une ville entière. Plus de quatre cents guerriers se sont battus dans les rues et dans le champ au-delà.

— La porte était obstruée par la mort, intervint ta *lola*. Il n'y avait aucun moyen de traverser la fumée ou les lames. »

Ton père se tient près de la fenêtre.

Autour de lui sont assises les ombres de ses fils, leurs mains sur ses épaules affaissées. « On les entend », dit-il, l'oreille tendue.

Les cris.

Le vendeur de babioles avait la tête enfouie dans la terre alors qu'autour de lui, les combats faisaient rage. Il connaissait les bannières, il avait vendu ses tablettes pornographiques à la plupart d'entre elles à un moment ou à un autre. La Griffe du Coq. Les Dragons noirs. La Tempête. Les Serpents des Rivières. Les Hommes à la Hache. La Manse brisée. Les Tueurs de Dieu. La Promesse de Fortune. La Lune de Sang. La Fin de L'Été. Les Démons de Pierre. Ils affrontaient les forces loyalistes des Élans pourpres et des Singes d'argent tandis que les gens pris en tenaille entre eux criaient et couraient. À travers les membres coupés et les arcs de sang, le vendeur se traînait sous le chariot, le souffle court et rapide. *J'ai cherché désespérément mon conducteur. Je voulais juste revoir ce fainéant. Je voulais m'assurer qu'il respirait encore.*

La moitié du corps d'un homme s'est affalée dans la terre à côté de lui, et il a gémi.

Un contingent de soldats loyalistes a déboulé de la porte sud. Ces soldats ont rencontré les guerriers engagés par les Familles dans le champ même. Les hommes et les femmes des Serpents des Rivières chantaient à travers les torrents de sang dont ils arrosaient ce champ. Le combat, de son propre élan, se rapprocha de la foule qu'il entourait. La foule déferla vers la porte principale. Les gens ont coulé sous la pression, écrasés. *Je n'arrivais plus à respirer. Des pieds m'écrasaient la poitrine, le cou.* Les poings frappaient la herse. *Nous avons crié pour qu'on nous laisse entrer. On a crié jusqu'à ce qu'on ne puisse plus crier.* Les gardes qu'on avait postés à l'extérieur pour former une haie en l'honneur d'un Empereur qui n'arriverait jamais se sont positionnés entre les francs-tireurs et les civils, essayant de maintenir l'ordre. *Ils nous ont dit de rester en arrière, mais nous n'avions pas d'armes ! Ils nous ont pris pour des soldats !* Les gens ont été abattus. La garde d'honneur a crié aux francs-tireurs de cesser le combat, de se retirer, mais leurs ordres, qui n'étaient soutenus par aucune autorité visible, ne se sont élevés que pour pathétiquement tomber à plat, avant qu'un homme de la Promesse de Fortune s'approche d'eux et abatte son marteau sur la tête d'un homme tremblant. Des morceaux de crâne ont volé dans les airs. L'homme de la Promesse de Fortune s'est vu immédiatement soulevé du sol. La garde d'honneur l'avait embroché sur un amas de pointes de lances. L'odeur ferreuse du sang se mélangea au parfum de la fourrure et de la merde. La peur s'est élevée de ce quartier comme un brouillard. Le vendeur de babioles regardait de derrière les doigts qu'il avait croisés sur ses yeux, tandis qu'un enfant qu'il ne connaissait pas se blottissait à ses côtés. Il frémissait de tous ses membres tandis qu'il se familiarisait avec la minceur de parchemin qui sépare le souffle de la vie de la paix éternelle. *C'est alors, au moment où j'étais le plus effrayé, que j'ai vu les deux guerriers, courant vers la mêlée. Et, les yeux écarquillés, je les ai regardés s'approcher du grand mur de la Cité divine et je les ai vus accomplir leur deuxième miracle.*

Ton granjo, avec sa main, estime une hauteur.

Sa main vacille, puis s'arrête, au niveau de sa tête. « À peu près aussi haut qu'un poste de contrôle, un peu plus haute. »

Il a haussé les épaules.

« Rien qu'un humain ne puisse escalader. »

Ils ont sauté.

De sous son chariot, le vendeur les regardait : deux corps, projetés en l'air comme par une catapulte. La lance a failli glisser de la main de l'homme de Mauvaise Fortune alors qu'il s'élevait, puis retombait. Deux archers sur le mur regardaient, bouche bée, l'arc que formaient leurs corps en volant, comme des oiseaux s'échappant d'une cage fermée. Ils n'ont même pas pensé à lui tirer dessus. Même eux ne voulaient pas gâcher ce moment. Et silencieusement, Keema et Jun disparurent par-dessus le haut mur, le vendeur marmonnant une prière susurrée du fond du cœur, avant que le cor des collines de l'Ouest retentisse.

BA-OUUUUUUMMMMMMM.

La détonation retentit au-dessus de la ville grouillante. Elle provenait des collines à l'ouest, là où le campement de la Famille sonnait la retraite. Le pas de chaque Homme de la Famille, de chaque mercenaire à cheval, s'est arrêté. *Nos chefs étaient morts, et le dernier commandement de Djove nous ordonnait de retirer nos guerriers.* Les Hommes de la Famille ont quitté l'escarmouche les premiers, car ils étaient les plus loyaux et les plus prompts à suivre les ordres des seigneurs, alors que les mercenaires semblaient plus réticents à arrêter le combat, leur soif de sang étant à son apogée, et les Singes d'argent surgissaient des ombres, leur coupant la retraite.

Un couteau a rebondi sur l'épée que Shan brandissait. Elle était à l'entrée de l'avant-dernier district. Elle était presque au sommet.

« Premier Protecteur ! s'écria un des hommes de Shan alors que le hurlement de baryton du cor de retraite fendait l'air. Nous devons nous replier ! »

Mais elle était trop proche.

Des années, elle avait attendu ce moment.

Une vie entière.

« Je continue, dit-elle aux six guerriers ensanglantés qui restaient. Ceux d'entre vous qui veulent venir avec moi, suivez-moi. Ceux qui veulent faire demi-tour, retournez au camp et dites-leur que Shan Araya tient ses promesses. »

Les six guerriers se sont entreregardés.

Elle avait, à défaut d'autre chose, gagné notre respect ce jour-là.

Ils se sont inclinés devant elle, avant de s'enfuir. Il lui restait suffisamment d'énergie pour en rire avant de continuer son chemin vers le centre de ce monde.

Du toit d'un tribunal,
ils ont observé la retraite.

Jun s'accrochait au bras d'une statue adressant ses prières au ciel tandis que Keema enjambait l'auvent incurvé, les yeux fermés, les oreilles à l'écoute des voix inaudibles qui s'élevaient du flot de corps en contrebas. *J'avais froid, j'avais si froid, tout sortait de moi et j'avais si froid – VA TE FAIRE FOUTRE, je le tenais, je le tenais presque, mais je n'ai pas vu le couteau, il est sorti de sa robe si rapidement, il m'a planté en plein dans le flanc, et j'ai su que c'était la fin de cette putain de vie – VIENS ME CHERCHER, j'ai crié, JE SUIS PRÊT, mais je n'étais pas prêt – Nous avons essayé de battre en retraite, mais les flèches continuaient de pleuvoir, Therin… il… il… C'était dans son œil, comme une fleur, et il m'a souri comme si on était de retour dans notre lit, il m'a souri comme si c'était bon… Reviens, reviens, petite merde d'homme… – Oui, je prends mon temps, tu sais à quel point c'est bon quand ça glisse du ventre de l'enfoiré, comme si on traînait un couteau dans la boue, et qu'il gémit sous toi alors que tout ce qu'il est sort dans un flot et j'avais presque fini juste là, encore un peu, je me suis souillé en le voyant s'agiter – Non, nonononon, NON – C'était trop tard – Un oiseau a volé au-dessus du toit et j'ai vu la lumière et la fumée s'échapper de ses ailes et j'ai baissé ma lame parce que qu'est-ce que tu peux faire d'autre, quand tout est si beau ? – J'étais proche, un quartier de plus, et j'y serai, ma mère serait fière de moi.* Les yeux de Keema se sont ouverts. Il a pointé sa lance sur l'avant-dernière révolution de la Grande Boucle. « Là ! »

Elle ne les a pas vus arriver.

Shan courait entre les magnifiques tours d'algues gelées, les bâtiments composés de coraux aussi bleus que du *jerin* fraîchement pulvérisé, et les immenses et antiques crustacés évidés que les Empereurs d'autrefois avaient sortis de la mer pour bâtir leurs Palais d'été, lorsque les deux jeunes hommes se sont écrasés sur le sol devant elle.

Une lance s'est envolée. Un sac est tombé à côté de leurs corps étendus. Elle a regardé le ciel pour y chercher une explication pendant que les jeunes hommes gémissaient.

L'un d'entre eux était un Paon rouge. Quand elle vit le tatouage sur son visage, elle eut l'image soudaine et violente de sa mère empalée par le Prince Rouge-Sang. Elle a chargé vers eux, l'épée au clair. Sentant sa présence, le Paon s'est levé d'un bond. Il n'était pas armé. Il a arraché le sac du sol et l'a serré contre sa poitrine. Le deuxième homme s'est placé entre eux, son unique bras tenant sa lance avec assez de force pour transpercer cinq hommes.

« Shan ! a-t-il crié. Attends ! »

L'épée a failli glisser de sa main. Ses pieds ont dérapé sur le sol caillouteux, ses sandales brûlant à cause du frottement.

Le jeune homme la regardait, comme s'ils étaient de vieux amis qui ne s'étaient plus vus depuis trop longtemps.

Elle assura sa prise sur sa lame.

« Comment connaissez-vous mon nom ? Qui êtes-vous ? »

Le jeune homme ne répondit rien, car il savait que les mots ne rendraient pas justice à ce qu'il pouvait simplement lui montrer. Il lui a présenté l'arme qu'il portait. La lance, taillée dans du bois de korga et de la minérite. Sa pointe brillante titillait l'œil de Shan. Et tandis qu'il lui tendait la lance, tous les bruits de la ville, les râles des mourants, les cris rauques, la précipitation de la retraite, tout semblait s'estomper, jusqu'à ce qu'il ne reste que le souffle de sa respiration et le murmure de ses doigts rencontrant cet objet qu'elle ne connaissait que par les histoires de sa mère.

« Qui es-tu ? a-t-elle demandé d'une voix blanche.

— Keema, a-t-il répondu. De… »

Il s'est arrêté.

Cette partie, ce n'était pas son histoire.

« J'ai travaillé pour elle, a-t-il ajouté. À la Porte du Tigre. »

Elle tenait la lance contre sa joue. Elle ne savait pas pourquoi. Cela semblait juste. Le bois rainuré était chaud et solide. Il était réel.

« Je suis désolé, a dit Keema, car il savait que cette fille était la fille d'Uhi. Elle… C'était… » Encore une fois, ses mots s'effritaient entre ses doigts.

Dis-lui quelque chose de gentil.

« C'est pour toi. »

Les lèvres de la fille d'Induun ont tremblé, des larmes coulaient en rivières sur ses joues couvertes de poussière. Elle a inspiré profondément.

« Une vague arrive, a-t-il dit. Elle menace de balayer toute cette terre sur son passage. Nous allons essayer de l'arrêter, mais cette ville peut être engloutie par ses flots. Tu devrais partir, avant qu'il soit trop tard. »

Shan s'est essuyé les yeux. Sa journée n'était pas encore terminée. « Pas avant d'avoir atteint Joyrock.

— Ton père. »

Elle a hoché la tête.

« Il n'y aura peut-être pas de retour possible, a observé Jun.

— C'était clair dès le début, Paon », dit-elle, avec une pointe de venin. À Keema : « Tu as parcouru une grande distance pour me donner cette arme. Je t'en remercie. Sincèrement. Mais je suis allée trop loin pour m'arrêter ici. » Elle a regardé la lance avec une détermination renouvelée. « Je dois essayer de le libérer. Même s'il… Je dois essayer.

— D'accord », dit Keema. Il n'a pas voulu discuter ce fait. « Alors nous t'accompagnerons. Nous aussi, nous avons à faire à Joyrock.

— Qu'est-ce qui vous attend dans cet endroit maudit ? demanda Shan alors qu'ils se mettaient en route. Vous voulez aussi libérer quelqu'un ? »

En quelque sorte.

« Nous sommes venus tuer la Terreur. »

MIDI

Au sommet de la Cité divine, tout était calme.

En haut de la coquille du monstre marin, dans les entrailles de la Maison d'Été, l'intendante travaillait, sans être importunée par les explosions et les cris. *J'en avais entendu bien d'autres depuis que j'étais au service du Trône. Ce n'était plus que du bruit pour moi maintenant.* Elle continuait à nettoyer les nombreux étages de cette imposante demeure, située sur le point culminant de la ville, sans se soucier de ce qu'elle appelait « le grabuge », c'est-à-dire toutes les affaires qui n'avaient rien à voir avec elle, ce bâtiment et l'endroit en dessous.

La petite femme se faufilait dans des couloirs gigantesques, vides de toute âme. Elle était petite et avait les cheveux gris, *mais les cheveux gris ne me dérangeaient pas ; ils ne faisaient que me donner un air plus distingué.* Sa façon de se déplacer était méticuleuse, elle ne marquait aucune hésitation. Elle connaissait le murmure de chaque lanterne qui éclairait les couloirs sombres de la Maison d'Été, le bruit de chaque pas. Elle nettoyait avec aisance les piliers de corail et les cadres de porte qui étaient autrefois les mâchoires d'énormes créatures marines et elle époussetait les tapis luxuriants qui bâillaient sur des mètres dans les couloirs interminables – des tapis qu'elle était la seule à nettoyer pendant les longues journées sans surveillance dans ce grand bâtiment. Ses pas résonnaient sans jamais s'arrêter, le travail se poursuivant alors que la ville se déchirait.

Posant son matériel de nettoyage, elle décida de regarder au-dehors, juste pour voir. Depuis les hautes fenêtres du deuxième étage, elle observa la ville, les yeux plissés par la lumière crue.

Un bref gloussement s'échappa de ses lèvres lorsqu'elle les vit approcher tous les trois.

« Bonne chance », a-t-elle murmuré.

La promenade s'est ouverte devant eux.

C'était le seul endroit épargné par la bataille. Un amphithéâtre de pierre blanche, de buissons, d'arbres coralliens vertigineux et de statues ouvragées, taillées par les sculpteurs les plus expérimentés. Huit Empereurs, aussi grands que les portes elles-mêmes, se tenaient en cercle, présidant les siècles, chacun étant plus musclé, plus puissant que le précédent. *Sur les ordres du Soleil Souriant, nous avons sculpté Sa statue pour qu'elle soit la plus grande de toutes.* Alors que les trois guerriers passaient sous le regard de ces Empereurs aux yeux morts, Keema sentit sa nuque le picoter, comme s'ils étaient observés. Il se cramponna à la lame que Shan lui avait donnée en échange de la lance – un geste généreux, qu'il appréciait, néanmoins cette bonne vieille lance lui manquait tout de même et il se sentait étrangement exposé maintenant, comme s'il s'était défait ses vêtements. Il essaya de se concentrer, de ne pas se laisser submerger par la beauté de cette promenade comme il n'en avait jamais vu auparavant : la vue à couper le souffle de l'horizon marin qui scindait l'espace entre les immeubles imposants ; le fond nu de l'océan, cruel rappel du peu de temps qu'il leur restait. Les mouettes criaient dans le ciel. Une fontaine d'eau gazouillante annonçait leur approche alors qu'ils montaient les cent marches menant à l'imposante Maison d'Été. Là-haut, au deuxième étage, il vit un rideau trembloter à une fenêtre, comme si quelqu'un venait de disparaître derrière.

La maison n'était pas vide.

« Keema ! Derrière toi ! »

Une pique accrochée à une corde a volé dans l'air.

Nous, le dernier carré de la garde d'honneur de l'Élan pourpre, les Andouillers du Massacre, allions défendre la demeure de Celui que Nous Avions Juré de Protéger.

Keema a laissé échapper un cri étouffé, comme s'il venait de heurter un meuble. Il baissa les yeux vers son ventre. La pointe dans son abdomen lui rendit son regard. La corde à laquelle la pointe était attachée sortait de lui comme un cordon ombilical mal placé. Il l'a touchée avec sa main qui tenait toujours sa lame. Le choc était tel qu'il n'a pas éprouvé grand-chose au début, sinon l'impossibilité d'une telle présence. Ça l'a presque chatouillé.

« Jun », dit-il, comme pour partager cette absurdité avec lui.

Puis l'homme a tiré sur la corde, et Keema a dévalé les marches.

« Non ! » a rugi Jun, et il s'est lancé à sa poursuite.

Keema a rebondi jusqu'au pied des marches, où il gisait, sans bouger.

Des guerriers à l'armure pourpre jaillirent d'épaisses colonnes et de portes sombres.

Jun descendit d'un bond cinq, dix marches, jusqu'à ce qu'il soit accroupi au-dessus du corps désarticulé de Keema. « Je vais bien », croassa celui-ci. Il avait déjà retiré la pique. Le sang maculait la pulpe de ses doigts. « Vraiment, dit-il, la main tremblante, je vais bien. »

Les Élans pourpres se rapprochèrent d'eux comme des vautours.

Les deux jeunes guerriers regardèrent en haut de l'escalier, vers l'endroit où se tenait leur récente partenaire.

« Je suis désolée », chuchota Shan, avant de continuer à monter l'escalier sans eux.

Les portes d'entrée se sont ouvertes d'un seul coup.

La lumière du jour filtrée par les rideaux inonda le couloir de la Maison d'Été. Dans l'ombre, l'intendante observait d'un œil détaché la grande fille frénétique qui claquait les portes coulissantes en murmurant : « C'est où ? C'est où ?

— Est-ce l'entrée de Joyrock que vous cherchez ? »

Shan s'est figée sur place et a pivoté.

Comme un mulot, l'intendante s'est avancée dans la lumière rasante. Le coude de Shan a heurté le support d'un vase en porcelaine ; le vase, peint de nombreux élans pourpres, a vacillé, mais il n'a pas basculé.

« Par ici », dit l'intendante.

Elle se mit en route dans le dédale de couloirs, suivie de Shan. À ses pieds, un tapis Induun, rouge comme la terre, indiquait le chemin de l'enfer.

« Elle a suivi la femme, bien sûr. »

Ta *lola* te regarde en haussant les épaules.
« Que pouvait-elle faire d'autre ? »

« J'aime bien avoir de la visite. »

L'intendante s'exprimait avec la douce réserve d'une épouse à qui l'on vient de faire remarquer qu'elle parle trop fort. « L'Empereur n'est pas venu ici depuis très longtemps. C'est dommage. Tant d'efforts ont été faits pour la décoration. Tant de choses magnifiques à voir. Seuls les damnés en profitent maintenant. »

Shan sentait le frémissement des fantômes tout autour d'elle. *Je me souviens de l'intendante. Quand on m'a traînée à la Maison d'Été parce que j'avais sali Son nom sur les murs d'un temple de Shisha, c'est elle qui m'a accueillie à la porte. Elle m'a traitée avec gentillesse. Elle m'a servi du thé dans le salon royal, qui donnait sur la mer verdoyante. Elle a dit que c'était normal que quelqu'un en profite. Ils l'ont appelée la Dernière Bonté. Et c'était une bonté. J'ai pleuré en écoutant le clapotis des vagues.*

Shan avait beau essayer de presser l'intendante, la femme restait méthodique dans ses gestes. Elle poussa un petit grognement réprobateur à l'intention de la jeune fille lorsque celle-ci essaya d'ouvrir elle-même la porte verrouillée, et retira avec un sourire malicieux une clé de sa manche.

« Ne vous demandez-vous pas pourquoi je suis ici ? demanda Shan lorsque l'intendante fit coulisser la porte. Ne savez-vous pas ce qui se passe à l'extérieur ? »

L'intendante a ri, un rire sec comme du papier glissant sur le sol d'un grenier. « Je suis ici depuis plus de trente ans. J'ai entendu beaucoup de bruits. Je ne m'interroge plus sur aucun d'entre eux.

— Savez-vous seulement que l'Empereur est mort ? Que deux de Ses fils sont morts ? »

L'intendante s'immobilisa. « Quels fils ?

— Saam et Luubu.

— Oh. » La domestique a continué. Elle a ouvert la dernière porte avec une clé blanche comme l'os. « Alors, tout va bien. »

La serrure a cliqueté, et les portes se sont ouvertes dans un grand gémissement.

Avant même d'avoir vu ce qui se trouvait derrière la porte, Shan s'était déjà évanouie sous l'effet de la puanteur. Une fois de plus, l'intendante a grogné et a saisi le visage de la jeune fille dans sa main étonnamment forte, appliquant du pouce une pâte de sel odorante sous son nez. « Voilà. » Elle a levé le visage de Shan et l'a regardée dans les yeux, d'une manière presque affectueuse. S'appuyant sur le bras de l'intendante, Shan s'est redressée avec difficulté, ses jambes se tordant de douleur, tous les instincts de son corps lui hurlant de quitter cette pièce.

L'entrée de Joyrock était simple et sans fioritures. Quatre murs de papier blanc rejoignaient d'agréables poutres de bois noir. Il n'y avait aucun meuble, aucune parure. La pièce n'était pas meublée. Il n'y avait qu'un trou dans le sol.

C'était un cercle parfait, assez large pour qu'un rocher y tombe. Et c'est de ce trou que s'échappait l'odeur. De viscères. De sang, de merde, de moisi et de pourriture. Une odeur qui créait dans l'air des textures qu'il fallait franchir de force, ce que dut faire Shan en suivant l'intendante jusqu'au bord du trou. « La plupart des blasphémateurs ont été jetés dedans », dit-elle sans grande émotion. Elle a fait un geste vers le rouleau d'échelle de corde accroché au mur. « Mais pour tous les autres, il y a ça. »

Avec l'aide de l'intendante, Shan a déroulé la corde, accroché l'extrémité à un piton dans le sol, et laissé les échelons descendre dans le trou. L'échelle disparut dans l'obscurité, mais Shan ne tarda pas à entendre le claquement du dernier nœud toucher le sol, indiquant une chute beaucoup moins profonde que prévu. *On ne pouvait rien se casser d'important en y tombant. Le démon avait besoin de quelque chose à chasser, après tout.*

« Il y a deux guerriers dehors, a dit Shan. Ils sont sûrement déjà morts, mais s'ils ne le sont pas et s'ils me cherchent, pouvez-vous leur dire où je suis partie ? »

L'intendante l'a regardée sans expression. Et bien que Shan ne l'ait pas tout à fait crue quand elle a hoché la tête et dit qu'elle le ferait, elle a remercié la femme et retenu son souffle en regardant dans le trou.

« J'ai entendu des histoires », a-t-elle ajouté d'une voix fluette et enrouée. Ses jambes tremblaient tandis qu'elle s'asseyait au bord du trou et posait son pied sur le premier échelon. « On raconte que la Troisième Terreur ne tue pas tous ceux qu'on jette là. Certains, il les garde en vie. Parfois pendant des années. »

L'intendante la fixa avec des yeux vitreux. Elle ne confirma ni n'infirma ce point.

Shan a regardé une dernière fois dans le trou. « Un homme nommé Radle Araya a été jeté dans ce trou il y a quatorze ans. Vous souvenez-vous de lui ? »

« Je me souviens de tous. C'était un homme gentil, tout bien considéré. » Elle a souri. « L'un des rares à qui j'ai permis d'utiliser l'échelle. »

Shan ne pouvait plus regarder la femme. Elle était entièrement sur l'échelle maintenant. L'abîme béait sous elle. Il semblait tirer sur ses pieds. Elle ferma les yeux et appuya le front contre la pierre fraîche du rebord.

« Pensez-vous que ce soit possible ? Que l'homme que je cherche soit encore en vie ?

— Je connais celui que vous appelez la Troisième Terreur depuis sa naissance. J'ai vu les abysses de comportement dont il est capable. Et même moi, j'ai parfois du mal à prédire ses actions. »

Une petite ombre passa
sur la promenade sanglante,

sans être remarquée par les combattants qui dansaient entre les piliers, leurs armes répandant du sang sur les marches de marbre. La vie s'échappait de la blessure dans l'abdomen de Keema. Il dut secouer la tête pour se concentrer lorsqu'un autre Élan pourpre fonça sur lui par le côté, une lame acérée à la main. Il a entendu Jun grogner quelque part de l'autre côté de la promenade, mais son champ de vision était bouché par des arbustes de corail.

Je lui ai dit que nous ne pouvions pas combattre autant d'hommes. Et il m'a répondu : Je sais. Un sentiment d'impuissance l'envahit, l'échec semblant à ce moment-là inévitable. Sa lame s'est plantée dans un crâne. C'est alors qu'il essayait de l'extraire que quelque chose l'a frappé au flanc, l'envoyant s'étaler sur le sol, ravivant la douleur de la blessure provoquée par la pique. Ses poumons cherchaient à aspirer de l'air. Sa vision se brouilla alors qu'il roulait sur le dos. Il loucha vers l'homme en robe pourpre, le visage flou, le bras au-dessus de sa tête alors qu'il brandissait une masse. Et Keema, dans les étranges réactions de son cerveau, a imaginé ce qu'il ressentirait lorsque le plat du marteau frapperait son visage. Il a pensé à Vogo Sugo, entre tous. L'oblitération du crâne. Son essence poussée loin dans la terre jusqu'à ce qu'il ressorte dans le Pays inversé. Il pensa à retomber sur la scène dont il venait de sortir courageusement, vous confessant à vous, public, l'ampleur de son échec en tentant de maintenir en place sa mâchoire branlante. C'était une vision étrange et soudaine d'un avenir qui ne s'est jamais réalisé, car une grande ombre a traversé son champ de vision, emportant avec elle l'homme à la masse, comme un grand vent soufflé par le dieu de la bonne fortune. Le marteau s'est abattu, fendillant la pierre sur laquelle il est tombé. Et tandis que Keema se redressait sur son coude, puis sur ses pieds, le souffle lourd, comme assommé par un rocher, il remarqua que les bruits de la bataille s'estompaient. Pour chaque fracas d'acier, il y avait un bruit guttural – le bruit qu'un homme pourrait faire en tombant soudainement dans un trou auquel il ne s'attendait pas – et un discret jet de liquide, comme une fontaine cassée libérant toutes ses eaux de la pression. Les bruits étaient d'un étrange réconfort pour lui. C'était comme une libération. Il cligna des yeux et avança en titubant, son pied glissant sur le tapis de sang, avant de retrouver un Jun désemparé au centre de ce parc de pierre fraîchement repeint en rouge.

Jun, les yeux écarquillés, demanda à Keema s'il avait vu.

J'ai demandé à Jun ce qu'il avait vu.

Son ami a pointé du doigt le pied des marches de la Maison d'Été.

Il a désigné l'oiseau aux plumes violettes, assis juste là.

Les chevilles de Keema ont semblé se liquéfier.

« Encore toi », a-t-il dit.

L'oiseau a fait sa toilette. Il a battu des ailes, mais n'a pas décollé, simplement pour les exhiber. Il a ensuite levé la droite en un salut, avant de se couvrir les yeux et le bec, comme une précieuse derrière un éventail. Puis, comme pour un tour de foire, l'oiseau a retiré son aile et pris sous leurs yeux sa véritable forme.

Ce que Keema et Jun virent en regardant dans les yeux couleur de pleine lune de la créature n'était rien de moins que l'histoire de sa création.

Écoute bien cette histoire.

L'histoire du Prince Démon

« Pour raconter l'histoire de ce garçon, dit ta *lola*, il faut d'abord raconter celle de sa naissance, qui, comme pour tous les princes du Trône, est advenue dans les entrailles de la montagne occidentale, derrière la légendaire Porte des Loups. » Ton *granjo* allume pour elle sa cigarette et elle reprend. « Lorsque Notre Gracieuse Lune a reçu le bol de semence de l'Empereur, Elle était tenue par les lois du Premier Souhait de Lui donner un héritier. Mais Elle avait été emprisonnée assez longtemps pour ne plus avoir le désir de suivre la loi du Premier Souhait à la lettre. Et donc, pour la première fois dans la longue lignée des souverains du Trône de la Lune, Elle a donné à Magaam Ossa non pas un héritier, mais trois.

« Un acte de rébellion infime, mais significatif. Elle a consommé la semence aigre et l'a laissée s'enraciner dans Son corps, et, le moment venu, Elle l'a divisée en triplés et, ce faisant, a partagé entre eux les dons qui, jusqu'alors, n'avaient été accordés qu'à un seul. C'est donc avec fureur que l'Empereur Magaam revint à la Porte des Loups pour trouver trois bébés en pleurs dans le bol qui avait contenu Sa semence, et ensuite, en regardant Ses fils, Il fut saisi d'horreur en découvrant ce que la Lune avait fait exactement. »

Un ricanement sans joie lui échappe.

« Au premier-né avait été donné le don du pouvoir sur les éléments. Tout comme la Lune faisait autrefois danser le Vent et l'Eau pendant son règne dans le ciel, Saam Ossa allait jouer avec les matériaux du monde et les manipuler. Au second né avait été donné le don du pouvoir sur la pensée humaine. De même que la Lune inspirait ceux qui se prélassaient dans ses rayons et suscitait les louanges et l'adoration des habitants de la Terre qui l'admiraient, de même Luubu Ossa jouirait de la vénération et de la confiance de ceux qui écouteraient sa Voix. Quant au troisième… Le Dernier. Le plus souvent Oublié… il a reçu un cadeau très inhabituel. »

« Inhabituel en effet, grogne ton père. Quand l'Empereur S'est tenu au-dessus du bol des bébés en pleurs, jeune père prêt à contempler Ses fils, Il a haleté. Il a tiré son précieux couteau de son fourreau et a pressé la lame contre la gorge du garçon à la tête de loup. À la jonction de la fourrure et de la peau, Il a fait couler une perle de sang royal. »

Ta *lola* soupire.

« Au troisième né avait été donné le don de la transformation. Tout comme la Lune qui croît et décroît comme une ombre changeante, l'Ossa sans nom jouirait de la mutabilité des formes. Il vivrait une vie de métamorphe, sous la forme de quelque créature qu'il désirerait être, mais sa condition première resterait toujours celle d'un garçon à tête de loup.

— Mais ce qui avait retenu la lame de l'Empereur, poursuit ton père, cette lueur d'amour fugace qu'Il avait eu pour Sa progéniture difforme, ne fut jamais révélé à l'enfant. Pendant toute l'enfance de la Troisième Terreur, Magaam ne lui a montré que du mépris, honteux qu'Il était que Sa semence ait produit une créature si laide et peu raffinée. Et alors que l'Empereur fulminait, derrière la Porte des Loups, l'Impératrice souriait.

« Le garçon était né comme une bête, avec le tempérament d'une bête. Très peu de choses dans son comportement ou ses mouvements suggéraient une lignée humaine. Il refusait les matelas et les plats. Il mangeait sur le sol dans un coin. Il pissait où il voulait. L'histoire de l'enfant rejeté, intentionnellement oublié, reste inchangée au fil des ans. Elle est la même aujourd'hui qu'à l'époque. Tu en connais l'intrigue et les protagonistes. Le patriarche qui le méprise. Les frères qui prétendent qu'il n'existe pas, de peur de s'attirer la colère du père. »

Tes frères se pressent autour de toi.

« Parfois, te disent-ils, par les fenêtres à lamelles de sa chambre sombre, l'enfant regardait dans la cour et voyait ses frères s'entraîner, avec leurs amis, leurs instructeurs. Il les regardait transpirer, rire et se frapper les uns les autres. Il les regardait jouer. Et il haletait, et grattait le bois, et hurlait, désespéré de les rejoindre.

— Un fouet tempérait ses ardeurs », dit ton père.

Ta *lola* hoche la tête d'un air sinistre. « Les habitants du Palais qui avaient le malheur de croiser son chemin étaient horrifiés à sa vue. Pendant quelques années seulement, l'Empereur supporta la présence de l'enfant, son odeur, ses nombreuses et graves déceptions. Un jour, il vivait dans une chambre cachée au fond des appartements royaux. Le lendemain, il était déplacé au sous-sol. Puis aux écuries, fermées à clé. *"Là où je ne pourrai plus le sentir", nous disait Son Soleil Souriant, avant de nous laisser nous occuper du monstre.* Mais c'est le jour où on l'a trouvé accroupi sur les restes déchiquetés d'un serviteur royal – *j'avais fouetté le petit, sans me rendre compte que, tout petit qu'il était, il pouvait très bien se défendre* – que Son Soleil Souriant a pensé à une façon dont Son enfant pourrait servir le Trône. »

Ton père a baissé la tête.

« Nous avons besoin que nos enfants trouvent leur place dans ce monde. Sans cela, ils sont perdus. »

« Le labyrinthe sous la Cité divine, dit ton *granjo*. Autrefois un terrain de jeux pour la noblesse, tombé en désuétude au fil des décennies, car ce n'était plus là que la cour organisait ses jeux d'été – peu importe. Il avait trouvé un nouveau but. »

Ta *lola* soupire.

« Ils l'ont jeté dans le trou quand il avait huit ans. »

Dans les profondeurs de la terre.

Shan Araya arpentait, torche à la main, les cavernes sombres et humides dans lesquelles la Troisième Terreur avait vécu la majorité de ses quarante années de vie. Son cœur battait à ses tempes. Elle sentait le Rythme dans chaque pore de son corps. Les sels parfumés ne pouvaient pas endiguer la puanteur de cet abattoir. « Radle ! cria-t-elle dans l'obscurité sans pareille. Radle Araya ! » Son cri ne rencontra que l'écho rebondissant de sa propre voix, le nom de son père s'enfuyant aussi vite qu'elle l'avait prononcé.

Elle a trébuché sur une côte cassée. Un tas d'os rongés. La lumière de sa torche révéla des pièces aux murs ornés de lunes griffées à maintes reprises. Elle découvrit les nombreuses petites offrandes empilées devant une peinture murale de l'Impératrice. Des objets collectés auprès des personnes qui avaient été amenées ici. Un bracelet. Une bague. Un sac à main ensanglanté. Elle a cherché tout ce qui pouvait indiquer la présence de son père, tout ce qui aurait pu le concerner. Mais elle n'a rien trouvé.

Elle n'a pas remarqué les éraflures dans le mur sous le trou, les signes d'une tentative de fuite désespérée.

« Le labyrinthe était une prison
pour les hommes et le monstre. »

Ta *lola* expire une bouffée de fumée. « Le Troisième pouvait se transformer en ce qu'il souhaitait, mais sa vie avait été si protégée, si limitée, qu'il ne restait que peu d'options dans la petite chambre de son imagination. Il était systématiquement battu pour ses pâles et rageuses imitations de ses frères, de son père, de tout humain. Et il n'avait vu que très peu d'animaux en son temps, et pas assez longtemps pour envisager de les devenir. »

Tes frères soupirent. « Pendant des décennies, il a vécu dans les cavernes, faisant ce qu'on lui avait appris et demandé de faire. Il torturait les blasphémateurs. Il les mangeait. Et parfois, quand il était las de cette vie, il essayait de sortir du trou.

— Et il tombait, ajoute ta *lola*.
— Et il essayait de nouveau.
— Trente ans ont arraché ses griffes émoussées.
— Sa seule amie était la silhouette d'une femme qui se tenait au bord du trou, la regardant d'en haut. Une intendante qui lui chantait parfois des chansons, la nuit. Et l'enfant hurlait pitoyablement dans ce trou, pendant que, dans son labyrinthe, *les blasphémateurs couraient et pleuraient.* »

Shan a touché les menottes boulonnées aux murs.

Presque tous les corps qu'elle rencontrait n'étaient pas seulement morts, mais momifiés. Cela faisait longtemps qu'on ne s'était pas occupé de quelqu'un ou de quelque chose ici.

Elle s'enfonçait profondément dans le labyrinthe désormais, disposant des os derrière elle pour baliser son chemin. La lumière de la torche faisait scintiller les ongles enfoncés dans la roche. *On a gratté tout ce qu'on pouvait.* Les cheveux et les dents sur le sol. *Tout a fini par tomber.* Plus elle avançait, plus elle se décomposait. Ses appels étaient de plus en plus désespérés. Plus rauques. Il y avait un plafond à sa respiration que ses poumons ne cessaient de heurter. Les sels parfumés ne suffisaient pas. Le monde entier se déversait dans ses narines et il sentait la mort.

« Radle Araya, a-t-elle crié. Tu es là ? »

Elle a continué de crier.

« Père ! »

Elle n'avait plus d'espoir, quand une voix dans l'obscurité lointaine lui a répondu.

« Il... il y a quelqu'un ? »

Ton *granjo* te regarde. « Avant d'être jetés dans la fosse, ils étaient marqués. Une marque au fer sur leur joue : un chiffre qui indiquait à la Terreur combien d'années elle devait garder le prisonnier en vie avant de le consommer. Il était devenu bon à ça. À maintenir le corps en vie plus longtemps qu'il n'aurait dû l'être. Bien qu'il soit encore de nature animale, il avait appris au fil des ans à faire des bandages et à arrêter les saignements. Aux prisonniers enchaînés, il donnait de l'eau et de la viande, ainsi que les restes de repas rassis que jetait l'intendante par la bouche du trou. Il en libérait certains à l'occasion. Il les détachait. Et puis il les poursuivait. Ils criaient dans l'obscurité. »

Tes frères hochent la tête. « Ils ne savaient pas qu'il essayait de jouer.

— Il est devenu à la fois leur protecteur et leur bourreau, dit ton père. Une combinaison à laquelle il est trop facile de succomber.

— Certains jours, ajoute ta *lola*, il était affectueux lorsqu'il mâchait et régurgitait les viandes les plus dures pour les nourrir. D'autres jours, il boudait, et ils ne le voyaient pas du tout, et ils avaient faim. D'autres encore, il se mettait en colère. Frustré. Piégé. » *Il a ramassé une pierre et l'a écrasée sur ma tête. Pendant cinq ans, il m'avait gardé en vie et il y a mis fin soudainement. J'étais reconnaissant.* « Et il y avait des jours où il restait assis sous le trou, à regarder en l'air. Il ne savait dire qu'un seul mot, une sorte d'aboiement.

— Ce mot, dit ton père, était “Mère”.

— La gardienne qui chantait pour lui, dit ta *lola*, la gardienne qui l'aimait comme son propre enfant, savait que ce n'était pas elle qu'il appelait, mais elle feignait tout de même de le croire. Et tandis qu'elle répondait à son appel, et jetait des friandises dans le trou, l'enfant continuait de hurler, aspirant à une mère qui n'était pas là ; une mère qui se trouvait bien loin de ce lieu misérable. Il avait besoin d'Elle. »

Nous sommes appelés à nos parents
comme par des sirènes.

Shan s'est penchée sur l'homme emmailloté au sol qui n'était pas son père. Il n'avait plus de membres, et ses yeux étaient vitreux de cataracte. Il était impossible de déterminer son âge. Mais elle savait que ce n'était pas lui. *J'avais voyagé si loin à la recherche de l'homme qui avait écrit les mythes de ma vie. À la recherche de l'homme dont on m'avait dit qu'il était merveilleux, bon et intelligent, et qu'il m'aimerait beaucoup s'il me voyait un jour. J'avais voyagé si loin. Et pendant si longtemps. J'étais allée au plus profond de ce pays pour le chercher. Et à la fin, je n'avais trouvé qu'un homme.*

Un parmi tant d'autres.

« Depuis combien de temps es-tu ici ? » a-t-elle demandé doucement.

D'un léger frôlement qu'il accepta en grimaçant, elle lui fit tourner la tête. La marque sur sa joue brûlait du chiffre 20.

Sa lèvre inférieure a tremblé. Des larmes se sont échappées de ses yeux caves.

« Ta voix est si belle », a-t-il dit, la gorge humide. Quand il ouvrit la bouche, Shan vit qu'il n'avait plus de dents. « Pourquoi ce bel *arkana* ailé des Cieux multiples est-il venu jusqu'ici, dans cet endroit ? »

Shan Araya s'est essuyé les yeux.

« Je suis venue chercher mon père », a-t-elle répondu.

Il sourit, les larmes aux yeux lui aussi. « Beaucoup de pères sont passés par ici.

— Il s'appelait Radle Araya. » Elle a laissé échapper un petit rire vide. « Je ne pense pas que vous l'ayez vu par ici. »

L'homme a levé les yeux, a fixé un point derrière elle. « Je pense que je suis le dernier. »

Shan a soupiré.

« Je suis vraiment désolé, mon *arkana*, a dit l'homme emmitouflé. Mais cet endroit a été si calme. L'enfant ne peut parfois pas s'en empêcher. Parfois, il ne tient pas compte des chiffres. » Ses lèvres se sont rapprochées, hésitantes. « L'enfant est-il proche ? J'ai tellement faim. »

Shan resta un moment assise en silence à côté de l'homme qui avait enduré plus qu'aucun homme ne le devrait.

« Tu devrais partir, a-t-il dit. Avant qu'il revienne. »

Elle a regardé autour de la cellule, les épaules pesantes.

« Je sais », a-t-elle répondu avec douceur.

Il a un peu gémi quand elle l'a pris dans ses bras. Elle l'a porté dans le couloir caverneux, suivant les os qu'elle avait disposés en vue de son retour. Elle le portait comme un bébé. La joue de l'homme a mouillé son épaule. « Je ne comprends pas. Pourquoi me sauves-tu ? Je suis un pécheur. Un blasphémateur. »

Il a sangloté.

« Je ne suis personne. »

Telle était l'identité de tous ceux qui peuplaient Joyrock.

« Et aucun d'eux, dit ta *lola*, n'était moins un homme que le démon qui appelait ces cavernes son royaume. L'enfant était une créature née sans nom, qui, chaque année, tentait toujours plus désespérément d'échapper à l'enfer auquel son père l'avait condamné. Les couloirs pleins de courants d'air de la Maison d'Été se remplissaient de ses doux hurlements lugubres alors qu'il rêvait de s'envoler, et la gardienne écoutait avec déchirement ses pleurs lorsqu'elle se couchait la nuit. Elle était la seule personne que l'enfant avait dans ce monde, et elle ne prenait pas cette responsabilité à la légère. Cela lui pesait, qu'il souffre ainsi.

— Bientôt, continue ton *granjo*, arriva à la Maison d'Été la nouvelle que l'Empereur allait quitter ce pays, et qu'avant cela, Il prévoyait de fermer Joyrock. Les habitants du pays se réjouirent, croyant qu'Il allait libérer ceux qu'Il avait emprisonnés là-bas, mais l'intendante accueillit la nouvelle avec une expression sinistre. Il était clair pour elle que l'Empereur allait tuer Son enfant. Elle estima donc qu'elle n'avait pas d'autre choix que de le laisser enfin partir.

— Et aussi sûrement qu'il était entré dans le trou, reprend ta *lola*, il en est sorti, quand l'échelle de corde s'est déroulée devant lui, et l'intendante a pleuré et l'a encouragé lorsqu'il a quitté la Maison en courant et est entré dans le monde.

— La première créature qu'il mangea au milieu de la Vraie Nuit fut un oiseau, dit ton *granjo*.

— Il devint à son tour ces plumes violettes et fut libre, disent tes frères. Il s'est envolé dans le ciel de minuit.

— Et il n'avait pas l'intention de revenir, renchérit ton père.

— Le voyage jusqu'à ce moment où il salue Keema sur les marches de la Maison d'Été, dit ta *lola*, a été long. Après s'être échappé du labyrinthe, il est devenu beaucoup de choses durant ces quelques mois où il était seul au monde. Un ours. Un tigre. Il appréciait les poissons croquants des rivières. La terre, les arbres et le ciel dans lequel il avait l'impression de tomber. Mais il revenait toujours à sa forme originale et avec son museau sanglant, il reniflait l'air et cherchait le chemin qui lui permettrait d'atteindre son but. Et c'est ainsi que, sous un soleil brûlant et sous le trou noir dans le ciel où jadis une femme habitait, il voyagea vers l'ouest pour trouver sa mère. Ce fut sa plus grave erreur, car depuis son évasion, son père le traquait, et plus il s'approchait du Palais, plus il était facile pour l'Empereur de sentir sa position. Il ne fallut pas longtemps pour que le piège soit tendu, à un carrefour, où la Troisième Terreur, en vol, succomba à un poison somnifère qui fit chuter sa petite forme d'oiseau sur le sol. À son réveil, il se trouvait dans la cage de l'appartement de son père, un sceau ensorcelé autour de la cheville le piégeant sous cette forme, tandis que l'homme qui le méprisait le plus lui souriait de l'autre côté des barreaux de sa cage.

« Les diverses tortures qu'il a endurées étaient légères et stupides. De la nourriture juste à portée de bec. De l'eau fournie en quantité dérisoire. Invectives et insultes bavaient sur lui alors que son père déversait Ses frustrations et Ses échecs sur cette créature pathétique, tous deux piégés dans des positions dont ils ne pouvaient s'extraire. L'enfant tenta de s'échapper, mais la cage était inflexible. Il aperçut son frère, le Premier, et lui cria de le sauver, mais son frère ne le regarda qu'avec une curiosité distante, ses yeux passant sur lui, inconscient et peu intéressé par qui pouvait être cet oiseau.

— C'est le hasard qui l'a sauvé en fin de compte, explique ton *granjo*. Une fois qu'il eut pris le contrôle du réseau des tortues, Luubu apprit tous les secrets de son père, y compris l'identité de l'oiseau dans la cage de Ses appartements royaux. Avide du pouvoir qu'il obtiendrait en consommant son frère cadet, il a conspiré pour que l'oiseau soit volé et lui soit livré. Et il aurait réussi sans Keema de la tribu Daware.

— Lorsque cette cache a été ouverte, poursuit ta *lola*, et que ce jeune homme l'a ramassé dans ses mains avec une douce confiance puis a défait les liens magiques autour de ses chevilles, l'enfant a été empli d'une rare tendresse. Il était, bien qu'il n'ait pas le vocabulaire pour le décrire lui-même, sous le charme.

— On tombe amoureux si facilement, font observer tes frères.

— Il a été séduit par le guerrier, reprend ta *lola*. Son contact chaleureux. Son visage… La lumière qui entrait par le rabat entrouvert de la toile lui donnait l'air d'être né d'une rivière dorée.

— À Joyrock, disent tes frères, très peu de choses étaient belles.

— L'enfant avait connu une gamme limitée de besoins. Faim. Soif. Mère. Père. Frère.

— Mais le désir, dit ton père. Le désir était nouveau. »

Ta *lola* sourit. « Après avoir attaqué le visage de Keema, et s'être repris, il a suivi le jeune homme qui l'avait sauvé, et – tout animal soit-il – il lui a rendu la pareille en l'aidant dans son voyage vers l'est. Il a attaqué le messager qui portait un message d'avertissement au poste de contrôle de la Porte des Lièvres. Dans les Mille, il a arpenté la rivière avant qu'ils la traversent. Il savait que leur bateau allait passer devant un village rempli d'hommes et de femmes qui, à la vue de leur cargaison de tortues et de leurs insignes impériaux, les auraient massacrés. Alors il les a massacrés en premier.

— Frappe préventive, dit ton père.

— L'enfant a fait tout ce qu'il pouvait pour les aider à poursuivre leur chemin. Lorsqu'une bifurcation s'est présentée sur la rivière, l'une menant vers l'embuscade et l'autre menant, au-delà du Daido, droit au Théâtre inversé, la Terreur a battu des ailes et a crié, et elle a eu le cœur brisé quand elle n'a pas été entendue. Mais elle revint quand même les aider, comme un enfant enamouré, et réapparut une fois de plus pendant le siège du Bassin, sauvant Keema et l'Impératrice de l'artilleur sur la baliste pivotante. Et puis il a mis en pièces Induun, Yinn, Maada et les Panjet-Waags après avoir vu les hommes d'Induun capturer Keema. Et il aurait tué Jun aussi, mais il savait que Keema aimait Jun. Il le savait et l'a ruminé en regardant les deux se battre en duel toute la semaine, bouillonnant de jalousie.

— C'est avec moi qu'il devrait se battre en duel, hurle ton père en imitant la Terreur.

— Oui, il savait que Keema aimait Jun, disent tes frères. Pour l'instant.

— Mais maintenant, conclut ta *lola*, Keema n'aurait qu'à le regarder tel qu'il était, et il apprécierait sûrement tout ce qu'il avait fait pour lui.

« Regarde. »

La Troisième Terreur tendit la tête de Djove Induun.

La mâchoire d'Induun béait, ses yeux enfoncés et tournés vers le ciel comme ceux d'un saint martyr. La Terreur a serré la tête entre ses dents tandis que ses bras et jambes humains galopaient vers Keema comme un chien, et déposaient la tête à ses pieds. Un cadeau. La créature leva les yeux vers lui, pantelante.

« Il t'aime », dit l'intendante du haut des marches. Elle avait les larmes aux yeux à ce spectacle, la main posée sur la poitrine. « C'est un grand jour. Il revient, et il est amoureux. Mon fils. »

Lorsque Keema inspira et regarda l'homme-loup, lorsque leurs yeux se rencontrèrent, un lien fut établi, et la Terreur, dans la rencontre silencieuse de leurs esprits, partagea avec lui son histoire. Keema apprit le labyrinthe, l'évasion, tout ce que cette créature avait fait pour lui pendant son voyage. Il apprit le désir qu'il inspirait à la créature, son envie d'être avec lui, de se battre en duel avec lui. Et peut-être avait-il hérité d'un reliquat des sentiments de l'Impératrice, mais lorsque Keema regarda les plumes violettes de la créature sur son museau, sa fourrure et ses oreilles touffues, il ressentit de la pitié. De la pitié pour le corps d'un homme adulte, voûté et ressemblant à un singe. Les jointures de ses doigts grattant le sol. Sa truffe reniflant les pieds de Keema en quête d'acceptation. Mais cette pitié s'est estompée lorsque la créature s'est levée sur ses jambes tremblantes. *Regarde-moi, Keema.* Quand il s'est levé, plus grand que n'importe quel humain de plusieurs têtes. Son corps n'était que muscles et tendons. D'épaisses veines gorgées de sang zébraient sa large poitrine et ruisselaient le long de ses bras sculptés, comme dessinant leurs propres routes d'En-Haut et d'En-Bas. Chaque partie de son corps semblait respirer et palpiter avec puissance. Même l'organe entre ses jambes, en pleine érection, comme un marteau de pierre. *Regarde-moi.*

Keema a fait un pas en arrière, bouleversé et répugné.

« Il a été rejeté », dit tristement ta lola.

« La créature, privée de son étreinte, se recula, embarrassée et honteuse, et alla se cacher derrière les jambes de l'intendante alors que ces nouvelles émotions lui brûlaient la gorge comme du métal chauffé à blanc. Elle regarda avec désespoir le Paon rouge brandir son arme. Keema, après s'être ressaisi, s'est placé à côté de son ami. La Terreur ne comprenait pas ce qu'elle avait fait de mal. Elle avait sauvé ce guerrier maintes et maintes fois. Elle lui avait fait cadeau de la tête de l'homme le plus puissant du pays. Elle avait tout fait pour gagner l'affection de ce guerrier. Et quoiqu'elle ne se soit jamais considérée comme un prince, à cet instant, elle eut la conviction qu'on la spoliait de son dû. »

« Et ils ont le culot de te renier »,
cracha l'intendante.

« Tu es fort et tu es beau et c'est à ton tour de les renier ! » Follement, elle a hurlé : « Entre dans Joyrock ! Une femme s'est introduite dans ton repaire ! Une femme estimée par ces imbéciles ! Tue la femme et teinte leur victoire d'amertume ! »

Le garçon-loup a tremblé de fureur. Il bondit sur les marches et disparut dans la demeure.

Keema et Jun dépassèrent l'intendante furieuse et se lancèrent à sa poursuite.

À l'entrée de Joyrock, Shan soupira.

L'échelle de corde, qui avait été sectionnée avec un couteau, gisait maintenant à ses pieds. L'homme dans ses bras était silencieux. Il semblait se prélasser dans la chaleur de son corps, dans la douceur de la peau de ses épaules. Elle a ignoré ses étranges caresses et s'est demandé comment elle pourrait sortir d'ici. Et puis elle a senti que les câlins s'arrêtaient. L'homme dans ses bras a tremblé comme un oiseau dans le froid.

Un liquide a mouillé ses paumes.

Il se pissait dessus.

« Il est revenu », a-t-il chuchoté.

Elle écouta : au-delà du son de l'air qui tourbillonnait à l'embouchure du trou, un bourdonnement bas et vibrant, elle entendit au loin un petit bruit de pas rapides. Comme quelqu'un qui courrait à l'autre bout d'une grande maison. Elle a entendu des portes s'ouvrir en claquant. Elle a entendu les bruits de pas s'amplifier. L'homme dans ses bras s'est mis à pleurer en murmurant « J'ai tellement faim », tandis qu'une peur authentique et profonde envahissait Shan. Elle a lâché la torche pour pouvoir tenir la lance d'une main et l'homme de l'autre. Dans la panique, elle a couru à gauche, puis à droite, avant de se décider pour la gauche. Droit dans le noir.

« Il est revenu… il est revenu », a chuchoté l'homme. Elle a essayé de le faire taire. Elle l'a supplié de se taire.

Quelqu'un est tombé dans le trou.

Le son a résonné dans les cavernes de Joyrock. Shan retint sa respiration et s'enfonça dans une alcôve peu profonde, pressant le visage de l'homme qui pleurnichait contre son épaule, l'étouffant sans doute, mais elle avait besoin qu'il se taise.

Ce qui était tombé dans le trou a commencé à flairer l'air. De profonds et vibrants reniflements.

Elle s'est éloignée en rampant.

L'enfant a flairé la terre.

Ses doigts s'agrippaient à la roche humide tandis que son museau suivait l'odeur de la sueur, de la peau et de la saleté. C'était facile de la distinguer des autres odeurs. Elle sentait la terre douce. Elle sentait les cheveux propres. Comme le blé. Il a pressé le pas.

« Il est là…, gémit une voix dans le lointain. Il est là… »

Ses oreilles se dressèrent.

La Terreur s'élança et tourna un coin. Il vit au bout du couloir, affalé contre le mur, un homme sans membres, abandonné.

« J'ai tellement faim… », chuchota l'homme sans membres.

Et en vérité, la Terreur aussi avait faim. Il aurait pu dévorer le monde à ce moment-là. Mais il décida que l'homme devrait faire l'affaire. Malgré toutes les fois où la Terreur avait été trompée et piégée, le fait qu'il n'ait jamais appris sa leçon en dit long sur son caractère. Il est resté candide jusqu'à la fin. Car l'homme abandonné n'était pas tout à fait abandonné, comme il le constata rapidement lorsque Shan bondit hors de l'ombre de l'alcôve et le frappa avec sa lance. Ce n'était qu'une égratignure. Une entaille peu profonde le long de l'épaule, de la longueur d'une paume de main, luisante de sang. Une blessure que n'importe quel guerrier pouvait facilement ignorer – Shan elle-même en avait reçu des dizaines comme cela, rien qu'aujourd'hui. Mais ce que ni elle ni la Terreur ne savaient, c'est que lorsque cette lance avait été forgée, son père avait béni la pointe avec une poignée de poussière de lune sacrée, une magie aux effets profonds sur les dieux et les démons.

Au cœur de Joyrock, il a pleuré.

Il serra sa blessure entre ses doigts, lécha le sang aigre qui s'en écoulait, mais rien ne soulageait la douleur grésillante qui montait de son épaule. Il s'est assis sur le sol, à côté d'une chaîne brisée, tandis que le sang suintait dans son dos. Alors que la douleur se propageait jusqu'à son cœur, il sentait les ténèbres du labyrinthe l'entourer, le presser. Il était allé si loin, pour finir ici, seul. Lentement, il s'allongea sur le côté et frissonna.

Il voulait sa mère.

Il a roté.

Sa main gonflait.

Sa jambe tremblait, la peau se déchirait sur l'os.

Alors qu'il se transformait, Shan courait.

Elle s'est précipitée dans le labyrinthe glissant, n'osant pas se retourner pour voir s'il la poursuivait – soufflant désespérément, jusqu'à ce qu'elle passe le dernier coin et voie le halo de lumière dans le haut plafond.

Les murs ont commencé à trembler. Des morceaux de roche se sont effondrés. Au-dessous d'elle, la terre s'est mise à trembler, et elle a failli perdre pied, lâchant sa lance et se rattrapant juste avant que le corps de l'homme glisse de ses bras. En grimaçant, elle s'est relevée, a ramassé la lance et a continué d'avancer. Elle s'est dirigée vers le trou. Elle ne voyait aucune raison d'espérer qu'elle pourrait s'en sortir vivante, mais quel autre choix avait-elle que d'essayer ? Même si elle devait s'arracher les ongles en rampant hors de ce trou, elle essaierait. Et elle pleura de joie quand, comme en réponse à une prière, elle vit les deux guerriers, debout dans la lumière de l'entrée, tendant la main vers elle.

LA FIN DE LA JOURNÉE

Écoute le souffle.

Sur les quais qui menaient à la crique au pied des Falaises d'Été, les vents d'est hurlaient autour des travailleurs qui regardaient sans espoir les navires échoués. *Nous savions qu'il y avait des combats là-haut ; on en distinguait presque le bruit au-dessus du vent, presque… Mais les combats n'avaient pas beaucoup d'importance pour nous. Nous étions déjà des hommes morts.* Ils ignoraient que l'Empereur avait trépassé et supposaient que le dieu-roi allait les punir tous autant qu'ils étaient pour leur incapacité à sauver ses précieux vaisseaux dont la construction avait coûté énormément d'argent et pris tellement de temps. *Nous étions pires que des hommes morts.*

Ils se sont assis autour de la jetée et ont partagé une boisson forte. « Peut-être qu'Il comprendra », plaisanta l'un des hommes. Les autres ont ri. Leur chef, assis sur un tonneau face à la rive, a glissé de son perchoir et a jeté son joint.

« Vous avez vu ça ? » a-t-il demandé.

Les travailleurs se sont rassemblés autour de lui et ont regardé dans la direction qu'indiquait son doigt, vers l'horizon aride de la mer.

Là-haut, entre les murs de la Cité divine,

dans l'un des appartements de la noblesse, un groupe d'enfants s'est rassemblé autour de la fenêtre du salon, la petite fille tenait une longue-vue que ses frères tentaient d'arracher. Leurs parents se faisaient servir le thé par leurs domestiques, en s'efforçant d'ignorer les bruits de l'extérieur et la barricade de meubles qu'ils avaient érigée devant leur propre porte, lorsque la mère, sa tasse tremblante à la main, remarqua que les enfants se comportaient bizarrement. « Je vous ai dit de ne pas vous approcher de la fenêtre, dit-elle en marchant vers eux. Et qu'est-ce que vous regardez donc ? » Sa fille a pressé la longue-vue dans sa main.

« Il y a un mur, a-t-elle répondu. Regarde.

— Bien sûr qu'il y a un mur.

— Non, derrière le mur. Il y a un autre mur. Là-bas. »

La mère, qui, à peine une heure auparavant, avait arraché de sa tête une touffe de cheveux que l'inquiétude avait fragilisée, exhala son dernier souffle de patience et fit plaisir à son enfant. Elle a regardé la muraille de la Cité divine. Puis elle a regardé au-delà.

« Oh », a-t-elle soufflé.

Derrière elle, le majordome et le père échangèrent un regard entendu, car ils entretenaient une liaison depuis des années maintenant et ils pensaient que le halètement de la mère n'était qu'une nouvelle manifestation de son hystérie.

Mais sous son chariot,
le vendeur de babioles l'a entendu.

Il serrait contre sa poitrine sa tablette pornographique préférée, représentant une femme dans une robe ample, les jambes écartées, les yeux accueillant le spectateur, lorsqu'il baissa lentement la tête vers la terre et, l'oreille collée au sol, entendit, sous les claquements des sabots, les bruits de bottes et de corps qui s'effondraient, un rugissement lointain, comme une armée de lions rugissant à plusieurs collines de là.

Et il savait que le pire était à venir.

C'est ainsi que tout a commencé pour ceux qui observaient et écoutaient : comme une curiosité, trop lointaine pour avoir de l'importance et trop énorme pour avoir un sens. La bande bleue au loin n'était sûrement qu'une illusion d'optique, rien de plus, et, même si ce n'était pas le cas, elle n'allait sûrement pas les affecter. Mais, indéniablement, pour ceux qui continuaient à regarder, la bande s'élevait de plus en plus haut, gagnant une amplitude telle que leurs estomacs semblaient se décrocher à mesure que les corps comprenaient le véritable rapport de leurs proportions respectives.

Les jumelles se brisèrent en glissant des doigts et en rebondissant sur le sol.

Il ne fallut pas longtemps pour que résonnent les premiers appels, des plus hauts quartiers de la Cité divine aux plus bas :

Une vague arrive ! Une vague arrive !

Le soleil fut bientôt avalé par sa crête. Une étrange pénombre éclairait la terre. Un crépuscule incolore qui adoucissait toutes les ombres et donnait l'impression que le monde était immergé dans un bassin de fantômes. Les gens qui avaient renoncé, ceux qui attendaient le long de la falaise qui surplombait le rivage, observaient la vague qui approchait avec une acceptation sinistre. Il y avait même des vendeurs qui distribuaient de la nourriture gratuitement, mais peu de pèlerins avaient de l'appétit pour les brochettes. *Nous ne pouvions même pas lever la main pour les faire déguerpir. Nous les avons simplement ignorés, et ils ont continué à avancer, aussi hébétés que nous, dans la file toujours plus longue de personnes que toute faim avait quittées et qui ne distinguaient aucune issue à notre situation.*

Quelques personnes entreprenantes, équipées d'outils appropriés pour ce genre de choses, ont mesuré la distance entre la vague et la terre et, après quelques calculs rapides effectués un doigt mouillé en l'air, ont déterminé qu'il leur restait un peu plus d'une heure à vivre. Ce n'était pas beaucoup de temps. Certaines personnes l'ont passé seules, d'autres avec de la compagnie. On a fait l'amour ici et là, en plein champ. Les gens regardaient. Cela n'avait pas d'importance. Et pendant que ce sous-ensemble de la population observait la source régulière et inexorable de leur disparition prochaine, les combats à l'extérieur et à l'intérieur de la ville continuaient. Les gardes d'honneur criaient quand les haches pleuvaient sur eux. Deux bandes de francs-tireurs avaient été éradiquées, leurs cadavres piétinés tandis que les groupes restants se battaient pour la suprématie. La suprématie de quoi, même eux n'en étaient plus sûrs – s'il y avait un but à la bataille au début de tout ceci, ce but s'était évaporé depuis longtemps. Une flèche furieuse s'est enfoncée dans le talon d'une femme avant que celle-ci transperce le dos d'une autre femme avec sa lame. Le sang coulait dans les rues en pente de la Cité divine et souillait les champs environnants. Un guerrier chevauchait un cheval mort, repoussant les Singes d'argent avec sa large hache. La vague se levait, le monde était à court de temps, et il semblait que personne ne savait à quoi le consacrer.

Alors que Keema, Jun et Shan sortaient en courant de la Maison d'Été, Keema jeta un coup d'œil à la vue toujours saisissante de la côte, et ses yeux s'agrandirent lorsqu'il vit l'étendue bleue de la vague au loin, plus haute que les falaises, que les murs, que même le point le plus élevé de cette grande ville. Il se souvint de ce que le corps baigné de clair de lune leur avait dit. Quand il est trop tard, il est trop tard. *Accomplis ce que tu as l'intention d'accomplir avant de nous condamner tous.*

Et si c'était trop tard ?

Jun a lu cette pensée. *Je lui ai dit qu'on ne pouvait pas penser ça. Nous devions continuer.* Et Keema savait qu'il avait raison.

« Que se passe-t-il ? » a crié Shan alors que le sol commençait à trembler.

L'instinct leur commanda de regarder derrière eux.

La Maison d'Été se dressait, haute et immobile, dans la pénombre.

« Je pense… », commença Jun.

Alors une main géante a défoncé les portes d'entrée.

Les grandes portes en bois noir se sont déchirées comme du papier. L'édifice de pierre et de corail a tremblé et explosé. Des poignards de roche raffinée et de substance marine ancienne et dure fendirent les bannières. Tout ce qu'ils ont vu, ce sont les bouts des doigts nacrés qui venaient vers eux, comme un cauchemar, avant que Jun attrape Shan – *et je pensais à l'intention de Keema : Pousse-nous !* –, et Keema et lui se sont propulsés l'un l'autre en arrière, traversant la promenade maintenant vacillante, évitant de justesse la main qui s'abattait sur les marches du Palais, brisant les fondations.

L'intendante s'est levée pour l'accueillir avant qu'elle l'écrase.

Bientôt, le reste de la créature a émergé. Ils observèrent depuis un toit voisin la main qui continuait à chercher, détruisant les statues des Empereurs passés, avant que ses doigts se plantent dans le sol et extraient le reste du corps de la maison en ruine.

Un homme, nu, lisse et palpitant comme s'il venait de naître, aussi grand que le Palais lui-même. Sa peau était percée de grandes plumes violettes chatoyantes qui s'ébouriffaient lorsqu'il respirait. Ses jambes étaient grotesques dans leur musculature, son pénis flasque dégoulinant entre elles. Ses yeux étaient toujours noirs et sans fond, ceux d'un loup haletant, mais au lieu de fourrure, c'étaient des plumes violettes qui décoraient son museau proéminent. Étrangement, il semblait sourire.

« MÈRE », gronda la Terreur d'une voix aussi puissante qu'un cor de guerre. Ses mouvements étaient hésitants, comme s'il n'était pas habitué à cette taille extraordinaire. Alors qu'il se levait, le dernier morceau du Palais se détacha de ses épaules, et, derrière lui, ils virent la vague bleue, aussi haute que les cieux.

Shan a crié : « Nous ne pouvons pas le combattre ici. Nous devons le faire sortir de la ville.

— MÈRE ! » cria de nouveau la Terreur, battant l'air de ses mains.

Keema a regardé autour de lui. La ville avait la forme d'une spirale, au centre de laquelle ils se tenaient ; ils causeraient partout autant de dégâts, quelle que soit la direction qu'ils prennent. Il demanda à Shan par où ils devaient l'attirer.

Elle a indiqué le sud. « Il y a peu de résidences de ce côté-ci, à condition de le faire avancer en ligne droite.

— Il nous voit », dit Jun.

L'œil du loup s'élargit. Ses mains vaguement humaines se sont tendues, et une langue violette a roulé entre ses crocs épais et brillants. Jun recula vers Shan et la prit sur son dos, l'homme sans nom coincé entre eux. Elle ne se plaignit pas, comprenant qu'il n'y avait pas de place pour l'orgueil en ce moment. Keema a ramassé le sac d'os et la lance. Ils se jetèrent sur le toit du dôme suivant, atterrissant sur les pieds cette fois, tandis que le géant s'écrasait sur le manoir sur lequel ils se tenaient un instant plus tôt. La bâtisse s'est épanouie comme une fleur d'été, ses pétales se sont éparpillés, un morceau de toit a dévalé la rue en courbe avant d'exploser contre le délicat avant-toit d'une maison de thé du haut quartier. Des cris ont retenti. « Souviens-toi, en ligne droite », a crié Shan. Ils sautèrent deux toits plus loin, plus bas dans la pente. Keema hocha la tête et siffla l'homme-loup. Il a posé la lance et a soulevé le sac au-dessus de sa tête. « Elle est là ! »

La bête, à moitié fondue dans la lumière grise, tourna la tête. « KEEMA », a-t-elle hurlé en faisant un pas de plus en avant.

Mais il y avait encore de la maladresse dans son pas, d'autant plus que la ville entière était une pente et qu'il la descendait maintenant. Il a mal jugé la position de son pied droit. Sa cheville s'est tordue.

Il culbuta en avant.

Trois estomacs se serrèrent. Pas le temps de s'écarter. Le corps, dévalant la colline, les mains battant frénétiquement pour tenter de s'arrêter, s'est écrasé contre le Palais de justice au sommet duquel ils se tenaient. Jun, Shan et l'homme sans nom ont été séparés par l'impact. Jun a été projeté à travers les persiennes en papier d'un balcon voisin. Shan et son protégé ont chuté dans les tourbillons de poussière et de détritus en contrebas.

Keema se trouvait sur un autre toit, une flèche de corail, et fut brièvement émerveillé par l'étrange destruction : la ville ressemblait à une colline d'herbe qu'un enfant aurait dévalée. Des bâtiments écrasés et enfoncés dans la terre. Des empreintes claires de corps laissées derrière lui. Des plumes violettes géantes voltigeant dans les ruelles. Le corps de la Terreur était maintenant enchevêtré dans les décombres. Il laissa échapper un gémissement sonore tandis que ses jambes se tordaient, essayant de trouver un support pour se tenir debout, les orteils traînant dans des rues entières. Keema chercha les autres, s'apercevant seulement en glissant du toit que la lance avait disparu.

Elle était encastrée dans une latte de plancher.

Quand Shan Araya est tombée dans les profondeurs du Palais de justice, elle a cru que c'était la fin. C'était une sensation étrange, de tomber si librement, à la fois si vite et si lentement, lui laissant assez de temps pour penser à sa mère. Elles avaient gaspillé tellement de temps. Mais ce n'était pas la fin. Elle a atterri sur le dos. Elle allait bien. L'homme était toujours, miraculeusement, dans ses bras. Quoique inconscient, il respirait.

L'air fut expulsé de ses poumons. Alors qu'elle reprenait son souffle, toussant dans le brouillard de poussière, elle s'est avisée que ce sur quoi elle avait atterri était mou et souple – c'était étrangement humide, comme un épiderme suant après une course –, et quand la chose sous elle se gonfla dans une inhalation, un frisson de dégoût lui parcourut l'échine à l'idée qu'elle se tenait debout sur l'omoplate droite de la Terreur. Elle se leva rapidement – trop rapidement – et perdit l'équilibre, glissant le long de la courbe des muscles de son bras avant de s'écraser sur le sol, qui battait au rythme de son cœur géant. Elle a levé les yeux en gémissant. La majeure partie du plafond avait disparu, mais les deux tiers des murs étaient encore debout. Un corbeau a croassé depuis une poutre de bois branlante. Elle s'est coupé le pied sur une pierre pointue en trébuchant dans les nuages de poussière qui se dissipaient. Un long bâtiment. Puis, plissant les yeux, elle vit à travers la poussière quelque chose de grand et de blanc illuminer l'obscurité en ruine, et elle pensa un instant, éblouie, que c'était la Lune, qui leur était rendue à tous.

Elle se laissa tomber sur le sol, sur le dos, serrant l'homme sans nom contre sa poitrine.

L'œil du loup s'était ouvert. Un gémissement profond s'échappa de son museau alors qu'il tentait de se relever. L'œil était si grand que Shan s'imaginait y pénétrer et entrer dans un autre monde. Mais elle vit ensuite la lance, coincée dans les lattes du plancher non loin d'elle ; elle avait tant rêvé de l'utiliser autrement.

Elle a déposé l'homme et rampé vers l'avant. Elle ne s'arrêta que lorsque la Terreur murmura de sa voix grondante et incertaine : « POURQUOI... K... KEEMA... »

Cette lune, à moitié éteinte, abattue.

Elle se leva et alla chercher la lance. Ses mains s'agrippèrent au poteau, et elle fit levier pour essayer de déloger l'arme. Ses lèvres se sont tordues. Ses paumes étaient rugueuses, au point de saigner, et elle tirait, tirait. L'œil-lune s'ouvrit lentement alors que l'oreille du loup se dressait à un son proche. La silhouette de Shan se découpait sur cet œil plein, blanc et perçant. Son cœur s'est arrêté.

La lance est sortie du plancher.

« KEEMA ? » a interrogé la bête.

Shan n'a rien dit. Aucune parole de sagesse. Aucun sentiment.

Elle a juste jeté la lance sur sa cible.

La lune a explosé.

Et la Terreur a hurlé.

« MÈRE ! MÈRE ! »

Keema venait juste de trouver Jun dans la chambre où il avait été projeté ; il revenait à lui quand le corps massif a commencé à s'agiter. *Nous avons senti le monde trembler alors que ses poings frappaient la terre. Nous avons senti que tout s'écroulait.* La Terreur a balayé ses bras de gauche à droite, dégageant l'espace autour d'elle avant de porter la main à la blessure qui saignait sur son visage. Keema et Jun arrivèrent sur le balcon à temps pour voir cela.

Sa peau avait maintenant un aspect maladif, une translucidité, et semblait s'affaisser, s'étirer et supplier pour se détacher de l'os. Son œil restant se réduisait à une substance blanche laiteuse sans pupille. Le monstre a tendu la main en l'air et n'a rien attrapé. Il était de nouveau un enfant. Il a reniflé l'air. Son museau était tourné vers les deux guerriers et le sac d'os que Jun portait.

« MÈRE ? MÈRE ! »

Lorsqu'il fit un pas de plus, son genou se déroba et il s'affala encore. Le cœur de Keema bondit dans sa poitrine tandis qu'il regardait la Terreur rouler vers eux, mais cette fois, ils étaient prêts. Usant de leurs dons divins, ils s'écartèrent les uns des autres tandis que la boule de membres traversait la ville, emportant avec elle bâtiment après bâtiment. Des éclats de corail rouge vif furent projetés en tous sens. « Putain ! » cria Jun, et Keema fit écho à ce sentiment alors qu'ils s'élançaient vers le ciel et poursuivaient cette masse de destruction qui se tordait de douleur. Ils volèrent à travers les maisons en ruine, les flèches brisées et les infortunés qui n'avaient pas encore fui ; certaines furent écrasées par le corps géant tandis que d'autres titubaient hors des décombres, le regard hébété. *Nous avons regardé les deux démons passer devant nous en courant, heureux de ne pas être leurs proies.*

La Terreur avait roulé jusqu'à l'avant-dernier quartier. Il était à moitié à l'intérieur d'un grand hall, un bâtiment magistral où l'on classait des formulaires et des contrats commerciaux après signature. La plupart des gens s'enfuyaient en hurlant, bien que certains soient restés pour se battre, enfonçant les extrémités pointues de tout ce qu'ils pouvaient attraper dans la plante de ses pieds ou dans sa main alors qu'il se remettait debout. Les lances et les épées se sont enfoncées dans sa chair, mais n'ont pas atteint les parties vitales ou vulnérables. Il a mordu une poignée de personnes. Leurs jambes se tortillaient entre ses mâchoires serrées.

La dernière chose que je vis fut son Palais avant que sa langue m'y écrase. La Terreur se releva sans remarquer la petite armée qui attaquait ses orteils alors qu'il couvrait sa blessure à l'œil et prenait une autre inspiration par ses narines humides, le souffle si fort qu'il faisait se soulever les toits. Il s'est lentement tourné vers Keema et Jun, qui étaient descendus dans un bâtiment voisin. *J'ai dit à Jun que nous devions l'attirer au loin.*

Je lui ai répondu que c'était un bon plan, même s'il était impossible, et avait-il une quelconque destination en tête ?

J'ai désigné le flanc de la falaise. Je pensais que là, nous pourrions le faire tomber dans l'océan.

C'était le seul plan qu'ils avaient.

« Ta mère est là-dedans ! » a crié Jun en brandissant le sac. Le géant s'est levé, les paupières de ses yeux blancs maintenant grandes ouvertes, comme celles d'un enfant qui entend pour la première fois le bruit d'un oiseau à travers une fenêtre. « Par ici ! » Ils crièrent aux gens de s'écarter du chemin – *ils n'ont pas eu besoin de nous le dire deux fois* – et bondirent de toit en toit, vers la muraille sud. Les gens se sont dispersés. *Vers n'importe où. C'était trop. Cinq fins du monde se produisaient en même temps et échapper à l'une signifiait se heurter à l'autre.* Ils ont sauté par-dessus le mur, et peu après, le colosse s'est frayé un chemin à travers les pierres, la large porte en jaxite s'est détachée, roulant hors de son rail, filant dans ce qui restait du village de tentes des pèlerins, sautant sur les chariots abandonnés qui explosèrent en nuages d'éclats de bois. Les francs-tireurs ne se battaient plus, ni les gardes d'honneur. Les gens qui n'avaient pas fui aidaient les autres à sortir des décombres effondrés et criaient les directions des chemins qui menaient aux sorties de la ville.

Ils étaient en dehors de la Cité divine maintenant. Keema et Jun n'avaient plus de toits sur lesquels sauter. Ils couraient à travers les restes du camp de tentes, dégageant les gens de leur passage d'un simple geste de la main qui les transportait dans les airs – *pendant un moment, juste avant la fin, j'ai volé, et c'était magnifique* – et les faisait atterrir sans ménagement sur l'herbe douce au-delà du champ de bataille.

Lorsque Keema et Jun se retournèrent, ils se rendirent compte que le géant ne les suivait plus. Il s'était arrêté juste à l'extérieur des murs de la ville, fixant de son œil intact la grande vague qui approchait.

Abasourdi. Effrayé.

L'enfant a fait un pas en arrière. Un soldat fut écrasé sous son talon. Il reculait vers le trou dans le mur d'où sortaient tous les civils, ne désirant rien d'autre que retourner au labyrinthe et à sa rassurante sécurité.

« Elle est ici ! » cria Jun, le sac levé, mais la Terreur n'avait d'yeux que pour la vague imminente.

Il a fait un autre pas en arrière.

Puis encore un autre.

Une ombre à la fois sombre et lumineuse se drapait au-dessus de la rivière de gens qui affluaient dans les champs.

Le talon s'abattant sur eux.

Un homme tenait son enfant contre sa poitrine.

S'il ne me restait qu'une chose à défendre dans ce monde, ce serait elle.

Alors un éclat de couleur a explosé sous l'ombre. Un éclat couleur bleu *jerin et* rouge sang. Des pointes de vert vif et des dentelures de pourpre royal. Les couleurs se sont élevées de plus en plus haut. Des fleurs blanches ont éclaté dans le ciel. Des constellations de rouge et d'orange. Les feux d'artifice ont explosé dans un arc-en-ciel de teintes furieuses tandis que le vendeur de babioles et son conducteur riaient désespérément en mettant le feu à leur chariot, leur gagne-pain. Des serpentins virevoltaient dans le ciel. Le grand bruit dans l'air a atteint l'oreille du loup.

La Terreur s'est retournée. Le souffle coloré d'un dragon lui a explosé au visage. Il hurla, son œil valide aveuglé. Il s'éloigna des feux d'artifice, des gens, et se dirigea vers les champs maintenant vides au sud de la ville, suivant la seule chose qui lui restait au monde : l'odeur des os de sa mère.

Il L'a appelée.

« MÈRE ! »

Et le flux de Son odeur, comme une poussière d'étoiles, l'a guidé dans l'obscurité. En haut d'une colline toujours plus raide. Il ne s'est pas demandé où ils allaient. Dans ses tâtonnements aveugles, ses sens de loup faisaient entièrement confiance à son odorat.

En haut de la falaise qui surplombait la mer.

Keema et Jun se tenaient sur le bord de ce rocher pointu et dentelé qui se dressait au-dessus des fonds marins, regardant le géant grimper vers eux. Ses doigts s'enfonçaient dans la terre tandis qu'il cherchait à les rejoindre, ses mugissements et ses cris désespérés pour sa mère chantaient dans l'air.

Jun a regardé Keema, et Keema a regardé Jun.

« J'aurais gagné, lui a dit Keema. Si nous nous étions battus à la régulière. Complètement reposés. J'aurais gagné. »

Jun a souri.

« Va te faire foutre », répondit-il, ce qui, aux oreilles de Keema, était aussi mélodieux qu'un « Je t'aime ».

Et puis la Terreur est arrivée, prête à être rendue aux bras de sa mère, et les deux guerriers, les mains plantées dans le sol, ont produit une secousse et ont séparé le rocher de la terre ferme.

Ils ont glissé ensemble dans l'abîme.

Le ciel bleu s'assombrit alors que Keema et Jun flottaient, s'entraînant mutuellement vers le fond de l'océan. Leurs pieds touchèrent la vase l'un après l'autre, s'enfonçant dans la terre douce et généreuse. Des milliers de poissons gisaient morts autour d'eux, mais la vision la plus frappante était celle des jonques géantes chavirées qui les entouraient. Ces jonques étaient d'énormes mastodontes. Elles auraient pu transporter des centaines de guerriers dans leurs cales. Keema et Jun contemplaient les vestiges du Trône de la Lune. Des voiles pendant des mâts comme des peaux mortes sur des os brisés. Des coques criblées de trous, ouvertes en deux comme des *tajelines*. Un décor approprié pour mettre fin à la lignée royale.

« M-MÈRE... »

La Troisième Terreur n'était pas tombée aussi mollement qu'eux. Il se tordait sur le sable. Ce n'était plus un colosse, mais il était encore grand et se débattait en tous sens. Keema et Jun se sont approchés de lui avec précaution.

Nous devions juste le retenir ici jusqu'à ce que la vague arrive.

La chute avait endommagé une partie essentielle de son corps ; il semblait que celui-ci était secoué de convulsions, ses membres se transformant en de nombreuses grandes et terribles formes. Des ailes de cartilage noir jaillirent de son dos avant de s'effacer comme du charbon de bois sous la pluie. Sa jambe droite prit des formes tentaculaires tandis que la gauche se fendit en articulations dorsales de panthères et de lions, les orteils se pliant en pattes, puis en serres de vautour. Ses bras étaient hérissés de plumes violettes qui se détachaient de lui en grands panaches, recouvrant la vase sous lui. Ils sentirent les palpitations de sa douleur et de sa peur à mesure qu'il levait les yeux, au-delà des bateaux, sur le léviathan aquatique qui s'abattrait sur eux d'une minute à l'autre.

Il tourna son visage agité de spasmes vers la paroi de la falaise.

Il allait s'enfuir.

La créature se tordit, comme un chien prêt à charger, ses pieds bizarrement articulés s'enfonçant dans le sol humide, soulevant une gerbe de sable alors qu'elle courait à toute allure vers la falaise. Keema s'est précipité pour lui barrer le chemin, la main tendue. Un coup sec l'a fait voler. Il s'est écrasé contre la coque trempée du *Jorro*. Lorsque Jun bondit et balança la hache sur le membre pendant de la Terreur, un tentacule s'enroula autour de son dos et l'attrapa par le cou, l'appendice se transformant en une main crispée qui amena Jun vers le visage de loup de la Terreur, toute idée de fuite maintenant oubliée, car elle voyait dans les traits de Jun ceux de son frère, qui avait baigné dans l'amour de leur père, elle voyait les traits de son rival, qui avait baigné dans l'amour de Keema, ce bâtard qui lui avait volé l'amour de sa mère – ce bâtard dans le corps duquel sa mère habitait en ce moment précis, lui offrant Son pouvoir. Et pour l'enfant enragé, il semblait que tous ses problèmes disparaîtraient s'il pressait suffisamment fort sur ce petit corps. Alors il le fit, et les veines ont éclaté dans le cou de Jun, son visage est devenu rouge, puis violet, et sa bouche s'est ouverte pour parler mais elle n'avait pas d'air pour le faire.

La pression est si grande que même toi
la ressens à présent.

Des éclats traversent le théâtre et la scène se fend en deux. Le public tressaille tandis que le plafond tremble. Le corps baigné de clair de lune regarde l'édifice qui s'écroule tandis qu'un grand vent envahit le théâtre, éteignant les braseros.

Jun, inconscient.

Sur le point d'éclater.

« Attends ! Un duel ! »

Les braseros se rallument au moment où la Terreur relâche son emprise sur la gorge du garçon. La tête de loup se tourne pour voir Keema boiter depuis la coque fissurée du *Jorro*, une main levée, le suppliant d'arrêter. « Un duel. » Il a toussé pathétiquement. Du sang sur ses lèvres. « Je… » Il a avalé le sang. « Je te provoque en duel. »

Quelque part, longtemps auparavant, un jeune garçon avait griffé aux fenêtres pour attirer l'attention de ses frères qui jouaient.

Il suppliait de prendre part au jeu.

Et maintenant, à l'invitation inattendue de l'homme de Daware, il ne pouvait s'empêcher de haleter de plaisir.

« Oui, a dit Keema, étrangement ému par la réaction de la créature, même maintenant, même quand le monde entier était en jeu. Un duel. Juste toi et moi. Si je gagne, tu arrêtes. Tu arrêtes… tout simplement. Si tu gagnes, eh bien… tu gagnes. »

Le corps de Jun glissa hors de la poigne détendue de l'enfant et s'effondra dans la vase. Keema a résisté à l'envie de courir vers lui, gardant les yeux sur l'enfant, qui avait maintenant la taille de Keema, voire un peu plus grand. Il était à quatre pattes, assis comme un chien attendant de jouer à la balle. Il lui manquait l'œil droit, sa fourrure était maculée de sang, mais il ne semblait pas s'en soucier.

Il était temps de jouer.

Le ciel s'assombrit.

Le long de la falaise, les gens étaient assis, les jambes pendant dans le vide, et regardaient les deux petits personnages se rejoindre parmi les épaves des navires échoués de Son Soleil Souriant. *Sans grand espoir, nous avons regardé l'homme de Mauvaise Fortune affronter le Démon de Joyrock. Nous allions bientôt mourir, mais au moins, pensions-nous, nous verrions encore un duel avant notre fin prématurée.*

Certains d'entre eux ont même commencé à applaudir, alors que les deux combattants se préparaient à se battre.

L'eau grondait derrière eux.

L'aire de duel est délimitée.

Keema a tracé le cercle dans la vase avec un morceau de bois provenant d'un des bateaux. Il l'a fait rapidement grâce à Son Don, le bois bougeant de lui-même, selon ses désirs. Keema a un peu titubé. La blessure à son flanc le lançait méchamment. Il souriait sans joie.

Je croyais que j'étais un dieu. Pourquoi est-ce que je saignais encore ?

La tête lui tournait quand il demanda à l'enfant s'il était prêt, ce à quoi l'enfant répondit en bondissant et en courant de son côté du cercle.

« Parfait », a dit Keema, sa main sur sa blessure.

Il a pris une grande inspiration.

« En garde ! » a-t-il crié, grimaçant alors qu'il se mettait en position. Pied droit en avant, main droite tendue. Ses yeux s'écarquillèrent lorsqu'il vit la Terreur adopter une position étonnamment professionnelle. Son corps nu et musclé était tendu et prêt à le mettre en pièces. Son museau humide dénudait ses nombreuses dents.

Les deux garçons, qui ne demandaient qu'à se battre, se faisaient face.

« Allez ! »

Avec en toile de fond la vague montante et les navires morts, ils grondèrent.

Ce combat ne restera pas dans les annales comme le meilleur de tous. En réalité, il se termina presque aussitôt qu'il commença, car à la vérité, Keema était blessé et faible, et la Terreur était une créature de force pure, dont la vie avait été consacrée à la chasse et au meurtre. À son crédit, la Terreur a obéi aux lois du duel. Il n'a pas mordu ni griffé. Et Keema s'est battu aussi bien que n'importe qui dans sa situation pourrait le faire face à un enfant-dieu. Quatre coups, deux déviations. Un coup de pied dans la mâchoire de la Terreur, que la Terreur a accueilli comme un adulte encaisserait la gifle d'un enfant. Le duel se termina lorsque la Terreur fit tomber Keema d'un coup de pied dans les tibias et, de sa main musclée et veineuse, lui pressa la gorge contre le fond de l'océan.

C'était terminé. Keema n'avait plus la force de se battre.

Il a tapé sa main contre le sol en signe de défaite.

C'était fini. C'était fini.

J'avais perdu.

Le loup au-dessus de lui l'a regardé. Son museau contre son nez. Son souffle chaud contre son visage. Keema était certain que la Terreur allait maintenant le dévorer. Il a même fermé les yeux, pour se préparer à la première morsure.

Mais la morsure n'est jamais venue. Au lieu de cela, la main de l'enfant a relâché son cou, et, n'étant plus cloué au sol, Keema s'est redressé et a regardé l'enfant faire un pas en arrière, puis s'incliner, comme il avait vu tous les autres le faire après un duel bien mené. Battu, Keema se releva sur ses pieds chancelants, et il s'inclina à son tour. Puis l'Enfant se dirigea vers le sac contenant les ossements de sa mère, et c'est là qu'il s'est pelotonné et a posé sa tête, car après toutes ces années, tout ce temps, il était enfin satisfait.

Jun se réveilla au sourire de Keema.

« J'ai fait le plus doux des rêves, murmura Jun. Tu avais encore perdu un duel. »

Keema, les larmes aux yeux, rit. Il a aidé Jun à se relever.

Ils se sont retournés pour faire face à la vague. Elle se dressait au-dessus d'eux à une hauteur inconcevable.

« Elle ne s'arrête pas », dit Jun. Il avait l'air exténué. Repu.

Il avait raison. La vague ne les avait pas encore sentis. Elle ne s'était pas rétrécie pour les rencontrer. Il doutait qu'elle soit même consciente de leur présence. Et dans quelques minutes, elle allait frapper la côte. Mais Keema n'avait pas peur, car il savait ce qu'il fallait faire.

« Nous devons faire en sorte qu'elle nous voie. »

Il a enlevé ses sandales. Ses orteils se sont enfoncés dans la vase. Il a senti le monde sous la plante de ses pieds : les poissons morts qui gisaient, le cœur de la Terreur qui battait lentement. Le tremblement de la grande vague qui déchirait le fond de l'océan dans un raclement sauvage. *J'ai demandé à Jun, en pensée, s'il l'avait ressenti. Le son. Le Rythme qui nous reliait à la vague. Et il m'a dit que oui. Et je savais qu'ensemble, nous pouvions le faire. Alors j'ai tendu la main.*

Et je lui ai demandé s'il voulait bien danser avec moi.

Lorsque Jun lui prit la main, Keema eut envie de rire, car, toute sa vie, il avait souhaité être assez courageux pour poser cette question, et finalement c'était si facile. La rencontre de leurs mains semblait presque inévitable. Jun a suivi ses pas, qui n'avaient pas de nom. Pas encore. Ce récit était encore en train de s'écrire. Un jour, dans la boucle sans fin de l'histoire, dans les courants circulaires de ses eaux, là où n'existent ni passé ni avenir, il serait transcrit en pas sur le manche de bois d'une arme antique et raconterait l'histoire de deux guerriers.

« Je tenais la lance dans mes mains, dit ta *lola*, et je me demandais ce que ces marques signifiaient. Des mots et un sens perdus dans l'histoire, mais dans ces rainures, mes mains sentaient un motif, une chaleur. »

Elle sourit, assise auprès de ta famille, et éteint sa cigarette.

« J'avais l'impression d'être chez moi. »

Ce n'est que plus tard, lorsque les gens raconteraient ce qui s'était passé et ce qu'ils avaient entendu dire, qu'ils choisiraient un nom pour ce que les deux guerriers avaient accompli ce jour-là.

C'était un nom qui, comme pour les autres danses du pays, décrivait ses propres mouvements, la façon dont deux hommes sautaient en rythme, atterrissaient sur leurs pieds solides et se tenaient dans les bras l'un de l'autre face à la fin qui approchait. *Et nous avons pensé les mouvements ensemble, et nous avons exprimé avec nos corps cette même pensée. Nous n'étions plus nous-mêmes mais l'un et l'autre. Et nos pensées étaient les suivantes :*

Le corps tient le corps.

Les bras tiennent la lance.

Et la lance transperce l'eau.

L'eau s'est immobilisée, comme figée, comme si les énergies qui composaient la vague s'étaient arrêtées pour écouter le murmure du ciel. Et puis elle s'est fendue, en plein milieu. Comme une raie dans les cheveux. Comme une fissure dans la coquille d'une *tajeline*.

Comme deux ailes qui se déploient.

Les gens sur la falaise ont regardé, stupéfaits, la vague se découper. Deux bras d'eau s'étendaient de part et d'autre de la vague, avant de se replier vers l'intérieur, convergeant vers la Terreur, les os de l'Impératrice et les deux jeunes hommes debout devant la fin du monde. Tous deux ont été saisis d'une peur soudaine de la fin. Une réaction naturelle face aux murs d'eau qui fonçaient vers eux, prêts à les écraser. Jun s'est précipité vers Keema et l'a serré dans ses bras, et Keema a bercé l'arrière de la tête de Jun avec sa main, caressant les poils piquants de son crâne rasé. Leurs cœurs se sont mis à battre la chamade. Avant d'être emportés par cette inconcevable marée, ils se sont affaissés l'un contre l'autre, épaule contre poitrine, comme deux rochers en équilibre sur un grand gouffre, dans un acte de confiance qui semble à la fois impossible et ancien.

Et puis ils ont été emportés par cette incroyable marée. Tirés et poussés dans mille directions jusqu'à ce que Keema soit sûr que son corps allait se déchirer, un poing d'eau pressé contre ses oreilles, son nez et sa bouche jusqu'à ce qu'il La sente sortir

– Elle, expulsée de son corps –, et il crut La voir dans l'Eau, Son faible sourire se transformant en écume sombre alors qu'Elle était rendue à Son plus grand amour, et il était heureux que cette dernière mesure de paix lui soit accordée avant la fin, avant que l'Eau continue à s'infiltrer en lui et gonfle ses poumons, avant que son cœur s'emballe, avant de convulser en s'étouffant, avant que son esprit devienne chaud et terne. Et il se demandait si c'était comme ça, d'être étreint, et il songea combien il était désolé de l'avoir découvert ainsi, et combien il était heureux que ce soit terminé. Il se rendait à la Mer dormante, pour rejoindre les énergies de ceux qui étaient passés avant lui et qui étaient redevenus synonymes du monde. Peut-être reviendrait-il sous la forme des yeux d'un poisson ou du cœur palpitant d'une de ces créatures des profondeurs qui ne se réveillent que rarement, seulement quand le temps est venu, juste pour se lever et ramener à la surface une énorme perle de la taille de la Lune, qu'il pourrait lancer dans le ciel afin de donner au peuple un autre satellite sacré pour illuminer le chemin de leurs amours nocturnes au-delà des portes du village. Ces vœux furent les derniers feux d'artifice de pensées qui jaillirent de son cerveau, tandis que l'Eau le remplissait – ou peut-être que ce serait encore plus simple que cela. Peut-être qu'il se déplacerait vers le haut, au lieu de descendre. Peut-être qu'il serait attiré vers le ciel. Plus haut que la montagne d'où sa famille venait peut-être. Là où les guerriers de Daware avaient autrefois établi leur foyer. Vivant à l'intérieur d'un nuage sombre sur le point de tonner et d'éclater. Peut-être qu'il serait le son des tambours lui-même.

Peut-être la pluie.

Pour la première fois depuis très longtemps, il a plu. Le ciel s'est ouvert, et l'herbe a été nourrie d'une autre eau que la rosée, et les arbres ont rayonné de vert en se gorgeant de la pluie qui trempait leurs racines. Et les gens ont tendu leurs seaux, leurs draps en tissu et leurs bouches ouvertes et ils ont tenté d'en attraper le plus possible. *Nous avons essayé de nous en remplir le ventre. Nous avons essayé de nous remplir.* Mais ils ne pouvaient pas faire grand-chose en si peu de temps, sinon boire profondément ce cadeau soudain et inattendu. Shan, qui avait retrouvé ses soldats dans les plaines, regardait la lance et se laissa aller à pleurer sous la pluie. Le vendeur de babioles ramassa les restes de son chariot éventré avec son conducteur, en se demandant ce qu'étaient devenus les jeunes dieux à qui il avait essayé de soutirer de la chance.

Il a plu sur le Palais de la montagne. Sur les décombres de la Porte du Tigre. Sur les rizières en terrasses et sur l'entrée en lacets du Bourbier et sur les maisons des pêcheurs. Sur les canaux et les voies d'eau et le Bassin du Ciel et sur les canyons au-delà. Le dernier des singes a remercié le ciel avec de grands gestes. Le niveau des rivières s'est élevé et elles ont débordé, les veines se sont remises à pomper tandis que la terre respirait de nouveau sous les trombes d'eau, les torrents de pluie. Les feuilles claquaient au vent comme des peaux de tambour. La soif du peuple enfin étanchée. *Nous avons regardé vers le ciel avec la même ferveur alors qu'elle se déversait sur nos têtes. Nous avons levé les yeux, ouvert la bouche et éprouvé les mêmes sensations.* Comme le garçon à la lèvre fendue, assis sur une corniche dans un petit village de la paume des Flèches où il avait été recueilli, avec les autres enfants perdus de la région – la langue tirée vers le ciel agité. *Et nous savions que ce n'était rien de moins que le fruit du Ciel.*

APRÈS

Les voix se sont tues.

Le théâtre est de nouveau silencieux tandis que les souvenirs des morts et des anciens, satisfaits d'avoir partagé leur sort, retournent dans le tissu de la trame. Tu t'es tellement habitué à leurs murmures que le silence qui suit leur absence est presque glaçant, et toi, la grande ombre et tous les autres membres du public vous trémoussez sur vos sièges, attendant que le corps baigné de clair de lune se remette en mouvement.

Ce corps quitte sa position accroupie et vous regarde tous. La fin est arrivée. L'histoire est, pour l'essentiel, terminée – mais personne ne se lève de son siège, car il reste encore quelques fils perdus qui se détachent de la fin de ce conte, accrochés à la pointe d'une lance ensanglantée.

Sur la toile de fond derrière le corps baigné de clair de lune, les ombres palmées du temps et des circonstances se déplacent.

Voici ce qui s'est passé après.

Après que la grande vague
est retombée.

La Troisième et Dernière Terreur morte, le monde tira ses rideaux sur la lignée de la famille Ossa, les derniers jours de l'Été de l'Empereur se terminant par deux semaines de pluie ininterrompue. C'est sous ces nuages gris, craquelés et bénis, que Shan Araya a retrouvé la lance familiale, dressée comme la hampe d'un drapeau, parmi les décombres de la Cité divine à moitié détruite.

Les jours qui suivirent la fin ne furent pas faciles pour elle. Elle portait cette lance sur elle, pour se soutenir, et l'utilisait parfois comme levier pour aider à déblayer les décombres laissés par la Troisième Terreur, libérant les civils coincés sous les pierres et le bois. Le temps était compté et ils devaient utiliser tous les moyens nécessaires pour sortir les gens de là, avant que les pluies incessantes ne remplissent ces petits terriers et les noient. Parfois, ils arrivaient trop tard. Un souvenir qui hantera Shan jusqu'à la fin de ses jours est celui de la mère et du fils que sa troupe a trouvés sous le mur effondré d'un Palais de justice, meurtris mais vivants dans cette petite poche de terre. Par un petit trou, Shan a touché la main du petit garçon et lui a dit que lui et sa mère seraient bientôt libérés. Et ils ont essayé. Les mains ensanglantées et les ongles cassés, ils ont essayé. Mais la pierre était trop lourde et il semblait qu'à chaque poutre de bois qu'ils soulevaient, il y en avait une autre en dessous. Et l'eau n'arrêtait pas de tomber.

Elle a fini par les emporter tous les deux. Lorsque leurs corps noyés furent sortis des décombres, un Homme de la Famille derrière Shan marmonna que c'était aussi bien que ces loyalistes aient eu ce qu'ils méritaient – et elle se retourna et l'Homme de la Famille, un enfant, pas plus de treize ans, enrôlé d'on ne sait quel village, tressaillit comme si elle allait le frapper, et elle vit dans ce tressaillement un autre enfant se noyer.

Elle avait quinze ans, mais ce jour-là, elle aurait aussi bien pu en avoir quarante.

« Pars, a-t-elle dit. Va voir s'il y en a d'autres. »

La lance était devenue son compagnon pendant ces deux semaines de pluie et sa seule source d'équilibre et de réconfort quand elle inventoriait les pertes de la journée. Elle lui a permis de tenir sur ses pieds alors qu'elle se débattait avec la nouvelle de la mort d'Induun et les sentiments compliqués qu'elle éprouvait pour cet homme. Et elle était là, appuyée contre le coin de la pièce, tandis que Shan s'occupait de l'homme sans nom qu'elle avait trouvé dans le labyrinthe.

Il mourut au bout de sept jours de tempête, qu'il observait avec beaucoup de plaisir, sur la natte que Shan avait disposée pour lui près du rabat ouvert de la tente. Un médecin veillait sur lui jour et nuit. Elle avait fait nettoyer et nourrir l'homme. Et elle avait ressenti une grande émotion lorsqu'il avait demandé qu'on l'emmène sous la pluie et qu'il avait laissé échapper des cris étranges et ravis alors qu'elle le tenait sous le déferlement du Ciel. *Pourquoi pas ?* avait-elle pensé. *Pourquoi ne pas simplement dire qu'il est mon père.* Son chagrin devint alors inéluctable lorsqu'un jour il s'était immobilisé sur le tapis, silencieusement, comme en proie à un cauchemar, avant de se mettre à trembler.

Il mourut en moins d'une minute. Le médecin lui dit que c'était une chance que l'homme des entrailles de Joyrock ait vécu si longtemps. Il dit aussi que c'était dommage qu'ils n'aient jamais appris son nom.

« Miséricorde » était un mot qu'elle entendait souvent à l'époque. Les Mendiants du Ciel, tendant leurs bols en bois, chantaient ce mot dans tout le pays, chantaient que l'Été de l'Empereur était terminé. Que les dieux aient pitié, il était terminé. Mais Shan avait du mal à voir quelque miséricorde que ce soit dans le monde alors que les morts s'entassaient à ses pieds.

La lance à la main, elle chercha les deux garçons qui avaient arrêté la vague. Elle parlait à ceux qui prétendaient avoir tout vu, ce jour-là, depuis le sommet de la falaise, d'où ils pouvaient observer la bataille ultime sur le lit de l'océan. Ils décrivaient le duel entre le guerrier manchot et l'homme-loup en en embellissant les détails, car, en vérité, le duel avait été si bref qu'il ne se prêtait pas bien à un conte qui mérite d'être raconté. Et ainsi, le duel devint de plus en plus long, jusqu'à devenir un ballet sans fin de coups, et même les navires de l'Empereur étaient utilisés comme arme mortelle entre les deux combattants divins.

« Mais ce n'est même pas la partie la plus surprenante », disait le conteur.

Après la mort de la Terreur – anéantie de toutes sortes de manières, selon qui racontait l'histoire –, les deux guerriers ont exécuté une danse qui a arrêté la vague et l'a coupée en deux.

Cela semblait être une danse de l'ancien temps, celui où les gens communiaient encore avec la magie du monde, pas seulement avec la Royauté et son sang empoisonné. On débattait à mi-voix de la relation des deux jeunes hommes. Certains affirmaient que la danse était trop intimement exécutée, trop synchrone, trop séduisante, pour avoir été le produit d'une simple fraternité platonique. L'un des nombreux témoins ce jour-là a juré les avoir vus s'embrasser avant que l'eau les prenne. De tels gestes n'étaient pas trop rares entre les hommes à cette époque dans les moments de grand esprit. « À mes yeux, ils n'étaient que des frères d'armes, lui dit un pèlerin. Des compagnons guerriers qui se sont battus jusqu'au bout pour protéger leur terre bien-aimée. »

Elle a entendu de nombreuses variantes de l'histoire au cours de ces deux semaines, mais il semblait que personne ne savait rien qui puisse lui être utile.

Plus de morts, encore.

Elle s'appuya contre la lance, fatiguée.

Après que les pluies eurent cessé, et que le monde eut poursuivi ses majestueuses rotations, Shan Araya devint le nouveau chef de la famille Induun, et, soutenue par la coalition entre les différentes noblesses non liées au sang royal, elle aida pendant une décennie à diriger sa province à travers une difficile période de transition et d'instabilité. À tous égards, elle fut une bonne dirigeante pour sa famille, sobrement respectée. Cependant, comme elle n'a jamais fait étalage de ses réalisations, son héritage est rarement évoqué, sauf dans les termes les plus superficiels. Sous la pression du conseil de famille, elle prit le nom d'Induun, devenant Shan Araya-Induun, et épousa le fils aîné du seigneur Yinn dans un mariage de raison, car, outre-mer, le grain de riz se révéla être une exportation aussi profitable que celle des textiles, et les familles restaient avides de richesses. Le fils du seigneur Yinn était un homme distant qui, en réaction à la douceur et à l'obséquiosité de son père, ne prenait de pincettes avec personne et était généralement considéré comme une petite bestiole désagréable et amère. Mais il a surpris tout le monde, y compris Shan, lorsqu'au cours de la première année de leur mariage, il est tombé amoureux d'elle.

Il était aussi petit qu'elle était grande, et il la regardait comme si elle était son Soleil Souriant et sa Lune Gracieuse. Il y avait des jours où elle l'aimait aussi. Quand leur union lui paraissait juste. Mais parce qu'on l'avait forcée à le faire – et il n'y avait rien que Shan n'aimait moins que d'être forcée à faire quoi que ce soit –, elle avait du mal à se donner entièrement à lui. Certains jours étaient plus faciles que d'autres. Certains jours, il la regardait de l'autre côté de la pièce avec tant de sérieux qu'elle était remplie du désir de lui donner ce qu'il souhaitait, et ensemble, ils passaient un après-midi heureux sous les yeux rougissants des domestiques postés devant la porte de leur chambre.

Certains jours.

C'est un neveu qui l'a tuée à la fin. Une lutte pour le pouvoir et une éviction qu'elle soupçonnait depuis longtemps, car le neveu disait pis que pendre de sa gouvernance depuis des années. Du poison, dans une tasse de thé ; sa dernière pensée fut un gloussement, quand elle a remarqué qu'au moins son assassin avait eu la courtoisie d'adoucir sa boisson avec du miel avant de la servir.

Nous nouons ce fil.

Ainsi commença le long voyage de la lance. Le neveu s'appropria la lance, mais il ne la garda pas longtemps. À la fin de sa vie, un an plus tard, il fut éventré au cours de la Révolte des Fleurs, lorsque les fermiers de Tran et Syta, mécontents du système de location et des dettes croissantes qu'il leur imposait, tendirent une embuscade, armés des outils affûtés de leur métier, à sa caravane richement équipée, et la lance fut léguée à l'un des nombreux enfants de Shan.

L'arme fut le témoin d'un monde en plein bouleversement. Une jeune femme qui tenait la chronique de l'état du pays après le démantèlement du réseau de tortues portait la lance pour se protéger sur les longues routes d'En-Haut et d'En-Bas. L'arme en bandoulière, elle a croisé les cadavres déshydratés et éviscérés de nombreuses tortues, alors qu'elle visitait les villages qui abritaient autrefois ces créatures dans leurs tours de guet, ainsi que les portes qui étaient toujours opérationnelles, interrogeant les hérauts qui voyageaient de village en village pour diffuser les nouvelles et les gardes qui avaient été en communication directe avec les créatures avant l'abandon de leurs postes. Elle a appris qu'après la mort de leur déesse, les tortues n'étaient plus connectées entre elles et ne servaient plus à ceux qui les utilisaient autrefois. Beaucoup d'entre elles furent tuées en représailles, la tête arrachée, le cou tranché, parce qu'elles avaient servi le Trône, parce qu'elles avaient envoyé tant d'êtres chers à Joyrock, d'autres furent laissées à l'abandon juste au-delà des portes des villages ou des postes de contrôle démantelés, où elles moururent de faim ou furent dévorées par les animaux. Lors de ses entretiens, elle a appris que les tortues s'étaient toutes dirigées vers l'est, vers une destination inconnue.

Elles n'étaient pas toutes mortes. La jeune chroniqueuse a rencontré une des tortues échappées dans une hutte à l'extérieur d'un des villages de la rivière. Une famille bienveillante avait caché la créature là en sécurité, et, la nuit, l'amenait à la rivière pour profiter de la vue et des bruits de la nuit. La chroniqueuse demanda à la créature où elle et tous les siens se dirigeaient, et pourquoi, et la créature baissa la tête vers le sol en signe de deuil, tout en lui décrivant la vision de liberté qu'une de leurs sœurs leur avait offerte, la vision d'une rivière et d'un insecte sur son bec, si puissante, si enivrante. Elles n'avaient pas d'autre choix que de la suivre et de voir cette rivière par elles-mêmes.

« Celle-ci parcourra les Mille pour le reste de sa vie, dit la créature, et celle-ci trouvera cette rivière. »

Elle a fermé ses yeux.

« Et celle-ci connaîtra enfin la paix. »

Avec le départ des tortues, les nouvelles circulaient de nouveau lentement dans le pays. Les Cinq Familles avaient chacune leurs propres hérauts qu'elles envoyaient dans les villages alentour, diffusant leur version de l'état du pays. Les gens ont entendu suffisamment de rapports contradictoires sur qui possédait quoi et où se trouvait le pouvoir pour ne plus savoir que croire. Une dévote secte de pénitents gardait même l'espoir que l'Empereur soit toujours en vie, car, en l'absence de Son corps – après tout, il ne restait pas grand-chose de Lui à voir –, il était facile de présenter des théories alternatives à la réalité ; facile pour les loyalistes restants de croire qu'Il n'était pas mort, mais qu'Il se cachait quelque part, qu'Il rassemblait Ses forces en attendant d'attaquer ceux qu'ils croyaient être des blasphémateurs. La violence entre les gens augmentait à mesure qu'ils se battaient pour la suprématie de leur réalité.

La jeune chroniqueuse rentra chez elle et reposa la lance, l'âme lourde. L'avenir l'inquiétait.

Deux générations plus tard, la lance est allée vivre, parmi de nombreuses autres reliques familiales, dans un caveau de l'une des maisons Induun du Bassin. Elle y reposait sans surveillance, à l'exception de la rotation mensuelle des serviteurs qui époussetaient les précieux biens oubliés. Un garde se tenait à l'entrée pour prévenir toute tentative de vol, tandis qu'à l'extérieur le monde poursuivait ses douloureuses métamorphoses.

Après la mort de Notre Gracieuse Lune, les pièges de pierre de lune qui assommaient les poissons des rivières avec une fiabilité si exemplaire ne fonctionnaient plus, leur magie devenue inopérante. Il fallut réapprendre les anciennes méthodes de pêche, la ligne et le leurre, ce qui demanda du temps et des efforts, et provoqua de nombreuses frictions entre ceux qui fournissaient ce temps et ces efforts et ceux qui exigeaient les mêmes quotas à atteindre, voire de plus grandes quantités.

La mort d'un enfant de la rivière fut le catalyseur d'une guerre mineure entre les descendants du seigneur Maada et les pêcheurs. Après la terrible bataille de l'Affluent des Cigales de Cuivre, les descendants du seigneur Maada ont été tués, la famille démembrée a été jetée dans une petite rivière qui courait au cœur des Mille, et pendant une brève période, le Rassemblement a prospéré. Il a même établi des liens et des traités avec les autres Familles, devenant presque une force égale à elles. Mais la famille Induun-Yinn, inquiète du précédent créé par cette révolution victorieuse, ainsi que de la proximité de la faction et de ses relations avec le Bassin, où se trouvait le cœur de ses activités, a décrété que la faction était dangereuse pour son avenir et devait être dépouillée de son pouvoir. Il y eut une autre bataille. La bataille des Écluses du Sud.

La veille du massacre, un descendant de Shan a fouillé le caveau familial jusqu'à ce qu'il trouve la lance à propos de laquelle on lui avait raconté de si belles histoires. À l'insu de sa mère et de son père, qui souhaitaient qu'il se lance dans une inoffensive carrière de marchand de tapisseries, il avait prévu de chevaucher avec le contingent de soldats qui attaquerait les pêcheurs.

« Je vais être un héros », a-t-il dit à sa maîtresse cette nuit-là. Il a tendu la lance jusqu'à ce que la pointe de la lame repose contre son menton. « Embrasse la lance du héros. »

Son amante était beaucoup plus âgée que lui et elle était souvent amusée par sa grossièreté juvénile.

À genoux, elle souriait, et il se sentait mythique.

Lors de la bataille du lendemain, il se cacha, terrorisé, sous un bateau chaviré, tandis que l'eau autour de lui se teintait de dégradés de rouge de plus en plus sombre. Il s'étouffait avec l'eau sanglante, la crachant entre ses lèvres tout en essayant de maintenir sa tête au-dessus de la surface mouvante. Il resta là-dessous pendant des heures jusqu'à ce qu'il ose s'aventurer au-delà des corps démembrés des soldats avec lesquels il avait soupé quelques heures auparavant, et atteigne la rive, où une pêcheuse était accroupie au-dessus d'un de ses camarades tombés. Saisissant l'occasion, le jeune homme courut sur le sable, la femme se retournant juste à temps pour voir son visage paniqué alors qu'il lui enfonçait sa lance dans la poitrine.

Kaara/Tak-Lina, surprise par un simple enfant, eut assez de force pour enfoncer une fine dague dans son menton, et tandis qu'il grattait frénétiquement la perforation qui saignait, elle erra jusqu'au bord de l'eau et tomba à genoux, souriant tandis que sa main caressait le manche rainuré de la lance, et murmura : « Ravie de te revoir », avant que son dernier souffle quitte ses lèvres et qu'elle se dissolve dans une éclaboussure d'eau.

Et c'est ainsi que les Mille tombèrent eux aussi sous le joug d'Induun-Yinn. Les révoltes gagnèrent en intensité au fil des ans dans chacune des provinces. Les Familles, ne voulant pas renoncer à leur pouvoir, répondaient à chacune de ces rébellions par des actions de plus en plus sanglantes. L'attention qu'elles portaient aux révoltes était si absolue, si inflexible, qu'elles ne prêtaient guère attention aux dangers qui venaient de l'extérieur de leurs frontières.

La lance, après avoir été récupérée sur la berge de la rivière, a continué à attendre dans le coffre de la famille Induun, prenant la poussière au milieu des armures cloutées et des coffres ornés de joyaux, jusqu'à ce que vienne le jour où l'on eut besoin d'elle une fois de plus, bien des années plus tard, quand, vers la fin de ses jours, un descendant de Shan fouilla le caveau à la recherche d'un cadeau qu'il pourrait offrir au général d'une armée d'invasion.

Nous nouons ce fil.

L'armée du Nord n'eut aucun mal à s'emparer du pays. Organisée et impitoyable, elle a traversé les provinces sans effort. Ses soldats ont saigné les Familles. Les plantations de thé ont brûlé et les carrières ont été saccagées, et les descendants de Panjet et Waag – l'union depuis longtemps démantelée – furent écartelés publiquement. Des canons firent exploser les murs de briques et les toits de terre cuite des manoirs. La famille Yinn, face aux armées aux portes de ses terrasses, appela Induun en renfort, mais Induun ne répondit pas à cet appel, et ainsi, après Panjet et Waag, les descendants de Yinn furent à leur tour balayés en deux jours à peine. Ce n'est que parce que l'armée d'invasion était une force terrestre n'ayant aucune expérience de la navigation que la famille Induun, repliée au cœur du Bassin du Ciel, a pu gagner suffisamment de temps pour planifier son salut.

La lance fut offerte dans un esprit d'amitié au général de l'armée adverse, dont on savait qu'il aimait les armes intéressantes et uniques. Avec la lance et l'offre de mariage à la sœur de son fils aîné, le général accepta de laisser vivre la famille Induun et lui permit de conserver son nom et de poursuivre la fabrication de ses textiles fins sous la supervision du nouveau gouvernement. Et c'est ainsi que la lance passa sous la garde de ton arrière-arrière-arrière-grand-père.

Cet homme brutal ne dirigea que la première force d'occupation. Il ne fallut pas longtemps avant que se répandent les rumeurs concernant les richesses inexploitées du pays. Au fil des ans, cinq autres nations, à la recherche de terres fertiles, posèrent leur poing sur ces vallées et ces montagnes. Quand ses terres furent envahies, ton ancêtre général s'est enfui avec sa famille, s'est installé dans une ville lointaine et a changé de nom. Durant ces difficiles années de disette, ils furent soutenus par le pouvoir mythique de la lance et les couleurs de leurs tapisseries. Lorsque ton ancêtre est mort du mal pâle, flétri et rabougri dans un lit d'hospice, sa femme, paralysée par la liberté soudaine après une vie entière à recevoir des ordres, a choisi de suivre son défunt mari dans la Mer dormante, en sautant par la fenêtre du troisième étage.

Nous nouons ce fil.

La lance fut placée dans les mains tremblantes de sa fille aînée, qui, dans un moment de détermination qui allait définir son comportement pour le reste de sa vie, la saisit avec force, comme pour l'étouffer. Peu sensible au fait que sa mère ait mis fin à sa propre vie, cette fille, qui s'était jusqu'alors considérée comme un étrange mélange des sensibilités de ses parents, à la frontière entre le dur et le mou, a finalement fait un mouvement de balancier dans la direction disciplinée et dure du style de vie ascétique de son père. Lance en main, elle élevait ses frères et sœurs au rythme du tic-tac de l'horloge. Elle ne s'est laissée aller ni à des colères ni à des troubles de l'âme. Elle a travaillé comme apprentie chez un marchand de textiles de l'autre côté de la mer. Il la faisait travailler sans relâche. Mais elle s'est rendue utile, grâce aux connaissances artisanales de sa famille, et, avec le temps, il l'a aidée à monter sa propre affaire.

Ses frères et sœurs comptaient sur son soutien financier et la craignaient, car elle n'avait pas peur de frapper quelqu'un qui parlait à tort et à travers ou qui se trouvait sur son chemin, même s'il s'agissait de son petit-neveu préféré.

Les gestes les plus tendres de sa vie furent pour le garçon qui deviendrait un jour ton *granjo*. Elle partageait fièrement avec lui l'histoire des conquêtes et des crimes de guerre de son père. Et c'est à lui qu'elle a cédé l'entreprise familiale et sa lance bien-aimée, avant d'être elle aussi réclamée par les vagues de la Mer dormante, happée par la marée glaciale d'un caillot de sang.

Nous nouons ce fil.

De bien des façons, ton *granjo* était son double, à la grande déception de ses propres parents. Il tenait son menton haut, comme elle, et son regard était toujours tourné vers le bas, même face à ceux qui dominaient sa petite taille. Sa famille essayait d'avoir une certaine influence sur sa vie et son entreprise, mais il n'était guère impressionné par leurs plaidoyers pour qu'il ne relocalise pas celle-ci à l'étranger, sur le Continent unifié, car trop d'entreprises avaient échoué dans de telles expansions imprudentes. Avec sa femme, sa fille et trois domestiques dont il confondait souvent les noms, il s'embarqua pour le Nouveau Monde, où il implanta son entreprise dans cette ville portuaire où tu viendrais un jour au monde. Il a dû lutter pour s'établir, car il n'était pas le seul roi marchand désireux de s'installer ici, mais avec le temps, il a assis votre fortune et votre nom, tandis que sa fille, dont l'œil ne brillait que lorsque lui ou sa mère lui racontaient les histoires les plus fantastiques du Vieux Pays, a grandi et a un jour pris sa relève. Sa femme est décédée à l'âge de quatre-vingts ans, mais lui a continué à vivre, d'une manière presque surnaturelle. À un moment donné, on a considéré que ta *lola* avait hérité de la lance.

Nous nouons ce fil.

Et c'est là que la lance était suspendue, à des crochets en fer au-dessus de la cheminée, dans l'une des plus grandes demeures de cette ville portuaire, tandis qu'à l'étage du dessous, ta *lola* te racontait les histoires qui étaient l'un de ses seuls liens avec le monde au-delà de sa fenêtre. Et elle est restée accrochée là pendant que ton père, dans ses moments sauvages, arpentait la maison, ses pieds comme des clous de fer que l'on plante dans des rails, jusqu'au jour où il disparut au milieu de la nuit pour partir à la guerre, avec toi comme seul témoin de ses efforts désespérés pour se trouver lui-même, quel qu'en soit le prix. Et c'est ainsi que ton oncle vous a emprunté ce qui restait d'argent et ne l'a pas rendu, et que tes frères se sont dispersés, pour rejoindre la guerre, fuir dans la nature, mourir ivres, dans des ruelles peu fréquentées ou, pire, vivre des vies pleines et heureuses, auxquelles tu comparais sans cesse la tienne. Pendant que toi et ton grand-père viviez dans cette maison maintenant abandonnée, tu étais le seul gardien de l'homme qui ne mourait pas. Une vie solitaire que tu tiens pourtant désespérément à conserver, car qui sait de quoi demain sera fait.

Enfin, c'est ce que tu te dis…

Après tout, pour toi, il était impossible de prévoir que tu te retrouves assis dans ce Théâtre inversé. La lance de ta famille est moins une lance qu'une aiguille à coudre, cousant ensemble deux points éloignés dans le temps. Tu t'es demandé, en donnant la lance à Keema, pourquoi c'était toi qui avais été choisi pour représenter tous les descendants ; pourquoi toi, dont le lien avec le Vieux Pays était ténu et fluctuant et, d'une manière essentielle, empoisonné, compte tenu de ton héritage.

Mais peut-être comprends-tu maintenant que tu n'es pas un représentant. Que, comme le voyage de la lance à travers le temps, une grande partie de cette Danse est dictée par le hasard. Que tu n'es simplement, fondamentalement, personne d'autre que toi-même, comme n'importe qui d'autre est lui-même : un simple serviteur, donnant récursivement à travers le temps cette lance, ce souvenir, au peuple et au lieu d'où ils proviennent – et qui, en retour, te donnent leurs étranges, tristes et vastes futurs.

Nous nouons ce fil.

Et il ne reste qu'un seul fil.

Après que la grande vague
eut été abattue,

après que le peuple eut dansé, et que les hallebardes du Nord furent tombées sur leurs cous, après qu'Induun fut devenu le grand et le seul, puis le seul et l'oublié, et que le peuple et ses histoires eurent été étirés et étirés encore jusqu'à ce qu'ils se déchirent et que leurs graines s'envolent, et après qu'une graine eut pris racine dans une ville portuaire au bord d'un océan, loin de la terre d'où elle venait, l'enfant d'un marchand fut entraîné dans un rêve du Théâtre inversé et on lui raconta une histoire que peu de gens eurent le privilège d'entendre, et pourtant, à la fin, lorsque la plupart des fils de l'histoire furent résolus, il resta insatisfait.

Le corps baigné de clair de lune se tient sur cette scène dévastée et te regarde.

Avec tous les danseurs, et le public, il te fait face.

À toi seul.

Attendant ta réponse.

Tu tousses. Nerveux. Tu insistes sur le fait qu'une partie de toi est satisfaite – la partie, au moins, que tu partages avec ton grand-père, qui aurait apprécié la liste des éléments de l'histoire familiale qui venait d'être présentée. Mais tu es une personne composée de plusieurs parties. Et si un désir a été satisfait, un autre germe dans ton être.

« Je croyais que c'était une histoire d'amour », dis-tu.

L'insistance de ta *lola* est restée dans ton esprit depuis le début, et tu prononces ces mots calmement, avec un haussement d'épaules, comme pour faire savoir à ces artistes que c'est bien, qu'elle n'a pas tant d'importance, cette pensée, que peut-être la définition de ce qu'est une histoire d'amour pourrait être étendue pour inclure tout ce qui s'est passé jusqu'ici. Tu dis ça comme des excuses. Comme si c'était une chose pour laquelle il fallait s'excuser. Un enfant fugueur, qui fonce à travers les étagères en porcelaine : Je pensais que c'était une histoire d'amour. J'avais espéré que ce soit une histoire d'amour. Tu le dis avec honte, embarrassé de l'avoir dit, souhaitant pouvoir le retirer. Tu le dis avec l'inquiétude d'avoir trahi une partie secrète de toi-même qui ne veut pas être exposée, un vieux démon en toi, malade et impatient.

Tu le dis avec espoir. Timidement et sans conviction. L'espoir de quelqu'un qui sait qu'il est sur le point de quitter un rêve pour se réveiller dans une réalité qu'il ne comprend pas. Le pub attend, tout comme ton lit vide.

Je croyais que c'était une histoire d'amour.

Tu regrettes de l'avoir dit, comme si tu savais que cela allait affaiblir le conte. Le dépouiller de sa fumée et de son ombre.

Mais tu le dis quand même.

Et le corps baigné de clair de lune sourit. Et depuis les coulisses, le son des tambours monte lentement, et les rideaux derrière les danseurs se lèvent. Parce que tu as raison, le corps baigné de clair de lune te le confirme, c'est bien une histoire d'amour. Tranchante jusqu'à l'os. Et le corps baigné de clair de lune demande à son parent, l'Eau, s'il y a une chance, si dans la profondeur de ses vagues il reste une miséricorde à extraire, et quelque part, ta *lola* allume une cigarette en ton honneur, inspirant profondément la fumée, ses poumons comme des montgolfières s'élevant dans un ciel couvert, tandis que le son des tambours s'amplifie et s'amplifie encore

et te fait penser à la pluie.

C'était le quatorzième jour de pluie. Deux semaines après la chute de la vague. Quinze jours que le peuple n'avait pas vu le ciel derrière la couche de nuages gris qui le recouvrait maintenant. De l'eau aussi fraîche que la réserve de l'Empereur s'accumulait sur les avant-toits en bois et au fond des seaux. Des mains se tendaient par une fenêtre ouverte. Des chiens buvaient dans des flaques obscures. Pour la première fois depuis tant d'années, personne dans le pays n'avait soif.

De nombreuses maisons s'effondraient sous le poids de l'eau, des maisons dont les toits n'avaient pas été construits pour supporter tout ce qui pouvait tomber du ciel. Des balais et des seaux ont chassé l'inondation par les portes. Un enfant rit et cria tandis que sa figurine en bois voguait dans le village sur un ruisseau en furie, tandis que derrière eux, ses parents et leurs voisins retenaient une poutre qui menaçait d'abattre toute la façade du bâtiment.

L'un des hommes, tout en supportant le poids de cette lourde charpente, ouvrit la bouche et but l'eau du ciel.

C'est à l'heure de midi du quatorzième jour que Shan Araya l'entendit. Elle était assise dans un salon aux murs ouverts, observant le rideau de pluie tandis que son pouce courait le long des rainures et du tranchant de la lance. Des généraux et des Hommes de la Famille étaient assis derrière elle, débattant de questions de sécurité, de la faction du Bassin qui devait être soumise, et d'autres questions d'État. Shan aurait dû être attentive, mais son esprit errait loin de là, présent seulement au murmure du tissu sur le bois alors qu'elle polissait la lance et se perdait dans la texture soyeuse du travail. La fraîcheur de la pluie au-delà du mur ouvert soufflait agréablement sur sa joue. C'est alors qu'elle sentit la lance, comme une baguette de sourcier, pointer vers l'ouest.

Elle s'est levée.

« Premier Protecteur ! a crié l'un des hommes alors que la porte se refermait derrière elle. Où allez-vous ? »

Un serviteur se précipita après elle, ouvrant un parapluie assez grand pour eux deux. Shan ne remercia pas l'homme, mais elle ne le repoussa pas non plus, et il ne posa aucune question sur leur destination, même s'ils marchèrent assez longtemps pour que le parapluie soit presque inutile lorsqu'ils arrivèrent. La lance les avait menés au cœur d'un bosquet, où parmi les arbres il y avait une clairière et, dans cette clairière, se trouvaient les corps recroquevillés des guerriers qui avaient sauvé le pays.

« Sont-ils morts ? » demanda le serviteur.

Shan sentit le souffle de Keema sur sa main. Elle soupira en regardant ces deux corps, se demandant comment elle allait les porter.

« J'aurais dû amener plus d'hommes. »

Pendant deux semaines, ils étaient partis.

Lorsque la vague fut séparée et que l'eau s'était effondrée sur eux, les formes conscientes qu'étaient Keema et Jun ont été emmenées au cœur de la Mer, de la même manière qu'une volute de fumée peut être aspirée par une narine. Ils avaient été emportés dans un endroit au-delà de la conscience ou de la douleur. Ils furent, pour un temps, l'eau elle-même.

Et puis, ils étaient revenus.

C'est pendant les pluies que la mer, à la demande du corps baigné de clair de lune, leur a rendu leur corps. Leur chair a été reconstituée dans le printemps calme et verdoyant de ce groupe d'arbres, où, comme deux créatures des bois, ils avaient dormi sur la mousse, l'herbe et les feuilles, sans être dérangés, sans se rendre compte de rien, sans se réveiller, jusqu'à ce que, le dernier jour des pluies, on les trouve.

Ils ont été emmenés.

Et Keema s'est réveillé dans une pièce qu'il ne reconnaissait pas, dans un corps qui lui était étranger, avec une fille dont il ne connaissait pas le nom assise sur son matelas, pilant des herbes pour en faire un cataplasme. Lorsque la jeune fille a vu que ses yeux étaient ouverts, elle s'est levée sans un mot et a quitté la pièce. Keema avait la gorge trop douloureuse pour la rappeler. C'est en se redressant qu'il l'a remarqué. Le changement.

Il a levé la main et agité ses doigts dans l'air.

Les sensations étaient ternes et vagues.

Le don divin avait disparu. Là où auparavant il sentait les courants intimes, le battement de la vie d'objets qu'il considérait autrefois comme inanimés, là où chaque souffle était une ivresse de vie et de saveur, et la lumière un rayonnement aveuglant, là où les signes des autres mondes étaient rendus visibles à l'œil mortel, il n'y avait maintenant plus rien. Aucune vision du divin. Juste le frottement du bois de la porte lorsqu'elle s'ouvrit et que la fille d'Araya entra. Keema fut soulagé de ne pas avoir été bombardé par ses pensées, son moi intérieur, en même temps qu'une autre partie de lui pleurait la perte de cette connexion autrefois écrasante.

« Je devrais être mort, lui dit-il.

— Il semblerait que le monde ait d'autres plans pour toi. » Elle ferma la porte derrière elle et s'assit à côté de lui. Elle lui dit depuis combien de temps il était parti et où elle l'avait trouvé. « Je suis soulagée que vous nous soyez revenus. Je ne t'avais jamais vraiment remercié pour ce que tu avais fait – nous avons été séparés trop tôt par le chaos de cette journée. » Un éclair dans l'esprit de Keema – une tête de loup perçant un mur –, qui resta assez longtemps dans ses pensées pour découvrir, un instant plus tard, Shan prosternée devant lui, la tête touchant le sol. « Merci de nous avoir sauvés, Keema. »

Flatté, mal à l'aise, il attendit qu'elle se lève avant de l'interroger sur son ami.

« Le Paon va bien, a-t-elle dit d'une voix réservée. J'ai déjà parlé avec lui. »

Le soulagement inonda ses veines comme de l'eau fraîche, un souffle lourd exhalé ; mais le soulagement fut tempéré par le ton de sa voix. Il venait peut-être de revenir d'entre les morts, mais même lui pouvait sentir les eaux troubles sous la surface calme.

« Où est-il ? » a-t-il demandé.

Il essaya de se lever, mais la main qu'elle tendit l'invitait à n'en rien faire.

« S'il te plaît, Keema, dit-elle, l'air très fatigué. S'il te plaît, reste assis. »

Il a obéi. Il demeura immobile, comme un petit animal à bout de nerfs, et attendit qu'elle s'explique. Sous son front plissé, elle fixait son bras gauche, ou plutôt l'absence de celui-ci. Le nœud de peau cicatrisée qui marquait la fin de son épaule. « J'avais entendu dire que vous aviez été tous deux écrasés sous cette vague. Mais quand je vous ai trouvés dans ce bosquet d'arbres, vous étiez sains et saufs, et j'ai su alors que tu avais été… reconstitué… comme recousu dans le tissu de notre monde par des pouvoirs au-delà de ma connaissance. » Elle inclina la tête. « Sauf pour ce bras. Et maintenant, je ne peux m'empêcher de me demander pourquoi tu n'as pas été entièrement reconstitué.

— Je suis entier, a-t-il affirmé d'un ton sans appel. Pourquoi suis-je retenu ici ? »

Elle baissa la tête. « Je m'excuse pour l'offense. Vraiment. Et tu es retenu ici à cause des nécessités de cette étrange situation. Pour information. Toi et le Paon êtes les seuls en mesure de combler certaines lacunes dans la trame du récit de cette étrange semaine. Et donc je voudrais juste te demander de partager ton histoire avec moi, de me raconter comment tu es entré en possession de la lance de ma mère, et tout ce qui s'est passé entre ce moment et maintenant. Une image plus complète des événements m'aiderait beaucoup à faire face au gâchis laissé dans le sillage de cette semaine.

— As-tu déjà posé la question à Jun ? »

Elle acquiesça. « Il m'a raconté une histoire qui dépasse l'entendement, et comme tu peux certainement le comprendre, vu qui il est, je ne peux pas prendre sa parole au pied de la lettre. J'ai besoin de ta version pour pouvoir confirmer ou infirmer la sienne, séparer la vérité de l'invention.

— Est-il en sécurité ?

— Oui, » dit-elle, sans avoir besoin d'ajouter *pour l'instant*. Elle leva la main, lui faisant signe de commencer. « Si tu veux bien. »

Il s'est exécuté.

Cela a pris du temps. On lui a donné de la nourriture et de l'eau. Shan a même préparé du thé, écrasant des herbes douces comme le faisait sa mère quand elle était jeune et qu'elles se connaissaient encore. Lorsqu'il a décrit l'attaque de la Porte du Tigre et le sacrifice d'Araya, Shan a gardé les yeux fixés sur le fond de sa tasse, sans mot dire – non qu'elle ait posé beaucoup de questions au fil de son récit. Il n'y avait pas de fenêtre dans cette pièce. À la fin, après avoir décrit comment la vague les avait submergés, il ignorait combien de temps s'était écoulé, et quel était le moment de la journée. « Je suppose, dit-il, que c'est à peu près ainsi que Jun a décrit les choses. »

Shan se leva et, après lui avoir dit qu'elle serait bientôt de retour, quitta la pièce. Lorsqu'il entendit un déclic, il se leva et agrippa le loquet en bois, mais comme il s'en doutait, la porte ne céda pas. Il jura et donna un coup de pied, se sentant trompé, mais comment, il n'en était pas encore sûr. Il n'avait d'autre choix que de s'asseoir et d'attendre de voir quelle direction sa vie était sur le point de prendre.

Une heure plus tard environ, Shan revint enfin, comme promis. Lorsque la porte s'ouvrit, il se retint de se jeter sur elle.

« Explique-toi rapidement, fille d'Araya, fulmina-t-il.

— Je te dois une deuxième fois des excuses, pour avoir verrouillé cette porte, a-t-elle dit, le visage tiré. Je ne l'ai fait qu'à sa demande.

— La demande de qui ?

— Du Paon nommé Jun Ossa. Le fils préféré de la Première Terreur, dont la famille est coupable de plus de méfaits qu'il n'y a de scribes pour les consigner. C'est lui qui m'a demandé de verrouiller la porte. Ce n'est qu'après de nombreuses cajoleries qu'il m'a donné la permission de te dire pourquoi. » Keema, les yeux plissés, lui a offert un peu de temps pour s'expliquer, *mais pas trop*, disait son expression sombre. Elle hocha la tête. « Vous avez tous les deux rendu un grand service à notre peuple. Sans vous, il n'y aurait plus personne. Mais l'identité du Paon reste un fait, et alors que nous entrons dans une nouvelle ère, libérés du Trône de la Lune et de son influence, lui et moi avons convenu qu'il valait mieux qu'il disparaisse, en substance. »

Là non plus, elle n'eut pas besoin d'ajouter : *sans toi.*

« Où est-il ? demanda-t-il calmement.

— Il est libre. Je lui ai donné un nouveau masque pour couvrir le tatouage sur son visage, et un sac de provisions pour lui permettre de passer quelques semaines sur la route, le temps de choisir où il pourrait aller. »

Le cœur de Keema chavira. « Je ne comprends pas. Pourquoi n'a-t-il pas… Pourquoi ferait-il… »

Et ici, l'expression neutre de Shan s'est transformée en quelque chose de proche de la compassion, car elle a vu la douleur sur le visage de ce jeune homme. Elle connaissait cette douleur, ce rejet. « Par bonté, je pense. C'était en tout cas son intention. C'est le dernier des Paons rouges. Le symbole durable d'une loi que le peuple et la terre ont fini par haïr et détesteront encore longtemps. Le chemin qui l'attend est probablement court. Un couteau dans le noir. Une pierre jetée d'une fenêtre. La justice pour le mal qu'il a commis aux temps où il répandait le sang. Une vie qui sera toujours instable. En mouvement. Une vie qu'il savait mériter. Quand il s'est réveillé, il savait qu'il était possible que tu veuilles l'accompagner dans ce voyage, et, selon ses mots, il avait infligé assez de douleur au monde et n'ajouterait pas ton nom à sa liste. »

Elle baissa les yeux sur Keema, qui fixait ses genoux, effondré.

« Il a raison, ajouta-t-elle après réflexion. Si l'état de ton bras est un indice, ta vie n'a pas été facile et peut-être as-tu enfin mérité une récompense, et du repos.

— C'est pour ça que tu as verrouillé la porte ? Pour lui donner le temps de partir ?

— Encore une fois, à sa demande, mais oui. »

Il regardait maintenant la porte, toujours entrouverte, un couloir sombre derrière elle. Shan suivit son regard.

« Je suppose que tu as le choix, a-t-elle dit doucement. Tu peux partir à sa recherche, bien qu'il ait une sacrée longueur d'avance, et que, même si, par chance, tu le trouvais, il puisse ne pas vouloir de ta compagnie. Et s'il accepte ta compagnie, il pourrait ne pas accepter ton amour. » Il leva les yeux vers elle, et elle haussa les épaules, comme si c'était évident. « Et même s'il accepte cet amour, quel que soit le temps qu'il dure, la route que vous emprunterez sera difficile. Elle sera instable, tu seras toujours en mouvement, car il a raison, tu sais… Il y a beaucoup de gens, et il y a beaucoup de choses, qui se vengeraient volontiers sur le dernier membre survivant de la famille royale, tout comme ils le feront sur les loyalistes traînés hors de la Cité divine. » Elle soupira. « Mais si tu restes, comme il le souhaite, et comme je serais honorée que tu le fasses, alors je peux te promettre la richesse et… Attends, s'écria-t-elle, surprise de le voir se lever et se diriger vers la porte. Je ne t'ai même pas dit… » Mais elle s'interrompit, voyant qu'il était inutile de décrire la fierté et la gloire dont il aurait été couvert en reconnaissance des actes qu'il avait accomplis.

Après ces deux semaines de travail accablant, le sourire qui éclaira son visage fut aussi apaisant que la fraîcheur de la pluie.

« Tu as fait ton choix, alors.

— Merci de nous avoir retrouvés, dit Keema en s'inclinant devant elle, et de nous avoir remis sur pied, Shan Araya. Mais si je veux avoir l'espoir de rattraper mon ami, je dois partir maintenant.

— Très bien, a-t-elle acquiescé en baissant la tête elle aussi. Alors je suppose qu'il est inutile que je ne te dise pas que la dernière fois que j'ai vu le Paon, il quittait la route principale, juste après les portes, en direction du sud-ouest. » Elle a ouvert la porte d'un coup sec. Le garde dans le couloir a sursauté. « Donnez-moi votre arme », a-t-elle dit, et le garde hésita avant de remettre à Shan sa lance – robuste, mais sans particularité – qu'elle donna ensuite à Keema, qui en resta bouche bée.

« Pourquoi fais-tu ça ? » a-t-il demandé.

Elle l'a regardé comme s'il était fou.

« Tu perds du temps, homme de Daware. »

Dehors, les nuages sont partis.

Après quatorze jours de pluie, le ciel s'est finalement dégagé, et la nuit a coulé dans ce monde comme le lait dans un bol. Les gens devant lesquels Keema passait en courant étaient abasourdis par le silence lorsqu'ils levaient les yeux et voyaient la nouvelle Lune cousue sur la toile noire du ciel. Par-dessus son épaule, il l'a vue. La nouvelle déesse de la nuit, comme une baie blanche, pas encore mûre, accrochée à la branche de l'arbre des Cieux et, rapidement, il a présenté ses respects avant de poursuivre sa route, suivant l'herbe piétinée qui, espérait-il, marquait le chemin du Paon.

Lorsque Shan quitta le quartier général temporaire de la Famille dans la Cité divine en ruine, elle s'engagea prudemment dans la rue rougeoyante, imaginant un instant qu'elle était tombée dans un royaume astral, un monde supérieur au sien, jusqu'à ce que cinq enfants passent devant elle en courant et en riant, et que, dans l'écho de leurs pas, les gardes près d'elle s'appuient sur leurs talons en haletant devant la radiance lisse et impressionnante qui les surplombait comme une boucle d'oreille parfaite. Le monde avait repris du poids, et Shan savait que c'était réel. Cette illumination blanche comme de l'os, s'échappant peut-être de l'endroit où sa mère, Induun et l'homme sans nom de Joyrock étaient allés, dans ce rêve aux nombreux fils qui vient après la mort. Sur ces vagues fugaces. Et comme tant d'autres cette nuit-là, elle eut l'impression de pouvoir flotter au-dessus du sol ; et son esprit le fit. Il a dérivé dans le clair de lune, alors que Keema courait à travers collines et champs à la recherche de Jun.

Cet imbécile.

Dans l'obscurité entre les arbres, au claquement d'une brindille, le voyageur masqué, le sac en bandoulière, s'arrêta.

Il n'a pas pris la peine de se retourner.

« J'ai pensé qu'il valait mieux que je parte sans te revoir, a-t-il dit », la voix de nouveau étouffée. Et puis, tout ce qu'il a dit après ça, c'est : « Tu es sûr de toi ?

— Oui. Je suis sûr. »

Le jeune homme a reniflé. Il s'essuya les yeux sous son masque avant de se tourner vers Keema. Le masque était blanc pâle, et lisse, avec des fentes sombres pour les yeux qu'un rire plissait. « Bien, alors », dit-il d'une voix humide. Ses épaules tremblaient. Sa voix essayait vaillamment de ne pas se briser. « Nous allons vers l'ouest. Ça te va ? J'ai des affaires inachevées, dans un village des Mille. »

Il avait promis son cou à une femme.

« Je pense que nous y arriverons dans quelques jours. »

Il avait l'intention de tenir cette promesse.

Quand j'ai vu le Paon à ma porte, agenouillé comme j'avais rêvé qu'il le ferait, ma main a attrapé le couteau qui l'attendait.

« Je devrais avoir assez de nourriture pour nous deux.

— Que dois-tu faire là-bas ? a demandé Keema. Dans ce village ? »

Jun resta un instant silencieux.

« Je préfère ne pas le dire. »

Il m'a dit que je pouvais faire ce que je voulais. J'ai baissé les yeux sur mon couteau. J'ai vu dans la lame le serment que j'avais fait à ceux que j'avais perdus. J'ai vu la fin de toutes ces nuits sans sommeil.

« Tu évites mon regard, dit Keema. C'est étrange, n'est-ce pas, que nous soyons revenus d'entre les morts et que tu ne me regardes pas. »

Jun s'est détourné de lui.

« Pourquoi m'as-tu suivi ? » demanda-t-il.

J'ai dit au Paon de faire une ultime prière. De penser à quelque chose de beau. Et il a fermé les yeux tandis que je tenais le couteau sur sa gorge et me préparais à l'ouvrir. Ma prise sur le manche était parfaite, c'était comme si ma main avait été conçue dans ce but.

Et je me suis arrêtée.

Quand j'ai vu cette perle de sang rouge vif comme une baie, perlant au cou de ce garçon, j'ai immobilisé la lame. Le couteau m'a échappé des mains et est tombé sur le sol, son métal rebondissant sous le clair de lune. Je ne pouvais pas le faire.

Keema fit un pas vers son ami perdu, et Jun se pencha en arrière, comme pour reculer, mais il ne le fit pas. Keema a touché le bord du masque de Jun et l'a soulevé, révélant des yeux débordant de larmes.

Quels que soient les cauchemars qui me hantaient, ce jeune homme agenouillé devant moi n'était pas ce cauchemar. Je ne savais pas qui il était. Mes mains ont tremblé lorsque je me suis détournée, et je lui ai dit que j'avais une journée chargée.

« C'est tout ? » a-t-il demandé, presque déçu.

C'est tout, ai-je dit.

Et je lui ai dit que j'étais satisfaite.

Keema toucha la joue de Jun, l'encre rouge inaltérable et indélébile de son tatouage, que la Mer dormante n'avait pas nettoyée. Et bien que Jun ait tressailli à son contact, il n'a pas bougé et, tout en pleurant, il a demandé à Keema pourquoi ils étaient revenus. « Je pensais que je l'avais trouvée, s'est-il écrié. Une bonne mort. Une mort plus glorieuse que celle que je méritais. Je ne comprends pas… Pourquoi suis-je encore ici ? Quelle est cette récompense ? Quelle est cette punition ?

— Je ne sais pas si c'est une récompense. Ou une punition. Mais peut-être n'est-ce ni l'une ni l'autre. »

Il a pressé son front contre celui de Jun.

La chaleur était immense.

Vivante.

« Peut-être que tu es juste là. »

Et ici, ils se sont trouvés.

Dans la forêt sombre et pluvieuse, loin des torches, des boissons et des danses des gens de la côte est. L'esprit agité de la terre et du ciel s'est calmé. Les voix se sont tues, au milieu des fourrés et des arbres anciens, là où les insectes nocturnes sont les plus bruyants, et où, à travers la canopée, des feuilles de lune tombent sur une parcelle d'herbe ; dans une clairière claire et glissante, deux corps se sont enlacés.

Le monde était calme.

Ils n'entendaient plus le Rythme de la terre. La respiration des arbres était réduite à un endormissement. Le pouls des rochers à leurs pieds était presque mort. Ni Keema ni Jun n'avaient besoin de l'exprimer à voix haute, car ils savaient ce qui s'était passé ; la Mer L'avait enlevée à eux, et maintenant ils étaient de nouveau eux-mêmes. Ils ne sentiraient plus jamais le Rythme d'une autre vie aussi pleinement, et leurs pensées resteraient les leurs. Jamais plus l'un ne saurait ce que l'autre pense.

Mais, là où le Huitième Empereur ou Ses fils auraient pu accueillir avec terreur la prise de conscience d'avoir perdu un tel contrôle, une telle domination, il n'y avait aucune peur, aucune colère, dans le cœur de ces guerriers, car en se regardant dans la pleine lune de cette nuit, ils ont vu qu'ils n'avaient pas besoin du pouvoir d'un dieu pour comprendre à quel point ils étaient désirés.

Keema a fait un pas vers Jun

et l'a touché. Son bras, sa joue osseuse, ses lèvres, et Jun a reçu ce contact comme il aurait reçu l'eau d'une cascade, les yeux fermés et le visage tourné vers le haut. « Tu es comme le soleil », dit Jun. Leurs mains découvraient l'une sur l'autre les cicatrices de la guerre comme des canyons et des montagnes, le terrain accidenté de la bataille et toutes les années de sang dans lesquelles ils avaient baigné, maintenant lentement lavées par l'une des rares pluies qu'ils aient connues dans leur vie. Ils ont bu profondément ce baiser.

« Pourquoi est-ce que tu ris ? » demanda Keema, amusé par le rire soudain de Jun.

Son ami secoua la tête. « Je me suis souvenu qu'il y a un théâtre, quelque part dans la Mer dormante, qui joue notre histoire. » Il posa sa tête sur l'épaule de Keema et embrassa sa peau chaude. « Penses-tu qu'ils nous voient, maintenant ? Est-ce qu'ils jouent ce moment sur scène ?

— Je ne sais pas, dit Keema d'un air distant, son bras se bloquant autour de la taille de Jun. T'arrêterais-tu, si c'était le cas ?

— Non, répondit fermement Jun. Ils ont déjà vu ma vie. Ils ont vu mes moments les plus ignominieux. » Le regard douloureux dans ses yeux s'est rapidement estompé lorsqu'il a regardé dans ceux de Keema. « Pourquoi leur refuserais-je l'un de mes plus beaux moments ? »

Il a pris la main de Keema, et l'a conduit plus profondément dans l'obscurité.

Ils procédèrent par étapes.

La passion était ordonnée. Ils ne voulaient pas manquer une occasion de plaisir ou de surprise. La chaleur d'une bouche sur un doigt. Quelle que soit l'expérience que Jun avait de cet acte, il était encore novice, car c'était la première fois qu'il le ressentait vraiment, tandis qu'il tenait Keema comme on le ferait d'une vision sacrée dans un rêve qui disparaît. Mais Keema ne disparaissait pas. Il était aussi solide, chaud et réel que lui. Et il lécha le creux de son bras, les mamelons et la courbe de son ventre alors qu'il sentait le pied de Keema le travailler en bas, et il goûta le sel de Keema, et ils partagèrent ce goût avec un baiser et firent couler le sang de la lèvre de quelqu'un, la lèvre de qui, cela n'avait aucune importance, car ils sentirent tous deux à ce moment-là la douleur et le plaisir et le goût fugace du fer sur la langue.

Il y eut des moments de froid.

Quand Jun a touché le tatouage sur son visage qui ne disparaîtrait jamais et qui le marquerait comme un paria pour l'éternité. Des larmes perlaient le long de ses joues alors qu'il essayait de frotter sa peau pour l'effacer, avant que Keema saisisse son poignet et retire sa main pour lécher doucement la peau rouge de ses joues et de son front.

Il y eut un temps de repos.

Keema s'était assis pour surveiller la nuit qui les entourait. Pendant que Jun dormait, il se tenait sur un promontoire, avec sa lance, et il observait les arbres qui se courbaient, les lianes qui se balançaient et les yeux perçants qui éclairaient les broussailles sombres. Et lorsqu'il entendit un grognement, il s'approcha lentement du rideau de lianes qui les séparait de la nuit incertaine.

À qui, ou à quoi que ce soit, qui se cachait là, il a dit : « Je m'appelle Keema, je suis le gardien de ce guerrier endormi. Et ce soir, tu ne l'auras pas. »

Un vent se leva à ses oreilles. Il crut un instant l'entendre murmurer :

Un jour, nous l'aurons.

Lorsqu'il retourna auprès de Jun, qui était alors réveillé, les yeux grands ouverts, il lui dit que ce n'était rien d'autre qu'un petit animal aux dents trop faibles pour déchirer la peau. Il se coucha à côté de Jun, posa la main sur sa poitrine et sentit à travers la peau chaude le rythme effrayé de son cœur.

« Je ne dormirai peut-être plus jamais », a-t-il dit.

Ce à quoi Keema a répondu : « Alors moi non plus. »

Jun l'a regardé.

Dans ces yeux qu'il ne comprenait pas. Les yeux de Keema étaient aussi mouchetés de couleurs et de mystère que ses pensées. Combien de temps ce garçon resterait-il avec lui ? Combien de temps supporterait-il cette vie nomade ? Viendrait-il un jour où même Keema prendrait le parti de ceux qui lui voulaient du mal ? S'il existait une réponse à ces questions, les yeux de Keema ne la lui donnèrent pas. Et alors qu'il se penchait pour l'embrasser, Jun se demanda si c'était pour cela que l'Empereur faisait porter des masques à tout le monde à la cour. Si, pour ces hommes craintifs, cette vie était trop riche.

Et ça a continué.

Une nuit dans les bois, sans autre témoin que les petits singes dans les arbres qui se serraient contre leurs branches et observaient les mouvements de deux créatures s'habitant brièvement l'une l'autre. C'est à cela que ça ressemblait, devenir quelqu'un d'autre, quand Jun l'enjambait, et s'asseyait, et que Keema entrait en lui avec des yeux écarquillés, avalant l'eau de pluie dans sa bouche, essayant de ne pas jouir immédiatement, tandis que pour Jun, le moment était le bord de la douleur, c'était le grincement des dents et une grimace, mais la douleur ne le dissuadait pas ; la douleur faisait partie de ça aussi ; c'était l'offrande à la nuit ; à l'homme à qui il avait choisi de se donner. Leurs yeux se verrouillaient dans ce rythme incessant, tandis qu'ils souriaient et se défiaient de regarder ailleurs.

Ils ne l'ont pas fait.

Ils ont dépensé jusqu'à leur dernière once d'énergie, car ils ne se sont pas arrêtés pour se reposer, même après s'être dépensés, le temps partant en fumée aussi vite que les cigarettes de ta *lola*. Ils ont continué leur danse. À se bousculer l'un l'autre. À se poursuivre et se plaquer dans la broussaille et à recommencer, avec une ferveur renouvelée, comme pour effacer l'encre de leurs corps du rouleau de l'histoire. Pour s'évaporer, jusqu'à ce que le corps soit prêt à rejoindre l'endroit où l'esprit se trouvait déjà.

Tout là-haut.

Au-dessus des arbres. Là où les étoiles dansent et tombent comme des incantations ratées.

C'est là que nous terminons notre histoire.

Alors que les danseurs sautent par-dessus les feux.

Et le corps baigné de clair de lune, qui s'incline devant toi pour te remercier.

Tu offres ta reconnaissance à tous ceux qui t'ont amené jusqu'ici.

Tu commences par un toast à tes lecteurs de prépublication : Erin Jones, Oscar Mancinas et Doug Koziol. Tu comprends à quel point tu es privilégié de pouvoir bénéficier de leurs idées, chacun d'entre eux étant un écrivain phénoménal à part entière et un ami encore meilleur. Et tu t'en voudrais de ne pas mentionner qu'Oscar et Erin ont publié leurs propres livres récemment. Tu recommandes à tout le monde de se pencher sur leur travail, en particulier *To Live and Die in El Valle* et *Tinfoil Crowns*. Ce sont deux livres formidables.

Ensuite, tu remercies tous ceux qui t'ont soutenu du côté éditorial. Ton agent, Hannah Fergesen, qui continue d'être la meilleure de sa catégorie. Simon Padres, pour ses superbes illustrations de couverture, et Chris Panatier, pour sa magnifique carte de rêve du Vieux Pays (vous avez en effet été gâté par de grands artistes sur ce projet). Tricia Narwani, David Stevenson et le reste de l'équipe de Del Rey pour leurs innombrables générosités, ainsi qu'une mention spéciale pour ton éditrice, Sarah Peed, qui a travaillé avec toi sur ce projet depuis le début. Sa patience surnaturelle et ses critiques acérées ont été des phares dans une période sombre. On peut dire que sans elle, il n'y aurait pas de livre.

Et puis, comme toujours, il y a ta famille (et quelques bons amis aussi). Tes bras les enserrent et, ne souhaitant pas que l'un d'entre eux se sente moins important que les autres, tu les regardes tous dans l'ordre alphabétique : Clarissa, Emma, Farrah, Ferdinand, Garth, Jason, Kane, Matt, Maman, Nicholas, Papa, Quinn, Red, Sara, et Sebastian. Et, avec eux dans ton cœur, tu te rappelles que oui, tout cela en valait la peine. Chaque jour de cette étrange et brève vie. Aujourd'hui, demain ou après-demain, ta réponse est la même.

Tu recommencerais.

Composition
NORD COMPO

Achevé d'imprimer en Espagne
par BLACKPRINT
le 19 mars 2023

Dépôt légal : avril 2023
EAN 9782290367056
L21EDDN001202-402847

ÉDITIONS J'AI LU
82, rue Saint-Lazare, 75009 Paris

Diffusion France et étranger : Flammarion